U0894373

泼出去的墨，凝成了血，于是，

时间成了固体，记忆成了化石。

浮舟沧海

一棵草根的心灵史

蔡桂林◎著

河北大学出版社
HEBEI UNIVERSITY PRESS

图书在版编目（CIP）数据

浮舟沧海 ： 一棵草根的心灵史 / 蔡桂林著． -- 保定 ： 河北大学出版社， 2017.4
ISBN 978-7-5666-1100-0

Ⅰ． ①浮… Ⅱ． ①蔡… Ⅲ． ①传记文学－中国－当代 Ⅳ． ① I25

中国版本图书馆 CIP 数据核字（2016）第 302686 号

浮舟沧海 一颗草根的心灵史
FUZHOU CANGHAI YIKE CAOGEN DE XINLINGSHI

责任编辑 何 东 赵彩霞
装帧设计 徐春爽
责任印制 靳云飞
出 版 人 耿金龙
出版发行 河北大学出版社
（保定市莲池区七一东路2666号 071000）
网 址 www.hbdxcbs.com
经 销 新华书店
印 刷 石家庄名伦印刷有限公司
版 次 2017年4月第1版
印 次 2017年4月第1次
开 本 787mm × 1092mm 1/16
印 张 33
字 数 520千字
印 数 0 001~1 100册 定 价 65.00元

版权所有 翻印必究

目 录

平生第一照 / 金坛照相馆 / 1975 年 5 月

第一章　生根

杂味幼年

二十世纪中期的三年困难时期的大饥馑，是从春天光（方言，春天）开始的。

春节过后，村里各家各户缸竭罐空，只能清水煮菜了，成了涸辙之鲋。早些时还见着一只两只赖巴巴的鸡在村面晃动，后来连影子都不见了。狗也没了。都给人杀掉吃了。菜吃光了，饿极的村人开始吃树叶，整个村子周围的树全被吃得光秃秃的。接着吃观音土……肚子胀得很大，拉不出屎，不时有人胀死在村头……

大饥馑最严重的这一年暮春，我降生了。

能活下来至今让自己觉得很残忍，肯定是吸吮母亲的血才保住小命的，而母亲能吸吮啥呢？

营养不足，小命羸弱，多病。

三岁这年，又病了。

这回病得昏昏沉沉。

病得爹妈心急忙慌，跑着去请穷乡方圆二十里唯一的一位卢姓郎中。

卢姓郎中腿瘸，村人背后都叫他折脚。可能就因为腿瘸，久病成医。领着卢折脚，我父亲在前面直奔，卢折脚一颠一颠地拼命紧跟，两只脚像都不沾地，在飞。

卢折脚大口大口地粗喘着瞧我的病。

父亲吁吁地问：咋样？

卢折脚揪着眉：烧。不好说。

父亲：烧还用说！烫手。我问的是咋治？

卢折脚不计较我父亲的急：我开副方子，喝剂药试试。

父亲更急：不能试试，得好！

卢折脚挥挥手：快去镇上照方抓药！

汤药喝下了，不但不见好转，到了第二天无论爹妈做怎样的努力，再也无法将药喂进我的肚里去，我拒绝下咽，只是哇哇地大哭，接着，汤水也不进了。

父亲再请来卢折脚。

卢折脚一看我那副样子，无可奈何地摇摇头说：我尽力了。我没法子了。

我上面两个姐姐，我是爹妈的第一个儿子。爹妈怎么能听得下卢折脚的这话？怎么肯相信他们的儿子如此命薄？怎么肯放弃他们骨肉血脉？

父亲找来一条带乌篷的小船，母亲抱着奄奄一息的我蜷缩在船舱里，迎着初冬的凛冽，父亲拼尽力气拉纤，一夜奔过八十里水路，把母亲怀中的我送到了京杭大运河边常州附近的卜玉桥医院。

一检查，我患的不是什么了不起的病，不过是急性扁桃腺炎而已。因为卢折脚或不懂或忽略，耽搁了，扁桃腺已经红肿化脓，快要堵住整个嗓子眼儿了。

一瓶青霉素输入，气若游丝的我慢慢地有了生气。

第三天，带了些药，出院回家。

自父亲拉着我出去寻医，唛唛（方言，奶奶）就搬只凳子坐在东山头的房檐下，望着我离去的方向发呆，一直没回过屋。

一连坐了三天。

第四天下午，唛唛远远看到了河埂上有我父亲拉纤的影子，霍地站起，箭般射出，向船来的方向奔去，边跑边喊：我的孙子呢？我的孙子呢？

近了。

父亲回她：姆妈（方言，母亲），没事，在船上哪，好好地回来了。

我母亲赶紧把我抱出船舱，双手举起我：姆妈，在这块儿，好好的！

“我看看，我看看！”

父亲紧收纤绳，把船急速地拢向岸边。

船，离岸越来越近。近得唛唛估摸着能跨上去了，她起步，跨，结果，还是离岸太远，唛唛掉进了河里。

长孙危急，唛唛惊慌恐惧。唛唛惊恐有更深层的原因。唛唛的长子、我的大伯父，长到十一二岁，被一场猝不及防的暴病夺走了生命。冷一把热一把，好容易拉扯成英俊少年，说没就没了，眼睁睁看着昨天还活蹦乱跳的小把戏（方言，小孩的意思）离去而无能为力，为父为母的那份无助的绝望，那份撕心扯肺的悲伤，难以自抑。唛唛悲痛万分，爷爷更是伤心欲绝。现在，她的长孙病了，病得连卢折脚都说没有法子了，唛唛能不惊慌胆颤吗？几十年前的

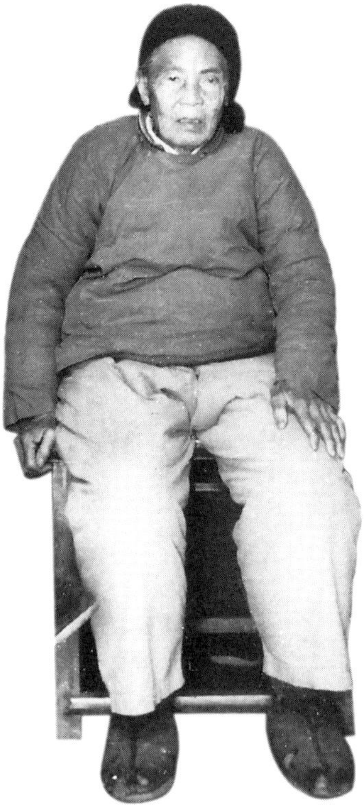

唛唛 / 1977 年春

失子之痛一定重又泛上心头。她仰天祈祷：保佑保佑我的孙子啊！

失去长子，一身功夫、结实有力的爷爷，身体一落千丈。他咳喘不已，汤头（方言，中药）喝了不少也不见起色。贩牛的营生是停了，每天在家练练功，转转田埂，养着。

一养就是三年。

三年后的初夏，爷爷觉得身上有了些力气，跟唛唛说：我走一趟河南南阳，贩些牛回来赶秋收秋种。唛唛心疼爷爷的身子，可一家大小的日脚（方言，日子）还要过下去，且，自长子离去后的三年里没有外出了，出去散散心也许身体会好些，唛唛点头，嘱咐：早去早回。

谁也没有想到，这竟是爷爷的最后一次出门。

爷爷赶着贩回的三十头水牛往回走，已经翻过了茅山，就要看见舍田桥的炊烟了，可是，不知怎么回事，突然，爷爷腹泻不止。

好汉不敌三泡屎。爷爷一天来了无数泡。到了次日天明，爷爷再也直不起腰了，踉跄了几下，一头栽倒在了路边……

当飞快赶往家中报信的小二带着身怀有孕的我唛唛急急赶到时，爷爷的身子已经开始发凉。

面对眼前的场景，小二们原以为唛唛一定会哭得死去活来，早拉开架势，准备着怎样劝她。没想，唛唛竟滴泪全无。她满面凄怆，双膝跪下，将爷爷揽到怀里，拍打掉他身上的乱草与尘土，奋力抱起，在小二们的齐协下，把爷爷放到了那头最高、最壮的牛背上。脱下蓝布襟褂盖住爷爷的脸：“孩子他嗲嗲（方言，父亲的意思），你走吧，你先去置几亩薄田、几头水牛，我随后就来……”

时在 1940 年 9 月 16 日，农历八月十五，中秋节，一个该团圆的日子，却上演了生离死别。

唛唛掸了掸沾在身上的草屑和土末儿，拉了拉起皱的衣服，牵起驮着我爷爷的那头牛，一路遇河饮水，见草喂料，回到了家。

三年前丧子，三年后丧夫，唛唛哭得天昏地暗。唛唛的眼睛以后一直不好，与这两次撕心撕肺的痛哭有关。

哭葬完爷爷，唛唛不言不语、不吃不喝，一连躺了两天，慌得她的儿女们个个像热锅上的蚂蚁。第三天，当新升的太阳穿过树叶把几片光亮筛进堂屋时，唛唛起床了。

唛唛走到河边，走上伸向河水里的条石，撩起水洗了脸，待水面平静后，又对着河面梳了梳头，然后回到灶间，一气儿喝下三海碗大麦粥。再然后搬了张小凳，坐到了门檐下的阳光里。

那年，唛唛四十岁。

从那年起，唛唛拉起了十六岁的我大姑、十二岁的我二姑，七岁的我父亲一男二女——不，是一男三女，爷爷去世后几个月，我的小姑姑降生了——的沉重磨套。

小姑姑的出生，给本分善良的唛唛带来了意想不到的麻烦。

村上"能掐会算"的人掐算出唛唛怀小姑姑时，爷爷正在南阳伏牛山的牛群里：这孩子不应该是他的。"会"看相的更"看"出我的小姑姑长得像谁谁谁。

村子就芝麻饼那么大，这些风言风语能避得过唛唛的耳朵？

她的已经懂事了的孩子们，以为唛唛听到这些闲话碎语会气死，总提防着她，把家里的绳子啊菜刀啊剪子啊什么的，藏着掖着，天天小心地看着她。

小姑姑在飞短流长中长到了五岁。

小姑姑五周岁生日就要到了。

唛唛早早地托人卖掉了几亩地，拿钱割肉购鱼，买烟沽酒，并早早地给全村人家发了帖子，请他们来喝小姑姑的生日酒。

宴席摆在门口搭起的凉棚里。六桌大席，外加偏桌若干。

酒至半酣，唛唛手持一把她昨啊子（方言，昨天）磨了一个时辰的菜刀，出现在了席间。

她站上一把椅子，清了清嗓子，厉声喝道："全村的大人小把戏，听着！"

刚才还闹哄哄的席间立马鸦雀无声，吃席的村人们扭过通红的脖子，眼睛齐刷刷直愣愣地抠着唛唛。

“全村大人小把戏听了！”唛唛指了指杵在一边的小姑姑，怒道：“细鬼丫头今年五岁，很快就要长大成人。有人说她不是她嗲嗲的，那哪个是她嗲嗲？！我不晓得哪个是！谁晓得？告诉我，我当着全村大人小把戏今儿就让细鬼丫头认了他！”

全场鸦雀无声，没有一口大气喘出。

唛唛因愤怒而发红的眼扫了在场的人群一遍：“没得有种的站出来说？”

依然鸦雀无声，绣花针掉在地上也会听得见“叮当”声。

“那这事到今天为止就算了了！日朝（方言，今后的意思）再有哪张臭嘴敢胡嚼舌头根子——”说到这，唛唛顿了下来，把手中的菜刀在空中扬了扬，再往前一挥，“当”的一声，砍到了席间一张桌子的边边上，“不要怪刀不认人！”

从此，绕着小姑姑的闲言碎语灭了。

家中顶梁柱断了，父亲上学读书是不能指望了，同姓宗族的私塾先生怜其艰困，象征性收点学资，允许父亲入塾旁听。

唛唛说嗲嗲小时候念书最怕迟到。

窗棂稍稍泛青父亲就爬起。他的大姐拉着他送一程，主要是护着弟弟走过两条小河之间那道很窄的水坝，唛唛怕她年幼的儿子落水。

父亲穿着靛蓝棉猴儿，像胖胖的一粒青豆，站在乌黑的塾门前，等着塾师的到来，等着塾门的打开。

旧式私塾，读的是《千字文》《论语》《孟子》之类。“天地玄黄，宇宙洪荒；日月盈昃，辰宿列张。寒来暑往，秋收冬藏……”那时在塾师戒尺下背下的《千字文》，父亲一直记得。父亲天资聪慧，博闻强记，三年半后辍学时已经能通读三国西游。

写字，是私塾孩子们每天的必修课。提笔、悬腕、落墨，一勾一划，一丝不苟地练。有小孩习惯用嘴舔毛笔，嘴角边长出“黑胡须”，一经发现，孩子们情不自禁地哄笑。父亲从不用嘴舔毛笔，自这时起练得了一手遒劲有力的毛笔字。

父亲的上面是两个姐姐，家里的活儿就用不着他动手了，少年时的大部分时光就是泡在竖排、繁体、纸张发黄的《七剑十三侠》《施公案》《七侠五义》《薛刚反唐》《封神榜》之类的书里。

书读多了，书里形形色色的人和事就往外冒泡泡，村人渐渐知道了“死鬼蔡六官”的儿子会读老经（方言，说书）。一传十，十传百，口口相传，父亲有了村里村外不小的读老经的名声。每逢雨雪天气下不得地干活，村人就聚集到村上大户人家的堂檐（方言，居家最大的那间房）里，唤来父亲读老经。父亲也不推辞，乐得将肚子里的书倒出来数数，放到舌头根子底下嚼嚼，啧啧味道。

父亲身着长袍，单手举一茶壶，另一只手托起一方桃木质地的半尺木条，有模有样地开说。眉飞色舞，绘声绘色，引得听者个个入神，不肯大声喘息，长脖子鹅一般盯着父亲的嘴，甚怕漏掉一句连不上下面。说到紧要处，父亲神秘地停顿下来，轻轻地抖动手腕，将散至手背的长褂袖口优雅地向上晃，慢悠悠地直晃到手腕处，急得听者哈喇子直流：“袖口太长就剪掉一截，晃得人心烦。”

受老古经里充足的侠义柔肠、抱打不平水浒气的浸染，加上唛唛的溺爱，缺少爷爷的管束教训，父亲在村上的名声不仅会读老经，还是个“蛮啰啰”（方言，脾气坏的小孩）。

水乡江南坦荡，赤金的油菜花开得像河一样，被一个村子遮断，转过这个村子，还是。就在这个季节里，巡田的我大姑姑发现，有几垄开着花的油菜被乱跑的牛踩踏了，疑是邻田的人家所为。大姑姑报告给我唛唛，唛唛气汹汹地率着她的两个女儿打向地头。

女人就是女人，尽管仨，也不敌邻家一个壮汉，依然显得势单力薄。

正读到《武松醉打蒋门神》的父亲闻得地头传来吵吵嚷嚷的动静，掷书于案，操起叉刺埕亮的渔叉，夺门而出，梗着脖子，呼啸而往。

理亏的邻人闻得有一股杀气卷来，撒腿狂逃。父亲穷追不舍，边追边喊：“是好汉你就别跑！”追出几节田埂也没收腿的意思，直欲叉住才肯歇罢。

正巧，同族老表路过，见状，伸腿将气咻咻的父亲绊倒在春天的沃田里，才算止住了这场“武松”对“蒋门神”的“追杀”，没最终酿成祸端。

当然，“蛮啰啰”更多的是疾恶如仇。

父亲十七八岁时带着唛唛给他的几枚铜板初进金沙城（今金坛城）。中午时分，买一块烧饼走进大门直对着思古街大河沿巷的青莲茶馆。要一壶茶，就着茶水吃烧饼。三两口，风卷残云般，一块烧饼落肚。父亲自嘲地笑笑，许是想起张飞吃豆芽的段子。

忽然，父亲眼睛一亮：茶桌上竟落着几粒饼上掉下的芝麻!

父亲喜出望外,将食指向茶盏里蘸一蘸,再逐一沾住桌上的芝麻送进了嘴里。这时才品出烧饼真香。

吃完了，父亲还不放心，恐有漏网的，再梭巡桌面。果然，又在茶桌细长的桌缝里发现几粒。父亲伸手去抠，手指太粗桌缝太细，不及。父亲不想放过，那太浪费了。略微思考了一下就有了办法,父亲“啪”地一下以掌击桌,同时大喝:看你往哪里逃!

应着父亲的这一拍，桌缝里的几粒芝麻鲜活地跳到了桌面上。

未等父亲再蘸茶水沾芝麻,临桌一位中年男子“咚”的一声跪在了父亲眼前:“我招，我不逃，是我偷的。”

父亲先是莫名其妙地一怔，接着就明白了是咋回事，跃起，将跪倒在地的那男人扭去了局子。

——这是父亲一生都引为自豪、智抓小偷的传奇，一讲再讲，百讲不厌。

百讲之余总不忘补一句遗憾：太年轻，沉不住气，从桌缝里拍出来的那几粒芝麻没来得及收拾。

父亲一讲再讲、百讲不厌的还有这次从茶馆里听来的故事。

说当年，城里有一家当铺，共有二十来个朝奉（方言，老师傅的意思）和小职工,其中有个小职工负责当铺里的卫生清洁,每天拿个鸡毛掸子,账台掸掸,柜台掸掸，普普通通，平平常常。

有一天,铺子里来了位凶神恶煞般的彪形大汉,将一块很大很重的石头“啪”的一声拍在柜台上，大吼：当银子!

见这副架势，朝奉们面面相觑，不知所措；小职工们更是噤若寒蝉，大气也不敢喘。找来东家（老板），也是一愣。谁都明白，这是无赖在耍横，明显的寻衅滋事，目的当然是勒索钱财。

怎么办?

看他那身彪肉，横着哩，一定有功夫。

就在这时，掸柜台搞卫生的小职工慢慢地走过来，脚步坚实，瞥了彪形大汉一眼，举起鸡毛掸子对着拍在柜台上的那石头一掸，没想到，那石头竟像一块瓜皮，被掸出了门外，“当”的一声落在了街心。

彪形大汉大惊失色，慌忙起身，蹿出当铺，逃得无影无踪。

末了，父亲评价说：真人不露相啊！

父亲 / 1977 年春

大姑姑到了婚嫁年纪，唛唛托媒给她找了一个婆家。大姑姑知道了，坚决不从。背后一打听，才知道，大姑姑自己有了意中人。这把性子本来就硬的唛唛气得差一点没昏过去：“死鬼丫头，你败坏蔡家门风！你妄想！”“当”的一声，用一把乾隆年间铸造的大铜锁把大姑姑锁在了家里，三寸多长的铜钥匙别到肥大的裤腰带上，任大姑姑怎样的呼天抢地求情告饶，就是不打开那冰冷的铜疙瘩。

一连五六天就这么僵持着，最后是我父亲递给他大姐一把锋利的裁衣剪子，大姑姑用它顶在粉嫩的喉咙上，才把唛唛吓退了。

在要人还是要“家风”只居其一的生死抉择面前，唛唛做出了具有唛唛风范的取舍。唛唛长叹一声：“哎，罢了，罢了，世道是变了，人拗不过世道。”

迎亲的唢呐还在三里之外响着，大姑姑就开始哭了。她当然是要哭的，这是乡风民俗，是姑娘出阁必经的仪式。

南方女儿本来就泪水多，加上大姑姑生性柔婉，多愁善感，这桩婚事又来得那么地不易，愈发泪如泉涌。她心里是感激唛唛的，毕竟在节骨眼上宽然释怀。

直哭到上轿时辰，被新郎雇来的花轿抬着飞奔而去……

新婚尚未满月，一个月黑风高的深夜，新郎新娘的婚房门被县衙派来的几个莽汉撞开了，不由分说地把新郎从新娘的身边拖走。

新郎被抓了壮丁。

那时，正是解放军雄师百万横渡长江的时候，我的大姑父就这样被送上了前线。

大姑姑等啊等啊，等到了南京解放，等到了上海解放，就是等不回她的新郎，就是等不回孩子的爸爸。我表姐和我的小姑姑一样，生下来就没见过爹。

等到了全国解放，还没等到大姑父。这，只有两种可能：死在了战场上；活着去了台湾。

我表姐长到四五岁的时候，大姑姑从与大姑父同在一个部队、逃回来的人嘴里晓得了他的新郎还活着，活在台湾。

大姑姑年轻貌好。那些年，家的门槛被劝她改嫁的人踏破了。然而，无论谁来劝，大姑姑扔出去的就三个字：我要等！

当年扔给她剪刀的她弟弟、我父亲也加入了劝说之列：这年月，家里有个人在台湾，孩子们的前程都给误了。你改嫁了，你解脱，大家都解脱。

大姑姑：兄弟，对不住你们了，我要等！

我不懂大姑姑为什么这么固执，唛唛懂。唛唛一声叹息，说：你大姑这点像我啊。她是怕他有一天从西凉回到大唐来找不到他们的寒窑。

我在体弱多病中慢慢长着，家里有一点好东西都给我吃了，仍然长得骨瘦郎当。

家，在一个单头棚子（一户独居，没有邻居的意思）。打我爷爷起，就住这儿。舍北流水舍南田。

再早住哪儿？

再早，我爷爷的爷爷那一辈，住苏北泰州。

1851 年 1 月 11 日，一个叫洪秀全的人，在广西桂平县（现桂平市）金田村发动农民闹事。在之后的十余年里，闹事的农民组成队伍，称“太平军”，像滚雪球，越滚越大；如野火，焚烧了大半个中国。火过之处，庐舍为墟，遍地瓦砾，不说对中国社会造成的内伤有多大，就说因此而死亡的人数，即使动用了原子弹、战场遍及全球的第二次世界大战中死亡的人数总和也很难与之相比！人烟稠密富庶的长江中下游流域，是太平军和清军拉锯的地区，“锯”死的人不计其数，冤鬼哀嚎，一片劫灰。“天父天兄天王”的太平天国没有能“永长”。1864 年，洪秀全定都的天京（现南京市）被曾国藩攻陷。轰轰烈烈的农民革命，被轰轰烈烈地埋葬了。

历史证明，在人类社会的文明进步面前，只有人父人兄，不会有什么天父天兄，以此做“天王”梦的，必定会被“天”灭。

生灵涂炭，山河依在。万户萧疏的江南田野总得有人来耕种、治理。1868年，清王朝颁令，自人口损失相对较小的苏北地区向苏南移民。我爷爷的爷爷，与四十六户蔡姓一起，自苏北泰州，手提肩挑，跨过长江，落户到了苏南金坛县（现金坛市）舍田村。

舍田，好名字。舍，本意房屋，房屋在田边，一幅恬静安适的乡村图景。

一百多年过去了，迄今，无论是从舍田村走出来的人，还是仍然生活在舍田村的人，都是一口舌头发硬的江北话，而不是本地巧舌如簧的吴侬软语。比如问什么人，江北话（大声地）：“哪个啊？”本地话（极快地、轻声地）：“嗲人？”

我见过的《蔡氏家谱》上清晰记载：那一年，我爷爷的爷爷三十八岁，我爷爷的父亲七岁。

他们在舍田村获得按人口均分的土地。由此，在这片荒芜、凄凉而陌生的土地上耕耘生活。

爷爷的爷爷勤劳，爷爷的父亲机灵，经两位老人家几十年的奋斗积累，到我爷爷懂事时，已累有良田四十余亩。

两代老人家只置地，不建房，就住在风雨飘摇的草棚子里。他们心系苏北泰州老家，以为，那里才是他们的根，才是他们最后的归宿。现在是客居他乡，流落飘零，时刻想着卖地走人，回到泰州的那块凤凰宝地上。

蔡氏祠堂就在那块凤凰宝地上。

传说，那块地好啊，上面要出三斗三升菜籽官。有位风水先生打那儿路过，一看，不得了，一粒菜籽一个官，三升三斗菜籽将有多少粒？天下的官岂不全叫蔡家做去了？风水先生起了歹意，生计破掉这里的风水。

风水先生找到德高望重的蔡氏族长，摇唇鼓舌：这是一方宝地啊！但到现在还没有显示出它不同寻常来，是因为缺心“眼”。如果在祠堂门前开两方水塘，那就是为凤凰添上了双眼，凤凰有眼就能飞，蔡氏家族将更加兴旺发达。

族长信了，动心了。发下话来：凡姓蔡的人家，有钱的出钱，有物的出物，没钱没物的出力，开塘。

蔡氏族人开赴工地，挥锹动框，真挖实干。

奇怪的是，无论白天动用多少劳力挖下去多深，夜里又全部涨起来，像没挖过一样。

族长好生纳闷，问风水先生：这是为什么？风水先生指点说：这块地就宝在这里。没事，干完一天的活，收工时，大家不要把钉耙、锹、镐等家什带回家，就插在干活的地方，第二天它就不会再涨上来了。

果然，第二天，开挖下去的部分没有再涨平，只是，低洼处泛出了一层鲜艳的血水。

族长惊了。

再去找让他挖塘的风水先生，可是，哪里还有风水先生的影子？族长这才醒悟过来：风水先生嫉妒蔡氏，恶意使招，把本来活着的凤凰借蔡氏自己的手给生生地杀死了！

族长悔恨自己真的缺心眼，气血攻心，仙逝。弥留之际留下遗嘱：把塘填平，供凤凰于香案上，年年烧香，岁岁磕头，救活宝地……

两代老人家真的相信蔡氏祠堂就在这样的凤凰宝地上，真的相信蔡家会出很多很多“官”。七岁到达舍田村的我的祖爷爷，生有四个儿子，他们的名字里全带“官”：长子蔡长官，二子也就是我爷爷蔡六官，三子蔡登官，四子蔡兴官。

因为没有扎根安居舍田桥的打算，到我爷爷这辈，依然是一座草棚子，门前是三代人累积置下的田地。

动荡乱世告诉先辈：要守住地，守住家业，仅有勤劳不行，仅有善良不行，还需要有一身硬功夫。功夫在身，没事健体，有事卫家护地。与洪秀全打到江南同时，先辈们开始了习武。他们自苏北移民而来时随身携带的石锁、铁弹，我记事时还见过。经久的把握，石锁把柄磨得光滑；而沉重的铁弹我根本搬不起，上面没有半点锈迹。

一年春天，附近垛庄一个出了名的无赖，纠结几个泼皮，拿着麻袋，到我家强抢粮食。祖爷爷一个箭步迎过去，一手撩起长衫，单手发力一推，冲在最前面的泼皮被撂出去几丈远。这群人以为是泼皮自己不小心摔倒的，还咋咋呼呼地往前凑，祖爷爷炯炯目光直射来人，单脚抬起，“嗨”的一声落下，脚踩处三寸厚的踏脚石断成了两截。无赖泼皮见状，醒过神来，立时做了鸟兽散。

爷爷国字脸，敦厚结实，天资聪慧，精气神十足，从我父亲身上可以见到我爷爷的影子。自幼跟着祖爷爷习武，打下了扎实的武功底子。少年起练飞刀，夏练三伏，冬练寒九。六七年下来，眼疾手快，手起刀去，流星闪电般瞄哪飞哪。此后，爷爷练成的是盲飞绝技，就是把双眼蒙上，凭听力出刀，一扬手，五寸长的尖刀带着拉破空气的哨声直扑目标，分毫不差，见闻者啧啧称赞，在地方上有“小蔡飞刀”的名声。

乡间的集场、庙会，爷爷会去一展身手。表演前先热身。爷爷从口袋里取出几粒黄豆，放在掌心，然后两手合十，磨动，有嘎巴嘎巴的脆响从掌心传出，不几下，豆屑屑从指缝挤出落地。爷爷再磨几下，揭开手，有雾样的一层气在两手间散开，黄豆全成了粉末儿。

思慕头集场，爷爷赶集来到这里，热身表演纸杆击鸟。爷爷拿一张纸，在手上搓啊搓，搓成了一根三四寸长的纸杆儿，用两指捏着，等着雀子从什么地方飞来，爷爷一扬手，两指捏着的纸杆箭似的带着“嗖嗖”的声音飞出去，雀子准应声落下。是纸杆把它的翅膀打折了。

爷爷说练功先练腿。两条腿撑起人，跑、跳、踢、踹、蹬……靠的都是腿。腿比臂粗，自然也比臂有力，练好腿，就功成大半。

唛唛说，爷爷有练腿功的靴子。是用二斤人丹样的铁砂子，一头猪的血，加上他亲自挖来的几味草药，把它们放在一起使劲炒，然后装到帆布布袋里制成的。爷爷说，有人用沙子捆在脚踝上练腿功，有用是有用，但沙子凉性，人的热关节经不住它长时间的浸泡，这样练腿功，功是练了点，但也把关节给毁了。练家得懂医，这也是练家也是医家的根由。

爷爷就是这样由练家同时成了医家的。光脚马兰七叶胆，青皮树子四方根；春莲夏柳珊瑚树，青地黄沟栗豆藤；附子牵牛上常山，耕罢熟地耕生地；东山楂西山桂南芍北当，椿树皮夏枯草秋石冬花……爷爷识许多药材，应用得心应手。

爷爷是个有心人，贩牛行走河南、山东，不忘寻医觅方，访圣手高人。也许是习武的缘故，爷爷最热心点穴术、推拿术和跌打损伤膏药的熬制。每有所获，兴高采烈，回家细心揣摩一招一式，潜心研究一方一贴。江湖习得的点穴推拿，配以“小蔡飞刀”的腕力臂力，加进自己的悟性体会，爷爷将点穴推拿的效能发挥到了神奇的地步，再辅以反复试验研制出来的乌金膏，颈肩腰腿疼及跌打损伤再不是什么疑难痛苦事。患者龇牙咧嘴来找爷爷，喜笑颜开地离开舍田桥。乌金膏是爷爷研制的，就有了“蔡氏乌金膏”这个名字。那时，爷爷正值青年、盛年，家境富裕，爷爷又生性善蔼，菩萨心肠，左邻右村，来者不拒，远乡近衢，有求必应，助人为乐，不收分文。时间一久，爷爷又有了“蔡仁心”的雅号，连同“蔡氏乌金膏”一起播扬四方。

“蔡仁心”可不是浪得虚名。一次，爷爷路经九仙村口，见到一堆刚倒出来不久的药渣，习惯性地瞥了一眼，发现药渣中有罂粟，爷爷判断喝药人是气喘病发作得很厉害，病危哩。爷爷善良地停下了脚步，从路边捡来一根树枝，翻检药渣。爷爷是要看看这药渣中有没有瓦花。这药里如果缺了瓦花这味，是治不了那病的。翻检了半天，爷爷皱起了眉头：没有。

瓦花，长在古老房屋瓦缝中的一种植物，得名瓦花，也叫屋上无根草、向天草、瓦莲花，等等。

病者要着命哩，不能走。爷爷果断决定进村。他闻着味找到了倒药渣的人家。果然，病人躺在床上，奄奄一息。爷爷体谅地告诉这家人家：要在这副药中加入瓦花，这样，服几副，病人会转危为安的。

这家人家遵了爷爷的嘱咐，几副之后，病者果然起床下地了。

爷爷离世太早，他的飞刀绝技、他的医术，特别是他的点穴推拿术，还有他的独特秘方制成的乌金膏，没来得及传承，就都匆匆地带走了。爷爷给我留下的，除了他的故事，就是单头棚子。

面对故事和单头棚子，我对他老人家有无尽思念和怀想。

单头棚子面前的地里，麦子之后是稻子，它们交替在田野的风中摇曳，摇曳出一家人的生活。

不仅是我一家的生活，人类文明最重要的历史，也是由眼前的麦子和即将插下的稻子两位植物姐妹随季节交替轮流书写。

先辈在这里搭建草棚子，肯定就是为了守护田野的摇曳和蕴藏。

几十年里，不断加固翻修，到我记事时是坐北朝南、半土半砖、半瓦半草的三间房，每逢下雨，要拿上家中大部分的桶、盆、罐之类的东西，最严重时连碗也得用上：接漏。

这就是我记忆中最初的家。

因为没见过富，也就无所谓穷。爹妈下地劳作，唛唛看户做饭，姐姐门前叽喳，安稳，温馨。

家，三面被树抱着，只有南面开阔。这些树大多先是爷爷的爷爷、爷爷的父亲和爷爷，以及后来我父亲接着植下的。它们阅人世沧桑，观社会变迁，承接阳光雨露，风华在天地之间。

屋前屋后十几棵大树威风地簇拥，葳如绿色的城堡。大树张开树冠，就是一把一把打开的伞。豪雨倾泻，在树叶上奏出哗哗的声响，那是大自然快乐的乐章；随着雨的大小，这乐章也在高低起伏，不停地变奏。急骤的暴雨因为繁枝密叶的承接而变得淅淅沥沥，守护神般滋润着身下至珍至贵的土地。即使有狂风袭来，在天地间骇人地呼啸，单头棚子依然安详，根连着根、枝碰着枝的大树抵挡、瓦解了强劲的风势，护着它想护的一切。单头棚子之所以在这么多年里没有被风雨掀翻，全仰仗着这些树的庇护。

它们是我们家旺盛的吉祥物，是驰骋于大地之上的不朽生命的寓言。

姐姐的语文课本上有《乌鸦与狐狸》，说有只乌鸦偷到一块肉，衔着站在大树上。路过此地的狐狸看见后，馋得口水直流，很想把乌鸦嘴里的肉弄到手。它便站在树下，大肆夸奖乌鸦的身体魁梧、羽毛美丽，还说它应该成为鸟类之王，若能发出声音，那就更当之无愧了。听了狐狸的夸赞，乌鸦得意极了，为了显示自己能发出像狐狸希望的声音，张嘴放声大叫，衔在嘴里的那块肉因此掉到了树下。狐狸跑过去，抢到了那块肉，并嘲笑说："喂，乌鸦，你若有些头脑，真的可以当鸟类之王。"

不知为什么，姐姐在家背诵这篇课文时，我就是觉得这故事就发生在屋后的那棵大杨树上，乌鸦和狐狸的对话我听得真切。

我很不喜欢它们，乌鸦和狐狸我都不喜欢。我喜欢另外一个跟这差不多的故事里的凤凰鸟。故事说，有一天，猫头鹰抓到了一只死耗子，它怕凤凰鸟跟它抢，就发出尖戾的声音，摆出恐怖的姿势，吓唬凤凰鸟。凤凰鸟很不屑地对猫头鹰说：不是泉水我不喝，不是翠竹我不吃，高贵得很，哪里看得上死耗子？别恶心我！

在屋前屋后的群树中，有一棵小叶椭圆形的皂角树，虽没有那些大树威风，但它毫无自卑地傲然于春花秋月里，带给我很特别的欢喜。

春天里，它在叶间抽出花轴，花轴上“停”满了无数小蝴蝶般的花瓣，排列成穗状，黄里透绿，淡雅、端庄，像村姑，清纯、温和。花瓣慢慢脱落。花瓣脱落的地方露出了果实。果实颇似刀豆，但又比刀豆长很多，阔很多，像一把小弯刀。母亲告诉我，它叫皂角。皂角嫩时（夏天里）呈黄绿色，到了秋天，成熟了，就是褐色了。

满树小弯刀，微风中窸窸窣窣，自有一种不同凡响的风骨在，没有哪一种树有它的别样风采。

皂角长成了，摘回来，用棒槌敲打成丝瓜筋状，再用热水浸泡，便成了无色无味滑滑的液体，用它洗衣洗被，洗头洗澡，洗锅洗碗，都是好的，去污。

我跟父亲到镇上的澡堂子去洗澡时，唛唛都不忘嘱咐一声：摘一个皂角。

带筋的皂角，不仅去污，还特别止痒。

我的生活，被皂角清洁着。

单头棚子东南角的那棵碗口粗细、土头土脑、笔直的楝树开花时，就知道春天来了。

楝树花，淡紫色，满满一树，如云似雾，在轻柔的春风里摇曳；香味特殊，散发着娴静雅致的气息。

楝树，树干褐色，表皮皱裂，星星点点。叶椭圆形，锯齿缘，细长，稀疏，给人简约清欢的感觉。

相信楝树体内的汁液浓烈，夏日时，蝉、金龟子，尤其是天牛，都会聚集在苦楝上，吸食楝树的汁液。这时，我可以在楝树上轻易地捕捉住这些贪嘴的家伙。

一年，我站在楝树下，看父亲为楝树修枝。父亲剪下一根旁枝，说：楝树有另外一个名字，叫“哑巴树”。

我：有会说话的树吗？

父亲：不是那个意思。是说楝树的果子有毒，人吃了说不出话来，会变成哑巴。

我：唛唛每年秋天都要我收些楝树果子，说如果冬天里哪个生冻疮了，可以把它的汁抹上去，这样会好得快；如果夏天哪个长疥癣，也可以用它的肉来治。楝树果子怎么会有毒呢？

父亲：唛唛说的都是外用，不能内服。

尽管如此，对父亲的这个解释我还是存疑的。

楝树花落结果，初为绿色，成熟后呈金黄色，圆圆的，像玻璃球，一串串，缀满叶间、枝干，在风中摇荡。此时，白头翁之类的鸟雀扑棱棱飞来竞相取食，边吃边叽叽喳喳，像是谈论苦楝子味道，欢得很，吃了那么多，没一个成哑巴，一个个叫得欢天喜地。多少次，我泛起吃几粒楝树果子的冲动，想试试是不是真的会变成哑巴，又多少次放弃了，拿自己试，呆子，一旦真的不会说话了，那可就太惨了。

父亲又剪下一根旁枝，说：楝树分枝广展，但不管展出去多远，枝杈的顶头总是平展展的。

我：这不就是它的长相吗？

父亲：是它现在的长相，不是它以前的长相。以前的长相不是这样。

我：你见过它以前的长相？

父亲：没有。

我：没有怎么知道不一样？

父亲：是传说。

我：里面有白胡老头吗？

父亲：那倒没有，有西天取经的唐僧。到西天取到了经的唐僧返回时，带了很多很多经卷。路途遥远，难免遇到刮风下雨。有一天，大风大雨把不少经卷打湿了，唐僧心疼得很。天一放晴，马上把湿了的经卷铺到树枝头上晾晒。有幸托举唐僧经卷的树枝赶快把枝头展平……经卷晾干了，这棵树的枝杈的头顶永远保持平展。一说是为了等待唐僧再来晒经卷，一说是为了显示自己曾经托举过经书的荣耀。这棵树就是楝树。举着经卷可辛苦，也因此，在哑巴树之外，楝树还有另外一个名字，叫“苦楝”。

听了父亲的话，楝树，令我肃然起敬，在我眼里高大、神圣起来。

屋后是一条东西流向的河，清澈碧透，单头棚子，被拥在潺潺闪动的涟漪里。

我常跟唛唛去河边码头，看清澈河水里大鲹鲦摇头摆尾地游来游去，看成群结队、一点点大的小鱼在水里稚气十足地嬉戏。唛唛提着筲箕去淘米，一群鱼赶来觅食。唛唛慢慢地把筲箕沉入水中，待小鱼游进来觅食时迅速拎起，馋嘴的小鱼们来不及逃脱，落在了筲箕里。捉住了，捉住了，我兴奋地拍着手，看着小鱼们急得乱蹦乱跳又急切地催促唛唛：快放了它们，快放了它们。

这条河给了我很多的快乐。

“蓬头稚子学垂纶，侧坐莓苔草映身。路人借问遥招手，怕得鱼惊不应人”（胡令能《小儿垂钓》）也是有的。

夏天的晚上，沉睡着一河星星，月亮常来做客。这时，我喜欢捧几块西瓜皮削进河里，看水底的月亮扭秧歌。

落雨时，小河很是好看。小雨轻落，河面漾起的是一个个迷人的笑窝；如果是大雨倾泻，那河面便像是被烧沸了一般，“啧啧”不已……

河水汤汤，流进我梦里，在那里肆意荡漾。

水多，桥就多。

家门前就有座“舍田桥”。

舍田桥哪年建的，没人知道，桥头上没有“建桥记”之类的碑文，但它已经相当破旧了，立在水中的木头桥柱子都块烂断了。在我记事时，重修。

消息传出，唛唛面色相当严峻地嘱咐我：如果夜里有人叫你名字，千万不能答应！

我：为什么？

唛唛：造桥修桥是要把人的魂魄打入桥桩的，这样造出的桥才结实，不会塌。叫哪个人的名字哪个人答应，他的魂就要被勾了去打进桥桩里。

我：那是不是说每根桥桩下面都有一个人的魂？

唛唛：恐怕不止一个人的噢。

听闻，脸吓得煞白，别说夜晚，就是白天也提心吊胆，害怕有人叫我的名字。直到新的舍田桥修通了好些天，心里还是颤颤的。

我：唛唛，桥修好了，没见村上少什么人啊？

唛唛：也可以叫狗啊猫啊的名字来替代，大概是用了它们的。

有这样的“老古话”垫底，我对从唛唛嘴里说出来的老古话充满敬畏。

唛唛：老古话说，见人不开口，不如一条狗。

谁愿意做狗？唛唛要我叫谁我就叫谁，要我叫什么我就叫什么。后来再不需要唛唛“指挥”，爷爷、唛唛、伯伯，姨娘……叫得可欢。

因为嘴甜，常受到长辈的夸奖。

唛唛的老古话又来了：嘴甜吃馒头，嘴硬吃拳头；叫人不蚀本，舌头打个滚。

唛唛扁担大的“一”字都不认识，可这，一点也不妨碍她老人家肚子里的老古话像河水，源源不断：瓶口扎得住，人口扎不住；豆芽菜，水蓬蓬，竹竿子，节节空；要想人不知，除非你没做；肚里剩不下二斤油；不听老人言，吃苦在眼前；没金没银事小，没心没肺事大；够不着房檐嫌地矮；做贼从偷菜起，赌钱从跌背起（跌背，苏南民间一种简单游戏，就是拿一枚铜板猜正反面以赌输赢）；药人的东西不吃，害人的事情不做；饭可以随便吃，话不能随便说；帮你是情分，不帮你是本分；编筐编篓，重在收口；钓鱼要忍，拿鱼要狠；变皮变不了瓤；船家的小把戏会浮水；别人的肉贴不到自己身上；跑了和尚跑不了庙；平路跌死马，浅水溺死人；平时多打井，天旱不求神；砻糠里舂不出米来……

唛唛的老古话多，老规矩也多。吃饭，粗瓷碗舔得干干净净；掉地上的饭粒一定得捡起，吹吹，再送到嘴里；粘在锅底的食物用锅铲仔细铲下来，用水泡了当饭；不能“剩饭碗”（碗里的饭没吃完），糟蹋粮食雷公公、电婆婆会打你的头；喜欢吃的菜不许连着搛两次，不许搛到对着别人的那边去，不许用筷子在菜盘里乱翻；咀嚼时，嘴巴要尽量不发出声音：看见猪吃食了吧？吧唧吧唧的，只有猪吃东西才砸得响；擦桌子时要从远处往面前擦，而不是向四面拨拉……

唛唛的老规矩有些有道理，有些没道理。走路见到药渣时不能踩，踩了有晦气，因为把药渣倒在行人较多的十字路口，就是想让人踩，谁踩了，谁就把病魔带走了，喝药的人病就会好起来。以我的切身体会，这个老规矩就没啥道理。谁见过踩了药渣就生病的？没有。我喝过不少汤头，药渣都倒到十字路口，我去十字路口看过，它们都被人踩了，可没见我的“病”被谁带走。

我：唛唛的规矩真多！

唛唛笑笑，拿出一根绳，系在门前一棵长得歪斜的小树上，问我：这棵小树长得直不直？我：不直，歪着呢。唛唛收紧手中的绳子到小树直了的程度，再问我：直了没有？我：直了。唛唛：它怎么就直了的呢？我：唛唛手中的绳子拉的。唛唛：唛唛松开手中的绳子这棵小树会怎样？我：它还会歪过去。唛唛：哎，这就对了。你就是这棵小树，唛唛的老规矩就是手里的这根绳子，不能松，一松，你就歪了。

唛唛的老古话、老规矩多，老古经（方言，老故事的意思）也多。

唛唛的一个老古经——

一户人家，嗲嗲年老了，生病了，光吃不能做事不说，还要花钱请郎中抓药给他治病，他的儿子烦了，就把他放进一只大箩筐里，叫来自己的儿子，在一个伸手不见五指的夜晚，两人抬到山上的悬崖边，要把老人连箩筐一起推到崖下去。正准备推时，儿子拉住：“嗲嗲，留下箩筐。”父亲：“为啥？”儿子：“再过些年抬你时用啊！”父亲一听，五雷轰顶！忙把老嗲嗲抬回家，该看病看病，该吃药吃药。

唛唛：自己怎么对嗲嗲，日后儿子怎么对自己啊！

唛唛的又一个老古经——

王二在自家桑树田里松土。松着松着，从土里松出了一只坛子。王二好奇，打开封口，一看，乖乖，全是黄灿灿的金条！王二拿出一根，翻来覆去地看，心里欢喜。这下发财了！可，他转过头来一想：这是别人埋的，不是我的，不是我的我不能拿回家。王二恋恋不舍地把金条放回坛子，盖上口，埋回了土里。

晚上，躺在床上，王二跟老妈（方言，老婆）说起了白天发生的这件事。王二的老妈说王二做得对：不是自己的东西，就是不能拿。

王二怎么也没想到，有个小偷藏在自己家的床底下，把自己跟老妈说的话听得一清二楚。听完，小偷可是高兴坏了，也顾不得偷王二家的东西了，直奔王二家的桑树田，刨土、刨土，刨到了王二说的那只坛子，眉开眼笑：我发财了，我发财了！小偷喜匆匆地打开坛子，想数数究竟有多少根金条，没想，一看，吓得魂飞魄散：坛子里哪里是什么金条，而是一坛子在里面蠕动的火赤炼（全身呈金红色的毒蛇）！

小偷赶忙把坛口盖好。

小偷越想越气：肯定是王二发现了我，编出这么个谎话来骗我上当，想要了我的命。

你要我的命我先要了你的命！

小偷抱着坛子，离开桑树田，又来到王二家门前。这回，小偷没进家，他爬上了王二家的房顶，揭开屋瓦，把坛子里的火赤炼全部倒到了王二家的堂屋里。

王二听到响动，点灯，起床，一看，堂屋的地上铺满了金条……

唛唛的再一个老古经——

一次，老财主外出，走路走渴了，到路边的一户人家讨水喝。户主好心地给他端上一碗水来。老财主讲究，担心盛水的碗没洗过，嫌不干净，不喝。

户主按住火气说：你这个人真是的！是你讨水喝，还这么讲究！放心吧，碗洗过，干净的。

老财主：洗过？我没看见。

户主：我老婆说眼不见为净。

老财主：瞎说，怎么会是“眼不见为净”呢？应该是“眼见为净”。

户主：那你跟我的老婆讲理吧。

老财主：把你的老婆叫出来。

户主的老婆从里屋出来了，老财主责问：是你说“眼不见为净”吗？

户主老婆：是。

老财主：错！眼见为净。

户主老婆：假如我证明是“眼不见为净”怎么说？

老财主：只要你能证明，我输你一担粮食。

户主老婆：当真？

老财主：我说的话有不当真的时候吗？笑话。

户主老婆：那好。

户主老婆转身进里屋，提着马桶出门，倒了，在老财主的眼皮子底下到河边洗了又洗，涮了又涮，然后用它提回水来，烧开，给老财主端上一碗来。

老财主：你怎么能用马桶提回的水烧给我喝？

户主老婆：你都看见了，我可是洗了又洗、涮了又涮的。

老财主：再洗再涮它还是马桶啊！

户主老婆：你不是说“眼见为净”吗？你喝了这水，算你赢；你不喝这水，算你输。

老财主输掉了一担粮食。

自三岁的那场病后，我一直不健壮，身体弱，稍感风寒，马上头疼发热。一旦恹恹地像只病猫似的蜷缩着，唛唛就会关切地伸手摸我的额头，一触，发烫，喃喃地自言自语：是太婆还是祖太婆相着你了。

“相”，啥意思？不明白，“想”的意思？太婆、祖太婆我见都没见过，她们“想”得着我吗？不懂，也不敢瞎问，由着唛唛。

唛唛从碗橱里取出一只碗，到水缸里舀些水，又从筷筒里抽出三根竹筷，开始给我做“关目”（方言，此处是举行仪式的意思）——站水碗。

唛唛把盛着水的碗放在门口的地上，蹲下身子，并拢三根筷子，筷头向下，左手扶着竖到水碗里，右手撩起碗里的水不断浇竖着的筷子，边撩边祷告：是太婆“相”的就站住，我烧钱给你，保佑佬小身体好。说完祷告词，松手，如果筷子没立住，倒下了，那就再祷告下一个可能“相”的亲人的名字，直到筷子立在水碗里不倒，说明找到了“相”我的亲人，赶快去烧金箔银箔。烧完金箔银箔，再拿站过筷子的水去煮一碗加红糖的姜茶让我喝下，捂上被子睡。一觉醒来，头疼脑热好了许多。

水碗站过，能找的偏方也找过，能做的“关目”也都做过，我仍然一副可怜兮兮、病恹恹的样子。

父亲母亲，尤其是唛唛，实在心疼。卢折脚是无能为力的了，便带我去茅山，请道士为我占卦，把让我强壮起来的希望寄托给算卦先生。

金坛西陲有山，称句曲山。相传西汉时，有一位叫茅盈的人，带着茅固、茅衷两个弟弟来到句曲山潜心修道，采药炼丹，最终得道成仙，人称“三茅真君”。句曲山因为有了这茅氏三兄弟的故事就成了“茅山”，就成了中国道教圣地，被道家列为第八洞天、第一福地，千百年来香火袅绕，绵绵不断。在苏南，有“三月三，上茅山”的民谚。这里的一草一木，沾真君仙气，到这里抽签算卦，相当灵验。

在大殿中央，一群善男信女，围着一个闭目的老道虔诚地磕头，偶尔从道长摇动的签筒中滑落一签，掉在地上，捡起，这就是他们的命运，就是他们的或惊喜或哀怨。

轮到我了。

道士青衣布衫，长髯飘飘，面对我，双目微闭，神秘地掐算了老半天，然后悠悠地说出一番话来：这孩儿注定要经历磨难，如果能过继给都属兔的夫妇，会吉祥平安。

父母一听，心宽了许多。

凡人的生活、命运，凡人自己无从把握，需要本身之外的人来指点、来启示、来预测？还要磕头作揖，千恩万谢。

从茅山回到家，父母发动一切可以发动的力量，找：仙草无法找，找都属兔的夫妇应该可以。

在没有找到之前，父母花重金（农家认为的）为我做了件带头套的金红缎面披风，披风上端有头套，头套绣成兔头模样，一穿起来，两只长长的白色耳朵在风中摆动。这，不仅是我，而且是全家，在很长的一段时间里最值钱的一件衣服。晒伏时由专人看着，直到收回，担心被人盗了。

缘分啊！

也就一年，终于找到了茅山道士要我父母找的人：城东公社下塘桥大队木生根夫妇。他们都属兔。几经促合，他们成了我的干爹干妈，我成了他们的干儿子。

自我五六岁起，每年春节、端午、中秋节，先是父母、后是姐姐带我，再后来我自己一个人，必去干爹干妈家拜节。

干爹干妈家距舍田桥二十五里。年纪小，走不动，到河边舍田码头搭乘“快班”（客船）到城里，从西门码头登岸后再走过去。

长些后，步行去。从舍田桥出发，过西大亭、午干、五里亭，自西门进入金坛城。

进城走得就慢了，东张西望，一人巷、二码头、三思桥、司马坊、乌龟池、陆家蜡烛坊、七庙巷、八角井……一步一景。

县城之内，多是枕河人家，清河、文清两座建于宋代的石拱桥横跨千年漕河。每次走过，我都会唤一唤它们的名字，口感甚好。这是我见过的最长的桥，会停下脚步，伏于桥栏上，听桥下流水一声“哗”追着另一声“哗”，流向远方，桥影细碎在这“哗哗”声中……

最凝重的当属县前街。尽管老县衙早已倾废在历史的烟尘之中，但就凭一些仅存的遗迹，比如，县衙大门口的一对抱鼓石和两边断垣残壁，仍显示当年县衙的规模宏伟、气派。

这条老街，矗立着一家连一家的深宅大院，自北向南，有孙家大门、强家大门、蔡家大门、喜家大门、冯家大门、杨家大门、于家大门等。能称得上“大门”的，当然不是普通人家，那门真的高大厚重。每次经过，我想的是我能不能推得动它们，就连门上圆睁双眼的辅首，都是那么的咄咄逼人。满地方砖，石础有序，证明着这里昔日煌煌。大门里更是屋宇重重，庭院深深，花木扶疏，曲径通幽：这里面藏着多少喜怒哀乐、悲欢离合？马头墙、风火墙，我见到它们时，它们饱经沧桑，一脸纵横交错的皱纹，用心触摸那些凝结在雕花木窗上的印痕，苍凉如水。

好不容易穿过县城，出城东门，顺着县第二中学的黄砖围墙向东，过下塘桥后转向南，再走一节田埂，到了，清澈的一条小河边的三间草棚，就是我的兔爹兔妈的家。

一般我会在干爹干妈家住一晚，最多时也住过三晚，然后返回舍田桥。

干爹干妈的家毕竟是在城脚跟，吃食是要比我家好些的。在这里的家里，我还吃到了以前从没吃过的一种叫“京江脐”的面点。

为什么叫“京江脐”呢？

常年在外跑船的干爹告诉我，这种面点从镇江传过来。长江镇江段又叫京江，面点的形状像佛门四大金刚的肚脐眼，所以，这种面点传到金坛时，就叫了“京江脐”。也有人看它像老虎脚爪子，就叫它“老虎脚爪”，难听的是有人叫它“狗脚爪”。

干爹还说，面点、糕点又叫“点心”。“点心”与抗金女英雄梁红玉有关。她的丈夫、镇守镇江的大宋将领韩世忠将南侵的金兵围困在黄天荡里四十八天。

夫人梁红玉不仅登上金山，擂鼓助战，而且，还发动妇女做了许多糕点送上去慰问英勇杀敌的士兵，表示“点点心意”。这就有了后来的“点心”。

我听得入神。

京江脐有甜、咸两种口感品种。咸的京江脐是面粉本色，甜的就不是了。干爹的长子、我的表哥带我到城里的店里买过京江脐。

表哥老车（方言，“车”念jū，老车，老道，有经验），买时，总要看着师傅在案板上把面团切成六角形，放进炉子里烘烤。

京江脐出炉前师傅大声问：甜？咸？

表哥大声答：甜！

师傅拉开炉口，把事先准备好的红糖投进去，一股浓烟喷薄而出，师傅迅速盖住炉口。出炉时的京江脐，个个面色红润，像戏台上关公的脸。

我赞：才出炉的更好吃。

表哥得意地：是吧？！

唛唛一直说，茅山道士真灵：自我过继给了干爹干妈，血气渐渐旺盛起来，面色一天好过一天，我彻底告别了药罐子。

兔，我的生命之友。

小把戏盼过年。

只有到了过年，才有好吃的，好穿的，好玩的，一年中最欢乐的时光。

啥时候唛唛扛上一袋糯米，牵着我到鹤科村上去炒炒米，离欢天喜地的年就不远了。

炒炒米，第一个“炒”动词，后面的“炒米”两个字名词，一种食品名。

我们要去炒炒米的鹤科村，离家有四五里路。唛唛天不亮就起床，扛上米袋，我提一盏灯笼，为她照亮。

唛唛想早去早回。

天大亮，我们到了炒炒米的地方。进店一看，灶膛早已红红火火，屋里更是人头攒动，想着过年的不是我一个哦。

店家帮唛唛把肩上扛的糯米袋放下来，先用筲箕淘一下袋里的米，再倒进藤条编成的大笆斗里，用旧棉衣棉被焐好，焐些时间再倒入大铁锅，炒。

炒炒米的铁锅极大，如果倒扣过来可以扣进一个大人。

米入锅，店家伙计挥动大铲，忽上忽下，一刻不停地翻动，锅中的米被一铲一铲地掀起，像是拿瓢泼水。一会儿，听到了糯米在掀动的铲子上“窃窃私语”；再一会儿，糯米在锅里噼啪噼啪地“热烈鼓掌”；接着就是啪啪啪啪的一片“欢呼”，一粒粒原来又瘦又小的糯米爆开了，变得又白又胖……店家伙计挥动的大铲也炒爆了张着嘴看的我的惊喜的眼神。

炒米一出锅了，唛唛立即把糖子放入炒米中，利用炒米带出的热量让糖子融化变软，粘住炒米，等它冷了，就是香、甜、脆的炒米糖了。

唛唛抓一把不再烫手的炒米装进我的小布袋，然后“嗨吆”一声，把一大袋炒米使劲往肩上一撂，喊我，“走，乖乖，我们回家过年。”

我站住扔几粒炒米到嘴里，马上碎步追上唛唛，走一路，吃一路，一路香气。

吃过腊八粥，父亲母亲就开始办年货了，买京枣（江米条）柿饼糖块……淘糯米（做米酒、磨成粉做元宵）、泡黄豆（准备磨豆腐）……

掰着手指数日子。一数就数到了腊月二十三，掸尘的日子。全家人一起动手，从屋脊到墙面，直到旮旮旯旯，清扫一净，焕然一新。

腊月二十四，“送灶”的日子。

母亲早些做好鸡鱼鸭之类的好菜，父亲搬张小桌放到灶台前，放满妈妈做的好菜，在酒杯里筛上好酒，祭拜灶神。

一番磕头祷告之后，把灶神的画像从灶头上揭下来，放到大门外早已准备好的一堆芝麻秆上点火烧掉。要是芝麻秆，别的不行，是要讨芝麻开花节节高的口彩。青烟袅袅，送灶神“上天言好事”去。到了年三十夜，再用好酒好菜把灶神接回来，叫“接灶”，希望他“下界保平安”。

在送走之后到接回之前灶神上天述职不在岗的这五六天时间里，生火做饭要格外小心，少说话，特别不能说不吉利的话。可别以为灶神不在，说什么他都是听得见的。

腊月二十六，做团子。

腊月二十七，蒸馒头、水糕（发米糕）。蒸馒头的面是掐着时间发的，到腊月二十七准好。借来蒸笼，垫上笼布（蒸水糕时垫苇叶），把发面揉成馒头、上锅蒸。一笼蒸出，揭盖，米面的香气弥漫，我深嗅几下，忙不迭给每个馒头、水糕点上红色的小梅花。

腊月二十八，敬神，父亲称“还年礼”。还年礼讲究，得用整鸡、整鱼和一个猪头来祭拜。而且，鸡要用雄鸡。所谓整鸡，就是要完整，杀鸡时从鸡屁股后面开一小洞，取出肚子里面的杂碎，尾巴上留几根鸡毛，蒸熟，上桌。团子要整整一笼摆上供桌。供桌上座摆十二只酒盅，如果遇上这年闰月，那就要摆十三只。如果一张供桌摆不下这些，可以在主桌边上再摆一张配桌，显示丰盛和诚意。磕过头，放鞭，爆竹声声，炸得新年喜气洋洋。

年三十晚上吃年夜饭，摆上平时根本吃不上、吃不着的各色荤素好菜，七大碗八大碟，越多越好，鱼、整子（煮熟的鸡蛋）、班烧（肉丸子）、整鸡（或鸭）是年夜饭桌上缺一不可的三道硬菜。

面对这么多好吃的，自然口水直流。可别急，年夜饭前“供祖宗”是决不可或缺的庄严神圣的仪式。

把烧好的菜一碗一碗端上来，有一个亡故的先人放一只酒盅和一双筷子，就像请客一样。面对席桌放一只草垫子，长幼有序，依次虔诚地作揖，磕头，祭拜祖宗，告慰先人，叩拜毕，在一只大火盆里烧些早就折好的银锭纸钱。

完成这些仪式，年夜饭这才正式开始。

每年年夜饭，母亲都要多盛一碗饭、多拿一双筷子放到席桌上，寓意添人添口、人丁兴旺。

吃过年夜饭，唛唛忙不迭地把锅里的饭盛到筲箕里，再放些柏枝、红纸和一条整鱼，讨“年年有余”的吉利，吊到从屋梁垂挂下来的吊钩上。

年夜饭后，父亲更忙，一般要忙到大年初一天麻亮。

先是贴对联、年画。大门、房门、灶屋门，包括猪圈门、鸡窝门，一门不落，都是要贴的，门框上贴横批“姜太公在此百无禁忌”，墙壁上贴“童言无忌”和一个又一个的“福”字。“福”贴得最多，水缸、粮囤、碗橱……甚至箩筐，到处是“福”。

看着年画上高大的厂房、厂房后面冒着白烟的烟囱，唛唛一声叹息：看不到《珍珠塔》小方卿、《白蛇传》白娘子小青了。唛唛叹息前，我只觉得年画把烟熏火燎、斑斑驳驳的老墙装饰得花花绿绿、亮色光鲜，好看。经唛唛一说，我也觉得是，我就是从年画去“三顾茅庐”、走进“水泊梁山”的，现在没了。

尽管腊月二十三已经掸过尘，但除夕晚上睡觉前还要再彻底清理一次。因为，正月初一至初五，家里的任何东西都不能扔到门外去，包括刷牙洗脸洗脚水，都不能，扔的是财，不吉利。就是扫地，也要自门口往里屋扫，这是把“财”往屋里聚集。

贴完对联，父亲忙着清理、规整，包括在条桌上放好香烛，准备好第二天一早要给来拜年的人的瓜子糖果之类……

一觉醒来，长了一岁。枕边必定会有父亲在我熟睡时放好的一方红糕和压岁钱，这是新年给我的第一份快乐和祝福。

翻身下床，床边必定有母亲为我做的一双新鞋，让我穿上它走新路……

年味醇厚，无与伦比。它是千百年农业文明酿成的一壶老酒，别说喝，就是闻一闻，也会醉过去三天。

过了年，很快，我到了上学的年龄。

自我三四岁的时候，或大姐或二姐，或大姐二姐一起，带着我去学校。她们上课，我就坐在她们的身边，静静地，也听。听课长大，一年级的东西都会，不用再上，就从二年级读起。

其实，二年级的也会，是想从三年级读起的，学校说没有先例，从二年级读起就已经破例了。父亲只好作罢。

四面八方传来的叽叽喳喳的鸟叫将我童年的早晨唤醒。翻身下床，就着爽口的腌菜，惬意地喝一碗或唛唛或妈妈早就熬好的大麦粥，把碗往桌上一推，背起妈妈年前就缝制好的布兜书包，走出单头棚子，走上田野阡陌，上学去。

新鲜的晨光中，斑鸠声声。我执着地寻找它既温顺、又让人怜爱的蛋黄般柔软的鸣声。它们响在四面八方，又从四面八方消逝。斑鸠这大地民间歌手的欢叫，好似花瓣上点点透明的露水，把我走向学校的天空洗得蔚蓝、清新、明亮。

学校离家约莫三四里地。没读过一年级，也就没有严格意义上的启蒙老师。上学后的第一位班主任也姓蔡，叫蔡美成，一位严格的夫子。新社会了，早已废除了体罚，但蔡老师还是喜欢在手中晃动一柄类似戒尺的东西。其实，也不是真的要体罚谁，这是他表达师道的一种形式。偶尔真“打”，不过是为了着力提醒我们的注意力罢了。有一次，我课堂上交头接耳，蔡老师走来，轻声慢语但坚定：“把手伸出来，掌心朝上，平放在课桌上。”他举起戒尺，拍我掌心，一“板”一“眼”地训示：“子不学，非所宜；幼不学，老何为？”违反课堂纪律是要“站壁”的，就是面对着墙壁站着思过。每天的课文，放学前要背诵出来，如果背不出来，或者背得结结巴巴，要被“关夜学”（暂不放你回家）。我没“站”过“壁”，也没被“关”过“夜学”。

放学了，我和小伙伴们一起在田野里奔跑，笑如春花，大朵大朵地开在旷野。

童年，坐在门槛上，看报春燕子双双斜飞，它们纯净清爽的呢喃，线条简洁柔和又不失妩媚的翅膀，在行云流水间剪裁春风。

大姐说：燕子与人有约，秋去春回。无论今秋飞去多远，来年春天，它们一定会凭着惊人的记忆力飞回来。

燕子喜欢与人为邻，喜欢把家安在农人的屋檐下。在家里堂屋大梁下，年年有燕子做窝。年年我盼着它们的到来。它们飞进飞出，一口一口、辛勤地衔来泥和草茎，用唾液黏结，半碗形的窝上尽是它们辛劳的痕迹。

窝里铺以细软杂草、羽毛、碎布等，迎接着新一代的降生。

家人都下地干活了，唛唛要去大姑姑家，大门得上锁。唛唛走前嘱咐：你们出去的时候记得把窗子开开，不要关通堂迎家（方言，即堂屋）的门。

唛唛这么关照是为了方便燕子从窗户进去，绕过睡屋到堂屋，喂它们的孩子。

钩帘归乳燕，穴牖出痴蝇。为鼠常留饭，怜蛾不点灯。农人怜悯之心对蝇、鼠、蛾来说近乎奢望，唯独对燕子是真切的情意……

小燕子长大了，离窝了，飞走了，新一代长成了，燕子的家族就这样生生不息。

燕子飞走之后，父亲会找来一根长竹竿，把堂屋大梁下的燕窝捣碎。泥土羽毛一地。扫起肥田。

我：嗲嗲，为什么要把它们捣掉呢？留着，小燕子明年飞来的时候不是可以省得再做窝了吗？它们做得那么辛苦！是为了用它肥田吗？

父亲并不停下手上的活，答我：两个拳头大的东西，能肥啥田？留着，明年来的燕子的确用不着做新窝了，可老窝经一年空闲，湿霉了，不能再用。再用，燕子会生病。而且，不能留着，留着它，蛇、鼠会住进去。

哦，好怕。

这天，读初二的大姐放学回家，在晚饭桌上说高考取消了。

父亲狠狠地瞪了大姐一眼：胡说！那是共产党定的制度，谁敢取消？！翻天哪？！别说新社会，就是有皇帝的时候，还有科举呢！没有文化，社会不完蛋啊？

大姐嗫嚅：我哪里敢胡说？今天学校开了全校大会，传达上面的指示，“指示”上这样说的。

父亲明显一怔：指示咋说？你没听错？

大姐：没听错。指示说以前的招生考试基本上没有跳出资产阶级的框框，宣布将它扔进垃圾堆里去。

父亲惊得放下了碗筷，闷坐在那里。

识字，当着大队会计，在社会上行走，自然，父亲就有了高于一般村民的见识和眼光，再困难，他也是要他的儿女读书的，知道知识的金贵。小学—中学—大学，一路读下去，自个儿奔个好前程，不再在舍田村拨弄土疙瘩，光宗耀祖，显赫门庭。自爷爷埋在了舍田桥之后，到父亲这辈，再也没有回泰州的念想了。父亲也不相信凤凰宝地、三斗三升菜籽官，他相信“书”才是真的“风水宝地”，里面真有黄金屋。现在，高考取消了，孩子的前程往哪里奔？更要紧的是，它被取消，证明读书不重要了。读书不重要，那还有什么是重要的？一个国家不把孩子读书当回事，这个国家要完啊！

“出大事了。一定是出大事了！”父亲点燃一根烟，声音里带着明显的悲戚，我们都被父亲的样子吓着了。

天是彻底地黑了。

黑暗中，只有父亲指间燃着的烟卷明灭不定。

自取消高考消息确定真实，父亲对大姐从学校带回的各种传闻格外重视。大姐不言语时，父亲还会主动问上一句：今天啥消息都没有？

大姐：有。毛主席给清华大学附中红卫兵回了信，信中说“造反有理”。8月18日，毛主席穿军装、佩戴红卫兵敬献给的袖章，登上天安门城楼，接见红卫兵。我们学校也发动成立红卫兵组织，不少同学都写了申请书，我要不要参加啊？

父亲不假思索，斩钉截铁：不参加。共产党掌权，“造”谁的“反”啊？不要跟着起哄。这些话不能对外面讲喔，谁问你参加不参加，你就说再想想。

过了约莫二十天，大姐从学校回到家，一脸高兴：上面发通知了，号召全国各地的革命学生（红卫兵）代表来北京参观“文化大革命”，我们学校高中部的同学准备参加大串联，去北京，接受毛主席的接见。

父亲不假思索，斩钉截铁：去，参加，出去见见世面。多看，多听，少说。回来把看到的听到的详细跟我说说。

11月初，大姐与高中部同学一起，背着挎包，举着红旗，意气风发，浩浩荡荡，徒步进京。

走了近一个星期，走到了百余里外的镇江市。领队的头头觉得，这样走到北京，黄花菜都凉了，决定弃步乘车，乘车进京。

立冬在即，北京天气逐渐转冷，大规模的红卫兵来京，穿着单薄，衣食住行保障极为困难。11月6日，中共中央发出了红卫兵和师生暂停来京和到各地串联的通知。可是，这时，受到毛主席接见的鼓舞，这个最高权威的红头文件对红卫兵已经没有约束力了，来京的势头不但没有减弱反而更猛。

11月10日，毛主席第七次接见红卫兵。

接见结束后，毛主席焦急地问周恩来总理：“我已经几次接见红卫兵了，为什么北京还有这么多红卫兵要接见？”周总理：“你不接见他们，他们不走啊。”毛主席：“中央不是决定停止串联，要红卫兵回原地闹革命吗？”周总理：“这些红卫兵已经来北京了……要尽快想办法见他们，让他们回去。”毛主席当即决定：11月25日、26日连续两天接见红卫兵，让在北京的红卫兵都参加接见。接见完毕后，不再接见红卫兵。

这是中国青年学生，在北京，在北京天安门广场上最大规模的集结。从1966年8月至11月，毛泽东主席在这里先后八次接见红卫兵，接受检阅的中国青年达到一千三百万。显然，毛主席把青年学生，特别是中间的红卫兵，看作是他全面发动“文化大革命”的突击力量。在毛主席八次接见红卫兵的强劲鼓舞支持下，各地分散的、零星的造反运动，迅速统一到“红卫兵”这个先锋、前卫风靡全国的组织形式下，汇聚成为一股席卷数千万青年的狂潮。

在镇江，就在大姐所在的串联队伍与来自各地串联来的红卫兵汇集到一起，准备爬上北上的列车时，从北京串联返回来的红卫兵带回了消息：毛主席接见红卫兵的历史性行动真的结束了，不让再去了。

到了镇江，也是见了世面了，那可是管辖金坛县的专区所在地。再回到舍田村的大姐，不时哼“造反有理、造反有理”的革命歌曲。我看见父亲用眼瞥了瞥大姐，脸色黯然，闷头抽烟，末了，幽幽地说：国家要乱了，这是在放火啊！”

父亲怕被外人听见，话压在嗓子眼里，从牙缝里挤出来。那狠劲、那神态，令我不可磨灭。

不可磨灭的还有大姐从镇江带回来的一张油印的大字报上的话：

……发生轰轰烈烈的五四运动的那一年，是进入本世纪后的第十九个年头。十九，一个人生命力和血性最旺盛、最能体现年轻人特征的年龄。也正是一群十九岁的青年，他们是在世纪初的地平线上诞生的太阳，他们似乎因此而肩负着特殊的责任和使命，正是他们在中国的土地上掀起了一浪又一浪如火如荼汹涌澎湃的狂飙，他们沸腾的血液和生命照红了本世纪初辽阔高远但有些沉重的天空，他们高扬的手臂和高昂的头颅是这个世纪骤然耸起的一座高峰，并因此决定了本世纪是一个狂飙四起、英雄辈出、江山震撼、乾坤扭转的世纪。现在，岁月的巨轮转到了我们的脚下，奋起，像“五四”的生命那样，用激情推动巨轮的转动，高高举起红彤彤的“造反有理”的大旗，让青春在“横扫一切牛鬼蛇神”的大革命中呈现出更绚丽更耀目的颜色……

史无前例的无产阶级“文化大革命”是天边的炸雷，在远处滚动，虽然身边已经火星四溅，但毕竟尚未燎原，乡村生活基本在原来的节律中。

薄云在天庭上缓缓游走，一点两点星光伴着半规月影的夏夜，我与伙伴们以打谷场为中心捉迷藏，屋后、树丛、草间……掀起一阵高过一阵的喧闹。

夜深了，临散前，不忘捉几只萤火虫，装到早准备好的玻璃瓶中拎回，挂到蚊帐里，哼着从唛唛嘴里学来、节律朗朗的“火萤虫虫夜夜红，阿公挑水卖胡葱……”童谣，伴点点迷离萤光入睡。

秋风起、桂花香的时候，与伙伴们一起，用新收的稻草像姑娘编辫子那样编一根长长的草绳，用火熏过，从河心抛入，再引到岸边，然后在岸边的绳头处用砖块支起一口锅，拾来柴火煮沸一锅河水，等着肥蟹沿草绳爬上岸来。

“爬上来了！爬上来了！”我们欢快地呼叫。

爬上来的蟹，被直接扔到锅里，煮熟分食。

这是我们非常喜欢的煨野锅。

这些螃蟹怎么就乖乖地爬上来了呢？我好生奇怪。问长我几岁的哥哥，哥哥们都说不知道，就见过大人也是这么弄的。

带着一嘴腥、鲜，回家问父亲。

父亲：秋风起，蟹壳黄。这个季节蟹成熟了。成熟了的蟹脚发痒，它们经常伸长了摩擦，像人挠痒痒。新收的稻草经火一熏，就有了稻香，蟹闻到，自然爬过去。蟹脚上有倒刺，一旦爬上了草绳，只能往前爬不能往后退，这就顺着草绳爬到锅里了。

秋，更深了。与小伙伴一起去放牛，蚂蚱在牛蹄间跳来跳去。坐在牛背上，看近处的炊烟，稍远处的村舍，再远处的青山，更远处的落日……

斑斓童年

那一年，家里孵了一窝鸡，有十几只。

小家伙啄破蛋壳，先是探出头，再是挣出整个身子，叽叽叽地出壳。黄色的、白色的、褐色的……像不同颜色的绒球，先是在父亲为它们编的大箴扁里后是在屋子里滚来滚去。

稍大，母鸡带着它的儿女们出门觅食。

老母鸡对待儿女们关怀备至。在菜地里捉到一只青虫之类的美味，马上“咕——咕”地把它的儿女们招呼到身边，它夹着美食的嘴往前一甩，把美食扔到儿女们的眼前，小家伙们马上围上去，你一口我一口，欢快跳跃。这时的老母鸡并不离开，就站在原地，守护着，欣赏着，显示出满足感。等到小家伙们把美食用尽了，老母鸡才转身，接着寻觅下一顿美食。

一天傍晚，突然乌云翻滚，大雨接踵而至，哗哗啦啦。

雨来得太突然，下得太急，母鸡根本来不及带着它的儿女们赶回家。它们被大雨偷袭在了无处可躲的旷野。

我撑着油纸伞路过这里。

我看见，在雨水淹不到的一个高处，母鸡展开双翅，罩住它的全部儿女们。

我看见，全身湿透的母鸡在雨中瑟瑟发抖，但它始终没有收拢它的双翅，始终护卫着它的孩子们……

读四年级的那年，我们的语文老师换人了，换成了赵粉荣赵老师。赵老师家在县城里。赵老师脸白，嘴巴很大，讲话声音尖细嘹亮，且唾沫星子像子弹似的到处乱飞，冷不丁会射到前排学生的脸上。

那年那月，革命现代京剧《红灯记》被拍成了电影，首次在县城的金沙剧院上映。赵老师家在县城，得到的消息早，他让家人使了很大的劲弄了两张票，带我去看。

这天下午，赵老师带着我先从舍田学校步行六七里到镇上，幸运地拦住了一辆开往县城的手扶拖拉机。

赶到县城，近黄昏。赵老师：先到我家吃夜饭。

我们走向一条狭长潮湿的巷子。

入巷口，赵老师指了指一幢深宅大院告诉我：这是复元堂。

我仰望：大宅坐西朝东，门前有一对上马石，雕刻着花纹。

复元堂?

是，复元堂。

北宋末年，一位姓于的人家，自河南开封逃难至金坛，定居在了乡下的王母观村。到明成化十年（1474 年），于家出了第一位举人于镒，任江西省万载县知县。家出朝廷命官，于是，于家从王母观村搬进了金坛城。明正德六年（1511 年），于家又出了第一位进士于湛，官做得更大了，成了金坛的名门望族，重修了城里的老宅。清雍正元年（1723年），于家出了第一位状元于振，再修老宅，成了深宅大院。于振在督察湖北学政时，因爱才，多录取两人，被罢官，回到了金坛。回到金坛的于振，自律自励，发奋读书，乾隆元年（1736年）参加博学鸿词科考试，殿试取十五人，于振名列第一，重启为官。为了纪念功名的失而复得，于振将自己居住的金坛老宅称为“复元堂”。

复元堂！

走进赵老师家，我拘谨得很，好在师母热情，使我得以吃了个半饱。不好意思吃了。面对那么多的好饭食，我已经吃下了老师、师母总量的一倍了。

《红灯记》，太熟悉了，村头的有线高音大喇叭里天天放，所有人物的所有台词、所有人物的所有唱段，我全部会背，全部会唱。即便如此，电影《红灯记》还是给了我巨大的震动。这是我第一次看电影，电影原来是这个样子的……

电影散场，再搭乘拖拉机返回是不可能了。明天还要上课，赵老师带着我走过十八里夜路，凌晨两点回到了舍田。

斑驳如泪痕的复元堂老墙，我仿佛看见墙里有一灯如豆，映照着状元公伏案苦读孜孜不倦的身影。这想象的场景在我脑海里翻腾不已，萦绕不去。

诞生了这么优秀的人杰的土地，又该是多么神秘的象征啊！它不只是一堵老墙，而是一袭旧梦，是思想，是启示，通体散发着一种直逼人内心的精神的光芒……

河浜里传来“咣——咣——”的捶水声，知道是摸鱼佬下河来了，小伙伴们一路寻着声音追去。

摸鱼佬，手拿渔叉，肩背篾篓，身穿至脖子的黑色防水服，像“水鬼”，在冬天里下河摸鱼。

下到河水里，拿起渔叉，对着水面使劲捶打，将潜伏在河底烂泥里过冬的鱼惊到岸边，便于他捉摸。

捶打过水面之后，摸鱼佬顺着岸边的树须、坎头、穴洞……一路摸过去，没有摸不到的。技术好的摸鱼佬，在冬天的河水里摸鱼，比人家从木盆里捉一条活鱼还便当，他的十根手指上像有眼睛，十根手指上又像是长着一把利钩，碰到他手的鱼没有一条能脱逃的。

冬天摸得的鱼，大都是鲶鱼和鳜鱼。

鲶鱼，苏南人称“鲶花郎”，无鳞，黏滑，嘴两角各有一根长长的胡须。要把鲶花郎从水里捉住放进背后的篾篓里，不是件容易的事，因为它太黏滑，太容易脱手了。

鳜鱼，痴呆，动作迟缓，像是上了年纪的老太婆，正因为这种特性，苏南人称它“桂婆子”，比鲶花郎好捉得很多。好捉归好捉，它背上有一排自我保护的利刺，带毒，平时紧贴在背上，自己感到危险时会立即撑开，耸立在背上，一旦被它耸起的刺扎着，就危险了，谚语说“黄刺（一种俗称“昂宫”的鱼腮部两侧的刺）戳了哭哀哀，鳜鱼戳了买棺材”。可见鳜鱼背刺的厉害。摸鱼佬手上像是有仙气，摸上来的鳜鱼为多，还不被背刺戳着，神。

这么冷的天，人在河水里滚着，不冷吗?

有岸上看热闹的人说摸鱼佬“骡子骨头鸭脚蹼”，天生不怕冷。

水里的摸鱼佬急了，驳起：谁不是爹妈生的？谁不是血肉做的？你下河水汰把菜，喊，妈妈哎，手指被咬掉了；我在水里摸鱼，心在喊，嗲嗲哎，膀子被咬掉了。没法子才下河啊。家里大小七张嘴，年年超支，我摸上一条一斤重的鳜鱼，才卖六角钱，西北风又挡不得饿。没法子啊!

我听得似懂非懂，但有一点清楚了，是生活所迫，才不得不不顾寒冷，下河摸鱼的。

因为父亲上过私塾，识字，也因为他疾恶如仇，正直正义，进入新社会后被村人推举出来担任了互助组、合作社、生产大队一直到乡镇企业办公室的会计。

他做的账一直被上一级列入免查、免核、免检，那阿拉伯数字写得，比印刷的好看，被列为同行的样板。

就是这样，父亲是一个要么不做，要做就会把事情做到极致的人。正是这样的秉性，他练就了一手好珠算，就差把算盘珠子打得竖起来。

算盘，在北宋已经出现，是中国古代一项了不起的发明。它多为长方形，以木为框，中间用横木相隔，算为梁；再穿纵杆十余根，称为档。梁上每档串二颗木珠，一当五；梁下串五颗木珠，一当一。以十进位，用以计算，快捷方便。

父亲可以用十指在算盘上同时加减，上下七子翻飞滚动，眼花缭乱，噼噼啪啪，运算结果绝不会出错。1965 年，他被邀在全县会计培训班上做示范表演，三个人报数父亲一个人打算盘，与三架验证复核者算盘得出的数字完全一致。那年，父亲的胸襟上缀上了大红花，相片贴在县政府办公楼前的玻璃橱窗里。

三个月后去过县城的村上人回来告诉父亲：你的照片还在那。

是吗？我让村上人带我进城去看。

一场小雨在清扫街道。撑伞的人不多，来往的人很少，我小心地选择着拼接得十分规则的石板走，踏上去润滑的脚感美妙。

县府大街。的确，父亲的照片还贴在那里。

父亲，就这样，更深地镌刻进我的心灵。

我站在县府门前的宣传橱窗半天不走，村人急了：走吧。你父亲是因为算盘打得好照片才贴在这里的，但最大的算盘你父亲没打过，它挂在西门大街城隍庙的墙上呢。

我：是吗？那你带我去！

近庙，门前有嵌着琉璃蟠龙图案的高大照壁墙。照壁墙下左右各有一座吹鼓亭。庙门前耸立着一对大石狮，威武雄壮。

进得庙门，是两个马夫塑像，他们各牵一匹马，一白一赤，马夫捋着缰绳，两匹马的前蹄腾空跃起，呈奔腾状，栩栩如生。

庙的门厅左右两侧悬挂着一副木制的楹联，寥寥十字，意味深长——

是是非非地

明明白白天

走进大殿，村人说的大算盘果然挂在这里的门墙上。铁制，约三四米长，的确够大。

我仰看，在它跟前踱来踱去，纳闷着城隍庙里为什么会挂这么大的算盘？

城隍，中国古代神话中本职守护城市的神祇，兼职管理死去的亡灵，幽冥世界的“地方官”。大殿里塑有城隍神像，城隍神像两侧各有两尊护佑神像。城隍庙，烧香磕头的地方，有什么账要算呢？

一位长者看透了我的心思，迎过来，拍拍我的肩，幽幽地说：纳闷这里为什么挂这么大的算盘？

我使劲点头。

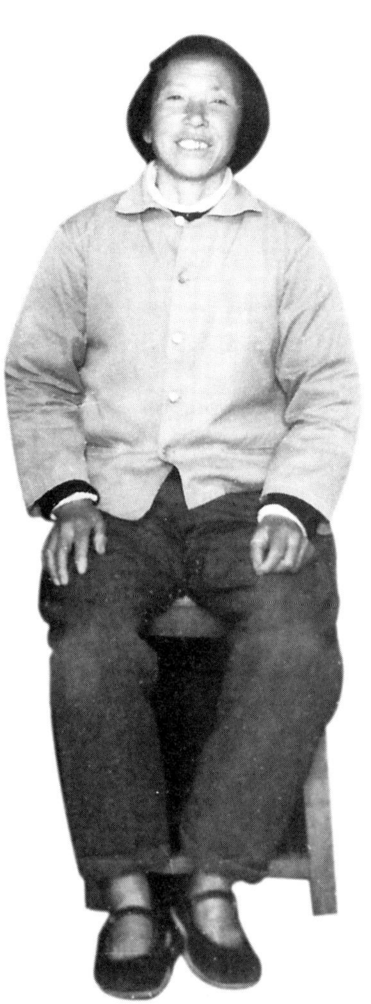

母亲 / 1977 年春

长者：城隍菩萨有账要算。

我更好奇：算什么账呢?

长者：算人的善恶账啊。善有善报，恶有恶报。人在做，天在看，城隍菩萨负责算。菩萨要给“是是非非地”上的人一个“明明白白天”，就得把人的善恶账算清楚，算盘小了不行，怕算不清、算不准啊……

5 月，绿油油的秧苗便取代了油菜花的金黄。赤脚的母亲在没过小腿的秧田中缓慢地移动着一个农民的勤劳，弯腰拔着高过秧苗的稗草。松软冰透的淤泥把季节的寒冷涌上来，母亲颤颤着，但从不停下劳作。

苍暗的云层滚滚而流，有嗖嗖的冷雨飘下。伏在饭桌上做作业的我急忙抱起墙角的油纸伞夺门而出，沿着蜿蜒的田埂奔向母亲。

透过密织的雨帘，母亲看清了我和我手中的伞，急切地向我挥着手：回去，快回去。留着你们上学用。

我被母亲的手挥立在雨中，不知进退。

雨丝被母亲的手挥断，我用泪水接上了。

就这样，没有遮挡的母亲在雨中也不肯停下手中的农活。

雨过。晌午。

我端着一只粗瓷大碗给母亲送水。

出尽力气、牛马似的母亲喘息着直起佝偻的身腰，伸出皮橘肉瘦的手接过我递过去的粗瓷碗，这才有了难得的片刻的休息。

接着，母亲的喉咙处发出“咕咚咕咚”的声音，她一气将碗里的水喝尽，抿抿嘴，惬意地、长长地“哎”一声。

我看见母亲额头上的汗水在阳光下熠熠生辉，那光辉里包含着先民最初对庄稼的朴素欲望和神圣的生命蕴藏。

白天，干着田头里的活；晚上，接着笸箩里的活。在昏暗的煤油灯下，母亲一针一线，缝制着她的儿女们的身上衣、脚上鞋。

新三年，旧三年，缝缝补补又三年。农家九年之后的衣服再旧、再破还是舍不得扔的。冬闲的时候，赶上晴朗的天，母亲把它们洗净，晾干，一层一层浆糊到木板上，晒干，揭下，称“布骨”。再让她的儿女们挨个把脚踩到一张纸上，正在穿的鞋也行，放个样儿，依样儿剪那布骨，把剪成鞋底样儿的布骨一层、两层……叠在一起，沿边，然后用线勒，就是用大针粗线从布骨的这边穿到布骨的那边，把布骨紧勒在一起，勒紧，这就是鞋底，达到穿着走路时耐磨的目的。鞋底很厚，用针从这边穿到那边去相当费劲，就在右手的中指上套上一个铁制的圈，称“针箍”，用针箍帮助把针顶进、顶过鞋底。把针顶断也是常有的。针脚纳得越密，鞋底越结实。一般一只鞋底需要纳几百针。

一双鞋底纳出来，母亲的手指都磨得出血。

一家八口人，需要多少双鞋？需要纳多少针？耗费母亲多少心血啊！

小时,不懂事,穿着新鞋疯跑。没几天就把一双新鞋跑得脱帮儿了,母亲说“你脚上长着牙啦？啃鞋！”

渐长，看到了母亲的不易，每每拿到新鞋，心里总是酸疼，尽量少穿鞋、不穿鞋，即使非穿，变得当事（方言，珍惜）得很。每年4月到11月的八个月里，大多光脚。母亲是不许她的儿女们光脚的，孩子光脚，父母会招来村人“小把戏都养不起，鼻涕飒飒，脚光光”的嘲笑。因此，我总是在出门前穿上鞋，格楞楞的（方言，含义丰富，此处褒义，有模有样的意思），爹妈看不见时，脱下，拎着，回家前再穿上，既维护了父母的面子，又省鞋，不舍母亲的劳作辛苦。

在我童年的记忆里，母亲的双手从没闲过，永远在做事。

父亲与家中那副桶底结着白色尿碱的粪桶连在一起。

每当晚霞镀红大杨树梢的时候,父亲必定佝偻着腰担起那两只粗壮的木桶,走向麻条石砌成的码头。

蹲下，身向前倾，屁股撅得高过头顶，一手按下一只桶，汲满水，抽出一只手撑着膝盖，“唉”地喊一声低沉的号子，奋力站起——撑起了八口之家的

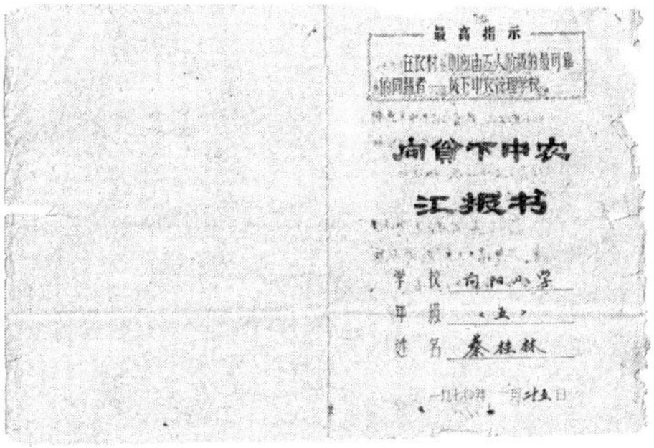
最高指示
向贫下中农
汇报书
学校 向阳小学
年级 五
姓名 秦桂林

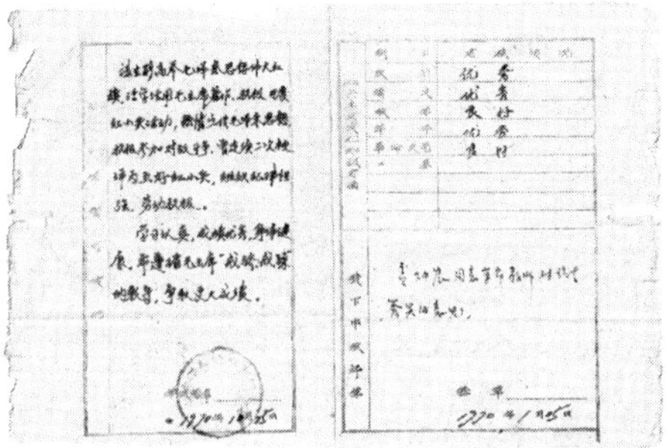

向贫下中农汇报书 / 直溪公社向阳小学 / 1970 年 1 月 25 日

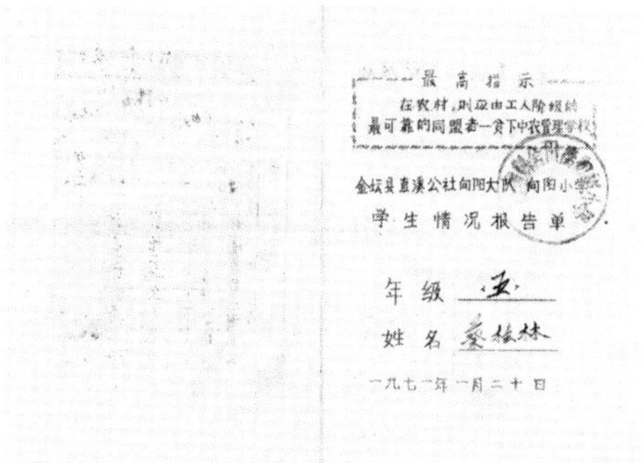
最高指示
在农村，则应由工人阶级的最可靠的同盟者——贫下中农管理学校。
金坛县直溪公社向阳大队 向阳小学
学生情况报告单
年级 五
姓名 秦桂林
一九七一年一月二十日

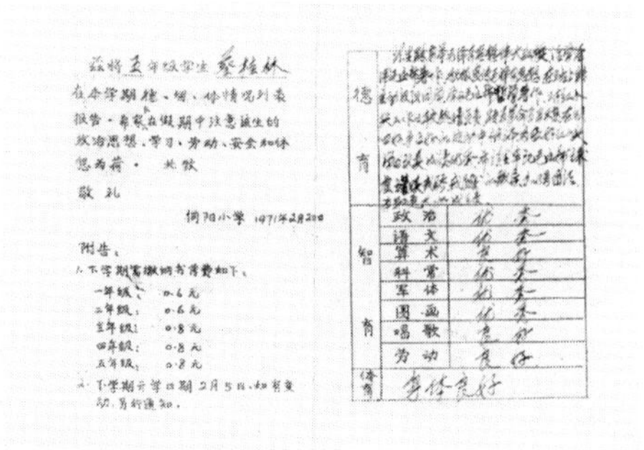

学生情况报告单 / 直溪公社向阳小学 / 1971 年 1 月 20 日

生活重担，肩负起了清贫困苦的现实，一步一步艰难地走向田畴。

父亲是那种吃苦耐劳的农民中更加出色的一个。他从不曾想过艰难困苦的劳作有什么意义。“苦活脏活总得有人去干，都不想干，这个社会就完了。”他以超越生命限度的赤诚面对泥土。是这种赤诚的面对，使父亲成为泥土的魂魄。

年复一年田地里披星戴月的艰辛劳作，父亲的手糙得像锉刀，但这一点也没有妨碍它的灵巧。编筐，织篓，箍桶，垒灶，打草鞋，搅蚕笼……他样样拿得起，比村上所有人做得都精致地道。

唛唛的老话说“寒从脚底起”。冬天到来前，父亲会用稻草和芦花混和着为我编一双保暖的芦花鞋过冬。这种鞋俗称“芦花窝子”。尽管它笨头笨脑，但暖和，比起棉鞋来一点不差。

芦花窝子是怎么编出来的，我真的说不清楚，就看见稻草和芦花在父亲双手的指间缠来绕去，缠着绕着，一双结实的芦花窝子就编好了。

芦花窝子编好后，母亲会先拿过去在窝口的边沿缝上一圈布，防粗糙的稻草芦花直接磨到他儿子的脚背、脚跟。母亲穿好针线，拿起，在脑门的发间擦几擦针尖，——我问母亲为什么要把针

喜报 / 直溪公社向阳小学 / 1970 年 1 月 25 日

喜报 / 直溪公社向阳小学 / 1971 年 1 月

在脑门上擦几擦？母亲：头皮有油性，刮刮针，针尖变滑，不涩针。——母亲眯起眼慢慢地缝起，针脚绵密，以保证穿用一冬不脱不落。

母亲缝好了芦花窝子口沿的布，唛唛拿过去往鞋肚子里塞些旧棉花，这样，她孙子穿到脚上，柔软，暖和。

冬天，冰天雪地，穿芦花窝子行走，防滑，不会跌倒。但，毕竟是草制，很容易受潮，一受潮再穿就会像踩在冰块上一样冷。每天晚上，唛唛在我上床睡觉后，总不忘把我的芦花窝子放进灶洞里，让做晚饭的灶膛余热将芦花窝子烘干。有时潮得太厉害，灶膛的那一点余热无济于事，唛唛就会把芦花窝子放到热量大些的脚炉上，直到完全烘干了她才放心。

记忆中我用过的伞都是“父亲制造”。

“走，跟我去砍竹子，准备做伞。”深秋的某一天，父亲会这样招呼我。

我喜欢去竹林。只是竹林太大，我的年纪太小，一个人不敢走进，怕迷路，钻不出来；怕伪装得像竹子一样的竹叶青蛇突然从什么地方蹿出来，吓得半死……跟父亲一起去，当然兴高采烈。无数鸟在竹林里一起鸣叫，好听的声音在青翠细长的竹梢上有弹性地滚来滚去，给我与我年龄相称的幻想……

“咔嚓！”父亲砍下一棵老竹。

鸟鸣也被一刀砍断，戛然而止，接着腾起一片“呼”声，羽翼扇动竹叶如急雨，沙沙落在另一片竹梢上。

惦记着鸟的去处，与父亲一起卖劲地将砍下的竹子拖回。

父亲先是利索地将竹身上的枝杈削去，修长的竹身裸露在我们面前。

接着，父亲精挑细选，很有眼光地从它们中间挑剔出粗细合手的一株，将其断成一米来长的一截，再将锋利的砍刀按到竹节上，然后转动竹竿，凸露在外的竹节便在刀锋下细屑纷纷，竹竿立刻被滚卷得通体光滑。这就是伞柄了。

父亲在伞柄的顶端固定住一只开挖着或十八或二十二个凹槽的木圈，随后将劈好、长短合适被称为伞骨的竹条细心地嵌进凹槽。接着，在伞柄上套进一只同样的木圈，在木圈的凹槽里嵌入长二十厘米左右的竹支架，从内侧对应地撑起每一根伞骨，这样，随着套进的木圈在伞柄上的上下滑动，支架带动伞骨开合自如。刚才还是耸立在竹林里的一杆竹子，立刻成了一柄伞架裸在我的面前。我钦佩父亲的心灵手巧。

直溪公社教革会首届活学活用毛泽东思想积极分子 / 直溪公社教育革命委员会 / 1970 年 5 月 17 日

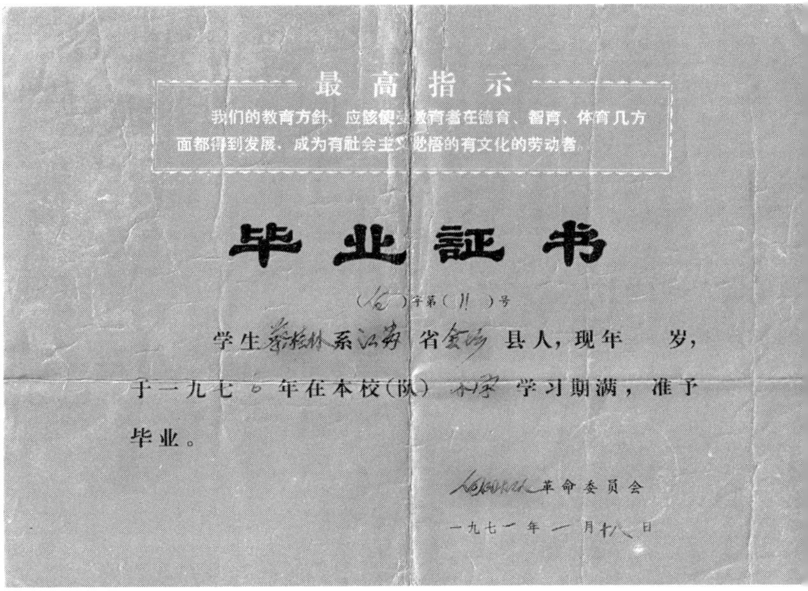
最高指示

我们的教育方针，应该使受教育者在德育、智育、体育几方面都得到发展，成为有社会主义觉悟的有文化的劳动者。

毕业証书

([illegible])字第([illegible])号

学生[illegible]系江苏省金坛县人，现年　岁，于一九七〇年在本校(队)小学学习期满，准予毕业。

[illegible]革命委员会

一九七一年一月十八日

小学毕业证书 / 直溪公社向阳小学 / 1971 年 1 月 18 日

趁着农闲，父亲适时地在伞骨里外两面各糊一层纸，再往这纸上刷桐油。金黄色的桐油很特别的香气弥漫。我寻着桐油香气的源头，是父亲手中的那柄毛刷，仿佛又不是，而是从他镀着过多的阳光的釉彩、土地一样厚重的脸膛上不断浸渗出来，遥远，拙朴。执着地刷着桐油的父亲，满脸皱纹好似捶碎的核桃，沉潜其中的是从容和淡定；眼袋鼓起岁月艰辛的过去，滞涩的目光如同燃烧过的生命的火焰，虽然光芒已经内敛，却仍然蕴藏着渴望生活的滚烫灰烬……

一遍桐油刷过，晾干，再刷，再晾干，又刷……等到刷过数遍并完全晾干后，薄纸也就变成了毫不浸水的桐油纸，一把崭新的油纸伞就成了。

父亲小心翼翼地将它收拢，小心翼翼地将它置于墙角，等待着雨季的召唤。

或是某个清晨，抑或是黄昏，在人们毫不注意的时候，大自然在冰天雪地里凝聚起的某种力量突然释放出来，村庄与村庄的缺口处不断变幻姿态的流云里隐藏着的季节的神秘泄漏而下，春雨如期，在地垄河岸之间纷纷扬扬，飘飘洒洒，它用它无从抗拒的缠绵，洇蕴着古老的村庄和檐下燕子的翅膀，把油菜淋成灿灿黄金，把苜蓿淋成璨璨玛瑙，为桃枝镶上点点红蕾，它呈现出的那股韧劲，简直可以将随便插在土里的扁担浸出芽来……谷雨三朝看牡丹，天涯春草正芳菲。春雨是万物苏醒的隆重仪典，整个大地就是在这潺潺汩汩的仪式之中变得五彩缤纷。

此时，早在等雨的儿女们，从父亲手中接过静默一冬的油纸伞，撑起湿漉

漉的阡陌，小脚肆意踩踏雨水，吧唧吧唧上学去。

那时，伞下的我在想：春雨之所以愿意纷纷落下，一定是它在天上把满地盛开的雨伞看作了莲花。

父亲的儿女多，多到不足以每人都撑得起一把。父亲嘱咐：“你们胭胭（胭，膝部的后面，腿弯曲时胭部形成一个窝，叫胭窝。此处系方言，意思是两人或以上像胭窝一样窝在一起合着用）”我就是与姐姐胭一把上学的。

雨很大也不怕，伞更大。无限大的天空被这把伞彻底地遮盖着，世界在油纸伞下移动。桐油是金黄色的，浸润了桐油的纸伞也就成了金黄色。金黄色的油纸伞在细雨中散放着一圈淡黄的明亮，舞台追光灯一般。这束光紧罩着用细碎的脚步踢着雨水的小孩，父爱笼罩着姐弟，走成一幅经典的泼墨国画。无论寒雨带给年少的我们是

大姐 / 1977 年春

二姐 / 1977 年春

怎样的艰困，有油纸伞在手，握住的就是一份温暖啊。

雨骤。风狂。油纸伞的龙骨在狂风的压力下弯曲成弓。我的姐姐咬着牙拼尽力气撑着它，瘦弱的脸因为过分用力而扭曲。

更大的雨袭来。更狂的风扑来。

姐姐意识到了手中的油纸伞一定是不保了，失声痛哭起来。

“姐姐别哭！我不怕雨！”

我这样安慰姐姐。“你抓紧我！”姐姐的话音刚落，疾风骤雨猛地将她手中的油纸伞狂暴地夺走。望着在旷野中肆意翻滚、旋转的油纸伞，姐姐的哭声更响。

油纸伞，父亲一刀一削做成，贫寒农家难得的物件，怎么可以丧失？姐姐紧抓着我拼命地追扑过去，跌倒了爬起来再追……

当我们在河堤一棵桑树的枝杈间终于抓住它的时候，它已经被风雨扯得稀烂。

姐姐与我一起怯生生地将烂伞送到父亲面前，父亲没有给我们害怕的责备，他宽厚地接过，从床下拉出一个包裹，铺开做伞时余下、舍不得扔的各种材料，像母亲一针一线缝补我的衣衫一样，很有耐心地修补起来。不几日，油纸伞带着大小不一的补丁重获新生。

清明快到了。

母亲招呼她的女儿，一起，到大河里趟螺蛳。

初春，土还薄冻着，可吃的东西稀少，清汤寡水的日子，苦。这时，经过一个冬天的休养，河水里的螺蛳身体硕壮，肉质肥美，又没有泥腥气，而且肚子里还没有小螺蛳，吃起来爽口，是一年中最鲜美的时节，有“清明螺蛳赛过鹅”的赞誉。“趟”回来，改善穷寒的生活，唛唛的老古话：没钱买肉，螺蛳也算一荤。

常年卧伏在水里的码头石板，长满苔藓，这是螺蛳喜欢聚集的地方。春天，我随妈妈上码头，挽起袖子，伸到石板下面，会摸到“锔”在石板上的螺蛳。“妈，你看，螺蛳！”我兴奋。妈妈：“是。只是太少，很难入伙。”想捉到更多的螺蛳，需要“趟”。

在长长的竹竿顶端垂直绑一只网兜，称“趟网”或“趟网子”。将趟网从河边沿河床往河中间推送，拉回，停息在河床上的螺蛳就会被“趟”进网中，被拉到岸上来，这就是趟螺蛳。一趟网下去，可能能“趟”上来二三个、三五个，多时十几个也是有的。赶上螺蛳多的河段，妈妈和姐姐出去一次，能趟回十几斤螺蛳。

“趟”回后，妈妈把它们全部倒进唛唛早已准备好的大脚盆里，注入清水，并在清水里滴几滴豆油，养着，几天后，换一次水，再养着，把螺蛳肚子里的泥沙之类的脏东西全都“养”出来，吐尽，然后将它们洗净食用。

对于它们，有两种吃法，都极美。

第一种，剪掉它的屁股（尾壳），加佐料尤其是茴香，或蒸或煮，放到嘴边，轻轻一吸，“嗤”的一声，螺蛳肉入口；遇到难吸的，可以先吸一下尾部，将螺蛳肉与螺蛳壳之间的空气吸出，再从前面用力一吸，借尾部进入的空气的助力，绝对肉壳分离，美味入口。

第二种，把螺蛳放到锅里用清水煮一煮，捞出，用针挑出肉，拿它炒韭菜，或做汤，好吃，绝美，打嘴都不肯松口的。一般不轻易这么做，又是唛唛的老古话提醒：“家财上万，不用螺蛳汤泡饭。”说的是螺蛳汤特别鲜，特别开胃，用它泡饭不知道要多吃掉多少粮食，会把万贯家财吃穷。——这反证了螺蛳汤是何等鲜美！

韶华不为少年留。农村小把戏的童年快乐是极短的，稍长，生活的重轭便套上了脖子：“雨后黄鹂乍一声，春愁唤上青青叶。”（清代金坛才女贺双卿诗句）

先是干些割猪草放羊之类稍轻些的活，为生活搭把手；接着就是满田埂跑着捡牛屎羊屎，挑半桶水，挖半锹土；再接着就是面朝黄土背朝天的割麦拔秧、披星戴月地挖沟垒墙……

超负荷的劳作，把一个小把戏早早地砺成了劳力。

麦子黄了，天矮了，麦子在不远处与天连成了一体。

满目金色，翻滚的麦浪好似神灵的舞蹈。麦子摆动时发出悦耳的响声，它们犹如身怀六甲的孕妇，从头到脚写满饱满盈实的骄傲。

麦收季节，骄阳似火。母亲把我带到麦场上去打连枷。

唛唛不舍：才几岁，就让他跟你们去打连枷？

母亲坚持：小耳朵（一位村人因左耳残缺，有了这样的绰号）家的小罗照，不就比他大一岁嘛？去年就上场了。

我不愿听到妈妈与唛唛拌嘴，赶紧扛起竖在门旮旯的连枷，奔向打麦场：唛唛，我喜欢打。

我扛起连枷一溜小跑，唛唛的嘱咐在我的身后拉得老长：打萎（方言，引申、转意为“累”）了就回来！

连枷，麦、豆脱粒农具。由连枷头和连枷柄两部分组成。连枷头由毛竹片夹制而成，四指宽，二尺长，上面装以转轴，与连枷柄连接。连枷柄也由竹制，上端环成一个包头，与连枷头匹配。《齐民要术》上说：“连枷，击禾器。”《农政全书》的记载很生动：“麦登场，连枷响。”

割下的麦子一片片铺在场头，让日头暴晒。火辣辣的太阳晒得麦穗起脆了，连枷登场。队长一声哨起，连枷手一字排开，随着“嗨嗨”“嗬嗬”的号子，“啪啪啪啪”的连枷响起，将连枷拍打在麦穗上，使穗上的麦粒脱落。麦穗铺地，连枷击穗。从这头打到那头，翻一遍，晒一会儿，再打。

打连枷，不仅要有挥起的高度，更要有连枷着地时的拍力。

毒日，挥舞不息，汗流浃背，嗓子冒烟……

说话间小暑过了，稻田该耘耥了。我被赶下稻田“跪耧”。

穿好长衣长裤，把袖口、裤管扎紧——这一点都不能马虎，这时的稻子已经长到半大，稻叶已经很坚挺，刺到你，生疼；而且，稻田里的蚊虫咬人，蜢丝叮人，牛虻扎人，哪一样防不住你都将伤痕累累——两脚一前一后跪在稻耧间，双手不停地在稻行中抓、捏、挤、捋、抹，将杂草连根拔除，塞进泥深处去化害为利，将稻棵周围的泥浆捋平……如此这般，将整块稻田捋得顺光溜滑。

这可不是可有可无的“生活”（方言，一项具体劳作）。母亲听她的母亲说，稻田里少做一次“生活”，就少掉一层米油。

稻耧间密不透风，汗水顺着头发、额角、眉毛、鼻子、腮帮子直往下流，直热得人像是要窒息……

做那件活就觉得那件活是最苦的。其实，田地的活没有一件是轻松的，都比黄连苦。换一次农活，就要换一副骨头；把所有的农活做个遍，你就是钢筋铁骨。

夏天，赤日炎炎似火烧，昼长夜短，加上干重活，易饿，需要吃点东西垫垫，叫吃“晚茶”，就是午饭与晚饭之间添加的那一顿。

最好的晚茶是焦面。

把大麦（小麦、元麦也行）炒熟，磨成粉，拿开水冲泡，加点糖更好，搅拌，即成。这就是焦面。

焦面，是自泰州移民至舍田的村人的叫法，金坛本地人称它焦屑，或者叫焦麦屑。

我一见唛唛生火炒麦子，就抢上去帮忙，一面坐在灶门口小凳上往灶膛里续柴添火，一面伸长脖子看着锅里，心里想象着麦子炒成，磨成焦面，搅一碗，香喷喷，很解馋。

我很喜欢吃焦面。

唛唛手操一把长柄、埕亮的铜锅铲，不断翻动锅里的麦粒，麦粒在唛唛的锅铲上翻滚如涛。“火太旺，太旺，乖乖！”唛唛这样说时，手中的锅铲翻得更快。我得到唛唛的指示，赶紧用火钳压着灶膛里的柴草，或者把对着锅底、烧得噼噼啪啪的柴火往灶门口抽一抽，减小对着锅底的火势。

唛唛：炒麦子，最要紧的是掌握火候。火势太大，麦粒炒焦了，磨出来的焦面吃起来发苦；火势太小，炒得太嫩，或麦粒生熟不匀，焦面吃起来又会不香。

麦粒炒了。

接下来，洗刷石磨，擦干，把炒熟了的麦粒倒在磨盘上，边转动石磨，边往磨眼里投放麦粒，麦粒成粉。这就是焦面。

把焦面装进陶罐里，扎紧罐口，一是护住它的香气；二是防止它转潮，转潮了，香味也就散失了。

午睡起来，发馋，跟唛唛要焦面吃。

唛唛从碗橱里拿出一只瓷碗，打开扎了口的陶罐，挖出几汤匙焦面放入碗中，再加一点红砂糖，倒进开水，用筷子迅速搅拌，满屋充满香气，嗅一口，更馋。像魔术一样，几汤匙焦面顿时在唛唛手中的碗里胀成一大碗面糊。

我从唛唛手中接过，搬张小凳，坐到门口，让穿堂风凉快着，听着房前屋后绿树上知了欢叫，挖起一匙焦面送进嘴里，香甜的滋味从舌尖一直传导到屁沟子……

“文化大革命”史无前例的声势浩大。

浩大到摧枯拉朽，扫荡一切牛鬼蛇神，冲刷一切污泥浊水。取“永远心向红太阳”的意思，“舍田大队”变成了“向阳大队”。

每家每户，饭前排队诵毛主席语录，祝伟大导师伟大领袖伟大统帅伟大舵手毛主席万寿无疆，祝林副统帅永远健康，唱“三忠于四无限”歌曲，跳“忠”字舞，呼“‘文化大革命’就是好、就是好、就是好”，完成这些神圣的仪式才能拿起筷子，端起照得见人影的稀饭，哧溜哧溜地喝得满屋喉咙响。

可不敢阳奉阴违。稍有差池，被“眼线”发现，报告到“造反派”那里，你的霉就倒大了。

随“文化大革命”不断深入而来的“破四旧”，波及了偏僻的广大乡村。

父亲看过的那些书，包含在“四旧”之中，列在“枯”与“朽”的榜单上，属于“摧”和“拉”的东西。父亲实在舍不得它们被“造反派”抄家抄走，这里有童年、少年、青年的印记，是自己成长的凭证。可，留着一定会招祸。特别是金城公社党委书记刘桂华，经不起“打倒，再踏上一只脚，叫你永世不得翻身”的冲击，投河自杀，消息传遍整个金坛县，父亲更加惊惧。

怎么办?

这些书成了父亲的“心病”。一旦被发现，加上显高的成分（我们家的成分“中农”。经常被人说如果不是我父亲在互助组合作社里当会计，凭着解放时我们家拥有的实际土地，土改那会儿，评个富农绰绰有余。感谢唛唛卖掉了不少地，祖宗神佑啊）再加上基本推定在台湾的大姑父，那就惨透了。

父亲找来塑料薄膜，将它们包了一层又一层，绑上一块石头，在月黑风高的深夜，叫上我，划一只采菱用的大脚盆到河心，偷偷地将它们一起沉入。

一道沉下去的还有爷爷喜欢的几部医书，起于明清止于民国二十九年的三大本《蔡氏家谱》，颁发于民国三十二年的田契。

石头落水时发出“扑通”的声响，接着是父亲“唉”的一声长叹，像是身上的肋巴骨“嘎巴”一声断了似的，疼痛。伤心。

田契沉就沉了，毕竟，它是和这个社会格格不入了。可那些书何罪之有呢？教过父亲的同族私塾老先生，在我十来岁时还健在，耳提面命地给我逐字逐句地讲授过康熙《书籍至宝论》。我似懂非懂，但背得出——

大至传古圣欲传之心法，小而记人心难记之琐事。能令古今人隔千百年觌面共语，能使天下士隔千万里携手谈心。成人功名，佐人事业，开人识见，为人凭据，不思而得，不言而喻。岂非天地间之至宝？

封建帝王都知道书是至宝，痛斥那些不爱惜书籍的人。我们是怎么了？

触目惊心的“文化大革命”，触目惊心地展开着。

然而，无论它怎样的无情残酷惨烈，终究改变不了自然季节的转换演绎，阻挡不住花开烂漫，汛水满河。又是鲤鱼啸子时。

春水一动，鱼儿的隐情也就被触动了。它们欢跃地浮上日渐温暖的水面，开始了交尾。苏南人将它称之为“啸子”。

鱼的春情勃发，取决于雌性鱼。雌性鱼沉静漾水时，雄性鱼守护神般在它的左右前后悠然摆尾，只传递浓浓密密的爱意，绝不莽撞骚扰雌性鱼的身子或嬉咬其尾，绝对绅士。雌性鱼一旦性起，必有蹿出水面的跃动，“轰通”一声划破或黄昏或清晨的宁静，也就是发出爱的信号。伴随着这爱的跃动，雌性鱼旋即浑身溢满香气。这香气出自性腺，任何香精都比不上它香气的万分之一，这也是村人称雌性鲤鱼“香婆子”的缘故。在“香婆子”香气的刺激下，周围的雄性鱼像短跑运动员听到发令枪响，立即箭一般地追逐开来，顿时，屋后河里浪花团团簇簇，一片喧哗。这时，在水草里窜游的雌性鱼产下鱼卵，尾随其后的雄性鱼一边排放鱼精一边频频扇动尾巴，在雄性鱼尾的扇动下，鱼卵与鱼精结合了，无数小鲤鱼就在这样翻卷的水花中孕育。

飞游、蹿跳、咬尾、翻滚……爱得浪花飞溅，爱得哗哗啦啦，百米之外可闻其声。满河汛水是啸子鱼的舞台，是生机与活力的舞台，无关之外的政治风浪。

这时节，我与小伙伴们一起，手持鱼罩走在河岸上，寻找着下罩的机会。本来，鱼罩下水时有一闪的“罩风”，机灵的鱼会在这风临的一瞬逃脱，但啸子鱼们爱得迷迷糊糊，全不在乎、全不了然这阵杀风的到来，迷迷糊糊中成了罩中物。

有时，雄性鱼会有本能的一闪，躲过死亡之罩。我初以为它们会逃之夭夭，然而，它们没有。我看到，它们又折了回来。折回来后先是围着鱼罩打转，接着用嘴拼命地啄着罩墙，拼命地往里钻，往里撬，钻脱了皮撬出了血也在所不辞。它们是要救出罩中的同伴，决绝地同生死、同命运。

斯情斯景，撼魄摇魂。

那是一个狠斗猛批的年代。尽管那个年纪弄不清要批要斗的“资产阶级教育路线”是啥玩意儿，但对揭发批判与这“路线”联系在一起的“管、卡、压”却完全可以结合自己的经验来理解：违犯课堂纪律站壁，课文背不出关夜学，这是“管”；功课不及格不让升级，这是“卡”；学习成绩好的富农的孩子当班长，贫下中农、革命干部的后代当不上，这自然就是“压”了。这样的理解就可能生出许多忌恨情绪来，批斗的积极性就有了。

不过，农村小学校，本来不大，七八个老师，乡里乡亲的，关爱如父母，即便揪出个“坏人”，也斗不下去。阴险的策略来自“交流批斗”的上级指示。说它阴险，就是交流来的人我们都不熟悉，谁说他坏都信，信了也就下得去手啦。仇恨就是这样被煽动起来的。

我在这样的策略面前铸成了千古之悔。

那是一个深秋的午后，满地枯黄的落叶被雨水浸泡成贴在地上的老人斑，衰草注一盈凄凉的秋雨，如人含泪。公社中心小学一位“管卡压”“罪恶滔天”的女老师被交流到了大雨中的我校操场。先是有红卫兵冲上去揪住她湿漉漉的头发，让她低头认罪。小将们的生猛，让被雨水浇湿了全身而更显单薄的她，一个趔趄跌倒在泥水里。迅疾，她的身子扭成S型，顽强地从泥水中旋起来，昂首苍天，任凭雨水抽打苍白的面孔。

穷乡僻壤的孩子，哪见过这副高贵的傲然？！内心肯定自惭形秽，表现出的却是粉碎这自己不能拥有的骚动。于是，又有一群红卫兵冲进雨中，扑向她，推搡她，踢她的腿，并不停地狂呼：“再叫你封、资、修！”“再叫你管、卡、压！”仿佛与她有前世的怨恨孽债，今世的血海深仇。

就在这种激昂中，我滑入了秋雨泥泞，加入了歇斯底里的人群，向她伸出了雨伞——父亲做的竹骨油纸伞——我看见了她原来抱护胸前的手迅速摁住了被伞头戳中的部位，并有一声“哎哟”低吟。

这低吟几乎是猎物深陷绝境时的哀鸣，透出的是无助，凄婉，悲痛。

幼嫩的心，被这一声呻吟震颤了。一种无法抗拒的犯罪感袭过心头，为刚才的举动感到莫大的后悔。不仅是后悔，简直痛恨。痛恨人的丑陋，痛恨骨子里都有的助纣为虐的残暴基因。

我呆立在雨水中瑟瑟发抖。

适时传来了“打倒胡琴”“打倒胡琴”的口号声。

于是，我记住了她的名字。

无论外面“革命”“造反”是怎样的一浪高过一浪，唛唛也没有放弃她在家里酿酱油的习惯。

“革命”也好，“造反”也好，日子总是要过下去的。有日子，才有“革命”“造反”；连日子都没有了，拿啥“革命”“造反”啊？有皇帝的日子，民国走马灯似地变换政府招牌的日子，日本鬼子打过来、伪保长在村上耀武扬威的日子，打土豪分田地闹哄哄的日子，“三反五反”镇压反革命的日子……唛唛都经过过，就一个法子对付：关门过日子。好就好过，孬就孬过，逆来顺受，委曲求生。

冬至到了。

这一天，唛唛准时拿出当年收下的黄豆，拣去其间的小砖子、泥块或霉变的豆粒什么的，倒入清水，洗去黄豆身上的浮土，入锅蒸煮。

熟后，出锅，沥干水分，放到太阳下面晒，晒到不粘连的程度，装入陶罐中，用破棉被捂好，让它发霉。

唛唛嘱咐我：帮我记着日子噢，七天的时候告诉我。

我掐着手指记着，满七天了，告诉唛唛：够了。

唛唛：够啦？我来开罐。

唛唛打开陶罐，神奇出现在了我的面前：所有的黄豆全身长满茸茸的金色绒毛，像是穿上了灿灿的金衣。

唛唛一脸欢喜，夸一句：发得不错。

唛唛拿出筛子，将长毛的黄豆倒在筛子上，晃一晃，再晃一晃，除去它们身上的粉状物，摊在竹扁上晾晒。

晒。晒。晒。晒干。

晒得越好，做出的酱油味道越鲜，气味越香。

确实晒干了，下缸。

黄豆入缸。放入食盐。倒入一盆清水，又舀入一瓢。唛唛一边注水一边自言自语地重复念叨：一斤豆，五斤水；一斤豆，五斤水。

做酱油的粗陶大缸置放在家门前西南角空旷的地方，日晒夜露，吸天地之灵气、日月之光华是一点也不虚的。

黄豆入缸后，需要每天用木棍搅动一次。向一个方向搅，搅得缸里的水像太极图似的滚动。我也想动手搅，唛唛不让：才高出缸边边这么点，把自己搅进缸里去喔。

天阴下雨时，要把酱油缸盖上。

酱油缸盖是父亲用竹篾编织的，两层，中间夹着桐油纸，防雨。

在接下来的一个来月里，变戏法似的，粗陶大缸里原本淡黄的水色一日深过一日，最后变成了唛唛嘴里的酱油色，从无味到有味，且一天浓过一天，最后是浓郁的酱油香气四溢，那味，诱得人直咽口水。

经不住诱惑，趁唛唛不注意，猫着腰，蹿到酱油缸边，伸手到缸里蘸一点送到嘴里，“啧啧”有声。

是这声音泄露了我偷吃的秘密。唛唛隔着灶台的那扇窗户疼爱地喊道：是谁啊？是不是你的小乌龟爪子（家乡俗语，指脏手）又伸进酱油缸了吧？

唛唛是酿酱油的老手，高手，圣手。她酿的酱油，是生活的美味，更是农人勤俭持家的本分和精神美德。

唛唛做酱油的日子，是冬天，冷。

打陀螺是冬天里取暖的方式之一。

陀螺，上部圆形，慢慢过渡到呈尖锥状的底部，一寸来高，用硬木，比如榉木，削成。用细麻绳或编织的棉绳，绑在尺许长的一根细杆上，做成抽打陀螺的鞭子。有了陀螺和抽打的鞭子就可以打陀螺了。

打陀螺时，先将鞭子一圈一圈缠绕在陀螺圆形的上部，然后猛地抽动鞭子，同时将陀螺抛出，抽出的鞭子带动了陀螺，陀螺在落地后快速旋转，好了，可以用鞭子抽打了。这是打陀螺技术高超的一类人采用的潇洒的开打方式。技术不行的，做不到让陀螺空中旋转落地照样转，那就两手扶正陀螺，锥部朝下，然后顺时针一捻，使它在地面转动起来，接着拿出鞭子抽打。抽打得越猛，陀螺旋转得越快，也因此，陀螺有了另外一个名字："打不死"。当然，这是对玩得灵气的孩子说的，有那笨手笨脚的家伙，两鞭子就把陀螺抽得倒下了，这叫"打死牛"。经常"打死牛"，在小伙伴中间是很没面子的事。

几鞭子打过，面红耳热，不冷了。

我是打陀螺的高手。我有用老榉树削成的大、中、小三种规格不同的陀螺，有长、中、短三种鞭子，配套，大陀螺的圆面直径有三寸，没有点真功夫，一般打不了，把它发得在地面旋转起来都是难事。

打陀螺取暖是一个人的事，我更愿意与姐姐一起踢毽子取暖。

踢毽子我不是很厉害，二姐踢得算是不错了，但和大姐比起来，还是差一截。大姐踢得好，花样翻新，令人眼花缭乱。

将一枚带四方孔的铜钱用布包起，沿边缝好，再在方孔处立着缝上两三根公鸡尾巴上色彩鲜艳的羽毛，一只好看的毽子就做成了。

因为流行踢毽子，小朋友之间比试着谁的毽子更精美，公鸡这可就遭殃了。农家养鸡，为的是让它下蛋卖钱，换油盐糖茶等生活必需品，没人养不下蛋的公鸡。公鸡稀少。只有家境好、心眼好的人家才会闲养公鸡，为村上众多的母鸡配种。由公鸡配过种的母鸡下的蛋才可能孵出小鸡来。哪家有公鸡，早被人盯上了，尾巴被拔成了秃子，一毛不剩。有门路的孩子，不仅能弄，还有积攒，他们将漂亮的公鸡尾羽夹在书本里，成为馈赠好友的上佳礼品。实在弄不到公鸡尾羽，挑母鸡身上漂亮的羽翼也凑合，但这样的毽子只能踢踢，就炫耀不得了。

踢毽子分"大副"和"小副"。多人参加踢之前都会问一句对方：踢大副还是小副？因为，它们包含着不同的踢法。

大副的踢法有跳、撬、环、箭、簸、钙、劈等七种，技巧不同，难度不同，特点是刚劲勇猛，腾挪跳跃，需要一定的力量，适合男孩。

小副的踢法有踢、扒、翻、退、面、中、顶、蹲等八种，动作舒缓，用力不大，适合女孩。

我踢得不行，但喜欢看。大姐问踢大副小副？我抢答：大副。

好。大姐踢，带有表演性质。

跳：双脚腾空而起，用左脚从右脚胯下踢毽子，右脚可以自由活动。高难度，大姐可以连跳几个，我的左脚能从右脚胯下踢到毽子一次就是胜利。

撬：伸直右脚，不许弯曲，不许落地，然后用左脚踢毽子。我撬得不错，可以踢好些个。二姐的协调性不够，撬不了一二个，右脚就落地了。

环：缩起右脚，用左脚在缩起的右脚下面踢毽子。会撬就会环，我环得还可以。

箭：双脚伸直，右脚架在左脚上，用左脚脚尖将毽子踢起；也可以将左脚架在右脚上，用右脚的脚尖踢起毽子。

簸：双脚并拢，用双脚的脚背像用簸箕簸米一样簸起毽子。二姐最擅长簸，她双腿有力，直簸得汗流浃背毽子还在脚背上。

铐：双脚合在一起，用右脚的外帮踢起毽子，反之，用左脚的外帮踢起毽子也可。簸与铐都是双脚并拢，不同在，簸是用双脚的脚面踢，铐是用一脚的外侧踢。

劈：伸直双脚，右脚从抛起的毽子上跨过，交给左脚，左脚的脚背或脚尖踢起毽子；反之，也可以左脚从抛起的毽子上跨过，交给右脚，右脚的脚背或脚尖将毽子踢起。

大副所有的踢法，多者为胜。

大副太用力气，一会儿就热得脱得单衣膀煞（方言，意思是脱得剩下很少的衣服）了。唛唛在一边提醒：少脱点，容易伤风。

跳、撬、环、箭、簸、铐、劈，哪一种都很难，把这七种连起来踢，那是难中之难，我一次都做不到，能连续完成其中的三两种，就已经手忙脚乱，精疲力竭了；二姐也就能连续踢成其中的四五种，动作也就走型不标准了；只有大姐，能将七种踢法一气呵成；不仅于此，她居然能连续完成好几次，看得我张口结舌。“毽”将！

小副，女孩所踢，男孩从不问津，哪个男孩踢小副，会受到“女的女气”的嘲笑。它的八种踢法中，我记得双脚对踢叫“扒”，双脚外帮对踢叫“翻”。其他的动作要领，因接触太少、时间太久，记不清了。

弟弟在襁褓中；妹妹年幼，还不到踢毽子的年纪，但她的参与意识很强，一见姐姐哥哥踢，兴高采烈，龇牙咧嘴地跟在后面“呵呵”地捡毽子。

毽子，踢过了我的初中，之后，就再也没有踢了。

老胳膊老腿了，怕闪了大胯。

毽子踢过冬天，春，来了。

母亲提议：养季蚕吧。

养蚕苦。要采桑叶，要白天黑夜地不停照料它，村人有顺口溜说养蚕是“日不闲，夜不眠，一个多月变现钱”。“一个多月变现钱”当然欢喜，可代价是“日不闲，夜不眠”的苦啊。

母亲说是提议，其实就是决定。

父亲跑到镇上的蚕籽中心，“请”来“一张纸”的蚕种。

“请”，表示对蚕的敬畏，对养蚕的虔诚。蚕是生命，娇贵的生命，对这样的生命，尤其是想要从这样的生命那里获取回报，敬畏和虔诚，缺一不可。

“一张纸”，是计量。蚕生命蕴藏在芝麻似的蚕卵里，蚕卵被农业科研部门的技术人员培育在一张纸上。养多少蚕，由拥有多大的场地和多少桑叶这两点决定。以“一张纸”为单位，需要多大场地和多少桑叶，农业技术部门有精确的计算。你必须知道你有多大场地、多少桑叶，这样才能决定是“请”一张纸、两张纸还是半张纸回来养。“请”少了，你栽培的桑叶用不完，浪费，可惜；“请”多了，桑叶不够，急死人，只好把半大的蚕一扁一扁地倒掉。差一口叶子，蚕也是不吐丝的，没得商量。

蚕种请回来了，倍加小心地伺候。它可是热不得，冷不得，太阳晒不得，风吹不得，雨淋不得。几天之后，蚕宝宝从芝麻似的颗粒里拱出来了，像小蚂蚁似的，它们轻轻地在晃，证明它们活着，用放大镜才能看清它们的整个身子模样。把鲜嫩的桑叶切得细碎，撒上去，它们是被这细碎的桑叶完全地盖住了，一点都看不到它们。不过，一会儿，你再去看，细碎的桑叶雪似的“化”掉了，剩下的是幼小的它们啃不动的叶脉，它们“翻”到叶脉上面，等待着你再来撒上细碎的桑叶。

有专家从金坛出土的陶制工艺茧研判得出结论，苏南地区养蚕的历史至少已有五千五百年。

“太湖秀美，遍地桑园绕绿水；吴地清嘉，万家窈窕入蚕房。”河水粼粼织成网，两岸清清万株桑。养蚕，苏南特色。

将桑叶切得细碎，是蚕的幼年时期；将桑叶切碎，是蚕的头眠期；将桑叶切上几刀，是蚕的二眠期。待到三眠开叶，桑叶就不需要再切了，整张整张撒向蚕扁。

所谓“蚕眠”，就是蚕蜕皮时，不吃不动，像睡觉一样的状态。蚕眠一次长大一圈。“雉雊麦苗秀，蚕眠桑叶稀。”（王维《渭川田家》）

蚕，冷血，软体，捉放在手心凉凉的，甚是怜人。

蚕，直肠子，前面吃，后面拉，却又十分爱干净，且娇贵得很，若有不洁，很容易生病。也因此，要不断地把它们肚皮底下的排泄物、吃不掉的叶梗之类的东西及时清除。每清洁一遍，累得人直不起腰。

蚕，不断长大。自然，食量也就一天大过一天，采摘供它们食用的桑叶，任务艰巨而繁重。带露水的叶子不能喂蚕，蚕吃了会生病。采叶，得等到露水干掉。这时，天也就热了。当然，这可顾不得。立马到桑田里采叶，担回，倒出，再奔桑田，一刻不得歇。看着屋里堆满桑叶，几遍喂过，所剩无几。要不断地采、采、采……

蚕宝宝用餐片刻不能耽误，绝对饿不得，一刻也不能断了桑叶。断了，它们就会把头昂起，摇晃；再饿，就会吐清水，乱爬；再饿，死了。饿到吐清水的程度，即使用桑叶把它们救回来，日后吐丝的质量也会大受影响了，结出的茧根本卖不起价钱。

它们一天比一天大，要不断地“间”它们。间，间隔的意思，就是把它们疏散开，不能挤在一起。挤在一起，不长，会生病。

间，需要空间。预先准备好的蚕扁根本放不下它们，就在地上铺张竹席，把它们分摊到竹席上。地面不够用，就搭起竹架，一层一层，直放至顶到房梁……

一遍一遍地喂过，一点一点长大，一次一次间开，家里所有的地方全是蚕，包括睡觉的床铺上，晚上睡觉时，再把它们搬到白天吃饭的餐桌上……

蚕大眠了。

蚕大眠开口了！

这时，可以用整个枝条连枝带叶地喂给它们，满屋是它们吃食桑叶发出的"沙沙"声。

终于，打小吃下去的绿叶开始在肚子里变成透明的浆液，因为这种变化，通体发亮，呈现出蚕丝的那种光泽。

终于，它们通体彻底透明，从此便不再开口吃叶。它们老了。它们要"上山"了。

一个多月没白没黑的辛劳到了最后时刻。全家老小一起上阵，不分昼夜，把这样的老蚕拣出来，放到事先准备好、用麦草搅成的长长的草龙上。

老蚕在散发着麦香的草龙上轻轻蠕动，估计是为了把自己胖胖的身子调整到最舒服的状态，然后，它开始把肚子里黏稠的透明浆液从嘴里吐出来。它边吐边晃动自己的脑袋、身子，将黏稠的浆液拉成了很细很细的丝。它以自己为中心，不断地晃，不断地吐，左卷右绕，前缠后缚，吐出的丝结成了茧。

丝越吐越多，茧壁越缠越厚，蚕的身子越来越小。当它吐出最后一口丝之后，蚕变成了蛹，休眠在了自己结成的茧里。来年春天，当茧中的蛹边咬茧边化成蛾，茧破蛾出，蛾将蕴藏着生命、芝麻似的蚕卵产下时，新一轮生命轮回开始了。

蚕茧结成，全家人瘦了一圈。

一身疲惫者，才是养蚕人。

动荡少年

直溪中学，坐落在丹金漕河北岸，镇子最东首。它是孩子上学的地方，也是镇上知识分子最集中的地方，是公社的文化中心。它有用于上体育课、出早操、展开各种运动的巨型操场，可以用来集会，传达最高指示，庆祝无数需要庆祝的事，批斗无数需要批斗的人……又成了公社的政治中心。它校舍众多，被公社武装民兵营征用，日日在这里操练，口号阵阵，杀声起伏，又成了"军事"中心。势不两立的两派经常选择在这里械斗，等到我来到这里读初中时，整座学校窗户上的玻璃囫囵的已经没有几块了。

斯文扫地啊。

直溪中学曾经是一所令人向往的学校。

乡贤宋文英，直溪直里人，华罗庚先生初中时的同班同学。五十年代中期回乡担任直溪中学校长时，专程去北京，请华同学为直溪中学题写校名。华同学谦虚地说自己的毛笔字拿不出手，题写校名得请位大家。他请宋同学放心：我给您办好。果然，半月后，宋同学收到了华同学从北京寄来的信函，打开一看，是题于宣纸之上的“金坛县直溪中学”七个大字，出自政务院（后来的国务院）副总理兼文化教育委员会主任郭沫若先生之手。

在爱教育、懂教育的宋校长精心建设下，直溪中学的师资队伍、教学设备、图书馆等，在同等学校中出类拔萃，许多学生从这里走向清华、北大、复旦……直溪中学成为县、地区、省重点中学，远近闻名。

建设好一所学校需要十几年、几十年坚持不懈的努力，而破坏一所学校，只是顷刻之间。把宋校长打成“封、资、修”的“黑”权威，绑起来，轮番暴打，押上全公社的批斗誓师大会之后，这块学生、学生家长心目中的圣地就彻底地坍塌了；再随“贫下中农教育代表”对学校的监管，更进入了直溪公社教育史上最黑暗的时期。

我在舍田小学毕业后，先是入直溪公社农技站中学就读。农技站，农业技术推广站的简称。新办的中学，无论教学条件还是教学质量，都不能与直溪中学相比。初中第一学期的后半截，与陈红粉同学等共三人，转入直溪中学就读。同时也就跌进了直溪公社教育史上最黑暗的时期。

这天中午，“前

农技站中学活学活用毛主席著作积极分子 / 1971 年 5 月

朝元老”、原学校总务处的陈金根，在饭堂通往学生宿舍的路上，碰到了我和另外一位同学。他低声对我们说：你们都看见了，学校实验室已经被砸了，我得到消息，“造反派”的下一个目标是学校图书室，说那里藏的都是毒草，大毒草，必须铲除。我怎么都想不通。知道你们喜欢书。今天晚上，你们找我，我给你们开门，进去拿你们喜欢的。毁了也是毁了，作孽啊！

听了老陈的话，我们先是紧张，接着兴奋，再接着就是着急：天怎么还不黑！

如约，环顾四周，无人，老陈为我们打开了图书室的门。

我们闪进。

里面漆黑，不敢开灯。从书架上取下书，摸黑装进口袋，塞到腰间……

不敢多拿。如果被人发现，就会像宋校长那样，被“造反派”绑起，暴打，押到“审判台”上揪斗。

到无人的树丛中数了数，我带出了正好十本。

第二天，“造反派”尚未对图书室下手。

傍晚，我们找老陈：再进一次。

老陈点点头。

第二次，我带出了十三本。

应了“事不过三”老话，第三天，“造反派”砸锁破门，冲入学校图书室，把所有藏书彻底地剿了。

一派纸屑，满地狼藉。

两次，我共带出了二十三本书，它们是——

《蒲雷曹夫》（长风书店发行 1949 年版）；

《俄国天才的学者和批评家车尔尼雪夫斯基》（新华书店发行 1950 年版）；

《高尔基传》（时代出版社 1954 年版）；

《战线》（时代出版社 1954 年版）；

《论乔治·桑》（平明出版社 1954 年版）；

《席勒评传》（作家出版社 1955 年版）；

《加里宁论文学》（新文艺出版社 1955 年版）；

《德国文学史》上卷，下卷（人民文学出版社 1958 年版）；

《中国文学史》上册，中册（中华书局 1959 年版）；

《中国文学史（一）》（人民文学出版社 1959 年版）；

《决裂》(上海文艺出版社 1959 年版)；

《元曲选》第一册、第三册，《元曲选外编》第一册、第二册、第三册（中华书局 1961 年版）；

《孟子文选》（人民文学出版社 1962 年版）；

范文澜的《中国通史简编》第一编修订本，第二编修订本，第三编修订本第一册、第二册（人民出版社 1965 年 10 月印刷）。

我见过父亲为他看过的那些书受的惊吓，为藏它们费的周折，这些书是万万不能让父亲知道，也万万不能带回家的。

一个周六下午放学，我磨蹭着直到天完全黑了才靠近单头棚子。拿起上周藏在猪圈里的塑料薄膜和铁锹，把它们挖埋在了先祖植下的那棵大杨树下面。

高中语文老师叫丁连福。他瘦削，白发，谦和，热情，慢言慢语的一句话结束之后常有一串“咯咯咯”珠落银盘般极有感染力的笑声。

他住在我家前面一个、再前面一个村子里，去学校时总要经过我家家门。没住校的日子，我总是早早地准备好，等着丁老师的到来，然后相伴走过六七里乡路。一路上，丁老师绝不谈“文革”，不谈“运动”，也不谈“破四旧立四新”，谆谆教诲我的是那些恒久不变的道理，在课堂之外，开启我的心智。

丁老师: 陶渊明说,勤学如春起之苗,不见其增,日有所长;辍学如磨刀之石,不见其损，日有所亏。

这次丁老师说完，没有惯常有的“咯咯咯”。我想，先生自己也陷入了一种境界里。

深夜，单头棚子的门板被“咣咣”地砸响了。

砸门声在深深的夜里显得特别响亮。

伴随着粗暴砸门声传出的是“开门！开门！”更加粗暴的命令声。

粗暴的命令声把黑夜撕成恐怖的碎片。

是我拿学校的书被人发现来抓我的？我吓得紧紧抱着唛唛的腿直哆嗦。

父亲披衣下床，拉开了门闩。

蔡桂林同学 1972 年第一学期被评为“三好”学生 / 金坛县直溪中学 / 1972 年 7 月

门闩一拉开，两三个黑衣莽汉猛地推开门，冲进来架住了我的父亲。

隐在黑衣人身后的大队造反派头头 W 露出脸来，气势汹汹：公社“六一九”（对立于“造反派”的“保皇派”组织）头头 M 已经被我们拿下了。据他交代，他发展了你加入了“六一九”。

父亲力辩：没有。我跟他是多年的朋友，也来家里吃过饭，但他没有发展我加入什么“六一九”，我也不参加什么“六一九”。

W：不要嘴硬！搜！

从外面又蹿进三四个人来，拿着手电，把我家的坛坛罐罐翻了个遍。

狗被吓得躲在我的身后，尾巴摇得像风车上的风叶，沙哑着嗓子一个劲地“汪、汪、汪”乱吠壮胆。

听到“搜”字，父亲原本悬着的心反而沉了下来，踏实了许多。M 来家里时确实发展了我父亲，并留下了一只印着组织名称的红袖章作为标记。然而，M 一出门，父亲像沉他的书一样，当晚就把红袖章沉到河里去了，W 不可能搜到。

一阵折腾，一无所获。W 一挥手：“撤！”

撤的同时，他们顺手把我父亲押走。

唛唛见状，猛扑上去，抱住我父亲，大喊：你们不能抓走他！

黑衣莽汉掰开唛唛的手，踹了唛唛一脚。我冲上去护住唛唛。

这让我想起《白毛女》的场景。不同的是，黄世仁抢走的是喜儿，踢倒的是杨白劳，而“造反派”抓走的是我的父亲，踢倒的是我的唛唛。

我的眼睛里有怒火喷出！

“造反派”把我的父亲抓走了，关到了相邻的共丰大队的学校里参加“学习班”。最后终因查无实据，加上我父亲坚实，一字不吐，只好在关了一个多星期之后放回了家。

十三四岁时，和村上的男劳力一起，拉着沉重的水泥船去常州，将城里的粪便拉回来肥田。

船靠到常州怀德桥边时是正午时分。我拿着妈妈给我的一毛钱上岸，在桥边的一家包子铺买了四个小笼包子，用道林纸托着往船上走。

正逢中午放学，一群与我年纪相仿的学生迎面走来，靠近我时伸手夺走了我托举着的包子。

我以为是跟我开玩笑，浅浅地一笑，说：别开玩笑，还给我。

“开玩笑？谁跟你开玩笑！”

“乡巴佬！”

“乡巴佬！”

我被激怒了！

我飞奔回船，拿起钢刺埕亮的渔叉，转身上街，朝着抢我包子的同龄人狂追！

“快跑！乡巴佬疯了！”

我紧追不舍。

同龄人蹿进了一条巷子。

我追进巷子，不见了人影，只有光滑的青石板，还有悠悠的阳光下晃动着的各色店铺的幌子……我一屁股坐在一家店铺的台阶上，愤怒地喘息，屈辱的泪，大滴大滴砸在青石上，“叭叭”有声……

这就是常州，不，是城市，最初给予我的。

刻骨铭心。

载重十几吨的船，就靠五六个人轮换着拉，那份沉重是没有经历过的人不能够想象的。往返三天，二百里水路，这对一个尚未发育健全的少年来说，意味着什么？去时没有想过，是带着兴高采烈上路的，当我与同村的男劳力拉着一船大粪返回到家的时候，才真切地感受到这意味着灾难：我的脚筋像是断了般的疼痛，脚后跟先是疯起一串血泡，继而出血，再接着就是溃烂；我的两肩和胸背全都被纤绳勒破了，鲜红的肉外翻着，很快感染化脓。

这时才记起唛唛说过的老话："世上有三苦，行船，打铁，磨豆腐。"行船可是居"三苦"之首啊！

我尝到了滋味。

躺在床上养伤的日子，想得最多的是当年父亲是怎样将那艘船拉到常州卜玉桥，拉回我的生命的？

二十天后，纤绳勒下的伤口慢慢结痂。

然而，尽管如此，一个少年原本应该光洁如玉的两肩和胸背上，留下了永不会消失的隐隐伤痕。

肩背上的伤刚刚好些，就被老队长叫到了绳杠上，车水：前头墩上的那块稻田干得开饬（方言，地面龟裂）了，队里的男劳力都上了水车，还不够，你来踩几圈吧。

多一个人多一分力量。我去。

每年清明过后，尤其是在伏旱季节，稻田三天两头就要灌溉。大队的电动排灌站还在"宏伟规划"中，没影，不少稻田得靠人车水。

车水用龙骨水车。龙骨水车，由车轴、水斗链、水槽等主要部件组成。水斗链由一节一节的木质水斗首尾相连，宛如动物的脊椎，故又名"龙骨水车"。每节水斗由一节榷儿和一片长方形的桑木叶片穿接而成，水斗链通过车轴上的木齿拨动榷儿，在人的踩踏下循环往复地转动，穿在榷儿上而与木槽底面横向垂直的斗板，沿着长长的木槽向上滑行，把河塘里的水源源不断地提升上来，流到农田里。

四个男人一字排开，手扶胸前的绳杠，以同样的节奏踩踏脚下的蹬拐，这就是车水。像走路，但又不同于走路，走路总是有目的地的，车水可没有目的地，就在原地踩踏；又像是爬坡，但又不同于爬坡，爬坡总会有制高点，车水没有制高点，就在原地不断地爬。

车水是个极重的农活，累、苦："踏破脚心，磨断轴心"；"头一伸脚一蹬，白天车水夜里哼"。

古农书记载，龙骨水车在我国已经有一千八百年历史。至少在唐代车水灌溉的方法、样式与现在的完全一样。唐·段成式的《酉阳杂俎》记载："直遂集客，车水竭池，穷池索之。"宋·《河渠志》中有"地高则用水车汲引，灌溉甚便"的记载。就是说，中国农业生产所使用的工具、方法，千余年间没有什么发展进步。

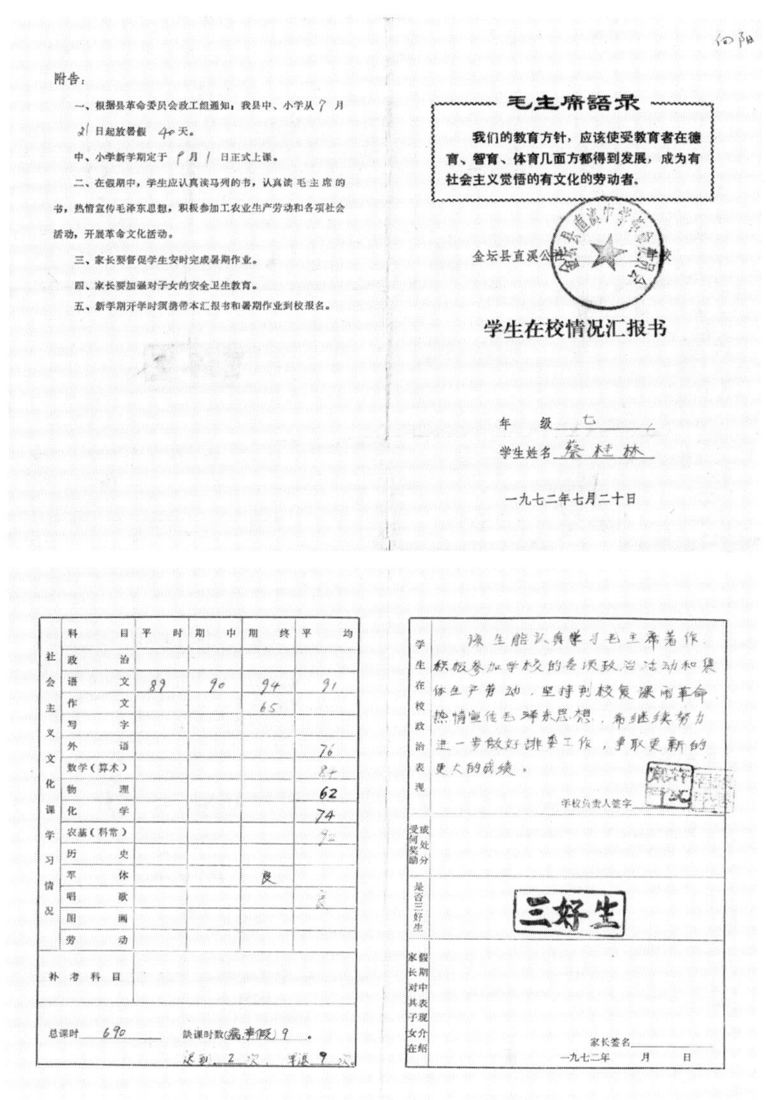

附告：

一、根据县革命委员会政工组通知，我县中、小学从7月21日起放暑假40天。

中、小学新学期定于9月1日正式上课。

二、在假期中，学生应认真读马列的书，认真读毛主席的书，热情宣传毛泽东思想，积极参加工农业生产劳动和各项社会活动，开展革命文化活动。

三、家长要督促学生安时完成暑期作业。

四、家长要加强对子女的安全卫生教育。

五、新学期开学时须携带本汇报书和暑期作业到校报名。

毛主席語录

我们的教育方针，应该使受教育者在德育、智育、体育几方面都得到发展，成为有社会主义觉悟的有文化的劳动者。

金坛县直溪公社□□学校

学生在校情况汇报书

年级 七

学生姓名 蔡桂林

一九七二年七月二十日

	科目	平时	期中	期终	平均
社会主义文化课学习情况	政治				
	语文	89	90	94	91
	作文			65	
	写字				
	外语				76
	数学（算术）				[illegible]
	物理				62
	化学				74
	农基（科常）				92
	历史				
	军体			良	
	唱歌				良
	图画				
	劳动				
补考科目					

总课时 690 缺课时数（病事假）9。

迟到 2 次，早退 9 次。

学生在校政治表现：该生能认真学习毛主席著作，积极参加学校的各项政治活动和集体生产劳动，坚持到校复课闹革命，热情宣传毛泽东思想，希继续努力，进一步做好排委工作，争取更新的更大的成绩。

学校负责人签字

受何奖励或处分：

是否三好生：三好生

家长对其子女假期中表现介绍：

家长签名

一九七二年 月 日

学生在校情况汇报书 / 金坛县直溪中学 / 1972 年 7 月 20 日

因为苦累，车不一会儿就得换班歇一歇。按时间换班显然不合适，车得快与车得慢费力可不一样。最公平的是车轴所转圈数的一致。于是，在车轴的一头插一"线车"，车轴转一圈，棉线就在"线车"的轴上绕一圈，绕满圈数换班。

老队长要我"踩几圈"就是这个意思。踩完几圈，回家睡觉，第二天，双腿不再是自己的了，疼得不想要。

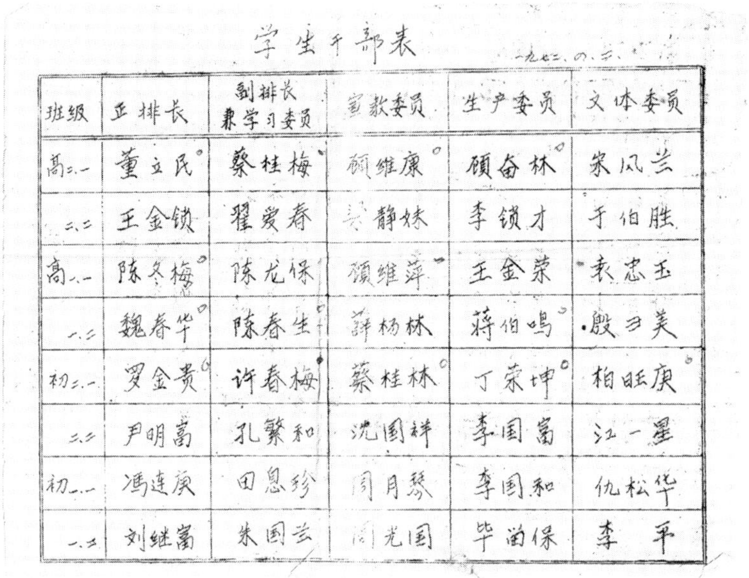

学生干部表

一九七二、四、二、

班级	正排长	副排长 兼学习委员	宣教委员	生产委员	文体委员
高二.一	董立民	蔡桂梅	顾维康	顾奋林	宋凤兰
二.二	王金锁	翟爱春	吴静姝	李锁才	于伯胜
高一.一	陈冬梅	陈龙保	顾维萍	王金荣	袁忠玉
一.二	魏春华	陈春生	薛杨林	蒋伯鸣	殷习美
初二.一	罗金贵	许春梅	蔡桂林	丁荣坤	柏旺庚
二.二	尹明富	孔繁和	沈国祥	李国富	江一星
初一.一	冯连庚	田息珍	周月琴	李国和	仇松华
一.二	刘继富	朱国芸	周光国	毕留保	李　平

学生干部表 / 金坛县直溪中学 / 1972 年 4 月 2 日

据说，清代文人祝允明以农人车水为题材出“水车车水水随车，车停水止”上联请奇才唐寅唐伯虎对，唐伯虎不假思索，对出了“风扇扇风风出扇，扇动风生”的下联。工整，绝对。作为奖赏，应该请祝允明、唐寅他们上横杠“踩几圈”。

毕竟少年，毕竟刚刚伤愈，踩着踩着就跟不上大人的节奏了，用力一脚，没有能踩到蹬拐，鼻子和嘴唇重重地磕在了绳杠上，鲜血直流……

小块水田人车水，大块水田人车水就不行了，得用牛车水。人车水的那套“装备”可以随时挪动，哪里急需就搬到哪里去。牛车水属于大型灌溉设施，有固定建筑，称“牛车篷”。

单头棚子东侧一节田埂远的地方，就有“牛车篷”。始建于爷爷时代，是我家独有，靠它浇灌门前自西向东一溜三十余亩水田，“土改”后归了公。

牛车篷像今天公园里的凉亭。由八根石柱撑起圆溜溜的尖顶草棚，草一层层倒戳进去，盖得严实。中间竖一根直通尖顶的木头轴心，轴心连着车盘，盘像一张巨大的圆形餐桌，盘的边沿凿着一个挨一个的木齿轮。蒙上眼的老牛拉着轴心转，轴心连着车盘跑，车盘的齿轮牵动水车的槽板，跟人车水的原理一样，把水提到稻田里。牛像驴拉磨一样，一圈一圈转，河水一轮一轮提上来。

车水受伤，我被派来牛车篷看着牛车水，不时地给“拉磨”的老牛喂些水和草料。

不累。离不开。心焦。

心焦，胡思乱想。

中南海里的毛主席，根据全国人民因翻身解放而爆发出来的建设社会主义的高度热情和冲天干劲，和广大劳动人民迫切要求改变我国一穷二白，以及经济文化落后状况的强烈愿望，提出了“鼓足干劲、力争上游，多快好省地建设社会主义”的总路线。

中南海里的毛主席批评犯有右倾错误的人说：我们的某些同志像小脚女人，东倒西摆的在那里走路，老是埋怨别人走快了、走快了。我们不能跟在帝国主义后面一步一步地爬行。我们要走自己的路，要快，要大踏步地前进，要高速度地向前发展，用最快的速度、最短的时间，赶上和超过西方帝国主义强国，摆脱几百年来旧中国留给我们的落后状态。多少事，从来急，天地转，光阴迫，提出了“一万年太久，只争朝夕”的赶超战略，实行“大跃进”。

在中南海里的毛主席的倡导下，三级所有，队为基础，一大二公，政社合一，更高一级的农村公有制形式——人民公社横空出世，仅用一个多月的时间，整个中国百分之九十九的农户参加了人民公社。

——总路线、“大跃进”、人民公社这“三面红旗”飘扬了十多年，旗帜下的土地还是这样贫瘠，旗帜下的生活还是这样困苦，生产工具还是这么笨重简陋、这么原始，舍田村的变化在哪里？

像是昨天刚刚车完水，翻过身来，稻子就要收割了。农村的活永远忙不完，永远一件比一件辛苦。

成熟的稻子被锯镰放倒，队长一声“抬掼盆”的口令，几个壮劳力直奔生产队的库房，鞭炮响起，掼盆便抬到了稻田中间。

掼盆，其貌不扬，制作工艺十分简单。选取硬质木料，做成正方形的框架，在中间按一横梁，横梁上凿它十几个孔，穿插固定起一根根铁质或木质中间隆起的筋条，拉住框架，防止掼稻时把掼盆掼散了架。在方框的四只角上安上脚，高度以掼稻时不过分弯腰为宜。

“掼稻！”

元·王祯《东鲁王氏农书·农器图谱》：“掼，抖擞也。”掼稻，就是用撬子（用两根短麻绳连接两根撬板做成）夹起一小捆稻子，在掼盆的四壁上面反复掼打，将稻粒从稻秆上掼打下来。这是没有脱粒机时的主要脱粒方法。

掼稻多以妇女为主，她们个个穿起紧身衣服，头顶扎起素色毛巾，以防稻叶碎屑或虫子进入身体。

晚上，父亲对我说：你准备好，明天中午，跟我去掼稻。

唛唛很不愿意，挡拦头板（方言，阻止），斥责父亲：人还没掼盆高，就要他去掼稻！你多大才掼稻的？

母亲支持父亲：小老歪（村上的一个人嘴歪，有此绰号）的二小伙，比他个子小多了，早就上掼盆了。

唛唛不服：你拿他比？他个小，年纪可不小！

第二天中午，我“武装”好，带上昨晚做好的撬子，到了前头墩上的那块稻田，加入掼稻。

掼盆两边各站三人，各举稻把掼之，籽粒随落。我站在父亲的对面，学着父亲的样子，夹起一捆稻，人离掼盆三步远起势，稻把子自下而上举过头顶，离掼盆一步远时将稻把子顺势奋力掼下，稻把子撞击掼盆发出“咚”的闷响，抖动腕子，金黄色的稻子沙沙落到掼盆里。

父亲：“对。就这样。掼尽。”

举起，掼下，上三下，下三下，左三下，右三下，上下左右翻飞，不停地掼，掼尽，再夹一把，接着掼。

半个时辰过去，掼到掼盆壁上的已经不是稻把子，而像是我的胳膊似的……人们都在劳作，不可以歇下。掼，掼，机械地举起，机械地落下……

拖着疲惫的身子回家。

晚饭是唛唛做的炒米茶。

可不是用典雅的紫砂壶或质朴的铜茶壶，放入茶叶，冲入热水，沏出的那种茶。不是。尽管叫“茶”，其实它跟“茶”一点都挨不着。称“茶”，大概是因为这种吃食稀薄，水多；它不是茶，因为“茶”前面有“炒米”在。炒米茶，苏南农村盛夏初秋时节的一种主食。

约莫下午三四点钟，唛唛将米淘净、晾干之后，倒入锅中，手持锅铲，翻动它们。听得到它们初始在锅里叽叽喳喳的窃窃私语，后来的噼噼啪啪的大声喧哗。这时，原本雪白的身子变成了通体金黄，可以了，唛唛放下锅铲，拿起铜勺，从水缸里舀起清水，倒入锅中，“嗤”的一声，一袭饱含浓郁米香的热气腾起，自灶间向外扩散，将整个屋子弥漫。

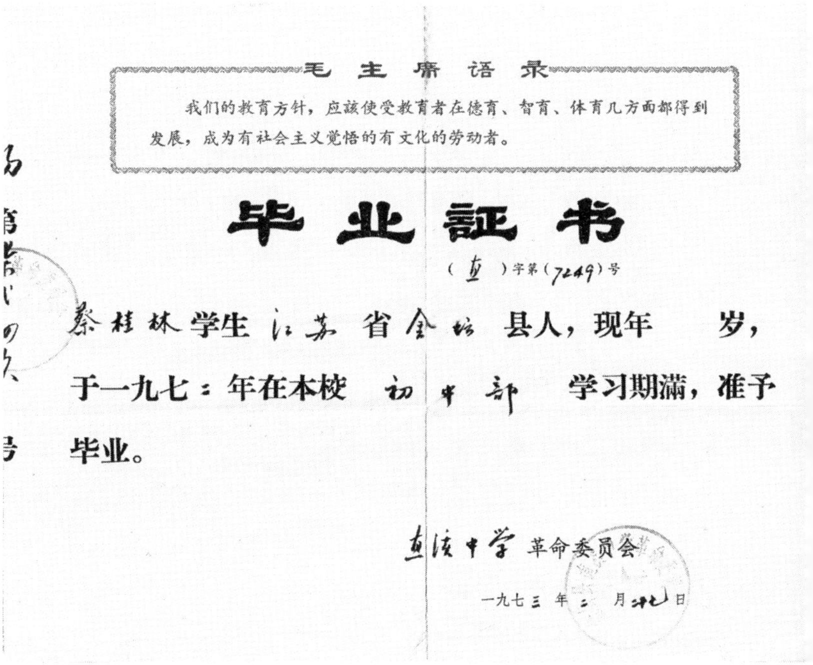
毛主席语录

我们的教育方针，应该使受教育者在德育、智育、体育几方面都得到发展，成为有社会主义觉悟的有文化的劳动者。

毕业証书

（直）字第（7249）号

蔡桂林学生江苏省金坛县人，现年　岁，于一九七二年在本校初中部学习期满，准予毕业。

直溪中学革命委员会

一九七三年二月廿七日

初中毕业证书 / 金坛县直溪中学 / 1973 年 2 月 27 日

将锅里的水烧至沸腾，可以了，歇火，稍微焖一焖，这就是炒米茶。

揭开锅盖，唛唛将烧好的炒米茶盛进陶制的两个大缸盆里——家中人口兴旺，一盆根本不够——凉着，等到家人从田间地头逐一归来，齐了，开饭，它也就差不多半凉了，喝起来特别爽口，再就着唛唛淋了些自制的酱油的拍黄瓜，吃上三四碗很正常。

1974 年春，父亲说：我们建房。

对乡村农民来说，建房造屋，一辈子里的头等大事。

父亲看中的是村子最南端的那块地，近水，水聚财；河的对岸是一片竹林，四季绿色，生机勃勃；右则是条通向直溪镇的大道，路通，孩子前程远大；视野开阔，放眼望去，可见五十里外的茅山，无阻无挡。

父亲：宝地。

父亲邀约他的朋友来看，朋友们齐声夸赞：宝地。

父亲向生产队、大队提出了将它用作宅基地的申请。

申请还没批下来时，母亲就招呼她的儿女急火火地一齐上阵，肩挑手搬，向这片地上填土、夯实。

母亲告诉她的儿女：看准了事不要等。等，就有变数。等，啥事都办不成。你啊哆哆老稳，稳到最后叫别人家占了去。

唛唛也这样认为。她搬着一块大石头，艰难。大姐：“唛唛，太重，不要闪了腰！”赶上去帮她。

唛唛用眼神止住大姐的脚步。

唛唛坚持着自己将那块大石头搬了过来，扔到基地的中间，用脚踩踩，喘着，对我和我的弟弟说：你们俩，过来，用、用土把它填上。

后来我才明白唛唛的这一举动的意义：这是埋下奠基石哩！

家中最长者搬石，别人不能插手；家中最重要的成员埋土。相当于中央领导为国家重点工程奠基，第一铲土自然是要重要领导人掘的。

建房的砖瓦紧张。父亲托了好多关系，才从公社的砖瓦厂弄到砖瓦。

先用船将砖瓦从大窑驳到离宅基地最近的码头，然后全家出动，一担一担地把它们挑到工地上。

新砖新瓦散发着那个年月人世繁华的硫黄的气息，河水样在村里流动不止，引来无数的啧啧称慕。

父亲选好开工日子，鞭炮齐鸣，告示四邻八舍，也是告示大地蓝天，告示列祖列宗：我们有能力办大事、盛事了！

上梁时又鞭炮齐鸣，了工（方言，竣工）酒更是摆了好几席。墙里垒进了单头棚子上拆下来的一些乱砖。新屋了工后从单头棚子里带来了一樽在我爷爷手上置办的睡柜（方言，床头柜）；藏在睡柜里我祖爷爷用过的一把铜茶壶；最为意外的是，在搬睡柜时发现了一只樟木盒子，打开一看，里面居然是爷爷反复试验研制出来专治颈肩腰腿疼及跌打损伤的“蔡氏乌金膏”药方！

有了这些就有了家族的历史，就有了血脉的温度，明明是新瓦房，但在父亲嘴里就是“祖屋”了。

我们搬进了一溜五间砖到顶瓦至檐的祖屋，告别了天长日久的单头棚子。

新屋落成后的第二天，父亲就招呼我和他一起植树，屋前屋后，屋左屋右，香樟、榆柳……成排成行。

父亲：单头棚子那里七八十年的大树全移过来是不可能了，但要移几棵过来。那是我们的老根。你看许多产品都有商标吧，比如烟，有大前门、大生产、大铁桥……这就是商标，那些老树是我们家的商标。

父亲找来七八个壮劳力，到单头棚子那里移树。

我跟着。看父亲会不会选中先祖植下的那棵大杨树。那下面可埋着我的秘密。

父亲在大杨树旁转了一圈又一圈，伸掌拍了好几下树身：太大了，可能移不活哩。我帮腔：肯定。父亲找来的帮工也说：它就算了吧，这么粗大，树王，就是移得活，咱们也挪不动它啊，得用《海港》（一部革命现代样板戏）里面的那种起重机。

父亲左看右看，绕着它转圈，发出啧啧可惜的声响，很遗憾地放弃了。

他们合伙费九牛二虎之力，移走了三棵大树。

树是平原的脊梁，它给了平原站立的骨骼和俊美的轮廓。有了树，平原才有了起伏，有了动感，有了激情和诗意。

祖屋从此进入了我的梦乡。

这里的一切常常在我的梦中淌水。

梦里有大雨滂沱，像《阿甘正传》那样落满整个银幕，群鸟不知去处，只有雨打屋瓦的音响，和音响里的瑟缩人影；梦里有细雨斜飞，田野之上村庄寂寞；梦里有飘荡在伞下的素净对襟花袄，至纯至美，似雨雾中的一袭精魂……梦手的神抚，原本平静的心空成大鸿过处，纵使啼声已断，留下的是一片不去的情愫。

天擦黑，把一张饭桌搬到门前，灯是舍不得点的，就借着麻蓝天上一点晶明的星光，一家人挤坐在桌前晚饭。狗在膝盖底下蹭来蹭去，不扔给它东西，它就拿嘴拱你腰一下，往后一坐，眼巴巴望着。

清汪河从新建的瓦房前流过。水是透亮的，荇藻青青，风一过，摇得如痴如醉。黄雀和燕子在水上沾一下脚，在荷花上一站接着轻盈地掠走，花一软，再努一下，细细的水纹久久不散。河的对岸是一片风姿万千的茂盛竹林。这就有了新屋建成后第一个春节父亲为西大门写下的一副对联：开窗喜迎千杆竹；推门笑纳万层波。

建房前，父亲专门召集过一次家庭会议。会上，父亲掷地有声：丫头总是要出嫁的，不管嫁多远这就是你们的娘家，无论什么时候回家来总有你们住的吃的。五间瓦房两个儿子一人两间，还有一间老两口环环（方言，蜷缩着居住）。养你们就养到你们出嫁娶妻，以后的日脚你们各凭本事。

雨，悬在祖屋青灰色瓦屋檐下，像老弥陀脖子上数不完的念珠。它轻轻地顿一下，拉长一点，再长一点，拉不住时，落下，落在青砖地上一个细小的涡，小水滴四溅。我渴望自己是祖屋檐头的一滴水，在生命里溅起。

这样的愿望，在母亲一遍又一遍地催我出去“捡狗屎”变得无比强烈。

拿一把长柄铲子，提一只粪筐，满野遍地找狗、牛、羊、鸡偶尔人粪，捡回来埋到土里沤，变成沃田的肥料。

这是我最不愿干的一件事，不仅因为它实在太脏，更因为这是只有最不堪的人家、读书最不堪的孩子才去做的事。村人不会瞧不起这样的孩子，但我做了我自己心里瞧不起自己，觉得没有一点尊严，摧毁我的自信。

可，这，却是母亲最要我去干的一件事：“小林，捡狗屎去！”

尽管一百二十个不情愿，但，母命，不能不从。

这是为什么呢，母亲?

母亲，这是为什么?

我反复想。一定是母亲要告诉我：你出生在农村，长在农家，你和所有的农村孩子、和捡狗屎的孩子完全一样，没有差别，早晚下田种地。是的。无论心底是怎样的挣扎，这都是回避不了的残酷现实。

自由，不是想干什么就干什么，而是想不干什么就不干什么。我不想捡狗屎，可是做不到。因此，我是不自由的。真切地感受到“自由”何等宝贵哦!

拿起相关的家什，疾快地跑出家去，直跑到远离村庄、远离母亲的视线，才慢下脚步，找个村人难得到的地方躲起，等待天黑。

有时我会跑得更远些，跑到相邻的乌家大队一队，在这里河套的高坝上住着我的同学朱哮水。如他在，我会把捡狗屎的家什往他家屋后竹丛中一扔，找他去玩。

哮水聪颖，书念得好，还会拉二胡，犹善吹笛。我最喜听他吹笛，接受他唇齿间流泻出来的曼妙声响的洗礼。他侧着发间满是灰土的头，几乎把半张脸都埋了进去，双眉凝结着，神情犹如石像般凝定，肃然木然，唯见嘴角抽搐般微微颤动，颤动间有阳光耀眼，刹那间又变得天地昏瞑，时而芳草萋萋夏荷初绽，时而又碧云天黄花地秋风劲北雁南飞月落乌啼板桥霜迹……笛声幽幽，如月光流淌在空寂的旷野，无限欢乐中透着无限悲伤，萦绕在村舍的檐角和院落里榆树的枝梢，似怨似艾，如泣如诉。

笛者，涤也。每听一回笛声，心里仿佛真的涤去不少忧烦，开阔明朗许多。

蓦然惊觉，暮色早已在哮水的笛声中厚重。掮起捡狗屎的家什，在黑暗的掩护下，幽幽地回家。

黑暗真好。

“文革”中被打倒的二号“走资派”邓小平复出了。中国教育因为他的复出立即就有了起色。这起色最显著的地方就是“教育质量”开始冒头。就是美术课，也讲起了质量，不是画臂戴红袖章、手握红宝书、拳头举过头顶的那种板报报头了，居然请来了一位画家，在宣纸上泼墨。

美术老师：同学们，今天的这节美术课，我们请来了范石甫先生来为大家上。范先生七岁起学习篆刻、书法和花鸟画，十八岁入浙江美术学院就读，擅长画鸡，有“江南鸡范”的美誉。让我们以热烈的掌声欢迎范先生讲课！

随着热烈的掌声，戴副深度眼镜、清瘦斯文的年轻人走上了讲台：同学们好！我本来不叫这个名字，因为我自小喜欢齐白石的画，喜欢杜甫的诗，从他们的名字中各取一字，姓是我父亲的，就有了“范石甫”这个名字。大家知道，中国文字是象形文字，写字如同画画，画画是写字的延伸，这就有了书画同源之说……

自范先生走上讲台，我就觉得对范先生是那样熟悉，像是在哪里见过他。在哪里呢？一时记不起。等到他在黑板上书写“书画同源”最后一笔转脸过来的一瞬间，我猛然记起：对，就是他，在单头棚子里！

那是七八年前的早春，单头棚子门前的那片田地里长满呼啦啦的一片荷花郎（又名紫云英、红花草，曾经遍野江南的绿肥植物），荷花郎深处，一个肩背画夹的年轻人朝我们家飘然而来。

春天明媚的阳光从大门铺进堂屋，像一张长长的苇席垫在地上，刚满周岁的小弟坐在凉车里在这席阳光中啃着小手，见有人来，手舞足蹈，发出“牙牙”的声音。

来人：这里是老蔡家吧？

我：是。

来人：我是你父亲的朋友，学美术的，出来写生，噢，就是感受自然的美景，找自己感兴趣的东西画画。你父亲说你们家这儿就很值得画，我就来了。

来人说的在我那个年纪似懂非懂，但大概意思明白，就是画画。

来人：你父亲说得不错，你们家这儿值得画。“黄四娘家花满蹊，千朵万朵压枝低。留连戏蝶时时舞，自在娇莺恰恰啼。”“雨歇杨林东渡头，永和三日荡轻舟。故人家在桃花岸，直到门前溪水流。”

来人嘴里念念有词。也巧，他念念的“词”尽管我不懂意思，但背过，知道都是唐诗，一首是杜甫的《江畔独步寻花七绝句（其六）》，一首是常建的《三日寻李九庄》。

来人：我给小弟弟画幅速写吧！

说着，他搬了张带靠背的小竹凳坐在我弟弟的对面，把画夹摊在并拢的双膝上，从上衣口袋里抽出一只炭笔，在画夹间的一张白纸上勾画起来。

笔尖触纸发出“沙沙沙”的声音。“沙沙”了数分钟，我弟弟和弟弟的凉车还有那一席阳光就出现在了他的笔下，活灵活现。他在右下角签好名字一转脸递给我，给您留个纪念。签名太草，我不认识，出于礼貌也没好意思问。

他就是眼前的范石甫！没错，就是他！

此时，他正在讲授怎样画鸡。只见他用毛笔先蘸了些黑色，又在笔尖处蘸了些黄色，然后在宣纸上不知怎么一滚，一只毛茸茸的小雏鸡跃然纸上。神奇！

那天晚上，我告诉父亲：我们家来过一位画家，还给弟弟画了一幅。

父亲对有文化的人都崇拜：你说的是范石甫吧？有才。字写得好。他家住在镇上的仁志墩，春节写对联，贴到大门上很快就不见了，再写，又不见了。邻居、路过的人羡慕对联上的字，偷偷地揭走了，他也不急，再写，再贴……

鸡究竟怎么画，我一点也不知道，这堂美术课我沉浸在了对范先生的思忆中。

农家，除了建房，家中再大一些的“基建”项目就是圈灶了。

圈灶，就是垒建每日里烧水做饭的锅台。

灶，可用砖垒，但，砖需要花钱买，舍不得，一般都是用土坯垒。预计好秋天里圈灶，那么，在农闲时“脱”像砖一样大小的土坯，晒干，码放在屋檐下，预备着。

圈灶是个技术活，技术在锅膛的设置和烟道的贯通，一般要请专业瓦匠来圈。父亲聪明，我们家的灶台都是父亲圈。

“搬土坯！”

随着父亲的一声高喊，圈新灶“工程”就算正式开始了。

灶面呈椭圆形。家人个儿都高，灶台就需要高些，方便在灶面上炒菜做饭干活可以直着腰。

家里人多，又喂着老母猪，父亲总是圈大中小“三眼”灶，就是有三个锅膛的灶头，大锅煮猪食，中锅做饭，小锅炒菜用。

我给父亲打下手。

父亲边圈边给我讲圈灶的每一个细节，大概是想把这门“手艺”传授给我，让我日后接过家中圈灶的瓦刀——

这是“吃草”的“嘴巴”（烧火做饭时添加柴草的灶门）。这是呼吸的“鼻孔”（柴草燃烧时走烟的烟囱），让它伸到屋外去，排烟顺畅。要在“身上”（灶壁）留几个“口袋”（灶龛）。看见了吧，最高的这个龛是供灶神（俗称灶君菩萨）的地方，所以，这个龛又叫“灶庙”。这可能是世上最小的“庙”了。“庙”虽小，“神”却不小，管着人的吃喝呢，所以，得敬，两边贴上楹联：上天言好事；下界保平安。这儿、这儿、这儿，再留几个龛，分别放油盐酱醋糖，做菜时拿着方便用着顺手。这儿（父亲指着灶台前面中部），留一个洞，需要保温、烘干的物件，往洞里一塞，灶膛余热就利用上了。

看见了吧？在锅膛与锅膛之间要嵌个煨罐，三眼灶就可以嵌两个，煮饭烧菜时灶门里四处跑的热量可以把煨罐里的水煨热，洗脸洗脚洗衣，都好用。

父亲边圈边讲，大半天功夫，三眼灶圈成：灶台嵌砖，灶身粉石灰，很靓。

父亲屋里屋外转看着，欣赏自己的杰作，幽幽地说：等我老了，干不动田地里的活了，能到镇上去圈个老虎灶就好了，烧水泡茶，热热乎乎……

父亲选择我高中毕业前建房，肯定有他没说出来、更深的考虑：为他俩儿子即将到来的相亲增添分量。

见过村上媒婆给人说亲，张嘴眉飞色舞的第一句话是“他家有一溜砖到顶瓦至檐的大房”。房子，在农村人找老婆中的分量可见一斑。房，既是名词，房屋、房子、草房、瓦房等，也是量词，民国之前的社会允许纳妾，娶一个叫一房，娶两个叫两房，以此类推，娶儿媳妇也称房，比如，余家有三房儿媳妇，这里的房就是量词。可见，“房”，在中国人的社会生活中是何等重要！

抓紧建房，不能让媒婆张嘴时没话说。

的确，随着年龄的增长，我的身体里有一种神秘的力量在悄悄生长，在悄悄地增长。眼睛成了照相机的快门，开始喜欢把心仪的女生“拍”到心里，暗暗品味、思量。

班上有南京下放来的一位干部的女儿，高挑，白净，一副细边眼镜衬托出文静。也许出自少女的矜持，也许生性雅静，除了老师的提问，没怎么听她说过话，偶尔与同学的嬉戏，传来的笑声像招呼上课的铃铛。有一天去上晚自习，我到教室时只有她一个人在，她低头边做着作业边哼着我从未听过的歌，缥缥渺渺，似真似幻：“一条小路曲曲弯弯细又长，一直通向迷雾的远方，我要沿着这条细长的小路，跟着我的爱人上战场。纷纷雪花掩盖了他的足迹，没有脚步也没有歌声，在那一片宽广银色的原野上，只有一条小路孤零零……”

我把她“拍”进了心里，与幻觉搅和在一起，翻腾来翻腾去，翻腾得模糊了，就向第一排第六个座位再“拍”一次、再“拍”一次……

不知什么时候，同样是上山下乡而来的常州女孩突然从我们班上“冒”了出来。她的出现，在我心里占据了与那位南京女孩一样的位置，甚至更重。

她一样的白皙，一样的矜持，不一样的是在她身上显得营养有些过剩，玉润珠圆之外面如满月，这对半饥不饱的农村人来说，更是只有羡慕了。她的丰腴有理由。据说新中国成立前常州的纺织厂大半是他们家的；下放到农村后，邻居看见他们家把整箱的美元拿出来晒伏。要命的是她的那双大眼和始终溢在眉梢的纯洁笑意，足以粉碎一切。我被她一举手一投足蕴藏的少女的天真烂漫击中，只要她一出现，我就会显得局促，手足无措……

二姐有位高中同学，是下放在相邻一个公社的知青，跟二姐很要好，常来我们家找二姐玩。这年冬日的一个上午，她又来了，还带着她的妹妹。

与她姐姐的成熟、稳重、素朴完全不同，少女妹妹天生丽质，无须打扮已是花花蝶蝶，百媚千娇，仪态万方，尘世间绝无仅有。

客人的到来，母亲喜上眉梢。“蛮啰啰”父亲也难得有笑在脸上的皱纹里洋溢。二姐的同学常来，不算稀客。真正的稀客是她的妹妹。她妹妹的到来，我父母明显“多心”了。母亲的喜和父亲的笑，都是“多心”的流露。

母亲挖出一大瓢今年刚收下的葵花籽，放到吱吱已经烧热的铁锅里爆炒，一会儿，噼噼啪啪的香气飘满全村。

香气引来了全村鼻涕拖得老长、衣裤上全是泥污的小把戏。滚铁环、抽陀螺、斗田鸡、踢毽子……我们家门前的那点空地成了游乐场。姐妹俩少见多怪，兴高采烈，

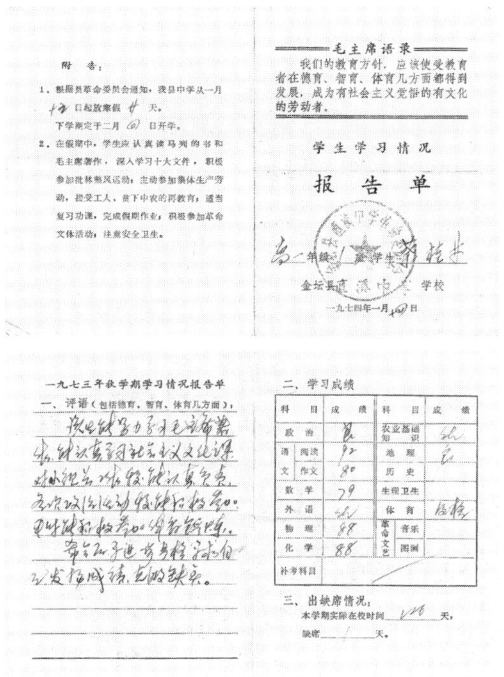

学生学习情况报告单 / 金坛县直溪中学 /1974 年 1 月 14 日

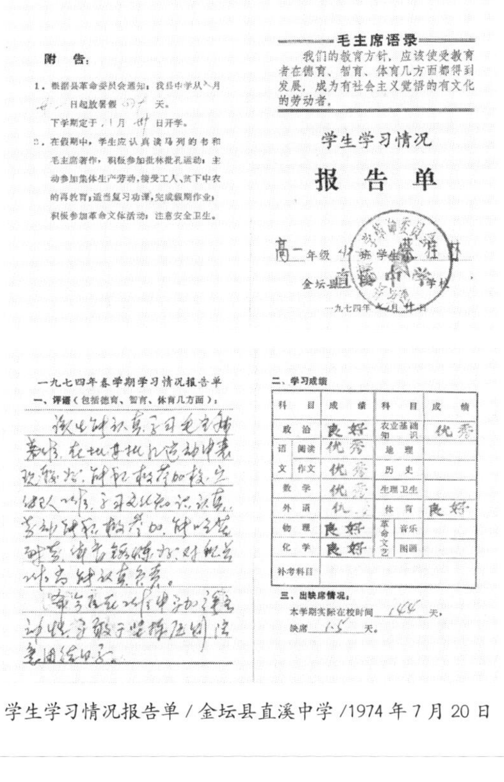

学生学习情况报告单 / 金坛县直溪中学 /1974 年 7 月 20 日

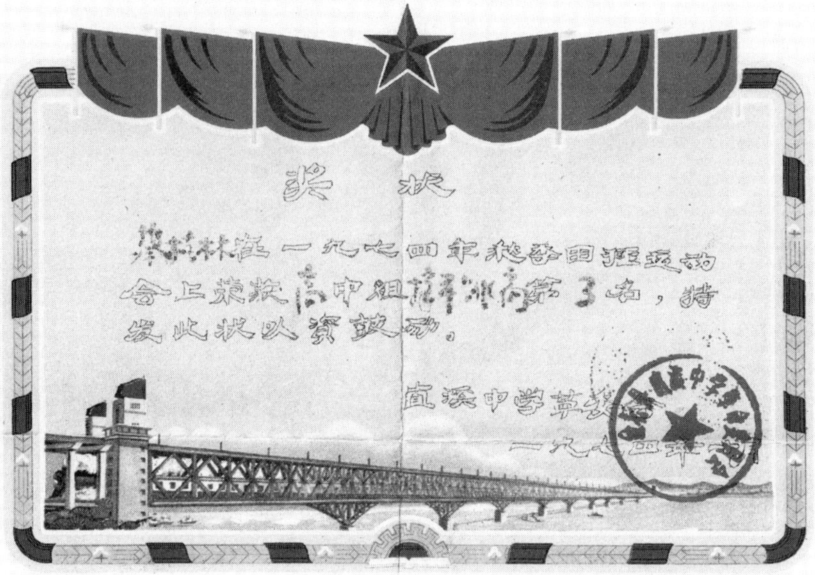

蔡桂林同学在 1974 年秋季田径运动会上荣获高中组撑杆跳高第 3 名 / 金坛县直溪中学 /1974 年 10 月

很快融入其中。忙进忙出的母亲不时笑眯眯地说一声：“不要跟他们玩，乡下小把戏，邋遢，不要把你们的衣鞋弄脏咯。”花花蝶蝶的少女妹妹喘笑着回应：“没事的，好玩透啦。”声音软得像沾着芝麻的糍粑。

趁着回应我母亲的关怀，她有眼光睃过来，这出乎意外，与我收不回的睃过去看她嬉戏的目光相撞在途中的井边，“当”的一声，我手中端着的瓷盘掉在了地上……

母亲过来捡起，喜滋滋地指派我去扳罾上买鱼；又掏出一个小布卷，展了又展，从那里面点出一块钱，驱使我去半拉桥（离家最近的一个小集镇）割肉顺便带块姜……面对母亲的兴奋，我心里直打鼓，祈祷着：千万不要让去捡狗屎啊！

直至傍晚，姐妹俩依依告辞。母亲一留再留后千叮万嘱：“有空，来玩，不要见外。”

她们牵手挽腰，亲昵地歪扭在乡村阡陌上，西垂的冬阳为她们镶嵌上流苏金边。

二姐送了一程又一程，直送到又红又圆的日心里去。

望着她们远去的背影，父亲说：她妹妹嫁给小林不错。母亲：恐怕人家不肯。

父母的对话我在灶间听得真切，突然感到心口很疼……

懵懂少年心里清楚，她们是天边的霓虹、伴云飞的天鹅，她们是抢我小笼包子的人的姐妹，一个满野捡狗屎的乡村男孩娶不起的幸福，看一眼都是很奢侈的事。而我，根本不会在她们的眼里的。抢我小笼包子的城里人的骂声响在我的耳边，“乡巴佬！”“乡巴佬！”乡巴佬又怎样？老子，楚苦县厉乡曲仁里人，乡巴佬；孔子，鲁国昌平乡陬邑，乡巴佬；孟轲，邹人也，乡巴佬……

哼！

望着女神般的她们，挡不住少年的向往，含着愤怒的向往。

挡不住的不是婚娶的念头。在贫困中挣扎的少年心里，她们不是一个可以婚娶的对象，不知从什么时候起，她们在少年的心里幻化成了一个符号，一个文化的符号，对她们的向往和追求，不是对某位具体美妙女子的向往，而是对她们所代表的那种文化、把她们养育成这个样子的那种生活的渴望。

如果这个渴望能够实现，要做的第一件事是告诉我的孩子：绝对不许强抢乡下人的东西！任何时候，任何场合，绝对不允许说出“乡巴佬”这个词！！

由她们而起，少年的梦想变大。

新屋建成转过年来，1975 年 7 月 19 日，我高中毕业（那时叫“结业”）了。学生时代戛然结束，像是一棵正蓬勃着的树突然被一夜狂风拦腰折断，听得到“嘎巴”的断裂声。

临毕业前，同学相约，去县城照相留念，就是压“第一章”题的那张。照相之余，我偷偷地去了趟坐落在东门大街上的宰相府。之所以要“偷偷”，是因为它是“四旧”之旧，列在破除、砸烂之列，近不得。然而，它的身世，它的魅力，又诱惑着我。

“文革”中，它破败不堪，我绕着它转了几圈。与其说是参观，不如说是凭吊。

在清代，皇帝之外的最高官位是入阁当大学士，位极人臣，相当于宰相。乾隆朝内阁大学士于敏中，生于金坛县城，他的府邸，也就有了“相府”的美称。

相府面前的场地称相府场，正对相府的一条街叫“相府前”，原相府中的小弄堂，叫“相府弄”。相府大部分建筑毁于太平天国战火，现有大部分是之后重建。只有其中的一幢楼，历经了二百年风风雨雨，依然健在，尽管墙上苔

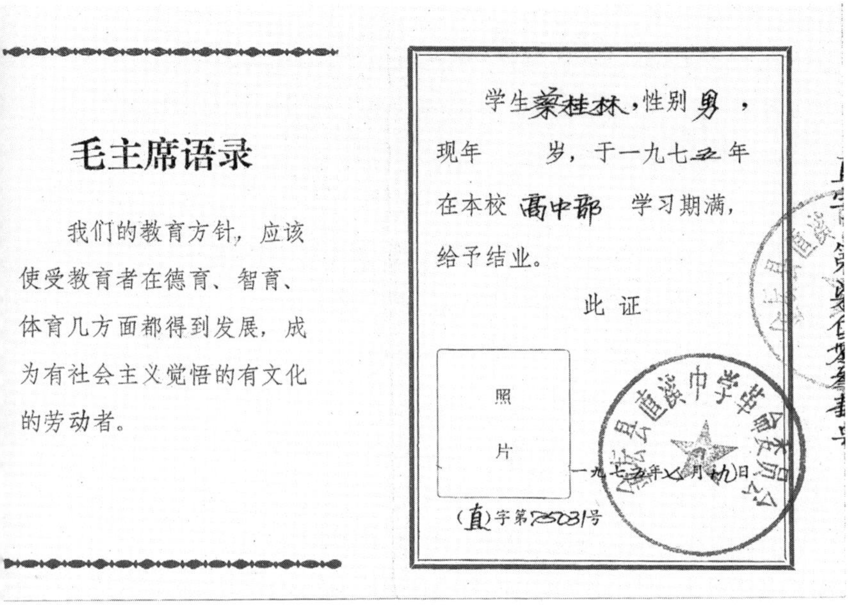
毛主席语录

我们的教育方针，应该使受教育者在德育、智育、体育几方面都得到发展，成为有社会主义觉悟的有文化的劳动者。

学生蔡桂林，性别男，

现年 岁，于一九七五年

在本校高中部学习期满，

给予结业。

此证

照片

一九七五年七月廿九日

（直）字第75031号

高中结业证书 / 金坛县直溪中学 / 1975 年 7 月 19 日

藓斑驳，透出苍老古朴的绿色；尽管园亭荒芜，看上去色泽枯槁，伤痕累累；尽管雕栏、花窗也没有了丰腴的肌肤，但是，它们支撑住了岁月的沉重，昔日的雍容华贵、非凡威仪，依稀可见。还有就是雄踞正门前的一对大石狮了，它是相府原物，见证着相府的历史兴衰。

整个清代，共有状元一百有零，江苏占四十九名，近半，另一半留给了全国余下的其他省份，“江南才俊半天下”不是过誉，是纪实；由状元而入阁当大学士的，清代共有十四人，江苏占六席，又近半，金坛县的于敏中就是其中之一。

乾隆二年（1737 年），二十三岁的于敏中获进士第一（即状元），授翰林院修撰，执掌山西乡试。不久，担任山东、浙江学政。后任兵部侍郎，再改任户部侍郎，兼军机大臣。出任过文华殿大学士兼户部尚书、文渊阁领阁。才识卓越，朝廷重要文书及皇帝手谕，多出其手。且文章冠绝一时，著有《素余堂集》三十四卷。

于敏中，金坛之光，乡贤中的杰出者。徘徊在摇摇欲坠的相府，我想，也许，它再不需要一百年就会从金坛城、从金坛人的视线里消失，消失得无影无踪，寻找不到丝毫痕迹。然而，我相信，于相的《素余堂集》，则会融入历史的册页而永恒。作为金坛的后生，我渴望、很渴望读到它。

金坛县直溪中学高二（1）班合影留念 /1975 年 7 月

自下而上，左起

第一排 宋锁娣 许小兰 徐玉英 郭梅芳 费书清 陈红粉 李小息 肖春兰 朱财珍 毛莲芳 陈秀兰 王金梅 周月华 韦菊芳 陈玉明

第二排 杨开庆 邓春美 李熊兆 徐达保 丁连福 □□□ 丁福年 宋文英 蒋伯泉 朱锁保 蒋作舟 赵燮钧 沈友山

第三排 陈金根 刘 庚 蔡宝华 张锁庆 景阳正 吕去痂 江宝宏 李爱珍 吴粉美 陈金美 李罗清

第四排 孙国平 许留保 王水平 薛国富 朱哮水 盛 放 冒锁明 王罗照 陈虎保 蔡洪锁 孔繁和 石粉才 张锁粉

第五排 张锁海 王锁灯 袁月平 王留生 费网红 张水军 蔡评忠 韩国祥 李阳刚 徐玉生 李金华 曾锁林 吕锁银 蔡桂林

第六排 许学文 刁国平 秦国荣 杨海林 王志忠 陈建明 张美俊 张小平 丁洪生 符川庆 王新堂 郭建农

“旧时王谢堂前燕，飞入寻常百姓家。”（唐 · 刘禹锡）

毕业典礼隆重。

毕业生代表的发言慷慨激昂——

青年同志们啊！我们是中华民族的优秀子孙，我们是伟大的毛泽东思想哺育下的新一代，我们生活战斗在二十世纪的最后四分之一的光辉年代里，将来要我们高举红旗跨进二十一世纪。有没有把我国建设成为社会主义现代化强国的雄心壮志，这是我们这一代青年人生道路上的一个根本问题。春蚕吐丝，丝固然很美丽，但只有把丝织成绸缎或纺成丝线蚕吐丝才有真正的意义。否则，不过是作茧自缚，把丝白白地浪费掉。同样，我们也只有把自己的全部力量和才华，贡献给建设社会主义现代化强国的伟大事业，生命才能发出异彩。否则，就是一个可悲的人，一个渺小的人，一个虚度年华和浪费生命的人。我们要做革命的雄鹰，时代的海燕，好社会主义之高，骛共产主义之远，振翅冲破云层，迎着阶级斗争的风雨，飞向人类的明天！

带着被毕业典礼点燃的热血，带着被毕业典礼升腾起的期望，告别学校，告别语文老师丁连福，数学老师周汉银、吕去痴，物理老师蔡葆华，化学老师黄曼君，音乐老师周美华，政治兼体育老师高海清……回到了祖屋，回到了祖屋所在的向阳大队。

站在家门前 / 1977 年初春

第二章　萌芽

苦闷青年

7月20日，天亮，起床，喝过大麦粥，背起书包出门，被母亲唤住：儿啊，你毕业啦！

啊？我毕业了？

噢，我毕业了。

没学可上了？

没学可上了。

退回家中，闷坐。

无学可上的农村孩子就得上工，成为人民公社的新社员，听生产队队长吩咐吆喝下地干活。别无去处。别无选择。这是一代接一代的农村人的命运。我是这一代接一代中的一代，不可能例外。像父辈一样，我要在向阳大队二队面朝泥土背朝天一辈子，在这里娶妻生子，养育下一代新社员……这是注定的。注定平淡的一生。

最远，我到过县城，见过城里的复元堂，东门大街上的宰相府，县前街一字排开的各家大门，村人带我去看过县政府门口挂着的父亲照片时看过城隍庙里的大算盘。大姑姑的家就在城边边上的城西公社，县里建蔗糖厂征用的就是她大队的地，给大姑姑拜年时表姐领我进城买过牛皮糖。干爹干妈家也在城边边上，城东公社，离宰相府一箭之地。表哥带我去过城里的书院巷，小相府，东岳庙，玩过花街……母亲说，“三世修得城脚跟”，意思是一个乡下人要成为城里人需要三世的修炼，不易。南京来的同学，常州来的同学，还有二姐同学的妹妹，她们背后的生活，令我向往。如果不读书，如果没有遇到她们，也许，我会像我的祖辈一样，踏踏实实地在舍田村度过我的一生。可是，我遇到了她们，我到过了县城，知道了有比舍田村更好的人生在。这种“知道”，使心中不由自主地生出了许多不甘来，升腾起巨大的反抗，反抗“注定”！

开不出一张介绍信连公社都出不去，怎么反抗？往哪里反抗？

仰头望天，天无语。

低头看地，地无声。

闷坐了很久。母亲理解，不唤我，由着我闷坐。无可奈何中，扛起钉耙锄头，下地。

快出门时，唛唛说：头一天，先歇着。

唛唛的话让我的鼻子酸得不行：总归会有“头一天”的，出吧……

我沿着舍田村前那条破败的泥巴路，踽踽独行。

路上牛蹄印纵横，牛粪抛在尘埃中，还有大脚印与小脚印。所有的村人就在这条路上生活着，行走着，而我已经是可以拥有个这种大脚印的人了，这条路也就属于了我，尾追着什么，走向了地头。

在漫起的尘土中，我的衣襟被野风拂着，思绪被揉来揉去，还有眼巴巴的迷惑。

“农业学大寨”热火朝天。“与天斗，其乐无穷；与地斗，其乐无穷”的口号响彻云天，当然，“其乐”最“无穷”的还是“与人斗”，隔三岔五就在学校门前的操场上召开全大队社员大会，批斗“地富反坏右”分子，把他们反吊到篮球架子上，用绳子抽打，一片鬼哭狼嚎，凄惨得让人心颤。推高填低、整田平地、拓荒造田名曰改造世界。本来一年一麦一稻的传统两季农作，增加了双季稻，变成了一麦二水稻的三季耕作，忙得社员屁滚尿流，常年开早工、开夜工，从清晨鸟叫干到深夜鬼叫。有线广播装到每家每户，田头还安装上高音喇叭，每天定时播音，早晨5点从《东方红》序曲开始，晚上9点在《国际歌》中结束，农民基本上就随着这个时点和节奏干活，从《东方红》直干到《国际歌》。毕业典礼，言犹在耳。礼堂里的豪言，在艰难的田野里，在“批邓，反击右倾翻案风”的阶级斗争路线斗争现实面前，显得是那么的空洞，空洞得不堪一击。稀碎。

自小在田间野地的摸爬滚打，知道苦。但今日与往日是完全不同了。今日之前只是个短暂的帮手，属于打短工的，随时可以逃避；今日之后不行了，它们成了时时刻刻的面对，是个长工了。

江南，在历代文人笔下调寄“忆江南”“望江南”那么的丰富多彩，令人神往。“龙头舴艋吴儿竞，笋柱秋千游女并”，“曲岸持觞，垂杨系马”，“开帘送酒，临水悬灯”，这些赏心乐事都联系着“绿如蓝”“碧于天”的最可怜的江南春水。我身在江南，体会的为什么全是难以承受的困苦呢：衰草愁烟，乱鸦送日，尘土回旋平野。

8 月初，照顾我这个初出校门又骨瘦如柴的书生，队里安排我与同生产队的姑表哥一起放鸭子。

鸭棚坐落在远离村庄、四面环水的一座土墩上，进出靠放鸭子用的小船。没船，进不去，出不来。棚檐低矮，出入需要九十度鞠躬。把十几根竹竿捆扎在一起做门。树桩支起竹床。因为低，里面的光线极暗，倒是墙上的裂缝像闪电。

土墩上布满大大小小、高高低低的乱坟，乱坟上长满高高的刚茅草，散着阴森的气息。除了清明，除了村上又有人老（方言，死）了，没人会上这个土墩。

在鸭棚后面两步远的地方，就是小丘一般的两座坟。坟里埋着谁家祖宗，没人知道。紧挨鸭棚的两座坟让你自然而然地想：鸭棚这地，原先就是坟，是铲平了坟包后搭的这鸭棚。这是真的？那么，鸭棚里我睡的那张竹床就是架在原来的坟上面……不能再往下想了。不敢再往下想了。

这就是我要去住的地方。

表哥新婚，晚上不来，我一个人，一个尚未完全发育的少年，与坟相伴，可能是睡在坟的上面，汗毛全竖着。就是在溽暑思渴的盛夏，晚上也是要紧紧地裹上床单的，任凭汗水淋漓，也不敢把身体任何一个部位露到床单的外面，怕被鬼啃了，用这层屁事不管的床单护着，护着心理安全。

大风。

呼号。

所有坟包上的刚茅草一起发出撕碎人心肺的惨叫。鸭棚在呼啸的风里乱颤，棚顶被掀起又落下，再掀起再落下，发出“咔吧咔吧”的断裂声。背下的竹床跟着晃动，跟着“咔吧”，像有鬼在床下乱拱，想把竹床拱翻。

想逃。黑暗无边，群魔乱舞，逃向哪里？再说，不敢下床，如果不是自己紧紧压住竹床，早被床下的鬼掀翻了；不敢走出鸭棚，鸭棚外面就是地狱，无数青面獠牙的厉鬼已经等得很不耐烦，出去，就是被吞噬，被撕烂，尸骨无存……

风刮一夜，眼睁一夜，泪流一夜，少年的胆被倒腾得像蒜泥。

天麻亮，眼泡肿。踉踉跄跄走出茅草棚子，拿起与我的腿一般粗细、顶端绑着一只破蒲扇的竹篙，撑上颤颤悠悠的小船，赶着等待觅食的鸭子，把天叫醒。

天天吓得胆战，这鸭子是放还是不放呢？

有选择吗？

“实际上，他在世界上是个多余的人。在盛大的人生宴席上没有他的座位。”（马尔萨斯）没有选择，只能每晚忍着难忍的恐惧。

出壳时黄绒绒的小鸭进棚，牢在棚里，精心饲养。十多天后，把它们赶进水田里蹿青，让它们自由追逐野食。

水稻田里，有飞蛾、青虫、毛虫、硬甲虫，有小鱼、小虾，有“土鬼田鸡”（褐灰色的小青蛙）……小鸭子飞快蹿动，捕捉它们，那份狂劲，令人欣喜又望而生畏。

绒毛渐褪渐尽，鸭子出红毛了，也就是进入了“青春期”。这时的它们，犹如强盗，凶悍，好动，嘴头馋，特别喜欢腥物，摆动着灵活的身躯，跑得快极了，眨眼之间，跑得满地满野全是。

跑吧！

初时没有感觉到这有什么问题，等到太阳快要落山了，鸭子还散落在无边无际的青稞田里，人站在田埂上连个鸭影都看不见，收拢它们，问题大了。茫茫一大片，跑散几只，要找到，实在费事。伸长脖子，学着它们的叫声“呱呱”，然后屏息静听，听哪里响起回声，把它们寻回。运气好，“呱呱”两声，马上就可以拢齐；运气不好，“呱呱”多少声，也找不齐它们。它们蹿出去实在是太远了，远得听不到你的呼唤。

听不到也得唤！

判断一下它们可能去的方向，朝那个方向“呱呱”。依然不得。再换个方向。还不得。累得坐在田埂河堤上歇一歇，听着。天黑，跑散的家伙们也急，急着找自己的伙伴，发出惊慌的求救声，这时再去找回它们。数不够，那就试一试风向，饿着肚子，到下风口去听它的动静，把最后失群的小东西带回来。

赶回鸭棚，数一数，不少，关牢棚门，回家喝一碗大麦粥，再来守护它们。

门前父亲植下的那棵桃树，桃子熟了，不去采摘，会自动从枝头落下。

是太久太久的等待的痛苦无法忍受？

落地，泥土把它紧紧地抱在怀里，开始了孕育的耳语……

秋，“鸭司令”的日子结束了，回到田间地头。

稻子收割了，田野空旷，原来被茂盛繁荣的庄稼遮挡住的茅山，露出了根部，极目远天，辽阔高淡。

日光在头顶渐红渐稠地热了，耕翻了过来的稻田里的新泥土在温暖中羊毛样腥浓鲜烈成一团一团。挥锄将它们做成垄，种上麦子。

麦子不喜水。苏南河道纵横，沟渠如网，地下水位高；偏偏丝丝绵绵的雨水又多，排水就成了种麦子的重中之重。排水靠沟。田内沟、田外沟、横沟、竖沟、宽沟、窄沟……一寸不通，万丈无用，既是力气活，又是技术活。

挖沟的日子不是人过的。不是人过的，是人就得过。手上的茧子不必说，连肚皮上都磨出茧子。

宽深的排水沟占去不少地面。为了增加麦地面积，聪明人发明了暗沟，相当于城市铺设地下自来水管道：先用宽些的铁锹挖下一锹宽的水沟，再用相当于宽锹二分之一的小锹在宽沟中间再挖窄沟，窄沟上面盖上土，种上麦子，水从下面排走，既排掉了麦地里的水，又不影响麦地面积。

因为常年的耕种，土地表层是松软的熟土，第一锹相对好挖，再往下是生土，板结硬粘，挖起来十分吃力。暗沟，沟中的魔鬼，一天暗沟挖下来，俩胳膊像断了似的。

第二天照常挖，季节不等人，必须赶在立冬之前全部挖完。

第三天就完全没有力气再挖了。

没有力气也得挖！

无助中，只好将整个身体都压到铁锹柄上，用全身的气力把那小锹顶进土里。

一锹，再一锹……

我的右侧肋骨条被这一锹接一锹的硬顶给顶伤了，疼痛不已。

我躺倒了。

我躺在床上，肋骨疼，翻不了身……

狂风大作。黑云翻滚。白昼成了黑夜。雷声贴着屋顶滚动，巨大的火球发出暗红的亮光，如巨蟒的舌信，骇人地吞吐，在乌云和泥地的空隙间蹿动游走，滚雷如石磨放肆地隆隆滚动，接着爆炸……悲哀的苍天整个坍在大地上。

躺在床上，雷雨中，胡思乱想。

新中国成立二十五六年了，农民耕作的工具还是宋朝就有的。就这样还天天在搞阶级斗争路线斗争。是因为这样，才必须搞阶级斗争路线斗争，还是因为天天搞阶级斗争路线斗争才这样？越斗越穷？越穷越斗？“让我们把最可宝贵的青春毫无保留地献给这继往开来的火红年代，沿着革命的道路奋勇前进。”继哪个“往”？开什么样的“来”？“革”谁的“命”？朝哪个目标“奋勇”？往哪个方向“前进”？我的最可宝贵的青春正毫无保留地献在乱坟岗上、暗沟里，这就是未来吗？

红灯一盏已把征途照亮（革命现代京剧八个样板戏之一的《红灯记》里的台词大意），可我的出路在哪里？

“我看不清了。”（革命现代样板戏《龙江颂》里的一句台词）

看不清了是因为自己站得不够高；如果能站得高些、再高些，就一定能看清。

应该站到什么地方才算“高”呢？

这个“地方”不在别处，就在自己这里：能力！

我第一次如此之近地看着苍天躺在地上迸发出忍无可忍的嚎叫，弹丸大小的雨珠铺天盖地肆无忌惮地砸下，祖屋上的瓦片发出牙齿碎裂的痛苦声……

能力，有吗？

不能说一点没有，但远远不够。英国科学家牛顿二十三岁制定了微积分，二十四岁提出了万有引力定律，创立了天文学，二十六岁发明了四十倍的反射型望远镜……二十三岁，自己与这个岁数很接近了，没有成为牛顿的迹象和可能，一点都没有。他是人类的天才。做不了天才就得做“地才”啊。

我们每个人都有一点才能，但这不等于说每个人的这一点能力达到了平均以上的高度。以“平均高度”为基准线，没达到，说明你处在现实的低洼处。人在低洼处，谁看得见呢？将能力提高到“基准线”，不够，平均高度嘛，算不上出众。只有在适应现实环境的前提下，将自己某一方面的能力提高到基准线以上，现实才有可能看见你。是“有可能”，不是“必然”，因为，超过基准线的那“一点”，在社会各种背景、各种复杂关系面前几乎可以忽略不计，必须超出一截、一大截，现实才会看见你，承认你。

只有“能力”才能把自己垫高。而能力，只能到知识里去学习，只能到社会中去实践，只能到把知识与现实结合起来的成果里去寻找。

“把知识与现实结合起来”最直接、最显著、最容易出成果的就是通讯报道。写“现实”生产队的人和事，写“现实”大队的人和事，给公社广播站、给县广播站、给更远更大的报纸电台写。采用了，更多地采用了，被更远更高级的报纸电台采用了，这才算超出基准线一截，那时，前途才是曙色，被暗夜看到。

超出基准线“一大截”，谈何容易！

那份奋斗的艰苦，一定不比放鸭子更容易，一定不比挑担挖沟更轻松——另一种的艰难。需要把自己的精力、自己的能量倾注在“通讯报道”这一个点上，不惧怕困难，也不怕有所牺牲，像一把锋利的锥子一样，扎进去，深深地扎进去。李大钊坚信在青年的字典里没有“难”字：“唯知跃进，唯知雄起。”我是青年，我的字典里当然也不应该有“难”这个字。

有知识就有能力。有能力才有前途。

主意拿定。

半个多月，右侧肋骨的疼痛渐渐消隐。

翻身下床，把埋在单头棚子大杨树下面的那一包书悉数挖出——感谢大杨树的庇荫，它们安好！——按照躺在床上想定的——拼！

挑担挖沟身子像散了架似的疼，咬咬牙，把自己重新组装一下，读书，写稿。

对时间，要像米丘林那样“从来不认为半小时是微不足道的一小段时间”，而不是像俄国作家冈察洛夫小说中的奥勃洛莫夫所说的：“离吃午饭的时间只有两个钟头了，难道还能做什么事情吗？”

干农活中间休息，躺在田埂上看会儿书。

抽着烟卷的一位大叔说：“看看这个样子，不安心。”

我没听见。

另一位大叔说：“男的学木匠，女的学裁缝，只有傻瓜啃书本。”

我仍然没听见。

天刚亮，“当，当，当……”吊在村南河边老榆树上的那口大铜钟被老队长敲响了，响得摇摇晃晃。

我从床上滑下，像猫那样用双手搓把脸，端起唛唛早就盛好放在桌上的稀粥，哧溜哧溜地喝完，喝得满屋喉咙响，摸一把嘴，坐在门槛上望着屋头的道，等队长走过来派活儿。

队长：“你今天上船。”

“上船”我懂，就是去罱河泥。

我转身回屋，穿上高筒雨鞋，套上塑料护袖，腰里扎上一块塑料布，向河边走去。

罱河泥，就是撑条船，用长毛竹顶端装着密网的罱兜，探到河底，把淤积的厚沓沓的河泥捞到船舱里，然后再戽到岸上，用作肥料。

这是一项既要技巧又拼力气的强农活，一餐不吃下十几只团子或二三斤米饭，大都上不了船。而且，还要胆量，水性要好，经常要把船撑出老远，将罱得的淤泥装得满船满帮，船头几乎都要没到水里，再撑回来戽，没有水性的人坐在这样的船上胆怯。

刚开春，河上还浮着薄冰。

我们就近罱了一船，觉得淤泥不够肥，撑远些罱。

毕竟身单力薄，毕竟不知道要罱河泥，早上只喝了几碗大麦粥，一泡尿后饥肠辘辘，临近中午，再无丝毫力气，加上罱兜兜得太满，往船舱里撬时，实在提不动了，罱兜急速下沉，生生地把我拽进了冰冷的河里……

稿子写好了，给公社广播站的，就站在门口的路口上，问路过的人是不是去镇上，是，把稿子交给他带到公社广播站去；给县广播站的，装进

妹妹 / 1977 年春

弟弟 / 1977 年春

信封，贴好邮票，请人家带到镇上放进邮筒里。

稿件送出了，竖起耳朵听广播，听有没有我写的稿子被采用播出。

没有。

再写。

还没有。

还再写。

即使不能成功，我也要是人生提炼的警句。

终于，1975 年 10 月 7 日晚，高中毕业后的第三个月，公社自办的广播节目中播出了“来自向阳大队的稿件，蔡桂林报道……”

约两分钟。听完了。睡觉。没有任何的激动。甚至，有的是对自己的不满：才公社站，进步太慢了！

为什么进步慢呢？我想到了《加里宁论文学》里加里宁的话：“一个通讯员应当彻底体会他自己所写的东西。”（《谈谈农村通讯员的任务》）我进步慢，可能是我没有能“彻底体会他自己所写的东西”，那我就好好体会。

我成了大队业余通讯报道员。

体会体会，再写。

眼睛一睁，忙到熄灯。何时“熄灯”没准点，“熄灯权”掌握在勤劳的母亲嘴上。

白天，在生产队里干得骨头散架，回到家，母亲吩咐：晚上踏腌菜。

春耕夏种，秋收冬藏。踏腌菜，就是“冬藏”中的一“藏”。

霜降后，唛唛把长在地里的大菜一棵一棵砍倒。

大菜，江南蔬菜中的“巨无霸”。如果阳光满足，地力充分，水分适宜，它可长到七八十厘米高矮，白梗翠叶，满垄满地。

砍倒后，白天晾晒；晚上收起；天冷，盖上稻草；天明再摊开。一连数日，晒至发软、半干，洗净，晾干，就可以踏了。

前期劳作唛唛已经完成，余下的就是我来踏。

母亲边弯腰往大半人高的大缸底下铺满颗粒粗大的食盐，边对我说：小伙，晓得你累，可有什么办法呢？不踏，冬天就得喝白粥，没得菜过口。

我把晾干的大菜铺入缸底，踩着缸沿边的小木凳进到缸内，开始踏，由里而外，一脚一脚，均匀使劲，踏上四五个来回，踏出菜汁盐卤，再新铺一层，再撒一层盐，继续踏。

母亲坐在一旁边纳着鞋底边跟我说话:大菜得由男人踏,女人是不好上缸的。

我：为什么?

母亲:着兴。老说法。说是女人踏的菜不脆不鲜。要不然,我就不让你受累了。

……

一缸菜踏成,盐水菜汁已经快要漫过我的脚面。大冷的天,我已经光了膀子。

下缸，搬来洗净的石头压上。

咸脚也没力气洗了，倒头便睡。

11 月 21 日，我写的稿件出现在了县广播站主办的节目中。

打这开始，在公社、县广播站自办节目中，每十天左右就会有我写的稿件，用稿率超过百分之八十。

公社、县广播站知道了我，我成了公社报道组重点联系的报道员。

“必须超出一截、一大截，现实才会看见你，承认你。”按照既定的目标，在“拿下”公社、县广播站自办节目之后，一面巩固已攻下的阵地，一面进一步开拓新阵地，跳起来探摸新的高度。

1975 年 12 月开始,在颤抖的岁月里,写“诗”,写“散文”,写“小说”。——压根儿就不知道啥叫诗、啥叫散文、啥叫小说——动力就一个：要出路。写，是唯一的途径。使劲写，使劲寄，就是把自己的梦想和命运投进邮筒，寄向远方。

寻路突围

1973 年，随着在“文革”中失去一切职务的邓小平恢复担任国务院副总理，比铁还硬、把农民手脚捆死的农村政策，在他老人家那只大手的撬动下，有了一丝丝松动。到 1975 年，农村面貌有了些许改观，农民生活有了些许改善。

我们大队有一位在全国人大常委会副委员长周建人身边工作的现役军人，叫李光华，此时接到调离的指示，处在重新安排工作前的解密期，放长假在家。他会用各色有机玻璃制作台灯，漂亮，大气。在大队“革委会”领导看望、征询他对建设家乡的意见时，他建议利用现在稍有松动的政策，办一家有机玻璃台灯厂创收。

长时间在首都、在高级领导身边工作，那见识、眼光没得说。大队“革委会”采纳了李光华的建议，“向阳有机玻璃灯具厂”应运而生。创办灯具厂的任务交给了有能力、有魄力的大队团支部书记李锁福。

李锁福长我十岁左右，与我同村，是一位可以在一起感愤时事、讨论命运前途、倾吐痛苦烦恼的哥哥。1976 年 1 月 8 日，周恩来逝世，北京十里长街恸送总理。此后，各种消息满天飞。我遇到了锁福哥哥。

锁福：我有预感，这么好的总理，一定会用他的死，为中国辟出一片新天地！

我：我相信。人善人欺天不欺，人恶人怕天不怕！

锁福：是。快了，脓包出头就可以挤了！

他有机会为灯具厂招兵买马，当然会把我收到他的身边，往大处说更方便以我们仅有的眼光指点江山、纵论天下；往小处说也方便让我为大队团支部领导下的业余宣传队编写节目嘛。1976 年 2 月 7 日，他给向阳大队二队队长部金富写了张条子。

此时，我正在离家二十余里外的水利工地上披星戴月，开河。

开河，就是在原本没有河的地方挖出一条河来。罱河泥苦，沤草塘苦，挖暗沟苦，把这些一起加起来都不如开河苦。

开河，工程浩大，大兵团作战，军事化管理，公社成立团，大队成立营，几个生产队组合在一起成立连，再下面就是班、排组织，几万、十几万人奋战在工地上。人山人海，红旗招展，号子震天，歌声嘹亮。

我被编在直溪团向阳营二连一排三班。

开始两三天，平地挖土平地挑，算不上苦，无惧。随着河越挖越深，挑土的坡越来越陡，就苦不堪言了；等到挖至河心时，就是要命的时候：从河心，把一百多斤的担子一步一步挑到三四十级、五六十级的岸上，汗水模糊了双眼；挑上几个来回，双腿打战，两脚打飘，内心打鼓，头一晕，脚一滑，倒下去就再也爬不起来了。大兵团开河，累死在工地上的不是一个两个。

锁福哥哥的条子送到开河工地时，开河工程将要进入挑河心会战。经过排、连、营、团的层层批准，我结束了在开河工地十八天的挑担，带着挖河工具和吃住行李返回了向阳大队。

我放下行李，哇哇给我盛了碗中午剩下的菜饭，狼吞虎咽地扒着。

一听见碗筷响，家里养的一群鸡飞也似的围过来，在我身边转啊，转，小眼睛盯着我的嘴，等着，也是期待着有米粒从那里掉出来。一有米粒落地，准备多时的它们就扑展着翅膀，抢得跌跌撞撞。

我剩了半口，喂了它们。它们争食，我出门，找锁福哥哥报到去。

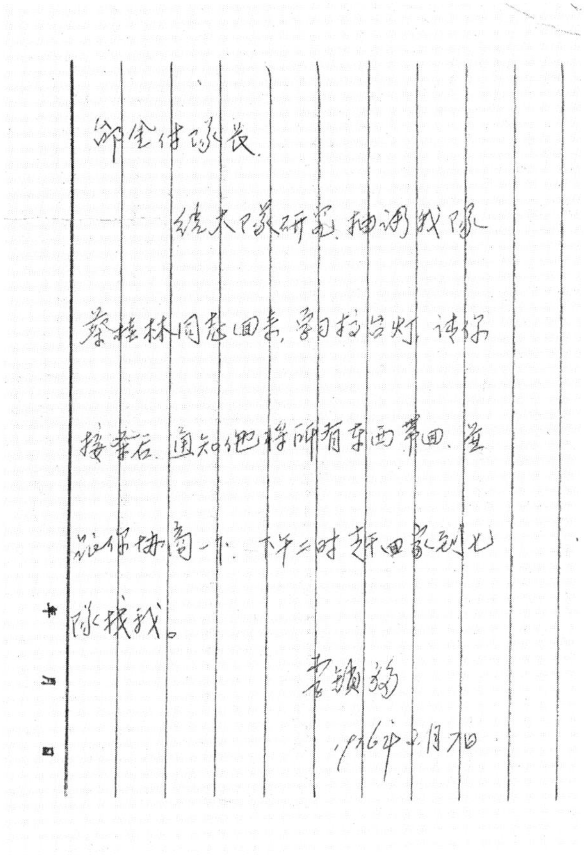
邵金富队长：
经大队研究，抽调我队
李桂林同志回来，学习搞灯具，请你
接李后，通知他将所有东西带回，并
跟你协商一下。下午二时前回家到大
队找我。
李锁福
1976年2月7日

舍田大队团支部书记李锁福写给舍田二队队长邵金富的便条/1976年2月7日

大队穷，没厂房，最初的灯具厂就办在李光华家里。我每天到李家上班，在李光华手把手地指导下锯、粘、割、抛光……

俗话“清明冻小鬼”，清明节阴冷。

4月5日，阴冷的清明节这天，从北京传来消息，百万北京市民自发来到天安门广场集会，悼念周总理。两千多个花圈上，留下了无数的诗词：“黄浦江上有座桥，江桥腐朽已动摇。江桥摇，眼看要垮掉；请指示，是拆还是烧？”“红心已结胜利果，碧血再开革命花，倘若魔怪喷毒火，自有擒妖打鬼人”……

很快，这场声势浩大的悼念周总理的群众集会被“钦定”为“反革命事件”；

与李光华同志（前）在一起， 后左蔡桂林 / 1976 年 3 月

很快，邓小平被撤销了党内外一切职务。

锁福：你看，我说过吧，脓包出头就可以挤了，现在就是挤。你别看把邓大人撸下台了，一切要看“他”能活多长。

我：我从天安门那些诗词中读出了希望。

锁福：是，倒行逆施，会使历史的前行变得极其痛苦，但终会被历史抛弃。

我：短兵相接了啊，气氛肃杀。

锁福：黎明前，更黑暗，要保护好自己啊……

灯具厂肯定不是我要的前途。我的前途应该比这要远得多。因此，读书、写稿，因为到了灯具厂时间比放鸭子、干农活时多得多而更加拼命。

稿子越写越多，用得也越来越多。

5 月 4 日，公社点名要我到县里参加为期五天的通讯员集中培训。

锁福：去。去学本事，可以为大队出更大的力。我已经将灯具厂单一的台灯产品扩大到汽车灯罩，你学习回来，还有新任务交给你。

这是走出学校后，第一次走出大队，到县里参加学习。

根据要求，为增强培训效果，所有通讯员要带着素材、题目参加培训。于是，我们在公社专职通讯员朱炳生的指导下，先在公社范围内采访，准备素材、思考题目。

带着素材、题目，来到县“革委会”招待所，一边听县广播站的编辑讲怎样提炼主题、怎样谋篇布局，一边写作、修改。写新闻稿，也写文学稿。

退稿，是你的事；写稿，是我的事。

边写边总结，边总结边写。相信锲而不舍，金石可镂；相信精诚所至，金石为开。

通讯员是业余的。写作是业余的。参加完县里通讯员集中培训又回了大队小工厂劳动。

7 月 6 日，噩耗再次传来：共和国委员长朱德去世，享年九十岁。国家的又一根栋梁倒下了。

二十二天后，7 月 28 日，北京时间 3 时 42 分 53.8 秒之后的 23 秒，地处华北的唐山，发生了里氏七点八级大地震，23 秒内，二十四万两千多人死亡，十六万四千多人重伤……23 秒内，一座拥有百万人口的工业城市被夷为平地。

——这些数据都是后来得知的，当时被严密封锁着，绝对绝密。除了知道唐山发生了大地震，塌了房，死了人，其他什么都不知道。厂里出差到天津的同志带回一鳞半爪、真真假假、似是而非的消息，供我和锁福哥哥探讨时局。

锁福：天怒，人怨，地动，山摇，今年多灾，还会有大事发生！

我：会吗？

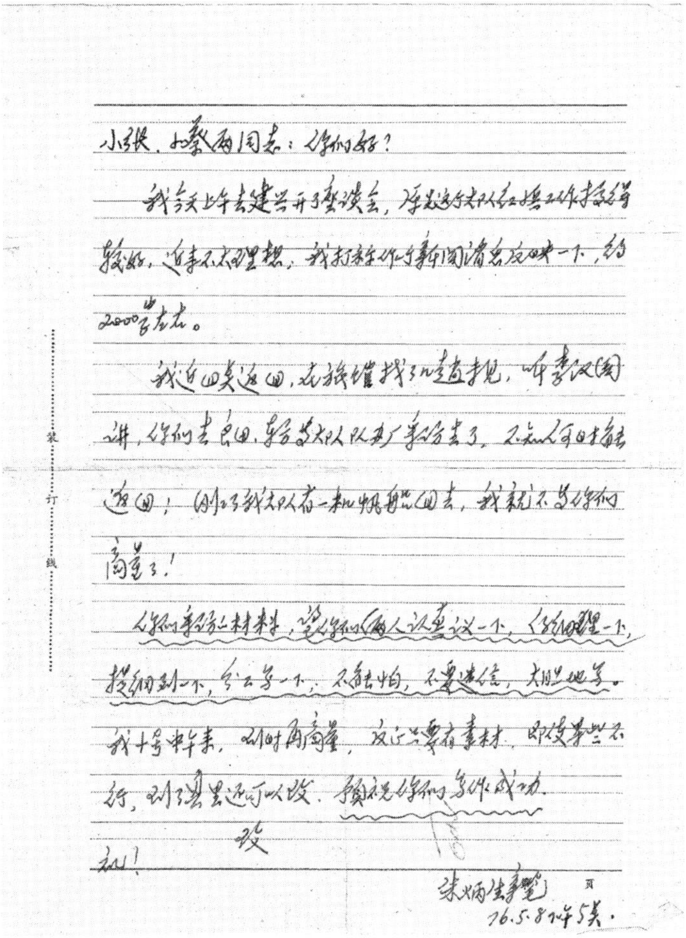
小张、小蔡两同志：你们好？
我今天上午去建兴开了座谈会，原先这个大队红旗工作搞得较好，近来不太理想，我打算作个新闻请[illegible]反映一下，约2000字左右。
我这回[illegible]回，去旅馆找[illegible]，听[illegible]讲，你们去[illegible]，[illegible]大队队办厂[illegible]去了，不知何时能返回！[illegible]我大队有一机帆船回去，我就不等你们商量了！
你们[illegible]材料，望你们俩人认真议一下，[illegible]整理一下，提纲列一下，[illegible]写一下，不能怕，不要迷信，大胆地写。我十号中午来，到时再商量，反正只要有素材，即使写些不行，到县里还可以改。预祝你们写作成功。
敬礼！
朱炳生手笔
76.5.8下午5点。

朱炳生手迹 / 1976 年 5 月 8 日

锁福：会。天意。你看过挤疖子吧？既然是动手挤了，就不能怕疼，要一次性把脓血都挤出来，挤尽，这样才会好。

我：谁在挤？挤出谁？

锁福：相互挤。最后看谁顺党意，得民心，合潮流，被挤出去的就是脓。

我：没有对与错，是与非？

锁福：书呆子。顺党意、得民心、合潮流就是“是”。

我：对对对。不过，从现在的舆论看，与我们的愿望好像正好相反啊。

锁福：那就对了。依我看，这就是要挤的疖子。

我：它们是强大的一方吧？

锁福：书呆子。枪杆子里面出政权……再说，在全世界，有哪个人敢说、能说、会说“在真理面前不能人人平等”（见《五·一六通知》）这样的话？没有！相信并死抱这样的政治观念不放的人，一定会被挤出去，必须挤出去！

一个来月之后，应了锁福哥哥“还会有大事发生”的预言。

9月9日，发明“枪杆子里面出政权”这一著名论断并真的用枪杆子夺取了政权，建立了新中国的毛泽东主席，溘然长逝。

当祖屋屋山头上的高音喇叭里配着哀乐播出这

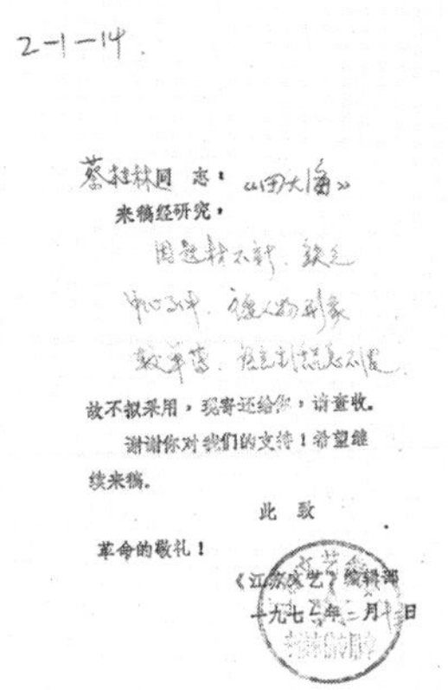
2-1-14.

蔡桂林同志：《四大海》

来稿经研究，

故不拟采用，现寄还给你，请查收。

谢谢你对我们的支持！希望继续来稿。

此致

革命的敬礼！

《江苏文艺》编辑部

一九七六年二月十三日

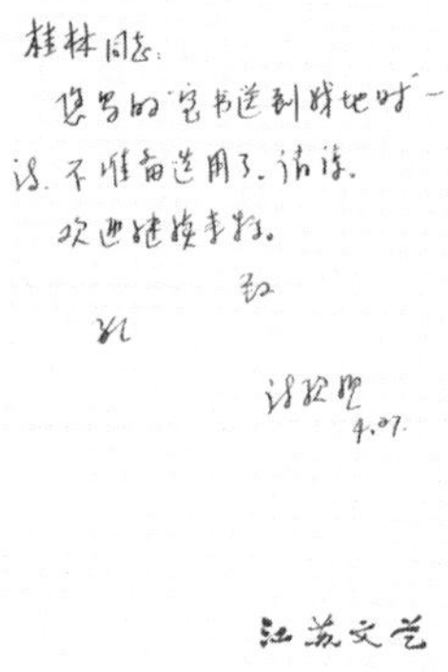
桂林同志：

不准备选用了。请谅。

欢迎继续来稿。

致

礼

江苏文艺

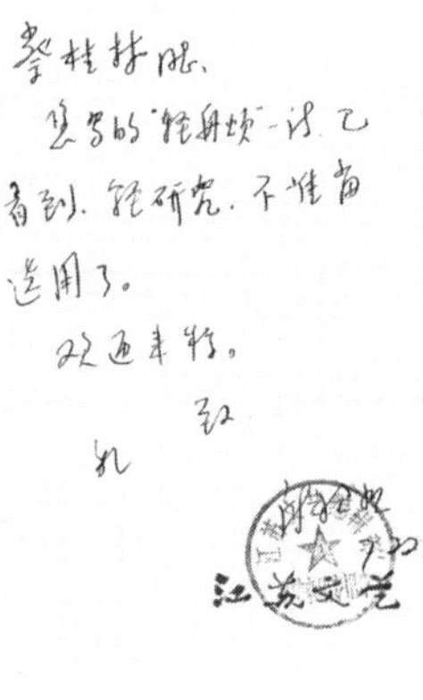
蔡桂林同志：

经研究，不准备选用了。

欢迎来稿。

致

礼

江苏文艺

《江苏文艺》编辑部退稿函 / 1976 年 2 月 13 日

《江苏文艺》编辑部退稿函 / 1976 年 4 月 27 日

《江苏文艺》编辑部退稿函 / 1976 年 7 月 22 日

一噩耗时，犹如晴天霹雳，把正在地里剜菜的母亲手中的镰刀震落在地。母亲感到天塌地陷，号啕大哭，边哭边喊毛主席啊毛主席啊……

母亲是该哭的，没有毛主席，她还在旧社会给人放牛。因为有了毛主席，翻身了，解放了，儿女成群，祖屋森森。

母亲的哭声引得我悲伤。

受那个时代的教育，受“语录本”组成的红色海洋的洗涤与净化，伟大导师和领袖毛主席就是我心中毫无疑义、至高无上的神：“问苍茫大地谁主沉浮”的惊天一问，“数风流人物还看今朝”的豪迈情怀，显示了毛主席雄视千古的无畏气概。崇拜啊！直到 1971 年 9 月林彪“自我爆炸”，听到中共中央关于《粉碎林彪反党集团反革命政变的斗争》材料之一、之二、之三的传达，特别是《毛主席致江青同志的信》的传达，这样的崇拜最终动摇了，毛主席的神话开始崩溃：既然早在 1966 年就已经识破了林彪的阴谋，为什么还让他干了之一、之二、之三……这么多的坏事？为什么还通过《中国共产党章程》将他确定为接班人？怎么着也不合农民能理解的逻辑。种瓜得瓜，种豆得豆，种下的是跳蚤，不可能收获龙种。现在，毛主席走了，我悲伤。悲伤于罱河泥落水的冰冷，悲伤于挖暗沟挖伤肋骨的疼痛……

锁福哥哥从大队部开完会来了灯具厂，检查完生产进度和产品质量，一块下班回家。路上，他兴奋：疖子终于被挤了，挤出四泡脓水！

我：听说啦，英明领袖华主席一举粉碎“四人帮”，这是值得庆贺的伟大胜利。

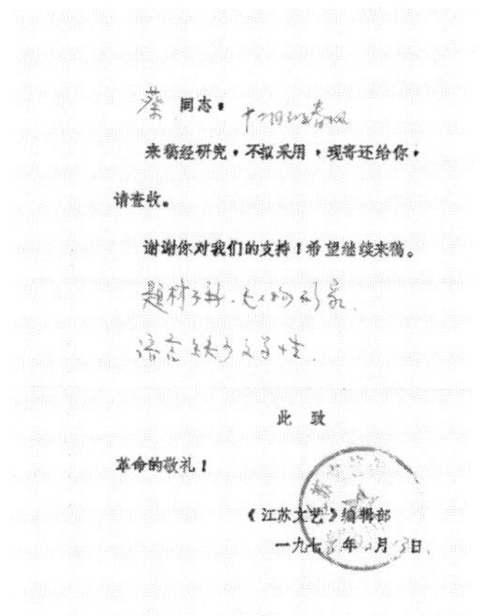
同志：

来稿经研究，不拟采用，现寄还给你，请查收。

谢谢你对我们的支持！希望继续来稿。

此致

革命的敬礼！

《江苏文艺》编辑部

一九七　年　月　日

《江苏文艺》编辑部退稿函 / 1976 年 12 月 13 日

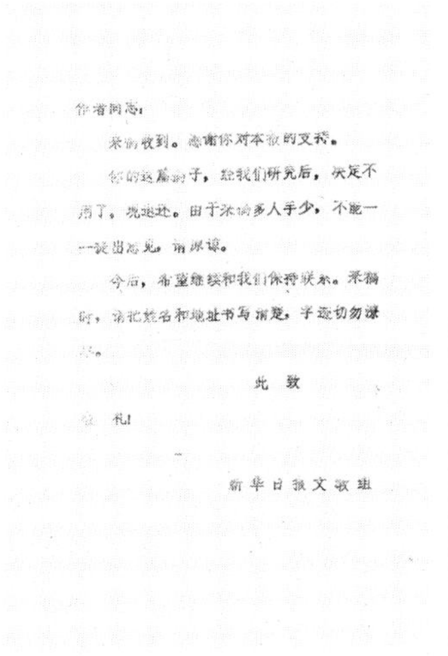
作者同志：

来稿收到。感谢你对本报的支持。

你的这篇稿子，经我们研究后，决定不用了，现退还。由于来稿多人手少，不能一一提出意见，请原谅。

今后，希望继续和我们保持联系。来稿时，请把姓名和地址书写清楚，字迹切勿潦草。

此致

敬礼！

新华日报文教组

《新华日报》文教组退稿函 / 1976 年 3 月

锁福：我说过吧，枪杆子里面出政权。

我：但读读报纸上的社论，听听各种讲话，就是高兴不起来，不知为什么？

锁福：我也是这个感觉。总觉得不彻底，是积重难返，需要时间？更深层的恐怕还真的是路线问题，路线不改变，我们还真没有好日子过。

我：是。“四人帮”真的是坏，但把中国的事情简单地归结到他们四个人加上早前的“林彪反党集团”头上，恐怕还真的了不了事。这太敏感啦！

锁福：是。不能再往下说了。说说灯具厂的事吧。灯具厂要想兴旺发达，找到订单是硬道理，现在我们手上没有订单了，你出去试试运气？

我：没出过门啊，最远到过金坛城。

锁福：总有头一回。你去趟河南信阳汽车运输公司看看，能不能销售些汽车灯罩。

能出远门，到远处看看，总是好的。

我：行，我试试。

出公社，到大队开介绍信；出县，到公社开介绍信；出省，必须有县级介绍信。手里没有介绍信，只能在自家门口转转。这是一次出省行，从大队开出介绍信，到公社转；公社转完了到县里开。手持县革命委员会工业局介绍信，我踏上销售路。

先是说让我出去试试运气，临走时，锁福哥哥换成了“灯具厂的小命就攥在你手上啦”为我送行。

在揭批“四人帮”反革命罪行的热潮中，我提着一只褐色帆布包，从直溪乘车到金坛，从金坛转车到南京，从南京再转车到合肥，开始了人生中的第一次远行。

走出合肥长途汽车站，转身，马上到它的售票窗口，买好次日开往信阳的长途早班车。

必须抓紧，耽误不得。介绍信是有有效期的，过了有效期，介绍信就是一张废纸。我手持的金坛县革命委员会工业局介绍信的有效期是七天。从直溪到信阳，一分钟不耽搁，这趟车与那趟车衔接好，需要整整两天，返回两天，在信阳的停留时间不能超过三天。有效期是出具介绍信的机构部门给你精确计算好的，不会多给。如果在哪个环节上稍有耽搁，不能在七天内完成这一系列动作，介绍信就过期了，那就意味着你没办法找到住处，只能露宿街头。

买好车票，在合肥车站附近找到旅馆介绍处，与很多人一起排队等候他们开始办公，解决晚上睡哪里的问题。

长长的队伍，长长的等待。轮到我时，把介绍信递过去，接待人员看一看介绍信的规格、持信人的身份抬头瞄一眼站在小窗口外的人，一切就全有数了，然后问一声“住几天”，从面前放着各种不同旅馆名称的图章盒里抽出一枚，“叭”的一声盖在一张二指宽的纸条上，拿笔在“住几天”中间留好的空白处写上一个阿拉伯数字，齐了，把这张纸条与介绍信从小窗口一起塞过来给你。

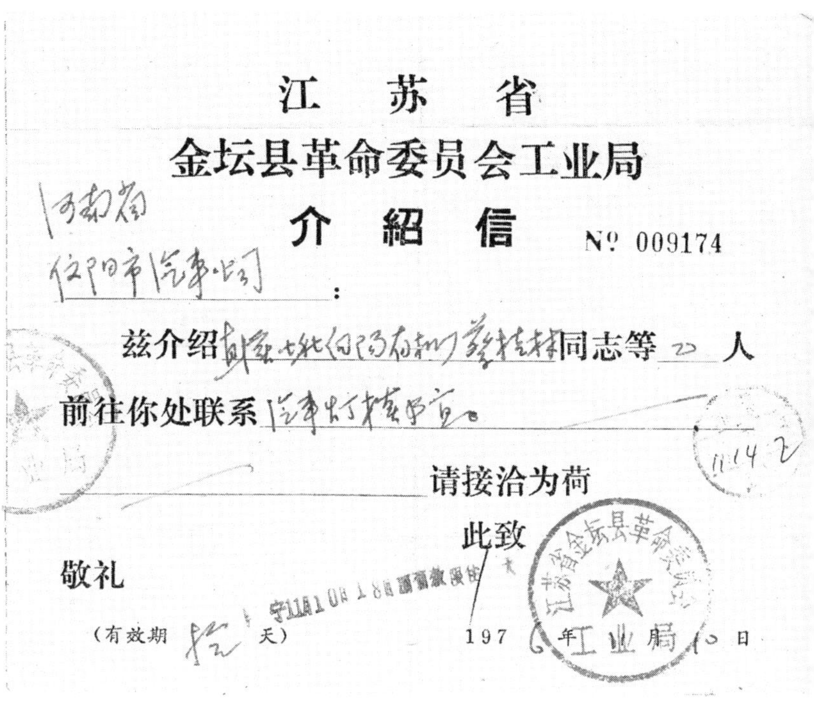
江苏省
金坛县革命委员会工业局
介紹信 №009174

______：

兹介绍______同志等______人

前往你处联系______

______请接洽为荷

此致

敬礼

(有效期　天)　197　年　月　日

江苏省金坛县革命委员会工业局介绍信 / 1976年11月10日

拿到二指宽的纸条，看清楚给介绍到了哪里。如果是旅馆，可以马上过去，凭纸条登记入住。并不是所有人都能住上旅馆。旅馆没有房间时，就去住浴室。如果是住浴室，那就要等到晚上10点之后，浴客全部走完，浴室服务员变成旅馆服务员，在浴室入口处领取一张浴位号。拿着这号，走进雾气腾腾的浴室，找到这张浴位。

我领到的二指宽的纸条上面写着：合肥市长江中路大众浴室。

初冬的合肥，稀冷稀冷。吃了碗面，在稀冷的街上转啊转啊，等待十点的到来。

空转到九点来钟，肚里的那碗面条早没了。饿，但不能吃了。一是找不到吃的地方，再是吃饭要粮票，出省用的是全国通用粮票，金贵，只换到那么一点点。知道我要出远门，已在公社农技站上班的二姐把我叫去，给了我她平时省下的一斤全国通用粮票。接过，鼻子酸酸的。多了这一斤粮食，也得省着用。

饿了就冷。冷了更饿。饥与寒总是交迫在一起的。

大众浴室门前已经聚集了不少人，都是手拿二指宽的纸条来投宿的。浴室里的人未散，没法入住，就集在门口“笃老空”（方言，闲聊的意思）。

来自安徽宿州固镇县的一位住客“笃”的“老空”，让我惊呆。

这位住客说，1970 年 4 月 11 日，四乡八邻的人们都往县政府旁的空地上奔，说是那里举行公判大会，要枪毙一名妇女。我跟着人群也去看热闹。

到了。看见几名解放军战士，全副武装，押着一个五花大绑的妇女，走向主席台。

妇女短发，白净，胸前挂着一块大木牌，木牌上写着“现行反革命犯方忠谋”，方忠谋三个字上打着粗粗的红叉。

押上了主席台，当兵的将方忠谋昂着的头摁下去，意思是让她低头认罪。可我看见她脖子一梗，头一偏，又抬起来，一点不服。

这位住客说，看热闹的人中有认识这位妇女的，说她是我们县医院的医护人员。更有知道情况的说，她是被她儿子出卖的！

这位住客说，方忠谋的丈夫是宿州卫生科科长张月升。“文化大革命”爆发时，她的丈夫被定为“走资派”，遭到游街批斗，隔三岔五，也拉上老婆方忠谋一块陪斗。在“清理阶级队伍”时，方忠谋被扣上了“特务嫌疑”“地主分子”的帽子，长期隔离审查。

有一天晚上，他当着丈夫，还有十六岁的儿子张红兵的面说刘少奇的好话，批评毛主席。儿子听了母亲的话，马上跑去向组织揭发母亲的“反动言论”。第二天，方忠谋被固镇县革命委员会以“攻击毛主席，为刘少奇翻案”等定罪，随后，经安徽省革命委员会核心领导小组批准，判处死刑，立即执行。

这位住客说，宣判书一念完，几个当兵的往方忠谋的背上插上画着一个红圈的亡命旗，就是古代杀人的那种亡命旗，拉上了汽车，押赴刑场……

儿子，母亲，“反动言论”，判处死刑，立即执行……我被惊呆在11月的寒夜里。

终于等到了晚上十点。

终于等到了浴客散尽。

浴位就是一张半躺椅。住客到了，服务员扔过一床湿漉漉的被子，齐了，可以睡了。

奔波一天，转了一晚，听了一段惊悚的“老空”，累极了，躺在马路上的心都有。有个屋子把身体放下，知足。呼呼着了。

个把时辰，脖子疼，醒了。

咋会脖子疼呢?

哦，原来半躺椅初躺还行，躺一会儿就不行了，放不平身体，头下没枕头，就搁在硬木上，难受，比不睡还难受。难受得颠来倒去折腾。折腾得筋疲力尽，着了。再醒来，需要往车站赶了，可不能误了去信阳的班车……

多少年之后，读到一位作家写信阳的文字，恰如我此时所见：信阳“小城灰蒙蒙的，活像一件多年未洗的旧衣裳。两条十字交叉的柏油马路，轻而易举地就纵贯了小城的东西南北，低矮古旧的平房和那种南方式的带阁楼的房子，遍布大街小巷，偶尔有一幢二三层的楼房就算是小城里顶奢华的建筑了”（曹岩《开始的那个时候》，《解放军文艺》1995年7月号）。当然，我无心看街景，要紧的是业务合同。

苦没白吃，我是幸运的，在信阳汽车运输公司签到了一份一千多元的订单。

1976年时的苏南农村社员拼死干一天不足一毛钱；城镇居民中等月收入二十五元左右；猪肉价格七毛三分钱一斤。依据这三个数据比照，千元订单即使不算大单，也可算份中单了。

初战告捷，喜出望外，立刻返回，灯具厂可是等米下锅。

转过揭批“四人帮”的1976年来，进入举旗抓纲、大干快上的1977年后，出门，变得频繁起来。

金坛县直溪公社革命委员会工业办公室

介绍信 金直工 №001405

常州火车站：

兹介绍蔡桂林 等 2 位同志

前往你处联系 货

请接洽为荷。 此致

敬礼 3月21日12时 有效 天

（有效期 四 天） 一九七七年三月二十日

金坛县直溪公社革命委员会工业办公室介绍信 / 1977 年 3 月 20 日

金坛县直溪公社革命委员会工业办公室

介绍信 金直工 №001476

无锡水泥厂：

兹介绍 蔡桂林 等 2 位同志

前往你处联系 水泥

请接洽为荷。 此致

敬礼

（有效期 十 天） 一九七七年 月20日

金坛县直溪公社革命委员会工业办公室介绍信 / 1977 年 4 月 20 日

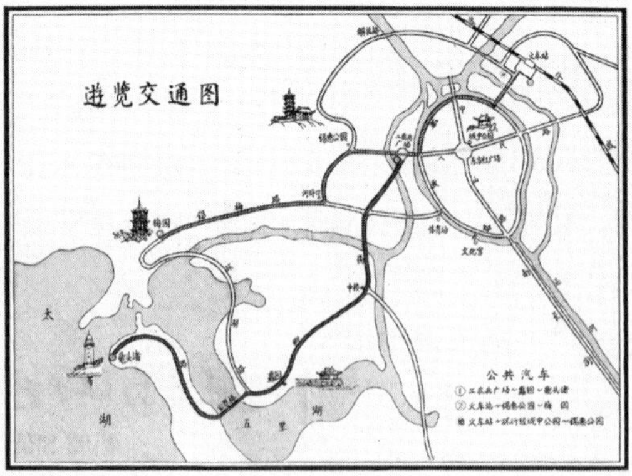

20 世纪 70 年代中期无锡游览交通图

出门多了，再出门，也就老练起来。因老练而从容，会安排出时间从容地看看所去城市的名胜，古迹，市井，风物。4 月 20 日到无锡水泥厂联系购买两吨水泥，办完后，按照旅游交通图所示，把无锡市区转了个遍。

傍晚，沿着无锡市区里古老大运河的堤岸走了很远：“官柳犹遮旧女墙，角声孤起送斜阳。英雄百战成寥落，吴楚平分自渺茫。寒烟带愁离塞远，暮江流恨入云长。”古运河里的西垂夕阳，运河边城墙上的点点晚霞，它们悄然牵手，向我铺陈着悠久的历史、通俗的哲学和壮美的生命意义。

站在无锡古老的运河边上，我想到了发生在这里的“卧薪尝胆”。抛却其中的政治含义，它更是一种生命力、意志力的较量比拼。最好不要被逼到“卧薪”的程度再去“尝胆”，而是天天自觉地“尝胆”，防止走到“卧薪”的绝境。

看过了运河的夕阳，再想看看运河的日出。

天刚麻麻亮，我起床，走向古运河。东方越来越亮，映出了桃色的红晕。起初，只有顶端那么一点点，继而像是被一种巨大的力量托起，像烧红了的铁球，接着，红铁球沿宽阔的运河滚滚而来，直扑我怀。那份辉煌，炫目惊心；那份壮美，摄魂动魄。一个愿望漫上心头，十分强烈：愿意融化在眼前的辉煌里。

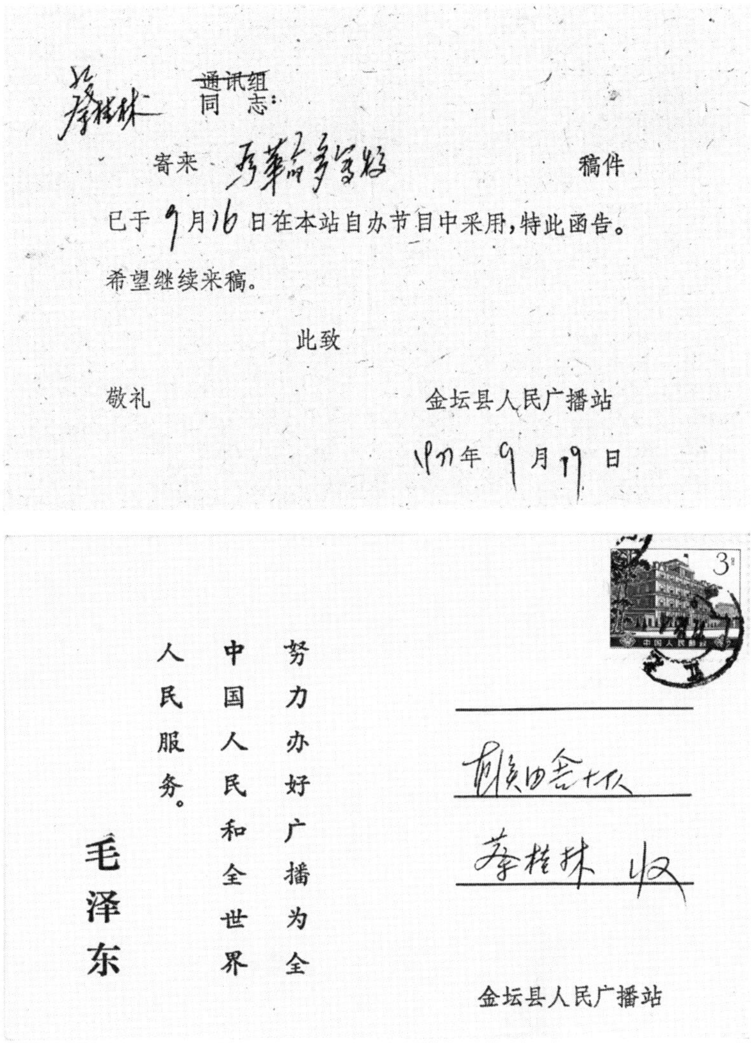

蔡桂林 ~~通讯组~~ 同志：

寄来 稿件

已于9月16日在本站自办节目中采用，特此函告。

希望继续来稿。

此致

敬礼

金坛县人民广播站

1977年9月19日

努力办好广播为全中国人民和全世界人民服务。

毛泽东

蔡桂林 收

金坛县人民广播站

金坛县人民广播站稿件采用通知单 / 1977 年 9 月 19 日

无论走到哪里，读书、写稿是不放弃的事。坐在长途车上构思；等浴室时，猫在马路边上昏黄的路灯下，或读书，或写稿。我认定我的前途就在写作里，就连眼前的处境，也是与写作成绩有着密切联系的。

当然，更多的还是退稿。

读书、写稿的前途不确定，不一定能成功；但不读书、不写稿的前途是确定的，那就是没有前途。

学，然后知不足。

我决定，报名参加南京师范学院中文系在我县举办的写作函授班，听课学习。

1977 年 10 月，一个震惊中国，同样也震惊世界的消息传出：今年起，恢复中

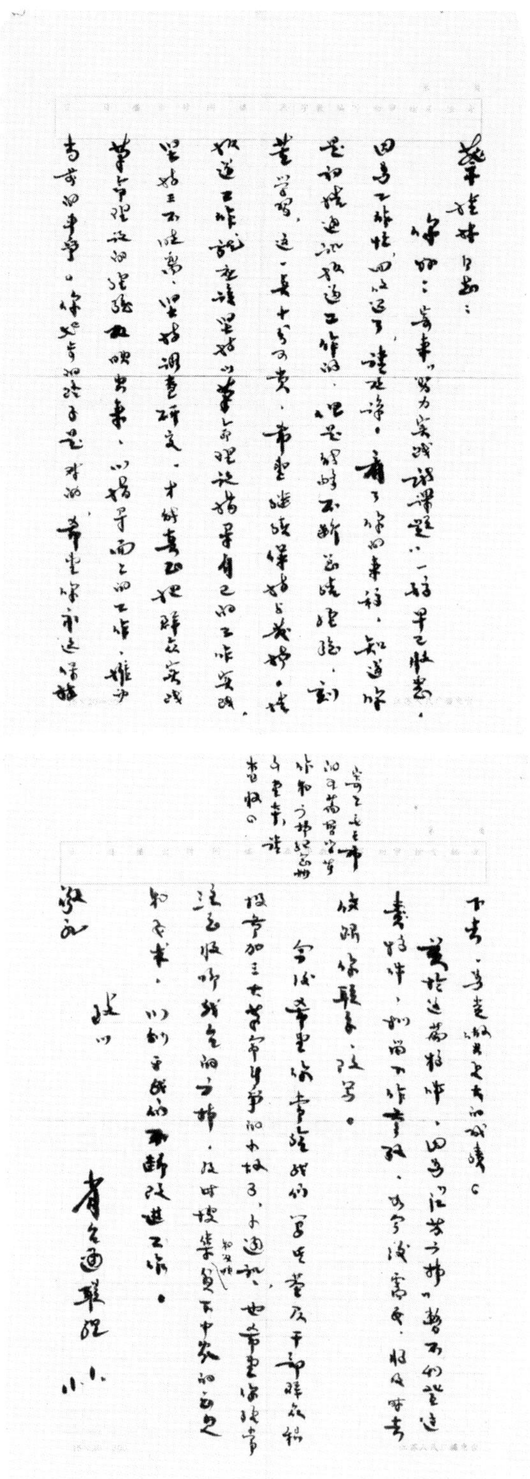

江苏人民广播电台通联组的来信 / 1977 年 11 月 1 日

断了十一年的全国高等院校招生考试！

穷乡僻壤的青年，不可能知道这么重大的决策如何出台，但直感告诉我，这“顺党意、得民心、合潮流”的决策，一定与 7 月 22 日再次复出的邓小平有关。在中国，除了他，没有人能有这么大的魄力，没有人能有这么大的气概！

高考的恢复，意味着把颠倒了的东西再颠倒过去，意味着彻底推翻十余年间加在教育、加在高考上的所有诬陷批判攻击，意味着“路线”在变，在发生质变。粉碎“四人帮”时锁福哥哥说“更深层的恐怕还真的是路线问题，路线不改变，我们还真没有好日子过”的话是正确的。

听到这个消息，我的心激动得有些颤抖。

跟我一样激动的还有父亲。

晚饭，父亲让妈妈多炒了两个菜，喝了几杯。记得大姐十一年前回家说取消高考消息时父亲的黯然神伤。此时，父亲重新燃起对子女上大学的热望。十一年，不变的信念，不

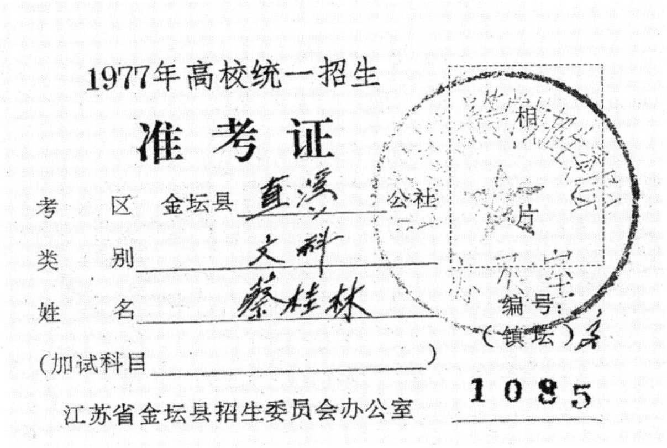
1977年高校统一招生
准考证
考　区　金坛县　直溪　公社
类　别　文科
姓　名　蔡桂林
(加试科目　　　　　)
编号：(镇坛)
1085
江苏省金坛县招生委员会办公室

1977 年高校统一招生准考证

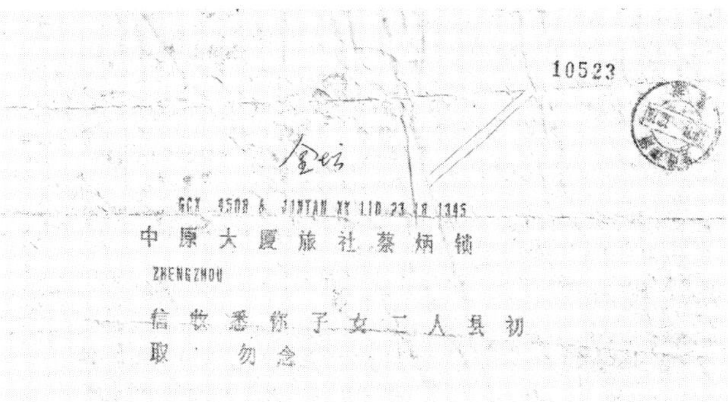
10523
金坛
GCY 4508 A JINTAN XX 110 23 18 1345
中原大厦旅社蔡炳镇
ZHENGZHOU
信收悉你子女二人县初
取勿念

乐迁拍给我父亲的电报

变的理想，不变的希望。

打倒“地富反坏右”还好理解些，一个阶级的政权就是对另一个阶级的暴力的统治。不好理解的是连学校图书室里的书也被“造反”掉；不好理解的是文化上打倒“封、资、修”。假如新中国成立之前的文化都是“封建主义”的，都该“革命”掉，那我们现在的文化岂不是没爹没妈？没爹没妈的文化是从哪里来的呢？我见过1950年前后颁发给我家、依据中国共产党《中国土地法大纲》制定的《土地房产所有证》，与清朝、民国的土地房产证几乎一模一样。说明什么？说明文化是有传承性的。再，假如西方文化是资本主义的，都是有毒的，都必须禁止、抵制，那么，能把马克思、恩格斯的家从伦敦搬到北京来吗？他们的著作不都是用英文写成的？能不算是西方文化？如果说苏联文化是修正主义的，都必须批判，可是，怎么我读到的高尔基、车尔尼雪夫斯基、陀思妥耶夫斯基、普希金、契诃夫、列夫·托尔斯泰……都充满革命性，充满人道主义呢？

这些无尽的疑问，绝对不能讲，只能闷在心里，没有答案。

高考的恢复，意味着知识恢复了它应有的价值，把亿万中国青年从“读书无用”“串联”“造反”拉回到课堂和书本。许许多多人的命运因此而改变，国家和民族的命运因这些人的命运的改变而改变。也许，上面的那些闷在心里的疑问之答案，也蕴含在这样的改变中。

摩拳擦掌，11 月 27 日，我和二姐一起参加金坛县组织的高考预考。

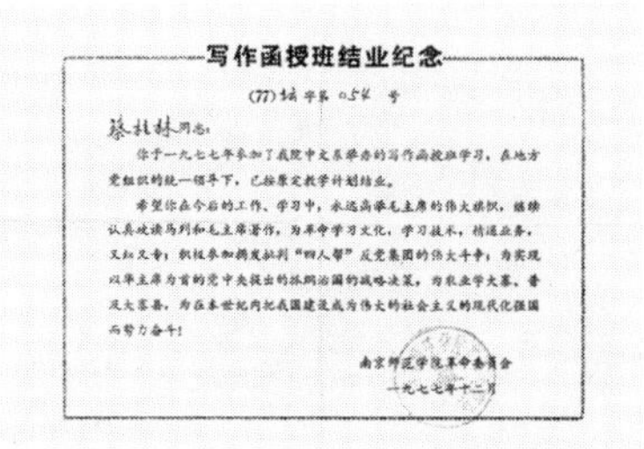

写作函授班结业纪念

(77)辅字第 054 号

蔡桂林同志：

你于一九七七年参加了我院中文系举办的写作函授班学习，在地方党组织的统一领导下，已按原定教学计划结业。

希望你在今后的工作、学习中，永远高举毛主席的伟大旗帜，继续认真地读马列和毛主席著作，为革命学习文化，学习技术，精通业务，又红又专；积极参加揭发批判“四人帮”反党集团的伟大斗争；为实现以华主席为首的党中央提出的抓纲治国的战略决策，为农业学大寨、普及大寨县，为在本世纪内把我国建设成为伟大的社会主义的现代化强国而努力奋斗！

南京师范学院革命委员会

一九七七年十二月

写作函授班结业纪念 / 1977 年 12 月

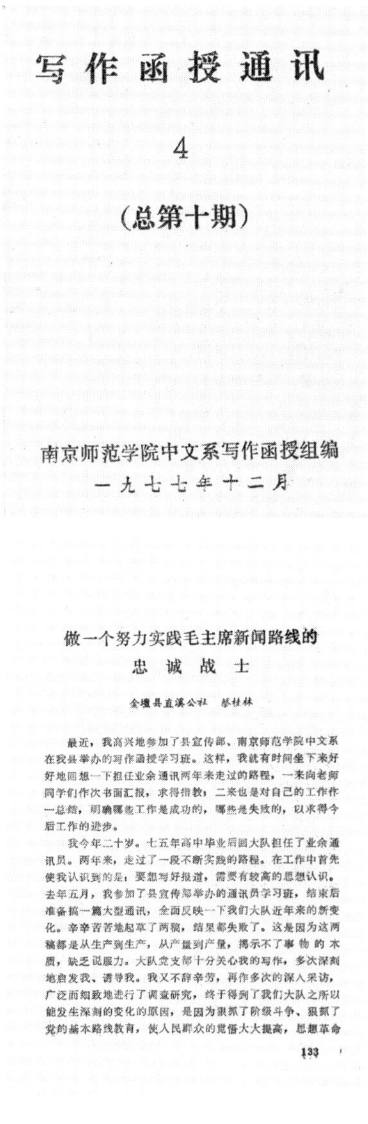

写作函授通讯

4

（总第十期）

南京师范学院中文系写作函授组编

一九七七年十二月

做一个努力实践毛主席新闻路线的忠诚战士

金壇县直溪公社 蔡桂林

最近，我高兴地参加了县宣传部、南京师范学院中文系在我县举办的写作函授学习班。这样，我就有时间坐下来好好地回想一下担任业余通讯两年来走过的路程，一来向老师同学们作次书面汇报，求得指教，二来也是对自己的工作作一总结，明确哪些工作是成功的，哪些是失败的，以求得今后工作的进步。

我今年二十岁。七五年高中毕业后回大队担任了业余通讯员。两年来，走过了一段不断实践的路程。在工作中首先使我认识到的是：要想写好报道，需要有较高的思想认识。去年五月，我参加了县宣传部举办的通讯员学习班，结束后准备搞一篇大型通讯，全面反映一下我们大队近年来的新变化。辛辛苦苦地起草了两稿，结果都失败了。这是因为这两稿都是从生产到生产，从产量到产量，揭示不了事物的本质，缺乏说服力。大队党支部十分关心我的写作，多次深刻地启发我、诱导我。我又不辞辛劳，再作多次的深入采访，广泛而细致地进行了调查研究，终于得到了我们大队之所以能发生深刻的变化的原因，是因为狠抓了阶级斗争、狠抓了党的基本路线教育，使人民群众的觉悟大大提高，思想革命

133

我们参加预考前，父亲被公社派往河南郑州出差。父亲人在外，心里惦着的是他的儿女的预考成绩。他写信给在县教育局工作的一位远房亲戚乐迁，请求他：孩子的预考成绩一出立马告诉我。

预考成绩出来了，乐迁立刻到县邮政局给我父亲发去了电报：

中原大厦旅社蔡炳锁

信收悉你子女二人县初取 勿念

我和二姐顺利通过预考。

接着迎接 12 月的全国统一考试。

经过大半年自学与集中短训结合，12 月，南京师范学院中文系举办的金坛县写作函授班结业。

作为这次函授的上交作业，我写了《做一个努力实践毛主席新闻路线的忠诚战士》，被收入了他们编的《写作函授通讯》第四期中，手写的文字第一次变成铅字！

看了一遍又一遍。

再看一遍……

看了一遍又看一遍，不是看写了什么，而是铅字好看。只有变成铅字，才算是“文化”，才能永久地流传下去，巨大的成就感撞击着心跳。这真是无比美妙、好看的铅字！一路走来吃下的苦，全部融化在了这铅字里，变得无比神圣。

我要有更多自己写的文字变成铅字！

12 月，作为全国五百七十万考生中的一员，

走进荒芜了十一年的高考考场。长者三十余岁，幼者十七八岁，老少同场竞技。

与其说是场升学考试，不如说是场命运竞赛。前途，就铺展在眼前的这片考纸上；命运，就蕴含在这片纸上的考题中。

面对这片纸，心颤，手颤。

战战兢兢地答完卷，战战兢兢地走出考场。

陪送我走进考场的大姐、小弟见我出来了，急切地迎过来，急切地问：考得怎么样？

我：不知道。心颤。

等待高考分数下来的过程，是煎熬的。

煎熬中，出差。

高考分数下来后，是更难受的煎熬：没有达到录取分数线。

写下很多广播稿，受到公社革命委员会的表扬。但在高考落榜的重击下，这些在我心里变得黯然无光。

难过。

落泪。

恨自己。

一举考中，就是另外一种人生。那么多同学考中了，走了。好友朱哮水考取走了，班长陈虎保考取走了，同桌盛放考取走了，后桌的张水军考取走了，张美俊、钱莲心、郭建农、陈金美……考取走了……欢天喜地地走了，留给我的，是灰蒙蒙的天空，是萧萧下的落木。

怨不得别人，能怨的是自己不争气。

美梦醒了，仍在原地。没有梦，原地就原地，因为不知道还有别的地方；而且，大家都在原地。

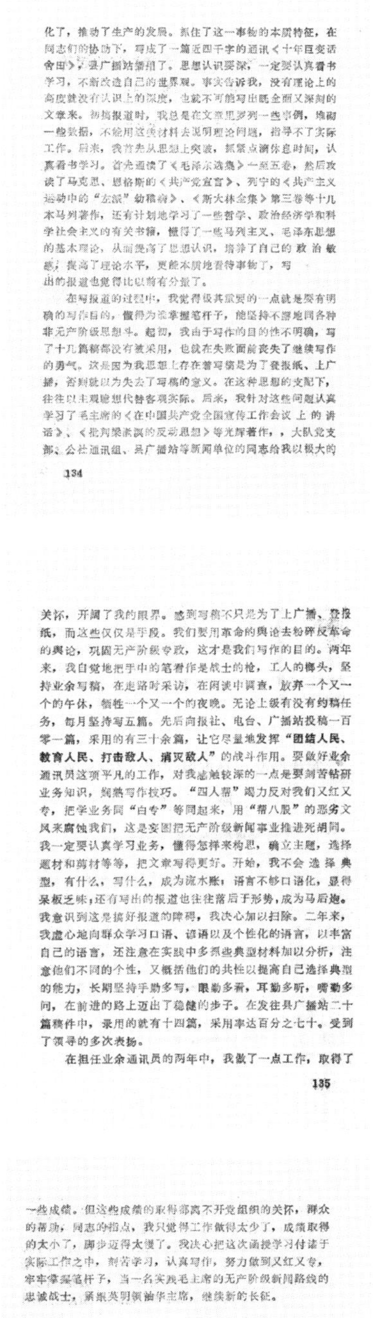

化了，推动了生产的发展。抓住了这一事物的本质特征，在同志们的协助下，写成了一篇近四千字的通讯《十年巨变话舍田》，县广播站播用了。思想认识要深，一定要认真看书学习，不断改造自己的世界观。事实告诉我，没有理论上的高度就没有认识上的深度，也就不可能写出既全面又深刻的文章来。初搞报道时，我总是在文章里罗列一些事例，堆砌一些数据，不能用这些材料去说明理论问题，指导不了实际工作。后来，我首先从思想上突破，抓紧点滴休息时间，认真看书学习。首先通读了《毛泽东选集》一至五卷，然后攻读了马克思、恩格斯的《共产党宣言》、列宁的《共产主义运动中的"左派"幼稚病》、《斯大林全集》第三卷等十几本马列著作，还有计划地学习了一些哲学、政治经济学和科学社会主义的有关书籍，懂得了一些马列主义、毛泽东思想的基本理论，从而提高了思想认识，培养了自己的政治敏感，提高了理论水平，更能本质地看待事物了，写出的报道也觉得比以前有分量了。

在写报道的过程中，我觉得极其重要的一点就是要有明确的写作目的，懂得为谁掌握笔杆子，能坚持不懈地同各种非无产阶级思想斗。起初，我由于写作的目的性不明确，写了十几篇稿都没有被采用，也就在失败面前丧失了继续写作的勇气。这是因为我思想上存在着写稿是为了登报纸、上广播，否则就以为失去了写稿的意义。在这种思想的支配下，往往以主观臆想代替客观实际。后来，我针对这些问题认真学习了毛主席的《在中国共产党全国宣传工作会议上的讲话》、《批判梁漱溟的反动思想》等光辉著作，，大队党支部、公社通讯组、县广播站等新闻单位的同志给我以极大的

134

关怀，开阔了我的眼界。感到写稿不只是为了上广播、登报纸，而这些仅仅是手段。我们要用革命的舆论去粉碎反革命的舆论，巩固无产阶级专政，这才是我们写作的目的。两年来，我自觉地把手中的笔看作是战士的枪，工人的榔头，坚持业余写稿，在走路时采访，在闲谈中调查，放弃一个又一个的午休，牺牲一个又一个的夜晚。无论上级有没有约稿任务，每月坚持写五篇。先后向报社、电台、广播站投稿一百零一篇，采用的有三十余篇，让它尽量地发挥**"团结人民、教育人民、打击敌人、消灭敌人"**的战斗作用。要做好业余通讯员这项平凡的工作，对我感触较深的一点是要刻苦钻研业务知识，娴熟写作技巧。"四人帮"竭力反对我们又红又专，把学业务同"白专"等同起来，用"帮八股"的恶劣文风来腐蚀我们，这是妄图把无产阶级新闻事业推进死胡同。我一定要认真学习业务，懂得怎样来构思，确立主题，选择题材和剪材等等，把文章写得更好。开始，我不会选择典型，有什么，写什么，成为流水账；语言不够口语化，显得呆板乏味；还有写出的报道也往往落后于形势，成为马后炮。我意识到这是搞好报道的障碍，我决心加以扫除。二年来，我虚心地向群众学习口语、谚语以及个性化的语言，以丰富自己的语言，还注意在实践中多抓些典型材料加以分析，注意他们不同的个性，又概括他们的共性以提高自己选择典型的能力，长期坚持手勤多写，眼勤多看，耳勤多听，嘴勤多问，在前进的路上迈出了稳健的步子。在发往县广播站二十篇稿件中，录用的就有十四篇，采用率达百分之七十。受到了领导的多次表扬。

在担任业余通讯员的两年中，我做了一点工作，取得了

135

一些成绩。但这些成绩的取得都离不开党组织的关怀，群众的帮助，同志的指点，我只觉得工作做得太少了，成绩取得的太小了，脚步迈得太慢了。我决心把这次函授学习付诸于实际工作之中，刻苦学习，认真写作，努力做到又红又专，牢牢掌握笔杆子，当一名实践毛主席的无产阶级新闻路线的忠诚战士，紧紧关明领袖华主席，继续新的长征。

做一个努力实践毛主席新闻路线的忠诚战士 / 写作函授通讯 / 1977 年 12 月第 4 期

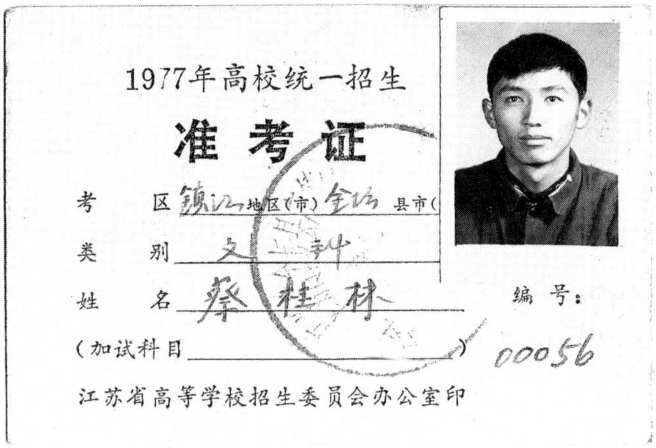
1977年高校统一招生
准考证
考　区 镇江地区(市) 金坛 县市(
类　别 文 科
姓　名 蔡桂林　　编 号：
(加试科目　　　　)　00056
江苏省高等学校招生委员会办公室印

1977 年高校统一招生准考证

有过梦，再醒，原地就不再是原地。

心里有了一座墓，里面埋葬着忧伤。每天起床洗脸刷牙，其实是“扫墓”，掩藏伤痛，“斜阳刺眼，休更望天涯，天涯只是几片冷云展”（贺双卿词）。

人在灯具厂里，心在各种高考复习资料上乱飞。

仍然做梦。

没有梦，怎么活？

心里已经有了一座墓，何怕再多一座？

多了，一块儿祭扫。

天天夜读，晚灯向晓，“听土阶寒雨，滴破三更”；“欲眠仍起，断鸿叫破残阳冷”。（贺双卿词）

灯具厂的订单只能够做到 2 月底，如果再没有订单，3 月，得停工。

1978 年 1 月 24 日，锁福哥哥从公社拿回一张介绍信，要我去南京汽车修配公司联系业务：“务必拿到订单，大单小单都行，不然我们得关门歇业。”

我接过介绍信，看了看有效期，七天。一股暖流涌进心里。

到家门口的南京，到一个单位联系业务，怎么也用不了七天。给我七天，是锁福哥哥心疼我落榜，怕我憋坏了，让我出去散散心；把一个单位的生死存亡放到我的肩上，是“压”我知道自己的重要，告诉我实现人生的价值并不是只有高考这么一条路。

1 月 26 日，农历腊月十八，已近年关，往外走的少，往回走的多。再加上昨夜小雪，南京的大街上，除了雪，就是冷。

寒风把我送到南京汽车修配公司。找到了销售科。

科里的人大概是忙着置办年货去了，就留了一位比我大不了几岁的女青年守门。看过我的介绍信，说：都过年了，你们领导还让你出来跑业务？

我：没办法，再没业务，我们只好天天过年。

女青年笑了：你还挺幽默。我们科里的领导都不在，我也做不了主。但我会帮你。这样吧，你后天还这个时间来找我。

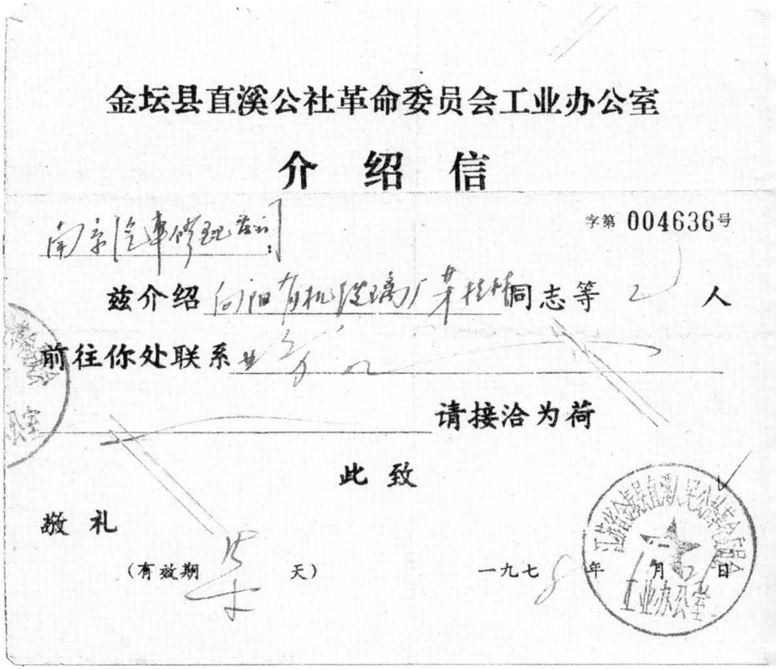
金坛县直溪公社革命委员会工业办公室

介绍信

字第 004636 号

南京汽车修配公司：

兹介绍 向阳有机玻璃厂 同志等 2 人

前往你处联系业务

请接洽为荷

此致

敬礼

（有效期 15 天） 一九七8 年 1 月 26 日

金坛县直溪公社革命委员会工业办公室介绍信 / 1978 年 1 月 26 日

我：谢谢！谢谢！

走在南京的大街上，觉得不再像我刚出来时那么冷了。时间尚早，决定去离我住的旅馆不远的中国共产党代表团办公原址——就是 1946 年至 1947 年间周恩来在南京办公的地方参观参观。

院内植梅，又称梅园。

梅花正盛。凛冽的冬天里能闻到这股香气，实在难得，月余的苦闷缓释了许多。

没参观，在梅树下坐了一个时辰，任脑子翻江倒海。

1 月 28 日，我早早地坐车倒车，早早地倒到南京汽车修配公司附近等着，等着那位女青年嘱咐的“还这个时间”。

“还这个时间”到了。我走进销售科。那女青年如约而在。她见我来了，拉开抽屉，拿出早填好、盖好了章的合同，递到我的面前：“我就这么大能耐，救救你们的急吧，也好让你早些回家过年。”

我从她手上接过合同，一看：总值五千二百元！五倍于信阳那份合同！

这是向阳有机灯具厂开办以来单笔业务额最大的合同！

我的额头上有汗渗出。

舍田大队蔡桂林同志在 1977 年通讯报道工作中，成绩优良，以资鼓励。
直溪公社革命委员会 / 1978 年 2 月

在“经办人”后面我看到了她的签名：周丽娜。我拿出笔，在合同“供货方经办人”处签上了我的名字，又从怀里掏出合同专用章，“哈”了好几口气，在合同“供货方”处摁了又摁。

嗫嚅着与她告别。

她好看地笑着：你想说的我知道，不要客气，不用说了，回家好好过年。我有个弟弟跟你差不多大。高考没考取，哭了好几天，当兵去了。

……

2 月 7 日，大年初一。落榜的打击，响个不停的鞭炮像是炸在心上，把疼痛的心炸得千孔百疮。

趁给锁福哥哥拜年的机会，跟他说了从灯具厂辞走的想法：春节一过我就回直溪中学复习，准备 7 月份的全国统考。再考一次，不死心。如果还到灯具厂上班，分着心，驼子跌跟头，两头不着实。一头塌，一头豁，人就废了。

锁福：破釜沉舟、背水一战是对的。在那么个小厂里不会有什么大出息。闯！闯，才有天地，我也要闯的……你给厂里拿回两份合同，尤其是南京这份，功不可没，付你一点劳务费吧，算老哥对你复习的支持。

我：不了。让去南京就是你对我的关心。不过，期望你一定要记着南京汽车修配公司销售科的那个周丽娜，给了这么大份合同，连一杯水也没喝我的。

2月12日，一过初五，大年初六，直溪中学高考复习班开课。厚着脸皮，回到了高中毕业离开两年又七个月的直溪中学的教室里。

复习了一个星期，2月18日，接到《金坛文艺》编辑部张宇清同志的信，推荐我参加镇江地区文化局在武进县湖塘桥召开的创作学习讨论会，学习讨论毛主席给陈毅同志探讨形象思维问题的一封信。

带着一大包各种复习资料，我去了。

一颗躁动的心，急切地要看外面的世界，急迫地想走出向阳大队。

倒了好几回车，到了武进县湖塘桥，走进指定的招待所。负责接待的人见我一个小孩，不像是来参加创作学习讨论会的人，以为我是找错地方了，问：你有介绍信吗？

我：没有。

负责接待的人：谁叫你来的？

我：我们县文化馆的张宇清老师。

负责接待的人：给广播站写过广播稿吧？

我：是，写过。

负责接待的人：创作和写广播稿可不是一回事。你知道什么叫“创作”什么叫“诗歌”吗？

我：不知道。

负责接待的人：不知道来干什么？

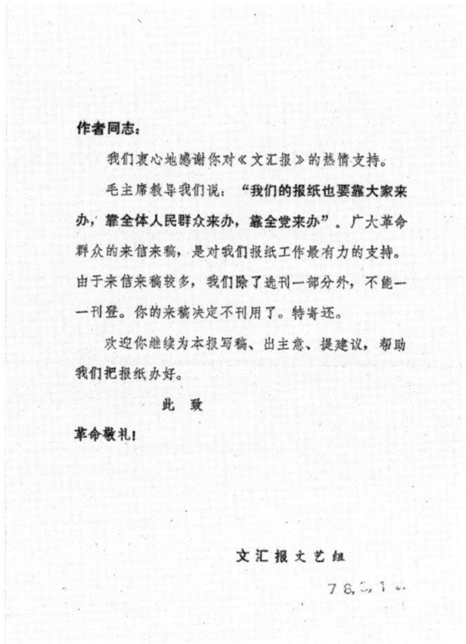

作者同志：

我们衷心地感谢你对《文汇报》的热情支持。

毛主席教导我们说：“我们的报纸也要靠大家来办，靠全体人民群众来办，靠全党来办”。广大革命群众的来信来稿，是对我们报纸工作最有力的支持。由于来信来稿较多，我们除了选刊一部分外，不能一一刊登。你的来稿决定不刊用了。特寄还。

欢迎你继续为本报写稿、出主意、提建议，帮助我们把报纸办好。

此　致

革命敬礼！

文汇报文艺组

78.3.1

《文汇报》文艺组退稿函 / 1978年3月1日

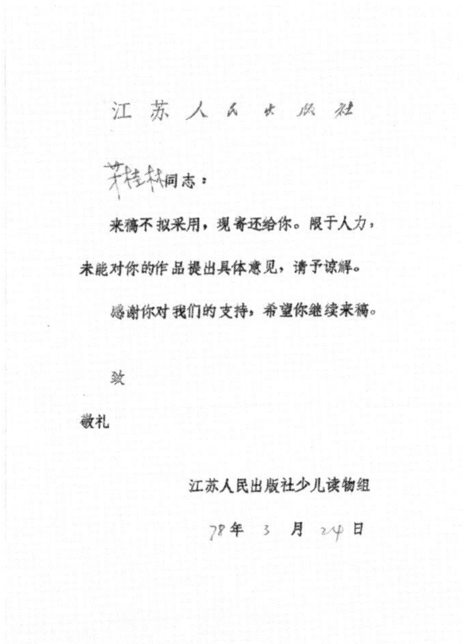

江苏人民出版社

芽桂林同志：

来稿不拟采用，现寄还给你。限于人力，未能对你的作品提出具体意见，请予谅解。

感谢你对我们的支持，希望你继续来稿。

致

敬礼

江苏人民出版社少儿读物组

78年3月24日

江苏人民出版社少儿读物组退稿函 / 1978年3月24日

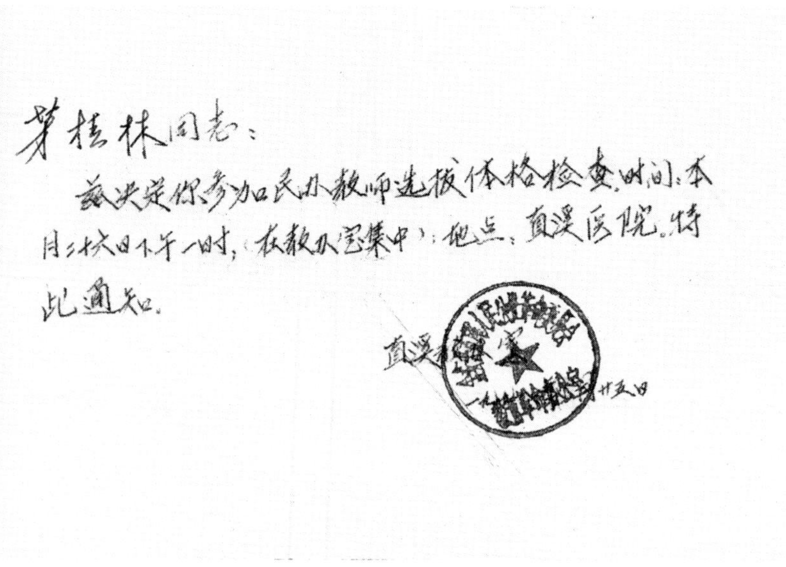

茅桂林同志：

兹决定你参加民办教师选拔体格检查。时间：本月二十六日下午一时，（在教办室集中）；地点：直溪医院。特此通知。

招聘教师体检书面通知 / 直溪公社教育革命办公室 / 1978 年 2 月 25 日

小瞧我。不算走南闯北，也不是黄口稚牙了吧？高考落榜本来就窝火，推荐我来又欺负我，更窝火，出言反击：不知道才来学嘛，知道了就不一定来了！

听之，负责接待的人一怔，语塞，难以反驳，也就把我留下了。

1978 年年初，毛泽东同志给陈毅同志谈诗的一封信发表。到创作学习讨论会上作重要讲话的领导指出：毛主席的信深刻地总结了我国历代诗歌创作的丰富经验，阐明了诗歌创作以及其他艺术创作的艺术规律，并进一步指明了我国诗歌发展的方向和道路，它在马克思主义文学发展史第一次明确地做出了写诗歌要用形象思维的科学论断。毫无疑问，这一光辉文献是对马克思主义文艺理论的重要发展，是毛泽东文艺思想体系的重要组成部分，是指导我国社会主义文艺创作和文艺批评的灿烂明灯，是揭批“四人帮”修正主义文艺路线的锐利武器……

负责接待的人说的是对的，没有一点小瞧我欺负我的意思，不知道什么叫“创作”什么叫“诗歌”是不应该来，听不懂，如坠烟雾，不知所云，受罪。好在我带着高考复习资料。

形象思维问题学习讨论会一结束，接到公社推荐我参加县教育局举行招聘教师考试通知。喜出望外。全县一百二十人参加考试，招聘二十四人，五比一。

“公社”是个大概念，具体到公社的谁推荐了我，不知道。公社“教育革命办公室”我谁都不认识。我更加感觉到劳伤躺在床上想定的“拼”的正确，证明自己已经从很洼的地方慢慢冒出，现实开始看见那么一点点“尖尖角”了。

高出得还不够，很不够，要是够的话，就考取大学走了。

快，更高些、更高些啊！

招聘教师考试成绩不错，顺利入围。进入体检。

体检当然合格：捡狗屎、踏腌菜……的奔跑，车水、掼稻、耘耥、打连枷……的磨砺，挖暗沟、罱河泥、开河……的砥砺，瘦归瘦，有筋骨。

1978年春季开学，3月29日，我走上了县重点小学之一的直溪中心小学，担任六年级（2）班班主任，任教语文、政治课。

没当过老师，但当学生时知道什么样的老师学生喜欢，什么样的老师能给学生更多的东西。从学生转换成老师，就是竭力把当学生时体会到的怎样当老师的想法转成做法。到任之始，在语文教学上大胆试验，进行作文教学新尝试。学校张兆寿校长、李炳生校长、谢钧教导主任，以及平行班和全校的大部分语文教师，分别听过我的语文公开课。

肯定的多。

局面初开。

一边教学，一边复习，希望能在两不误的情况下，使夏季全国高校招生统考一举中榜。

当然，还一边写作，一刻也没有忘记为梦想奋斗。

春天，3月18日，全国科学大会在北京召开。在有六千人参加的开幕式上，邓小平发表重要讲话，指出四个现代化的关键是科学技术

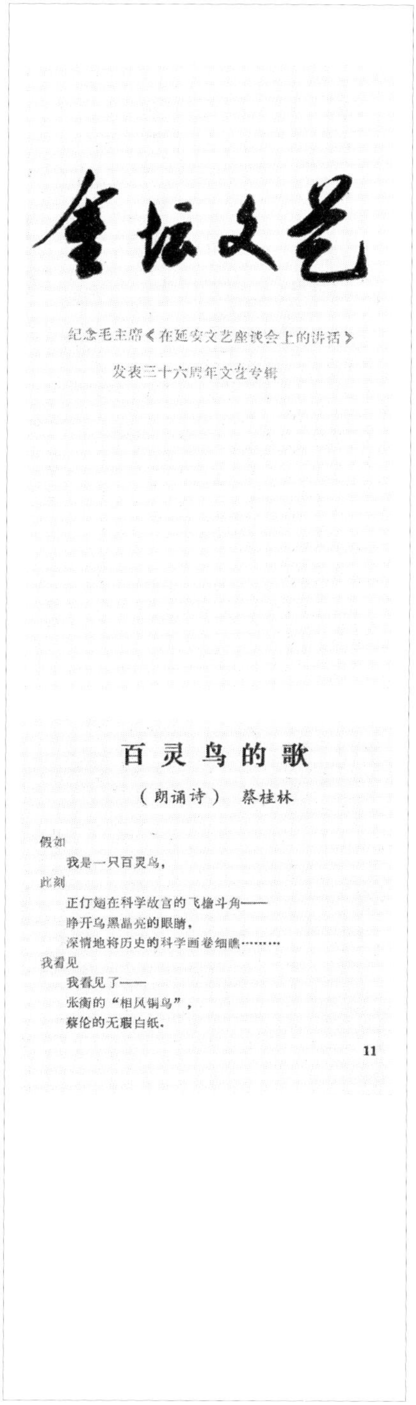
金坛文艺

纪念毛主席《在延安文艺座谈会上的讲话》
发表三十六周年文艺专辑

百灵鸟的歌

（朗诵诗）　蔡桂林

假如
　　我是一只百灵鸟，
此刻
　　正伫翘在科学故宫的飞檐斗角——
　　睁开乌黑晶亮的眼睛，
　　深情地将历史的科学画卷细瞧………
我看见
　　我看见了——
　　张衡的“相风铜鸟”，
　　蔡伦的无瑕白纸。

11

的现代化，科学技术在生产力中处于第一重要、具有决定意义的地位。知识分子是工人阶级的一部分，要尊重知识、尊重人才。已经成为老师的自己很激动，很受鼓舞，科学大会闭幕的当天，铺纸濡墨，写下了朗诵诗《百灵鸟的歌》，寄给了《金坛文艺》。

刊登我的第一篇文学作品的《金坛文艺》，是随学校订的各种报纸一起送到的。

我拿到《金坛文艺》的同时，也拿到了5月11日的《光明日报》。下半版刊载的署名“本报评论员”的《实践是检验真理的唯一标准》文章一下吸引住了。文章阐明，实践不仅是检验真理的标准，而且是“唯一标准”；实践不仅是检验真理的“唯一标准”，而且是检验党的路线是否正确的“唯一标准”。它以逻辑学的三段论推导出结论，无懈可击，严丝合缝。

一气读过，大惊失色！

从“实践是检验真理的唯一标准”推论过去，毛主席说过的话做过的决策怎么说？关心时事的锁福哥哥，用灯具厂的钱订了不少报刊，我是首当其冲的受益者，天天有报读。他有空才去。前一年2月17日“两报一刊”（《人民日报》《解放军报》《红旗》杂志）发表过《学好文件抓住纲》的社论，提出尽管毛主席离开了我们，我们要把毛主席开创的千秋大业继续下去，发扬光大，“凡是毛主席做出的决策，我们都坚决拥护；凡是毛主席的指示，我们都始终不渝地遵循”。“唯一标准”论与这篇社论的观点直接杠上了。

不得了，要出大事！

下午一放学，把《光明日报》往布包里一塞，

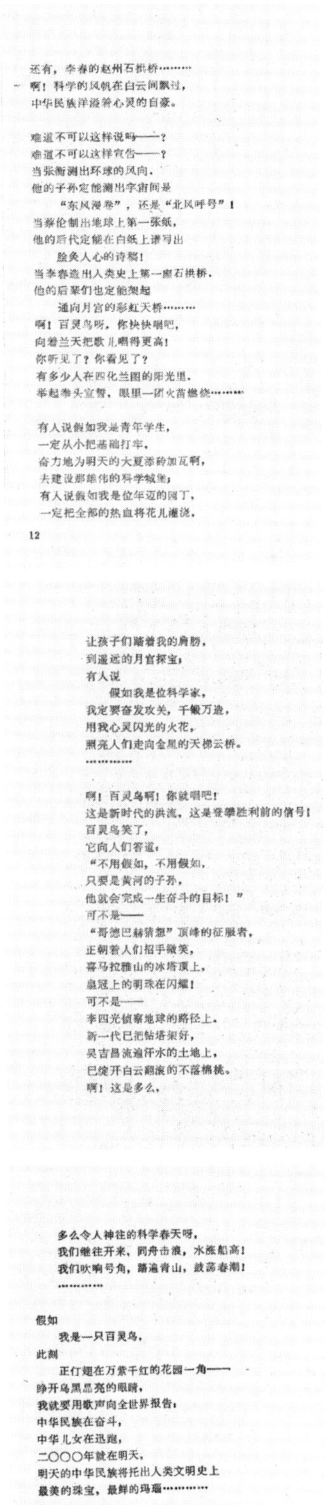

还有，李春的赵州石拱桥………
啊！科学的风帆在白云间飘过，
中华民族洋溢着心灵的自豪。

难道不可以这样说吗——？
难道不可以这样宣告——？
当张衡测出环球的风向，
他的子孙定能测出宇宙间是
　　“东风漫卷”，还是“北风呼号”！
当蔡伦制出地球上第一张纸，
他的后代定能在白纸上谱写出
　　脍炙人心的诗稿！
当李春造出人类史上第一座石拱桥，
他的后辈们也定能架起
　　通向月宫的彩虹天桥………
啊！百灵鸟呀，你快快唱吧，
向着兰天把歌儿唱得更高！
你听见了？你看见了？
有多少人在四化兰图的阳光里，
举起拳头宣誓，眼里一团火苗燃烧………

有人说假如我是青年学生，
一定从小把基础打牢，
奋力地为明天的大厦添砖加瓦啊，
去建设那雄伟的科学城堡；
有人说假如我是位年迈的园丁，
一定把全部的热血将花儿灌浇，

12

让孩子们踏着我的肩膀，
到遥远的月宫探宝；
有人说
　　假如我是位科学家，
我定要奋发攻关，千锻万造，
用我心灵闪光的火花，
照亮人们走向金星的天梯云桥。
…………

啊！百灵鸟啊！你就唱吧！
这是新时代的洪流，这是登攀胜利前的信号！
百灵鸟笑了，
它向人们答道：
“不用假如，不用假如，
只要是黄河的子孙，
他就会完成一生奋斗的目标！”
可不是——
“哥德巴赫猜想”顶峰的征服者，
正朝着人们招手微笑，
喜马拉雅山的冰塔顶上，
皇冠上的明珠在闪耀！
可不是——
李四光侦察地球的路径上，
新一代已把钻塔架好，
吴吉昌流遍汗水的土地上，
已绽开白云翻滚的不落棉桃。
啊！这是多么，

多么令人神往的科学春天呀，
我们继往开来，同舟击浪，水涨船高！
我们吹响号角，踏遍青山，鼓荡春潮！
…………

假如
　　我是一只百灵鸟，
此刻
　　正伫翅在万紫千红的花园一角——
睁开乌黑晶亮的眼睛，
我就要用歌声向全世界报告：
中华民族在奋斗，
中华儿女在迅跑，
二〇〇〇年就在明天，
明天的中华民族将托出人类文明史上
最美的珠宝，最鲜的玛瑙…………

百灵鸟的歌（朗诵诗）/ 金坛文艺 / 1978年5月

直奔舍田村，去见我的“政治教父”锁福哥哥。

锁福：我已经读到了。你判断得对，要出大事。

我：多大？会是什么事？

锁福：大到天翻地覆。从这篇文章看，应该是中国共产党党内存在的不同的思想政治路线摊牌了，是一次大较量，大对决。我们国家的面貌，会因为这次较量，这次对决，而发生根本性改变。

听了锁福哥哥的话，我激动：哥哥，你再说得详细点。

锁福：“实践是检验真理的唯一标准”显然是冲着前一年“两报一刊”那篇社论所代表的思想政治路线去的。如果那篇社论的观点是对的，那么，无法解释粉碎“四人帮”，也无法解释1977年7月邓小平的复出。不仅于此，中国无数重大问题都会到那篇社论那里戛然而止。要把中国社会不断推向前进，前一年“两报一刊”社论表明的政治观点是绕不过去的铜墙铁壁。既然绕不过去，那就索性推倒它！

我：推得倒吗？

锁福：已经倒了。是随“四人帮”一起倒的。1976年10月，粉碎的不仅有“四人帮”，连着粉碎的还有“四人帮”之所以能成“四人帮”的思想政治路线。现在大张旗鼓地亮出“实践是检验真理的唯一标准”，是给像你像我这样的以为没有倒的人，从思想上做一次大解放，做一次大清洗。

我：深受教育。

锁福：经过十年“文化大革命”，经过反反复复的阶级斗争政治斗争，从上到下，思想是非已经被颠倒，再颠倒过去需要时间。在还没有颠过去的时候就说只有颠过去才能说的话，倒霉的一定是说的人自己。比如，如果你1958年、1959年说人民公社不好，被镇压掉都是有可能的，如果再过几年你说人民公社不好，可能只是说了一句已经很陈旧的事实而已。

我：记住了。

锁福：好好学习，做好准备，迎接一个崭新时代的到来，有我们大显身手的机会，怕的是到那个时候我们自己的本事还不够大。

我：你说的这个时代啥时候能来？

锁福：我们已经走在通向这个时代的路上。

我向胡琴先生忏悔的《伞的忌讳》被收入《永久的悔》/华艺出版社/1995年5月第1版

振奋！很振奋！

雨。大雨。擎一把黑色的伞走过雨区，走进教室。

学生班长的一声“起立”，教室最后排缓缓站起一位老妪，站成我眼中的惊叹号：她是谁？来听我的课？

尽管疑惑，又不便发问，只是按原来的准备，在那双分明流淌着柔和慈祥的目光注视下，上完这一节课。

下课铃响了。老妪从后排站起，漾着一脸的笑向我走来：你讲得蛮好，我真高兴。

她自我介绍是这个学校的老教师，年岁大了，是校长“拖”出来当顾问的。

我们边说边走，她又讲给我板书技巧、向小学生提问的方式……

不知不觉走出了教室，走进雨中。一阵凉风刮来，她禁不住打了一个寒噤，一手举着伞，一手下意识地伸向腰后捶打。

这一伸手，与那折磨了我许多年、一直折磨到现在的场景叠印在一起：莫非是她？

我小心翼翼地试探着问：您是胡老师吗？

“是的。我是胡琴。”

眼前慈祥的胡琴，质朴的胡琴，善良的胡琴，怎么能与“坏人”联系在一起？愈发强烈了我对那莽撞少年之过的无可宽恕。

我再不敢正视身边的老者，她那明显佝偻下去的腰，不是有我施以的一份摧残么？而更为惊心的是这样一种错位：她佝偻的只是她的腰背，身心却可以舒展成一个伟岸；我挺拔的只是我的躯体，精神却要承受一种无以宽释也无从逃遁的悔恨——这是我们这一代人的悲剧之深啊！

一阵劲风吹来，掀掉了我手中的伞，它先是反张，继而在交加的风雨中踉跄着，翻滚着，越滚越远，滚成一帧大地的黑幛……

7月20日，我与全国六百一十万考生一起，走进各自的考场，参加时隔半年的又一次高考。

与其说是场升学考试，不如说是场命运竞赛。前途，就铺展在眼前的这片考纸上；命运，就蕴含在这片纸上的考题中。

面对这片纸，心颤，手颤。战战兢兢地答完卷，战战兢兢地走出考场。

陪送我走进考场的大姐、小弟见我出来了，急切地迎过来，急切地问：考得怎么样？

我：不知道。心颤。

待成绩公布，又一次失败。

为什么？

跺脚捶胸！

这次挫败比起第一次来更加致命。致命在第一次时我是社员，而第二次时我是教师。学生们怎么看？学生家长们怎么看？落榜教师有教书资格吗？

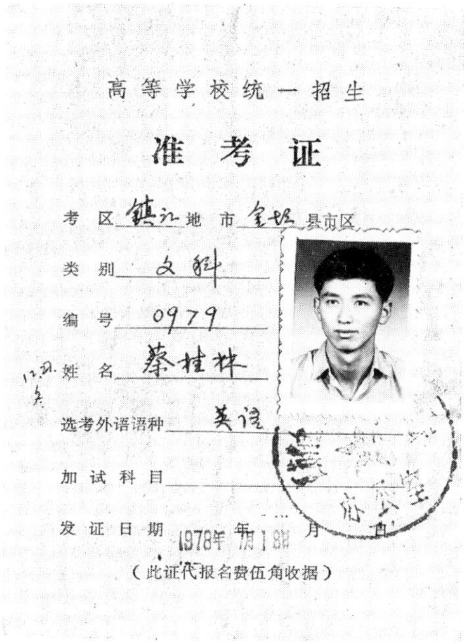

高等学校统一招生

准考证

考区 镇江 地市 金坛 县市区

类别 文科

编号 0979

姓名 蔡桂林

选考外语语种 英语

加试科目

发证日期 1978年7月18日 年 月 日

（此证代报名费伍角收据）

高等学校统一招生准考证 / 1978年7月18日

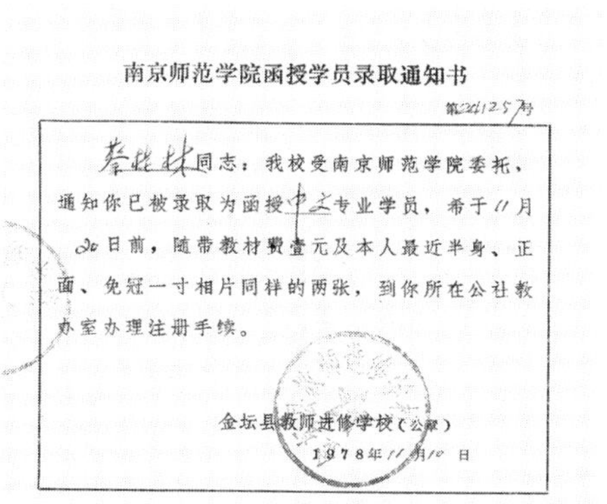

南京师范学院函授学员录取通知书

第[illegible]号

蔡桂林同志：我校受南京师范学院委托，通知你已被录取为函授中文专业学员，希于11月20日前，随带教材费壹元及本人最近半身、正面、免冠一寸相片同样的两张，到你所在公社教办室办理注册手续。

金坛县教师进修学校（公章）

1978年11月10日

南京师范学院函授学员录取通知书 / 1978年11月10日

痛苦，撞墙的心都有。

围绕着我的一切都改变了，连天都暗淡无光。尽管周围的人出于涵养，不会当面说我是个落榜教师，但我就是。

我变得极度敏感，极度忧伤，极度缄默。

再不像、也不能如春季那样做事了，狠发在心里：扑在教学上，把慢班变快，聊以自慰。

默默地报名参加南京师范学院函授。

连读书、写稿也变得在“地下”进行了。怕别人嘲笑：别读了，再读也考不取。

人，被放在了“时间”的油锅里煎着。

“煎”过秋天，“煎”到了冬天，“煎”到了1978年冬季征兵。

爸妈在大队给我报了名。

他们希望他们的儿子有个好前程，不忍看着我天天被“煎”。

灰头土脸，心里憋屈得很。能走，当兵去，学书不成改学剑，那是太好的一件事了，而且，军营那里，一定有一个热血男儿梦寐以求、意想不到的机遇。

能走吗?

大姑父在台湾，这在政治高于一切、渗入每一个毛孔的年代，是致命的，是我“走”的最大障碍。过去几年征兵，连报名的资格都没有。随着1977年7月邓小平同志复出，8月召开的党的第十一次全国代表大会果断宣布结束“文化大革命”，“向阳大队”改回到了“舍田大队”，也随着1978年5月展开的“实践是检验真理的唯一标准”的讨论，政策有松动，松到能够报名了，然而，“地富反坏右”的帽子一顶都没摘，阶级斗争的弦绷得仍然很紧，我能冲过“政审”关进入革命队伍吗？不知道。

一天晚饭后，在公社院子里遇到了公社妇联主任周开娣，一位军官的家属。她看我愁眉不展，朗朗地说：年轻人，怎么这么郁闷？啥事？说来听听。

我直言不讳地说出了我想当兵又恐怕当不成的顾忌烦恼。

周：是个麻烦。不过，比起前些年来好多了。我看有希望。你可以去与住在我们公社的接兵部队的首长接触接触，让他们了解你。了解要比不了解好。看好机会，我也帮你跟他们说说。

感激。

还有比这更好的办法吗？突围，必须自己寻路。

拿定了主意，邀上当过兵的汤锁洪老师给自己壮胆，在一个不算晚的晚上，走进了接兵首长在公社的住处。

接兵首长、陆军第七十八师司令部直属高炮营副连长张兴国：哦，是这样啊，我们了解了解。你先要通过体检关，然后还要做到一颗红心两种准备……

一年一度的征兵，是件政治性很强的大事，各级高度重视。体检前的那个冬夜，老队长陈小龙把包括我在内本生产队两名接到体检通知的应征青年叫到牛棚。

生产队养着五头牛。牛，大型生产资料，宝贵得很。冬天里，把它们集中在三间瓦房里，安排村里一位德高望重的老人负责护理它们过冬。五头牛，热气大，暖和；一泡屎一泡尿散发出的热气，使牛棚更暖和，牛棚不仅成了冬天里生产队集会的地方，也成了村上男孩冬天里汇集玩耍的地方。

护牛老人牙掉了好几颗，不关风，说起话来丝丝拉拉，但这一点也不妨碍他给我们讲故事。他讲故事有个要求，要我们把裤子都脱了，钻到渔网似的破被子里。这有何难？脱！于是，他就给我们讲。

说一个大户人家的丫鬟收拾房间时，一不小心，把案几上的一只瓷器碰到地上打碎了。丫鬟吓得面色通红，赶快拿起扫帚低头打扫。正在午睡的老爷听到响声，起来一看，是丫鬟打碎了瓷器，正准备发作，老爷的眼睛从低头打扫的丫鬟脖子看进去……

他也顾不得责罚丫鬟打碎瓷器了，抱起丫鬟进了里屋……

丫鬟以为只有打碎瓷器老爷才会把自己抱到里屋去，一日，丫鬟想让老爷抱，拎起一只瓷瓶摔碎，高兴地喊：“老爷，老爷，我又打碎一只瓷器……”

说到这关键处，护牛老人“呼啦”一下，把盖在我们身上的渔网似的被子掀掉，缺牙的瘪嘴嚯嚯地笑了。

在老人的故事相伴下，我们长大，长大到要参军去了。今晚，不是来牛棚听老人讲故事，而是体检前的一次聚集。

除了老队长，现任队长、治保主任、会计……生产队里有头有脸的男人基本都到了，算是全队社员对应征青年的问候和鼓励。

老队长把一杆平时分口粮用的大钩秤吊到牛棚的房梁上，绑妥，使劲扽了扽，结实，安全，这才转过头来招呼我：去，自己吊上去，我看你恐怕不够秤，先约约（方言，称一称）。

老队长与我家有表亲戚关系，我叫他姨嗲。他看我长得瘦，担心我不够秤。

我：姨嗲，别约了吧，二三月份去当教师的时候刚体检过，合格。

陈：合格个屁。拿粉笔跟扛枪能一样吗？你当老师的时候体检称体重吗？不称吧？

我：没称。

陈：就是。看你三级风都吹得倒的样子，分量恐怕不够，上去！

我跳起，抓住秤钩，双脚悬空。

秤砣绳预放在秤杆上一百斤星花处，没翘起，扶秤的现任队长郜金富赶忙托住秤杆，把秤砣绳往前赶，赶，秤杆平衡了，一声“好”，我松开抓秤钩的手，双脚落地。

会计举着昏黄如豆的煤油灯，老队长一点一点地数秤花，末了说一句，你嗲嗲妈妈舍不得把你吃噢？！才九十八斤，怎么也得凑一个整数啊！

先不要愁政审吧，体重恐怕真的成问题，不满百斤不行的。

我脑袋耷拉了，一晚上没说话。

临散，老队长说我一句，不要垂头丧气的，体检前喝上三大瓢水。走出几步，他又转过头来说，喝出个好歹来可不要怪我哦。

第二天刮起了西北风，冻得人哧溜哧溜的，清水鼻涕直淌。临出家门前，背着唛唛，吞了两瓢半凉水，老队长说的三瓢，实在吞不下去啊，都到嗓子眼了，再多一滴准得吐，那就更轻了。紧抿着嘴，像是怕肚子里的水跑出来似的，哆嗦着去了体检站……

体重，五十点五公斤。

负责登记体重的医生说我：真小气，就多一斤。

就是小气，多出来的这一斤可不是我的肉。

合格。

体检关过了。

政审开始，我忐忑。

接兵首长到了我工作的学校、所在的大队，走访。

定兵会上，县武装部、公社武装干事如实介绍了我的社会关系情况，接兵首长接过话，果断表态：对于小蔡，我们做了深入走访了解。他的大姑父是否真在台湾，没有得到证实。就是真在，小蔡压根儿就没见过，连比他大的他表姐都没见过，要小蔡为一个见都没见过的人承担什么，是不对的。小蔡本人表现优秀；小蔡的家庭，直系、旁系三代亲属，没有一个犯过罪的，连犯过大一点错的都没有，证明这个家庭是健康的，是过硬的。我们同意小蔡入伍！

1978 年 12 月 15 日，天气格外晴朗。习习晨风吹动着校园里的棕树、塔松和冬青，学校西边的杉树在阳光的照耀下，更显得格外挺拔、苍劲，富于隆冬旺盛的活力。我和往常的早晨一样，夹着教案向教室走去，去开始一天的工作。

时针不紧不慢，用自己强有力的步伐走到了 8 时 36 分，舍田大队治保主任陈粉英同志手捧着我的入伍通知书和光荣花来到直溪小学找到我：“你被批准入伍了！”

瞬息，校园变得更加美丽了，鸟语变得更动听了，河流变得更欢畅了，办公室前面那株珍贵的樟树此刻也似乎变得懂得人的感情了，在向

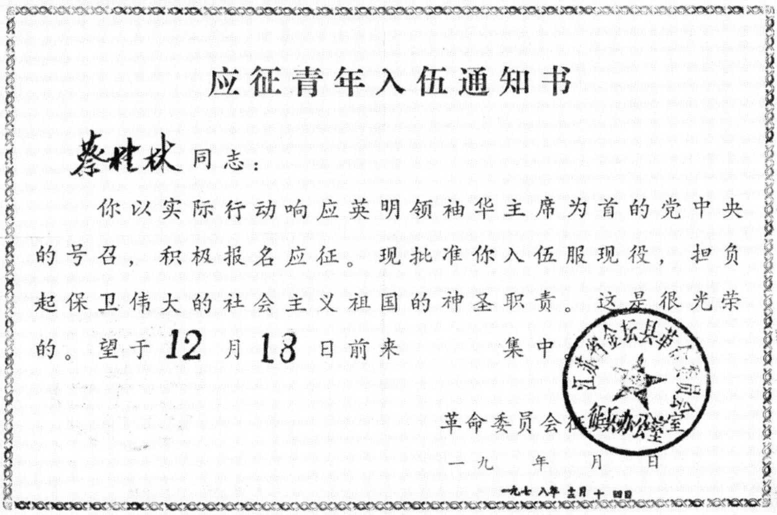

应征青年入伍通知书

蔡桂秋同志：

你以实际行动响应英明领袖华主席为首的党中央的号召，积极报名应征。现批准你入伍服现役，担负起保卫伟大的社会主义祖国的神圣职责。这是很光荣的。望于 12 月 18 日前来　　集中。

革命委员会征兵办公室

一九　年　月　日

一九七八年十二月十四日

应征青年入伍通知书 / 金坛县革命委员会征兵办公室 / 1978 年 12 月 14 日

金坛县直溪小学教职员工欢送蔡桂林同志入伍合影 / 1978 年 12 月 16 日
直溪小学五（2）班全体学生欢送蔡桂林老师入伍合影 / 1978 年 12 月 16 日

我点头，说得更确切些，是在向我欢呼。

我，突围成功！

12 月 18 日新兵集中启程，从此时算起，在直溪的时间也就剩下三天。

交接完学校的工作，与学生们、老师们合完影，拎着行李，回到了舍田村祖屋。

我：唛唛，我验取了，要当兵去了。

唛唛：晓得了。你要吃苦了，不如在家做老师惬意。不过，你到部队，家里的人，头可以抬起来了。

我：谁找我都说我不在家，也不要叫我吃饭，我想睡。

唛唛：晓得了。

我蒙头大睡。

睡了一天一夜，还在睡。

妈妈不放心，要叫我起来吃饭，吃过了再睡呗。唛唛：别叫他，让他睡。困觉比吃饭要紧。

我是要睡的。

睡姿与这片土地的接触面积最大，这个姿态，才可以最快地将这些年来承受的无尽的苦和难、无尽的酸和辣、无尽的伤和痛、无尽的悲与喜……最快地卸下，统统地卸下，卸得彻彻底底、干干净净。

睡姿与这片土地的接触面积最大，这个姿态，才可以最大限度地背负起这片土地唯一给了我的对前途理想不屈不挠的追求精神，重新出发！

从军元年

12月18日，在县武装部换上没有领章帽徽的六五式军服；12月19日晚10点，自常州站登上运送新兵的专列，向北开进。

从军之路，由此开启。

我什么也没带。

家徒四壁，也没有什么可带。

不对。我带了两件物什：一条唛唛用她私房钱给我买的我向往了很久的涤纶质地灯笼腿脚的天蓝色运动裤；从中学图书室里带出来的二十三本书。

车近南京。

想到了南京汽车修配公司，想到了周丽娜。她给过我此前人生的最大一份订单，让我度过高考落榜后最伤寂的日子。素昧平生的慷慨给予，那就不仅仅是给予了，而成了精神层面的一份恩德。现在，我和她的弟弟一样，当兵走了……车过长江大桥，长笛拉响，周姐姐，这是我留给你的一声谢意、一声问候、一声祝福。

凝神远视，游目骋怀，锦绣如画。阳春烟景，大块文章。现在不是阳春，是隆冬，是北方，绿叶尽落，旷野坦荡，“文章”更“大”。脖子仰酸了也顾不上，只要能看见，哪怕是月色朦胧，大地只是一个模糊的轮廓，也要把鼻子眼睛贴

在窗玻璃上看个够：“唯江上之清风，与山间之明月，耳得之为声，目遇之成色，取之不禁，用之不竭……”（苏轼）

12月21日12点17分，列车停靠在了一座美丽的城镇——山东即墨蓝村。部队首长在那儿迎接我们。

十八年后的回忆——

江南已经远去，眼前是寒冷的北方的兀自耸立。风像一群拱破栅栏的羊，肆无忌惮地在北方大平原上野跑，树抖动着干瘦的树干发出尖利的呼啸。太阳在空中如一面铜镜，躲在云的后面，阳光的热量被过滤到大气层外，只将亮晶晶的寒冷照耀到土地上，像久封初开的利刃散发出来的寒气。然而，原野仍坚定而又倔强地铺展裸露着它的胸膛，迎接风的利刃。我就在北方这个冰冷的季节走下车厢。

摘自《往事并不如烟》，《解放军文艺》1997年第九期

我们改乘部队派来的汽车，经约一个小时的行使，下午1点37分到达了山东省即墨县大留村部队营区。

军人，我崇敬。有一年冬天，一支野营拉练的队伍经过直溪中学校前的大路，正在上课的我们全都走出了课堂，欢呼着蹦蹦跳跳地跟着走出老远。那是我第一次见到军人的队伍。而军人居住的军营，从未见过，只能想象，它神秘，神圣。现在，真的走进了军营，如梦如幻：一幢幢营房排列整齐，一条条道路横平竖直，行走着的军人个个挺胸抬头，朝气蓬勃，满院耸立着高大白杨，也像军人，挺拔，俊逸，连营区内菜地的田埂都那么有棱有角……整洁，干净，清爽，有序。

此营区为陆军第二十六军第七十八师师部所在地。后来学军史知道，陆军第二十六军，曾是第三野战军第九兵团的主力部队，前身是由抗日战争时期鲁中军区部队整编而成的华东野战军第八纵队，英勇善战，在当年与之交过手的国军中流传着“八纵八纵，排炮不动”的顺口溜，意思是擅打阻击战。第七十八师参加过鲁南战役、莱芜战役、孟良崮战役、豫东战役、淮海战役、解放上海及抗美援朝战争等，历经战火洗礼，作风顽强，敢打能胜，战功赫赫，

我军的雄狮劲旅。成为这样的英雄部队的战士，骄傲！

一到驻地，马上分班。我和我们公社一起入伍的七位同志编在了新兵连二连七班。连长正是在我们公社接兵的张兴国同志。在他连里，我兴奋。是他把我带进部队的。没有他在定兵会上的一锤定音，我的命运将会是怎样？第三次高考？我想一定会。然而，他把我带来了，我的人生轨迹一定会因此改变。不会变的是我从老家的土地上带来的对前途理想不屈不挠的追求。

分班完成后，班长马上领我们进入午餐。大头菜烧肉，大米饭，美美吃一顿，有说有笑，冲走了长途的疲劳。

吃饭后大家稍休息一下，又由班长教我们打背包、整被子，整理内务。

啥叫内务？班长说，内务的范围很大，有的国家还有“内务部”呢，以后你们还会学到《内务条令》。我们这里说的“内务”，可以狭义地理解为室内事务，再狭义一点，就是室内卫生及物件规整。

接着，班长领我们走出宿舍，熟悉周围环境。

晚上 7 点 30 分，举行第一次班会。这是我们军人生活的起点。

首先，班长、副班长自我介绍。班长黄和林，江苏淮阴地区人，1977 年入伍，共青团员，刚从教导队来；副班长张西国，山东聊城地区人，共青团员。接着，我们班里的七个新同志各自介绍自己的大概情况。

班长：从现在起，我们就是一个战斗集体，我们就是同志，是战友。我们来自五湖四海，为了一个共同的革命目标，走到一起来了。在今后的教育、训练、学习、生活中，要做到互相关心，互相爱护，互相学习，互相帮助。

散会。就寝准备。9 点熄灯。

起床军号嘹亮，划破寂静的冬日之晨。听惯鸡犬之声、牛羊之息，第一次被军号唤醒，真切地感受到了今日之我已不是昨日之我。

12 月 22 日 6 点，迎来我的第一个军营的早晨。

一骨碌从暖烘烘的被子里爬起，快速穿上衣服，叠好被子，直奔昨日班长领我们“熟悉周围环境”时熟悉的水井。打水的桶绳上满是冰碴。嗖嗖扔下，左右摇晃，提上一桶水来分给大家刷牙洗脸。快洗，洗慢了，水会在面盆里结冰。

早餐后天开始下起雪来，纷纷扬扬。

下午2点30分，师长李达权在另外几位首长的陪同下，到新兵连看望新兵。

师长个子不高，看上去约莫四十五六岁年纪，精神很好，红光满面。走进我们宿舍时，黄和林班长一声“立正！”的口令，像武侠小说中常有的点穴功，把室内所有人“定”在了原在的位置上，一动不动。

师长极为和蔼，笑容可掬地一一询问我们的名字，多大年龄，完了，高声地问大家有些什么特长。山东潍县（今潍坊市）新战士官洪起同志答：“我会木匠活。”我的同公社老乡华道来答：“我在家是弄船的，会开机器。”师长高兴地点点头：很好，很好，新兵里人才济济啊。

今天抽出时间给父亲写信，报告我已平安到达部队：山东—即墨—大留村。

12月23日，我们班我第一个起床，踏着昨日的积雪去井边打水，分到每个战士的脸盆里。虽然班里没有同志知道是我做的，但我心里很欣慰。

下午，我跟副班长抢到了一份公差，帮炊事班去大留村粮站拉粮食。回来后，朱志宏司务长又找我们去拉柴火，虽然干得满头大汗，衣服也弄脏了，但我觉得这是一个革命战士应尽的义务。像英雄人物那样，天天做点好事，是我们必须具备的政治品质。

12月25日，军政训练正式开始，周教员给我们上《队列条令》课。

“整齐划一”“教养一致”“令行禁止”之类此前闻所未闻的军用术语，布满周教员上午两个多小时的讲课中，够我消化一阵子的。

下午，开始走向训练场，做了立定、稍息、停止间的转向。

晚上，连里集体教唱《国歌》《三大纪律八项注意》《当兵的历史》。集合前，连部通讯员到各班传达连首长指示：有凳子的带凳子，没凳子的带鞋子。

带鞋子？

班长：“是。小马扎不够每人一只，带只鞋子坐下。”

集合了，每人手里拎着一只鞋子，向饭堂走去。

“十八岁，十八岁，我参军到部队，红红的领章印着我开花的年岁，虽然没戴上呀大学校徽，我为我的选择高呼万岁。啊，生命里有了当兵的历史，一辈子也不会感到懊悔。”一排长教唱《当兵的历史》，旋律激昂悠扬，充满青春气息。唱着唱着，有泪在心里流。

虽然“生命里有了当兵的历史，一辈子也不会感到懊悔”，但毕竟两考大学不中、没能戴上大学校徽的伤痛，不是那么好治愈的。忘我训练，努力表现，刻苦学习……其实是在为疗伤服大剂量的“药”。

这些可不能说出来，所以只能“泪在心里流”，说出来，或者被人觉察出来，被扣上“入伍动机不纯”的帽子，这对一个新兵来说，那可是致命的。

教歌结束，张连长讲话：下面我跟大家说一个不好的现象。有个别新同志把吃不了的馒头，还很大，扔到猪食缸里，忘掉了自己是来自贫下中农，忘掉了自己已经是个光荣的革命战士。革命战士一个很重要的品质就是艰苦朴素。几十年来，在战火纷飞的年代里养成的作风，怎能在我们手里丢掉呢？这样的问题，今后决不允许再发生。

12 月 26 日，伟大领袖毛主席诞辰八十五周年的日子。

上午，师部在大礼堂召开了全师直属部队指战员大会，传达、学习、宣传党的十一届三中全会公报。

在我们乘车离开金坛，离开常州，奔赴部队，由农民向军人转变的 12 月 18 日至 23 日，党的第十一届三中全会在北京召开，中心议题是把党的工作重点转移到经济建设上来。载着我们的列车隆隆向北，而载着中国的列车正拨乱反正，向着改革开放疾驶。

师部首长做了两个半小时的宣讲：第一，全会公报的伟大意义；第二，全会公报的内容；第三，对全师学习、贯彻、落实全会公报精神的几点要求。

师首长说：“党的十一届三中全会批评了‘两个凡是’的方针，高度评价真理标准问题的讨论，停止使用‘以阶级斗争为纲’这个口号，否定了中共十一大沿袭的‘文化大革命’中的‘无产阶级专政下继续革命’，以及‘文化大革命’以后还要进行多次的观点。”

会议指出，毛泽东思想是从实事求是中产生的，我们也要在实事求是中加以发扬。师首长又说，毛泽东思想是一个完整的科学体系，我们不能把它看成是僵死的教条，不能照搬照抄，不能搞两个“凡是”，否则，党和国家就会失去生机，就要亡党亡国。

——振聋发聩!

听到这些，深受鼓舞。

中国在变。中国政治在变。而且，“变”的速度犹如狂飙突进，在走向核心、要害部位——政治思想路线!

我的“政治教父”在老家，再不能像原来那样随时找他请益，而且，自己已经是军人，这么敏感的政治问题绝不能跟身边人交流，“在还没有颠过去的时候就说只有颠过去才能说的话，倒霉的一定是自己”。只能靠自己悟，靠自己思考。

从听报告的礼堂走出来，看着脚下的台阶，一步一步地警告自己：要紧跟形势，适应变化。因为，变化，意味着机遇，它必定会把对抗变、不肯变、变得慢的人毫不留情地抛出去。

12月27日下午全连集合,听营首长宣讲《内务条令》。《内务条令》共计七章，七十条。宣讲结束时营首长出了三道问答题。其一，为什么要贯彻学习内务条令，有什么意义？答：这是我们每个军人行动的准则，也是我们军人之所以能战胜敌人的力量所在，更是得到亿万人民群众爱戴的基准，我们每个解放军战士必须认真学习，照着去做。其二，我军的指导思想和任务是什么？答：我军以马克思列宁主义、毛泽东思想为指导，他的任务是既是战斗队，又是生产队、工作队。其三，军人相互间是什么关系？答：是平等的同志关系。

通过《内务条令》的学习和讨论，我的思想有了新的提高：当兵就要当一名真正的兵，像雷锋那样艰苦朴素、勤勤恳恳；像王成（电影《英雄儿女》中的英雄，在朝鲜战场上，面对联合国军的包围，高喊“向我开炮”，最后壮烈牺牲）那样勇敢、坚强；像盛习友（抗洪抢险中为救百姓而壮烈牺牲，1971年5月中央军委授予“爱民模范”称号）那样热爱人民，和人民打成一片。

怎样迈好当兵的第一步呢？答：以我军的三大条令为标准，约束、规范、指导自己的一言一行，像周教员在第一节课里要求的那样：令行禁止、教养一致。

课余，看到了军区的《前卫报》，报头是时任中共中央主席华国锋题写的。我从一版读到四版，体会、揣摩它的特点，憋不住冲动，给它投去了一篇稿。

12 月 28 日凌晨两点，“嘟—嘟—嘟”短促的哨声划破寂静的军营夜空，把我们从酣睡中惊醒。

啥事？当兵前，这个点被叫醒，除非盗进屋火上房。对了，懵懂中记起，昨晚班长们有过暗示：紧急集合！

大概这就是。这就是入伍后的第一次紧急集合！

迅速跃起，穿衣，打背包……

紧急集合啊，特点就是“紧急”！不许开灯，不许讲话，一切都是在暗“摸”。

小李，听到的是哨声的最后一响，便从床上一个鲤鱼打挺，手用力一掀，把被子掀到一边，摸到棉衣尽快穿上。又摸棉裤，可是怎么也找不到。是紧急集合！一秒钟内这个念头在他脑海中闪过了三次。小李再用手一摸，抓到了一件大衣。他也顾不得了，时间要紧，双脚伸进了大衣的两个袖管，又用背带把大衣长出的部分往腰上一缠，立刻下床。可又找不着鞋子。他耐着性子用手在地上触摸着，总算摸到了，朝脚上一套，便冲出门去。还算好，三分钟，没有迟到。

营首长用手电筒一一检查每一个战士，最后电筒光柱停在了小李的身上，看着他那滑稽的形象，简直要把嘴笑歪：上身穿着棉衣，下身穿着大衣，用背包带缠在腰上，而从后面看短裤露在外面；脚上一只穿的是大头棉鞋，一只穿的是大头皮鞋……

12 月 28 日下午，师部礼堂，师政治部李副主任在这里给我们做形势报告：当前国际形势的特点仍然是天下大乱。世界的各种基本力量都在大分化、大改组、大动荡，中国最近的攻势外交，特别是震惊寰宇的中日友好和平条约的生效，中美外交关系的建立，有力地打击了苏修社会帝国主义对中国的包围。我们所处的时代，正如毛主席早就精辟论述过的那样，仍然处在列宁主义时代，是帝国主义和无产阶级革命的时代。帝国主义就是战争。世界大战的危险日益增长，最有资格发动世界大战的不是英国，不是法国，更不是中国，而是美国和苏联，特别是苏修社会帝国主义，它是发展中的帝国主义。美国从五十年代以来，经过朝鲜战争和越南战争，从顶峰跌落下来，开始从亚洲战略撤退，而苏联是年轻的帝国主义，正野心勃勃地取代美国。美国撤一撤，苏联就进一进；美国退一退，苏联就攻一攻。在世界的每一个角落，苏美两霸都在演出着争霸丑剧。

不知为什么,从李副主任的报告中,我闻到了战争的味道,而且,就在不远处。

师部大礼堂，好神奇的地方，我进去两次，听到的是两件大事，一个是政治大事，一个是军事大事。这两者之间有没有什么联系呢？有，那就是军事是政治的延续。

走下大礼堂前的台阶，抬头看天，高天流云。也许是身上的军装给了我神圣感，我的精神为之一振，庄严之气，漫过心头。

1979 年 1 月 7 日，星期天，我们七班除朱秋华同志外，在副班长张西国的带领下同去即墨县城。

这是来部队后第一次进城。笔直的大道，宽敞的公路，高大的钻天杨，棋布的村庄，青绿的麦苗……

留村（部队驻地）离即墨县城十多里路，我们没有乘车，跑步前进，直奔县城照相馆。

副班长最惬意的事就是抽烟了，嫌包包烟没劲，隔着衣服挠痒，急人，不如“大老旱”，带劲。他说他没条件，有条件就抽斯大林的那种大烟斗。半张纸，一卷一拃长，用唾液粘着半边，两头一拧一掐，得，成了，咂得叭叭的，把牙咂得漆黑。个小，但矮归矮，经得踩，军事素质过硬，就说跑步，一般人跟不上。眼前，十来里路，把我们扔到身后二三里。

新兵，还没发领章帽徽，准备进城前早早地把班长们的军装借来，带到照相馆，对着照相馆里的镜子穿上，火红的五角星，鲜艳的领章，神气！

对着镜头，一阵猛拍。

我有了入伍后的第一张戎装照。

1 月 8 日上午，班里组织讨论指导员上星期讲的《全心全意为人民服务》一课后布置的两个讨论题：为什么全心全意为人民服务是我们军队的唯一宗旨？我们怎样全心全意为人民服务？

对于第一个问题，我认为，这是个根本问题。全心全意为人民服务是我们军队的力量所在。我们人民军队之所以被誉为世界上第一流的军队，就是因为他的宗旨人人明确：全心全意为人民服务。这个为人民，并非狭隘的群体，而是全中国、全世界被压迫、被剥削的广大人民群众。我们军队之所以战无不胜、攻无不克，也是因为他得到亿万人民的支持，有世界上任何力量也不能阻挡的力量做后盾。

入伍后的第一张照片 / 1979 年 1 月

对于第二个问题，我是这样认识的：认真学习毛主席著作，树立起全心全意为人民服务的思想，具体地说，我们马上面临新训结束分配兵种，首先必须确立党叫干啥就干啥、党叫干啥就干好啥的思想，全心全意为人民服务，让革命工作挑选自己，而不是自己去挑选革命工作。

1月9日上午，营首长讲我军的政治民主、经济民主、军事民主“三大民主”。回来后又进行了讨论消化。

通过学习讨论，使我对民主、集中的理解加深了一步。三大民主是我们部队之所以有力量、之所以能无敌于天下的原因所在。民主与集中的关系是集中指导下的民主、民主基础上的集中。只有集中不行，光有民主也不行，只有将民主与集中有机地结合起来，才能建设好部队，才能战胜敌人。这是我们部队的优良传统，我们新战士要将毛主席倡导的、在长期革命斗争中总结概括出来的这一伟大思想，发扬光大。

1 月 10 日上午，在礼堂听营首长讲我军政治工作的三大原则：官兵一致的原则，军民一致的原则，瓦解敌军优待俘虏的原则。

这是毛主席在长期革命实践中为我军创立的政治工作的原则，它是我军区别于世界上一切军队最显著的标志。官兵一致，兵敬官，官爱兵，反映出了我们部队的深厚的无产阶级团结性。军民一致，这使我想起了《车轮滚滚》电影，军队在前线作战，群众在后方支前，这是中国革命之所以能取胜的一个重要方面。《霓虹灯下的哨兵》中的连长说：“是人民用小米把我们喂大，又是他们用小车把我们推过了长江。”军队离开了群众那将成为无源之水、无本之木，寸步难行。瓦解敌军的原则，这使我想起了一个成语：“四面楚歌”。瓦解敌军，这对于我们来说，是取得战争胜利的重要武器。傅作义的起义，使千年古都免受战火洗劫。《野火春风斗古城》中关敬陶的起义，加速了战争的进程。无数战例反复证明毛主席倡导的政治工作三大原则英明正确。

下午。风吼。沙扬。天寒。地冻。西伯利亚的寒流袭击胶东半岛。这给从未经历过这么冷天气的江苏籍新兵的冬季训练带来了严重困难。恰巧，就今天，就下午，师司令部副参谋长要观摩我们的训练会操。

我们挺立在风口上，像钢铸巨人，一动不动。上前向首长汇报的战士，全部把手套除去，军人，就是要热不扇，冷不缩，动作认真准确，一丝不苟。

整个会操大约进行了一个小时。

我的腿麻木得像一根棍子，但是，心里充满了力量。

十八年后的回忆——

部队是一所大学校，即使手持金箍棒、一个跟头十万八千里的孙悟空来了，也会在“课堂纪律”的约束下转变成取经的行僧。

军旅生涯更严格的约束来自训练场。那是一个熔炉，走进去是一堆矿石，走出来是坚硬的钢铁。记得有一次我没能按训练大纲的要求规范动作，教员——还是我的老乡哩——一点都不留余地、不给面子地大吼一声：“蔡桂林出列！”把我晾在了刺骨刮脸的寒风中。然后在众目睽睽之下的“单兵教练”，再然后是让我以最标准的立正姿势看班长们示范……寒风撕咬着我红肿的耳朵和脚跟，整个大地也哆嗦着身子在打战。就在这几近残酷的砥砺中，我站成以后的坚强不屈，站成了至今犹存的挺胸收腹的军人仪表。

摘自《往事并不如烟》，《解放军文艺》1997年第九期

1月11日上午，师招待所饭堂。营首长在这里讲解武器的战斗性能和六五式七点六二毫米半自动步枪的分解结合知识，我听得入神，记得详细。

半自动步枪，弹仓能压十发子弹，自动步枪能压二十发，冲锋枪能压三十发，机枪能压一百发。这些枪的冷却时间是：连发三百发后不能再连发。半自动步枪、自动步枪的入码射程是四百米，机枪在五百米内杀伤力最大。弹头飞行能达到两千米，在一千五百米内有杀伤力。这些枪在一百米内能贯穿零点六厘米的钢板，能击穿十五厘米的砖墙、三十厘米的土层，四十至六十厘米的木板；半自动步枪枪刺打开长一点二六米，不打开枪刺一点零二米，重三点八五公斤，冲锋枪重三点八一公斤，机枪重七点四公斤……

下午，还是招待所饭堂，营首长讲子弹的种类。我们常见的子弹大约有六种：普通弹，曳光弹（弹头绿色），燃烧弹（弹头红色），穿甲燃烧弹（弹头黑色加红圈），信号弹（像手电筒里的电池一样），手枪弹。……

1月13日晚上，班里的同志去看电影《阿娜尔罕》去了，我一个人留守值班。对着炉子，看了一会儿《烟台日报》，又打点水，放在炉子上烧热，洗了一把头，洗了脚。

排长来了。他显得很激动，带着神秘的口气对我说：要打仗了！我们七十八师可能要抽调部分战士上前线，坚决击退侵略者的武装进犯。他接着很肯定地告诉我，明天开始动员，所有干部战士的家属全部离开部队，所有信件不得发出。

也许是排长讲话的那种口气，他让我感到紧张。

这是我来部队后第一次感到紧张，感到部队真的是要打仗的群体，而绝不是只有和平。

这种紧张，顷刻无影无踪，有的是一种豪情涌入。我以为，这才是部队，这才是军人。军人没有和平时期，只有战争和准备战争两种状态。我，时刻准备着：假如祖国要我去堵枪眼，我会面不改色地冲上去，做个黄继光；假如人民需要我去炸碉堡，我会毫不迟疑地冲上去，做个董存瑞！

1 月 15 日，信，确实发不出去了，这证实了前晚排长跟我说过的话。

据说，我们七十八师直属部队要抽出一个团的兵力（只是“据说”，直属队加起来也就一个团的兵力，如果是真的，就不是“抽”了），开赴成都。各军都抽出这样的一批，组成一支新军，以对付突然情况，或采取行动，对付不断升级的地区霸权主义。

此刻，我像一匹战马听到枪炮声而扬鬃嘶鸣。

1 月 18 日晚，我们全体新战士参加了师直属队举行的出征誓师大会。

师直属队第一批八十几名老战士奔赴南疆，马上启程。这时，我明白了昨天新兵营全体瞻仰烈士陵园的意义。

大会开始。

向出征老战士献花。

接着，师直属队首长讲话，他号召我们向挺身而出的老战士学习，勉励老战士到战斗前线后坚决听从党的指挥，英勇顽强，用热血保卫祖国，歼灭一切来犯之敌！

面临这样的场面，我是激动兴奋，又恋恋不舍。激动的是面对党和祖国的召唤，老兵义无反顾，冲锋向前，不愧是优秀儿女，是人民的子弟兵；不舍的是有战争就有分离，就有流血牺牲啊。

我在心里说：请出征的老大哥接受小弟的致敬！勇敢地前进吧，当你们冲上阵地，我们和你们一起欢呼；当你们倒在前沿，我们前赴后继！

1 月 21 日，星期天。上午刷了自己的两双鞋，又把班长、班副的鞋也刷了。忙完这些，坐下来整理挎包。

十八年后的回忆——

那时的我们没有床头柜，没有写字桌，有的只是一张小马扎供靠着床铺坐，还有两只钉子支在墙上的那只草绿色的挎包，代替着抽屉桌的大部分功能，里面装着我们的全部秘密，一个新战士的心灵世界：来信、日记、读书心得、课堂笔记，等等。就在这只挎包里装着的班长未婚妻的来信，成了全班重要的“课外读物”。只要班长一去营部、连部开会什么的，班里就会有副班长领着从班长挂在墙上的挎包里取出最近的一封来信一起学习。副班长久读不厌，我们久听不厌，以至许多精彩的段落我们都能一一背诵下来。朴实的语言，真挚的感情，女性独有的那份善解人意和体贴入微，令我们钦佩不已。还有，村姑特有的那种既渴望班长入党、提干，又担心班长入党、提干细腻复杂的心理，使我们重睹了“不送恐君寒，送又君忘返；送与不送间，妾身千万难”的千年缩影，也使我们既感甜蜜又感酸楚。班值日一声班长归来的暗号，我们会迅速地将来信原样放回。以致班长根本不晓得本该属他独享的情书，其实成了大家共同的财富。每读一次就是全班的一次精神聚餐，那份欢快和热烈使我永远难忘。

终于有一天，班长发开了雷霆之威——源自他未婚妻的有一封来信，不知被谁泄露了出去，以至迄今我还挺记恨这位肇事者，他断了我们那个年月最真实、也最生动丰富的精神食粮：北方农村姑娘，文化不算高，尽管信写得情真意切，但断不了有许多错字、别字。有的字错就错了，无碍大雅；有的字却错不得，一错就可能错成一道风景。比如，她信中的“爱”字少些两划，成了“受”字，结果，“你爱我我爱你一直爱到底”这样一句特受用的句子，成了“你受我我受你一直受到底”传遍了全连、全营。班长岂能不火冒三丈——“你们给我记着”——班长把我们从被子里早早地提溜出来，站在冬天早晨最冷的风口里训话——“军人的包，姑娘的腰，不准动，也动不得！”

我们自散漫的老百姓走向确立军人的道德和纪律，就是从这个早晨正式开始的。

摘自《往事并不如烟》，《解放军文艺》1997年第九期

1月26日上午，以排为单位会操，检验此前的训练成果。

会操完毕，全连集合：发领章帽徽！

这是入伍后天天都在盼望的时刻。

指导员将领章帽徽庄严地送到我的手上时，我的心一下子提到了喉咙上，像是要蹦出来。多年的夙愿，今天，此刻，实现了！

望着这两面鲜艳的红旗和一颗闪闪发光的红星，我眼前仿佛飘过遵义城头的红旗、井冈山的火炬、长征路上的篝火、抗日的烽烟、百万雄师过大江的浪涛……红旗，你为什么这么红？因为你是用烈士的鲜血染成；为什么这么鲜？因为是由烈士的生命凝成。

接过领章帽徽，也是接过使命和责任。虎狼在前，重任在肩，握紧钢枪，奋勇当先，用鲜血和生命把她染得更红，永远放射出夺目的光彩！1月18日奔赴前线的八十名老兵，你们现在在哪儿？我要告诉你们：今天，新兵加入了战斗序列！

营房里到处充满着新春的喜气。我们新兵连的每个班都在准备春节联欢的节目。笛声阵阵，歌声阵阵，竹板和着锣鼓，面盆当乐器，打碗做伴奏，使初飞雏窠的南燕，一点也没了想家的感觉。

班长要我也准备个节目，联欢时表演。

我很认真。很想“露一手”。起初，我准备来一个高元钧的山东快书《赔茶壶》：“说小吴，唱小吴，说一段小吴赔茶壶，为啥小吴赔茶壶？等俺说完就清楚。说解放军野营到山村，张大娘家里住了个战士叫小吴……”弄了一阵子，词记不全，罢了。最后决定朗诵胡乔木的《赠边防战士》：“……墙头大字写琳琅。报爹娘，放心肠，多少英姿少年事，戎忙……”

十八年后的回忆——

在短暂而漫长的期待中，军旅里第一个春节姗姗莅临了。有一天，我们新兵连集合站到操场上，敲响从老连队借来的锣鼓。锣鼓声中，推着白菜的通信营，搬着大米面粉的高炮营，赶着一头肥猪的防化连，围着一群鸡鸭的侦察连……依次从我们面前走过，走成了热情的仪仗，走成了友谊的方阵。真的，此时，有泪从我眼中滑落。整个春节里，品味着“众家菜”，似乎就是咀嚼了半个多世纪的军史。

前排右起：薛晓吾 李国民 华道来

后排右起：杨伟建、蔡桂林、毛卫民 / 1979 年 2 月

年初一，我们被邀到工兵营与老战士一起联欢。拔河、击鼓传花、篮球赛之后，是新颖的套圈。全部奖品都出自老战士之手，并都签有制作人的姓名，谁套上之后，“一帮一”的对子就算结成了。我五只圈子撒出去之后，套住的是一只两片硬纸片夹住用空炮弹皮制成簧片的“口琴”。我将它靠向嘴边，立时有“戴上了红帽徽穿上了绿军装”的旋律淌出，淌成我与制作人从那往后一直不断的友情。

摘自《往事并不如烟》，《解放军文艺》1997 年第九期

2 月 10 日，新兵训练圆满结束，分配下连队。

全体新兵肩背背包，手提自己的全部家当，列队站在饭堂门前。师司令部直属队所属各连队派一名副连长，按编制序列一字站开，手拿新兵《花名册》的军务科参谋站在队伍的正中央，点一名新兵，新兵答“到”，宣布所去的连队后新兵答“是”，接着出列，跑步站到这个连队的副连长身后。

二连七班蔡桂林！

到！

防化连！

是！

分兵在即，心里预判过，我最有可能去的应该是把我带到部队的张兴国连长所在的高炮营。没有理由，只是逻辑推理，把我带来，了解我，应该会把我带到他所在的连队去。我很渴望：没有他在定兵会上的一锤定音，我一定不可能穿上这身军装，那样，我现在应该还在舍田、在直溪，在苦苦挣扎，真不知道我的人生将会是什么样子。然而，就像表过的决心那样：让革命工作挑选自己，而不是自己去挑选革命工作。去哪里，听从召唤，坚决服从。

出乎预判，我被“点”到了防化连。

防化连？防化连是干啥的？此前没听说过。就像我不知道公社谁推荐我参加县里的教师选拔考试一样，我也不知道是谁推荐我去了防化连。

我答“是”的一瞬间，看了张连长一眼，他明显一愣，脸上的表情告诉我：咋回事？

我被防化连副连长带到了师部大院最西角一个青砖青瓦、类似于北京四合院的院子里。

这就是防化连驻地。

所有被副连长领回来的新兵在院子中央站定，像刚才分兵一样，手拿《花名册》的副连长站在队列中央点名。

蔡桂林！

到！

防化连二排四班！

是！

我被二排四班长带进了四合院西侧第二间大屋，成了一名化学洗消战士。

南疆，每天都有那里的情况传来，形势日益严峻，战争的脚步在走近。所有部队都进入了临战训练。下连当日，我们放下背包行囊，立即开始熟悉战斗装备和性能，次日，走向了临战训练场。

2 月 12 日，中央军委下达《自卫还击作战命令》，决定于 2 月 17 日拂晓发起自卫还击作战。

防化连的训练以实战为背景，从难从严，枕戈待旦。

1979 年 1 月 1 日，中美建交，邓小平随后立即访美，被问及对外政策时，邓胸有成竹地回答：“小朋友不听话，该打打屁股了！”

2 月 17 日晨，南疆边境大炮怒吼，坦克轰鸣，战机盘旋，步兵冲锋，我军在绵延一千三百公里的边境线上展开反击自卫作战。

我们防化连，在战争的召唤下全日制强化训练，准备着，时刻准备着！

2 月 21 日，下到防化连十一天，我到连部担任了没有级别的文书。

文书，相当于现在有些规模的公司里的文秘。

在连队，文书是班长级别。刚到连队的新兵，当然得从战士干起，不可能下连就当班长。对我担任文书，连长张相池在每周五晚全连点名后这样解释：连部文书 1 月份退伍后位置一直空缺。从今天起，蔡桂林担任防化连文书。没级别，就是文书。蔡桂林同志高中毕业后担任大队的业余通讯员，写过不少稿子，参加过县级写作培训，上过大学写作函授，是公社新闻报道先进个人；入伍前是小学老师；他在新兵训练期间表现突出，新兵营首长给予了很高评价。因此，咱连没有比蔡桂林同志更合适干文书的人选，就他干了。干得好，够班长水平，那时再任命。

直到点名结束，我才敢抬起头看了张连长一眼：军装一丝不苟，魁梧，眉眼张扬，从鼻翼下面分出两道浅沟，一直下滑到嘴角，个性呈现在脸上，那就是一种坚强与矜持共存的质地，一连之长的威严魄力俱在。

2 月 24 日。

按习惯，早晨起床后整理内务卫生。全连战士刚整理好，连长下达命令：立刻按实战要求投入实车试装！——这是根据军部、师部命令演示的。——随时做好机动准备。

我打好背包，把 1979 年上级下发的所有文件装入公文包，将纸、笔以及重要的物件装入另一个战备包内，听候命令，准备出发。

一阵紧张的忙乎之后，连队恢复到了平常的气氛。我和往日一样处理该文书处理的日常事务。

晚上，全连集合，到师部直属队靶场看电影。《羊城暗哨》。情节还算惊险，但人物形象不够丰满。

电影散场归来，提笔给哮水同学回信。10 点之后，熄灯就寝，进入了梦乡。

2 月 25 日凌晨 1 点 20 分，我被一阵“砰砰啷啷”的敲窗声惊醒。

“谁？”第一次遇到这种情况，睁开蒙眬的眼睛惊问。

“快起床！”窗外传来连指导员周浩的命令。

我用在新兵连练就的紧急集合的“特技”穿上衣服，迅捷奔到门后，拉开门上的插销。站在面前的周指导员严峻神色告诉我：情况紧急！

周指导员：“1 点 15 分接到师部转来的军部命令，抽调防化连喷火排赴边境参战！二十四小时内出发！你的任务是，制作出喷火排花名册，整理好他们的档案。”

我：“是！”

周指导员从我这里离开后，去了炊事班：“立即起床！包水饺！”

2 月 25 日天刚亮，连长、指导员一起去了师司令部接受命令。

一刻钟后，我接到了连长张相池从机关打来的电话，他只说了两个字：加急！

我：是！

按照“加急”的含义，我把连队干部配备、平时由我保管的手枪及配属的一个基数的子弹分发给了干部本人。

连长、指导员从师机关回到了连队。

炊事班的水饺煮好了。集合进饭堂前，连长在全连队伍前讲话，简洁地说了两个字：快吃！

8 点，师首长、直政科、宣传科、军务科、防化科等在家的大部分首长陆续到达防化连。

8 点 30 分，加急的命令再次传来。我把师司令部值班室打来的电话记录递给连长——

命令：

防化连建制喷火排六小时内出发；同时配备一名司务长；下午七点前抵达军部待命。

2 月 25 日 8 时 30 分

防化连沸腾了！

就像是在本来就燃着的干柴上浇上了汽油，烧得更红、更旺了。“誓死打击侵略者！”“誓死保卫祖国！”“誓死保卫人民！”的口号响彻整个防化连驻地上空；接着，全连战士齐声高唱“毛主席的战士最听党的话，哪里需要哪里去哪里艰苦哪安家……”声震八方，响彻云霄！

带我入伍、也是新兵连二连司务长朱士宏同志，加入了出征的队伍，与喷火排一起奔赴前线。

和我一个火车皮拉来的同一公社的战友，有五位在喷火排，他们到防化连半个月，加新兵连的一个半月，入伍两个月，同时奔赴前线，他们是李国民、华道来、王金芳、谭明辉、丁罗照。我多想是我自己啊，自己上前线去！

由于命令加急，需要在十一点半开出午饭，炊事班的战士们全力以赴，各班派出战士帮厨，一起挥刀舞铲、添柴旺火。一个半小时内做出了八道花样翻新的菜肴、四种主食，为战友壮行。

连部院内一角架起一口大铁锅，两个人向锅底添柴，三个战士一起挥动大铲，和着复杂的泪水，翻动大锅里去年秋天连队收获的花生，送战友远行。

……

时间用它敏捷的脚步走到了下午 1 点 30 分，师直运输连派出的解放运兵车抵达防化连。

在师首长的示意下，喷火排长周国平快步跑到院子中间，高声发布命令：全排集合！

沙、沙、沙，脚步声急速、有序，全排战士肩背挎包、水壶，腰扎武装带，背着背包，手提战备包，迅速列队完毕。

周国平发出一连串标准、清晰的整队口令：立正、向右看齐、向前看、报数！

阳光下，喷火排战士精神抖擞，一双双英气逼人的眸子中闪烁着出征的刚毅和豪情，浑身凝聚着军人的铁血壮美、一往无前的豪迈。

周国平以标准的军姿转身、并腿、提双拳于腰间，跑步向站在左侧的副师长敬礼：报告副师长，七十八师防化连喷火排集合完毕，请首长指示！

副师长：登车出发！

周国平：是！

周国平转身面对全排，高声命令：登车！

握手、拥抱，再握手、再拥抱……全副武装、胸戴红花的二十五位战友，在排长周国平的率领下，在全连战士、在师部各级首长的目送中，依次登上运兵车。

运兵车徐徐开动了，胶轮在昨雨未干的砂石路面上轧出两道深深的辙印。

辙印在伸长、伸长，战友在向远方、远方……

2月27日，传来军区命令：陆军第七十八师司令部直属防化连喷火排赴前线后，防化连于三日内组建新喷火排，并立即投入训练，准备再调（赴前线）。

我这个没有级别的小文书再次忙乎起来。先是制作出原来在喷火排干过、后来调到了其他排的战士花名册；依据军队作战甲级编制，拟制出缺额人员花名册；根据这两个花名册，起草向师司令部请调兵员的报告，经连首长审批后送达师司令部。

从接到命令到组建完成，三十六小时，新的喷火排诞生了！

喷火排使用的喷火器，全称火焰喷射器，又称喷火枪，德国工程师理查德菲德尔发明。它由一名士兵背负，由一个压缩空气瓶作为喷火动力源，在空气压力下喷射稠化汽油，喷出燃烧油料形成火焰射流，四处飞溅，火柱能顺着堑壕、坑道、洞穴拐弯，能给隐蔽的敌人以巨大杀伤，即使火烧不到身，也会把藏身空间内的氧气燃尽，窒息死亡。

人对火的恐惧与生俱来。在战场上，没有哪个士兵想被烧死。在任何时候任何地点使用火焰喷射器，都能给敌人在精神上、心理上带来强烈震撼。

新组建的喷火排代理排长朱伯文用他浓重的山东口音，向出席组建大会的首长和同志们表决心：新喷火排决心向出征的二十五名勇士学习，刻苦训练，迅速掌握军事技术，努力把喷火排建设成为思想红、作风硬、技术精的坚强排，努力建设成为敢打敢拼、能打能拼的无敌排，只要上级一声令下，我们勇往直前，立即奔赴杀敌的战场，用手中的喷火枪，葬送一切胆敢捣乱的侵略者！

3月4日，周浩指导员调离连队，去师司令部军务科工作，祁由侠同志接任。

晚上，周指导员请连里的主要干部吃饭，感谢他们对自己在连队工作的支持帮助。吃完饭，他找我谈心，临别赠言。

从周指导员的目光里，我感受到的是温暖，还有对我的希望。“小蔡，当文书，一定要把字写端正，写好。把字写得准确、工整、清晰、优美，可以悦人心眼。”——我惊讶连队指导员这么有文化。

周指导员接着说：“字是一个人的外貌仪表。古人就十分重视字的造型美，讲究‘每为一字，各象其形’。‘一点失所，若美人之病一目；画失节，如壮士之折一肱。意思是，一个字没写好，像美女失去一只眼睛，像壮士折掉一只胳膊’。”

说着，周指导员从口袋里掏出几张纸，“你看，这是侦察连文书写的连队报告。”我靠拢过去，看见稿纸上的钢笔字清秀工整，让我赞叹不已。

“你不能写成标准的仿宋体，至少不能潦草。写给上级的文书，抄完了一定要复查几遍，一点都不能马虎。另外，还不能骄傲自满。连里一些首长要你誊写的东西，即使有些地方不通顺或不合语法，或者有错别字，指出时你要注意方式方法，使得两全其美。老文书在这方面注意得不够。记住，要是能做到让别人身上的缺点化成自己身上的优点，那这个人就会少走很多弯路，他的成长就不可限量。还有，要和连里的干部战士搞好关系……”

一字一句，循循善诱，春风化雨。

周指导员一再叮嘱：“要注意礼节礼貌。到机关科里去办事，要喊报告，要打敬礼，退出时，也是这样。这可不是小事，反映的是一个军人的素养……”

看得出，还有很多话在周指导员的舌尖上，但此时有人来喊我有事，只能结束了他对我的谈话，不，是教导。

经过一个星期的临战训练，3月9日，新组建的喷火排组织实施第一次检阅性打靶。师部首长、防化科首长等亲临靶场，观摩指导。

要文书随时记录首长的讲话、指示，我跟随。

虽说是阳春三月，但北方的三月仍然寒气袭人。寒风中，亲临现场的首长们兴致勃勃。

此时我军装备的火焰喷射器装填后全重二十多公斤，有效射程四十五米左右，喷火兵要抵近接敌，交战距离近，喷火危险性大。由于火焰喷射器威力大、杀伤力强，也因此，喷火兵始终是敌军优先射杀的目标。战时，喷火兵出击必须首发命中，一招制敌，否则近距离内的敌人会全力扑杀，很难有机会再喷出第二枪。

要做到精准射击，绝非易事。火柱喷出枪口受风向风速的影响很大，必须根据风来确定提前修正量，火柱喷出也有弧线，距离不同，火柱落点不同。因此，喷火手喷火前既要目测风向风速，也要判定距离远近，两者结合算出瞄准点，而所有这些，只能是一瞬间必须完成的事，没有扎实的基本功根本做不到。

喷火时喷火枪的后坐力有六十多公斤，且要持续三至七秒。不仅有后坐力，枪身还会上下左右晃动,射手必须屏息静气,全身用力,把持住枪,让其纹丝不动、“人枪一体”才行。

这次打靶，分卧姿、跪姿和立姿三种姿势实施，每种姿势喷一枪，命中一枪者，合格；命中两枪者，良好；命中三枪者，优秀。

在代理排长朱伯文的精心组织下，全排战士逐一上阵，屏住呼吸，瞄准着假设的暗堡，喷过去愤怒的火焰，在高达千度的燃烧中，暗堡顷刻化为灰烬。

试射结果，肖利好同志、丁希红同志、张清明同志，三发三中，在热烈的掌声中，师直属队党委书记、师司令部参谋长高魁斌亲自为他们戴上了大红花。

“蔡桂林，试一枪！”

防化科参谋胡俊德叫我上场。

防化科长、连干部也一齐鼓励，原本就跃跃欲试，闻得召唤，喜不自禁，我大喊一声：“是！”出于好奇心，平时，我随新组建的喷火排到训练场训练过。此时，我跑上前去，背起火焰喷射器，快速出枪、稳固持枪、判断瞄准点，卧姿喷射。

一条火龙呼啸而去，“腾”向目标……命中！

为庆祝喷火排试射成功，师部专门为防化连放了一场电影：《走在战争前面》。

十八年后的回忆——

那时的日子，我最喜欢去营房后面的一片白杨树林。

白杨下有一道土坝，是细沙和山风制造的作品。它在静静的树林里显示土地的起伏变化和坦露的层次，显示某一个季节对另一个季节的回忆。

从这里放眼眺去，广袤无垠洒满母乳一般阳光的北方平原尽呈眼底。远处，身披羊袄的白须老汉，头裹白巾，羊鞭抱在胸怀，烟杆和烟荷包系在一起挂在脖子上，嘴和胡子同样坚毅地沉默着。他老而慈祥、深而古典的眼睛望着近处的羊群和远处的庄稼，站成淳朴和敦厚。羊群围着他边啃草边推动着他的大平原缓缓流动，洁白的羊毛折射着太阳的斑斑光点晃动着我的双眼。于是，大平原也缓缓地旋转起来，最终使人感到眼前的这片世界是如此的和谐美丽、如此的宁谧幽远，又是那么的温柔顺从、忠厚耐劳。

就这样，大平原一点一滴地渗进了我的生命，我的生命一点一滴地渗进了大平原。

摘自《往事并不如烟》，《解放军文艺》1997 年第九期

1978 年 3 月全国科学大会的召开，我写下过《百灵鸟的歌》为之欢呼：

多么令人神往的科学春天呀，

我们继往开来，同舟击浪，水涨船高；

我们吹响号角，踏遍青山，鼓荡春潮！

自全国科学大会之后，向科学文化进军成为国家意志，振奋人心。这股东风迅速吹进了军营，军委做出决定：自 1979 年 3 月 1 日起，不再从战士中直接提干，所有战士必须经军队院校或训练大队培养才能提干。这一重大战略决策，彻底改变了军队干部的生成，直接推动了部队科学文化学习热潮。3 月 11 日，师政治部下发了 5 月份全师组织数学竞赛的通知。全师约有一百二十人参加，

优胜者前二十名全师通报奖励。

为了迎接全师的数学竞赛，师司令部直属队于 4 月 18 日进行预赛。

这是一次机遇，当然，更是一次挑战，挑战我的能力。预赛成绩的好坏，一定会对我在部队的成长产生重大影响。努力！

我一边扎扎实实地工作，一方面用最大的精力开始了迎战前的最紧张迫促的准备：九本数学自学丛书被我翻破了，上千道习题被我一遍一遍啃过……

我的数学基础是不扎实的。如果扎实，就不会有两次高考落榜的耻辱。一雪前耻的机会来了，抓住它！

师司令部直属队数学预赛如期举行。

预赛试题中有一道 $a^2+b^2=c^2$ 的几何证明。我选用了以直角三角形的三条边长向外作正方形，以射影定理证得两直角边为边长所作正方形的面积之和等于以斜边为边长所作正方形的面积。

负责判卷的师司令部直政科副科长周湘拿不准我的这道答题答得是否正确，电话打给了我的指导员。指导员捂着话筒问我：小蔡，有把握吗?

十二分的题啊，它直接关系到我这次预赛的成败。我告诉指导员：有把握，它正确。

指导员：小蔡认为这道题这样答应该是正确的，劳驾科长再分析分析。

放下电话，指导员对我说：走，我给你找个专家鉴定鉴定。

指导员熟悉部队驻地留村公社中学教数学的教导主任。我们一起驱车到了中学。

说明来意，教导主任把一张备课纸放到我面前，让我演算给他看。演算完，教导主任指指放到了我们面前的茶：放心喝茶，你的演算正确。数学的好处是只要正确，到哪儿都正确。

4 月 21 日，直政科通报了这次数学预赛情况，其中七十分以上者十二人获得通报表扬，我获八十二分，列入通报榜单，同时，被确定为直属队参加师 5 月举行的数学竞赛十名代表之一。

直属队把预赛胜出的十名同志编成一个班，集中到师温泉教导队备战。可能是因为与周副科长有电话交流的缘故，我被指定为这个班的数学“小教员”。

参军后的第一个五四青年节到了，直政科通报表彰司令部直属队三十八名优秀团员，我名列其中。同时，被直政科选拔出来，作为师司令部直属队唯一的一名优秀团员，推荐给了师政治部。

在陆军第七十八师共青团工作会议上，我被批准为优秀团员，受到了通报嘉奖。

中午，防化科参谋胡俊德把奖品——小巧、玲珑、精致的泡沫文具盒——送到了我的手上。我激动得很。

这一天，我向连队党支部庄重地递交了“入党申请书”。

5月，作为师司令部直属队十名代表之一，参加师举行的数学竞赛，斩获名次。

成功的鲜花，要靠九十九分汗水的浇灌和一分灵感的光合。一分灵感我不具备，但，我愿用百分之百的心血浇灌。

直属连队，与师机关一个大院子，各级首长来连队检查指导工作方便，因方便而经常，到了用餐时间偶尔也会留下。这时，我这个文书需要飞快地将连部的办公桌拼接到一起，准备好碗筷；如果喝点酒，那就迅速准备好酒杯。

我喜欢来连队检查工作的首长留下来用餐。

只要留下来用餐，炊事班必定要为首长加几道菜，首长必定吃不完有所剩。

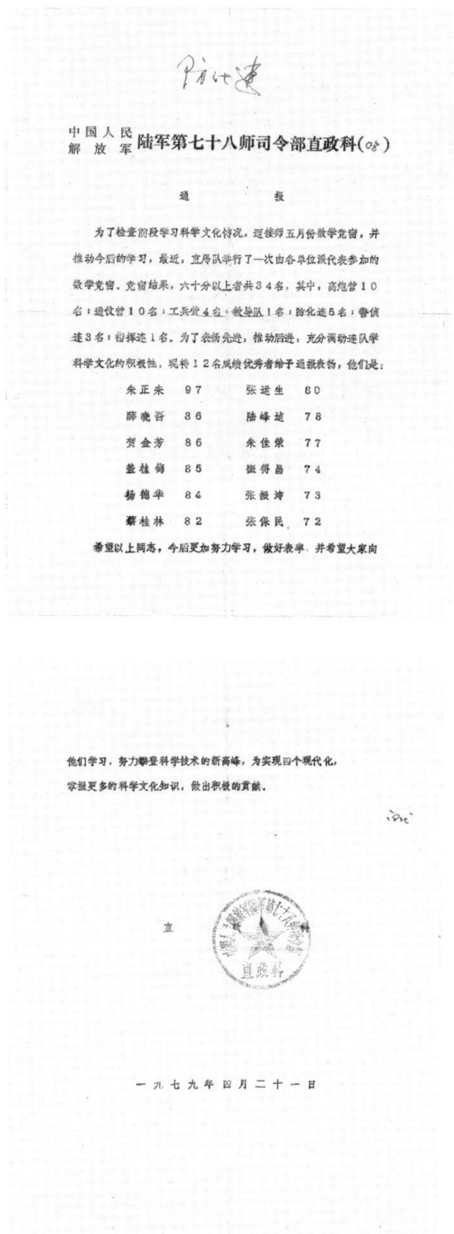

中国人民解放军 陆军第七十八师司令部直政科（08）

通　报

为了检查前段学习科学文化情况，迎接师五月份数学竞赛，并推动今后的学习，最近，直属队举行了一次由各单位派代表参加的数学竞赛。竞赛结果，六十分以上者共34名，其中，高炮营10名；通信营10名；工兵营4名；教导队1名；防化连5名；警侦连3名；指挥连1名。为了表扬先进，推动后进，充分调动连队学科学文化的积极性，现将12名成绩优秀者给予通报表扬，他们是：

朱正来	97	张运生	80
薛晓晋	86	陆峰达	78
贺金芳	86	朱佳荣	77
盖桂翰	85	崔得昌	74
杨德华	84	张振涛	73
蔡桂林	82	张保民	72

希望以上同志，今后更加努力学习，做好表率，并希望大家向他们学习，努力攀登科学技术的新高峰，为实现四个现代化，掌握更多的科学文化知识，做出积极的贡献。

直政科

一九七九年四月二十一日

陆军第78师司令部直政科关于数学预赛成绩的通报／1979年4月21日

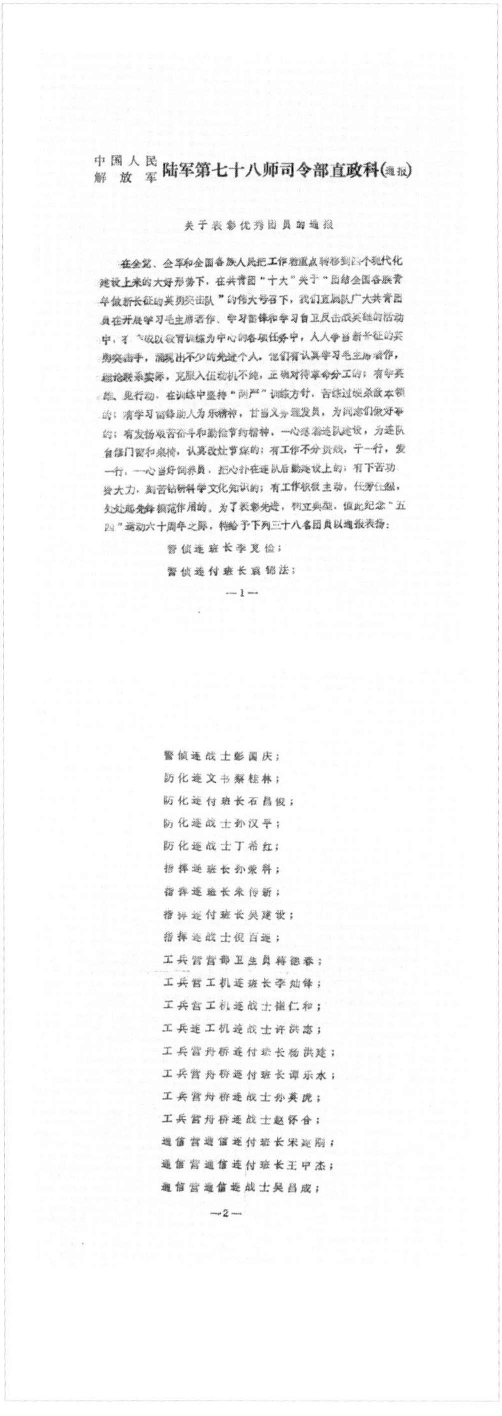

中国人民解放军 陆军第七十八师司令部直政科（通报）

关于表彰优秀团员的通报

在全党、全军和全国各族人民把工作着重点转移到四个现代化建设上来的大好形势下，在共青团“十大”关于“团结全国各族青年做新长征的英勇突击队”的伟大号召下，我们直属队广大共青团员在开展学习毛主席著作、学习雷锋和学习自卫反击战英雄的活动中，在□□□以教育训练为中心的各项任务中，人人争当新长征的英勇突击手，涌现出不少的先进个人。他们有认真学习毛主席著作，理论联系实际，克服入伍动机不纯，正确对待革命分工的；有争英雄、见行动，在训练中坚持“两严”训练方针，苦练过硬杀敌本领的；有学习雷锋助人为乐精神，甘当义务理发员，为同志们做好事的；有发扬艰苦奋斗和勤俭节约精神，一心扑在连队建设，为连队自修门窗和桌椅，认真改灶节煤的；有工作不分贵贱，干一行，爱一行，一心当好饲养员，把心扑在连队后勤建设上的；有下苦功发大力，刻苦钻研科学文化知识的；有工作积极主动，任劳任怨，处处起先锋模范作用的。为了表彰先进，树立典型，值此纪念“五四”运动六十周年之际，特给予下列三十八名团员以通报表扬：

警侦连班长李克俭；

警侦连付班长袁锦法；

—1—

警侦连战士彭国庆；

防化连文书蔡桂林；

防化连付班长石昌俊；

防化连战士孙汉平；

防化连战士丁希红；

指挥连班长孙荣科；

指挥连班长朱传新；

指挥连付班长吴建设；

指挥连战士倪百逵；

工兵营营部卫生员蒋德春；

工兵营工机连班长李灿锋；

工兵营工机连战士崔仁和；

工兵连工机连战士许洪志；

工兵营舟桥连付班长杨洪建；

工兵营舟桥连付班长谭乐水；

工兵营舟桥连战士孙英虎；

工兵营舟桥连战士赵怀合；

通信营通信连付班长宋庭刚；

通信营通信连付班长王中杰；

通信营通信连战士吴昌成；

—2—

这就太好了。收拾“残局”是文书的事，我会把所剩的全部菜肴倒进碗、盒、盆里，收好，等待天黑。

连队主食基本是百分之七十的粗粮（小米、棒子面之类）加百分之三十的细粮（面、大米之类），一个星期只有少数几顿吃得上细粮，偶尔吃上一顿加点肉末的大包子，就着大蒜，咬开，再淋点醋到包子内部，起码六七个，撑得直打嗝。为了节省粮食，不训练上课的节假休息日就开两顿饭，上午 8 点一顿，下午 4 点再一顿，更是不习惯，像是一天都没吃东西，早晨饿，中午饿，晚上还是饿。年轻，哪里受得了。苏南人吃不惯小米、窝窝头、棒子面之类粗粮，每顿难得吃饱，饿得头昏眼花，只好拿着津贴偷偷地到军人服务社买饼干充饥。必须“偷偷地”，一旦被发现，会遭到“追求生活享受，不能艰苦朴素”甚至更严重的指责。遇上招待有剩，实在是件很美妙的事。

等到天一黑，我悄悄地招呼薛晓吾、朱秋华等同乡战友——无需多言，一个眼神，心领神会，——老地方。

院外的青纱帐里，我们大快朵颐。一个个吃得虎虎狼狼，直把碗盆吃得水洗般干净。

吃完，抹一把嘴，躺在玉米地里，四仰八叉，这才顾得上议论议论。

薛：连里就用这招待上级首长？连长也太抠门了吧！

朱：不错啦，防化连算是富的，连长会过日子，通信营无线连炒菜都不放油，两个星期没见肉末了。

薛：今天周四，明天改善伙食，是包子还是米饭？再不改善枪都扛不动了……

朱：扛不动枪啦？明天不要你扛枪，连长说了，明天你们排负责给连队的菜地施肥。

薛从地上一跃而起，刚吃饱，有劲，动作明显敏捷：是吗？我从老家跑这么远来种地？施肥？

朱：是。连长还说，有人对连队搞农副业生产，种地种菜，养猪养羊，认识不足，说的就是你吧？这可是我军的优良传统，从延安，从南泥湾那里传下来的。明天上午组织你学习《毛选》(《毛泽东选集》之简称)，文章都给你选好了，是《论军队生产自给，兼论整风和生产两大运动的重要性》。

……

9 月，防化连接受了为修筑师部营区内柏油路粉碎石子的任务。

通宵换班，歇人不歇粉碎机。

这天，我上上半夜班。凌晨两点，我被祁由侠指导员带去的又一批战士换

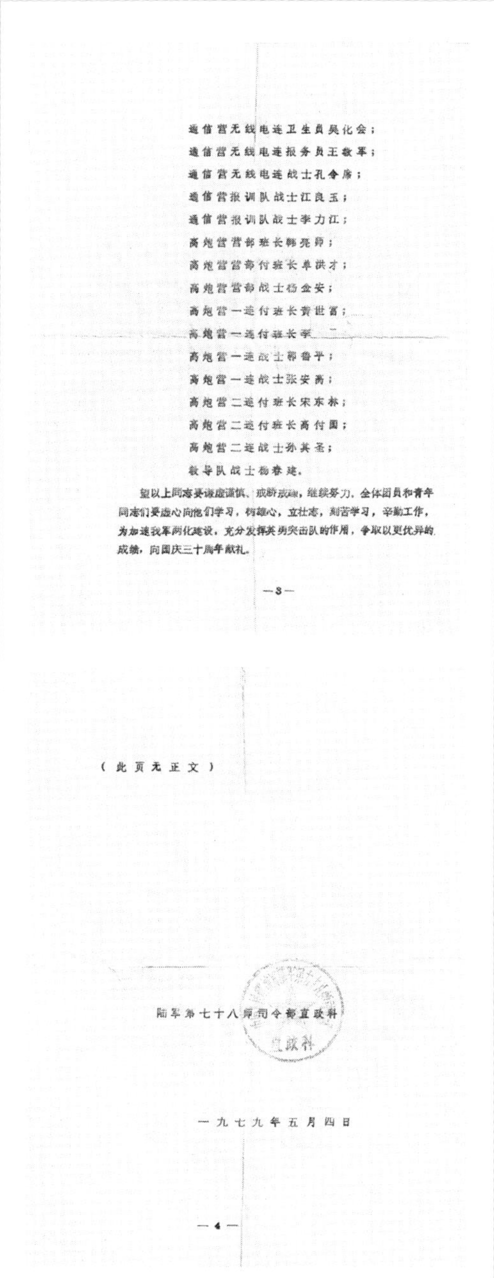
通信营无线电连卫生员吴化会；
通信营无线电连报务员王教军；
通信营无线电连战士孔令廉；
通信营报训队战士江良玉；
通信营报训队战士李力江；
高炮营营部班长韩亮师；
高炮营营部付班长单洪才；
高炮营营部战士杨金安；
高炮营一连付班长黄世富；
高炮营一连付班长李
高炮营一连战士郭鲁平；
高炮营一连战士张安禹；
高炮营二连付班长宋东林；
高炮营二连付班长高付国；
高炮营二连战士孙其圣；
教导队战士杨春建。

望以上同志要谦虚谨慎、戒骄戒躁，继续努力。全体团员和青年同志们要虚心向他们学习，树雄心，立壮志，刻苦学习，辛勤工作，为加速我军两化建设，充分发挥英勇突击队的作用，争取以更优异的成绩，向国庆三十周年献礼。

—3—

（此页无正文）

陆军第七十八师司令部直政科

一九七九年五月四日

—4—

陆军第 78 师司令部直政科关于表彰优秀团员的通报 / 1979 年 5 月 4 日

下。当我拖着疲惫的身子回到宿舍时，看到了床边放着一个煮熟了的鸡蛋，蛋壳上写着：“小蔡，这是你的，吃了睡。”

我把熟鸡蛋攥在手里，望着空了的指导员的床，身上热流滚滚。

12 月，祁指导员调往司令部直政科工作。

临别，该送点什么礼物才能表达心境心情呢？左思右想，最后祁指导员拍板定案：互换入伍后各自用的瓷缸。

好啊，天天相伴，睹物思人，情深意长。

1979 年 2 月率领喷火排奔赴前线作战的排长周国平，历经八个月战火的生死考验，1979 年 10 月载誉归来。12 月，师党委研究决定，越过副连职，破格提拔，从祁由侠手中接过了防化连指导员一职。

从军二年

连长张相池：蔡桂林，你文书当得不错。不过，不能老当文书，那样不利于成长进步。下战斗班吧，去好好锻炼锻炼。

指导员周国平：这是连长的意见，也是我的意见，也是连党支部的决定。没有在战斗班待过，不算真正的军人，白当一回兵。去吧，好好努力。

我：是！

1980 年 1 月，结束了连部十一个月的文书生涯，我将“文书”一职移交给从前线作战归来的李国民，下到了防化侦察一排，担任三班班长。由此，我开始了战斗班的生活，成了名副其实的“班级干部”。

一排三班，老家开河工地上我的编制序列。简直头顶三尺有神明啊。

作为战斗班班长，必须过的第一关是体能。没有强健的体魄、强劲的力量、敏捷的身手，当什么战斗班长？！

疾风暴雨式的体能训练开始了：早晨出操五公里越野，然后每天完成一百个俯卧撑、一百个仰卧起坐、一百个单杠引体向上、一百个双杠屈臂支撑、一百个下蹲起立、一百个单杠悬垂收腹——这些是需要在课余时间完成的，正课时间就是对所学课目每个动作的细致讲解和分部练习。

一天练到晚，精疲力尽，浑身酸痛，累趴在地动弹不得。

好不容易挨到晚熄灯，艰难地爬上床，即刻进入梦乡。

然而，一阵急促的紧急集合号骤响，把我们从梦中惊醒。赶快穿衣起床，打背包集合，奔向茫茫黑夜，在昏昏沉沉中跑出好几公里……

如此紧张而高强度的训练，几天下来，手臂酸痛拿不稳筷子，腹肌酸胀弯不下腰，两腿肿粗迈不开步，手掌起泡血淋淋，全身关节像散了架，提起令美国大兵心惊肉跳、在全世界饱受争议和仰慕的著名“兽营”西点军校的严苛，也不过如此吧？！挖暗沟苦，罱河泥苦，开河苦……这些苦与眼前高强度训练比起来，那时的苦不过是“少年不识愁滋味，为赋新词强说愁”而已，简直不值一提。

有战友真的受不了了，打起了退堂鼓；有的请假说病了；有的干脆让家里发来电报，说父亲病危，要求离队探家……

野战部队战斗班拒绝矫情，也不同情弱者，只培养硬邦邦的铮铮铁汉，只尊崇血性与刚烈！

忍受！

挺住！

坚持！

不向谁诉说！向谁也不诉说！

要诉说就诉说军营是男人的世界，钢铁的骨骼，烈焰的血脉，震大地撼山岳的气概和所向披靡的豪情，还有无穷无尽的神秘和方块加直线的威严……

忍受！挺住！坚持！终于经受住了大熔炉的冶炼锻造，所学课目全部达标。双臂、双腿肌肉紧绷，坚硬有力；胸肌坚挺，腹肌八块，清晰凸现，整个人轻盈敏捷，精力充沛，浑身散发着蓬勃朝气，在单杠、双杠、木马、吊环等器械上自如地腾跃翻飞……原来，自己还可以如此坚强！

在我下到战斗班满负荷训练差点儿被淘汰的日子里，1 月 11 日至 2 月 2 日，国家农业委员会在北京召开全国农村人民公社经营管理会议。出席会议的安徽省代表以《联系产量责任制的强大生命力》为题，介绍安徽农村实行包产到户的情况和好处。安徽省代表的发言引爆了会议！会议代表惶惶恐恐，在讨论中不知道是该反对还是支持安徽代表的发言。最后，会议结束时做出按照现行的中央文件规定办，即“不许分田单干”，“也不要包产到户”的结论。

任何一种政策都代表着一定的社会力量及其利益。这样的政策代表的是哪种社会力量的利益呢?

抱着这条条那框框，坚持着这不能动那不能变这必须遵照执行那必须坚决照办，那么，农村，一条死路；农民，死路一条。

我的父老乡亲啊，牵挂你们!

拉得出，走得动，跟得上，打得响，这是野战部队的必备能力和素养。冬天里，防化连全体战士背着背包和武器，喊着“苦练铁脚板，消灭帝修反”的口号，在胶东半岛上徒步穿行。

每天一般走六十至八十里左右，最少走五十里路，最多一天一夜走了一百二十里。滴水成冰、冰冻三尺的季节，我们走得汗流浃背，棉衣湿得几乎挤得出水来。中途休息时，湿透的衣服紧贴身体，寒冷彻骨。脚上磨出水泡，钻心的疼痛，晚上住老百姓家，房东给我们烧壶热水烫烫脚，把水泡挑破，第二天在袜底擦些肥皂，让脚底感觉顺滑平展些，继续行军。

行军中需要不断处置各种军事情况，如前后传递口令、防空袭演练等。“空袭”警报一响，队伍立即散开，拼命往山上树林里钻，躲藏隐蔽。

“空袭”警报刚刚过去，又接到二十里外的B火车站遭“敌”袭扰立即前往围歼的命令，从躲避空袭的树林中钻出来，精疲力尽中开始长途奔袭。跑呀跑，体能极度透支，到目的地时，一个个瘫倒在地，连动弹一下的力气都没有了。

近战、夜战是我军的光荣传统，夜行军就必不可少了。漆黑的寒夜，极度疲劳，走着走着就睡着了，半梦半醒中前面只要有人停下，后面跟着的会一个一个地撞到前面人的背包上。夜里小便一定得边走边解决，不能停留，稍一停留，行进着的队伍会被黑暗吞没，那你就很麻烦了……

栉风沐雨，踏冰卧雪，披荆斩棘，跋山涉水，锻炼着韧性，增强着毅力，锤炼着意志，培养着坚强。

我体会到了连长指导员让我下战斗班“锻炼锻炼”的含意。

2月，师政治部宣传科把我抽到战士报道组，跟在新闻干事于仁和、李立同后面学习新闻写作，他俩分别带着走遍了师所辖的三个团，采访，写作，修改，再修改。

一间屋子，四名战士报道员，各自看各自的书，各自写各自的稿，各自编织各自的梦想。在静静的时刻，我的耳畔会响起“金坛县人民广播站，现在播送金坛新闻。直溪公社舍田大队报道员蔡桂林报道……”的声音，既言犹在耳，又恍若隔世；既历历在目，又怅然迷离。今日之我是昨日之我的成长，又仿佛不是；今日之我是昨日之我的浴火重生，昨日已然成烬……

有风从旷野灌过来，初春的细丝沁香，明明亮亮在风中伸展。3月17日，我被从师宣传科召回连队参加防化连党支部党员大会。

在这次连队全体党员大会上，我宣读了我的《入党志愿书》。

接着，入党介绍人、防化连党支部书记周国平宣读他的介绍意见；入党第二介绍人、防化连技师金国华宣读他的介绍意见。

再接着，支部大会对入党申请人进行评议。

评议结束，支部大会进入正式党员对入党申请人进行表决的环节。表决前，支部大会主持人要入党申请人回避。我离开了会场。

“同意蔡桂林同志加入中国共产党的请举手。”

表决结果：通过。

我被重新召进支部大会会场，对加入中国共产党党组织做发言表态。

两天后，3月18日上午，直属党委派来了与我谈话的谈话人：指挥连政治指导员。

指挥连指导员：党的组织原则是什么？

我回答正确。

他又问：党的纪律是什么？

我：不知道。

他三问：听说你的知识较深，但假如组织不能让你报考院校，而是让一个比你差的同志去了，你怎么想？

我思索了一下回答：作为一个党员，奋斗目标是共产主义事业，而报考院校只是为此目标奋斗的一个途径。我会服从组织决定，无论在什么岗位上，都努力以一个党员的标准严格要求自己。

下午，司令部直属党委会通过了我的《入党志愿书》。

这一天，我成了中国共产党预备党员。

连队有入伍五六年都尚未入党的老兵，我能在一年零三个月内入党，在全连是唯一的一个，在师司令部直属队是唯一的一个，在全师也很稀罕。

南线战事，推动着军队的战备训练。从实战需要出发，训练从难从严；创新训练方法、手段，瞄准未来战争。于是，防化连走出营区，到复杂的环境中去摔打，到陌生的地域去磨砺，大泽山、磨盘山、崂山……胶东半岛所有山川，都洒下防化连指战员艰苦训练、刻苦磨砺的汗水。

入党后，我没有再回师战士报道组，师步兵二三二团战士王健接替我。我回防化连，带领三班，投入到严峻艰苦的野外训练中，在接近实战的训练中摔打砥砺。

5 月 16 日，中共中央、国务院批准《广东福建两省会议纪要》，决定在广东的深圳市、珠海市、汕头市和福建的厦门市设置经济特区。

打开国门，对外开放。

一百四十年前，清王朝坚闭的国门，被西方列强的坚船利炮轰开，鸦片战争的惨败，使清王朝不得不在南京下关江面的英军旗舰“康华丽”号签下了中国近代史上第一个不平等条约，香港岛被割让了，广州、厦门、福州、宁波、上海五口岸向列强开放通商。中国，由此进入了黑暗苦难的半封建半殖民地时代。

一百四十年后的今天，我们主动打开国门，迎八面来风，向世界敞开我们建设发展的宽阔胸襟。

6 月，师司令部直政科转发师政治部干部科通知：济南军区后勤干部训练大队在全军区部队招收短期培训提干班学员，各单位根据招生条件，做好摸底考察工作，推荐出于6月20日参加师司令部直属队组织的预考人员。预选成绩前列者，参加师筛选考试。成绩再前列者，参加由招生单位主持的入学考试。

防化连在栖霞夼山驻训地接到师司令部直政科的通知，党支部召开两次专门会议，研究预选人选；研究帮助参考人员取得好成绩的措施。

我取得了参加师司令部直属队预选资格。按连队的统一部署，参考人员提前返回连队驻地，复习应考。

我以优异的成绩通过师直属队、全师两场筛选考试，顺利进入了招生单位组织的入学考试。

7月8日，莱阳二十六军军部小礼堂，招生单位组织的入学考试在这里举行。

1977年、1978年我两次参加高考均告失败，痛恨不已。刚刚恢复高考，试题不难，甚至可以说很简单，依凭自己已有的准备和实际知识能力，应该能够拿下。然而，偏偏就是一而再地拿不下，就是考不取。为什么？自落败始，我一直没有放弃对其中原因的思考，一直没有令自己信服的答案，直到读到一部心理学书，书中阐释一种常见的叫"目标颤抖"的心理现象，我似乎才有所觉悟。

太想达到那个目标，当这个目标真的接近时，心会因接近而颤抖，正是这种"颤抖"，导致你与向往的目标失之交臂。比如穿针，当线头非常非常接近针眼、就要穿过去时，很多人握针拿线的手会很难控制地颤抖起来，线就是穿不过针眼。

"目标颤抖"，相信这可以解释我的1977和1978！

认真地对待人生的每一次考试，但又不把漫长丰富的人生押在一次具体的考试上，得之不范进中举，失之不万念俱灭，淡然视之，泰然处之，接近目标时心也就不会因为接近而"颤抖"。

我以这样的心态走进二十六军军部小礼堂，接受入学考试。

从军部考完试回到班里没几天，7月15日，文书李国民从师部收发室取回报纸，直接找到我，说："三班长，你上报纸了！"他把7月11日出版的《前卫报》递了过来。

可不，一版，《现身说法　亲切感人——老战士胡太平以自己的亲身经历为连队上人生观教育课》，文章署名蔡桂林、于仁和。

编号：077

准考证

姓名：蔡桂林

中国人民解放军济南军区后勤干部训练大队

一九八〇年七月

济南军区后勤干部训练大队招生考试准考证 / 1980 年 7 月

这是我在师战士报道组学习时和于仁和干事下到某团特务连采访写成寄到报社去的，半个多月后登出来了。这是入伍后，我的名字第一次出现在军区报纸上。

高兴。

当然，我知道，这是于仁和干事的水平，不是我的水平。我离这个水平差距很大。

7 月 31 日，李立同干事带我写的《找水》发表在《青岛日报》上。

同样，它仍然不是我的成绩。

二十天后的 7 月 28 日，我接到了招生单位颁发的入学通知书。

不仅是高兴，简直是激动，激动万分。

打开收藏夹，里面收藏着中学毕业后几年里的数张准考证。这些准考证，带给我的是星空下的仰天长叹，是难以用语言描述的酸苦疼痛，一次比一次尖锐，一次比一次深刻。

所幸，它们没有击垮我，而是同时带来了愈挫愈奋的青春精神，绝不屈服绝不低头的生命意志。依凭着这些精神意志，一次又一次地为梦想拼搏，一次又一次地向命运发起无畏的挑战。

因为，我清楚，我是一个无产者，真正的无产者，彻底的无产者，没有任何东西可能在挑战和拼搏中失去，能失去的只有锁链，那些束缚自己成长的锁链，而那时，获得的必定是解放。

热气腾腾的军营升华着我，也鞭策着我。如果说在舍田，在直溪的寻路突围，有着浓烈的个人奋斗色彩，那么，此时，已经把个人命运与国防现代化这样一个宏伟目标紧密地联系到了一起，加入到了为这个伟大的目标努力奋斗中，再不是为一己的前途挣扎，所有的努力和奋斗，有了无上的崇高感、使命感、责任感。你的渴望就是我的渴望，你的命运就是我的命运。激情由此而喷发，力量由此而凝聚，放手一搏，慷慨激昂。于是，我把青春精神灌注进 077 号准考证，终使这方寸纸片不再是我个人梦想的“墓碑”，生命的力量撞开了命运之门。

《入学通知书》的出现，余下的准考证的价值，都将重估。

8 月 5 日，早晨，与战友们告别，与连首长告别，登上侦毒吉普指挥车，向城阳火车站进发，踏上去济南军区后勤训练大队上学的征途。

吉普穿行在荫翳大树簇拥的柏油公路上，不时地加速，把行人、胶轮大车、拖拉机、运输卡车等统统抛在后面，一路呼啸，驶抵城阳火车站。

我跳下吉普，紧紧地握了握专程送行的指导员周国平、一排三班副班长王国成、司机陈邦仁的手，向他们敬礼辞行。此时确有千言，此刻确有万语，但我们都把千言万语凝结到粗壮的胳膊的抖动上……

7 点 25 分，列车启动了，我把身子探出窗外，挥动着手臂，直到他们缩成小点，最终消失在广袤的天边。

车厢里明亮、洁净。旅客不多。我放好随身携带的行李，找了一个靠近窗口的

前卫报

QIANWEI BAO

第3849期
1980年7月11日
济南军区
政治部出版
内部报纸
请勿遗失

现身说法 亲切感人

老战士胡太平以自己的亲身经历为连队上人生观教育课

最近，54746 部队某团特务连在人生观教育中，老战士、共产党员胡太平同志以自己的亲身经历，为全连干部战士上了一堂“树立远大理想，献身部队建设”的教育课，大家听了很受启发。

胡太平是这个连队的老标兵、老典型。革命人生观教育展开以后，连队好多新老战士和干部都要他结合自己的实践讲体会。胡太平认真回顾了入伍以来走过的道路，从三个方面进行了讲述：一是正确对待革命分工，党叫干啥就干啥。胡太平一九七三年入伍，一九七五年入党。入伍后，他先是从步兵连调往特务连，尔后又六次调动工作，他都愉快地服从。有的同志担心这样调来调去耽误他的“前途”，他却郑重地说：“革命工作的需要就是前途，党叫干啥就干好啥。”一九七五年下半年，连里研究决定让他负责种菜，他二话没说，打起背包住进了菜棚。从那时到现在近五年时间了，他成天和大粪、土坷垃打交道，但从无怨言。他一个人种四亩地，每年为连队生产菜六、七万斤，蔬菜品种三十多样，在平凡的岗位上作出了贡献。二是个人利益一定要无条件地服从革命利益。胡太平曾两次检查身体，干部部门曾多次找他谈话，准备提干，但都因其它原因没能提起来。有些人就说，“提不起来，干嘛还那么拚命干？”胡太平坦然地回答：“我拚命干决不是为了提干部，我是共产党员，是在为党的事业工作，为实现共产主义理想奋斗。”胡太平今年初探家，正遇上母亲病重不起，妻子又犯了坐骨神经痛的病，左邻右舍和亲戚都劝他早点退伍。胡太平思想有所波动，但他很快想到自己是个共产党员，走留是组织决定的事，自己哪能任意提出要求？于是，他反复做家庭和其他人的工作，用革命的道理说服了他们。回队以后，他把这些情况向支部作了汇报。当支部书记问他有何考虑时，他说，“先烈们在战场上流血牺牲都在所不惜，自己家庭遇到这点困难又算得了啥？”于是，他继续回到菜地，和原先一样，任劳任怨地埋头苦干。三是在荣誉面前更要高标准，严要求，不松懈斗志。由于胡太平工作突出，上级曾先后给予他七次嘉奖。近三年来他连续荣立三等功三次。在军、师、团后勤召开的业余生产经验交流大会上，他介绍过经验，受到奖励。报纸、电台还宣扬过他的事迹。在成绩和荣誉面前，胡太平没有沾沾自喜，而是戒骄戒躁，铺下身子更加努力地干好本职工作。去年一年，他生产的蔬菜达到八万余斤。

胡太平这堂课讲得实实在在，真切感人，在干部战士中反映强烈。大家说：“这是我们看得见、摸得着的典型，有说服力。”全连同志都表示在前进的道路上以胡太平为“镜子”，为部队建设努力多作贡献。目前，这个部队的各个连队都在邀请胡太平讲课。

（蔡桂林、于仁和）

现身说法　亲切感人 / 前卫报 / 1980 年 7 月 11 日

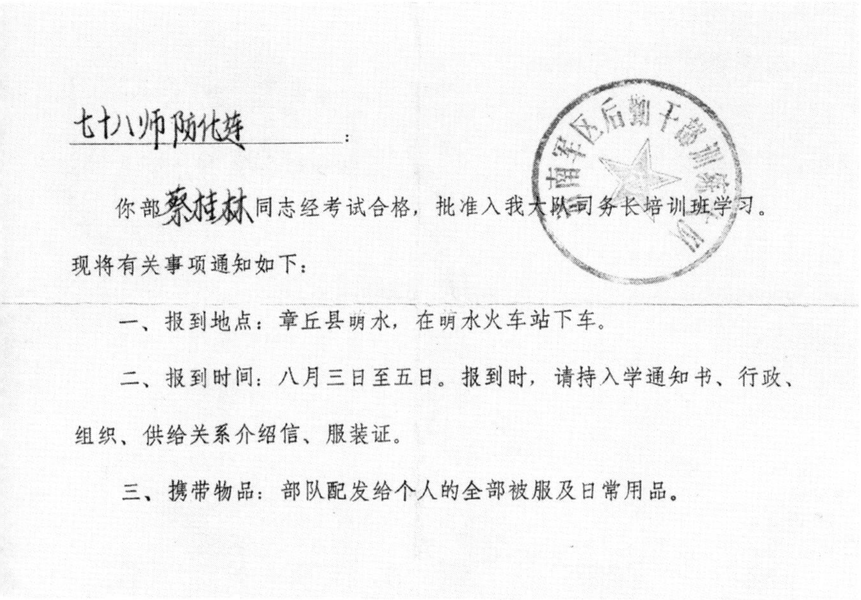

七十八师防化连：

你部蔡桂林同志经考试合格，批准入我大队司务长培训班学习。现将有关事项通知如下：

一、报到地点：章丘县明水，在明水火车站下车。

二、报到时间：八月三日至五日。报到时，请持入学通知书、行政、组织、供给关系介绍信、服装证。

三、携带物品：部队配发给个人的全部被服及日常用品。

济南军区后勤干部训练大队入学通知书 / 1980 年 7 月 28 日

位置坐下，眺望窗外变幻着的旖旎风光。笔直的电杆、葳蕤的树木、整齐的村庄、碧绿的青纱帐……陶醉在大自然的神奇造化中。

下午 1 点 20 分，随着一声长笛，火车停靠在了《入学通知书》上注明的章丘县明水车站。我提着行李走下车。

“同志，你是干训大队的新学员吗？”

“是！”

“车站门口有车接站，请出站上车。”

我拎着行李跑出车站，上了接站的车。

在尘土飞扬的公路上驱车十分钟，约在下午两点左右，我来到了章丘县城南两公里附近、章（丘）莱（芜）公路左侧的济南军区后勤干部训练大队。

那天天气很热，灰蒙蒙的，一丝儿风也没有，显得闷人异常，喘不过气来。我抓紧办完了入学登记手续，便来到了分配所住的第七排宿舍第六号房间。

我 8 月 5 日报到，不是第一个，也不算最后一个。已经报到的同宿舍的几位同学七手八脚热情地帮我解开行李，铺好床。虽然很愿意和他们聊一会儿，但口干舌燥、汗流浃背，懒得开口，洗漱了一下，便躺到床上看起了英国人特德·奥尔布里的间谍惊险小说《雪球》。

慢慢地滚着“雪球”，朦胧地睡着了。估计是打鼾了，因为我觉得特别累。

翻身下床已是下午 4 点有余。

“谁叫蔡桂林？”门外有人点着我的名字，脆而响。

“我是。”我正急忙往外迎，那位同志已进入宿舍。

进来的是位干部，我不认识，约莫三十八九岁，个儿不高，黑脸，满嘴胡渣，眼睛很小，小得一笑就成一条缝。

“你就是蔡桂林吗？”“你就是……”这说明他早已知道我。

“是的。”我睁大着眼睛望着面前这位黑脸首长。

“我是你们这期司务长培训班的大队长陈夕宪。你在家（指原部队）当过班长？”

“是。”

“噢。这批一百零三名学员多数入学前是后勤兵，担任文书、放映员、打字员，当过班长的不多，你就当九班班长吧，这是我们研究后决定的。”

“不成，不成，我怎么行？”

“怎么不行？干中学嘛。就这样吧。”这位首长说完转身走了。

晚上，我这个被指定的班长组织入学后的第一次班务会。

我：大家好！我叫蔡桂林，来自陆军第七十八师直属防化连。江苏金坛人。我们班共十二人，还有一位同学因为交接工作尚未报到。我们来自不同的部队，各自先认识一下。

接着发言的是军区炮兵第十二师特务连的班长、团员随永东。山

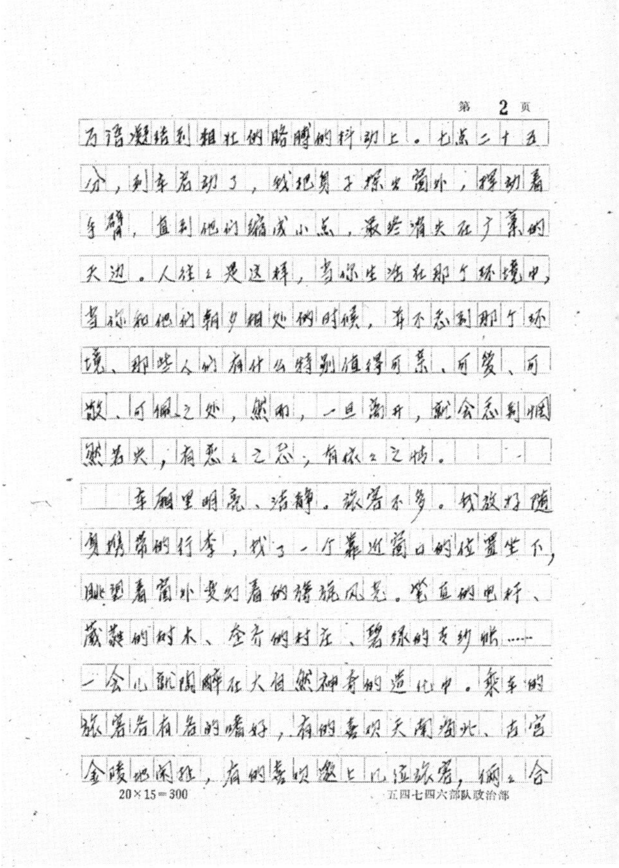
第 2 页

万语凝结到粗壮的胳膊的抖动上。七点二十五分，列车启动了，我把头子探出窗外，挥动着手臂，直到他们缩成小点，最终消失在广袤的天边。人往往是这样，当你生活在那个环境中，当你和他们朝夕相处的时候，并不感到那个环境、那些人们有什么特别值得可亲、可爱、可敬、可佩之处，然而，一旦离开，就会感到惘然若失，有恋恋之思，有依依之情。

车厢里明亮、洁静。旅客不多。我放好随身携带的行李，找了一个靠近窗口的位置坐下，眺望着窗外变幻着的旖旎风光。笔直的电杆、葱茏的树木、整齐的村庄、碧绿的麦苗……一会儿就陶醉在大自然神奇的造化中。乘车的旅客各有各的嗜好，有的喜欢天南海北、古今金陵地闲谈，有的喜欢邀上几位旅客，俩俩合

20×15=300　　五四七四六部队政治部

手迹 / 1980 年 9 月

东莱阳县人。他中等个，肌肉丰满，有副特务连战士特有的健壮；五官端正，右下颌的一颗小黑痣点缀出异于众人的风采。他有良好的语言表达能力，有演说色彩，滔滔不绝。山东省军区司令部的公务员、团员张云鹏，济南军区后勤部物资仓库的代会计徐利军，陆军第四十六军第一三六师医院的给养员、团员王传波，南京政治学校交勤连胡加明，威海警备区招待所的战士徐景飞，陆军第二十六军军部招待所战士刘振东，济南军区工兵第一〇五团的给养员张福明，山东省军区独立二师二团战士秦华武，济南军区步兵学校战士刘宝强，依次发言。

我：从现在起，我们就是一个战斗集体，我们就是同志，是战友。我们来自五湖四海，为了一个共同的革命目标，走到一起来了。在今后的学习、生活中，希望大家互相关心，互相爱护，互相学习，互相帮助。

班务会一直开到晚 8 点 40 分，啥时候起风了，谁也没有留意，直到这时才感到阵阵惬意的凉爽。

6 号上午，最后报道的济南军区后勤部管理处食堂战士任万玺来了，不胖不瘦的身材，显得特别机灵；胖乎乎的脸，腮部有一堆红红的粉刺，显示出他青春旺盛。我跟他稍聊了几句，发现他很有表现力，讲话带有辅助性动作，妙趣横生，是个可爱的人。

前几天的闷热，酝酿出了 6 号夜里的一场小雨。虽然下得不很透，但还是缓解了些酷暑的炎热。雨后的早晨，天空湛蓝，树木显得苍翠，空气透明、清爽。

8 月 7 日的开学典礼之后，训练大队副大队长朱松林向全体学员传达首届司务长培训班为期五个月的学习、教育、训练计划安排。

朱松林副大队长，身材魁梧，很有干部风度和修养。背头，白皙的脸，眉很浓，讲话时频蹙，讲话不紧不慢，普通话中偶尔夹杂一点苏北乡音，更富有韵味：为期五个月的培训学习，大致分为五个阶段。第一阶段五天，主要学习连队后勤工作的概述，使同志们明确连队后勤工作原则、内容、方法和要求。第二阶段大致用三十一天时间，着重学习连队常用标准制度和核算工作。这一阶段是本次训练班的重点，也是难点。通过这一阶段的学习训练，使大家熟悉和掌握连队常用标准制度，学会使用计算工具，明确连队核算工作的任务和要求，学会核算的基本方法，正确审查和处理凭证、账簿，弄清交接手续。第三阶段安排三十三天，通过学习，主要使大家懂得连队后勤业务管理。第四、五阶段，学习军事共同课目和战时连队后勤工作，历时十七天。总之，通过培训，使大家在政治思想上有新的提高，业务能力上有大的突破，能胜任司务长工作，能顺利完成平时、战时的各项保障。

8 月 11 日，第一阶段的学习，也是此次培训，揭开了序幕。

如果把平时听课比作“养兵千日”，那么考核则是“用兵一时”。8 月 15 日，星期五，“用兵一时”的日子到了。

这对每一个学员来说，都是紧张的。初来乍到，第一次考核，旗开得胜是每个人的热望。

紧张啊，人人像拉满弓的弦；紧张啊，人人又都是弦上的箭。

成绩揭晓：蔡桂林九十二分。

然而，我们班平均八十七点五分，名列九个班倒数第二。考前定下的夺取中队学习优胜红旗的目标落空。

我有些郁闷，作为班长，没有尽到组织好全班学习的责任。九班这个战斗集体，失败，不是失利。

考后的班务会开得沉重。成绩落后的同志流泪了。“没事！”我鼓励，“这只是一次，只要总结，吸取教训，有的是机会证明我们的优秀！”

从哪儿跌倒还从哪儿爬起，扑打扑打身上的泥土，按摩按摩疼痛；在哪儿失败就从哪儿重新集结队伍，总结总结经验，吸取吸取教训，九班，开始了第二轮冲锋！

自第一次考试就失败之后，班里多次正式、非正式地进行讨论，找原因，定措施。大家都感到，五个月的学习生活，时间是短暂的、易逝的，然而，又在我们每个人的人生中注定占据重要位置，应该像勇士一样，写就辉煌篇章！

我们带着一股子虎劲进入了第二阶段第一部分的学习。考试，就是对平时学习的一种检测。只有平时的扎实，才有考试的从容；只有点滴的累积，才有考试时的淡定。这是我们班正式、非正式讨论得出的重要结论。绝不把“宝”压在考前，而是努力在时时刻刻。于是，大家非常认真、专心地对待每一堂课、每一次作业。作业完成得及时、准确。就我的课堂作业，除一次得九十九分外，

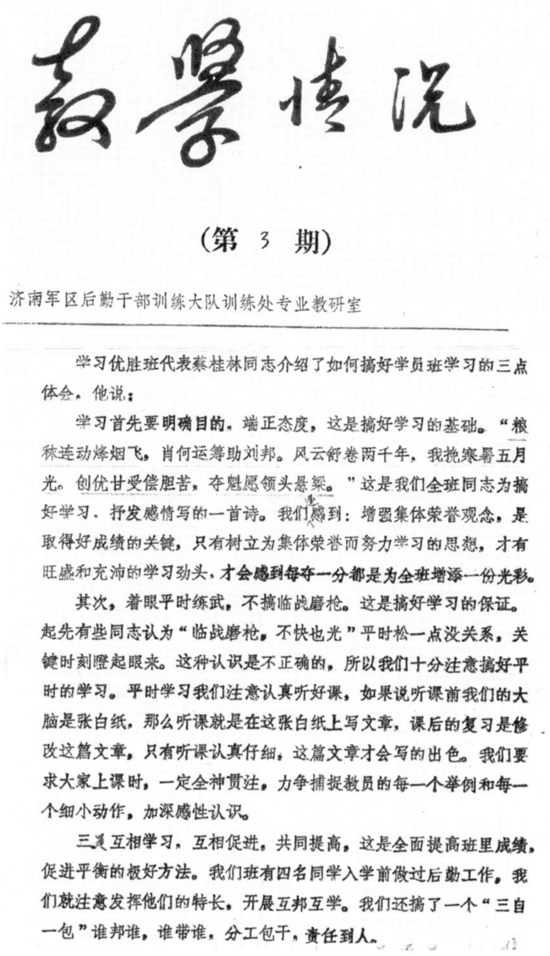

教學情况

（第 3 期）

济南军区后勤干部训练大队训练处专业教研室

学习优胜班代表蔡桂林同志介绍了如何搞好学员班学习的三点体会，他说：

学习首先要明确目的，端正态度，这是搞好学习的基础。“粮秣连动烽烟飞，肖何运筹助刘邦。风云舒卷两千年，我挽寒暑五月光。创优甘受偿胆苦，夺魁愿领头悬梁。”这是我们全班同志为搞好学习，抒发感情写的一首诗。我们感到：增强集体荣誉观念，是取得好成绩的关键，只有树立为集体荣誉而努力学习的思想，才有旺盛和充沛的学习劲头，才会感到每夺一分都是为全班增添一份光彩。

其次，着眼平时练武，不搞临战磨枪。这是搞好学习的保证。起先有些同志认为“临战磨枪，不快也光”平时松一点没关系，关键时刻瞪起眼来。这种认识是不正确的，所以我们十分注意搞好平时的学习。平时学习我们注意认真听好课，如果说听课前我们的大脑是张白纸，那么听课就是在这张白纸上写文章，课后的复习是修改这篇文章，只有听课认真仔细，这篇文章才会写的出色。我们要求大家上课时，一定全神贯注，力争捕捉教员的每一个举例和每一个细小动作，加深感性认识。

三是互相学习，互相促进，共同提高，这是全面提高班里成绩，促进平衡的极好方法。我们班有四名同学入学前做过后勤工作，我们就注意发挥他们的特长，开展互邦互学。我们还搞了一个“三自一包”谁邦谁，谁带谁，分工包干，责任到人。

蔡桂林同志介绍学习体会 /《教学情况》第 3 期 / 1980 年 9 月 18 日

余下的全部满分。

在这一段时间里，全班有十三人次的作业因清晰、正确得以上墙展览。8 月 20 日的课堂检测，我获满分，班平均成绩达到九十八点八分，获得全队最佳成绩。

8 月 29 日，举行了入学之后的第二次考试。考试时间一小时，我半小时交卷，全队第一，得满分。全班平均成绩跃居全队第三。

喜人的进步啊！

但，这不是九班期望的成绩！

9 月 9 日，举行第二阶段第二部分学习考试，也是入学以来的第三次考试。成绩公布：九班平均成绩获得全队第一！

欣喜若狂！

9 月 16 日下午，在教室举行培训班第一次学习经验交流、授奖大会。我代表全班走向主席台受领学习优胜红旗，并在大会上发言，介绍学习经验。经验登上了后勤干部训练大队训练处专业教研室主办的《教学情况》第三期上。

大会结束后，我们全班同志排成两行，肩靠肩，聚集到了照相机前。

我看到朱松林副大队长手指触到快门时，心情难以言喻：来自不同部队、不同兵种的十二名战士，靠着勤奋，靠着努力，靠着“集体荣誉”这个力量，终于夺得了红旗，终于赢得了胜利，兑现了初始许下的诺言！

青春做伴，总是这样灿烂！

自9月26日起，暂时中断第二阶段第三部分内容的学习，插入以总政治部宣传部编印的《政治常识》为教材的政治学习。后勤干部训练大队尚未有政治教研室，课程就由大队政治处副主任白兴起、干事国承新主讲。

受“政治教父”的熏陶，特别是很早朦朦胧胧地感受到政治决定命运，一直以来坚持不懈地学习政治，关心时事，入伍之后倍加刻苦，对“政治常识”有积累，有“常识”，学习起来难度不大，甚至觉得得心应手，10月10日的考试证明了这一点。

政治考试共十三道题。主要是关于马克思列宁主义毛泽东思想的基本概念、为什么必须“四个坚持”、毛泽东同志关于当今世界形势的分析。

按照标准答案，做完这些试题约三千字，在规定的两小时内完成，从审题到写完答案，时间并不宽裕。

我拿到试题后，初览一遍，便提笔作答，可谓飞流直下，一气呵成，一小时又五分钟完成交卷，再次成为全考场第一名。答

学习优胜班合影 / 1980年9月16日

前排左起：刘振东 刘宝强 蔡桂林 隋永东 王传波

后排左起：胡加明 张云鹏 秦华武 任万玺 徐景飞 徐利军 张福明

又一次考试成绩优异，胸戴红花的照片贴进了大队饭堂门前的橱窗里 / 1980年10月11日

案全部正确。

试后批卷，阅卷教员在第一题、第二题的答案左侧分别用红笔写下“发挥得好”和“好”的批语，同时在卷末题写了“欲穷千里目，更上一层楼”的唐诗以勉励。

这次考试，我们班四人获得满分，占全队的百分之四十。

在10月11日举行的授奖大会上，我从专业教研室主任张守起手中接过“学习优胜红旗”。个人胸戴红花的照片，贴进了饭堂门前的橱窗里。

经过半年的学习，我们迎来了期终考核。恰如陈夕宪队长所说：“二十四拜都拜啦，就差最后一哆嗦。”

为了最后的一“哆嗦”，全班同志拼上全力。

1981年1月5日，“哆嗦”的日子：上午8时考理论，下午2时考专业。

成绩揭晓：九班大获全胜！

接下来进行总结、鉴定、定级、分配。

毕业前，党小组对预备党员做出鉴定。

1月10日，中共后勤干部训练大队委员会学员中队党支部第九党小组给预备党员蔡桂林同志鉴定如下——

蔡桂林同志自入学以来，经入学教育，更加深刻地认识到了后勤工作在部队“两化”建设中的作用，进一步端正了学习态度，较好地树立了革命的人生观。通过多次的党课教育和同志们的帮助，党的基本知识进一步了解，思想觉悟有了很大提高，较好地发挥了党员的先锋模范作用，第三季度被评为优秀党员，并在支部大会上做介绍发言。

在专业学习中，能坚持又红又专，各门功课的历次考核均为优秀，多次受到中队、大队领导的表扬，毕业时被评为优等生。

能抓住业余时间刻苦学习。五个月来，阅读中外文学名著等书籍四十二卷，记读书笔记六万余字，积极为《教学情况》撰写稿件。

对工作认真负责，大胆泼辣。学习期间担任学员班长，热心工作，

济南军区后勤干部训练大队第一期司务长培训毕业合影 / 1981 年 1 月 12 日
第二排右起：第三张守起 第五陈夕宪 第七朱松林 第八刘根献 第十三丁诗文 第十四亓开泉 第十六白兴启 第十八卢士河
第五排左起第十：蔡桂林

认真组织、带领全班出色完成学习任务，多次夺得学习优胜红旗，毕业时被评为唯一的一个优胜班，受到集体嘉奖。

同意该同志按时转为正式党员。

缺点：工作中有时有急躁情绪。

第九党小组

1981 年 1 月 10 日

1 月 12 日。上午 10 时，召开全体学员大会，朱松林副大队长宣布定级定职和学员分配命令：蔡桂林，二十三级副排职（此时义务兵服役期为三年。军队相关文件规定：满服役期的战士提拔为干部时，定为行政二十三级正排职，不满服役期的战士提拔为干部时，定为行政二十三级副排职，待满服役期后，经考核合格，转为行政二十三级正排职），留大队任教。

1 月 12 日。下午 3 时，在举行入学典礼的那个大教室里举行毕业典礼。

空间还是那个空间，转换了的是时间。历经半年的锤炼、锻打，入学时的一百零三名学员成长成了一百零三名年轻军官。

挺胸，抬头，目光正视前方。双手直放在双腿上，坐成松，坐成山。

朱松林副大队长主持毕业典礼。

丁诗文副大队长宣布嘉奖令。

我走上主席台，捧回了嘉奖九班的大镜框。

我再次走上主席台，捧回奖给我个人的奖品。

大队长刘根献讲话：“同学们，你们走上新的岗位之后，要继续勤奋努力，把自己汇进军队‘两化’建设的洪流中，为战斗化后勤建设做出贡献……”

在青岛海滨 / 1980 年初春

第三章　破土

从军三年

中国政治，风云激荡。

1980 年 12 月 5 日起，中共中央政治局连续召开了九次会议。转过年来的 1 月中下旬开始，传达、学习、贯彻一系列中央文件精神，统一思想，成为后勤训练大队党员干部的重要任务。

中央文件说，政治局会议做出三项决议：向十一届六中全会建议，同意华国锋辞去党的主席、军委主席的请求；向十一届六中全会建议，由胡耀邦同志担任中共中央主席，邓小平同志担任中共中央军委主席；在十一届六中全会召开之前，由胡耀邦同志主持中央政治局工作，邓小平同志主持中央军委工作。

认真学习，深刻领会，特别重要的是要坚定自己的政治立场。无论政治风云如何变幻，也无论谁上谁下，坚定地信守一条：我是农民的儿子，谁让农民有饭吃、有衣穿、生活有改善过得幸福，就坚定地信谁，信这样的路线方针政策，就坚定地跟谁，跟这样的路线方针政策。乌托邦，无论是对国家，对民族，特别是对爹妈那样的农民，没有半点好处。无视当下的生存、生活，画一块看不见摸不着的“饼”，让你半饥不饱地天天念着，就是乌托邦。让人贫困饥饿的政治不是好政治，让人贫困饥饿的意识形态不是好的意识形态。

《前卫报》原来的报头消失了，变成了印刷体隶书报头。

后勤干部训练大队党委的一纸任命，我被留在了训练大队，留在了章丘县明水，这片泉水翻涌，出香米、大葱的土地。这里成了我新的人生的新的起点。

留大队，还住在当学员时住的那间屋里，那张床上。

与当学员不同的是，其他的床都空了，同学们都走了，就留下了我替他们守着嘉奖九班的那个大镜框。

想念防化连，想念张连长、周指导员、胡参谋……想念薛晓吾、毛卫民、谭明辉、杨伟建、李国民、陈国强……想念连队的大锅饭，想念一天几遍的军号声、咔嚓咔嚓的队列生活和驾着侦毒车满山遍野奔走侦测……回不去了，再也回不去，仅剩下想念。

泪花儿在这种想念中要滚要滚的。

入伍一年半，半年课堂培训，成了部队后勤干部，成了培养部队后勤干部的教员，部队后勤啥样，应该怎样建设，一头雾水。后勤干部训练大队把留在大队任教的所有新同志“放”到基层部队实习，也就是再学习，是实事求是之举。

2 月 16 日，我，与我一起毕业留在训练大队的林家箴、韩立波三人，被“放”到了济南军区司令部直属通信总站实习。

直属通信总站坐落在济南市南约二十公里一个叫土窝的山沟沟里，担负着济南军区机关战备通信保障任务。

2 月 16 日下午，三营九连姜作启司务长把我从直属通信总站后勤处处长办公室带回连队。

九连营房建在山坡坡上，爬上一级台阶再爬一级、再爬一级，到了。

像公安局老警带新警一样，姜作启，就是我的“师傅”了。来到“师傅”办公室，姜作启把最近几个月的账本摆到我面前，用一口地道的胶东话跟我说：你先熟悉熟悉，末了，我们再交流。

实习，就是接触实际。那就要扑下身子，扑在“实际”上。我决定去伙房帮厨，熟悉炊事班，熟悉他们的工作流程及其各个细节。

揉面，做花卷。

我看到，炊事人员工作时穿工作服制度执行得很严格，几乎人人都穿了。穿工作服是为了防止细菌，但我看到有同志用它擦鼻涕、擦汗，工作服洗得也不干净。

我看到，逐日消耗等级制度有执行，但不足。比如今晚登记时，登记员问：“用了几斤小米？”被问者答：“三斤四斤都行。”三斤就是三斤，四斤就是四斤，不能都行。这说明两个问题：没有真正过称，制度规定流于形式。

——这不好吧？我是来实习的，还是来监督的？

下午，一位连首长家属到炊事班割了一斤肉，完了，炊事员在购买食品登记簿上记了一笔账。据问，他们历来是怎么做的，以后一次结算。我以为这样处理是不妥的。比如，月初买一斤菠菜，月底算账，月初月底的菜价不一样，按何时的价格算？事不大，要精细。

下午来炊事班帮厨的是1980年入伍、二分队的女战士赵怀青。白白的脸，眼小一点，伶俐的嘴，说话脆而甜。这是我入伍后第一次这么近看到女兵。她让我想起高中时南京来的女孩、常州来的女孩，还有姐姐同学的妹妹。她比她们还要出色些。出色在哪里？哦，出色在这一身军装。女孩穿上军装真神气。心动。不露心思地听到了她与炊事员高亢的聊天：“现在提的意见都是谎言。”有个性。上士金思忠低声告诉我：“青岛市人，父亲在北海舰队工作。”噢，怀青，怀念青岛嘛。

2月25日，济南军区司令部通信兵部、政治部保卫部以及军区机关有关部门首长及总站领导组成的工作组，进驻九连：九连物资仓库里的无线电元器件失窃；通往九连物资仓库的暗锁孔被人用泥堵死。

我接到的指示是为工作组提供好生活保障。

晚上总站礼堂放映《珊瑚岛上的死光》。

2月28日下午三点半，炊事班长赵传国找到我：“司务长，会骑自行车吗？”

说实话，在穷困的农村，见自行车都少，更别说碰了，从未骑过。可是，身高一米七八，年龄二十刚冒头，年轻的军官，哪一条能说自己不会骑自行车呢？不嫌丢人啊？再说，也不知道赵班长要干啥，便老神在在地答：“会啊。有事？”

赵：会就好办了。送我家属去济南火车站，她乘车回老家蓬莱。

听这话，我的脑袋“嗡”的一下，眼前全黑了。

这下麻烦大了去了。此时如果再说不会，岂不让人怀疑你不愿意送人家？！怎么也不能说不会了！只能硬着头皮爽快地、一副轻松的样子答应：好。啥时走？

赵：就现在。自行车我给你借好了，在伙房门口。我骑一辆，带着我家属；你骑一辆，带她的大包小包。

我不能不兴高采烈：走！

来到伙房，没有一丝犹豫——不能犹豫，那会让人感觉不情愿——在车停着时先把一腿从车座上跨过去，坐好，稳住车把，试一试刹车，灵，松开，踩脚蹬，走。

赵班长家属夸我：个高就是省事。

我跟在赵传国身后，骑得摇摇晃晃，扭扭捏捏，赵班长笑着，他家属也笑着：年轻，要酷嘞！

哪里知道要酷？我是真不会啊。

土窝在山里，进济南是下坡，加上顺风，速度很快。我双手紧紧地抓住车把，稳住车头。因为肌肉绷得太紧，两胳膊很快酸得直抖。

赵班长毫无察觉，沉浸在他的喜悦里：骑车有三"滋"（山东方言，含义丰富，此处是得意、喜悦的意思），下坡、顺风、带媳妇。我全占了。

我紧张地陪着大声笑。紧张地问：下坡、顺风滋我体会到了，骑车带媳妇有啥滋的?

赵：她必须搂着你腰啊!

我紧张地陪着大声笑。

进城了。

在市区二七新村的一个十字路口转弯时，正遇一位妇女骑车穿马路，如果不让她，我俩肯定撞上，必须让。我没有让多少的经验，方向打多了，让过了妇女，惯性撞上了路边停着的一辆自行车和站在车边点钱的主人，直接把那人撞懵了。

直到这时，赵班长仍然没觉察出我不会骑车，而是责备因为车后座上绑的东西太多、太沉，还翻了他家属一眼。

……

一路惊险。晚 8 点，安全返回土窝。

3 月 5 日早餐之后，我带着炊事班的同志一起下地种菜：春天动一棍，秋天吃一顿啊。

听说炊事班下地种菜，没值班的赵怀青、杨琳等许多女战士也来了。

3 月 6 日，在连指导员曲仁臣、总站后勤处军需股助理员魏海毅的见证下，姜作启将连队司务长管理的全部账目移交给我，我正式接任通信总站三营九连

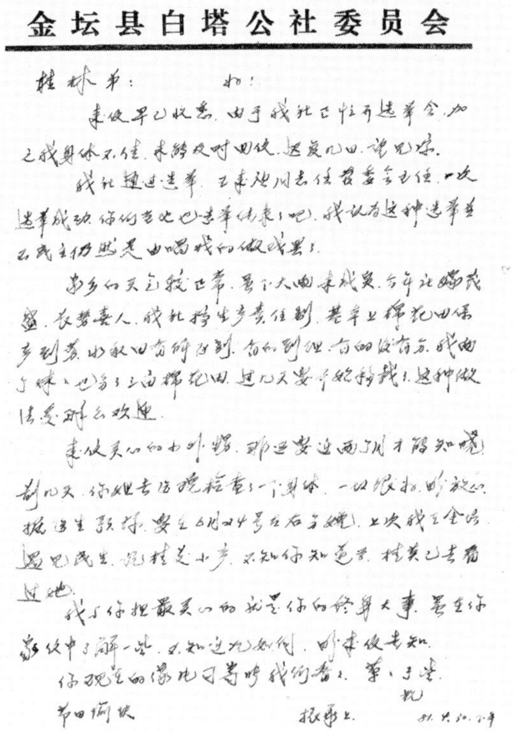

金坛县白塔公社委员会

桂林弟：

　　好！

　　来信早已收悉。由于我社正忙于选举会，加之我身体不佳，未能及时回信，迟复几日，请见谅。

　　我社通过选举，王[illegible]同志任党委主任，一次选举成功。你们专业也选举（代表）吧。我认为这种选举是民主的，[illegible]是由咱们[illegible]了。

　　家乡的天气较正常，麦子大面积[illegible]，今年的油菜花盛，长势喜人。我社搞生产责任制，[illegible]棉花田[illegible]到劳，秋田实行[illegible]，[illegible]。我的妹妹也分了三亩棉花田，过几天要开始移栽了。这种做法受群众欢迎。

　　来信关心的[illegible]，那还要过两个月才能知晓。前几天，你姐去医院检查了一下身体，一切很好，望放心。据医生预计，要在6月24号左右分娩。上次我去金坛遇见民生，说桂芝小产，不知你知道否？桂英已去看过她。

　　我们你姐最关心的就是你的终身大事，望在你家信中了解一些，不知近况如何，盼来信告知。你现在的像片可寄些我们看看。草草了些。

　　　　　　　　　　　　此致

节日愉快

　　　　　　　　振华上　81.4.30.下午

大姐夫周振华来信 / 1981 年 4 月 30 日

司务长。

接手后发当月的工资津贴。做发放表时发现，同年兵，女战士比男战士多五毛钱，为啥？不解。上学时教员没讲到过。问师傅。姜作启诡秘一笑，答：你去问问赵怀青。

那坏笑的样子告诉我：这事肯定不能问赵怀青。

为什么多五毛钱呢？

我需要答案。

想了想，可以问赵传国，他厚道。

赵传国：女人每月都会有那事儿，这是给她们办那事儿的卫生费。

哦。好险。

就那么一个明眼人看几眼就能破的案子，高规格的联合工作组三下五除二，搞定：三件事是一人所为，本连一名战士，准备退役以后回家开个无线电修理铺，退役前动手盗窃，共窃八十八件各类电子元器件。

案件暴露出了连队管理上的严重问题。整顿是必不可少了。别人病了，我这个实习司务长天天跟着“打针喝药”。很好，长免疫力，也长见识。算是从另外一个角度见习怎样当主官吧，免得将来临时抱佛脚。

整顿中暴露出连队主官的管理问题，使我怀念起防化连。

防化连连长指导员那配合的，严丝合缝，像俩杰出的木匠，卯榫仙作。也有争吵的时候：文书，出去！两人把门一关，嗷嗷叫；门一开，和风细雨，啥事没有。支部会上，意见统一；连务会上，看法一致——意见不统一根本不上会，谁都别想钻空子。连队蒸蒸日上，生生虎气。一有提拔，先想对方，结果，谁也没落下。我在防化连从没见过打扫卫生还需要规定的，扫把抹布都抢不到。这才可见出一个连队的政治思想工作，见出一个连队的作风，可见出一个连队的正事、正门、正气。

凡人心不昧，处处有灵神。

九连的整顿，持续到3月29日，副指导员在整顿之后的誓师大会上喊出“让我来”“跟我上”宣告结束。

连里养的猪都大了，吃也吃不完，我找连长建议卖掉两头：好啊，卖到的钱用于伙食补助。

4月6日一大早，我和班长赵国传一起，把猪喂得十分十分饱，然后赶到了笼子里，装上车，拉到了济南市最南端的英雄山供销合作社，一过磅，两头共重六百六十九斤。

我让赵班长去捉两只小猪仔，让同来的上士金思忠再去捉一百只小鸡，带回连队饲养，我去千佛山“齐烟九点，仰观俯察”去。

9点45分，我与赵、金汇合，返回总站。

三营营部书记孙玉才休完婚假，返回部队。

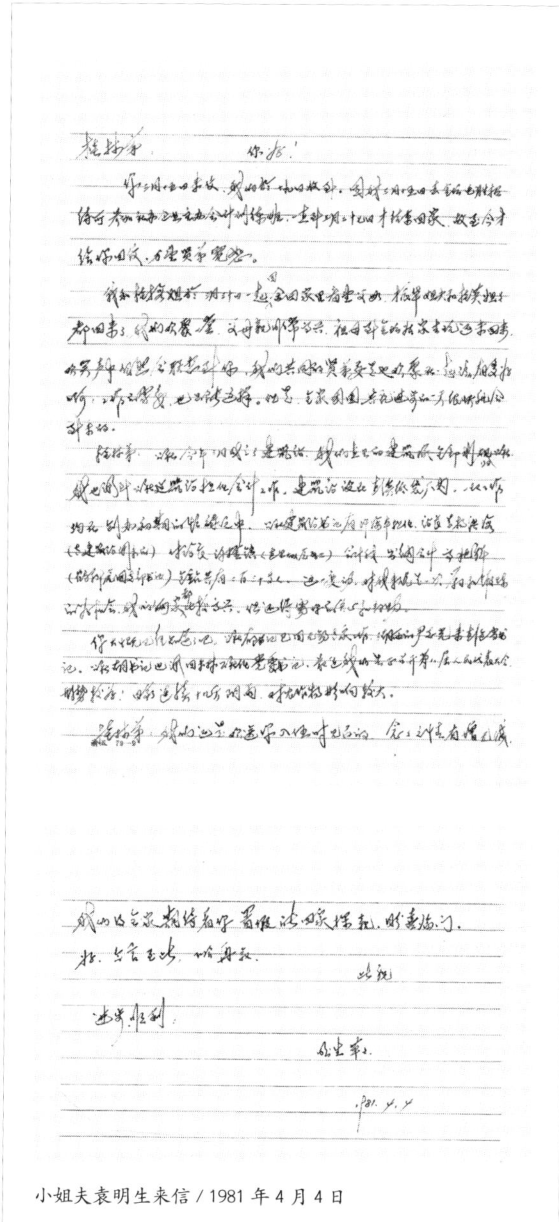

小姐夫袁明生来信 / 1981年4月4日

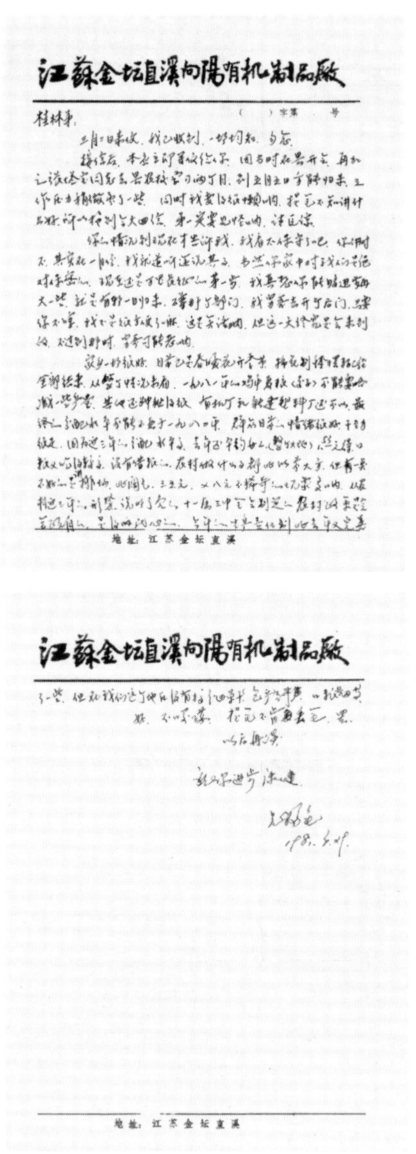
江蘇金坛直溪向陽有机制品厰

地址：江苏金坛直溪

江蘇金坛直溪向陽有机制品厰

地址：江苏金坛直溪

舍田大队党支部书记李锁福来信 / 1981 年 3 月 29 日

孙玉才，济宁人。衣着讲究，军装簇新，见缝见棱，笔挺。红白面皮，修饰得光滑透亮，皮鞋一尘不染。我这个过去刨地、现在卖猪种菜的，相形见绌，自惭形秽。

他读书丰富，爱好写作，有文采，听听他对自己家乡的介绍，就知道对他的夸赞不虚：济宁，东是文静素雅的圣地，西连梁山好汉的侠肠忠义，北依巍峨的泰岱山脉，南抱荷群玉立的大湖，东文西武，南水北石，腰挟奇绝秀美、历史悠悠的峄山，人杰地灵，深邃智慧，是我一生不能背叛的知心爱人！

初见，如故，知音，一扫来总站实习的寂寞。

玉才一入伍就在通信总站，在这里当兵、提干，熟悉这里。4 月 4 日，周六，他约总站“文人”贾鲁川一起聊天。三人促膝而坐，玉才喜糖相待，天南海北，无边无际，浓谈至夜深。

4 月 7 日晚，玉才请来八连才女、分队长王省聊天。确实是才女，思维敏捷，口吐莲花，玉才还不时能插上点话，我就只有恭听的份儿了。

王省围绕“为啥女孩不如男孩”展开话题：第一，生理原因；其次，社会原因；第三，家庭原因；最后，个人原因。层层推进，清晰明了，头头是道，直指要害。

聊了男孩女孩，再聊她们连炊事班的事。

我们连全是女兵，不能让男同志来做饭吧，就成立了自己的炊事班。这是济南军区唯一的一个女兵炊事班。成立那天，军区首长亲临祝贺。

第一顿饭是蒸窝窝头。没经验，出笼后硬得像石头疙瘩，头歪过来咬才能咬下一点点，但全连的同志都说特别香。现在，我们炊事班的姑娘们拉开弓步，一分钟可以揉出二十五个馒头。你——王省指着我——你让你们九连的炊事员试试，做不到，济南军区司令部直属队记录，还保持着。

王卫群，上海姑娘，喂猪。全军区唯一一个喂猪的女战士。猪病了，不吃食，她泪都急出来了，劝："依切点，勿切，急煞阿拉了（上海话。意为：你吃点，不吃，急死我了）！"

过年过节杀猪，炊事班全部上。猪满地跑，一群姑娘满地追，最后，猪被追得实在是跑不动了，累倒在地上舌头伸出老长，满嘴白沫呼哧呼哧喘，姑娘们一拥而上，摁住，班长拿起尖刀，瞄准，闭眼，捅进去，血溅一身……哈哈，自己的脸自己画，自己的生活自己描。

……

熄灯号响了。意犹未尽。王省起身告辞。送了又送。

王省，我记住了这个名字。她是我入伍后遇到的最有思想的女军人。佩服。

5 月 5 日上午，接到张守起主任电话，实习结束，5 月 12 日左右返回。

下午，我开始做实习结束的收尾工作。把接手的各种凭据归拢，把账目整理清楚，准备交接。

整理自己实习的思绪。

这是一次真正接触和了解部队。

在防化连，担任过文书，接触到连队最核心的东西，但只是接触，并不可能参与。一定要说参与，也只是服务性参与。只是文书，是战士，不可能参与连队工作的计划、连队建设的决策。当过战斗班班长。但，班，只是连队这个躯体上的一个细胞，狭窄、局限，绝非连队的全部。到后勤干部训练大队培训，担任九班长，只是为考核成绩起伏或高兴或苦恼，单一，离部队实际更远。只有这一次，进入了一个连队的内部，进入了一个躯体的内部。看上去是养猪种菜、生火做饭、发发工资津贴，然而，它深层地接触到了军人，与他们一起吃，一起喝，一起玩，一起喜，一起忧。从这些喜和忧中看到了军人的情怀和品质。从一个连队看到了一个营、一个团，甚至是一个师、一个军。“军队”“军人”，不再是纯净水，没有杂质的崇高，没有污染的纯粹，它们在我的思想里全面了，完整了。也因此，开始形成自己对“军队”的立体思考、整体判断。再不单纯，变得复杂起来，单纯的复杂。

时间过得好快，一晃就是近三个月过去了。记得刚来的时候，门前的白杨还挂着初春的残雪，现在已经是枝繁叶茂了。我感到我与连队的情谊就如同这自然界的变化一样……

别了九连!

5月12日，离开土窝，返回章丘明水后勤干部训练大队。

我的一年入党预备期至3月17日期满。因为在通信总站实习，直到回到后勤干部训练大队的6月27日，周六党团活动日，中共后勤干部训练大队委员会机关党支部召开全体党员大会，讨论我的转正。

首先由我所在的党小组组长亓开泉同志向全体党员大会报告预备党员蔡桂林同志在预备期的思想、作风、学习、工作情况。接着由我所在专业教研室主任张守起向全体党员大会做补充报告。两人都给予预备党员蔡桂林同志在预备期内的思想、学习、工作等积极中肯的评价。

再接着，中共后勤干部训练大队委员会机关党支部副书记向全体党员大会报告：经考察，预备党员蔡桂林同志，政治历史清楚。在后勤干部训练大队学习期间，刻苦认真，吃苦性强，有高度的组织纪律性，因此，毕业时被留大队任用。1981年春，派往济南军区司令部直属通信总站实习，并担任实习小组组长，表现较好，履行了党的义务，经后勤干部训练大队机关支部委员会研究，同意蔡桂林同志转为中国共产党正式党员，提请全体党员大会讨论表决。

举手表决，全票通过。

中共后勤干部训练大队委员会机关党支部副书记宣读全体党员大会决议，一致通过预备党员蔡桂林同志转为正式党员。

应参加一百零四人，实到九十二人，缺席十二人，超过半数，决议有效。

党龄从 1981 年 3 月 17 日算起。

离开战士报道组回到防化连，一边带领全班训练，一边复习迎考，此后入学读书，面对的是紧张的学习考试，文学创作基本停顿了下来。毕业后到通信总站实习，终于有了点喘息的时间，做饭养猪种菜之余，有了思想杂谈《信仰不可没有》(《济南日报》1981 年 3 月 25 日第三版)，有了诗坛轶闻《“层层”与“点点”》(《前卫报》1981 年 4 月 24 日第四版)，有了诗《春鸟声声》(《前卫报》(1981 年 5 月 3 日第四版)。尽管已经是军人，但来部队满打满算不足三年，比起军营来，更熟悉的还是生我养我的那个农村，对家乡父老有着格外的牵挂，于这种“格外”中，创作小小说《老六爷出山》。6 月 28 日，拿出来做最后润色，誊清，寄给《济南日报》农村版。

既然是教员，就要走上讲台；既然要走上讲台，就要准备教案；教案的依据是教材。而后勤干部训练大队，随着 1981 年 5 月中央军委第十一次军事院校工作会议的召开和加强干部训练工作指示的发布，后勤干部训练大队急速扩大，教员不足，简单，从部队选调，一纸命令即可迅速到位；教材可没那么简单，它需要一个切近部队建设实际和未来需要的编写过程。这成为后勤干部训练大队建设的当务之急。我们这些新教员，得到的指示是：将自己的教案与教材编写结合起来，你写出的教案，就是教材。

难啊。

半年的学习加上三个月的实习，能懂多少？

再难也要上。蓝缕筚路，开创性的，有份自豪感。

分配给我的任务是军队军需保障。那就从吃透上级关于军队军需保障的相关文件精神入手，由此向部队的执行实际延伸；再倒过去，从部队建设发展的实际，看军队军需保障的发展方向。

于是，7 月 6 日，到济南军区后勤部司令部战勤处、军需部，抄录相关文件。

这是我第一次走进坐落在济南市南郊、英雄山西侧的军区大院。

曾从它身边路经过几次。作为军人，自然对向自己发号施令的地方多看几眼。它庄重、威严、神秘、莫测，让人觉得它的每一扇窗户后面都坐着一位权重位

蓬莱仙阁下 / 左一杨金荣，左二孙德友，左四蔡桂林 / 1981 年 7 月 16 日

高的大首长，一跺脚，整个部队都动弹。

进这么大的机关——相当于省委大院吧，应该比省委大院级别还要高些——是入伍前想都不敢想的事。进公社院子就很不得了了。不过，一个农民，进省委大院干什么？

以前想都不敢想的事，现在实现了，进来了，突然感到了自己的重要，自己的了不起。重要在哪里呢？不知道；有什么了不起呢？不知道。不就是进一个有围墙的院子里来抄文件嘛，至于吗？

在通信总站实习时，听进过军区大院的人给我描述：那地方，神！是出高官大官的院子。你掰着手指数数，新中国成立以来，有几任总参谋长不是从这个院子出去的？院子的正门朝北，但不是正北；奇妙的是居然有五条路通向正门，而且每一条路都走得通；自它建成后，再没人敢动过，年数久了，需要修缮，最多就是粉刷粉刷，没敢动过它的一砖一瓦……

有了从大院里抄来的文件作为骨架，余下的就是补充血肉了。

补充血肉，得下部队。

7 月 15 日，与同教研室的杨金荣、孙德友一行三人，到烟威警备区、蓬莱守备师、陆军第七十八师、青岛警备区调研。

工作之余，我们游览蓬莱阁。

转到了蓬莱阁下的海滩。潮已退去，海滩上聚满手提筐篓小铲的赶海人，他们或在露出海面的礁石上敲敲打打，或在海滩低洼处挖掘，寻找牡蛎、螃蟹之类的海鲜。

面对海，面对赶海人，我想起了一则寓言：

两只张着嘴在海滩上晒太阳的海蚌，正在很有情调地聊天。

一个说：我肚里有珍珠，这是最可宝贵的；另一个说……它还没来得及说出些什么，突然看到了来捉它们的渔人，这只蚌赶快吐出了肚子里的珍珠，沉默不语了；另一只也看到了渔人，它赶紧闭上嘴，咬紧牙关。

渔人捡起这颗在阳光下闪闪发光的珍珠，用脚踢了踢吐出了珍珠的蚌，然后又弯腰捉走了不肯吐出珍珠的那只。

幸免被捉走的这只蚌在渔人的脚下滚了好几滚，最后才在海滩污泥里停住。惊恐未定，它不无得意地对身边的一只小海螺说，你看，我逃过一劫，幸免于难，我的同伴，那个不识时务的兄弟，终于招来杀身之祸，被渔人捉走了，好可怜啊！

海螺扭了扭身子，不屑一顾，反唇讥道：“你肚子里的珍珠都没有了，活着还有什么意思？”

我赞同小海螺的话，我更赞美那只绝不肯吐出珍珠的蚌：它肚子里的珍珠最终会被渔人取出，但那肯定是施以刀斧的结果。守卫心中最可宝贵的东西至玉碎，这是怎样的一种品质、一种精神啊！

人与蚌同。我们每个人的肚子里也该含有一颗照亮生命的“珍珠”。没有这样的“珍珠”的映照，整个人生毫无光泽。

“人生随其所居之位，皆当有成章处。若进退无据，与世俗同俯仰，碌碌奔波，则为庸人。”（袁宗道）

7 月 18 日，我们来到了陆军第七十八师，我的老部队。

一年之后再见，看什么什么亲切，看什么什么温暖。

工作至下午下班，我婉谢了师后勤部的接待，去找司令部防化科参谋胡俊德。

我：胡参谋，带我去防化连吃饭。

胡：吃不成，他们驻外训练去了。

我：你找车，我们现在去。

胡：现在（下午）5 点了，得开两小时，到那儿他们早吃过饭了。

我：无所谓，不吃也成，就想见到他们。

胡拗不过我，找来车子，直奔防化连的驻训点七沟。

五点一刻出发，七点到了七沟。

张相池连长见到我回来，大呼：炊事班长，弄饭！

炊事班弄饭工夫，我看望了朝思暮想的战友们。

薛晓吾：苟富贵，没相忘！

我：想忘，忘不掉，你是饭米，天天被嚼！

李国民：同耕垄亩，你弃犁而去，地留我们种了。

我：去种另外一块地而已。

华道来：狗日的，拽（方言。含义丰富，此处主要得意的意思）！

我给了他一拳。

……

连长、指导员、胡参谋、我，一起共进晚餐。一碗粉白的捞面，青菜黄蛋在那丝丝连连的面条间星星点点，太多的香油的气息绣花线样在半空五颜六色地左缠右绕袅袅不绝。

边吃边热烈、急迫地询问着我关心的每个人咋样？好吗？

连长：好。

指导员：都好。

连长：你不是见了吗？

我：见了也不放心。

饭吃了一个小时，从党中央说到老家的地，从外训说到二十九岁的副连长还没找到老婆……八点半了，我要走了。

临上车，连长扔过一句话来：别给防化连丢脸！

我把这句话装上车，还有周国平指导员竖起的“加油”拳头，一起拉走。

回到师部，胡俊德邀我去他宿舍坐坐。

我去了。

去得值。

在这里，伴着胡俊德得意的笑，看完了他未婚妻谢玲写来的全部书信。

一声叹息：唉，可惜了这位才貌双全的无锡姑娘了。

胡俊德笑得更得意：我们共信，但不共妻。

我：都是你吃亏。我啥都没有。

……

7 月 27 日，朱松林副大队长、张守起主任听取我们下部队调查情况的汇报。

有了骨架，有了些血肉，动笔编写教材。

起草《关于确定两册教材章节细目的几点说明》。

千年的琵琶万年的筝，学扬琴要起早五更。琵琶、筝就不学了，千万年谁等得及？就把教材弄成“扬琴”吧，起个早五更还能做到。

为开拓备课、编教材的视野，看内部参考片：《决定》，反映埃及英雄军队冲破以色列巴列夫防线的纪录片；《为苏联服务》，记录 1967 年苏联国防部举行的各军种联合演习；《天气不是你的敌人就是你的朋友》，美国片，反映天气对战争的影响……

暑假期间，训练大队批准我回乡探亲。

很想春节时回老家与亲人团聚的，但看到当时申请回家过节的干部纷纷，自己刚刚提干，觉得让给其他同志探亲更合适些，就把念头压下了，一直压到了暑假期间。

这是我提干后的第一次探亲。

从镇上的汽车站下车，朝着家的方向走。这几年大搞农田基本建设，格田成方，记忆中的路被“格”掉了，面对多条没见过的路不知道选择走哪条，竟然问了两个信才摸到家。

“交流四水抱城斜，散作千溪遍万家。深处种菱浅种稻，不深不浅种荷花。”（阮元《吴兴杂诗》）哦，故乡！我渴求逃离这里，终又回来探望这里，这是没有办法的事情。因为，这里是生命诞生的地方，这里是情感、精神、思想最初的产床。这里有“捡狗屎去”的吩咐和这声吩咐在旷野里的回声。这里是“江东”，这里有“父老”。一声“江东父老”，便可以什么都包括了：养育之恩，桑梓之地，天光云影的源泉，登临万山的起点……

至此时，我入伍离开舍田桥两年半。在这两年半的时间里，完成了班长—

入党—入学—提干，无论如何都是可喜可贺的，可是，我的内心没有丝毫的喜悦，没有一点“衣锦还乡”的感觉，以为，这，不足以洗刷我两次名落孙山的耻辱，“落榜”像发配时的刺字，就在显眼的额头，无法遮掩。走乡串户，走亲访友，满脸是笑其实满心是伤，总觉得所有人都看到了我额头的刺字。也许，需要更多的时间、需要更大的成绩才能平复这内伤。

走近祖屋，门楣上贴着“光荣人家”的条幅，这是这两年多我给这个家的唯一贡献了。望着它，依稀可闻春节前政府派人来贴上它时的敲锣打鼓声。走进祖屋，凝望挂满蜘蛛网积满尘土的屋顶和各个幽深的角落，我觉得我的灵魂精神就漂浮在那里。

大姐、二姐出嫁了，幸福美满。妹妹考取江苏纺织工业学院在读书，踌躇满志。弟弟准备着高考，跃跃欲试。弟弟跟我说：还记得新屋建成后搬老房子里原来的家什搬出爷爷的“蔡氏乌金膏”药方吧？我：当然记得。弟弟：父亲说你在外面当兵再回老家来行医的可能性不大了，就把秘方给了我。我懂父亲的意思。我准备报考中医学院，传承爷爷中医脉络，把爷爷的秘方更有他的仁心发扬光大。

——这些都让我欣慰。只是父母，才两年半，白发已爬上鬓梢；而唛唛，年逾八十，尽管齿固耳聪，但腰弯得更低了。

我是在唛唛无比渴望中来到这个世界的。我的到来，唤起唛唛沉睡多年的生命热情，唛唛将她在艰难岁月中积存的情感全部倾注在我的身上，达到了几乎溺爱的程度。我永远记得唛唛褶皱但温暖的手，干瘪但缱绻的胸怀，苍老但慈祥的目光。

年迈了，炒不动炒米茶了，也酿不动酱油了，就剩纺线没有停下。搬张小凳坐在唛唛身边陪她纺线。

一只被磨细了的桃木纺锤，在一双苍老的手上灵巧地旋转。再也不需要纺纱织布为儿女们缝衣裁裤了，可唛唛还是每天纺线。是怀旧？也许是她坚持的运动，是为了不失手指的灵巧。浅黄色的麻一缕一缕加进纺锤的旋转中来，仿佛不会终了似地，把丝丝缕缕的岁月拧在一起，缠绕在那只纺锤上。太阳被唛唛的纺锤转向了西边。我忽然觉得，下沉的太阳不是坠向茅山，而是落进了唛唛那双昏花的老眼里。

目光如撒野的孩子，村庄阡陌、满地遍野奔跑，梭巡童年、少年记忆：手拍阑干思往事，只愁此去不分明。阳光浩瀚，原野铺满辉煌。是阳光使土地变成金子。我坐在阳光里，身披一身金箔。

远离村庄的河埂上，我与我的“政治教父”一坐就是大半宿。

锁福哥哥现在已经是大队书记，一把手，分田分地正忙。聊，聊，聊。我们要把分别两年半以来以及此次分别后到下一次见面这段时间里的话，都想聊到、聊透。

我：包产到户到组联产承包责任制的“蚁穴”，大有毁掉“人民公社”千里之堤的势头啊。

锁福：不是势头，是必然。你还记得你当兵前围绕真理标准讨论时我说过的话吧？

我：记得。你说从这篇文章看，应该是中国共产党内存在的思想政治路线的一次大较量、大对决。我们国家的面貌，会因为这次较量、这次对决而发生根本改变。

锁福：这个改变正在以加速度发生。去年底的全国农村人民公社经营管理会议面对包产到户的情况还这“不许”那“不要”，几个月之后，阻力小了很多。为什么？因为，高层换人完成，也就是党换思想政治路线完成，关于农村、农民的生存发展回到了实事求是的路线上来了。“人民公社”是什么？是1871年法国巴黎公社起义时提出的革命理想，首创的“巴黎公社”存活了仅仅七十二天。你车过水吧？掼过稻吧？挖过暗沟吧？罱过河泥吧？沤过草塘吧？这就是中国农村的生产力水平，很原始，很低下，不可能适应“一大二公”的“人民公社”，在现阶段的生产力水平上，它的寿终正寝是必然的。它从1958年建立，到现在已经十三年了，比起七十二天来，已经够长够长的了。

我：那“人民公社”怎样就成了农村的一种组织形式的？

锁福：发展的道路是需要探索的，探索了才知道适合不适合；任何探索都需要付出代价。

我：代价太大了吧？

锁福：不要纠缠历史，历史向来宽大为怀。纠缠会浪费掉时间，往前看，做符合农村农民实际的实事求是的新探索，改变我们的生活。老弟，你在部队也一样，凡事往前看，政治上犯错误的概率会小很多；向后看，就会走不出是是非非、恩恩怨怨，越看越狭隘。向前看是政治家，往后看是学者，你准备做哪个？

我：做个学者型政治家。

锁福：如果做得成的话你将是第一个。

眼前的锁福哥哥就是个思想家，看得透彻，说得清楚，干得明白。大队支部书记肯定不是他最后的职位，他一定能走上高一级的领导岗位。

锁福哥哥带我走遍大队的每一个村，让我看了他拟就的舍田大队三年发展规划，所见所闻，让我记起了马克思的话，在改造世界的生产活动中，“生产者也改变着，炼出新的品质，通过生产而发展和改造着自身，造成新的力量和新的观念，造成新的交往方式，新的需要和新的语言”（《马克思恩格斯全集》第六卷第 494 页）。

半个月的探亲假很快就过去了，到了该归队的时间。

那是我放鸭子时最害怕的独水墩，那是我罱河泥落水的河，那是吱吱嘎嘎的牛车篷，那是灯具厂的所在地……一踏上这里绿茸茸的田埂，就莫名地欢愉，又有道不清的忧伤；抚摸一草一木，凝望一砖一瓦，生出无限怜爱和疼痛。我的思想、情感，是更深地长在这里的土里了。

我离不开这里。

我不愿就留在这里。

究竟愿意怎样？

不知道！

不愿离开，一提要离开就有泪水流出；不愿留下来，因为这里不能给我我想要的东西，我想要的东西在远方……

苏南湖汪河汊间的一座普通小村呀，是你，曾收留了爷爷的灵魂，又给了我生命。于是，在遥远的北方，我也时时认定，你就是我心灵的故乡，就是我永远无法摆脱的苦难、善良与梦想的记忆。

我走了，带着莫名的忧伤和感慨。你留在了原地。这就是原因。这里有让我在梦中一次次惊悸醒来莫名伤痛的原因。

为迎接秋季开学登台讲课，在做试讲练习。8月26日下午，接到了《济南日报》编辑部宋曰信打来的电话：“明天去您那里，跟您聊聊创作。”

尽管宋曰信在8月18日的来信中预告过要来明水，我也盼着，但接到这个电话，还是让我一夜无眠。

羡慕文学艺术如此打动人心，能说出你心里有而说不出、也说不清的东西，没啥写作天分的我，凭着一股子热情，盲目地、无怨无悔地写了这么些年、这么些东西。过去，见到的大多是退稿信，现在，将要见到给我写退稿信的人了，心潮起伏。

8月27日8点28分，从济南方向开来的333次列车停靠明水站，宋曰信走出车厢。

我把宋老师接到我的住处，递上茶，虔诚地听讲——

你写的小小说《老六爷出山》，在编辑部，在读者中间引起了反响。编辑部每月评好稿时，一致认为，这篇小小说有分量，评为了8月份的优质稿。郊区文化馆在举办业余作者创作学习班时，以你的小小说为样本，做了点评分析。我们已收到了不少读者来信，并收到了评论文章，等发表出来后寄给你看。根

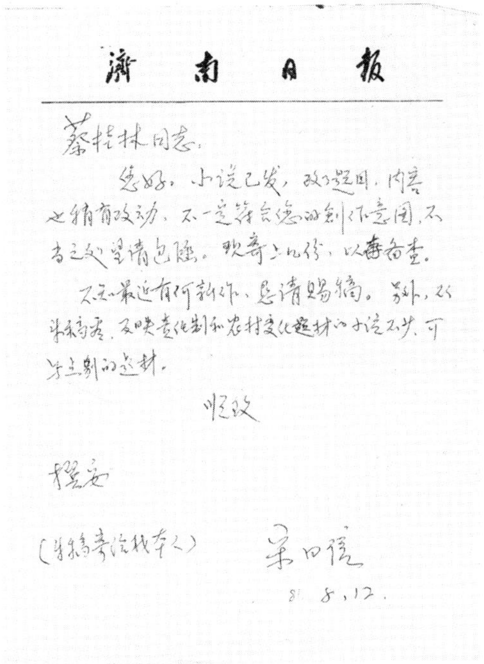
济南日报

蔡桂林同志：

您好。小说已发，改了题目，内容也稍有改动，不一定符合您的创作意图，不当之处望请包涵。现寄二份，以备查。

不知最近有何新作，恳请赐稿。另外，农村来稿者，反映责任制和农村变化题材的小说不少，可写点别的题材。

此致

撰安

（寄稿寄给我本人） 宋曰信

81.8.12.

宋曰信的来信 / 1981年8月12日

据来稿的质量、有无发展前途等综合衡量，我们把你列为重点作者之一。报社决定，派我来跟你面谈一次。

我们先谈什么是艺术。罗丹说：“艺术是感情。”大作家列夫·托尔斯泰同意这个说法：“人们用语言互相传达自己的思想，而人们用艺术互相传达自己的感情。”小说是文学艺术之一种。我们写小说，就是通过小说表达我们的感情。

艺术的原料是什么？答：表象。表象就是记忆中的事物的形象，是艺术想象的心理材料。表象从内容上可分为个别表象和概括表象。个别表象是记忆中某一具体事物的形象；概括表象是记忆中的某一类别的事物的形象。表象揉搓于潜意识，熔炼于情感，定型于理性，再表述于一定的物质材料，艺术就诞生了。

表象很大程度上来自于对生活的观察、认识和积累。对生活的积累，主要靠亲身经历、亲眼所见和间接获得三个方面，这三个方面具备其中之一即可。重要的是对生活的理解，能抓住其本质，比读者深一层。不比读者深一层，甚至比读者还浅，那别人看你写的东西干什么？浪费时间。冯德英创作《苦菜花》时十八岁，他的直接生活并不厚，但有间接生活。间接生活一样能帮助作家成功，起决定作用的是对生活的理解，受之于目，了然于心。

在表现手法上，要和人物、情节相适应。在小说的结构上，有按时间顺序叙说的（这称为纵），有按故事发展顺序叙说的（这称为横），但随人们欣赏水平的不断提高，这种结构方式不能满足大家的审美需求，可以纵横交错。采用哪种方式结构小说，要根据内容需要，能够完美地表现内容就是好结构。艺术犹如一个机体，必须是结构性和功能性的统一。英国作家劳伦斯在给贝克的信中说：“请转告阿诺德·贝内特，所有构思的法则，只适用于那些纯粹模仿别人小说的小说，而一部非模仿的小说，自然会有它自己的构思。”劳伦斯说的是对的。他是大家。初写小说，可能脱不开“模仿别人的小说”。

对生活的开掘决定创作的成败。现在许多工厂推广日本企业管理的“鱼刺法”，我们对生活的开掘也可以用这个图来表示。

宋老师将茶杯里的水倒出一点在桌面上，然后，用手指沾了沾，画出一条鱼刺，对我说：中间这根是主线，是人物，两侧的“刺”是这个人物不同甚至相反的各个方面，你不断地挖掘下去，两侧的“刺”就会越多，就会越接近深度，你就选择最深的那一点作为你创作的主题。

主题确定之后，并不能马上开始写，你还会感到材料不足，细节不够，那么，再根据主题要求，去广泛地收集材料，到了觉得十分充足、丰富了，非写不可了，那就放开手去写吧。这时写出来的东西才会厚实。作品的主题必须集中和明确，是古典主义的艺术趣味。至于现代艺术，有另外的看法，我们今天不讨论。

高尔基认为，人物、情节、语言，是小说的三大要素。作家宗璞则认为是人物、情节、意境。因为语言是作家写小说起码的基础，没有语言，也就谈不到写小说。这三个要素有其中一个成功，小说就成功了。人物写得好，小说成功；情节曲折，波澜起伏，小说成功；写得非常有意境，小说也算成功。三条都占，不容易，那是属于非常高级的精神产品……

醍醐灌顶！

从没有人如此指导过我。

当兵前参加过镇江地区文化局形象思维学习讨论会。事后想，毛主席给陈毅同志谈诗歌要形象思维的信写于“文革”前的 1965 年 7 月 21 日，十三年后的 1978 年拿出来发表，这本身就不是要你借此讨论文艺创作，就像 1971 年 9 月林彪“自我爆炸”后，发表毛主席早在 1966 年就识破林彪阴谋《致江青同志的信》一样，都是为了证明……证明什么？你猜。那次形象思维学习讨论会上，除了听了像“文革”中传达“最高指示”那样的领导的讲话外，就是看到了不少“文革”禁止放映的电影，比如《野猪林》里一步三回头的种种动作表情和声声凄厉的叫唱撕心裂肺，比如《十五贯》里娄阿鼠同算命先生言语周旋、顺着锣鼓点在条凳上跳来跳去，将猜疑和恐惧推向极致，等等，印象深刻。参加县里的业余通讯员写作培训和大学新闻写作函授，“训”出来的是《做一个努力实践毛主席新闻路线的忠诚战士》那样的文章。文学创作，自己完全是一个盲人寻路。吃奶的劲儿使出来，发表了一点点，说是诗，其实，离诗万里；说是散文，恐怕连散文的边都靠不上。今天我似乎突然明白，文学之路，没有勤奋肯定不行，仅靠勤奋也肯定不行，那么多的退稿信说明了这一点。文学有文学的规律，不懂得文学的规律，文学之门都不知道朝哪里开。弄文学

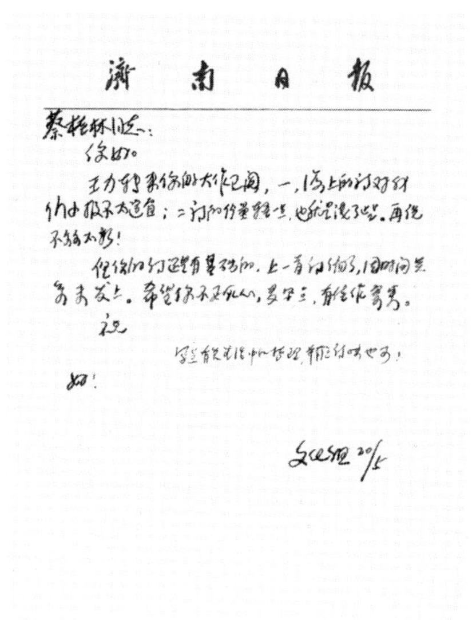

济南日报

蔡桂林同志：

你好。

手书转来你的大作已阅，一、[illegible]很不太适宜；二、[illegible]。再说不够大胆！

但你们的诗还是有基础的，上一首[illegible]，因时间关系未发上。希望你不灰心，多学习，有好作寄来。

祝

[illegible]

好！

文化组 20/5

《济南日报》文化组退稿信 / 1981 年 5 月 20 日

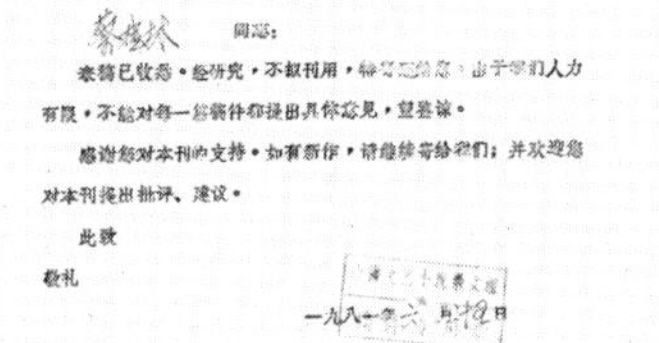

蔡桂林 同志：

来稿已收悉，经研究，不拟刊用，特退还给您。由于我们人力有限，不能对每一篇稿件都提出具体意见，望鉴谅。

感谢您对本刊的支持，如有新作，请继续寄给我们；并欢迎您对本刊提出批评、建议。

此致

敬礼

一九八一年六月廿五日

《边疆文艺》小说散文组退稿函 / 1981 年 6 月 25 日

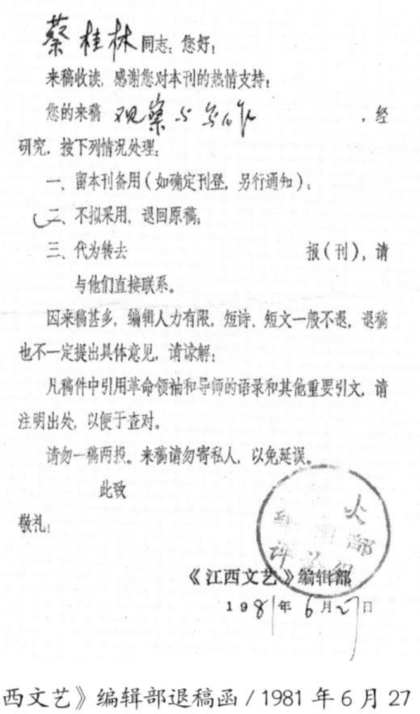

蔡桂林同志，您好：

来稿收读，感谢您对本刊的热情支持：

您的来稿 观察小岛人 ，经研究，按下列情况处理：

一、留本刊备用（如确定刊登，另行通知）；

二、不拟采用，退回原稿；

三、代为转去　　　　报（刊），请与他们直接联系。

因来稿甚多，编辑人力有限，短诗、短文一般不退，退稿也不一定提出具体意见，请谅解；

凡稿件中引用革命领袖和导师的语录和其他重要引文，请注明出处，以便于查对。

请勿一稿两投。来稿请勿寄私人，以免延误。

此致

敬礼！

《江西文艺》编辑部

1981 年 6 月 27 日

《江西文艺》编辑部退稿函 / 1981 年 6 月 27 日

要有文学的悟性，没有文学的悟性，弄不出文学。

9 月 9 日，《济南日报》农村版发表了署名锦楷的《一个可亲可敬的老农形象——读〈老六爷出山〉》评论文章。再接着，宋老师以“编辑手记”的形式，在《济南日报·通讯》上发表《让小小说中的人物站起来——编稿随感》，点评《老六爷出山》。

《老六爷出山》的发表以及随之而来的反响，对我是个重要鼓舞，对一个没有什么写作天分、收到那么多退稿信的我的写作自信，是一次重要确认。

1981 年初秋。

几枚信号弹划破长城外坝上草原的天空，静寂的山谷间顿时沸腾起来：一架架战鹰呼啸掠过，身后洒下的降落伞好像绽放在天空的绚丽花朵；一门门大炮高昂着头喷射出团团火焰，密集的弹雨飞向对面的山川，巨大的爆炸声震耳欲聋；一阵嘹亮的冲锋号响过，密麻麻的坦克和装甲车集群轰鸣着向前方疾驶，千军万马潮水般奔涌而来，厮杀声响彻云天……

“军无习练，百不当一；习而用之，一可当百。”面对国家周边的安全形势，面对世界大势，做好反侵略战争的准备，保证改革开放的顺利推进，是人民军队面临的迫切任务，加强军队建设，成为一支能打仗、打胜仗的革命队伍，是重中之重。华北大演习，就在这样的背景下展开。

制订演习方案时，总参谋部拿出了大、中、小三套方案。“大”方案，进行方面军防御战役演习，主要演练模拟敌军集群坦克进攻、空降反空降、陆军师坚固阵地防御、战役预备队反突击四个课目，参演兵力十万五千余人；“中”方案，方面军编成内的防御战役演习，减去空降反空降课目，参演兵力压缩到五万余人；“小”方案，只搞集训，进行战场勘察和集团作业，不搞演习。

新任军委主席邓小平大笔一挥，圈定了“大”方案，中国人民解放军军史上规模最大的实兵演习由此展开，青山洋河间的张北山地，立即变成了红、蓝两军逐鹿的战场……

我密切关注着这场演习的点点滴滴，消化吸收着合成演习中的后勤保障，尽可能多地吸收写入正在编写的教材中。

就在我扑下身子编教材、精心准备上讲台、暗暗发奋做“名师”的时候，10月23日，下午，我所在的军需教研室主任张守起找我谈话，很严肃、很郑重：“受后勤干部训练大队党委委托，与蔡桂林同志谈话。向蔡桂林同志传达大队党委会决定，即日起军需教研室教员蔡桂林同志调后勤干部训练大队政治处工作，原教研室分配编写《军用公文和军队实力统计知

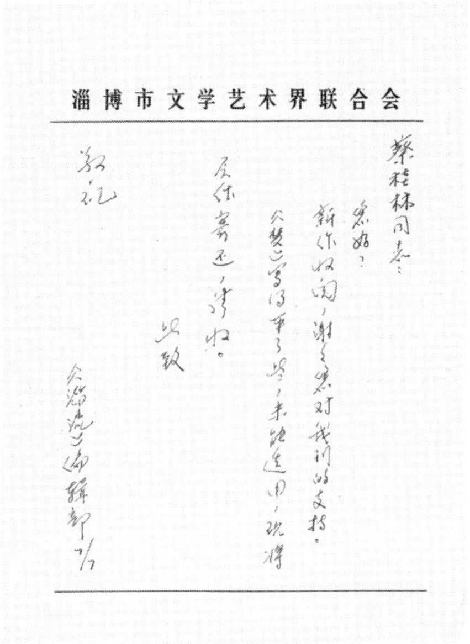
淄博市文学艺术界联合会

蔡桂林同志：

您好！

新作收阅，谢谢您对我刊的支持。

[illegible]未能选用，现将

原作寄还，请收。

此致

敬礼

《淄流》编辑部 7/7

《淄流》编辑部退稿信 / 1981 年 7 月 7 日

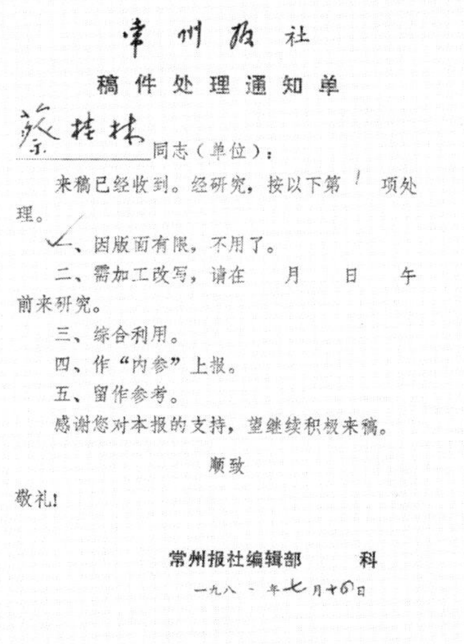
常州报社

稿件处理通知单

蔡桂林同志（单位）：

来稿已经收到。经研究，按以下第 1 项处理。

一、因版面有限，不用了。

二、需加工改写，请在　月　日　午前来研究。

三、综合利用。

四、作“内参”上报。

五、留作参考。

感谢您对本报的支持，望继续积极来稿。

顺致

敬礼！

常州报社编辑部　科

一九八一年七月十四日

《常州报》社稿件处理通知单 / 1981 年 7 月 14 日

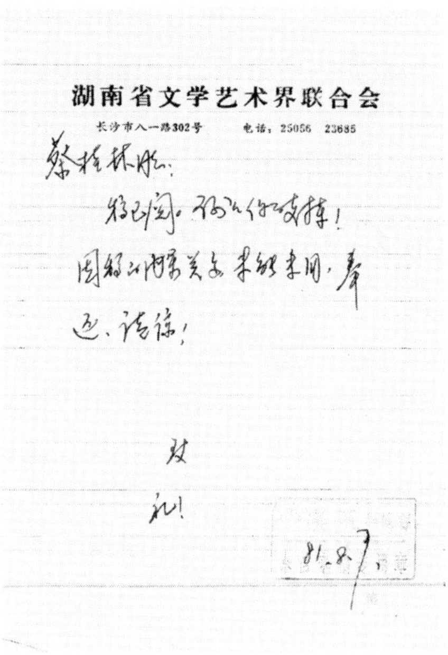
湖南省文学艺术界联合会
长沙市八一路302号 电话：25056 23685
蔡桂林同志：
稿已阅，谢谢你的支持！
因稿子内容关系未能采用，奉还，请谅！
致
礼！
81.8.7

《小溪流》编辑部退稿信 / 1981 年 8 月 7 日

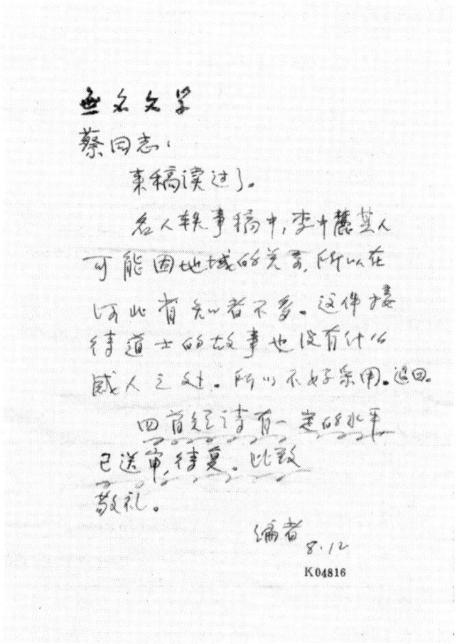
无名文学
蔡同志：
来稿读过了。
名人轶事稿中，李叔蕙等人可能因地域的关系，所以在河北省知者不多。这件道士的故事也没有什么感人之处。所以不好采用。退回。
四首短诗有一定的水平，已送审，待复。此致
敬礼。
编者
8.12
K04816

《无名文学》退稿信 / 1981 年 8 月 12 日

识》《连队后勤设施的建设与管理》两部教材及教学任务一并带走，至任务完成止。

张主任换了一副面孔对我说，政治处早就要你过去，都被我顶回去了，我们教研室也需要像你这样的同志。这回，顶不住了，大队党委的决定，我就得服从了。

他再换一副面孔，临别赠言：期望你到新的岗位后，在尊重领导的同时，应再活跃些，不要把自己包裹得那么紧，过于谨慎、内敛，不利于与人交流，要与最广大的群众保持密切联系。

我有些懵：啥情况？

11 月 15 日，中共后勤干部训练大队党委第五号命令：任命蔡桂林同志为后勤干部训练大队政治处宣传股干事（副排职）。

到政治处上班，接着全力办一件事：为统考战士开办文化补习班。

战士报考军队院校的时间日益临近。考军校，这是战士，特别是像我一样从农村入伍的战士，改变他们命运的唯一途径、唯一机会，必须为他们创造最好的条件。目前大队有分布在各个岗位的七十余名战士，符合报考条件的有二十余人，应该把他们组织起来，在不影响正常工作的前提下，借助大队学校性质的资源优势，为他们补习文化，提升他

们的统考合格率。

我把想法报告给政治处主任白兴启，白：我支持你去跑，跑下来我也支持。

动起来！

马上去找管理全大队战士的队务处协理员，期望他支持。没想到，他很不痛快。左一个难，右一个难，这个不方便，那个不方便，说了一大通：汽车班、公务班、炊事班、锅炉班……哪个地方能离人？

科学安排嘛，让不能参加统考的同志顶上。我很不明白：一个管理战士的干部，怎么能不理解战士、不替战士着想呢？我开始理解白主任说那番话的意思了。

有困难克服困难也要上！我想好了：先把举办战士补习班的一切条件创造好，再有阻力，直接向大队党委写报告！

我分别到四个学员队，询问清楚各队晚上自由活动的安排情况，穿插落实战士文化补习班使用场地问题；再到军需、财务教研室，请他们各安排两名数理化水平较高的同志担负战士文化补习班的教学任务。

相关问题逐一落实之后，回头报告给队务处协理员：协理员，请指示。他笑着摇头，一副无可奈何的样子。丁是丁铆是铆，拉不开栓啊！最后终于达成每周举办两次战士文化补习、每次两小时协议。

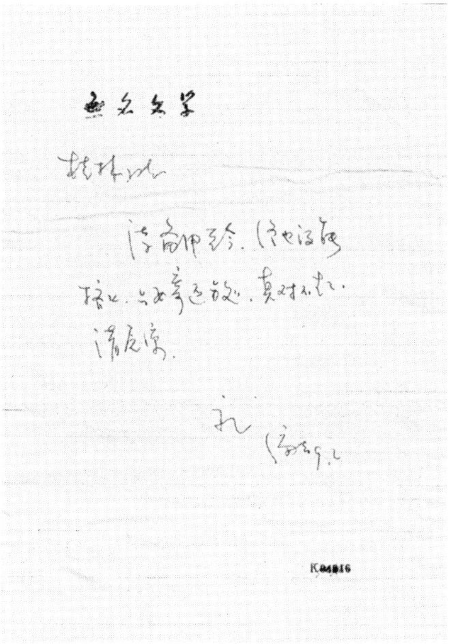
無名文学

《无名文学》退稿信 / 1981 年 9 月 2 日

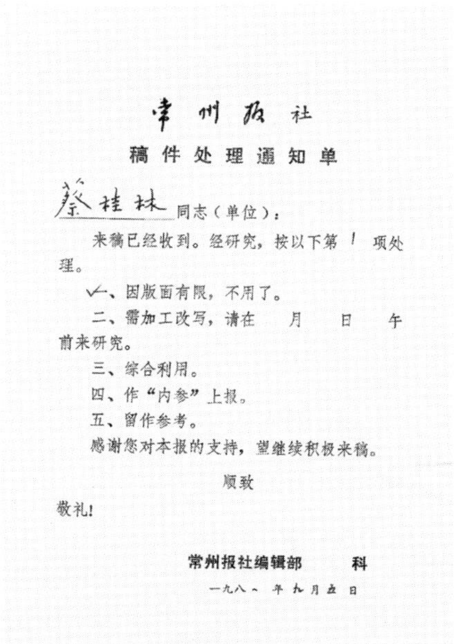
常州报社

稿件处理通知单

蔡桂林同志（单位）：

来稿已经收到。经研究，按以下第 1 项处理。

✓一、因版面有限，不用了。

二、需加工改写，请在 月 日 午前来研究。

三、综合利用。

四、作“内参”上报。

五、留作参考。

感谢您对本报的支持，望继续积极来稿。

顺致

敬礼！

常州报社编辑部 科

一九八一 年 九月五 日

《常州报》社稿件处理通知单 / 1981 年 9 月 5 日

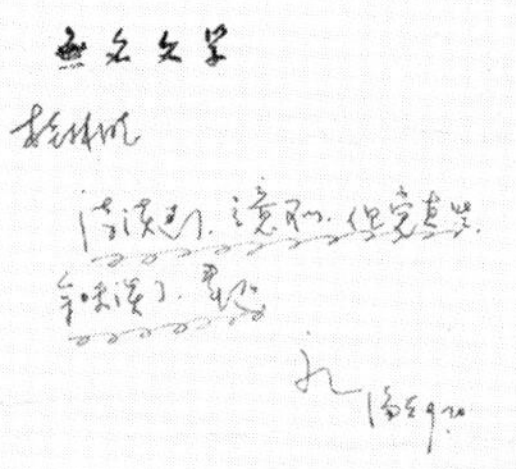

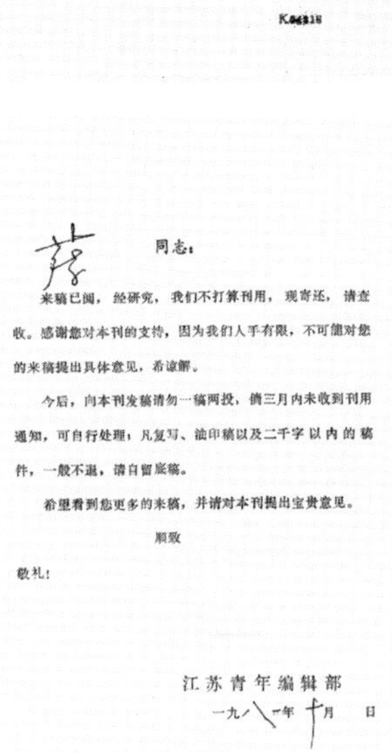

同志：

来稿已阅，经研究，我们不打算刊用，现寄还，请查收。感谢您对本刊的支持，因为我们人手有限，不可能对您的来稿提出具体意见，希谅解。

今后，向本刊发稿请勿一稿两投，倘三月内未收到刊用通知，可自行处理；凡复写、油印稿以及二千字以内的稿件，一般不退，请自留底稿。

希望看到您更多的来稿，并请对本刊提出宝贵意见。

顺致

敬礼！

江苏青年编辑部

一九八一年十月　日

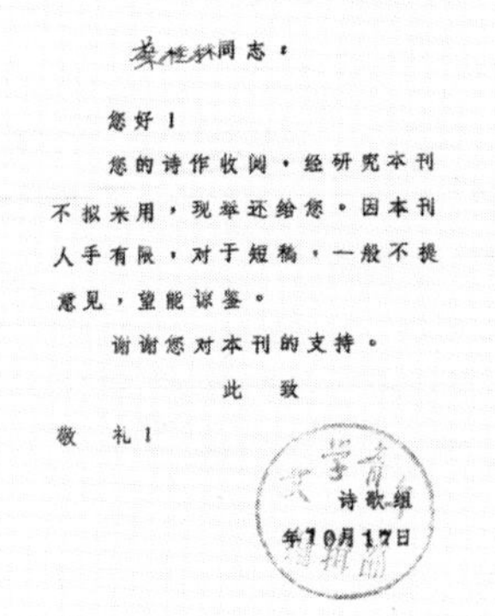

文学青年编辑部

蔡桂林同志：

您好！

您的诗作收阅。经研究本刊不拟采用，现奉还给您。因本刊人手有限，对于短稿，一般不提意见，望能谅鉴。

谢谢您对本刊的支持。

此致

敬礼！

诗歌组

年10月17日

我的主业是后勤干部训练大队的宣传工作，宣传工作的一大块是新闻宣传，特别是对外宣传，外树形象，很重要。征得白主任、孙政委同意，举行一次后勤干部训练大队新闻工作会议。

经过认真筹备，11 月 27 日晚，后勤干部训练大队组建以来第一次新闻工作会议召开。

请政治处老宣传干事、学员队副教导员国承新谈新闻报道如何抓问题、摸线索的经验体会；请训练处参谋、在中共中央机关刊物《红旗》上发表过言论文章的林家箴谈言论写作的体会和经验。接着，与会人员汇报新闻线索。会议第三项，政治处宣传股股长总结今年以来新闻宣传工作的成绩和不足，部署今年最后一个月及明年新闻工作任务。最后，孙魁信政委做做好新闻宣传工作的指示。

孙政委把我给他准备的讲话稿放到一边，张开五指，说：大家可以看一看五天前，也就是 11 月 22 日的《前卫报》，上面发表了蔡桂林写军需教研室教员于孟春刻苦自学英语事迹的文章——《有志者的歌》。我看了，很感动。我不是说蔡桂林的文章写得有多好，当然，文章写得也确实不错，差了军区报纸也不会登，我想说的是如果有更多这样的文章、报道出现在军区报纸、省里市里的报纸，甚至《解放军报》

《无名文学》退稿信 / 1981 年 9 月 20 日

《江苏青年》编辑部退稿函 / 1981 年 10 月

《文学青年》编辑部退稿函 / 1981 年 10 月 17 日

《人民日报》上，大家想想，那是什么效果？比我和大队长到上级机关首长那里汇报十次都管用，都说明问题。因此，各级、各位都要下力气，把新闻工作抓上去，不为出名挂号，就为鼓舞士气，凝聚力量，推动建设。

会议开了三小时，是一个总结的会，研讨的会，鼓劲推动的会。

新闻宣传工作会议结束后第三天，11 月 29 日上午，接到军区后勤部政治部宣传处庄万池处长的电话，我以为他要找白主任，他说：不，就找你。

找我？我很意外：请首长指示。

庄：没有指示，就想了解一下你的学习、工作，特别是写稿情况。

我如实做了简要汇报。

庄：有什么困难吗？

我：写稿质量不高，写得多，发表的少，靠自己摸索，缺乏引领。

庄：哦，我知道了。多努力，不要放弃，多出成果。

我：是。

放下电话，庄处长为什么会给我打这样的电话？这个问题在我脑子里萦绕不去。

稚嫩绽放

1982 年，入伍第四年。

1 月 1 日，新年第一天，整理 1981 年的文稿。

过去的一年总共写了六十六篇，其中，在各种报刊，不同体裁，大大小小，发表十一篇。比 1979、1980 年有进步，但稿件质量低，发表率低，热衷于发出去多少篇，不能静下心来思考思考后一篇的质量、水平有没有超过前一篇，怎样提高。

没有思考，就没有攀登；没有反思，就没有进步。烧掉去年的全部文稿，在新的白纸上重新书写新的文字：新的一年，发表作品应不少于二十篇，其中，军区、省级报纸杂志电台采用应不少于十篇，地市级十篇以上，为 1983 年向全国报刊进军奠定基础。

丝毫没有忘记入伍前“超出基准线”的梦想。那时，写作是“超出基准线”的手段和工具，目的是由此求得命运的改变。现在，附加在梦想中所有与梦想不相干的东西全部褪去，梦想变得纯粹，纯粹的梦想。

为了达到预期目标，必须加强学习，报名参加《陕西教育》刊授大学，按教学规划完成大学语文学习，自学哲学。

向哲学要深度；向文学要悟性；向生活要灵感。

迎接挑战从来都是增加人生力量的最好办法。

锁福哥哥圣明：1 月 1 日，中共中央批转《全国农村工作会议纪要》（1982 年中央一号文件），指出：目前，全国农村已有百分之九十以上的生产队建立了不同形式的农业生产责任制，包括小段包工定额计酬，专业承包联产计酬，联产到劳，包产到户、到组，包干到户、到组，等等，都是社会主义集体经济的生产责任制，反映了亿万农民要求按照中国农村的实际状况来发展社会主义农业的强烈愿望。

中国，终于落到实事求是的思想路线上来了。我的父老乡亲为这一“落到”付出了怎样的代价啊！我的肋骨疼啊，还有阴雨天就隐隐作痛的我肩背上永远也不会消失的纤痕！

——哦，“一切向前看”吧。

历经半年的准备，1 月 4 日，我走上讲台，为学员四队讲授《军用公文》；1 月 5 日为学员三队讲授《军队实力统计》理论部分。

课堂不陌生，讲台不陌生，时隔三年，重进教室，再登讲台，感慨万千。感到了自己的成长，更感到这种成长的艰辛——

同学们，《军队实力统计》的理论基础是统计学。统计学是社会学的重要组成部分。一定不要小看了统计学，以为只是趴在案头没完没了、翻来覆去地摆弄那几个无情无欲、无知无觉、无色无味的阿拉伯数字。是，也不是。学习统计学，要时刻牢记列宁在《统计学和社会学》这篇著作中写下的名言：“没有比胡乱抽出一些个别事实和玩弄实例更普遍、更站不住脚的方法了。罗列一般例子是毫不费劲的，但这是没有任何意义的或完全起相反作用的，因为在具体的历史情况下，一切事情都有它个别的情况。”

……

主管教学的朱松林副大队长跟踪听课，两个队六节课后，他在“查课登记卡”上写下了这样的评价：

讲课生动活泼，表达能力好。对于此类理论性较强的课，能够联系实际，运用事例，举一反三，路子对头。望继续发扬。

这是大队领导对一个新教员的鼓励，从朱副大队长的嘴里说出来，我很愿意听。

生活中有这么三种人，一种人离生活太近，不免陷于利害的冲突；一种人离生活太远，往往又成了不食人间烟火的隐士；还有一种人与生活保持着恰当的距离，这种人就是人们常说的豁达的人。朱松林副大队长正是这第三种人。从我入学到留大队任教，再到今天走上讲台，都与他给予的鞭策和鼓励紧密相连，他对我的人生有着引路的意义。

4 月 9 日，与白兴启主任一起，到济南军区后勤部招待所出席后勤部政治部召开的反对资产阶级思想腐蚀教育预备会。

头次参加这么高级别、这么重要的会议，内心忐忑。谨慎，好奇。认真听，怕漏掉一句话；仔细记，担心落下一个字。

后勤部政治部选择济南物资仓库进行了教育试点。预备会上，物资仓库政委汇报了教育试点情况。接着，后勤部第九分部政治部宣传科科长汇报了分部政治部在第一三八医院进行教育试点的情况；后勤部第十一分部政治部副主任汇报了分部在枣庄某仓库进行教育试点的情况。之后，后勤部政治部副主任杨慕陶传达后勤部政治部关于开展反腐蚀教育的意见。

预备会开了两天，听得我头皮麻，在心里不断地问自己：资产阶级思想腐蚀这么严重？“资产阶级思想”“资本主义思想”是不是一个东西？是个什么东西？咋这么厉害？能腐蚀？“无产阶级思想”为什么这么被动，总被资产阶级、资本主义思想腐蚀来腐蚀去，啥时候转一转，先进的、高级的无产阶级思想去腐蚀腐蚀资产阶级、资本主义思想？

给一种现象贴上某种“主义”的标签是省事省力的，然后，不假思索地接受，跟着人云亦云，不做深入的思考、辨析，永远得不到真知。比如，吃喝玩乐，真是腐朽的资产阶级思想的表现吗？如果是，人类社会发展到有剩余物品阶段时就有了吃喝玩乐，商王朝的“奴隶主阶级驱迫奴隶从事劳动生产，自己凭借武力享受着奢侈放荡的富裕生活”（范文澜《中国通史简编》第一编第124页），这时，“资产阶级”在哪里？岂不是没有资产阶级的时候就有了资产阶级思想？再比如，贪图享乐，在中国，早就有之。那时，资本主义在哪里？“自由化”为什么总是和“资产阶级”扯在一起？只有“资产阶级”才有、才能“自由化”吗？“阶级斗争在一定范围内长期存在”，没有对这个论断中的“一定范围内”做出准确解释，从句式上看，“阶级斗争”肯定不是“全覆盖”的，也不是“大范围”的，那么，“阶级斗争”存在在哪个范围就在哪个范围“斗”好了，为什么要超出“那个”范围呢？既然到了我们这里，是不是我们这个“范围”也存在“阶级斗争”呢？既然要“斗争”，那么“斗争”的对象是谁呢？毛主席在《关于目前党的政策中的几个重要问题》“关于政权问题”中，对“人民共和国及其政府所要反对的敌人”下过这样的论断：“是外国帝国主义、本国国民党反动派及其所代表的官僚资产阶级和地主阶级。”现在要“斗争”的还是毛主席指出的这些人吗？如果“换人”了，或者“加人”了，“换”了谁？“加”了谁？

1981年抓与党中央保持一致教育好理解，中共中央最高领导人换了，当然要求转变立场、转换思想。现在抓这项教育啥意思呢？啥地方出问题了？

头大。搞不懂。

搞不懂的原因起码有两个：一是自己生活的范围太小，根本不知道更大范围“生死存亡”的情况，根本不知道全局是个什么样子；二是读书不够，理论太浅，不能站到更高的层次上判断、思考问题。既如此，那就先听了解全局的人的，先相信了解全局的人做出的判断。

参加一次高层级的会，尽管把自己的思想搞得很累，但在会上，我感受到有一种力量推动着自己奔跑。“当一个人感到有一种力量推动他去翱翔时，他是绝不应该爬行的。”（海伦·凯勒）

好好读书，好好深入实际调查研究，搞懂、搞清楚这些问题。

9 月 18 日，邓小平在陪同来访的朝鲜劳动党中央总书记金日成赴四川访问途中，向金日成介绍说：从十一届三中全会到十二大，我们打开了一条一心一意搞建设的新路。社会主义是共产主义的第一阶段，落后国家建设社会主义，在开始一段很长时间内生产力水平不如发达的资本主义国家，不可能完全消灭贫穷，所以，社会主义必须大力发展生产力，逐步消灭贫穷。

邓的讲话实事求是，听起来相当亲切。他的话与我学过的教科书上关于社会主义的经典定义大不相同呢，我看作是对“社会主义”的新探索、新论断，丰富发展着马克思主义科学社会主义理论体系。

起草政治处各种文件材料二十一份、十万零五千余字，完成一百四十八小时军需授课任务，摘抄政工资料两万余字，搜集、剪贴各种学习卡片三百余张、约四十万字，坚持自修刊授大学……

一年，转眼即逝，这些数字记录着即将过去的一年我的忙碌，我的努力。

记得开年第一天规划新的一年时定下发表作品应不少于二十篇，为 1983 年向全国报刊进军奠定基础的目标。站在年杪岁尾对照检查，这个目标实现了：一年来先后被报刊、电台采用二十八篇。稿件采用率上升缘之写作质量上升，而质量上升，得感谢宋曰信老师亲临明水的耳提面命。他“观察生活和认识生活”的教诲，对我观察理解身边的人和事，启发很深。

把上面说的那些加在一起，后勤干部训练大队党委给予“该同志富于革命理想，对自己要求严格，有强烈的责任感和进取心”，“工作积极肯干，不叫苦不喊累，经常牺牲休息时间加班加点”的积极评价，荣记三等功一次。

这是我走进军营四年里获得的最高荣誉。

军功，让我振奋！

后勤干部训练大队政治处电影组战士小 D 因病住院后，思想波动，去年 12 月初跳楼自杀未遂。1 月 5 日，我奉命带小郭、小秦两名战士前往淄博周村第一四八医院，接替于立友、蒋纪宏护理小 D。

我的 1983 年的序幕，在第一四八医院的病床前拉开。

躺在病床上的小 D 瘦骨嶙峋，胯骨像把扇子，胸肋骨像搓衣板，皮包骨头。

病房遍地都是如青玉蜀黍穗一样醒鼻的苏打味，混合着尿骚和血腥，进去没几分钟，小郭、小秦就吐了，小于、小蒋在这里坚持陪护了这么久实在不易。我让郭、秦俩先去休息，适应适应，自己一个人接下当日夜班。

无论参军前还是参军后，此前从未到医院护理过病人。即便到医院看望病人也没有过。

夜班值班护士袁野，女，小小的个子，小小的鼻子，只有眼睛是大大的。从给小D静脉注射看，护理技术不错。下颌翘起，能把人挑到半空，让人望而生畏："你去把大小便倒掉。"大概是第一次见我，判断我是新来的，又加上"出门左走，走不通的地方就是"的指使。我无言地端起便盆走了。

1月7日晚，我值第二个夜班。当班护士宋琴。她细心，嘱咐我不要怕麻烦，多给病人翻身。"生褥疮了，更没好日子过。"我点点头，马上照着给小D翻身。又打了些热水，给小D擦了擦背。

1月8日晚，我值第三个夜班。当班护士仍然是宋琴。可能是因为我连着值夜班的缘故吧，她赞了赞我：你是班长吧？总让着另外俩战士，自己干。

我：没让着，我年龄比他们大，觉就比他们少了。

1月9日晚，我值第四个夜班。当班护士还是宋琴。她忙完换药之类的活之后，冲我笑了笑：抱歉，昨晚我把你认成战士了，其实你是训练大队政治处有文化的干事。

我也笑了笑：新干部。你说话真逗，还有没有文化的干事吗？

宋：多了去了！

我心里想：被"没文化"的干事伤害过？

今天是星期天。本想回单位向白兴启主任汇报小D的情况，但连日的端屎端尿、喂水喂药，累得很，身上的每个关节都疼，像是在老家罱了一天河泥，躺下睡了。

1月13日，小D病情恶化。吃下去的东西排泄不出，肚子胀得老大。晚上，进一步恶化。小D的主治军医、外一科杨副主任、分管医疗的副院长、院长全来了，一阵抢救，忙得直转。渐趋平稳时，已是凌晨两点。

1月20日，值夜班。所有人都睡着了。值班护士也趴在护士办公室的桌子上睡着了。醒着的就我一个。望着小D气息奄奄的样子，很心疼。他为什么要自杀？这个问题自他去年 11 月底跳楼开始就缠绕着我，希望得到答案。没有。来医院这些天，跟不同的人谈了不少话，掌握了相当多的情况，于是，有了一个基本的推论：

小 D 出生在一个富农家庭，父亲是受管制的对象，自己是受歧视的子女。生而有罪。这种原罪在他幼小的心灵上烙下不可磨灭的印记。见人矮三分，挺不起胸，抬不起头，夹着尾巴做人。长大懂事、特别是政策放宽得以参军之后，小 D 选择了自强，以期弥补“先天”的不足。然而，他并不懂得，一个人即便是自强不息，也不一定能真正自强。他对经过艰辛努力也不能自强缺乏精神准备，一旦并不比别人更好的“失败”出现时，整个精神支柱垮塌了，这个垮塌是致命的，带来的是绝望，小 D 应该是这样爬上了楼顶的……

1 月 24 日，上午护理小 D，下午，接到孙魁信政委电话，要求我结束护理返回大队，组织展开“共产党员要为共产主义奋斗终生”教育。与宋琴、原野、主治医生、杨副主任……告别。袁野朝我竖了竖拇指，宋琴一笑，低头。

历时二十天的医院护理生活结束。带着疲惫，带着感伤，返回单位。

3 月 25 日，收到总政治部下发的《关于干部参加大专自学考试的通知》，精神为之一振：提高军队文化素质的时代到来了？我预感是。我跃跃欲试，太缺文化了，太缺系统地读书了，要做一个真正有文化的干事。

报名吧！

动！

借了辆自行车，去了章丘四中语文组，了解语文复习动向；去政治组，了解政治复习动向；带回《政治经济学》复习材料；去人民银行章丘县支行行政组，看辽宁电大考试复习提纲；买回四十五本各类书籍。

昨天是一张作废的支票，明天是一笔不能支取的存款，只有今天才是摆在自己面前的现金。

花，现金！

读《祝您成才》。有篇文章说，齐白石把“要每日作画，不教一日闲过”作为自己座右铭，激励自己珍惜时间，每日不辍画笔，终有大成。

座右铭！

座右铭对人的激励作用是显而易见的。

一个想法闪现：搜集名人座右铭，阐释这些座右铭对名人成长的意义和作用，一篇一篇，愉悦写作。每成一篇，可视情投给报纸，最后积累成一部思想漫谈之类的书，这对于激励自己，激励像我一样的青年人，应该很不错。

受这个想法的鼓舞，排出了一个时间推进计划表：今天开始，用一年时间，1984年3月完稿，1984年底或1985年初出版出来。

好，就这么定，“不教一日闲过”。

为“座右铭”一书，翻阅着大量书籍资料，夜以继日。

3月27日晨7时至晚11时，连续十六个小时，除了吃了两顿饭没有离开过办公桌，一气写出了八千余字的“前言”，誊清。自我欣赏。装进一只大信封，投给了山西太原的文化月刊《并州文化》。

座右铭，在中国文化里，源远流长。我这个“文革”尾声时高中毕业、两考大学不中的人，驾驭它，难度很大。

难度大也要干！

就“前言”写作中遇到的、想到的难题列出一张单子，拿着这张单子，4月4日，请假去了山东大学，向著名古代汉语专家、中国古典文学教授殷孟伦先生请教。

下午，殷老先生由他的儿子陪护，在书房接见了我，就“座右铭”及相关问题，给我以耐心、亲切的教诲。他强调，要认真研究青铜铭文，“座右铭”的源头，在那里。

我诚恳而庄重地点头。

握别殷老，我又叩开了山东大学另一位著名教授周来祥先生的家门，就外国座右铭的一系列问题请教周先生。这位美学大家，诲人不倦，令我豁然开朗。末了，他告诫：可查几部西方早期哲学著作，也许会有所发现。

自章丘明水来一趟济南不易，来了，就应该让它效益最大化。

从周先生家出来，已近黄昏，但我还是有失礼貌地又叩开了中国著名文字学家蒋维崧先生的家门。这位《辞海》副主编正用着晚餐，见我到来，放下了手中的碗筷，站起，把我迎入书房。我很歉意地望着长者，他谦谦然，示意我坐。接着娓娓道来，条分缕析，让我如沐春风。此后，题词勉励我。

政治教研室教员郁大林，原任长山要塞某团政治处宣传股股长，爱读书，文字功夫了得。苏州昆山人，有着军人的硬朗，更有着与生俱来的细腻精致，调来后勤干部训练大队时间不长，我们很快成了气味相投的好朋友。这个周末，大林把因工作没有回家的、无“家”（指未婚、没成家）可归的他所在的教研室主任崔恭选、训练处参谋林家箴、刚从山东艺术学院美术系油画专业毕业入伍来到政治处的美女干事车晓曦、军事教研室队列教员卢士河、军需教研室教员于孟春，加上我，聚到了一起。

大林请了军需教研室烹饪教员石荣水主厨。教厨师的“厨师”，石教员弄的这一桌菜，那家伙，实在是色香味俱全，盘盘碟碟都是艺术品，看看都不忍心下筷子。

那只有喝酒了。

好学近乎智／蒋维崧先生题字／1986年8月

斟满，集体科目，主陪带三杯。

再斟满，集体科目，副陪带六杯。

接着，单个教练；再接着，混战……

一个又一个高潮之后，席间有人提议：缓缓，缓缓，喝得太猛了，闲话闲话。

于是，话题被酒烫热，天南地北飞扬。

飞过天南地北，又落到身边。席间既是长者也是职务最高者崔恭选主任，大个儿，方面大耳，唇红齿白，聪明“绝顶”。走路有些罗圈，证明他是个苦出身：青春发育时成天扛超过自己体重的大活，压的，走了形，富裕之家谁让孩子干这么重的活？一定是生活所迫，所迫的生活没有压垮他，而是磨砺了他，造就了他日后坚毅的品质、一往无前的精神。他问车干事：有对象了没？我们大队可是才俊荟萃，看中哪个跟我说，我帮你忙。

车晓曦脸一红：还小。

崔：你看看，你看看，跟我们说“还小”，跟“邻母”就不这么说了吧？

崔主任的话太雅，也太文化，没有把大家逗乐，因为，没几个人知道“邻母”是谁。典出唐诗《伴姑吟》：“十六做伴姑，含情语邻母：今年新嫁娘，问年才十五。”

有人提议：每人说一个段子吧，解酒。

林参谋：那好，我抛砖引玉。说有一对学古典文学的博士男女新婚，喜宴散了，新郎急着入洞房，新娘博士说：我们对对诗吧，对得上，随你；对不上，随我。新郎耐着性子答应。新娘博士：“花径未曾缘客扫，蓬扉今始为君开。”（杜甫《客至》）

林：新郎一听，兴致勃勃，接着对道：“春潮带雨晚来急，野渡无人舟自横。”（韦应物《滁州西涧》）

于：太有学问了，不露一个色字，尽得风流！

卢：太含蓄了，听得急死我。

满桌人笑得岔了气。

郁：语言暴力。

我瞥了车晓曦一眼，她面色绯红。

我：章丘是有文化的地方，咋整出这么个粗鄙的段子！我来为章丘有文化证明。李开先，戏曲家，“嘉靖八才子”之一，章丘人。不少人慕名前来拜访。一天，一位叫雪蓑的深山老道亲自登门，想一探李开先是否像人们传说的那样有才，还是浪得虚名。他头戴斗笠，来到李开先家门前，双脚叉开，倚坐在门槛上，请求给碗水喝。家人通报给了李开先，李开先立即吩咐：“快提壶好茶去，他是想喝茶啊！”请问章丘卢兄，你的同乡李开先是怎么知道来人是要喝茶而不是要喝水的？

卢：不知道，我自罚一杯呗。

崔：头戴斗笠，即草字头；双脚叉开，即人也；坐在门槛上，即人下是木；把这三个意象加在一起，就是“茶”字。

车：鼓掌，鼓掌，崔主任才学胜过李开先。

郁：来、来，我们大家一起敬崔主任一杯。

卢：慢，我先敬。我替章丘人抹黑了，崔主任给挽了过来，我敬！

我：政治教研室主任，副团级。团，里面是一个“才”字，四面是围墙，这个字的意思是说有“才”的人才能被送进这个围墙里面。

崔：好好好，我们大家一起撞墙！

……

新闻纵横

4 月 23 日，早晨，政治处干部股股长刘杰通知我：“经后勤部政治部主任批准，后勤干部训练大队孙政委同意，你被借用到后勤部政治部宣传处，今天报到。”

下午，我到后勤部政治部宣传处报了到。

同来报到的还有济南后勤油料仓库的孔祥林、汽车九十一团的徐凡。

1981 年底给我打过电话的宣传处长庄万池，升迁高一职岗位走了，现在的处长是郭子平。郭处长给我们讲话：把你们从不同单位召来是要举行一次“新闻会战”，任务是在处里新闻干事何玉珍的带领下，下到部队去，找线索，写稿子。

一段新的生活开始了。

“座右铭”一书的写作不得不暂时停了下来。

从报到的4月23日到6月1日，跑了后勤部所属的八个团单位，历时四十天，穿行采访，写稿。

到第一四八医院时，专门采访了外一科，并请全科的护士们吃了一顿饭：感谢你们对小D的照顾，也感谢你们对我的照顾。

宋琴：有良心。

我：一直有。

袁野：你不会记恨来医院护理小D的第一个晚上我让你倒便盆吧？

我：你是不是为此深感不安啊？

袁野：是。

我：别。我给你讲个故事吧。

当兵前一年的腊月二十四，在家与母亲一起掸尘。我在米缸与菜缸之间的旮旯里扫出了一只干瘪得像一球又脏又破烂棉絮样的洋葱。我想，这只洋葱一定是不能吃的了，就把它当成垃圾泼到了屋后的菜地里。春节到菜地剜菜时，我又看见了它，不经意地踩了它一脚。极寒的冬天过去，春天来了，它居然发出芽来，居然接着开出花来，居然再接着结出籽来。如果不是我剜菜时那一脚的踩踏使它更加抱紧了泥土，很可能就在极寒的冬天里冻死了。是我的那一脚踩踏救了它。你让我倒便盆相当于我剜菜时踩踏洋葱的那一脚，使我更结实地拥抱现实拥抱生活，我感激你！

袁野：你这样说我更难受。我没踩你的意思。

我：来、来、来，碰一杯。你的意思不重要，重要的是我的感觉，你给我的感觉造就我。谢！

……

走一路，想一路，记一路，写一路。

每当文稿变成铅字发表出来的时候，内心充满着喜悦，升腾着一种难以言说的自豪：这是从我这“茧”身上抽出的“丝”啊！要知道，抽这“丝”可不容易。要有不怕“水煮”的精神，要有找到“丝头”的功夫，还需要有常抽不倦的毅力。今年的半年中，发表了十八篇、约万字的各类作品，这其中熬费的心血岂是数字所能概括！《前卫报》发表了我的《从退稿信中站起来》，表达的正是自己的热望。现在，发表了一些，但不能算“站起来”，最多只能算开始往起爬，有“站”的趋势；即便能按计划出版“座右铭”一书，也只能算作“半站”，离真正的“站起来”，距离遥远。

读到宋人陆游的《上辛给事书》。陆游说：“君子之有文也，如日月之明，金石之声，江海之涛澜，虎豹之炳蔚，必有是实，乃有是文。”文章的格调和人的格调密不可分，做文首先要做人。艾青也说过：“高尚的意志与纯洁的灵魂，常常比美的形式与雕琢的词句，更深刻而长久地令人感动。”而“愈丰富地体味了人生的，愈能产生真实的诗篇。”还是陆游说得明白：“爝火不能为日月之明，瓦釜不能为金石之声，潢汗不能为江海之涛澜，犬羊不能为虎豹之炳蔚；而或谓庸人能以浮文眩世，乌有此理也哉？使诚有之，则所可眩者，亦庸人耳。”

好好修炼啊，不做“浮文眩世”的庸人，远的陆游、辛弃疾，近的殷孟伦、蒋维崧，都是煌煌之榜样！

“听时愁近，望时怕远，孤鸿一个，去向谁边？”（贺双卿《惜黄花慢·孤雁》）“借”来两个月了，准备“借”到何时呢？我希望来宣传处工作，但不希望这样半死不活地拖着。

6月26日上午中间休息时间，想找郭处长谈这件事，副处长刘克敬告诉我郭处长出差了，过几天才能回来。那我就跟刘副处长谈。刘副处长积极：待郭处长回来后研究一下，尽早、尽快办。

处长郭子平回来后的6月29日，我找他谈了自己的想法。

郭：我们要把方方面面的工作都做到，不能贸然上会，那样会把饭做夹生了。

我：这我理解。请求快些做出结论。实在不能调来，请早些让我离开。悬在半空中，不踏实。

郭未置可否。

回到住处，拿起一本《名人名言录》读。或许由于心情不好，读着读着，竟与名人唱起了反调——

赫胥黎："没有哪一个聪明人会否定痛苦与忧愁的锻炼价值。"我在一旁注道："没有哪一个聪明人会肯定只有痛苦与忧愁才有锻炼价值。"

安培尔："所有坚韧不拔的努力迟早会取得报酬的。"我在一旁注道："不是所有坚韧不拔的努力必定都能取得报酬的。"

别林斯基："不幸是一所最好的大学。"我在一旁注道："幸运的是我没有踏进这所最好的大学。"

……

门，被轻轻敲响。

邻居。宋曰宏。

邻居宋曰宏，济南军区总医院B超室技术员。长我一两岁？应该是，但从未问过，她就是有姐范：走，去植物园吧，今天有空，给你科普点植物知识。

我欣然。先且放过赫胥黎、安培尔、别林斯基……跟宋走。

宋曰宏漂亮。宋曰宏的漂亮介于大家闺秀与小家碧玉之间，难以准确描述。最好看的是眼睛，像是混血，非汉人所有的那种。她的父亲是山东省林业厅植物研究所所长。也许自幼耳濡目染的缘故吧，植物知识相当丰富。我们骑着单车，她在前，我稍后，她扭头问我：知道吗？联合国把有没有植物园看成是衡量一个大都市现代化程度的标准。为什么？

我摇头，一脸茫然。

宋：与动物进化一样，植物也是进化的。它从菌藻植物时代走来，经蕨类植物时代、裸子植物时代，进入被子植物时代。直到现在，被子植物仍然是地球上种类繁多、分布最广泛、适应性最强的优势类群。

说着，我们骑进了植物园。

宋：眼前的植物园是按植物进化程序来布局的，自木兰亚纲始，经金缕梅亚纲、蔷薇亚纲、五桠果亚纲，至菊亚纲，一座植物园就是一部巨大、直观的植物学教科书，环绕一周，你便可以领略植物从最原始的进化到最现代、最高级的历史行程，"读"懂它，就是"读"懂了生命世界的另一页。

杨树、楝树、皂角树……在记忆中摇曳。

宋：这里有银杏、银杉、珙桐、香果树，都是植物活化石。走进植物园的人很多，但真正懂植物的人很少，他们大多为植物的审美意义而来，其实，植物的生命意义也相当重要。这里还聚集有濒危植物、野生稀有植物，谁又能断言将来治愈艾滋病的基因不正从它们身上提取呢?

看来，貌美的女士不一定都肤浅。

“却顾所来径，苍苍横翠微。”（李白《下终南山过斛斯山人宿置酒》）

转看了很久，该离开了。

临离开植物园时，宋说：这里的花房里养有银边吊兰，送你一盆吧。

吊兰，多年生常绿草本植物，原产于南非，西欧人称蜘蛛草。叶丛生，线形，细长，似兰花，中间有绿色或黄色条纹，柔软，润滑。花茎从叶丛中抽出，花白色，常二至四朵簇生。植株有净化空气的作用。

宋：我送你，净化空气不是主要的，主要的是让它净化净化你的心。吊兰从头到脚就俩字：朴素。而且，它优雅别致，生命力顽强，向它学学……

宋曰宏帮我推开了认识世界的另一扇窗口。

7月21日上午，接到《济南日报》社李平达同志的电话，要我去他那里一趟，谈稿子。

李平达治学极为严谨，人生态度极为严肃。他对我给他稿件中的用典、语录、引文、名言，都要探源寻底，决不放过一处，稍有疏忽，他立马给你指正出来，常常使我感到窘迫。《标点之于言文同等重要》中引用了郭沫若的一段话，下面没有注明出处和校对与否，他来电话找我询问，知我出差在外，他就压着不编，直到我回来问个清楚，他才放心。报社交给他《自学之友》这样一块三分地，他也要弄出花样来，办出锋芒来。见到社会上不正之风盛行，多吃多占，假公济私，行贿受贿，十分愤慨，找人赏析于谦的《石灰吟》，发在自己的版上，告诫人们“要留清白在人间”；看到有人利用职权占房抢房，连孙子的房子都准备好了，而无数平民百姓则“四世同堂”，气愤不过，再编发“安得广厦千万间”古诗今译。“谁看啊？”“有用吗？”“书生意气！”他听之任之，肯定没用。别说发在我这块小版上，就是发头版头条也不管用。中央文件都止不住这些人，一篇文章能济事？！我图理得心安。

这次约谈我，是让我在他主编的“写作漫谈”栏目连载文章事：每篇文章的角度，它们之间的关系，等等。特别是让我解释连载之一中引用韩愈一段话的意思，逐字逐句。肯定是测验我的古文水准。讲得不对、不准确、不充分的地方，他纠正、补充。

他直言不讳地指出我文章的问题：浅，单薄。

我：这不是写作技巧的问题，而是思想认识问题。想深，深不下去；想厚，厚不起来。

李：文化需要积累。这里的“积累”有两层意思：一是指理论的积累，只有在理论上有较大的提高，笔力才会雄健；二是指生活的积累。两者都需要时间，别太着急。

《济南日报》对我有恩，这里的宋曰信、李平达都给我深厚的滋养。

8 月 7 日，郭子平处长把我派向文登昆嵛山区，到驻那里的陆军第七十七师参加军区政治部在那里召开的通讯报道工作现场会。

这是济南军区多年来通讯报道工作最大规模的总结表彰研讨集会。

现场所在的陆军第七十七师党委常委全数出动自不必说，它的上级领导单位陆军第二十六军军首长，因为军区政委陈仁洪亲临，也大部出动；加上从北京来的总政治部宣传部领导，《解放军报》报社领导，新华社解放军分社领导，中央电台军事部领导，首都重要新闻媒体领导及编辑记者，一并到场，济济一堂。

军区军以上单位政治部宣传处新闻干事悉数到齐；大名经常出现在各大报刊上的军区名流悉数到齐，星光熠熠。在他们面前，我只是个写一指宽的消息、豆腐块大小的言论的侏儒。我仰视。

虽然与会人员花名册上我的名字后面的工作单位是军区后勤部政治部宣传处，但别人不知道自己心里明白，这不实，我的真正身份是一个团级单位的正排职干事，是被“借”在这里，开完会，身到哪里，实在是未定之数。

忝列这样的会议，自觉低人一等。听报告、看现场、听典型介绍好办，跟着，记下；讨论时难办：开口讲？怎么讲？以什么身份讲呢？特别是“各大单位谈如何贯彻会议精神，如何搞好本单位的通讯报道工作的措施”，不发言？一个大单位不表态；发言？“本单位”是后勤干部训练大队，怎么办？

委屈。一委屈，就忧郁。

忧郁情绪来自对不愉快的事物的沉思。

抛开委屈，我把它当作了一次极难得的学习的机会、吸收的机会、提高的机会。

陆军第七十七师政治部主任于天松坚持业余写稿的体会，令我惊羡：抓住外出开会的晚上写，晚上九点之后写，抓住节假日写，陪会的时候写；沉住气，想好了再写；不要主动去找稿子写，要等稿子“找上门来”写；有了题目不要急着写，应像老百姓煮地瓜，七分火，三分焐，焐能焐熟；应该像鸡下蛋，有蛋下得快，没蛋别“蹲窝”；从自己的条件出发，突出自己的风格……全是来自切身的真情实感，没有丝毫的矫揉造作，宝贵的“写作体会”。

会议最后，济南军区政治委员陈仁洪做指示。

初入伍时，班长讲话都认为是做“指示”；下连队了，认为只有连长指导员讲话是“指示”；从后勤干部训练大队毕业后，认为只有团以上首长讲话算“指示”；参加完军区后勤部举行的文化学习教育会议之后，认为师级干部的讲话勉强算“指示”；现在，我认为，只有陈仁洪政委及其以上的首长讲话才够得上“指示”级别，以下的首长讲话，就是工作部署，就是提要求，不能滥用“指示”。“指示”的滥用，看似是对首长的尊重，显示的则是“官贵民轻”官本位意识的根深蒂固和在军队里的势力强大，背后的潜台词是“一言九鼎”。言得对，九鼎就九鼎了；言错了，听的对象谁扛得动九鼎？岂不要像秦嬴荡一样气绝身亡？

这是我入伍以来第一次有幸几乎是面对面听这么高级的首长做指示。

陈政委个子不高，精悍，十四岁参加红军、十七岁担任教导员、历经战火洗礼的开国将领，英武夺人。他讲话有气势，又谆谆然：通讯报道工作是政治工作的一个组成部分，一个重要的组成部分，通讯报道战线是振兴中华不可缺少的战线，报刊从创办那天起，就是斗争最激烈的战线。报纸最早创办于唐朝。近代的报纸是十八、十九世纪开始发展起来的。报纸是一切统治阶级必须争夺的工具，是政治斗争的工具，揭露敌人，宣传自己。在社会主义建设时期，报纸的作用更大了，是党的喉舌、耳目。现在，全国已经有八百一十八种报纸，发行量“文革”前两千多万份，现在是九千多万份，新闻工作者达二十五万以上……

陈政委的讲话把我的思想带到了此前绝无的高度。以前，就知道写稿，投给报纸杂志，期望发表，发表了觉得自己的价值实现了，发表一篇实现一次，从没有如此开阔的视野，没有如此崇高的自觉。

忘了自己的身份，有的是于不经意中被提升了的激动。

9月8日走进办公室时，临时加放、让我使用的那张办公桌子上放着新到、属于我的邮件。打开。阅览。《漫话座右铭》赫然刊登在《并州文化》第九期上。高兴。这比发表任何一篇稿件都使我高兴，因为，它是对"座右铭"这个选题有力的肯定，是对这部书的写作有力的推动。

9月18日，在军区八一礼堂聆听来军区视察的解放军总政治部余秋里主任讲话，讲抓基层。隔得太远，高高在上，只能看到他是一只胳膊，独臂将军，其他细节看不清。

没有看到陈仁洪政委时的那种激动。

原因可能还是他讲的内容我没兴趣。"抓基层"，耳朵都听出茧子了。基层，要"抓"，更要"服务"。很多问题看起来出在基层，其实，根子在上层，上层太缺"服务"意识。基层多难啊，可光是"抓"，不解决。这样的"抓"，意义何在？有几个干部子女在基层？基层，还是我们农民子弟的基层。干部子女即便去基层，最多也就是在被称作"缓冲区"的城市周边部队基层，一有机会，就撒丫子跑回城市，跑到家门口。这样的"下基层"不如不下，下了，那表现，影响一大片。

首长讲首长的，我带着李存葆写的中篇小说《高山下的花环》哩。看。第八遍。一个属于基层官兵的战斗故事。

余秋里主任结束了对济南军区的视察，作为新闻宣传，必须跟上。带着余主任抓基层的指示，9月20日起，何玉珍干事把我派向基层采访。

9月23日上午，采访蓬莱某仓库政委。结束得早，离午餐还有点时间，走出库区，爬上了附近的黄岭。极目远眺，群山依依，村舍点点。

黄岭上长着一种叫狼牙刺的植物，颜色艳丽，摘下一片叶子，犹如一张色谱纸，从绿至红，逐渐加深，神奇。

它长在石缝里。面对坚硬的石质，一点也不畏惧，既不怨天，也不尤人，而是把极细极多的根须伸进石缝，紧紧抓住风吹来的尘土，艰辛而顽强地生长，傲迎山风，笑对百花。

下午采访仓库主任张连堂，一个后勤部队的老典型。

正谈得起劲，仓库值班室值班员来找我，要我接后勤部政治部打来的电话。

这样的电话极少见：确定是找我？

确定。

我来到仓库值班室，拿起电话，是干部处的朋友，他轻声轻气地说了两字“通过”就把电话挂了。

我明白这俩字的意思：我调入宣传处，政治部党委会“通过”。

泪，夺眶而出……

4 月 23 日借到宣传处，9 月 23 日正式调入，整整五个月，一百五十天！煎熬，心受不了。必须用泪滋润，必须有泪抚慰。

缪塞的《10 月之夜》中诗神告诉诗人：为了生活和感受，人需要流泪。

以为出了啥事，值班员急慌慌地去向张连堂主任报告，张连堂急慌慌地赶到值班室：咋的啦？

我摆摆手：没事，没事，啥事也没有。晚上您上点酒吧，我想喝点酒。

张：那还算事吗？

醉在蓬莱。

为狼牙刺。

9 月 30 日，回到济南。

郭处长找我谈话：你调入宣传处的命令已经下了，抽个时间回后勤干部训练大队，把相关的手续办一办。我跟你谈三方面的优点、两方面的要求。

优点：你的年龄、学历、入伍时间，当然，最重要的是入伍之后的一贯表现都很优秀，具备到大机关工作的条件；有较广的知识面，熟悉机关工作后担当一面没有问题；作风正派，正直善良。

要求：多学习文件的起草，在大机关工作，这是很重要的一门功夫；加强修养，在调动问题上有些沉不住气。

最后，在一起工作了，要相互支持，相互帮助，相互温暖。

我：感谢处长。请处长放心，把我调到您身边工作，一定坚决执行处长的“指示”，严格要求自己，谨言慎行，严于律己；一定勤奋学习，认真研究后勤通讯报道工作的特点规律，写出好稿，做出成绩，回报处长的关心和栽培。

我以这样表态回应着郭处长最后的那三个“相互”。

离开处长办公室，早过了下班时间，我没有马上离开，端坐在临时加的那张办公桌前，整理心情。

很晚，走出办公楼。

沸腾了一天的军区大院静得很，如水的月色像显影液，泡出了一幢幢陈旧的苏式营房的剪影，我在剪影里移动。

年轻人相信理论，老年人相信现实。理论把老年人变成年轻人，现实把年轻人变成老年人。五个月，我老掉许多。这就是“现实”的力量。

次日，刘克敬副处长找我谈话，意味深长：你顺利调入，是新任政治部主任张明山拍板定案。你记得庄万池处长给你打过电话吧？

我：记得。我到现在还纳闷庄处长那个电话的意思。

刘：这就对了。他给你打电话时我在跟前。当时处里缺人，有人向庄处长推荐你。那个电话是他考察你。考察完了给政治部写了正式报告。但，还没有来得及上政治部办公会研究，庄处长升职走了。新处长来了，人还缺，要调人，我提醒政治部有我们宣传处的调人报告。新处长表态，先借用。一拖就是好几个月。直到你在临沂出差时，张明山主任要我收集你发表的文章送给他看。看完后把郭处长叫到了他的办公室，对郭处长说：调蔡桂林的事不要再拖了，拖，对这么年轻的一个干部不负责任，会给他心理上造成多大压力啊？我看他的水平不低。我跟《前卫报》报社的同志、跟训练大队的主要领导都了解过，品质很不错，勤奋努力，是个好苗子。如果你们处里没有新的意见，上会。

我牢牢记住了一个名字：张明山！

在很长时间里，军区大院，在周围居民眼里，是个高贵而神秘的地方。但慢慢地，随着周围一幢幢大楼拔地而起，它褪去了往日的光环。犹如一个家境逐渐衰落下去的贵族，虽然还尽力地撑着，但人们已经无须仰视它了。

济南军区后勤部政治部机关干部合影 / 1983 年 10 月

前排右起第九张明山 第十曲广禔

中排左二郁大林 左五于孟春 右一赵业建 右六蔡桂林

上班，看文件、讲话之余，读到李延国的长篇报告文学《在这片国土上》，深深地震动了我。

为缓解天津严重缺水问题，决定引滦河水入天津。1982 年 5 月开工建设，历经一年零四个月艰苦奋战，全长二百三十四公里，横跨滦河、海河两个流域的浩大工程胜利完成，1983 年 9 月 5 日正式向天津送水。

《在这片国土上》全景式记录引滦入津的壮阔过程，博大的谋篇、深刻的描写、恢宏的气势，令人拍案；字里行间跳动着不可遏制的激情，使我感到人民、民族的崇高伟大，可敬可佩，可歌可泣。

这是崇高的美。

哦，文学，还可以是这个样子……

哦，李延国……

10 月 11 日至 12 日，党的第十二届二中全会在北京召开。全会通过关于在全党展开整党的决定，确定从 1983 年冬季开始，用三年时间，分期分批地对党的作风和党的组织进行一次全面整顿。

济南军区党委迅速做出部署。遵照军区党委的指示，11 月 12 日，济南军区后勤部党委机关开始了整党学习，后勤部政治委员晋国强在后勤部党委召开的动员大会上讲话。

11 月 14 日早晨我刚到办公室，张明山主任派秘书把我叫了去。

走进张主任办公室，晋国强政委在座。

张主任指指我对晋政委说：这就是小蔡。

“这就是小蔡”，张主任的介绍让我一惊：他早就向晋政委谈论过我。谈论我什么？为什么谈论？不知道。没法问。

晋政委摆摆手，示意我坐下。

晋政委看上去是个很和蔼、喜庆的人，满面是笑：小蔡，整党了，我们后勤部要真整。我和你们张主任这次下基层，发现了三个弄虚作假的典型：一个是第一四三医院，在三总部评选先进食堂时，自己不腌制小咸菜，到市场买，往上送，弄了块先进牌牌回来；二个是第八三五仓库，报喜不报忧，管理混乱，却成了军区管理先进单位；第三个是第一四七医院，一个科的教导员腐化堕落，所在的科却被评为先进单位。后勤部党委做出决定：职权范围内可以撤销的“典型”，立即撤销；属于上级机关职权范围的，上报批准后撤销。收回奖状奖品。

我的眼睛瞪大了，感到了眼前两位高级领导的正直、正派、正气，大手笔，大魄力，准确地对应着中央整党决定指出的“党的作风”。

张主任接过晋政委的话对我说：找你来，就是要你把这件事捅出去，能捅多高就捅多高。不用重典刹不住歪风邪气，要通过这件事教育部队，扭转风气。

晋政委站起身，准备走，临出门时又转过身来强调：报道后面加评论，要尖锐。

我：是！为“实事求是”伸张正义！

晋：就是这个意思。

回到办公室，还没压抑住内心的激动。

我明白，这份激动是双重的：一是后勤部两位政工“重臣”联合向我布置任务，实属罕见，是对我莫大的信任，旁证着张主任“这就是小蔡”的介绍应该是积极而正面的；二是这件事本身，太合我的口味了，这是一个新闻工作者可能是多少年也难遇上的好题材，让我遇上，是我的幸运。

写！

一天一夜没动窝。

11月15日上午，我把写好的消息、评论一并送郭子平处长、张明山主任审。

郭：消息没有问题，评论太尖锐。

我肯定不能说“要尖锐”是晋政委的要求。

张：消息就这样；评论再通俗些。

根据主任和处长的意见，我对评论做了修改。一定要改。不改，郭处长会认为我不把他的意见当回事；一定不能大改，不能磨钝尖锐。尖锐，既是政委要求，更是我的心愿，把本来就有锋芒的一件事弄得没有了锋芒，这样的活我不干。

再送审。

郭处长看了看，说：“送张主任吧。”张主任看了，满意，在一张便笺上写上“送晋政委审示。张明山。”

11月18日，军区报纸、山东主要媒体“捅”出了“济南军区后勤部党委撤销三个假典型”的重大新闻，震动部队和地方。

接着，我把它“捅”给了新华社、《解放军报》社、《人民日报》社。

11月22日，电话询问《解放军报》对这篇稿件处理，对方答我：我们很重视，题材重大，及时报给了社领导，一位社领导给了四个字的答复：不用为好。

不用，还为好，啥意思?

纳闷。

琢磨。

琢磨了两天，琢磨出点意思来：撤销三个典型，很严肃的事，即“题材重大”；如果三个典型都是你济南军区后勤部党委自己批准树立的，你们撤销，没问题，属于自我反省，有错必纠，有错必究；现在，不仅是，还涉及上级领导机关批准树立的，问题来了，那就意味着上级领导机关在评比时考察考核不严，把关不慎，你是不是在倒逼、在追究上级领导机关的作风和责任？“不用”的原因应该是这个；为好，当然是为军区后勤部领导好啦。

11 月 24 日下午，我把与《解放军报》社通电话得到的“意见”和我对“意见”的理解，向张主任做了汇报。

张：你等等。

张主任要通了晋政委的电话，跟晋政委简要地说了说我报告的情况。

张主任放下电话对我说：晋政委让你去他的办公室。

第一次进入正军职主官首长的办公室，紧张。

进门有屏风。绕过屏风先见到一排书橱。书橱前面是很大的一张暗红色办公桌。办公桌上一溜儿五部电话，红色的那部靠墙。办公桌前面是一圈沙发及附属的茶几。晋政委坐在沙发上等我。

晋：坐，小蔡。

我没坐。

晋：你琢磨得对，是这个意思。其他报纸怎么说？

我：《人民日报》肯定发。总编室副主任谷嘉旺充分肯定，指示我跟踪好，准备做出后续文章。

晋：好。还有什么情况？

我：新华社已确定发通稿。

晋政委本来喜庆，这时笑得更开了：很好，很好。有这两家就是最高级别的了。军报多虑了。《人民日报》敏感，你保持好与他们的沟通，按他们的意见办。

我：是！

“《人民日报》敏感”，啥意思？走出晋政委的办公室，我陷入了另一番琢磨中。表扬？《人民日报》不在晋政委的表扬范围内。晋政委可是一个久经政治风浪的老布尔什维克。1966 年 7 月，中共中央决定对“反党集团”成员、时任中共中央办公厅主任的杨尚昆实施隔离审查，时在济南军区政治部保卫部工作的他，就曾奉命前往山西太原，将此时居住在柳巷太原饭店西楼的杨尚昆“转移”至一个秘密的地方，而审查组长似乎就是来自新华社驻天津记者站的一个人。“《人民日报》敏感”的话从晋政委口中说出，别有深意，像是知道什么或预感到什么而发出的对《人民日报》的赞叹。那会是什么呢?

头大。超出我的政治领悟能力太远。

尽管我预感“留给我来独当一面的准备时间不会太多”，但怎么也没想到竟然会是这么的少。

“捅”出济南军区后勤部党委撤销三个假典型重大新闻的第二天，11月19日，郭处长主持处务会，调整处室人员工作分工，明确：通讯报道工作蔡桂林同志负责，何玉珍同志协助；何玉珍同志等待升用。

显然，这是“老政工”郭处长以高度的政治敏感，迅速做出调整，向张主任、晋政委表态。

其实，郭处长绝对是多心了。

的确，他不能不多心。就表面看，张、晋向外界传达出的信息明确。我说郭处长多心，是在他以惯常的思维看待了我，忽视了我绝对是个新手，是没有任何城府的新手，心里只有工作，或者说事业，没有任何其他杂质。

迎风摇曳

总政治部主任余秋里视察济南军区，抓基层是他强调的第一点。作为抓基层的重要组成部分，或者说是抓基层的延伸，他特别强调第二点：科学文化学习和战士的两用人才培养。对第一点，从一百四十个工作组、四百九十六名干部下基层，到撤销三个“假典型”，济南军区后勤部党委交了一份漂亮的答卷。想干事、能干事、抓大事的后勤部党委，对第二点，不可能不交出自己的答卷，而且要更加漂亮的答卷。

在晋国强政委、张明山主任的主导下，后勤部党委做出决定：12月12日，举行全后勤部队学习科学文化知识、培养军地两用人才经验交流大会，以经验交流大会把全后勤部队的科学文化知识学习和军地两用人才培养推向纵深。

政治部全体动员，投入到对这次会议的准备之中。

全后勤部部队经验的挖掘、总结之深度、高度、广度，决定着会议的成功与否。

11 月 21 日，充满工作激情的张明山主任召开政治部全体人员会议，指示集中政治部的主力，下部队帮助总结，责任到人，定点定时，将经验高质量地拿上来。

会上，张主任直接点我：蔡桂林参加。去二一九团（工程兵建筑第二一九团），这个团的四连利用典型推动学习搞得不错，总结总结。

我理解，张主任对郭处长说过“我看他的水平不低”的话，他要向政治部的同志证明他没说错，与晋政委一起向我布置任务，“捅”三个假典型是这个意思，现在点我去二一九团应该还是这个意思。

我斗志昂扬，必须出色完成任务。张主任向政治部证明，我要再次向张主任证明。

当然，不是想证明就能证明的。内心忐忑。忐忑在不了解情况，没有把握。

11 月 24 日，我抵达工程兵建筑第二一九团二营四连驻地——淄博辛店牛山四七六七工地，立即展开工作。

开了几个座谈会，找了百分之四十以上的干部、百分之十的战士谈心，把驻地周围转个遍，忐忑的心安了：没问题！

四连所在的四七六七工地，是春秋时齐国古城的核心地域。

此去不足二里，即是“九合诸侯，一匡天下”的管仲的墓，他“其为政，要在富民”，罚不避亲，举贤选才，“察身能而受官”的思想，如同墓前的老树，枝繁叶茂。

再行不远是临淄东周墓规模宏赡的殉马坑，据推算，全部殉马当在六百匹上下，它们头向外，昂首侧卧，做奔走状，无言地显示着东周时期齐国国力的强盛和贵族的豪华。

殉马坑西南侧五华里处是春秋时期著名政治家晏子的墓。晏子历齐灵、庄、景三公，犯颜直谏，匡国君之谬；尚节俭，身体力行；明万历二十一年石碑一幢，康熙五十二年、五十三年重修碑两方，耸立墓前。

宽五十米的齐国故城城墙，历经千年风雨，依稀可辨，蜿蜒起伏，望一眼，惊诧于千年老墙的磅礴气势。

……

这就是四连的驻地。

把驻地丰厚的历史文化融入战士三年服役期的业余生活，他们的素养发生必然的改变；他们的科学文化学习、两用人才培养，没有理由不精彩。

11 月 28 日返回济南，呈给政治部的是三千字的《树立先进典型，促进连队科学文化学习的开展》材料。军区政治部宣传部的《宣传通讯》很快就转发了这篇典型材料。

12 月 12 日，济南军区后勤部学习科学文化知识、培养军地两用人才经验交流会开幕。十九个先进单位和个人在大会上介绍经验，七十一个先进单位和先进个人受到大会表彰。

我知道大会开始后我的使命：“捅”出去！

新华社驻军区记者站、《解放军报》驻军区记者组、军区政治部宣传部宣传处、《前卫报》社、中央新闻单位驻山东记者、山东各主要媒体，悉数到场。

最快的当然是身边的媒体。大会开幕当天，山东电视台晚七点半新闻播出一分半钟画面新闻；次日，中央人民广播电台、山东人民广播电台早新闻，各自播出了大会消息；12 月 14 日，《前卫报》一版头条刊登大会消息；12 月 16 日，《前卫报》三版整版以“千军万马攀‘书山’，能工巧匠遍军营”为题，摘发八个先进单位和先进个人的经验，张明山主任指示大会会务组到印刷厂购《前卫报》两百份，与会代表每人一份……

大会圆满结束。

在总结这次会议时，晋国强政委高度肯定会议宣传报道。有同志告诉我，对这次会议的宣传报道，无论规模，还是影响，在后勤部的历史上都是空前的。报纸宣传需要时间，还会有后续，影响还会进一步扩大……

坐在他身边的张主任笑眯眯的。

学习科学文化知识、培养军地两用人才经验交流会一结束，12 月 18 日，张明山主任招呼“小蔡，跟我走”，我“是”的一声应答，直接上了他的车，自济南驶向徂徕山深处的某油料仓库。

张：上个月与晋政委一起下基层，看到一些单位的文化中心建设薄弱，官兵的生活单调枯燥，文化活动基本就是打个篮球，打个扑克，有的单位篮球都

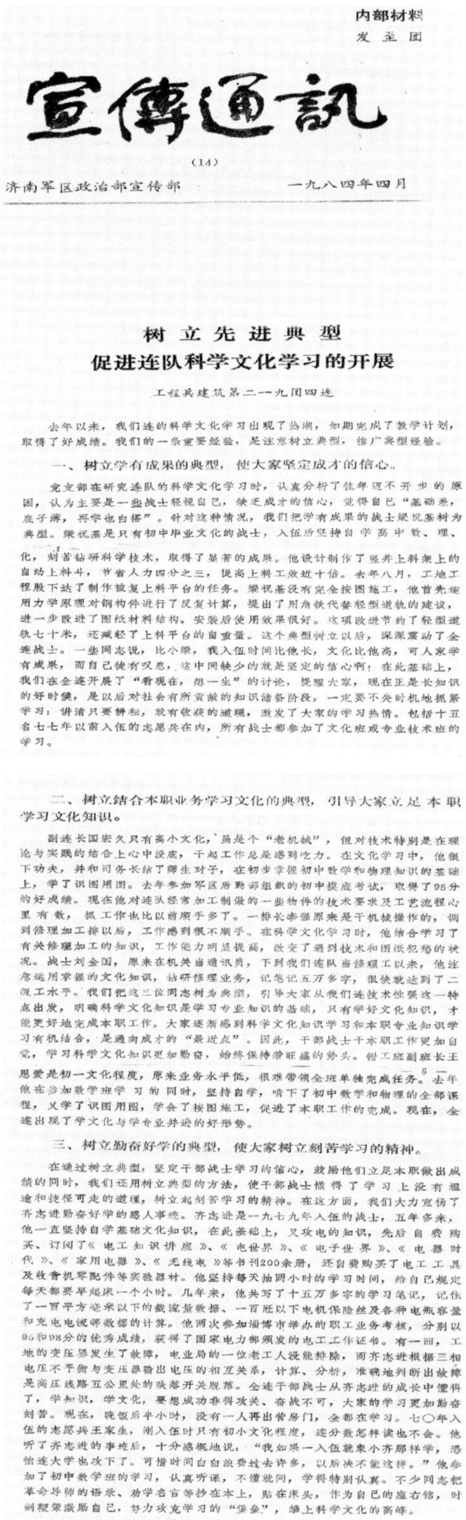

内部材料

发至团

宣傳通訊

（14）

济南军区政治部宣传部　　一九八四年四月

树立先进典型

促进连队科学文化学习的开展

工程兵建筑第二一九团四连

去年以来，我们连的科学文化学习出现了热潮，如期完成了教学计划，取得了好成绩。我们的一条重要经验，是注意树立典型，推广典型经验。

一、树立学有成果的典型，使大家坚定成才的信心。

党支部在研究连队的科学文化学习时，认真分析了往年迈不开步的原因，认为主要是一些战士轻视自己，缺乏成才的信心，觉得自己“基础差，底子薄，再学也白搭”。针对这种情况，我们把学有成果的战士梁祝基树为典型。梁祝基是只有初中毕业文化的战士，入伍后坚持自学高中数、理、化，刻苦钻研科学技术，取得了显著的成果。他设计制作了竖井上料架上的自动上料斗，节省人力四分之三，提高上料工效近十倍。去年八月，工地工程股下达了制作被复上料平台的任务。梁祝基没有完全按图施工，他首先运用力学原理对钢构件进行了反复计算，提出了用角铁代替轻型道轨的建议，进一步改进了图纸材料结构。安装后使用效果很好。这项改进节约了轻型道轨七十米，还减轻了上料平台的自重量。这个典型树立以后，深深震动了全连战士。一些同志说，比小梁，我入伍时间比他长，文化比他高，可人家学有成果，而自己徒有叹息，这中间缺少的就是坚定的信心啊！在此基础上，我们在全连开展了“看现在，想一生”的讨论，提醒大家，现在正是长知识的好时候，是以后对社会有所贡献的知识储备阶段，一定要不失时机地抓紧学习；讲清只要耕耘，就有收获的道理，激发了大家的学习热情。包括十五名七七年以前入伍的志愿兵在内，所有战士都参加了文化班或专业技术班的学习。

二、树立结合本职业务学习文化的典型，引导大家立足本职学习文化知识。

副连长国宏久只有高小文化，虽是个“老机械”，但对技术特别是在理论与实践的结合上心中没底，干起工作总是感到吃力。在文化学习中，他狠下功夫，并和司务长结了师生对子，在初步学握初中数学和物理知识的基础上，学了识图用图。去年参加军区后勤部组织的初中摸底考试，取得了95分的好成绩。现在他对连队经常加工制做的一些物件的技术要求及工艺流程心里有数，抓工作也比以前顺手多了。一排长李强原来是干机械操作的，调到修理加工排以后，工作感到很不顺手。在科学文化学习时，他结合学习了有关修理加工的知识，工作能力明显提高，改变了遇到技术和图纸犯愁的状况。战士刘金国，原来在机关当通讯员，下到我们连队当修理工以来，他注意运用掌握的文化知识，钻研修理业务，记笔记五万多字，很快就达到了二级工水平。我们把这三位同志树为典型，引导大家从我们连技术性强这一特点出发，明确科学文化知识是学习专业知识的基础，只有学好文化知识，才能更好地完成本职工作。大家逐渐感到科学文化知识学习和本职专业知识学习有机结合，是通向成才的“最近点”。因此，干部战士干本职工作更加自觉，学习科学文化知识更加勤奋，始终保持着旺盛的势头。钳工班副班长王思爱是初一文化程度，原来业务水平低，很难带领全班单独完成任务。去年他在参加数学班学习的同时，坚持自学，啃下了初中数学和物理的全部课程，又学了识图用图，学会了按图施工，促进了本职工作的完成。现在，全连出现了学文化与学专业并进的好形势。

— 5 —

三、树立勤奋好学的典型，使大家树立刻苦学习的精神。

在通过树立典型，坚定干部战士学习的信心，鼓励他们立足本职做出成绩的同时，我们还用树立典型的方法，使干部战士懂得了学习上没有坦途和捷径可走的道理，树立起刻苦学习的精神。在这方面，我们大力宣扬了齐志进勤奋好学的感人事迹。齐志进是一九七九年入伍的战士，五年多来，他一直坚持自学基础文化知识，在此基础上，又攻电的知识，先后自费购买、订阅了《电工知识讲座》、《电世界》、《电子世界》、《电器时代》、《家用电器》、《无线电》等书刊200余册，还自费购买了电工工具及收音机零配件等实验器材。他坚持每天抽两小时的学习时间，给自己规定每天都要早起床一个小时。几年来，他共写了十五万多字的学习笔记，记住了一百平方毫米以下的截流量数据、一百瓩以下电机保险丝及各种电瓶容量和充电电流等数据的计算。他两次参加淄博市举办的职工业务考核，分别以96和98分的优秀成绩，获得了国家电力部颁发的电工工作证书。有一回，工地的变压器发生了故障，电业局的一位老工人没能排除，而齐志进根据三相电压不平衡与变压器输出电压的相互关系，计算、分析，准确地判断出故障是高压线路五公里处的跌落开关脱落。全连干部战士从齐志进的成长中懂得了，学知识，学文化，要想成功非得攻关、奋战不可，大家的学习更加勤奋刻苦。现在，晚饭后半小时，没有一人再出营房门，全都在学习。七〇年入伍的志愿兵王家生，刚入伍时只有初小文化程度，连分数怎样读也不会。他听了齐志进的事迹后，十分感慨地说：“我如果一入伍就象小齐那样学，恐怕连大学也攻下了。可惜时间白白浪费过去许多，以后决不能这样。”他参加了初中数学班的学习，认真听课，不懂就问，学得特别认真。不少同志把革命导师的语录、劝学名言等抄在本上，贴在床头，作为自己的座右铭，时刻鞭策激励自己，努力攻克学习的“堡垒”，攀上科学文化的高峰。

济南军区政治部宣传部《宣传通讯》/ 1984 年 4 月

打不成，没篮球架，这怎么能拴心留人呢？思想文化阵地，崇高、正气不占领，精神污染就来了。我和政委商量，开个现场会，把后勤部队的文化中心建设推一推。十一分部汇报，说徂徕山里的油料库文化中心建设搞得不错，我们去看看，是不是真不错，够不够格，够格，我们就把现场会放到这个油料库开。

我：是。我理解，我的任务是，如果油料库够格，就总结总结，推广他们的做法和经验，为现场会暖场。

张：就是。

这应该是张主任对我的一次面对面的考察。

十一届三中全会，中国共产党的思想政治路线发生重大转折。在这样的历史性转折面前，如何保证党员，特别是党员干部，思想纯洁、立场坚定、作风优良，是一个重大而现实的课题。仅靠一场真理标准讨论清除精神污染，显然不够，在全党进行一次全面而彻底的整顿，势在必行。通过整顿，对党员进行一次普遍的实际的马克思主义教育，使思想和行动，与党中央保持高度一致，保证党的十一届三中全会确定的政治思想路线得到贯彻执行。按照中共中央十二届二中全会的部署，1984 年新春伊始，人人过筛子式的整党，在济南军区机关如火如荼地展开。

中央军委成立全军整党领导小组，设立整党办公室，向各大单位派出整党联络员。派到济南军区的是以沈阳军区副司令员张竭诚同志为组长的一个联络小组，指导、督促济南军区党委机关整党工作。

几乎每天开会。办公在业余时间。

学习文件、讲话、著作，讨论。

听辅导报告，讨论。

看警示影视资料片，讨论。

对照检查，讨论。

各阶段整顿情况小结，讨论。

做法、经验交流，讨论。

制订整改措施，讨论。

党员重新登记，讨论。

……

1984 年 1 月 18 日，我在《前卫报》发表《请青年党员三思》，对整党做出最迅速的表态：一思受林彪、“四人帮”毒害有多深；二思离合格党员的标准有多远；三思自己肩负的责任有多重。文章写道：每一个富有使命感、责任感的青年党员都应该珍惜这个良机，力求在整党中得到锻炼，得到提高，为肩负继往开来的历史重任淬火加钢。

“业余时间工作”的时间，盯住后勤部党委整党。

晋国强政委是有魄力的，政治目光开阔、远大，在他的主导下的后勤部党委，在整党中边整边改，做出决定：将计划今年召开的二十三个会议减少到六个，砍掉百分之七十的简报期刊，只保留三种；拟发各种文电一般不得超过三百字，声势浩大地搬“文山”填“会海”，改进机关工作作风。

喜悦。合口味。

1 月 21 日，把后勤部党委的决定“捅”给了媒体。

这是整党以来，济南军区军一级党委最早做出、意义深远的决定，引领了风气。经媒体报道，引起反响。

后勤部党委机关整党气势如虹，那么，部队呢？

应该把眼光转向基层部队，做出一篇基层部队整党新气象的文章来。

我思索着从各单位报来的新闻线索中找线索。九分部政治部宣传科上报来的新闻线索中有分部农场班长孟昭宏主动请缨，带领两个兵，把一个农场搞活。这条线索让我眼睛豁然一亮：这在全区部队可能很少见，几十个人没有搞好一个连，上百人没有搞好一个工厂，十几名甚至几十名干部没把一个单位或部门的工作搞上去的现象，在一些单位却存在着，这里面的原因在哪里？孟昭宏可能能提供启示。——太有价值了！

5 月 21 日，我邀请《前卫报》社副社长古光成、二科副科长刘绍华，一道前往第九分部农场采访孟昭宏。

5 月 26 日，自农场返回到第九分部机关，向分部党委常委反馈调查采访情况，听取他们的意见建议。

5 月 27 日回到济南，着手写《我们对孟昭宏等三名战士办活一个农场的调查》，打印，送审。

6 月 4 日，军区副政委张志在送审稿上批示：他们的责任感，他们讲效益，是很值得宣传的。

6 月 10 日，《前卫报》加“编者按”在第一版推出《三个兵办活一个农场　孟昭宏等同志的事迹给人鼓舞发人深思》。6 月 13 日，《前卫报》加“编后”又在第一版推出《三个兵办活一个农场说明什么　某部党委剖析孟昭宏等同志办农场的事例　增强改革的紧迫感》。

两个一版，引起了机关部队上上下下的强烈反响。

6 月 16 日下午，张主任亲自把我带到后勤部部长沈鸿毅的办公室，晋政委也在，他们好像是在谈孟昭宏宣传的事。

张：我把始作俑者给你们带来了，审吧。

晋政委微笑着：小蔡啊，你跟我们说实话，孟昭宏的事准不准啊？我们刚撤掉三个假典型，再弄出一个来可不行。

沈鸿毅部长，一个慈祥老人：三个兵的报道一定要弄准，搞不准——他用手指着我——问题不在你那儿，——又指指自己和晋政委——别人会攻击我们。

我把深入采访的前前后后向眼前的三位首长细细地报告了一遍，最后结论说：请首长放心，我对弄虚作假深恶痛绝，决不会把麻子说成酒窝，茄子吹成老冬瓜。关于三个兵的报道，我用党性向首长保证：经我手出去的每一个字，都经得起历史检验！

张：看看，你们把孩子吓着了。

沈、晋都笑了。

沈笑着说：三个兵是三个“酒窝”。

晋笑着说：你交了底线，我们就踏实了。

后勤部两位主官为什么要联合起来“吓”“孩子”呢？而且，沈部长用的可是“攻击”一词啊！

采访孟昭宏时在九分部农场骑马 / 1984 年 5 月 23 日

一定有原因。

我琢磨。

缺少琢磨必须要有的材料。去《前卫报》社找古光成搜集，他是积极参与者、有力推动者，作为军区党委机关报的副社长，应该掌握更多的情况。

果然。

古副社长：6 月 16 日上午，军区政治部主任徐春阳看了《前卫报》第二天将要发表的孟昭宏署名文章《我们这一代是创业的一代》清样，专门到报社做指示：这样的报道抓得好，现在需要这样大胆改革、锐意进取的典型。文章刊登后，要搜集各方面的反映，做好后续报道。

我一拍脑袋：这就是了！

肯定是徐主任的指示传到了后勤部党委这儿，事儿大了。前有军区张志副政委的批示，近有徐春阳主任的指示，眼前在整党，转变党委机关的工作作风，如果撤销三个假典型的党委机关自己弄出个假典型来，那就没法收场了。沈部长、晋政委觉得需要进一步弄弄清楚了，这就有了沈部长“别人会攻击我们”的重话，就有了晋政委“我们刚撤掉三个假典型，再弄出一个来可不行”的话。

6月17日，《前卫报》第二版发表孟昭宏的署名文章《我们这一代是创业的一代》。

6月23日，《解放军报》第二版发表《三个兵办活一个农场说明了什么？某部党委分析典型事例谈改革》。

按照徐春阳主任做好后续报道的指示，7月4日，《前卫报》一版头条推出《三个兵推动了后勤部队的改革 许多单位和个人自觉发扬改革精神搞好各项工作》，配发了《找找看，差距在哪里？》的短评。

一个典型，一个经得起检验的真典型，就这样在轰轰烈烈的整党中诞生。

全速推进“座右铭”一书写作。

写累了，看看臧克家老先生为本书题写的他自己的座右铭：抓住一点永不松劲，要有信心，要有恒心，顿感力量倍增。

十九世纪法国科学家巴斯德在总结他的成功经验时说：“告诉你们使我达到目标的奥秘吧，我唯一的力量就是我的坚持精神。”

我：告诉你们使我达到目标的奥秘吧，我唯一的力量就是我的决不放弃。

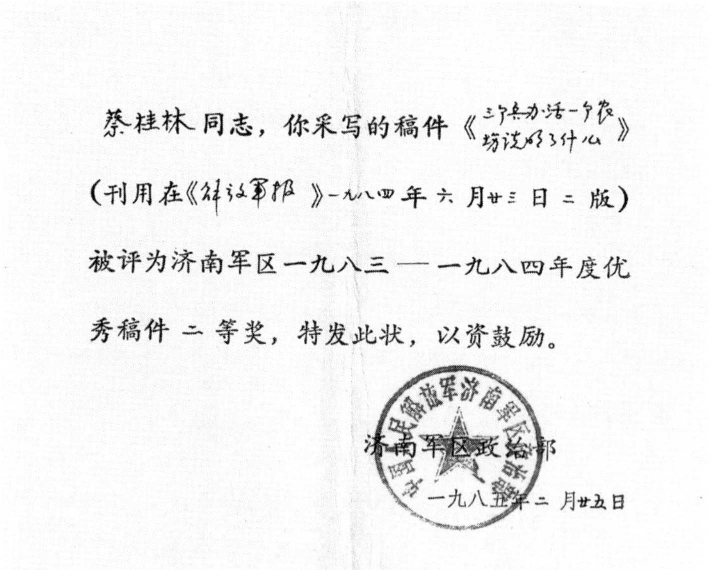

蔡桂林同志，你采写的稿件《三个兵办活一个农场说明了什么》（刊用在《解放军报》一九八四年六月廿三日二版）被评为济南军区一九八三——一九八四年度优秀稿件二等奖，特发此状，以资鼓励。

济南军区政治部

一九八五年二月廿五日

《三个兵办活一个农场说明了什么？》被评为济南军区1983-1984年度优秀稿件二等奖 / 1985年5月25日

四五月份，与《解放军报》社驻济南军区记者组组长吕宝亮一起，两次采访晋国强政委，写成《边整边改不能虎头蛇尾——济南军区后勤部领导答本报记者问》，6 月 30 日，《解放军报》在一版配“本报评论员”文章《整改要敢抓棘手问题》推出。

7 月 20 日，《解放军报》在一版再推出我与吕宝亮合作的《济南军区后勤部认真纠正建房分房中不正之风》的报道。

后勤部党委在整党中的整体形象基本呈现出来：敢抓棘手问题，敢解决棘手问题，以典型推动部队改革。

军委驻济南军区整党联络组高度评价后勤部的整党工作。

不是因为有这些报道而得到高度评价，而是有了应该得到高度评价的成绩才有了这些报道。

远在明代，成有一部《龙文鞭影》。书中所述人物、事件、历史典故及自然知识，起自太古，止于明末，依据经史，旁及他书，广采博撷，摘英选粹，“使团扇之上卷千里烟云，咫尺之中有万里之势。”读一读它，对我正在写作且与之有些类似的“座右铭”，肯定有相当大的启示和帮助。

我想读到它的愿望很强烈。

军人，部队，要找到这样一本书，不是件容易的事。思来想去，决定给山东师范大学中文系冯中一教授去信，求得他的帮助。

求助冯先生，缘于一次阅读，偶然地读到他发表于1943年4月的《盲人》“凹

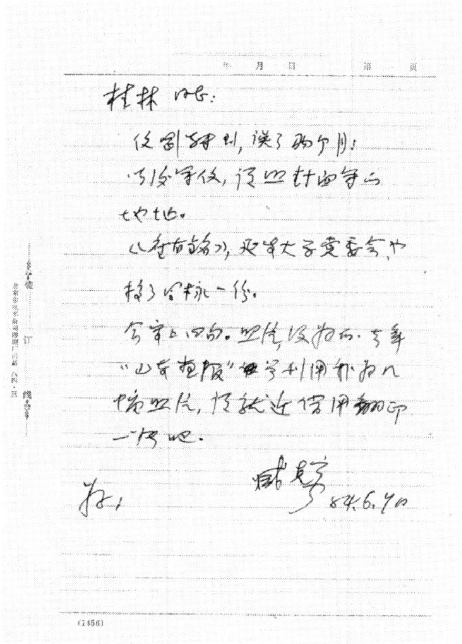

桂林同志：

[illegible]

握手！

臧克家 84.6.9

臧克家先生致蔡桂林的信 / 1984 年 6 月 9 日

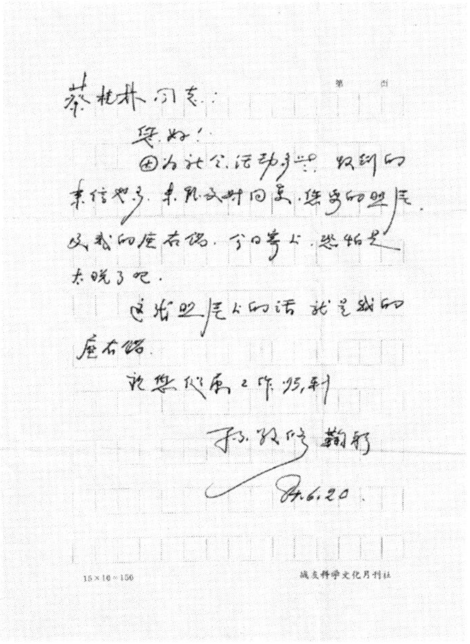

蔡桂林同志：

您好！

因为社会活动多些，收到的来信也多，未能及时回复。您要的照片及我的座右铭，今日寄上，恐怕是太晚了吧。

这背照片上的话就是我的座右铭。

祝您[illegible]工作顺利

孙敬修 鞠躬

84.6.20

孙敬修先生致蔡桂林的信 / 1984 年 6 月 20 日

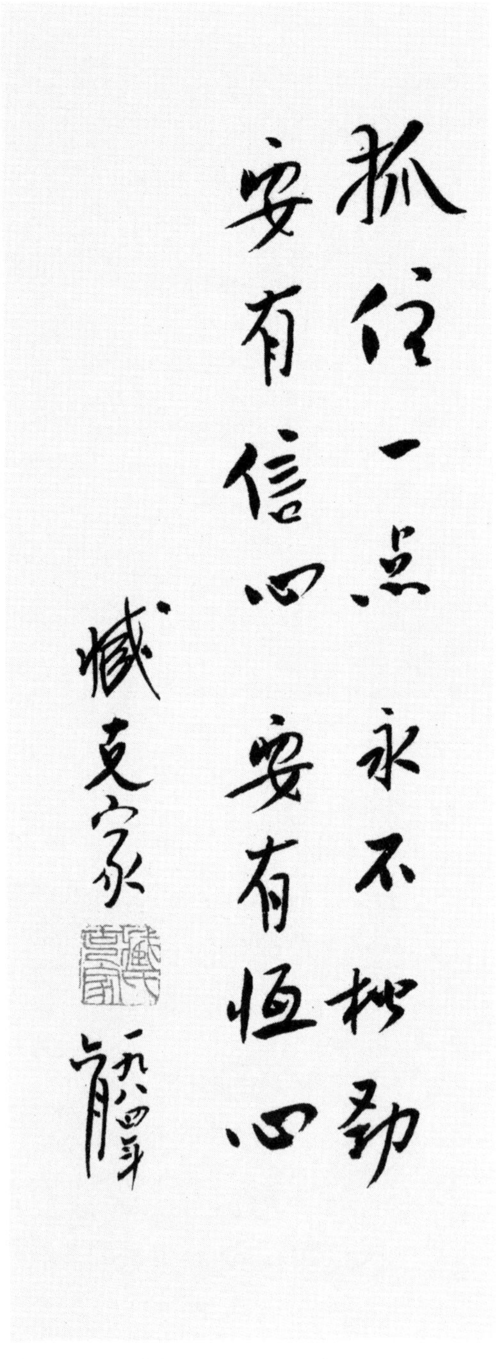

臧克家先生给蔡桂林的题词 / 1984 年 6 日

凸的道，暗明的灯，盲人摸索着行程……紧闭的眼睛，看够了世间的丑态；颤抖的弦子，却弹不尽心底的凄清！”清苦，忧郁，忍让背后隐藏着的悲哀与渴望，震荡出柔弱又带几分苦涩和坚贞的人生咏叹。这深深地打动了我。由打动生出对写诗人的信赖。

收到冯先生言辞恳切的及时回信，得知冯先生为一个不知名的青年的一封信费心费力，读后忽然感到了自己的鲁莽，为着一本书贸然求助一位声名显赫的教授，使他麻烦至此，是相当不该的。书信的一往一还，我被冯先生高洁的品质光辉照耀，改《盲人》句，有了“睁开眼睛，看不够世界阳光灿烂”。

向冯先生致敬！

“座右铭”一书写作完成，定名《名人的座右铭》。

再看一遍，交出版社。

整党进入对照检查、互评互议阶段。

7 月 2 日下午，我在处里做对照检查，次日对我的对照检查进行评议。

刘副处长：说三点不足，工作上，除自己采写稿件之外，要努力放在组织下面写稿，注意对专职、业余报道人员的指导；但要防止骄傲自满，成绩比较突出时，要有自觉性，要学会辩证地看问题；有抱负、有志气很好，但要处理好大与小的关系，要实际一些，不要把小事不看在眼里……

郭处长：报道工作上路快，有热心，完成任务较好。防止骄傲自满情绪的产生；精力要更加集中，把精力运用在通讯报道中，潜心研究报道工作，不忘报道干事的职责；有的电话要注意口气，在电话里不要直呼其名。

H 干事：不能有思想包袱。成功了与失败了都不能背包袱。要警钟长鸣。有了娇气就不会注意平凡的事，尤其听到表扬的时候，要清醒，对下要和蔼客气，要注意礼貌；要注意解决学习上的偏；要注意防止工作上的单。

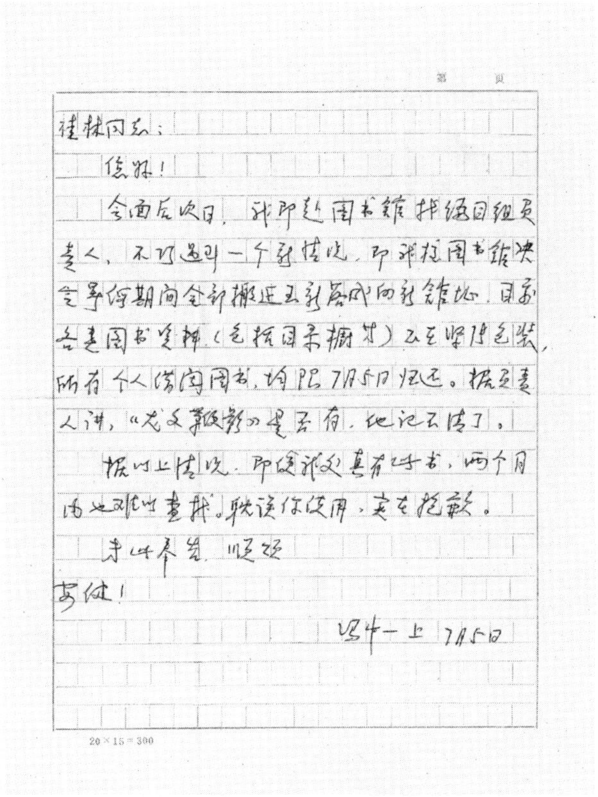

第　页

桂林同志：

您好！

会面后次日，我即赴图书馆找编目组负责人，不巧遇到一个新情况，即我校图书馆决定暑假期间全部搬迁至新落成的新馆址，目前各类图书资料（包括目录橱柜）正在紧张包装，所有个人借阅图书，均限7月5日归还。据负责人讲，《龙文鞭影》是否有，他记不清了。

据以上情况，即使那里真有此书，两个月内也难以查找。耽误你使用，实在抱歉。

专此奉告，顺颂

安祺！

冯中一上 7月5日

20×15=300

冯中一先生致蔡桂林的信 / 1984 年 7 月 5 日

X 干事：防止骄傲自满情绪。重点组织下面，调动下面的积极性。后勤报道力量成问题，面临青黄不接，要注意人才的培养。

电影组战士丛兰民：接触少。

电影组战士李士军：就看他时间抓得紧。

我都听到了。

我听“进去”了。

郭处长“把精力运用在通讯报道中”“不忘报道干事的职责”的弦外之音清晰。专盯着“本报讯”并不能把“本报讯”弄好，要弄好“本报讯”，需要多方面的修炼，写书也是修炼之一种，不仅不矛盾，而且是有力的促进。第二季度，军区政治部宣传部对军级单位通讯报道用稿量排名，后勤部超过第四十六军，刷新后勤部的历史，就是证明。

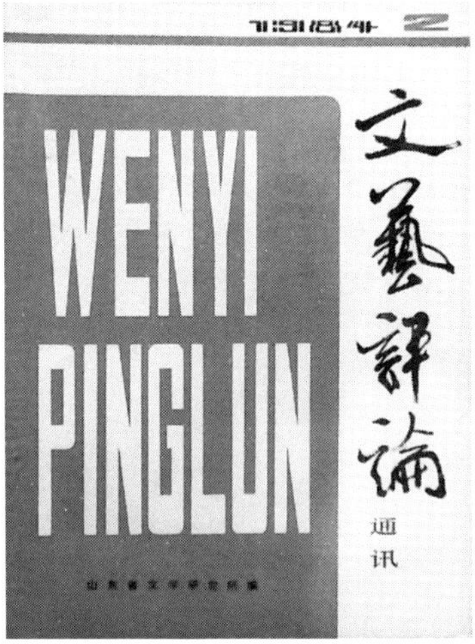

谈“曲”三笔 / 文艺评论·通讯 / 1984 年第 2 期

两笔账的联想 / 新疆青年 / 1984 年第 6 期

真正要重视的是“防止骄傲自满情绪”。四位干部的“评议”都有这一条，可见我“骄傲自满情绪”严重到了何种程度！

再早没有文字依据，最早可以追溯到五年级的成绩报告单（1970 年 1 月 15 日），上面出现“希遵循毛主席‘戒骄，戒躁’的教导，争取更大成绩”，这是对我“骄傲自满”的最早的“起诉”。

自这之后，“骄傲自满情绪”如影随形。下到防化连二十四天，周浩指导员像是看到了我的胎记，临别赠言就有“另外，还不能骄傲自满”的告诫。

在后勤干部训练大队政治处工作，一九八二年年终总结，就是我立三等功的那年，干部股刘杰、组织股王文利，异口同声地要我“防止骄傲自满情绪”。

至这次整党评议，我“骄傲自满”地走过至少十五年人生。

然而，直到现在，我都搞不清楚“骄傲自满”究竟是个啥东西？！

老家常州市教育局编写的《成语词典》帮了我的大忙，知此条出自宋代王明清《挥尘后录》卷八：“既登宥密，颇骄傲自满”。释义：自以为了不起，自高自大，看不起别人，满足于自己已有的成绩。

“自大”当然是不好的。有个字谜的谜面是“自大一点，弄得人人厌恶”，谜底是“臭”。这个道理我懂。

我入党的第二介绍人金国华，当时给我指出的缺点也是“要防止骄傲自满”。这位来自革命老区安徽金寨的诚朴兄长在后来与新同志交流思想时对我说：你不懂啊？我这是在用指出你缺点的方法表扬你。

我：不懂。

金：我说的是你“要防止骄傲自满”，啥意思？意思是你现在并没有骄傲自满，是要防止。不是谁都能配有这个缺点的。小P（防化连为数不多的文盲之一），配吗？骄傲得有骄傲的资本。你有这个资本，所以我叫你防止。

我：骄傲自满有潜伏期？

金：就那个意思吧。

我有啥“资本”？我怎么不知道在哪里？五年级之后的成绩报告单基本都在那里，成绩并不很优秀，“骄傲自满”个啥呢？那么多退稿信在那里，因为退稿多而“骄傲自满”？两考大学不中，“骄傲”于名落孙山？回顾走过的道路，遗憾多于骄傲，何来自满？苦闷、忧郁中挣扎过来，还始终有“骄傲自满”这“富贵病”相伴随，实在奢侈，也实在讽刺。

“梯子的横木本来就不是作停留用的，它只不过是为了托住人的一只脚，好让另外一只脚踏上更高一级。”（赫胥黎）我不会停下我攀登的脚步。至少现在，我没有骄傲自满。我现在做的、做成的，离我以为的“满”，何止十万八千里！我没有时间骄傲，也没有资格骄傲。也许将来，我有“骄傲”的一天，但不是现在。现在我没有。硬说我有，我也堵不住谁的嘴。

思来想去，想来思去，我觉得，“骄傲自满”这玩意儿并没有什么客观标准，它就是一个人对另一个人的一种主观感觉，如此而已。一个人能主宰得了另一个人的主观感觉吗？不能。

有志向，有理想，有追求，埋头苦干，就是“骄傲自满”的模样，因为，这就有了超越别人的可能或趋势，必须马上用“防止骄傲自满”这无坚不摧、无往不利的批评来抑制。你没空闲聊瞎扯，说你脱离群众，清高。“清高”是“骄傲自满”的又一种发病症状。如果你辩解，恰好证明他说的是对的。而当你面对的是一群本身就“有志向，有理想，有追求，埋头苦干”的人，那被指出“骄傲自满”这个缺点的可能性是极低的，因为，这样的一群周围人看你的眼光和角度是完全不一样的。我在后勤干部训练大队学习结束前，1981 年 1 月 10 日，中共后勤干部训练大队委员会学员中队党支部第九党小组给预备党员蔡桂林同志的鉴定，指出的缺点是“工作中有时有急躁情绪”。那时，我面对的是一群风华正茂、挥斥方遒的同侪，谁比谁更骄傲、谁比谁更自满还不一定呢，自然就不会有你“骄傲自满”的警诫。

马克思：“你们并不要求玫瑰花和紫罗兰散发出同样的芳香，但你们为什么却要求世界上最丰富的东西——精神只能有一种存在形式呢？”培根：“当一个人自身缺乏某种美德时，他就一定要贬低别人的这种美德，以求实现两者的平衡。”我觉得自己的心是实实在在裸露的，可以触摸得到的。我的确在心里不喜欢一些人，是因为这些人不具备吸引我的能力；一些人肯定也在心里不喜欢我，是因为不同气质的心灵是相互排斥的。我并不强求人喜欢。

这一切，只是我心里的波澜，绝不让它溢出理性的堤坝，堤坝上面是虔诚、谦虚的倾听，是坦然和从容的镇静。“言者无罪，闻者足戒；有则改之，无则加勉”嘛。据说，这是“雅量”。评议的人根本不需要承担任何责任，评议的人的责任就是“评”和“议”，至于其他，就交给被评议的人啦。

距离，并非仅仅是空间的、社会环境中的，而主要是本身的价值观。人的精神世界和审美趣味的不断递进、升华，造成距离感和落差感。这是雾里看花的本质。坦荡，有此二字，人生足矣。

刘副处长，山东大学哲学系高才生。他的充满哲学意味的评议，是在旗帜鲜明地显示与另一个人之间不可逾越的距离，达到让他想要让的人放心、我与你在同一战线上绝对支持你的目的。而且，开火之前已经优惠了射击目标“防弹衣”，也因此可以精准地测算出自己开火不会有遭受还击之虞。辩证哲学运用得如此纯青，高才生绝非浪得虚名。

透过评议，我真正体会到了“机关”的复杂。人，机关里的人，大概就是这样一步一步学会斗争策略的。当然，归根结底它是生存和发展的手段。

9 月 14 日，我有记忆以来最兴奋的一天。不知道怎样表达这种兴奋的程度，想唱，想喝酒，想站到房顶上去：我“骄傲”！

上午 10 点，《名人的座右铭》一书的责任编辑、山东少年儿童出版社编辑室主任王树国打来电话，告诉我，9 月 8 日，我的书，由少儿社副总编辑苏省终审签字，交付印刷出版！

舒同先生题写《名人的座右铭》书名，左一为舒同先生的第四任妻子王云飞 / 1984 年 8 月

我能不高兴吗？

孕育于1983年3月明水训练大队政治处，停工于1983年4月至9月“借”到军区后勤部政治部宣传处，重启于1983年10月正式调来之后，读书不辍，求问不辍，写作不辍，其间遭过“把精力放在通讯报道上”的“暗批”，但不停不弃，终成正果，由衷地欣悦。

树国在电话里对我说：“你有四喜。”舒同题字。在编辑部，乃至少儿社，引起反响。舒老，大家，而且身居高位，绝少肯给书题字。他老题了，是你的一喜。李燕杰如雷贯耳，他写序，也很鲜见。而且，可以看出，绝非应酬之作，十分认真，写得正中肯綮，是你的二喜。封面设计李建萍，水平了得，绝不轻易出手，这次，她主动请缨，是你的三喜。编辑部建议首印五万册，这已经是很高的印数了，一般的书我们首印也就一两万册。意见报到社里，社领导强烈看好这本书，又加了两万六千册，最后确定，首印七万六千册，是你的四喜。

一书四喜，我能不高兴吗？

想哭。

它的出版，是我的“第一”。可以肯定，是我写作道路上的里程碑。

放下电话，收敛住笑容，把精力用到通讯报道中，宣传报道后勤部党委、后勤部队广大官兵，才是我的使命、职责所在。对此，必须保持高度的敏感，随时准备冲锋陷阵。

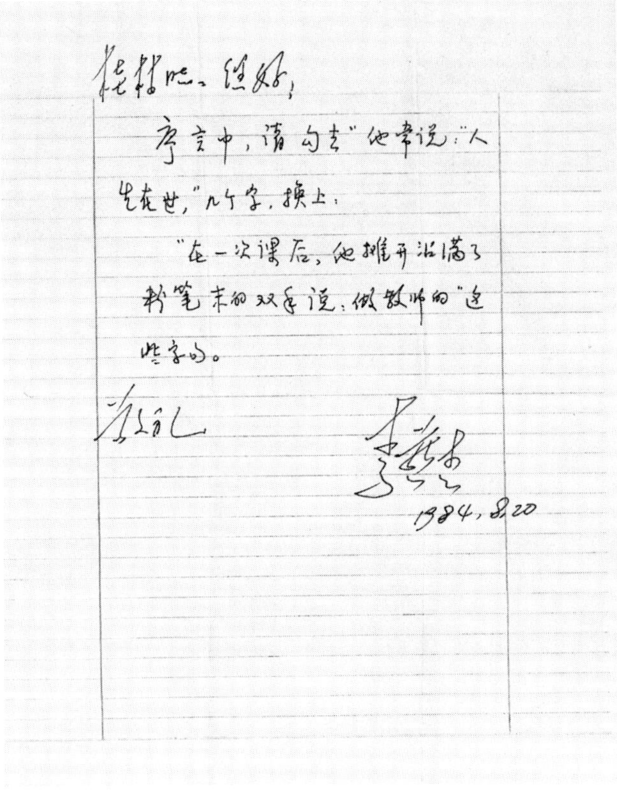
桂林同志，您好：

序言中，请勾去"他常说：'人生在世，'"九个字，换上：

"在一次课后，他摊开沾满了粉笔末的双手说：'做教师的'"这些字句。

敬礼

李燕杰
1984，8.20

李燕杰先生致蔡桂林的信 / 1984 年 8 月 20 日

搞新闻，需要敏感。

敏感，不是剑走偏锋，而是在纵览全局、体悟趋势的基础上，精准地找到与之对应的强音，供给现实的迫切需要。

10 月 22 日，《解放军报》。

本报讯 济南军区后勤部政治部二十六岁的宣传干事蔡桂林撰写的《名人的座右铭》一书，由山东少年儿童出版社出版，近期向全国发行。

为了掩饰内心的喜悦，也是证明自己丝毫也不会忘却自己的本职工作，10 月 10 日，后勤部机关召开总结上一阶段整党成果、部署下一阶段工作的党员大会一结束，我马上拿到了会议的全部文件材料，结合已掌握的情况，提炼出"新闻点"，写成《济南军区后勤部党委整党慎终如始》和《不以官僚主义克服官僚主义 济南军区后勤部党委清查官僚主义，做到责任明确，教训具体，措施得力》两篇新闻稿，一并传真至《解放军报》。

10 月 14 日，《解放军报》选中第二篇，改题《板子要打在具体人身上》，刊登在一版上。

接着，深入调查 1983 年 12 月 12 日召开的学习科学文化知识、培养军地两用人才经验交流会近一年的新情况、新发展、新态势，写成《济南军区后勤部调查表明培养两用人才出现新趋势：战士渴望成才勇于攀高峰　领导精心育才更上一层楼》消息，10 月 18 日传真给《解放军报》社。

10 月 23 日接到《解放军报》政工部主任亲自打来的电话：此稿有前瞻性，适应目前的迫切需要，报社决定重点发。为了增强宣传效果，希望你们政治部主任写篇署名文章，具体、深入地谈谈这个“新趋势”。

放下电话，立即向张明山主任报告。

张主任笑眯眯地：好事。我的确有话想说。

我：那……

张主任明白我的意思：不用你们操刀，我自己来。啥时要？

我：报社没说。给我打电话，意思应该是需要快些吧？

张：行。我加个夜班。明天上班你来拿。

11 月 19 日，《解放军报》头版头条配张明山主任的《抓育才要有战略眼光》署名文章推出此稿。

次日，《解放军报》到了，后勤部机关口口相传，反响强烈。

晋国强政委也高兴，上午下班前到了张主任的办公室。

我正在向主任请示下一步的工作，见晋政委来，欲退出，晋政委说“没事”，转向张主任：主任啊，这回后勤算是放了一个响炮仗啊！

可能是因为有自己的署名文章吧，张主任只是笑着站起来，

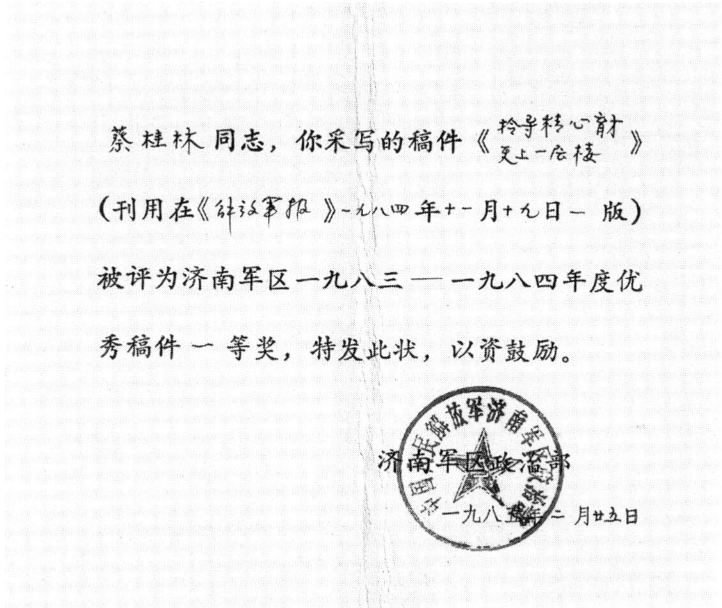

蔡桂林同志，你采写的稿件《领导精心育才更上一层楼》

（刊用在《解放军报》一九八四年十一月十九日一版）

被评为济南军区一九八三——一九八四年度优秀稿件一等奖，特发此状，以资鼓励。

济南军区政治部

一九八五年二月廿五日

《领导精心育才更上一层楼》被评为济南军区 1983-1984 年度优秀稿件一等奖 / 1985 年 2 月 25 日

没吱声。那笑里含着腼腆。这么高级的干部，腼腆，很好看。

晋：这在咱们后勤部多年来是“大姑娘上花轿，头一遭”吧？！

张：这话政委可以说，我不能说，我的名字在那儿哪。

晋：该给小蔡记一功。

张：政委都这么说了，我们只有落实的份啦。

晋：不容易。

张：不容易是真的。全国全军有多少大事啊，全军有多少部队啊，把头版头条给你，确实不容易。九十点钟我让秘书处的同志到收发室取报纸，拿到报纸我琢磨：怎么就上了头版头条呢？琢磨来，琢磨去，琢磨出一点意思：不是稿子写得多好，而是稿子抓住了一项工作的趋势性。抓住了这个，就有了指导性、引领性。不愧是军委机关报啊，就是站得高、看得远，知道要宣传什么。小蔡是偶然碰上了军报的必然需要。

晋：这也给我们一个启发，不仅是通讯报道工作，就是我们的其他工作，也要抓得住趋势性。抓得住趋势性，我们就主动，就有作为。

……

整党进入党员登记阶段。

党员登记的重点是要清理靠造反起家、帮派思想严重、打砸抢分子这“三种人”，防止这“三种人”进入各级领导班子、要害部门和“第三梯队”。

这“三种人”与我不挨边，那“登记”就是入党以来的总结性登记。

11 月 23 日，《中国共产党党员登记表》铺展在了我的面前，提笔写满它的每一个空格。觉得自己不是用墨水在书写，而是心血。

11 月 26 日，军委派驻济南军区联络组来后勤部召开党员座谈会，谈整党收获。指定要我参加，指定要我发言。

接到后勤部党委机关整党办公室要我做好准备的电话，我很紧张：我有啥问题吗？怎么会引起他们的注意？他们为什么要“指定”？

不想问郭处长，放下电话，径直去了张主任的办公室。

张：你紧张啥？你能有啥问题？好事呗。按他们的要求办。

12 月，轰轰烈烈的整党结束。

12 月 15 日，《解放军报》在第二版发表我与吕宝亮合作的通讯《整党之后——记济南军区军需部二三事》。

12 月 20 日，济南军区党委举行军区机关整党结束总结大会。在这次大会上，中央军委驻济南军区整党联络小组组长、沈阳军区副司令员张竭诚在他的讲话中表扬了我。

表扬的内容，与中央军委派往济南军区的整党联络员、沈阳军区司令部办公室主任罗木法后来写给我的信大体一致：

蔡桂林同志：

我们是刚刚离开济南军区的军委派往济南军区的联络员，现在正在北京开会。我们在济南军区工作期间，了解到你的学习和工作都很出色，在今年整党期间，参加业大学习，平均分数为七十三分，在完成本职工作上发表了一百四十多篇报道，特别是在自学中编辑了一本《名人的座右铭》。我们在向济南军区常委汇报整个整党工作时，曾把您的事迹作为整党中出现新气象的一个典

蔡桂林同志：

我们是刚刚离开济南军区的军委派往济南军区的联络员，现在正在北京开会。我们在济南军区工作期间，了解到你的学习和工作都很出色，在今年整党期间，参加业大学习四门结业，平均分数为七十三分，在完成本职工作上发表了一百四十多篇报道，特别是在自学中编辑了一本《名人的座右铭》。我们在向济南军区常委汇报整个整党工作时，曾把您的事迹作为整党中出现新气象的一个

14×13=182　第 1 页

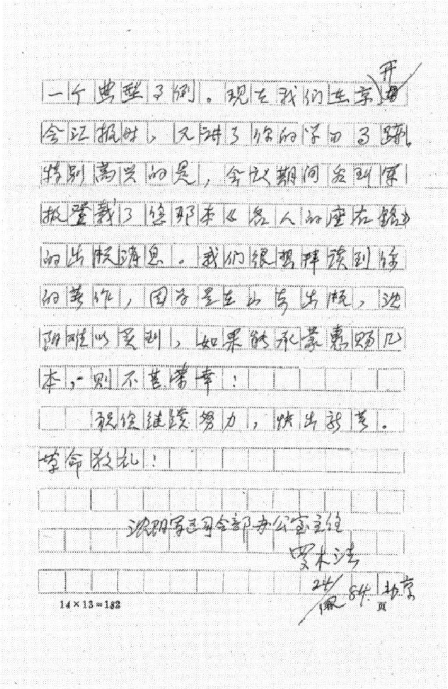

一个典型事例。现在我们在京开会汇报时，又讲了你的学习事迹，特别高兴的是，会议期间我们得知你编的《名人的座右铭》的出版消息。我们很想拜读到你的著作，因为是在山东出版，沈阳难以买到，如果能承蒙惠赠几本，则不胜荣幸！

祝你继续努力，做出新贡献。

革命敬礼！

沈阳军区司令部办公室主任

罗木法

24/12.84 于北京

14×13=182　页

中央军委派往济南军区整党联络员罗木法（沈阳军区司令部办公室主任）致蔡桂林的信 / 1984 年 12 月 24 日

型事例。现在我们在京开会汇报时，又讲了你的学习事迹。特别高兴的是，会议期间看到军报登载了您那本《名人的座右铭》的出版消息。我们很想拜读到你的著作，因为是在山东出版，沈阳难以买到，如果能承蒙惠赐几本，则不胜荣幸！

祝您继续努力，快出新著。

革命敬礼！

沈阳军区司令部办公室主任 罗木法

1984 年 12 月 24 日北京

罗主任来信中的“我们”，肯定包括张竭诚副司令员。

现在，我豁然明白了被指定参加 11 月 26 日后勤部党员座谈会并要求发言的原因了：军委派驻济南军区联络组面对面考察。也豁然明白了张主任“好事呗”的意思。

12 月 18 日下午，后勤部政治部在会议室召开主任办公会。议题：研究 1984 年度政治部奖励事宜。

在研究给我记功时，张主任讲话：

有人说政治工作虚，我说，那是你没有把它量化，量化了就是实的。

我们来看看小蔡今年的一组数据，它是实的。

参加党政干部自修大学四科考试，全部通过，平均成绩七十三分，被军区业余大学评为优秀学员。高等自学考试今年就开考了四门，小蔡门门都参加了，门门都过关。政治部参加自考四门考试都过关的还有谁？小蔡那劲头，我看，考六门，他也报。这是第一组数据。第二组，全年在省军级以上报刊上见稿一百一十五篇，共计二十余万字，其中在中央级报刊上见稿十五篇。这一组数据啥意思？意思是全年，包括节假日在内，平均三天在报刊上露一次脸。我在师里工作时，宣传科的同志，弄个三四十篇顶破天了，小蔡一百多篇，还有军报的一个头条，晋政委说，这在我们后勤部是“大姑娘上花轿，头一遭”。平均三天一篇，我看可能是咱们后勤部的一个标杆，以后谁要跳过这个杆，恐怕难，包括小蔡自己。

再看第三组数据。一年来，自学了《鲁迅全集》和部分中外文学理论书籍，撰写了十五万字的《名人座右铭》一书。这是他在完成上面两组数据之后完成的，不简单哪，你们都听到了，军委派驻军区的整党联络组组长在军区机关大会上点名表扬小蔡。

这三组，任何一组，我看都够立一次功。三组数据放在一个人身上，立功，绰绰有余。

12 月 31 日，济南军区后勤部政治部批准授予的三等功，为我的即将过去的风风火火的一九八四年画上了一个圆满的句号。

“荣誉在嘲笑你，因为你暗中追求它。”（泰戈尔）

如果不是“暗中”而是“明着”追求，荣誉一定不会嘲笑。因为，荣誉堂堂正正，就是应该明着追求。

《名人的座右铭》1985 年 1 月出版上市，拉开了我的新的一年的序幕。

书，岂止是写给别人看的，写的过程就是对自己的激励。书中引用过泰戈尔的话：信念鞭策人，胆敢面对未知的前途。——几乎就是对自己心境的真实描绘。

拿到样书，立即给沈阳军区司令部办公室主任罗木法同志寄去十本，感谢他对我的关怀、鼓励和支持。

工作，按计划推进着。

名人的座右铭 / 山东少年儿童出版社 / 1985 年 1 月第 1 版

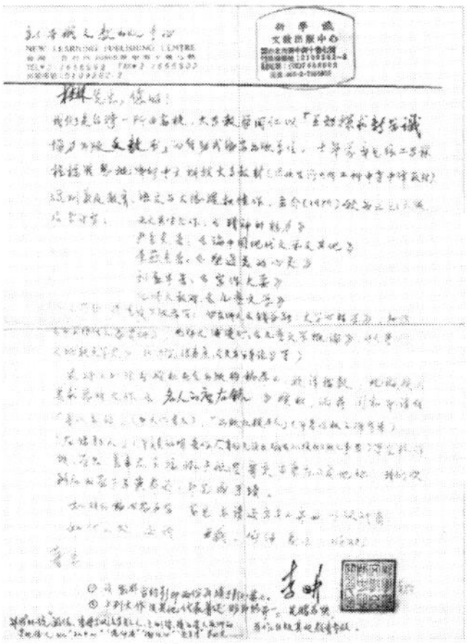
NEW LEARNING PUBLISHING CENTRE

《名人的座右铭》

台湾新学识文教出版中心李耕手迹 / 要求将《名人的座右铭》授权给台湾新学识文教出版中心 / 1990 年 1 月 9 日

然而，“就在我们欢笑的时候，某种烦恼的种子已经撒在世事变迁的广阔耕地上——就在我们欢笑的时候，它在发芽、生长，忽然之间就会结出我们不得不采摘的有毒的苦果。”（洛慈。转引自麦克杜戈《心理学概论》，1928 年版第 267 页）

就像鼠窜蚁行、乌鸦乱飞是大地震前的征兆一样，心里的“理不清的万般惆怅”则可能是一个人要“出事”前的预感。

大胆做事，谨慎做人，说说容易，践行很难。在人生道路上跋涉，知道有坑、有险，一再告诫自己小心、小心、再小心，然而，还是因为不小心、不成熟、鲁莽，做了一件事，一件不能说的事，把后勤部的一位首长得罪了。

真的“出事”了。

也许前世注定，这位首长居然是从我入伍所在的陆军第七十八师成长起来的。他在营副教导员的职务上赴朝参战，回国后一路升迁，直至担任这个师的政治委员。从这个师政治委员的岗位上提升为军职领导。在我完全不认识他、不知道他的时候，事实上获得了凝集着他心血的那支部队优良传统的滋养。

我在后勤部机关“骄傲自满”、如沐春风的好日子因“得罪”他到头了，“不得不采摘有毒的苦果”。

佛陀留给弟子们最后的话是：“做你们自己的火炬，设法自救吧。”这话也是说给我的。

不小心，就要为不小心付出代价。我恝然置之。

迫不得已，壮士断腕：决定离开机关。离开济南。

“历史是公正的，但历史需要时间。”（北岛）我给历史以时间。

任何历史事件，必须退到一定的距离才能看清它的真面目。我退出这样的距离。

在前行的路上，一定有障碍；在奋斗的途中，一定有扼杀。磨难可以使有的人变得圆滑，也可以使有的人思想更锋利。圆滑的人，在企图少受些磨难中失去风骨；迎接磨难的人，则会为自己的脊梁而自豪。

好友郁大林一遍遍相劝：不要冲动。忘了进机关一百五十天的煎熬了？那么难！走，容易，走了之后呢？

在我最苦闷的日子，兄长般的郁大林给予了最多的关怀。

我：一点都没冲动。我知道我到了人生的重要关头。在这个关头，只凭感情的力量，是无法开辟道路，无法突围的。走，是我反复思考、反复掂量、反复琢磨做出的冷静选择。主观上我不想走，客观上我必须走。只有走，才是解脱，才能解脱。

想想看，一方是军级首长，与晋政委、张主任并肩；我只是个小排长，中间差九级，如此大的差距，没有半分对抗的本钱。同样都是在马路上跑的车，上海（当时一种小轿车的品牌）碰不过伏尔加，（小轿车品牌，苏联产）伏尔加碰不过奔驰，吨位不同。硬要碰，场面大概是这样的：奔驰纹丝不动，伏尔加在几十米之外碎落一地。

你能不让首长撒气吗？应该做不到。要想做到，那就是对抗。对抗，说过了，吨位轻。找爹帮架，我爹是农民。种地行，官场政治不行。憋着的气不撒出来，首长不可能舒服；说重一点，不可能罢休。只有撒出来了，舒服了，罢休了，才是我的活路。

让首长感觉到气撒了的最直接的方法是什么？把我“弄进去”？这气撒得太大，不可能。事情的性质摆在那里，弄不进去。我想，这一点，首长也清楚。那就剩下一条，我走。离开机关，离开济南。不管是主动走的，还是被动走的，反正给外界的感觉都是被“整走了”，首长有面子。面子有了，台阶有了，我想，首长会下的；气撒了，我活了。

好友：首长不下那台阶呢？

我：没想过。应该下。

好友：应该想好首长不下怎么办。你可以找张主任、找晋政委啊，他们很欣赏你的。

我：不能找。不找，我是活的，找了，我倒有可能真的“死”了。

好友：不懂。为什么？

我：道理很简单。晋政委已经不再是后勤部政委，到了军区政治部副主任岗位上；后勤政治部降格为正师级部门，张主任升任后勤部纪委书记、副政委。

都已经不再是我的直接领导。如果，他们还是，也许，我不是现在这个样子。

我目前的处境，他们不知道？不可能。一定知道。要帮早就帮了，就我了解的他们的那种风格，眼中不揉半粒沙子。后勤部的另一位首长要把自己的孩子安排到某分部当科长，晋政委一头给顶了回去。后勤部的再一位首长，多占住房，一直没交，晋政委带着后勤部党委全体常委到那位首长家里去谈话。这种品质性格的领导，用不着找。知道而不帮，找他们有用吗？只会自取其辱。知道而不帮，为什么？是他们现在不想帮、不愿帮。他们现在更愿意做的事是看。

好友：看什么？

我：看双方。看那位首长怎么做。做得还算可以，那么，让我受点委屈，受些挫折，也就算了；但如果做得过分，恐怕不行，恐怕他们就不仅仅看了。

当然，更重要的是他们在看我，看我怎么处理这件事。美德就像名贵的香，只有在燃烧的时候才知道它香气的浓烈。所以，幸运最能显露恶德，而厄运最能显露美德。没经过重大、尖锐、复杂的事，很难看出一个人究竟是一炷什么样的香。现在正好，看看。

你说他们欣赏我，只说对一点点。他们欣赏的是我的工作，这并不代表连我这个人一起欣赏，即使有，也只有一点点，离欣赏人还远。我到机关拢共两年，要不是工作性质，他们可能连我的名字都叫不上来，更别说了解了。写几篇稿，出一本书，上不到“欣赏”那一格。我们一定要清楚地知道自己的斤两，也就是“吨位”。他们正在通过这件事来判断我的品质。他们必须要看到他们想看的东西。

我现在去找他们，那是我寻死，在堵自己的后路。

无事不胆大，有事不胆小，自己扛！

济南齐鲁宾馆餐厅一角。

在山东省轻工业厅工作的好友宋小平在这里备餐宽慰、鼓励。

红酒。

宋摇晃着高脚玻璃杯中暗红色的拉菲，幽幽地：黑格尔说过，人格的伟大和刚强，只有借矛盾对立的伟大和刚强才能衡量出来。心灵从这种对立挣扎出来，仍然坚持自己的性格，就愈能显示出主体性格的深厚和坚强。人，不仅要在现实世界，在生活的厄运中要体现出人格力量的强大，而且还须在观念世界，包括宗教的彼岸世界伸扬人的主体精神。

宋：嗨，嗨，嗨，红酒不能这样喝。

我：该怎么喝?

宋：晃一晃，一点一点品。

我：它到了中国，就得适应中国的饮酒习惯。

我斟满，端起酒杯“当”地与宋碰了一下，一饮而尽，一滴不剩：好吧，那就让我在现实世界和观念世界都显示一次我的主体精神。

……

“扛”着“事”，同时必须“扛”好自己的本职工作。

随着知识分子政策的逐步落实，有的单位和少数同志中间产生了落实知识分子政策“过了头”的思想，认为把知识分子的地位和作用强调“过了头”，提拔重用知识分子“过了头”，生活待遇照顾“过了头”，等等。针对这样的认识，撰写《破除过头思想　把知识分子工作做得更好》的长篇文章，以“军区后勤部党委”的名义，发表在 3 月 17 日的《前卫报》上。

围绕更好地抓好基层、建设好基层，专访后勤部部长沈鸿毅。《拖着不办的秘密——军区后勤部部长沈鸿毅部长下部队归来一席谈》，发表在 5 月 24 日的《前卫报》上；《聪明人在于……　访济南军区后勤部部长沈鸿毅》，发表在 6 月 11 日《解放军报》上。

《济南军区后勤部提出精简整编中搞好军民共建的三条措施》，发表在 8 月 2 日的《解放军报》上。

……

主持旨在培养后勤部队写作骨干的培训班。

政治部一个重要处的处长，他亲戚的孩子在后勤部队一个仓库当干事，爱好写作，想参加这个培训班。电话打到宣传处找我，恰巧我没在，要我“防止骄傲自满”的那位 X 干事接到了电话，满口应诺：好好好，我转告他，这么点事，处长还亲自打电话，太客气了！

培训班开训了，这位处长亲戚的孩子打来电话找这位处长说没有他，这位处长很不开心，打电话问 X 干事，啥情况？ X 干事答：我跟老蔡说过了，说得很清楚。老蔡说，他知道你这位亲戚的孩子，水平不行，达不到入训标准。

X 干事何时跟我说过这位处长来电话找过我？没有。我何时跟他说过“达不到入训标准”的话？没有。我根本不认识这位处长亲戚的孩子。我完全蒙在鼓里。

我知道了真的有落井下石。我知道了什么叫明枪暗箭。

“扛事”扛到 10 月 20 日，后勤部政治部副主任曲广禔同志找我谈话。

曲副主任，头发稀疏花白，和蔼忠厚，善良宽阔，佛相。

此时,郭子平处长升迁走了,宣传处长是由组织处副处长提拔而来的孙云祥。

此时，随着那位伟人 1985 年向全世界竖起一根手指“裁军一百万”，精简整编中的部队，犹如晃动一夜积雪的大树，团团簇簇，落雪纷纷；也像摇动深秋里的银杏树，俯视眼下，一地金黄。张明山主任升任了后勤部副政委，由副军级降格为正师级的后勤政治部，主任由被精简整编掉的长山要塞守备区某师政治委员李学通调任。李主任由偏于一隅的海岛守备部队进入军区机关，就像吃了很多天、很多顿粗粮的连队战士突然遇上改善伙食。

谈话，开门见山。

曲：也好，我一个人跟你谈，咱们可以更敞开。

副主任的“开场白”信息量很大，含义丰富。

曲：你的想法我支持。尽管很不舍，但他是首长，你就受些委屈。年轻，没什么了不起。一切都来得及。离开机关，好。后勤部队，你挑一地儿，告诉我，我们研究。

“年轻，没什么了不起”，这话给我信心，心里暖暖的。我说：离开机关。离开济南。

曲：离开机关，对；为什么要离开济南呢？后勤部在济南市区的单位很多啊，都可以去啊。离开济南容易，再回济南就难啦。

我：我明白您关心爱护我。但，不离开济南，就不算彻底。还在首长的眼皮子底下，恐怕达不到离开机关想要达到的目的。既然是走，就走得彻底些。都说壮士断腕，之所以能称壮士，是因为他敢把“腕”断了，“腕”没断，不算“壮士”。

彻悟和执迷不悟同样不幸。二者之间只有麻木，况且，生活还不肯超出人所能忍受的限度呢。在所有人看来，这叫“表现不错”。

农民什么都嫌贵，唯一不嫌贵的就是自我克制。我是农民。唛唛四十岁守寡至今，大姑姑二十多岁开始守望丈夫至今，自我克制，蔡家基因。

曲副主任嘘了一声：想好单位了吗?

我：想好了。泰安八十八医院。

曲：我知道了。你先这么准备，我们开会定。再走得晚些。你是1984年1月调的副连，到现在不满两年，不符合调新职的规定。再等等，等符合了调正连再走，对外就说下去调职，这样对你好。

我心动了，很温暖。这温暖，是曲广禔同志和煦的眼光传递给我的。

尽管我知道，调职，更多的是为了维护首长还有机关的声誉和形象，但我是实质受益人，“这样对你好”是事实。

曲副主任没有问我为什么选择第八十八医院，我也就没说。

自己将要安身且根本不知道将要安身多久的地方，当然会一想再想。后勤部所属的A个师级单位、BB个团级单位、CCC个党支部，基本上“筛”过一遍。综合所有因素，最后选定了第八十八医院。

理由是：我在后勤干部训练大队工作时的政治教研室主任崔恭选升任了这个医院的政委。尽管与崔恭选交集的时间很短，且仅限于一点工作上的来往，但毕竟熟悉，毕竟一起喝过酒，一起说过“段子”。“从人的面孔上，看不出他的品德来，但能看得出他的智慧。大智者不可能不在面孔上留下痕迹。”（叔本华）崔有一张大智慧的面孔，人称“崔马列”。他从工程兵建筑第二一九团成长起来，我去这个团采访时，听过不少关于他的“传奇”，是后勤部队有影响的人物。理论，意味着眼光，意味着心胸，也意味着能力。在这样的领导身边工作，应该会少一些烦恼，应该会多一些安全。

走。

不应有恨，好山万千重。

走。

是是非非地，明明白白天。

在北京颐和园 / 1984 年春

第四章　拔节

泰山修行

长亭外，古道边，芳草碧连天，晚风拂柳笛声残，夕阳山外山。

秋，是意志最脆弱的季节，落叶飘零，回到土地，亲吻它的绿色年代。

1986年的深秋，我离开济南，拉着一卡车书，还有车晓曦在画布上涂抹了三个月才完成的《春》《夏》《秋》《冬》四幅油画，赴第八十八医院政治处报到。

泰山之秋神奇：叶败仍含翠，花残不改黄。

坐落在泰山之麓的第八十八医院，东傍梳洗河，西临王母池，依泰山飞虬岭而建，层层上升，朝气蓬勃，呈山院一体的独特格局。

非常非常痛切地感受到一切不可更改。然而又非常非常坚定地争取着可以争取的一切，包括更改那些不可更改的，默默地。

或飘坠污秽，或飞落绿茵，端赖运气袪风者旨趣之清浊。我选择了神灵伴佑、仙气袅袅的第八十八医院。

医院，业务单位，政治处很小，不分股，一位主任，带领几个干事，有分工，更多的是协作，有事一起干。我自然而然地被分工负责医院的通讯报道工作，写稿，把医院的工作报道出去。

本职工作之余，读书，拼命地读书；写作，努力地写作；思考，深入地思考。

天天在办公室，却没有一种归宿感。

忧郁，来自对不愉快的事物的沉思。

沉思告诉我：学会忘记，适应失去。

作家张婕：有人可以分享你的快乐，但真没有人愿意分担你的痛苦。快乐和痛苦都是自己的。就是佛陀说的：当自求解脱，切勿求助他人。

一个人可以娓娓叙述自己的痛苦，一定没有真痛苦，至少，他已经远离了痛苦。

一头撞到南墙上并非孬种。失败固然悲壮，但人格的优劣只有在较量中才能显现。自己的脊梁挺直，不相信天下有“智醒”者居然做不到的事。要紧的是要搞清楚是不是真有“智”，要紧的是搞清楚有没有真的“醒”。

“忍受”是一种品质，一种并非所有人都能具备的品质。具备这种品质的人，才能走得更远。

要有目标；懂得创造；丰富自己。“忍受”中获得这些，“忍受”才有意义；不然，“忍受”就是一辈子的事。

一个人不是要生活得最好，而是要生活得最多。

太阳对时间说：我走了，每天早晨还会回来；你走了，就再也回不来了。

为那再也回不来的时间，读书去：“知而不行，实与不知无异。”（王阳明）得意时讲孔孟，失意时追老庄，或者逃禅学道，这些不是我的人生态度。我爱庄子，是因为他的文采和他的雄辩，绝不是他的虚无。

报到第三天，接到了第一四八医院外一科护士宋琴的电话。

宋：知道你到八八医院工作了，打个电话问候问候你。

我：谢谢！很意外。消息这么快啊？

宋：那是。名人嘛。

我：我一头大，你还笑话我！

宋：真没那意思。说你名人不是骂你，是发自内心夸你。登你文章的报纸送到科里，科里有人问：这个蔡桂林是在我们科护理过小 D 的那个蔡桂林吗？我说肯定是。

我：你就那么相信我？

宋：不是相信你，是相信我自己的眼力。你像战士一样护理小 D，一个夜班不少值，还常替战士值，还要操心护理之外的好些事，那么累，有点空就看书，不是你，还能是谁？你到后勤政治部弄出多大动静啊，到分部来都是主官亲自接。

我：谁说的？从来没有哪个主官接过我。幸亏没接过，如果接过，说不出来后悔，借着现在到了他手底下，一剑封喉。

宋：不会。他们接的不是你这个人，是这个人的能力。只要你长能力，日子一样好过。

我：真会说。把“能力”接走，把“人”扔车上？

宋：哈哈哈，就那么个意思吧。我强烈看好你。这么有才，还这么低调，给人端屎端尿啥都肯干，不是一般人能做到的。

我：不要说“给人端屎端尿啥都肯干”，是肯给病人端屎端尿。你和你的同事们不是天天在做吗？

宋：那是我们的命。但不是你的命。我们做是职业是工作，你做是修养是品质。有这样修养品质的人，必能成事。

我：那你也没说嫁给这么有品质的人啊。

宋：说实话，想过，但不敢。嫁给你就是嫁给烦恼，我想多活几年。

我：我不定性？你不是说我品质不错吗？

宋：你品质有问题也不会等到现在才坏。你在我们科护理病人二十天，医院的哪个女孩你没见过？你谁也不理，都不抬头看一眼，你有定力。品质没问题。

我：那啥有问题？

宋：你不惹别人，不等于别人不惹你，我心眼小，受不了别人惹你，一会儿就会把我弄成心脏病了。

我：夸张。没人惹我，狗不理。都“缓冲区”了，更没人理了。

宋：可别。你到八八医院就算是蹲下，蹲下跳得更高。对你而言，济南不算啥，济南都是你的“缓冲区”。

我：啥意思？

宋：首都的“缓冲区”呗。

我：济南我都不敢想，还北京？我是农民，知道脚踏实地，不然没有收成，饿死。

宋：就因为你肯脚踏实地，才能“踏”进北京去。

我：去不了就到你家要饭。

宋：要要早要，要晚了我丈夫打断你的腿。

我：坐在车上要。说真的，你这个电话打的，我心里比三天前好受多了。

宋：你还有很大提升空间，没有脱俗，听到好话就高兴……

宋琴说得对，还有很大提升空间。

老家，水多，船多。

一条小船搁在河岸上，浑身都是橹篙的牙痕和风浪的咒语。待修。

大伏天，修船的好时机。

将船架起，伤痕累累的船底朝上。捻船的匠人拎一桶用桐油石灰之类调制而成的油灰登上船底，先将捶打了几百次的麻筋塞进漏水的缝隙破洞里，再用铁錾对着捶打，将缝隙破洞彻底塞紧，然后在上面抹上高黏性、防水的油灰。

捻工，大汗淋漓，脊背被热辣的太阳晒得蜕皮。他们头也不抬，精心地为船医治创伤，连同它受伤的记忆。

因为，必须让它重新下水。

不下水，无论你此前有过怎样的辉煌，此后，就是一段朽木。

不下水，很快被人遗弃，很快长满败苔，成为历史。

生命，体现在活动中；生命的目的，在活动中得到实现。情绪，则是在生命的活动中努力成功了或努力失败了的标记。

我要下水。

我是我自己的捻工。

到职一个半月，1986 年 11 月底，心、肝、肺、神经加皮肤的内二科缺教导员，政治处提议、医院党委决定，派我代理。在部队，更多的情况是“高职低用”，称“高配”。而我这连职干营职的活是“低职高用”，属“低就”，少见。就像在七十八师防化连当文书没有命令一样，这回还是没有命令，一句口头通知，代，干教导员的活。

政治学习、思想工作、党团生活、日常行政管理，大致这四块是医院科室教导员的职责。前三块，做工作的和被做工作的，都头疼。

疼啥?

调查调查。

结论：尽念文件，没兴趣。听没兴趣的文件、开没兴趣的会，摁着不让缺席，浪费时间，消耗精力，头疼。

这好办。

星期一科室早会上，向子全主任讲完业务工作安排之后，我宣布，周六下午政治学习，不得请假，全员出席，大家参加一次，如果不合口味，没兴趣，还是没劲，还头疼，到我离开内二科为止，可以一次都不用参加！

话，够大。

我讲这番话时，原本忙着手里活的人，全把活放下了，抬头瞪眼，看讲话这人有没有三头六臂？没有，且瘦，并没有什么特别，再低头忙活。我看见，干活的节奏明显慢了，证明他们有了手里的活之外的心思，进入了思考。思考啥？思考刚才听到的是否真切，思考眼前讲这话的人底气从哪里来，思考是不是来了一个胡吹海谝的“牛王”……

我知道，这个周六下午的政治学习一个都不会少。

我更知道，这个周六，这个周六的下午，将决定我在内二科接下来的工作成败，甚至，将决定我在第八十八医院的工作成败。

内二科新来的教导员的话，很快传遍了大半个医院，崔恭选政委也知道了。中午下班吃饭时在通往食堂的路上遇到崔政委和政治处李思章主任。

崔：听说你刚到内二科就口出狂言？

我：误传。在您一亩三分地上，谁能狂？谁敢狂？

崔：打算咋样兑现你的承诺？

我：细粮精做，粗粮细做，杂粮混做，多准备些各种品种的菜肴，一起下锅，涮。

崔：呵呵。不准备邀请我去听听？

我：不邀请。不拒绝。

崔：怎么说？

我：不邀请，是因为我走在学步桥上，基本上是您在二一九团、后训大政治教研室的翻版，照虎画猫，还不得要领，邀请，的确有释“狂”之嫌，所以不邀请。不拒绝，是因为您是这个院子的主人，主人想进哪间屋，拒绝不了，拒绝拒绝不了的事，蠢。

崔：嗯，清醒。

我：清醒还能现在这样？

崔：那就有时不够清醒。

我：是。此人智可及，愚不可及。

李：嗯，小蔡变成熟了。

我，成熟了吗？

可能。

这种成熟，表现了对人生的理解，对理想的追求，征服的欲望、不被征服的欲望都十分强烈。

我强烈地感受到了，人生遭际使自己身上渐渐多出了一种东西，这种东西时刻警醒着自己在人生最紧要关头切不能走偏。

它是啥东西？

李主任说是“成熟”。

似乎是。但又不是惯常意义上的“成熟”。惯常意义上的“成熟”，是被习俗磨掉棱角，世故而实际。我不要这样的“成熟”。这样的“成熟”，是精神的早衰和个性的夭亡。我想要的“成熟”，是个性的形成，真实自我的发现，精神上的结果和丰收，“一种未经思考过的人生是不值得过的”（苏格拉底）。

我想要的“成熟”怎样才能获得？大概只有两个字：“顺势”。一个人想常常享受好运，就必须有足够的聪明顺应时势，使自己的行为方式与时代相配合。天下万事，顺势而行显得自然。

环境只接受与它一致的品种而淘汰其余的品种；环境用重重障碍和不断打击阻止别的品种发展。

泰山极顶之一 / 1988 年 9 月

正在办公室精心准备周六下午的政治学习，病区走廊上传来一位女士的大喊大叫声。正准备起身去看看啥情况，护士邵月霞匆匆推开了我办公室的门，慌慌地：教导员，她又来闹了！

我：谁又来闹？看你慌的。

邵：地方一个女人。

我：为啥闹？

邵：她说她的丈夫在我们科住院时，与 A 护士好上了，出院回到家里就要和她离婚。她来骂 A 护士。都来了好几回了，没人管得住她。

我：是吗？带我去。

站在医生护士办公室门前的她，声嘶力竭地骂着，嘴角边上全是白沫。心虚的人往往格外气粗。

我走过去大喝：住嘴！

突如其来，出乎意料。她被这声音惊住了。

间歇，我已伫到了她的面前。

这时，她回过了神，面对我喊，不过，看看我的高度和威严，她的声音明显低了许多。

我大致弄清了她的意思后，义正词严：她犯罪，找法院；她违纪，找组织。你看看你站的是什么地方？医生护士办公室，病区，救死扶伤的地方，不是解决你说的那样的问题的地方。你住嘴，跟我来！再在这里大呼小叫，我按扰乱医疗秩序、危及病人安全办你！

说完，我转身走向我的办公室。

她噤声了，跟着我走过来。

“这是谁？这么厉害！”

“新来的教导员！”

议论从我们的背后传来。

把她让进我的办公室，请她坐下，给她倒了一杯水：喝点水。

她冷静了许多。

我：你说的 A 护士的问题，向组织反映过吗？

她：没有。

我：没有？ A 护士是军人，是有组织的人，既受组织约束，也受组织保护。你不向组织反映，准备自己包打天下啊？你行吗？

她：不行。

泰山极顶之二 / 1988 年 9 月

我：知道不行。遇到问题要向组织反映，得到组织的帮助，以获得解决，这是正路。看你是一位有教养、有头脑的人，怎么就选择了一种最没教养、最没头脑的办法来处理问题呢？骂，原来可能没啥问题，或者是点小问题，你一骂，骂出了问题，骂成了大问题。这个道理你不懂？

她呜呜哭了。

我电话叫来邵月霞，帮她把泪擦干。

她：我实在不知道怎么办。

我：不知道怎么办就蛮干？蛮干是不行的。你现在这个样子，想败坏别人，结果连自己一块儿败坏了。那么多人围着看你表演，你是不是觉得自己的目的达到啦？没有达到。你的目的是啥？就想败坏别人吗？把别人败坏了自己能得到什么好处？好处是你可能得到了一点同情。可是，同情有用吗？所有的同情都是有限度的。同情不能代替你漫长的日子，同情也不能解决你的问题。你为了获得一点同情，付出的代价很大，人们会觉得你是泼妇，是悍妇，这俩“职称”你愿意要吗？这不是傻子才干的事吗？

她被我“骂”得抬起了头，声音温和：那教导员，你说我咋办？

我：我说了这么多，你怎么还问“咋办”？找组织办啊！这事交给我，我来帮你办。我会逐一约谈你们三人，也会调查一些周边熟悉情况的人，弄清状况，判定性质，实事求是地解决。

她满怀信心地走了。

看着她的背影，我想到了有人问古希腊第一位哲学家泰勒斯："什么事情最难办？"泰答："认识自己。"又问："什么最容易？"泰不假思索地答："劝说别人。"

尽管灵魂是看不见的属于精神领域的东西，但看不见的灵魂和看得见的肉体一样，同样有它自己的需要。灵魂的最大需要之一就是要有所寄托——要有事干。正是这种寄托的需要，可以说明人们为什么从激情中得到快乐。固然，激情有时候会使人痛苦，但是，没有激情的生活令人更痛苦。

周六，如期而至。下午政治学习，科室人员一个都不缺。

我：今天下午的政治学习，有两个内容。一是谈谈我们应该享受的权利；二是讲讲我们应该知道却并不知道的常识。

话音一落，我用眼梭巡了一遍会场，抱着"试试"想法的人，眼中有光。我感受到了同志们的兴致。

关于我们应该享受的权利，我查阅了中央军委、三总部、济南军区等下发的有关文件，回答一，符合什么样的条件可以晋职晋级，符合什么样的条件可以破格晋职晋级；回答二，读懂我们的"工资单"，我们的"工资"有几部分组成，对应的各个部分的额度，调整这些部分的年限及标准；回答三，享受分房的基本条件，对应不同职别级别可以享受的居住面积，超过部分的处理，不足部分的补偿；回答四，男女婚龄的相关规定，孕妇的福利待遇，家属随军的年限及职务规定；回答五……

所有同志几乎都是屏息聆听，眼睛都瞪大了。有护工进来告诉一位护士"有人找"，她挥挥手，"叫他明天再来"。

这就是我跟崔政委报告的"细粮精做"。

我：在这个世界上，不存在只享受权利而不尽义务的事，权利总是和义务联系在一起的。下一次我们讲我们应尽的义务。

这是我们今天政治学习的第一部分内容。休息十分钟，进入今天政治学习的第二部分内容：我们应该知道却真不知道的常识。

十分钟后。

我：自培根说出“知识就是力量”的百余年来，没人不同意，这已经成为常识。可是，又有多少人知道知识怎样才能成为力量？我们身边不乏上知天文下知地理的人，但没感觉到他有多大力量，为什么？因为，要使“知识”（对象）变为“力量”（主体），得有科学的选择、组织、建筑、融化的功夫，就是需要某种转换，使知识融入一个人的智力结构，成为这个人的能力，符合你的需要而为你所驾驭。如果没有这种转换的功夫，那我们每个人不过是知识的储存器，并不能成为力量。

葛洪有《涵芬楼文谈》，上面说：“为贞女，虽偶然谈笑而不失庄重之容；为淫女，虽故意矜持，时而露冶荡之态；为富贵女，则不假修饰而衣履间自具华美之气；为贫贱女，虽极意梳掠，而行动之顷不免羞涩之形。”

是啥人，掩盖不住。

有人憋不住插话：怎么办啊？

我：读书啊。一个人，三十岁之前的容貌，爹妈给的；三十岁之后的容貌，自己修炼的。修炼之路只有一条：读书，“腹有诗书气自华”，“腹有诗书，咳吐成珠”。读书不独能变化气质，且能养人精神。

世界上有两种人：他们的健康、收入等人生的主要方面大致相同，结果，一种人是幸福的，而另外一种人却得不到幸福。为什么？

又有人憋不住插话：为什么？

我：因为，他们对物、对人和对事的看法不同，这些不同对于他们心灵的影响也就不同。幸福与不幸福的分界线就在这里。

要想获得幸福，那就得修正你对物、对人、对事的观点，让它变得正确而积极。人生的品味是人人都能领悟的，具有最大的世俗性。

我：一些国家女性的优点。日本女性的优点是“柔”。当你对她说话的时候，她总是微微地笑着。英国女性的优点是“稳”。和英国绅士一样，她们端庄、严肃、稳重。苏联女性的优点是“壮”。她们高大肥壮，能够从事各种劳苦工作。十八岁之前像天使，十八岁之后，一点一点铺开，一直铺成像伏尔加草原一样辽阔。

群体大笑。

有人制止：别笑了，听教导员继续说！

新手应该从创造开始他的事业／祝您成长（双月刊）／1986 年第 5 期

笑有惯性，即便是紧急制动，还是要向前滑动一点距离才会止住。

等笑完全停住了，我接着说：美国女性的优点是“俏”。她们穿着花哨，很少不超过三种颜色的，看看玛丽莲·梦露、奥黛丽·赫本、费雯丽……简直是男人的美梦、女人的噩梦。

群体大笑。没人踩制动。

“中国。中国。我们想听听中国女性的优点。”有人笑着要求我。

我：这是我们今天的讨论题。大家讨论。我觉得中国女性的优点特别多，除了“壮”之外，上面的柔、稳、俏都合适，似乎很难用一个字概括。那么，哪个字涵盖面相对较大呢？大家各抒己见。

有人大着嗓门：“壮”不能除外，我们都壮，都在从事劳苦工作。

有人：“勤”最合适。

有人：“傻”更合适。

……

我：年青的同志有兴趣可看看我写的《新手应该从创造开始他的事业》，发表在 1986 年第五期《祝您成才》上，共勉。下回学习见！

我完成了接下来的粗粮细做、杂粮混做和多品种菜肴一起下锅，涮。

1987 年春天，那位首长，把电话打到了第八十八医院，找到了崔恭选政委，直截了当地说：让他转业，离开部队，回老家。

打这个电话前，这位首长应该是这样研判的：以他的身份、地位，跟一个团级单位的政委说“这么点”事，应该不成问题；这个团级单位的政委应该不会因为一个毫无背景、也不会有反抗能力的小连职干部“薄”自己的面子，不值得。

首长真的想错了，低估了接电话的是“崔马列”。

崔：您是首长，您知道，干部个人提出转业申请，好办，组织批准就可以了；如果干部本人没有转业要求，又不符合干部转业的相关规定，组织安排转业，没有充足理由。干部找我讨说法我没说法。

——有问题，组织需要你转。

崔：首长，这样说是不行的，是欲盖弥彰。如果这个理由成立，后勤部政治部就不需要把他放到我们医院来了，在政治部转了不更省事？

——不能让他就地专业，离开济南，回老家。

崔：这我就不好办了，首长。干部追问我啥问题？我没法回答。如果他有问题，也不是在我这儿的问题，他在我们医院没问题，轮不到我在这里处理他。“组织让你转，就是理由”，这个组织不讲理，那么做，我没法领导一个单位。首长，他什么都不说，离开机关，离开济南，就算了吧。

……

崔政委劝拒了。

我选择第八十八医院作为离开机关、离开济南的安身之处是对的，“在这样的领导身边工作，应该会少一些烦恼，会多一些安全”的判断更是正确的。别说放到一般领导身上，就是放在后勤部政治部机关领导那里，接到这么高级首长的电话，也是唯唯诺诺的。理解了曲广禔副主任与我谈话开门见山的第一句“也好，我一个人跟你谈”，就明白崔政委需要多大的勇气和多大的魄力了。

政治处李思章主任问过我：想过转业吗？

我：没想过。自离开舍田村就没打算再回去。

李：不是说回你老家舍田，比如转业到金坛县城、常州市里，包括南京，还有泰安市委市政府。就你目前的条件、年龄、能力、水平，到地方天地更宽。

我：没有想过。就像一棵树，在部队土壤里长的时间长了，再把它移到别处栽下去，这样的树要活过来得费一番功夫。

与晋国强首长在第 88 医院西侧虎山水库 / 1987 年 2 月

李：树挪死，人挪活。

我：这话听过，但一直没搞懂。“树挪死”好理解，“人挪活”不通，意思是人在挪之前是死的，或者半死？

首长“追杀”到泰安，显然相当过分。

晋国强同志开始过问了。

当然，像晋国强这样的首长，过问，必定在原则之内。他在与军区后勤部一位领导通电话时，谈完工作之后“不经意”地问：小蔡去八八医院干得怎么样？

对方：听反映不错。下到内二科代教导员工作，有声有色，很受医护人员好评。

晋：是吗？下部队时我去看看他。小家伙品质不错，能力也强，让他干啥事，他都肯卖力。这样的同志，部队不是多了，而是少了。

很快，济南军区政治部副主任晋国强来到第八十八医院调研视察。他在听取了医院党委常委集体工作汇报，围绕调研主题开了若干个座谈会之后，空隙时间亲切接见了我。

自 1983 年 9 月进入军区后勤部机关，到离开，三年时间。干了不少事，写

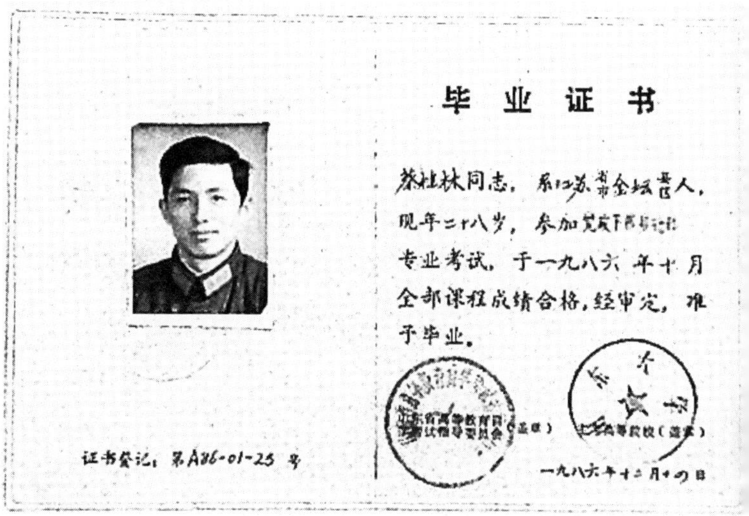
毕业证书

苏社林同志，系江苏省金坛县人，现年二十八岁，参加[illegible]专业考试，于一九八六年十月全部课程成绩合格，经审定，准予毕业。

证书登记：第A86-01-25号

一九八六年十二月十四日

高等教育自学考试毕业证书 / 1986 年 12 月 14 日

了不少稿，忙，很忙，忙得没空思考一下工作之外的关于社会、关于现实、关于人生、关于未来。

现在，坐在泰山脚下，有了盘点的时间，有了思考的时间：写下那么多，有多少是自己真心想写的？有多少真的有意义？就是追求将自己钢笔字变成铅字？发表的目的是什么？价值何在？究竟什么能超越时空获得永恒？

追问，结果是痛苦。

痛苦，接着追问。

接着追问之后，接着读书。

痛苦，也是生活的激素。人，因寻求、苦苦地寻求却难得而幸福。矛盾而奇怪的人生，永远的梦魇。

一个人活着，意味着一次又一次地再生。渴望再生，就需要历经浴血。浴血是再生的必经历程。

痛苦中常有惊悸的怪梦，不是攀高时楼梯岌岌可危，就是渡水时翻船沉底，走来走去永远走不出迷宫。孤独，焦虑。如果说这表示愿望的达成，那就是渴望危险，渴望征服，渴望刺激。

刺激过后呢？

没有答案。

接着读书。

每次阅读都是寻找，每次阅读都是跋涉，每次阅读都是辨认。阅读让我听到在或平庸、或苍白、或荒诞诡异、或众声喧哗的现实面前，那些不妥协的、不服从的、致力于改变和完善的心灵的呼喊。那些呼喊犹如暗夜中的微火，当然微弱，但明亮迷人。我希望把这些微火聚拢，我珍惜这些写作者们擦亮火光、照见晦暗之地的刹那。

一个字一个字地阅读、抄写郭因长长的《艺廊思絮》——

没有毫无政治倾向的作品。因为没有毫无政治倾向的作家。

“春种一粒粟，秋收万粒籽；四海无闲田，农夫犹饿死。”（李坤）

揭露社会黑暗，抨击反动统治，是过问政治的政治倾向。

“农得务农息战斗，普天无使横索钱。”（杜甫）

同情人民疾苦，表达人民愿望，是过问政治的政治倾向。

“自古圣贤尽贫贱，何况我辈孤且直。”（鲍照）

抒发个人悲愤，大发一己牢骚，是过问政治的政治倾向。

“采菱渡头风急，策杖林西日斜，杏树坛边渔夫，桃花源里人家。”（王维）

粉饰现实生活，美化封建农村，是似乎不问政治的政治倾向。

“……昼短苦夜长，何不秉烛游，为乐当及时，何能待来兹。”（古诗）

暴露没落情绪，鼓吹享乐思想，是似乎没有政治倾向的政治倾向。

……

这类书籍、文章，对我脾性，入心，入脑，读来亲切，亲切得像见着亲人。

读着，想着；想着，读着——

我们并不是常常能够积极地改变现实的。当一种愿望实现不了的时候，最实际的办法，莫过于及时地调整自己的愿望了，调整向主客观条件相对具备些的目标。

通讯报道，需要平台。一个医院，看病，打针，吃药，住院，出院，天天如此，年复一年，能有多少“新闻”？医院的大事，不一定是部队的大事。一年能从这里挖掘出几篇有分量的东西就撑破天了。可以肯定，这里不是通讯报道理想的平台。更大的、理想的平台，现在不能想。立足现实，是一个人首先要做到的。自己面对的现实是怎样的呢？作为政治处干事，除了难出好成绩的通讯报道之外，就是每天都要面对文件、讲话、发言、典型材料、总结、规划之类。如果不能在现实中出成绩，几年之后，更大的平台肯定想都不用想。因为你已经没有成绩来证明应该将那个更大的平台交给你。你已经败苔满身，接近是段朽木。

那么，能将现实的日常工作与爱好相对较为紧密而有机地联系起来的是什么？是文学评论！弄好文学评论，可以提高现实工作的能力、水平、效率、质量，还有可能在文学领域出成绩，出成果。

这应该是目前正确的选择。

正确的选择？

什么是文学评论？或者说，什么是文学评论家？通向文学评论或者说文学评论家的道路有多长？怎样走？

走慢了可不行。

只知道别林斯基给文学批评下的定义："批评渊源于一个希腊字，意思是'作出判断'。"（《关于批评的讲话》，《别林斯基选集》第三卷第574页）

只知道普希金给文学批评下的定义："批评是揭示文学艺术作品的美和缺点的科学。"（《论批评》，《古典文艺理论译丛》第二册第153页）

只知道一位不知名的人给文学批评下过一个我读来似懂非懂的定义："文学批评就是文学批评家人性在解读文本过程中自由显现的过程。"

只知道范文澜《中国通史简编》中有这样的话，可能属于文学评论："在百花盛放的唐文苑中，诗歌是最为鲜艳夺目的花朵。新型的律诗（近体诗）与旧型的古诗，竞艳争妍。在以千百计的诗人中，王维、李白、杜甫三个代表人物，他们的诗，是佛、道、儒三种思想的结晶。儒家的思想感情、是非喜怒，最合乎中国封建社会的道德标准。历代诗评家对王维、李白或有异辞，而杜甫的'诗圣'地位从未动摇过。"

余下的，所知甚少。

读到过刘西渭的《咀华集》：一个批评家是学者和艺术家的化合，有颗创造的心灵运用死了的知识。他的野心在扩大他的人格，增深他的认识，提高他的鉴赏，完成他的理论……因为它本身也是一种艺术。

刘西渭的"艺术"是评论巴金和沈从文。他文思敏捷、洒脱风趣，读起来几乎有点像杂文，但立论独特，接近作者的灵魂，又大大增强着所评作品的魅力。

——噢，这是文学评论。这是文学评论家。

自己离此有多远？

就"艺术"而言，弄过"小说"，更喜欢"散文"，还有更接近文学评论

幽默论 / 青年文摘 / 1987 年第 10 期

幽默的引笑机制 / 演讲与口才 / 1988 年第 2 期

一点的“言论杂谈”，把这些加在一起，若能在辅之以学者的智慧，再在文学评论这“艺术”中表达出天资和激情，大概可以一新。

若能解决上面的这个“若能”，这应该是走得通的一条路。

捻工尽快修船，让船尽快下水。

精神贫乏、缺乏独特个性的人，一般不会遭受精神危机的折磨。可是，对于一个有精神追求、强烈精神追求的人来说，危机，即供求关系的某种脱节，却是不可避免的。这样的人，要摆脱危机，必须自己来为自己创造精神的食物。

饭后。一人。坐在医院北侧的山坡上看泰山。

“长江悲已滞，万里念将归。况属高风晚，山山黄叶飞。”（王勃《山中》）

饭后。一人。坐在医院北侧的山坡上看泰山。

老乡华罗庚说，青年人，要瞄住山顶，只有登上山顶，朝下看，全是路。

尼采这样说：山岳间最近的道是从山峰到山峰，但你必须有长腿才能走这样的道。

饭后。一人。坐在医院北侧的山坡上看泰山。

四围天籁中，八面幽风里。

约五亿年前，地球内部巨大热浆涌动，地壳发生变化，造就了巍峨壮观的群山众岭，奇顶异峰。泰山，就是地球这次造山运动的硕果。

汉武帝称赞泰山：高矣、极矣、大矣、特矣、壮矣、赫矣、骇矣、惑矣。

徐志摩到泰山是进入了梦境：在茫茫的云海中，发生了奇异的幻想，我躯体无限的长大，脚下的山峦比例我的身量，只是一块拳石。这巨人披着散发，长发在风里像一面黑色的大旗，飒飒地在飘荡……

饭后。一人。坐在医院北侧的山坡上看泰山。

无峰不石，无石不松。

石压笋斜出，岸悬花倒生。这样的笋与花，生存艰难。然而，倘若与泰山岩间松比起来，它们就应该知道惜福了。至少，它们有赖以生存的泥土，只是受到环境的限制，改变了生长姿态。而岩间松是连生长的泥土也是没有的。然而，这些松子没有绝望，没有哀叹命途多舛，没有丧失对生的强烈渴望，就立足岩缝，扎根，发芽，破岩，伸展……迎接住了狂风、暴雨，抗击住了电劈、雷轰，以苍凉神采，向世界昭示生命的坚韧与顽强。

按伊势专一郎的《艺术之本质》给它以美学评价，岩间松是雄大的、沉郁的、崇高的，更是庄严的；按司空图的《诗品》的美学范畴去衡量，岩间松是高古的、清奇的、自然的，更是精神的。它们既是生命崇高的呈现，又是生命意志完美的象征。

这是生命的榜样。

来泰安前，友人关切地抄录一幅联语赠我："荣辱不惊，望天上云卷云舒；去留无意，看庭前花开花落。"喜欢。带着。以为超然脱俗，清高得可以。然而，今天，在生命的榜样面前，我感到了自己的浅、浮。那充其量不过是一种服膺于顺应接受的无可奈何，哪有一点怀疑注定、挑战注定将生命直染到绝险处的胆量、气魄？

不再是什么天上云、庭前花，我愿意是岩间松，直将未竟的生命进程，装点得一片生机盎然。

饭后。一人。坐在医院北侧的山坡上看泰山。

歌德在他七十五岁总结一生创作经历时这样说："我极占便宜的事情是，自己出生在一个世界大事逐日相接的时代。"我极占便宜的事情是，自己出生在一个中国大事逐日相接的时代。

7 月 17 日，在济南工作时结识的军区政治部创作室专业作家周大新，来在泰安的老部队看望战友，顺道到第八十八医院查体，同时探看我。

畅叙之间，大新告诉我准备9月去北京，参加中国作家协会鲁迅文学院第三届进修班进修。

我敏感地问：进修什么？

大新：文学创作与文学评论。

我：有文学评论？

大新：有。

我：你有简章吗？我符合不符合进修条件？可不可以去？

大新：简章没在身上，在济南的宿舍里。你想去，我熟悉学院负责这件事的何镇邦老师，帮你联系。

我：太好了！不是帮我联系，是帮我推荐。

大新：好。我们做个伴。

正应了"机会总是为那些有准备的人准备的"这句圣言，我准备着，机会就这样来了。

抓住它。

三天后，回到济南的大新将简章寄给了我。附一信：我已跟何老师电话联络过，他欢迎你。你积极稳妥地做好单位的工作，我们同行。

7月22日，拿着简章，走进政治处李思章主任的办公室，向他报告，陈述我去北京鲁迅文学院进修的想法和理由。

李主任脸黑，心热。通讯报道出身，在第十一分部政治部宣传科新闻干事岗位上有声有色，后勤部队有名的"笔杆子"。这样的经历，对通讯报道干事的辛苦，也就有了一份非此没有的感受、体察和理解，处理起问题来也就更能设身处地。他简洁地问我：多长时间？

我：四个月。

李：呦，超出了我批准权限，需要上常委会。

我：那肯定。我是想先求得你的支持。你不支持，上不了常委会。

李：我支持。你写个报告，附上鲁迅文学院的培训简章给我。崔政委很关心你，你再跟崔政委报告一下，争取他的支持。

这天，接到总后勤部司令部主管主办的《后勤》杂志社资深编辑谢本洪（团级）的电话。

我在军区后勤部政治部宣传处工作时，几次专程到北京新闻单位——其中包括《后勤》杂志社——处理稿件，与《后勤》杂志社自社长总编至编辑，建立起了良好的工作关系，甚至是私谊。有私谊的摄影记者高少飞，因“事”入狱，一位才华横溢的明日之星陨落了，我为他唏嘘。谢本洪也是与我有私谊的一位。

谢：电话打到宣传处，才知道你到八八医院工作了。接电话的那家伙真差劲，盘问半天我是谁。我是谁不是你可以问的，这个电话来自哪里，你们军区的总机有记录，你只要回答我的问题就可以了。

我：从接电话的那家伙的态度上就可以猜到我的处境了吧？非正常的正常调动，不是什么光荣事，没好意思向领导朋友们报告。联系是不会失去的，你在指挥全军的岗位上，哪个军人能在你的视线之外？

谢：想多了吧。人吃五谷，会有所病；行走江湖，必有所痛。很正常。你，我了解。依你的品质修养，谁跟你过不去，一定不是你的问题。

我：评价甚高啊。我也是这么认为的。可我就是不理解，军队，军队的高级机关，也是“江湖”？

谢：你这话是诱我犯错误啊。

我：哈哈哈。那就说说不会犯错误的。您近来怎么样？

谢：不怎么样，失眠，严重失眠。

我：呦，富贵病，一般人生不起，得有相当级别，肩上有相当重担的人才会生。

谢：你还笑话我。

我：哪有笑话，实话实说。

谢：不睡觉可要比不吃饭死得快。

我：太悲观了。

谢：北京的大医院、名医生访遍了，不见起色，相当痛苦，临近崩溃。

我：这么严重啊？别急，失眠，心理大过病理。这样吧，您来泰安，到我这里来，来我这儿散散心，没准儿就好了。

谢兄接受了我的真诚邀请。

我向于院长、崔政委实话实说请二十天假，算休年假。

于：如果时间不够，你再续。他是你朋友，也是上级机关领导，于公于私我都支持。

我：谢谢院长。应该够了。如果二十天还没弄好他，那就是我弄不好他了。

于：需要什么帮助你尽管说。

我：希望药房能开点镇静药给我，其他的我准备。

于：没问题。我们配合你。哎，镇静药依方服用，不要出问题哦。

谢兄乘坐的火车抵达泰安站。

车站出口我没能认出他来，直到所有的旅客散尽，广场上只剩一个提旅行箱的人，非他莫属时，这才把那个一年多前神采奕奕现如今蜡黄、猴瘦、风雨飘摇的家伙，直接拉到了早联系好的泰山北坡桃花峪一户农家。

松涛阵阵，泉水淙淙，山花漫漫，鸟语啾啾。

谢：好地方！

我：当然。远尘嚣，近天籁，神仙修炼的地方。

谢：竟然有这么好的地方！

我：此地名称桃花峪，世外桃源。我们就在这里住一阵子，去他娘的失眠，去他娘的这事那事，啥都不想，就明月清风，就山泉桃花，行否？

谢：极美！

我和谢兄正在院子里的石磨边聊着，房东跑过来跟我们说：晚餐就几道素菜，行不？

谢：行。很好。

我：不行。得有荤菜。

房东一脸为难：山沟沟，这个时间弄不来荤菜。

是吗？我眼睃见一群鸡在院子里闲溜达，指着对房东说：让你现在扛枪进山打野兔可能有困难，捉只鸡，炖了。谢兄，请你也下场子，我们一起围只鸡。

谢兄一声“好嘞”，卷袖捋襟，相扑似地在院子里张牙舞爪。

散养的鸡不那么好围，它们健壮，敏捷，咯咯咯地上串下跳，眼看要捉住结果一展翅飞上了房檐……小半个小时，谢兄一头大汗，不住地喘，才与房东一起哈哈大笑着将鸡捉住，房东把鸡杀了炖了。

满院异香，诱得人直咽口水。

加上深山采回的野蘑炖鸡，农家地里的菜蔬，泰山特曲……直喝到吃到月悬泰山松。

次日天没亮，我拉上一点也睡不着的谢兄爬山，从北坡登上玉皇顶，往返三十里。

谢：从北坡也能上来?

我：能。这是泰山挑夫上山的路。

一连数日，天天如此。每天炖只鸡，每天三十里。

谢兄的气色开始好起，房东都看出来了：不怕你忌讳，来的时候看一眼怕人，现在，神气多了。咱泰山连风都养人。

谢：那是。这风里没有北京的灰尘，润肺。

虽然还没到倒头便睡的程度，但谢兄每天失眠的时间在明显缩短。到了第七天，晚餐吃过，谢兄破天荒地说想洗洗睡。

第八天，像往日一样，我们晨起爬山。

大雾，浓重得能见度不足一米。我们走得十分缓慢，中午时分才到山腰。

饿了，饥肠辘辘。

对山雾的影响估计不足，只带了水，没带干粮，饿得我们俩腿肚子直打晃。

就在这时，浓雾中闪出了一个人影。他肩扛一根长长的扁担，扁担顶端圈着一圈绳子，还有一只鼓鼓囊囊的布兜。

他应该是泰山挑夫，布兜里应该是干粮。

因为浓雾的遮蔽，等到看见对方时，人已经顶到了鼻尖。大雾中遇见生人是件很可怕的事情，因为能发现对方时已经太近，没有心理准备，没有安全距离，自我保护的本能会使双方都吓一跳。

谢兄显然是看见了对方扁担顶端挑着的那个布兜，显然是判断出那里面一定有吃的，大喊：有救了!

我：老乡，救救我们！我们是住在桃花峪的北京人。上山时没想到山雾这么厉害，到现在都不散，看不见路，走得慢，没带吃的，饿极了，请给我们一点吃的，救救我们!

老乡：吓我一跳。要吃的没问题，我怕遇上坏人。

老乡从布兜里拿出两张饼来。谢兄接过，连“谢谢”都顾不上，张嘴就是一口，饼被咬去了半张……

谢：人在饥饿时，首先想到的绝不是什么山珍海味，珍馐佳肴，一定是最容易得到、最平常普通的米面饼馕，肚饥想起牙缝菜。最平常的最可靠，最普通的最安全。

我：人生大悟啊！还失眠吗?

谢：开始感到觉不够睡了。感谢泰山，感谢桃花峪！

我：你知道吗?谢兄，现在可以告诉你了，房东院子里的那些鸡，都是我事先买好放在那里养着的，就是等你来抓，追着抓，满院子跑，让你出力，出汗，让你进入一种生命的自然状态，这样你的思想才会放下来，你的精神才会松下来。你到桃花峪后所做的一切都是事先安排好的治疗手段。

谢：大雾，饥饿，也是?

我：也是。

谢：不信。

我：你最好不信。哪天碰上那么大的雾，饥饿最后怎么解决，这不是设计的，只能见机行事；但遇上大雾，经受饥饿，这是预设的。所有一切，绝不让你感觉是在治疗，如果让你知道了这些都是治疗手段，效果就没了，因为，那样，你会始终认为自己是个病人，思想上精神上，还像是去医院看病治疗，没有质的改变。得让你有质的改变，不让你觉得自己是病人，相信自己是健康的。现在，怎么样，好了。你去过中国顶级的医院，见过中国顶级的医生，病还是病；这里不是医院，我也不是医生，可你好了，为啥?就因为失眠，心理大过病理。

谢：桂林弟，胜造七级浮屠啊！

我：拉倒吧，有恩于您的是泰山，是泰山的山水。明天，明天我们可以回八八医院了，院长政委在医院等您，等您去喝酒嘞，为您的健康庆贺。

谢：他们知道我来?

我：当然知道。这一切都是他们批准我安排的。我不是一个人在战斗。我时刻把自己置于组织的领导管理之下。这也是安排好的，院长政委就是不来看你，让你忘掉山外面的世界，忘掉红尘。

……

半个月后，我把面色透红的谢兄送上了返回北京的列车。

在我在桃花峪治谢兄失眠症时，我去鲁迅文学院学习的事顺利地走上了院常委会。

政治处的人，政治处的事，李主任当然得率先发言：培养一个合格、优秀的医生，需要一进修、再进修，培养一个合格、优秀的政工干部也一样。小蔡要去的是鲁迅文学院，不是军队的政治工作，但一个合格、优秀的政工干部应该有多方面的知识和才能，不矛盾，有益处。

崔政委：我看这小子非池中物。

院长于贤佐：八八医院可不是“池”，边上是卧虎山水库。

崔：恐怕也不是水库里的鱼。

李：让他去吧。

于：应该收学费吧？

李：收。培训简章上有。

于：需要拿就拿。小蔡不容易，正派。内二科对他的反映很好。噢，对了，政治处要准备好接替小蔡的人，内二科是个大科，事多。A 护士的事，小蔡处理得很得体圆满。那里不能没有教导员。

李：后勤部政治部已经帮我们从部队选拔了一个，马上就来报道。

崔：我们还拿学费？学成了，跑了。

于：跑就跑，跑到哪里还是为党和国家工作嘛。

医务处主任黄守民，造诣颇深的泌尿科专家，深谙医院管理，医务处主任当得举重若轻：院长胸怀宽。

李：跑也跑不远，他外语不行。

常委们笑了。

进修的事，就这样准了。

启程赴学前，李主任很关切地告诉我他已经跟财务说过了，去预支点学费。

我谢了，没去。

我不会拿医院的钱去交自己的学费。

我不是去学鲁迅早年学过的医科，而是学文学评论。医院肯定不需要文学评论，李主任“政工干部应该有丰富的知识，多方面的才干”的话，面对常委们说说可以，面对科室说恐怕就不行了。能让你去，就是莫大的关怀和爱护，再企求其他，未免太贪心。医院拿钱送一个人去学文学，那么多想到大医院、医学院学习进修的医生护士怎么想？自己有困难自己克服。

如果一个人滴水不漏，啥好事都想沾全，看起来是“得”，其实会“失”之于无形；如果心有感恩，虔诚放弃，其实已经“得”之于无形。

挥挥手，我进修去，不带走一片云彩。

北京听禅

1987年9月3日，到鲁迅文学院报道，参加中国作家协会鲁迅文学院第三届进修班。

中国作家协会鲁迅文学院，它的前身是抗日军政大学鲁艺学院。历经战火，风雨兼程，从延安走到北京市朝阳区八里庄十里堡。中国当代如雷贯耳的作家，几乎无一遗漏、无一例外地都在这里或学习过，接受培训，或走上这里的讲台授过课，最终成了挂在这里走廊上的头像。

鲁迅文学院，名头挺大，其实，就在一条小河边的不足十亩地上。一幢楼，办公、宿舍、教室，都在这幢楼里；一个食堂带餐厅；一个篮球场，两个篮球架；齐了。院不在大，有圣则灵；楼不在高，有仙则名。没有一个做着作家梦的人不以进入她的殿堂为荣耀。

然而，尽管文坛上大大小小的作家们大多来过这里，而评论家则鲜见。

原因？

没人告诉我。

我猜度：评论家名声不好。

在新中国成立之后的很长时间里，中国文坛上的文学评论大多是政治评论，姚文元的《评〈海瑞罢官〉》是经典的代表作，很少见建立在科学、专业理论基础之上的文学评论，文学评论家几乎就是政治的“炮手”，大批判的“先锋”。文学批评的“泛政治化”是显而易见的痼疾。

哪个作家喜欢这样的评论家？一旦被这样的“评论家”盯上，几乎就是噩梦。这样的“评论家”，大多寄生在研究机构或者高等学府里，他们不需要进修，他们更需要的是学文件、听讲话，能“闻”出、猜摸出文件、讲话里的“精神”就够了。

随着思想解放运动的不断深入，这样的“文学评论”受到了唾弃，中国文坛开始了科学的、专业的文艺学科、文学理论建设。评论家的学术思想、学术理论、学术态度进入了鲁迅文学院的培养视野。于是，这个学院的“第三届进修班”纳入了“文学评论”。

我是幸运的，刚纳入，我来了。

刘再复、王蒙、何西来、鲍昌、乐黛云、鲁枢元、畅广元、孙绍振……文坛上最活跃的理论家、评论家，悉数登台，演讲着科学的、自以为科学的，新潮的、自以为新潮的文学批评。

各种流派纷至沓来：心理批评、原型批评、形式主义批评、结构主义批评、社会批评、比较文学……诸种学说目不暇接。

我的文学批评理论知识本来有限，而且，还停留在别林斯基、普希金那里，近一点的刘西渭，也是四五十年前的思考。面对最新的文学批评理论、思潮，肯定是暂时“接”不住的，需要时间慢慢消化；当然，有些是不准备消化了。有的时候，时代思潮在直接的政治领域遇到巨大的障碍，难以畅流，它便会涌向文学批评渠道，现在，就是这个时候，借着“文学批评”的名义，畅流在这个名义之外“难以畅流”的东西。这些东西就不需要消化。

听评论家一系列的课，尤其是那新潮理论，一个原则在我心中坚定而明晰起来：“新思潮的优点恰恰在于我们不想教条式地预判未来，而只是希望在批判旧世界中发现新世界。”（《马克思恩格斯全集》第一卷第416页）

除了评论家理论家，也有作家来讲课。

王蒙来了。

王蒙首先是作家，十九岁写出成名作《青春万岁》，二十三岁写出《组织部来了个年轻人》，名声大噪；同时，他又是优秀的文艺理论家。此时正担任国家文化部部长。来讲课那天，整个教室座无虚席，不知道从哪里突然冒出这么多人。

王蒙先生一开口，我才明白为什么座无虚席：口才了得！据说，文化部开会，只要王部长讲话，连廊道里的清洁工都停下手里的活，听得全神贯注。

这位流放新疆的“右派”，散发出雄健和智慧。谈社会，纵横捭阖；谈人生，鞭辟入里；谈文学，行云流水。我只记下了几句，其余的时间全被他演讲时的丰富表情夺走了：写一个人在冰天雪地里走，如果作者不感觉到自己的脚后跟一阵发冷、发痛，人在冰天雪地里走的感觉就写不出来。从这个角度讲，文学语言活动伴随着一种身体上的内模仿，和身体上的动觉……

显然，王蒙先生受到欧洲关于审美经验的形式主义观点影响。审美经验的形式主义认为，由于全部注意力都凝聚在一个孤立的对象上，主体和客体的区别就在意识中消失了，二者合二为一。由于自我与非我同一，于是一方面自然出现了把主观感情投射到客体中去的倾向，另一方面出现了把客观情调吸收到主体中来的倾向。前一种活动产生出罗斯金所谓“感情的误置”，即里普斯描述为“移情作用”的现象；后一种活动则产生出谷鲁斯所谓的“内模仿”。由此可见，王蒙先生写出《蝴蝶》《布礼》《活动变人形》……引领文坛风气，绝非偶然，他切近着世界文学潮流。

12 月 14 日，苏州作家陆文夫登上讲坛。

陆文夫，1956 年发表短篇小说《小巷深处》一举成名，1957 年又因参加筹办《探索者》被打成右派，下放改造去了。说来也怪，二十余年的“改造”，没有“改造”掉他的真品性，却使他清淡如茶、沉郁似酒，杨绛先生《干校六记》中的一段话，恰似也是写给陆文夫的：“改造十多年，再加干校两年，且别说人人企求的进步，我没有取得，就连自己这份私心，也没有减少些，我还是依然故我。”纽约国际笔会第四十八届年会，陆文夫先生去了。会上，有人问他对性文学怎么看，陆文夫先生回答：“西方朋友接受一盒礼品时，往往当着别人的面就打开来看，而中国人恰恰相反，一般都要等客人离开以后才打开盒子。”与会者发出会心的笑声，接着是骤雨般的掌声。

这次来鲁迅文学院，他讲浓郁的姑苏风情、深巷的民俗变迁……娓娓道来，如歌如诗。为他的讲演吸引，笔记本上只记下了两行字：“知其可为而不为，

与《艳阳天》《金光大道》作者浩然先生（左四）在一起，左三为蔡桂林 / 1987 年 11 月

懒汉；知其可为而为之，普通人；知其不可为而不为，隐士；知其不可为而为之，英雄。”

课余，向他请教。我告诉他我是金坛人，祖籍泰州。他热情地邀约：“正宗老乡哎，我祖籍也泰州。回乡探亲时到苏州找我喝茶。”说着，拿过我的笔记本，写下了他在苏州的住址和电话号码。

我是于泰安的孤独中，对自己的人生未来设计做出重新调整和部署时，选择了文学评论。这是继舍田村“寻路突围”之后的又一次“寻路突围”。——新时期文学发轫并如火如荼地燎原时，在防化连侦毒和学习写通讯报道；当外来文艺思潮的巨浪拍击中国文坛，象征着不同小说文体的《风筝飘带》升上湛蓝的天空随风翻舞的时候，则在盛产大葱、香米的明水讲军用文书和统计知识；当“文体年”“方法年”沸沸扬扬时，在担任济南军区后勤部政治部的新闻干事，忙着整党和参加高等自学考试。专门的文学研究是离我很远、很远的事情，最多也就是出于爱好，繁忙的工作、学习之余的一点消遣性阅读，一点属于奢侈的关注。作家可能因一部作品而一夜走红，评论家可能因

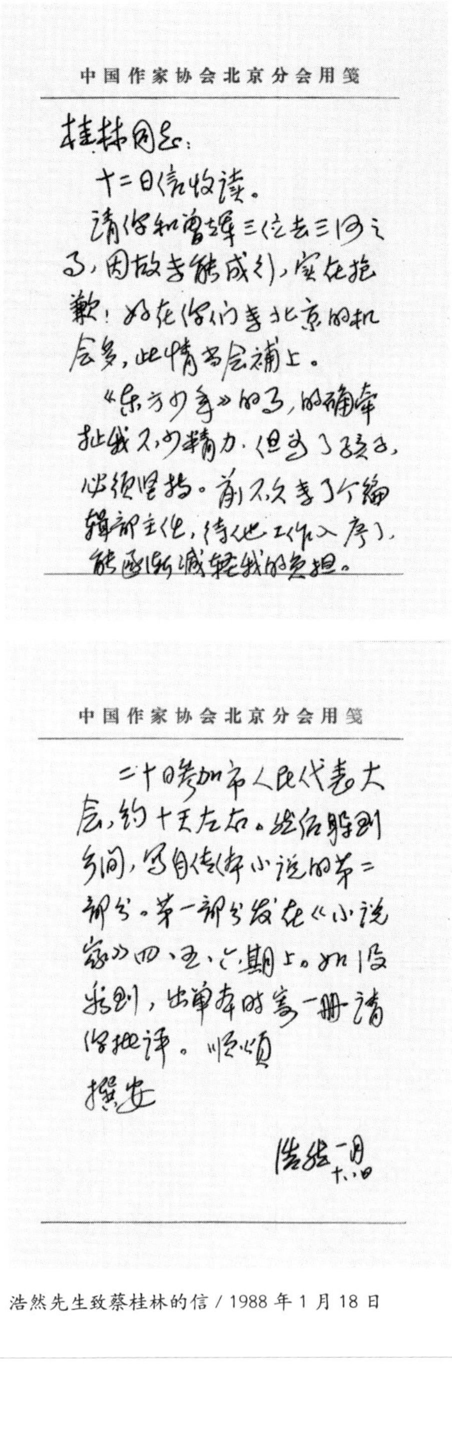
中国作家协会北京分会用笺

桂林同志：

十二日信收读。

请你和曾辉三位去三河之事，因故未能成行，实在抱歉！好在你们来北京的机会多，此情当会补上。

《东方少年》的事，的确牵扯我不少精力。但为了孩子，必须坚持。前不久来了个编辑部主任，待他工作入序，能逐渐减轻我的负担。

中国作家协会北京分会用笺

二十日参加市人民代表大会，约十天左右。然后就到乡间，写自传体小说的第二部分。第一部分发在《小说家》四、五、六期上。如没收到，出单本时寄一册请你批评。顺颂

撰安

浩然
一月十八日

浩然先生致蔡桂林的信 / 1988 年 1 月 18 日

一篇评论而瞬间文坛尽知的年代与我无缘。——新时期的文学繁荣有其历史缘由：社会的大变动、大变革，往往为文学创作高潮提供丰富的情感和思想源泉，“没有哪一次巨大的历史灾难不是以历史的进步为补偿的”（恩格斯《致尼·弗·丹尼尔逊》，《马克思恩格斯全集》第三十九卷第 149 页）。虽然这些年里，我为全国、全军和省市报纸电台写下来近千篇文章、报道，但没有对当代文学热情关注的评论文字；虽然在这些年里，写下了《名人的座右铭》一书，也与文学评论不沾边，只能说明我的庞杂和兴趣的广泛，也可见出一点机智和敏捷。

先天储备不足，后天的自学支离破碎，我面对这样层级的培训是吃力的、很吃力，似懂非懂，也只有挂一漏万地生吞活剥了。

至培训班结束还剩一个月时，学院布置：作家交一篇作品，评论家交一篇评论，算作对四个月学习成绩的考察。

我解嘲地对教研室主任何镇邦先生说：我是可以免交的。

何：为什么？

我：既不算作家，也不是评论家，在您要求交作业的范围之外。我就是个文学评论的票友，可能连票友都算不上。

何镇邦先生弥勒似地哈哈大笑。

何先生没有给我们讲课，其实，他本身，就是一堂生动的课。

何先生出生、成长于闽南沿海，后以优异成绩考入复旦大学——这成为远村近邻津津乐道的佳话——受教于郭绍虞、刘大杰、蒋孔阳等一代大师门下，打下了扎实的理论功底，即便三十余年之后的今天开讲屈赋楚辞，仍可滔滔三日不绝。走出复旦校门，他被分配到北京一所学校教书，至调入中国作协创研部，迎来了他文学评论写作的高潮期，作品论、作家论、思潮论、流派论、风格论……对《李自成》及姚雪垠的评论，对《星星草》及凌力的评论，对《东方》及魏巍的评论，对《新星》及柯云路的评论，对《钟鼓楼》及刘心武的评论，对《浮躁》及贾平凹的评论……纵横写来，汪洋恣肆。他始终操守着以真诚为本、以深刻为要、以准确为先的评论风格，堪为楷模，成为中国文坛举足轻重的文学评论家。

我爱何夫子，风流天下闻。从何先生身上，我学到的不仅是文学评论的写作，更多的是人品、文品。

我跟何先生说我在要交作业的范围之外，当然是玩笑。玩笑归玩笑，作业是一定要交的。

我从众多我喜欢的作家中选出了最喜欢的汪曾祺。

本想选择刚刚听过他课、又邀我喝茶的老乡陆文夫先生，可他写的多是青砖小瓦马头墙、回廊挂落花格窗的我很向往但很陌生的城市小巷市民的风情世态、命运变故。只好放弃。汪曾祺先生不同，他写的是我熟悉的地域，熟悉的生活，熟悉的左邻右舍兄弟姐妹，亲切，共鸣。

我将汪曾祺先生的作品尽数找来认真阅读。又请同班同学、来自中国人民大学报刊资料复印中心的孙怡姐姐将关于汪曾祺作品的评论尽量找来学习。

下完这番功夫之后，动笔。连续三天，一气呵成：《汪曾祺散化小说诹评》。

这篇被“逼”出来的评论文章完成后，我胆怯怯地送给同班同学、来自黑龙江文联《文艺评论》的编辑程晓梅姐姐指正。她是文艺评论资深编辑，应该有眼光，我信任她。

一定是碍于同学的面皮，晓梅姐姐读完这篇我的标准的文学评论处女作之后，热情肯定：我不信这是你的文学评论处女作，完全不是新手的样子。

我：姐姐，请给我一个骗您的理由？

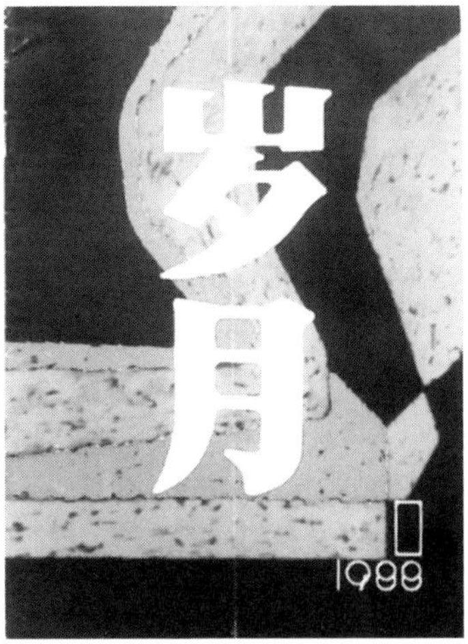

汪曾祺散化小说诹评 / 岁月 / 1988 年第 1 期

恰在这时，大庆市文联 1988 年 1 月创刊《岁月》文艺月刊，副主编阚峰给晓梅姐姐来电话请帮他在班上组稿。放下阚峰的电话，晓梅姐姐马上找到我问愿不愿意把文章给《岁月》。

愿意，愿意！我愿意！哪有不愿意的？待字闺中的丑女，有人肯娶，就是她的造化，就是她的福报，哪里敢问是不是大户人家？“豪门”是想都没想过的事。

离开鲁迅文学院前，晓梅姐姐告诉我：阚峰来电话了，你的评论文章发在创刊号上，他让我代表他感谢你为《岁月》提供了这么好的评论文字。

我：你肯定没告诉他我是谁，也没告诉他这是处女作。

晓梅姐姐：你的处女作给《岁月》，是《岁月》的光荣。

也许是“票友”按时完成了作业，也许是作业的质量还差强人意，也许……这天下午，何镇邦先生找到我说：今晚跟我出去参加个聚会。

受宠若惊。

跟着何先生到了东四，走进了东四福隆寺街上的闽南酒家。

参加晚餐聚会的有《人民日报》文艺部朱碧森，《光明日报》记者部张胜友，《报告文学》杂志社主编傅溪鹏，原福建省委书记项南之女、解放军文艺出版社项小米……都是何先生的同乡，有的还同时是复旦校友，是一次在京福建同乡会。在座的，除傅先生与何先生年纪相当、稍长外，其余的正青春，生气勃勃。

文人相聚，吃啥菜，不在乎；喝啥酒，不在乎；在乎的是信息的汇聚、文化的交流、思想的碰撞。娓娓道来，心领神会；高谈阔论，面红耳赤……四面云海聚酒盏，万家忧乐到桌边。我是局外人，除瞧准时机插花式敬酒，就是听，入心入脑地听、听。

众人一晚的侃侃，绝不亚于在学院上一天课，且，有些，绝非课堂上能有。张胜友的话，让刚刚走上文学评论之路的我铭记：文学有激荡社会、潜移默化世俗人心的巨大力量。对此，我深信不疑。

四个月，真快，刚相逢，却离别，恋恋不舍。

鲁迅文学院把一本精致的“留言簿”交给班长曾辉，让他组织在同学中传写结业留言。

同学们各展才华，留下自己的精彩。

轮到我了。

我先是翻看了前面已经写下的——

美的瞬间往往构成永恒，于是，结尾就是真正的开始。　梅南频

西上莲花山，迢迢见明星。惑于兹，省于兹。　黄

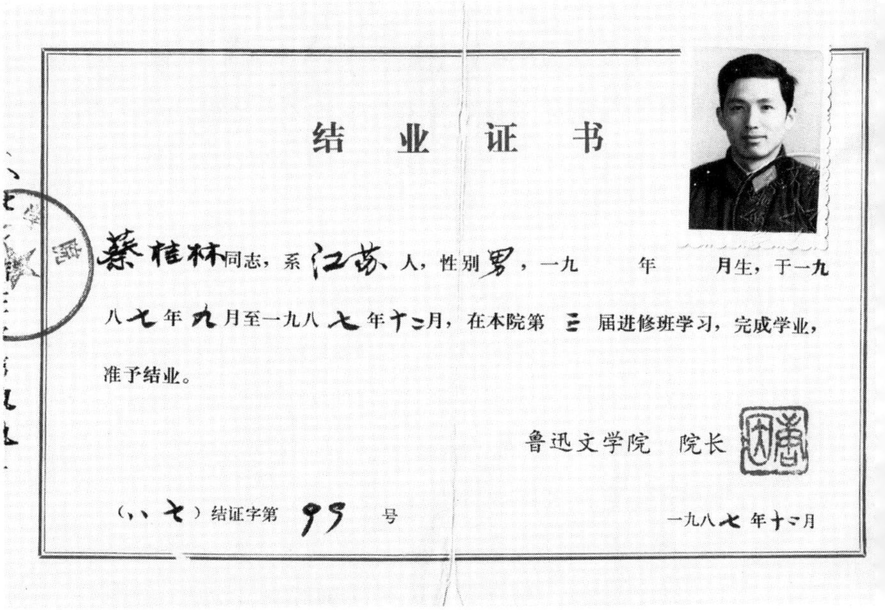

结业证书

蔡桂林同志，系江苏人，性别男，一九　年　月生，于一九八七年九月至一九八七年十二月，在本院第三届进修班学习，完成学业，准予结业。

鲁迅文学院　院长

（八七）结证字第99号　一九八七年十二月

鲁迅文学院结业证书 / 1987 年 12 月

国柱

每个人都是一个宇宙。 孙怡

我在想：因签名而提高了这本纪念册的价值的名字是哪一个呢?

南台（王雄）

——真好。有深刻，有智慧，有才华。这些我都没有，我只有一句切身的感受，提笔写在了空白页上：

我不知道以前的努力是为了走进这座学院

但我知道之后的努力是为了走出这座学院

进修结束，从哪儿来回到哪里去，我从北京回到了泰安第八十八医院。

内二科已经有了正式的教导员，那里回不去了。A护士已婚，幸福美满。那里，我了无牵挂。就在政治处，继续初来医院时的工作。

《岁月》比我快。我刚刚到政治处办公室，它已经寄到躺在桌子上几天了。我急切地拆开，翻看，未有改动，便自赏地读出声来：有“规范”就必然有“非规范”“反规范”，这是规律……

尽管走向文学评论很晚，但晚也有晚的机会，关键是自己有无“能力”。

鲁迅文学院的生吞活剥和巨量信息的摄入让我看到，近年崛起的青年批评家群体自身的缺陷日益显露：破坏多于建设，情绪盖过理性，借鉴替代创造，理论脱离实际，对一些富有现实感和建设性的理论命题缺乏应有的热情。

这就是机会。

诺贝尔奖获得者李政道说过类似的话：重要的不在于了解对手能做什么，而是不能做什么。做对手不能做的事，就是成功的机会。

李政道先生说的是科研，文学批评也算科研的一类，因此，同理。

有文学批评家说，批评与理论的活力在于批判和否定。因此，批评家很需要一点“痞子”精神（指胆大妄为，蔑视权威，出言不逊），科学理论与“痞子”精神相结合，批评才会有锋芒，有冲击力。

谬论！

思想领域，精神领域，什么时候也不需要“痞子”。加不加引号都不要。不做“痞子”又有锋芒与冲击力的文学批评，也是机会。

偶然吧，还是奇迹？

引您翩翩走进我生命，用蘸满柔情的爱笔，挥洒永不褪色的诗句。

小雨，依然是那透明的，春的颜色的小雨……

童年少年朦胧的不切实际的幻想，会成为一个人一生的“秘密花园”，此后的人生，“秘密花园”会灿烂地存在。我的“秘密花园”盛开着少年“拍”至心底的“女生花”。苦也罢酸也罢的生活里，总是散发着“秘密花园”飘出的幽香。

少年渴望的生活已然实现，到了将那个“文化符号”兑换成胸前的徽章的时候了，这枚徽章终将成为理想的向日葵。

“花园”无须再“秘密”。

冬，好大的雪。依然没有停歇的迹象。

我站在窗前凝望，凝望纷纷扬扬，凝望飘飘洒洒。

一片白茫茫。

白茫茫一片。

我的思绪在雪原上奔驰。

《西游记》里的妖魔灵感大王向我走来。他在唐僧取经必经的八百里通天河上下了一阵“纷纷洒洒，剪玉飞锦”的大雪，把通天河冻得镜面一般，诳得唐僧一行四人，对着星月光华，映得冰冻上，亮灼灼，白茫茫，只顾奔走，最后落到了他的手里……

《三国演义》中三顾茅庐路上的刘玄德向我走来。这是“二顾”，刘玄德遇到了“朔风凛凛，瑞雪霏霏，山如玉簇，树似银装”的严寒天气。本来不赞成他去的莽张飞，又劝他“风雪甚紧，不如早归”。刘玄德求才心切，终于冒雪到了草堂，却又扑了一个空……

《红楼梦》里贾宝玉踏雪向我走来。宝玉惦记着要在芦雪亭和姐妹们赏雪作诗，一夜没睡好，早起，只见窗上“光辉夺目”，以为是天晴了，揭开窗屉一看，“原来地上雪有一尺来厚，天上仍是搓棉扯絮一般……”

《水浒传》里风雪山神庙里的豹子头林冲向我走来。“严冬天气，彤云密布，朔风渐起，却早纷纷扬扬卷下一天大雪来。”孤愤中的林冲，“雪地里踏着碎琼乱玉，迤丽背着北风而行，那雪正下来得紧……”

雪、雪天，溶入了不同时代四个人物的不同愿望、不同命运，寥寥数语，精蕴纷呈。文学神奇。

而雪中的伟人会看到什么，会想到什么呢？看到了“千里冰封，万里雪飘”，想到了“数风流人物，还看今朝”。上阕是祖国纵横数万里的山河，下阕是上下数千年的英雄和今日的风流人物：胸襟博大，辽阔无垠；气魄闳瞻，吞吐古今。

我是农民的儿子。站在浪漫的雪窗前，改变不了这个身份。银灰色的天空中，大雪仍在飘飘扬扬。玉簇的小山上，几棵小树的枝头，还留着几丛枯草，茸茸的雪花堆在上面，好像朵朵盛开的棉桃。念想老家下雪没？“小麦盖上三层被，明年枕着馒头睡。”无边的宁静与欢喜飘到窗里来。

飘进窗里来的还有“笃、笃”的敲门声。

女朋友来了。

她邀我踏雪去。

相拥走在泰山之麓的山道上，攀向箭杆峪。

哦，苍山负雪，明烛天南；空气清新，沁人心脾。

雪野里，我听得到我心跳的声响，如祖屋房檐下的一柱滴水，滴滴答答，似乎伸手就可以接到。

山口百惠说：爱情始于意外的发现。

我信。

认识她，是在我没来泰安之前。

我在军区后勤部政治部宣传处工作时的一个夏天，组织后勤部队培养写作新人的文学笔会，她的一位在后勤部机关工作叫郭传菊的军区卫生学校同学用四个字向我推荐了她：文静，才女。

笔会开始几天了，并没有见着才女人影。太“文静”了吧。

笔会结束的那天下午，近傍晚，黄昏的垂杨拖一鞭晚霞，才女来了。

高个，大头，宽脸，细脖，犹如一株向日葵。长发披肩，百褶长裙，宽松衫，头顶草帽，苗条得像只蜻蜓：不好意思，休假，去青岛玩了。

看得出，晒得黝黑。

嗓音柔和，吐字清晰，济南人中少有的标准的普通话，好听。

小坐片刻，起身告辞。

我：有作品吗？有，可以留下，我让刊物的编辑帮你看看，他们还没走。

队列训练中才有的行进中向后转，嫣然一笑：不好意思，我都给忘了。

从随身的包里拿出一篇稿件，递给我。那嫣然的笑在脸上溢散，像打开了一柄色泽绚丽的阳伞一样光彩四射。

我接过：小说，《绿之梦》。

眼睛给我留下了印象：如晕中明月。

才女走后，我读了《绿之梦》。

尽管稚嫩，但至纯。她的笔下，大自然不再是美丽事物的偶然组合，而是一种玄妙的和谐，一首纯洁深奥的诗，“美”呼吸于此，“纯”蕴藏于此，“光”闪耀于此。

她读过尼采？

西方文艺复兴是一次文化爆破，反宗教，弘扬理性和人性；尼采时期是又一次文化爆破，反理性，弘扬人的自然天性，人的意志。《绿之梦》有人的自然天性的流露。不过，这种流露不是反理性的果实，恰恰是理性的蓓蕾。

这是一个少女才会有的情怀，才会做的“绿之梦”。它是晶体，易碎。

第二次见，我已经到了泰安第八十八医院政治处。

一个周日的下午，大概是出自礼貌，礼貌地来看看故人，证明曾经认识。为了各自都方便，她心细地邀着了她的同学、室友冯莉。进屋看见满纸箱的书堆在地上，善良地说“我们帮你摆上”。话柔而轻，飘出来似的。于是，她与她的室友一起，很快就把箱子里的书全码到了书架上。

告辞，脚步轻盈，浅笑盎然。

初见已惊，再见依然。

浅貌深衷。

此后再未见过。

医院，年轻医生护士大本营，美女如云。她，万家灯火中的一盏。

那年底，年终总结，政治处审核各科室上报来准备立功受奖的人员名单，我看到了她的事迹：自军区卫生学校毕业分配到医院妇产科工作四年来，安全接生一百二十六名婴儿，尽心尽责，多位产妇为她请功……

这“意外的发现”令我心动，这万家灯火中的一盏，瞬间把我照亮：这需要多大的爱心、耐心、细心才可以做得到哦。她是把产房里那非人的嚎叫当成了门德尔松的《威尼斯船歌》了吧，伴随歌声迎接小生命的诞生。她一定有一颗无比善良、无比温柔、无比细腻的爱心。心是情感的源泉，里面包着热血。没有比这更要紧的了。

我清晰地确定：这人深合吾意，甚获吾心。

庄子说：“若然者，藏金于山，藏珠于渊。”

我说：嫁我吧，“田舍郎虽俗，乃能婉转相怜”（贺双卿词）。

雪，是多情的。它为恋人而洒。

雪是浪漫的，它为爱情而来。

她，草绿色军裤，挺拔；绛红色高领毛衣莲花般托着她的脸，外面罩一件淡黄色羽绒服，青春；脖子上宽缠着一条自己编织的长长的毛线围巾，在飘起的长发下面火焰般跳跃；她的脸上泛着缥缈的彩云般的微笑；她在无边无际的雪野上或走或跑或跳，像只蝴蝶，在我身边缠来绕去，释放着内心的欢喜。

在至纯至洁至真至美的雪野上留下了我们长长的、长长的印迹……

我们热气腾腾地牵着手走回院内，已是入夜。

走近操场。

操场上的积雪，没人触碰过，像一方奶油厚厚的蛋糕，艺术地置放在那里。实在太纯洁了，纯洁得完美，完美得令人心悸。她在迈脚踏上去的一瞬“哎呀”地叫了一声，收住，碎步后退。是顿生怜意，不忍触碰。

在这天地造化的艺术品面前，我们无言地站立了许久。欣赏。赞美。感叹。

她：不忍用脚踩踏它，亵渎了纯洁。

我：我们绕过去?

她：不。我想从上面滚过去。

未及我赞同，她已躺到了那块“奶油蛋糕”上。

六十米长的纯洁雪面，滚过她一样纯洁的笑声。

“爱能使世界转动。”（狄更斯）

我：爱能使人在雪地上滚动。

古老的神话说，夏娃不是亚当的第一个妻子。

一开始，上帝耶和华曾为亚当用火造了一个美女为妻。可是，亚当是上帝用泥造的，他俩怎么也过不到一块，泥、火不容，气味不投，无法共同生活，火造的美女离开了土气十足的亚当。

落单的亚当很不开心，整日愁眉不展。上帝决定再给他造一个合适的女伴。

这回，上帝耶和华聪明起来，抽取了亚当身上的一根肋骨，“克隆”出了夏娃。骨肉相连的夏娃从此成了亚当终身不离不弃最忠实的生活伴侣。

稳固的爱情取决于男女双方的同一性，没有心灵上的一致，就没有共同生活上的和谐。

爱情就是在茫茫人海中寻找那个拥有自己身上“肋骨”的人。

你究竟以何为美？为动心？因才貌、青春、才华、品格？那你选择的仍是世界上任何一个男人都毫不犹豫的选择，你不过是无数平庸中的一个。

呼吸道专家、第八十八医院副院长杨思齐教导我：无数人都有相同的动机，但不是无数人都会有相同的结果。集我六十多年的人生经验，区别就在爱情可能因为一点而产生，比如美貌，比如才华，婚姻必须接受一个人的全部才能持久。

妇产科专家、染色体研究卓有成就者、第八十八医院副院长苗超尘：同意老杨的看法。记住，年轻人，恋爱是和一个人的优点恋爱，结婚则是和一个人的缺点结婚。

是。连马克思都说，我对婚姻也“只限于批判地分析既成的事实，而没有为未来的食堂开出调味单”。

“调味单”需要两个人才能开出，“意外的发现”让我相信我们能创造出属于我们自己的某种新“味道”。

想偷食禁果，却又借着上帝的名义，把自己的动机说得非常高尚，这永远成不了夏娃，只能让人感到灵魂的“深刻”虚伪。我是饮食男女，喜欢一定有喜欢的属于“人”而不是上帝的理由：她的善良温润，还有就是聪明。

她：不想做一个愚蠢的女人，男人不能容忍愚蠢，因为不能满足他们的征服欲；不想做一个聪明的女人，男人也不能容忍聪明，因为不能满足他们的占有欲。

我：那你要做个什么样的女人？

她：也只能做一个需要聪明时聪明、需要愚蠢时愚蠢的女人啦。

我：分寸在哪里？很难拿捏哦，特别是，该愚蠢时聪明比该聪明时愚蠢更糟糕。

她是我已熟悉的那种嫣然一笑。

笑痛了我的肋骨。

杨、苗：那还等什么？

我：等黄道吉日。

滚过雪野，走过春的烂漫，迈进夏的热烈，登记结婚。我们的黄道吉日：1988 年 7 月 26 日，农历六月十三。

没有婚戒，没有婚纱，没有婚礼，没有婚宴，也没有婚床，我去她住的单人宿舍，把她的一床军被抱到我的单人宿舍，放到两张军用单人床并在一起的“双人床”上——就这样，我们结婚了。

“战士自有战士的爱情：忠贞不渝，新美如画；一切额外的贪欲，只能使人感到厌烦，感到肉麻。”（郭小川《团泊洼的秋天》）

明丽清晨，天空中有光华，大气中有柔情。

我们牵手走向泰安火车站，乘车旅行。

不是长途旅行，连中途也算不上，只能是短途，因为我们没有足够的钱长途、中途。

她是工人家的长女，有一个刚刚就业的妹妹、一个尚在读中学的弟弟。正因为家贫，尽管她成绩优异还是毅然放弃了升入高中，初中毕业那年考入了济南军区卫生学校，为的就是早早地工作，减轻父母的负担。懂事的她不可能向家里伸手要钱外出旅行。

我是农民的儿子，家中的长子，付出义不容辞；从鸭棚里走出，知道每一个铜板都浸透着无尽的劳累与汗水，都意味着肋巴骨的疼痛。

一切靠自己。

我们自己的能力就是短途：徐州。

选择徐州，是因为这里是第八十八医院移驻泰安前的原驻地，现在在医院里工作的许多医生在徐州的房子还没有完全交出去，我们可以住进去，省下住旅店的费用。

抵达徐州，我们住在了第八十八医院副院长杨思齐的孩子杨东的住处，次日登上吴承恩登过的花果山。

妻子的来信

几百年前，淮安人氏吴承恩，应友人邀约，游览这里。累了，依靠在山旁的一棵树下休息，不想，竟睡着了，得一梦，梦中顽石迸裂，灵猴出世，这演绎出了日后的《西游记》。

我们也累了，也坐下依靠着休息。

我们依靠的不是树，而是彼此的依靠。她俯下身来，像荷梗一样，把脸靠在我的肩上。阳光织成的绿荫的幽静，慢慢地笼罩我们。

神灵肯定是梦不到了，但我们在这棵树下约定：生我们自己的“小猴”。

眼前是水帘洞，群猴在山涧奔逐嬉戏，生气勃勃。

《西游记》第一回：群猴在山中行走玩耍，来到了一股瀑布飞泉前，众猴兴奋，大喊“好水！好水！”原来此处远通山脚之下，直接大海之波。有猴道：哪一个有本事的，钻进去寻个源头出来不伤身体者，我等即拜他为王。连呼了三声。忽见丛杂中跳出一个石猴，应声高叫道：“我进去！我进去！”你看他瞑目蹲身，将身一纵，径跳入瀑布飞泉中，之后，安然出水，被群猴拥戴为猴王。

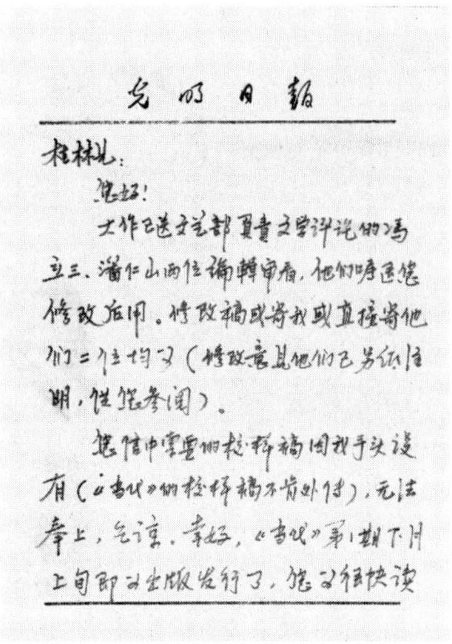

光明日报

桂林兄：

您好！

大作已送文艺部负责文学评论的冯立三、潘仁山两位编辑审看，他们将还您修改后用。修改稿或寄我或直接寄他们二位均可（修改意见他们已另纸注明，供您参阅）。

您信中需要的校样稿因我手头没有（《当代》的校样稿不肯外借），无法奉上，乞谅。幸好，《当代》第1期下月上旬即可出版发行了，您可很快读

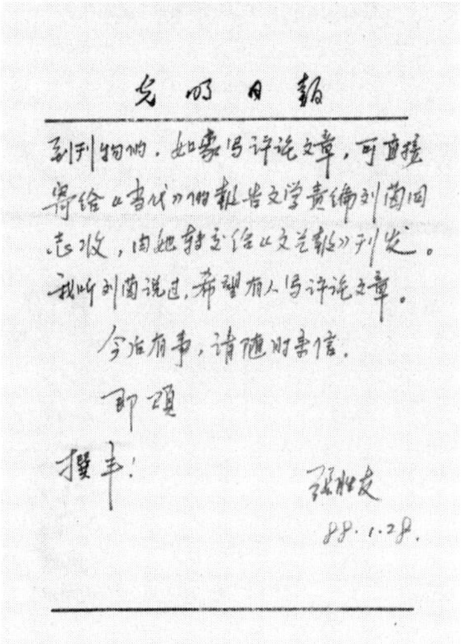

光明日报

到刊物的。如要写评论文章，可直接寄给《当代》的报告文学责编刘茵同志收，由她转交给《文艺报》刊发。我听刘茵说过，希望有人写评论文章。

今后有事，请随时来信。

即颂

撰丰！

张胜友

88.1.28.

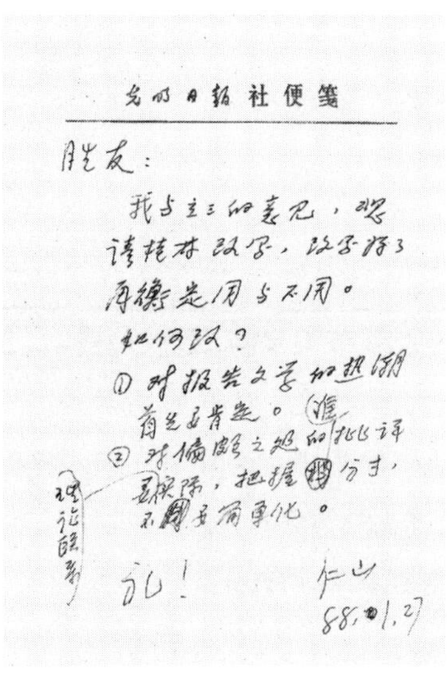

光明日报社便笺

胜友：

我与立三的意见，均请桂林改写，改写好了再决定用与不用。

如何改？

①对报告文学的热潮首先要肯定。

②对偏激之处的批评要准确，把握好分寸，不要简单化。

理论版

礼！

仁山

88.1.27

我：我体会，石猴如果没有这纵身一跃，终究不过是一只石猴，最后就像眼前的这些猴子一样，终老花果山。有了那一跃，石猴的命运被彻底改变了，才有了吴承恩笔下之后九十九回的峰回路转，跌宕起伏，波澜壮阔。

她：你是在说你自己吗？

我：是。当人生的“瀑布飞泉”出现时，必须要有“我进去！”的胆量，必须要有“我进去！”纵身一跃的勇气！必须有“我进去！”的无畏气概！

她，用劲攥我的胳膊，攥得我生疼……

下山，我们去看连云港，去看连云港的灯海。

我告诉她：北京长安街的灯火，堂皇，华美，但少了几分自然，全是一条直线杵着，像军纪极严的士兵队伍；上海的夜景倒影在黄浦江里，一如万花筒，旋转不歇，光怪陆离，奇妙，但轻浮。你看看连云港的灯火，它们随随便便地挂在山顶，铺在山腰，洒在海心，像是上帝漫不经心扔落的珍宝，疏密有致，神韵天成；又像是无数的星星，敲碎在黑色的浪潮里；还有几分像是修拉的点彩派油画……

感谢我们那时的贫穷，如果不是，偏于一隅的花果山、连云港，我们怎么会那么早就造访，觉悟人生，领略另一番灯火？

旅行归来，她南下求学，进入了南京铁道医学院读书，我们把爱情交给了往往返返

的书信，绵绵不绝……

凤凰于飞，翙翙其羽，远去无痕迹。以情相悦，以心相许，以身相偎依。梧桐细雨，瑟瑟其叶，随风摇记忆……

经过鲁迅文学院四个月的点拨，似乎有了点觉悟，特别是《岁月》增添了我的自信，再加上对“机会”的思考，趁热写成《报告文学的未来流向》，趁热寄给《光明日报》记者部张胜友。

胜友兄接信后把我的文章转给了本报文艺部评论组潘仁山、冯立三。潘、冯提出了修改意见，胜友兄很快转达给我。

按潘、冯的意见，我做了很认真的修改，返回了潘、冯。最后，还是因为“过于尖锐”未能通过《光明日报》社的终审。

一个月后，我将“尖锐”转投给了《山东文学》。

半个月后，接到《山东文学》一位叫何寿亭的先生打来的电话：有空来济南时我们见面谈。

一个周日，我赶往济南，面见何先生。

一位长者。

何先生言辞恳切：真不错。你认为报告文学创作这匹骏马，是在缺少理论和批评的跑道上奔突，存在着许多令人不安的问题，认为报告文学的“文学意识”急剧衰退，报告文学结构上的“浮靡之气”日盛，是点到穴位上的。特别是，报告文学在择取题材出

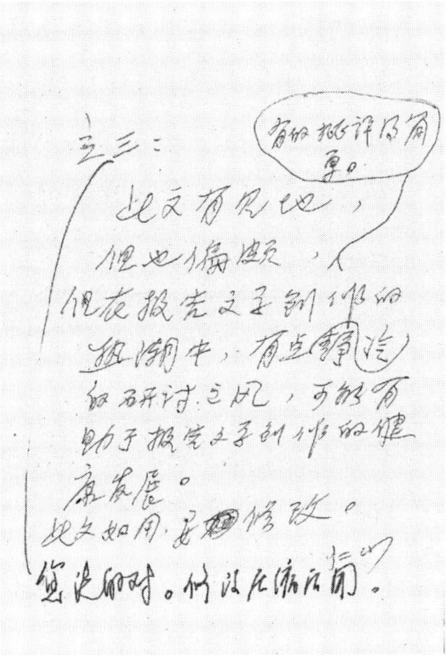
立三：
此文有见地，
但也偏激，
但在报告文学创作的
热潮中，有点争论
的研讨之风，可能有
助于报告文学创作的健
康发展。
此文如用，要修改。

张胜友、潘仁山、冯立三致蔡桂林的信 / 1988.1.27—28

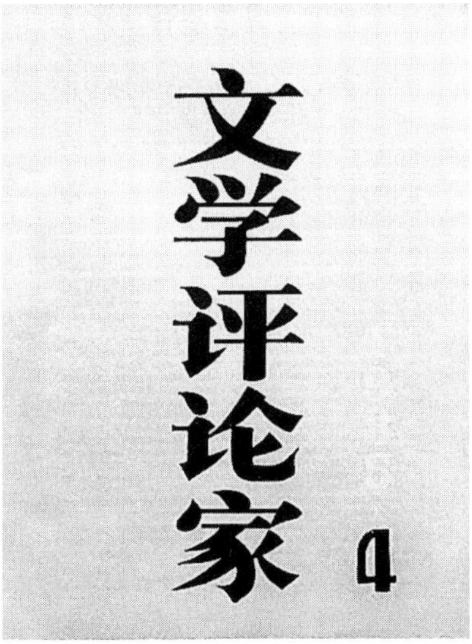

报告文学的未来流向 / 文学评论家 / 1988 年第 4 期

现冷僻倾斜，许多作家取材的关注点基本投在“高”“精”“尖”即宏观题材的创作上，兴趣贯注在一些富有“刺激力”如乞丐、女娼等敏感问题的捕捉追寻，迎合一些读者的猎奇心理，有些作者把自己创作的成功押在“爆炸”性题材的择取上，说得是准确的。我们现在有不少评论，就是缺少激扬文字。可惜，《山东文学》不发这样的纯评论，我已经把文章推荐给了《文学评论家》的于友发。我相信老于也会有和我一样的看法。

恰如何先生的判断，《文学评论家》没有做任何削删，毅然发表在第四期上。

《报告文学的未来流向》算是我文学评论写作的“二胎”。

有限的写作实践，更使我感到理论准备、知识储备不足。“世有愚者，读书三年，便谓天下无病不可治；及治病三年，乃知天下无方可用。”（孙思邈）仅“治病”几例，我已知无方可用。

“以扛鼎之力运寸管，以营四海之目分位置，以布六奇之处妙出入，以水到渠成之理还自然。”我是只有运管之力却在扛鼎。文学评论，几乎每一行都在做判断，必须有中外文学史做纵的参考，必须有同时代作家做横的比照，必

与何镇邦先生在一起 / 江苏金坛 / 1994 年 5 月

须具备理论素养和当代意识生化成的犀利的解剖力，“从世界思想来看中国思想，从中国思想来看某一派的思想，从某一派的思想来看某一个人的思想，从每一个人的整体思想来看其某一方面的思想”（蔡尚思），这些，我都是极度贫困的。

欲使自己的文学批评跃上一个新台阶，必须做系统的理论训练，弥补之，提升之，“一个民族想要站在科学的最高峰，一刻也不能没有理论思维”（恩格斯）。一个人，亦如是。

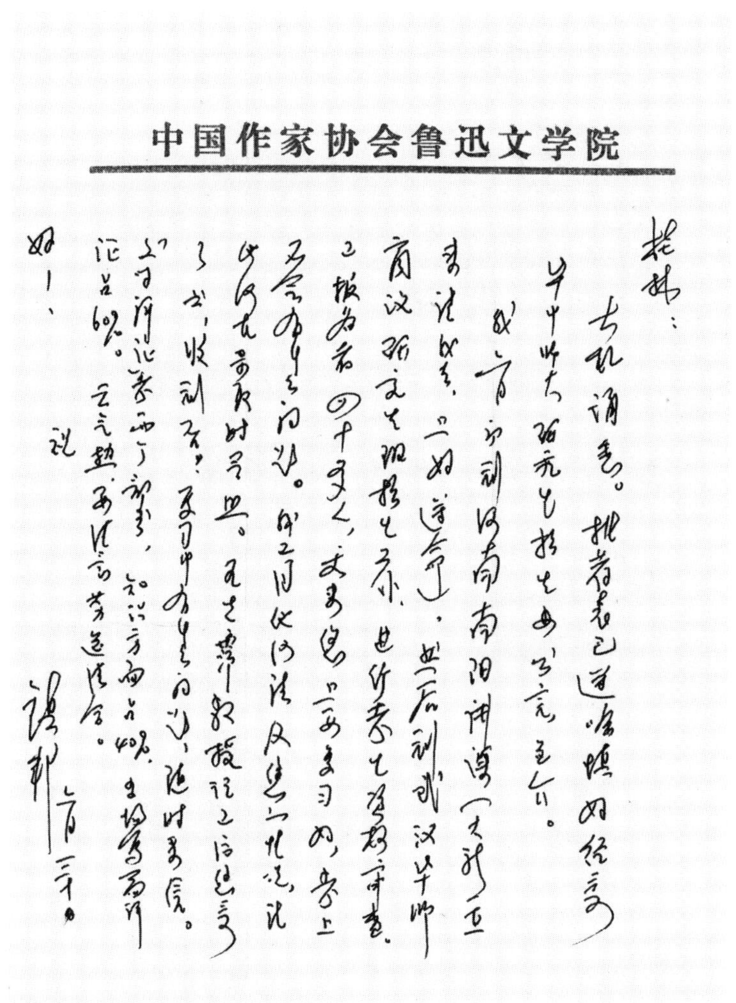
中国作家协会鲁迅文学院

何镇邦先生来信 / 1988 年 5 月 30 日

读书学习的心火更加炽热。控制论首创者维纳说“人是学习的动物”，我信。

一个期待的结束，是另一个期待的开始。

人生阶梯的更进，使人不断否定自己、改变自己、重新塑造自己，那是一个艰苦的攀爬、只许前进不能后退的严苛的现实世界。人格的优劣，只有在较量中才能显出。

冥想和幻思，只有在特定的时刻，才是智者的态度；更多的时刻是要把冥想和幻思得到的灵感化成铿锵扎实的行动。

我始终感恩命运对自己的眷顾。即便挫折，那也是命运眷顾的另一种形式。在我毅然选择文学评论时，周大新来了，把我带进了鲁迅文学院创作评论班；

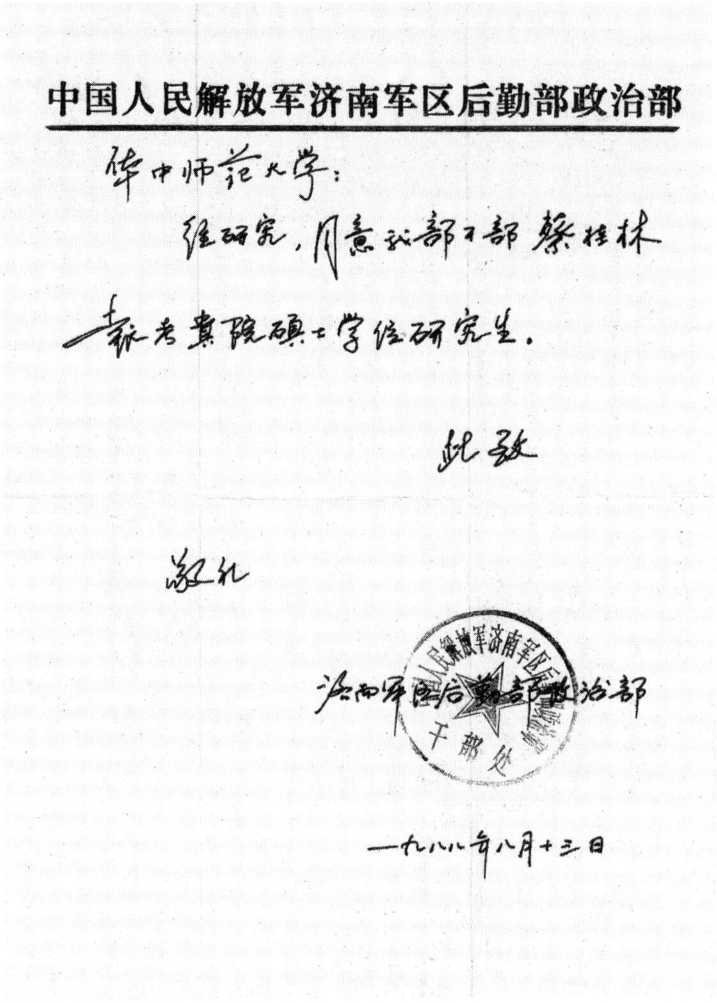
中国人民解放军济南军区后勤部政治部

华中师范大学：

经研究，同意我部干部蔡桂林

报考贵院硕士学位研究生。

此致

敬礼

济南军区后勤部政治部

一九八八年八月十三日

济南军区后勤部政治部同意蔡桂林报考研究生函 / 1988 年 8 月 13 日

在我期待在文学评论上有进一步突破时，何镇邦先生的信来了。命运，在人的头顶上完全是敞开的，冥冥之神明看得一清二楚，只要你的渴求是真诚的，是锲而不舍的，到时神明就会抛下达成你愿望的“秘籍”。

1988 年春天，4 月 12 日，收到何镇邦先生寄至泰安的信：经国家教委批准，鲁迅文学院与华中师范大学合作，开办文学评论硕士学位研究生班，你是否报考？

丛杂中的石猴跳起，应声高叫道：“我考！我考！”

1977 年底恢复高考，四年后的 1981 年 11 月国务院批准公布首批博士和硕士授予单位及学科、专业名单，中国人才培养走上了学位之路。1983 年 5 月 27 日，国务院学位委员会召开博士和硕士学位授予大会，国务院总理亲自接见我国自己培养的第一批博士及其导师以及硕士单位获得者代表。到此时，中国授予十八人博士学位，约一万五千人硕士学位。又五年过去，虽然博士硕士人数不断增长，但硕士仍然是难得的学位，尤其文学理论 · 文学评论硕士，鲜见。

觉得用信传递我报考读研的决心太慢，请假，立即进京，面见何镇邦先生。

何：你报考……

我很急切地打断何先生的话，急迫地问：我没有本科学历，大专学历也是在职参加高等自学考试考得的，符合不符合报告条件？

何：这正是我们与华中师范大学合作的原因。作为大学，华中师范大学的招生必须严格执行国家教育部关于研究生培养的所有规定；作为中国作家协会的培训机构，鲁迅文学院想把那些有文学评论天赋又没有学历的人才送入好的院校，做系统学识训练，为中国文坛培养优秀的文学评论家。由我们请示国家教育部同意，审核考生的已有成就，再由两名教授专家联名推荐，即承认以同等学历报考。

我：明白了！

何：以我对你的了解，你的评论成绩，获得推荐没有问题，就是说，你的学识水平符合报考标准。前些日子，见到汪曾祺老，说起对他作品的评论，他对我说，他看到一篇《汪曾祺散化小说诹评》，是评论他作品中相当见功力的一篇。我告诉他，这是去年我们学院第三期进修班的学员写的。汪老高兴。

我：“作为文学批评，一在能体会，二在能超脱。必须身居局中，局中人知甘苦；又须身处局外，局外人自有公论。”（俞平伯）那时的我，像是在局中，其

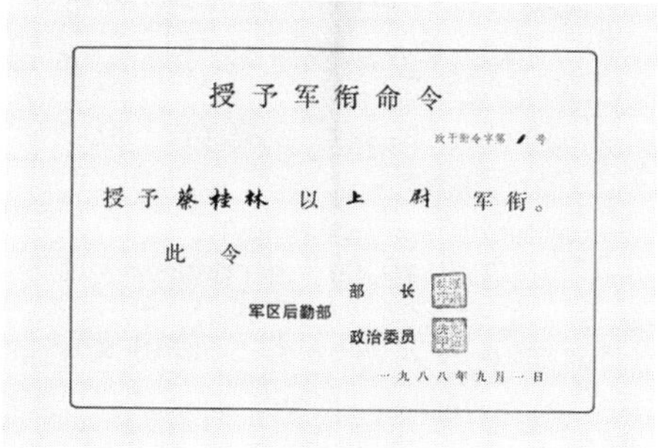
授予军衔命令

授予 蔡桂林 以 上 尉 军衔。

此令

军区后勤部 部长 政治委员

一九八八年九月一日

授予军衔命令 / 1988 年 9 月 1 日

实在局外，偶然得之，并不必然。

何：假以时日，就有必然。你报考有两“关”需要过。第一关，你是现役军人，军人报考地方院校，军队有严格规定，其中一条是必须获得军队军以上政治机关的批准，这，有没有问题？

我：没试，不知道。只能做一厢情愿的推断：能获准。

何：那好。第二关，需要参加国家组织的外语、政治统考。政治，你应该问题不大，长期做政治工作，头脑清醒，我判断你能过；剩下的是英语，大概是你的第二关。

我：是“关”也得闯！百尺竿头须进步，十方世界是全身。

何：那我们就一起努力！

我全新的命运可能就在即将到来的这一场考试中。

业余时间喜欢打牌，玩一种创自胶东流行齐鲁叫勾级的纸牌游戏，六人对打，三三配合，不亦乐乎。内二科新任教导员赵恒正、政治处干部干事肖斌加我，几乎是医院里的无敌组合，打得对手满地找牙。自这趟北京回到泰安，这最快乐的游戏停止了，把自己扔进了临阵磨剑的苦役中，夜以继日，再也没有晨跑晚步，再也没见过岱顶日出、泰山月色。

自己就是自己的“复元堂”！

自己的脚印就是自己的“金字塔”！

8 月 13 日，报考地方大学研究生获得了济南军区后勤部政治部批准。

8 月 22 日，接受鲁迅文学院与华中师范大学联合举行的入学考试。

8 月 30 日，接到鲁迅文学院与华中师范大学联合签发的入学通知书——1986 年秋天自济南到泰安，修正写作目标，进入鲁迅文学院进修，写出几篇文学评论，报考硕士研究生，今天被正式录取，两年，呕心沥血，苍天不负：“重要的不在于是否有机会，而在于是否充分利用机会。”（尼克松）

9 月 1 日，济南军区后勤部部长张宗林、政委刘绍先联合签发《授予军衔命令》，授予蔡桂林中国人民解放军上尉军衔。

在中国人民解放军军史上，1995年第一次授衔，1965年5月22日取消军衔，1988年7月1日正式恢复。军衔制的恢复，标志着中国人民解放军向正规化建设迈开了正步。

高兴。

为这支军队高兴。

老子出关图 / 王全胜

转眼周围，我忽然发现，与我同年入伍的城市籍干部比我高授一级军衔。我平心静气地问李思章主任：为什么？

其实，向主任提出这个问题本身，就没有做到平心静气，“平心静气”的，也就是发问的方式而已。

李：文件规定，上山下乡算军龄，该同志入伍前上山下乡五年。

哦。

是这样。

无言。

抱着军衔肩章、领花回了住处。

端坐在椅子上，面壁沉思，思绪飘出很远、很远：如果上山下乡算军龄，那我岂不是生下来就有军龄？

人，为什么生而不平等？

不能理解那文件。

9月3日，登上了南下的列车，带着好友、画家王全胜特别赠我的《老子出关图》《达摩面壁图》，离开泰安，奔赴武汉“面壁”。

你走了
从我的瞳孔中消失
留下的
是一阵泪的雨季
我知道
梦是要醒的
就像沉睡的冬
总要被绿点燃……

武汉面壁

武汉，华中师范大学，我在这里开始了文学理论·文学评论硕士研究生的学习生活。

领回学生证、校徽、图书阅览证。

凝望着校徽，百感交集，读大学的梦想，今天圆了。两考大学而不中的伤痛，自今天起，该愈合结痂了吧？

这就是我神往的大学校园么？

各宿舍的墙壁上、饭堂入口处、电线杆上，甚至交通要道两侧的桂树柏树枝上，全是五花八门的广告：女子散打、气功培训班，收费五元，有意者请到东区 × 楼 × 室报名；本人负责为社会收集致富信息，凡提供紧俏商品门路者，视获利情况予以报酬和分成……对致富的渴望，对钱的渴望，使清贫的学者教授走出书斋，放下教案；使莘莘学子放下书包，走出课堂。

这是我走进大学校园后上的“第一课”。

下午，去拜见导师王先霈教授。

王先生，我国著名文艺理论家。居室不大，颇显拥挤，陈设简洁，但书房却是其中最大的一间，满满几大架书崇高矗立，令人顿生敬畏。书架旁挂着的条幅吸住了我的眼睛：“先师有遗训，忧道不忧贫。”

想问王先生这里的“先师”是不是实有所指。没问。我相信实指，也不实指，就是包括孔子在内的历代圣贤，从没有断绝过的文化。

想问王先生这里的“道”是不是有特定的含义。没问。我相信特定，也不特定，就是历代圣贤绵绵不绝的文化理想、人格精神。

先生书房里的条幅为我的“第一课”做了精到的阐释，涤荡和净化着我：清贫守道，信仰高于一切。

我忽然浮起的心沉了下来。

在导师家用过家常晚餐，走回宿舍。

路经学生食堂。

饭桌坐凳靠墙，瞬间变成了“歌舞厅”。人头攒动，劲歌热舞，激光四射，声嘶力竭的《让我一次爱个够》撞在四面的墙上又弹回来掉到地上，碎片四溅。

一瞥，离开。

《三国演义》第二十二回浮到脑海：郑康成，名玄，好学多才，尝受业于马融。融每当讲学，必设绛帐，前聚生徒，生陈声妓，侍女环列左右。玄听讲三年，目不斜视，融甚奇之。及学成而归，融叹曰：“得我学之秘者，唯郑玄一人耳！”

郑玄何以能？

心静。

有人说：这不是一个产生艺术的时代，也不是一个产生永恒的时代，这个时代需要的只是流行和实用的东西，从伯龙香水到女人的绣花三角裤。浪漫主义已经死去。因为一个充分发展的商业社会，注定要将实用主义作为它的哲学，流行服装注定是这个社会的标志。任何人都不得不信奉这种哲学和显示这种标志，除非你能拥有更好的塔希提岛，除非你甘愿成为局外人。

论者大惊小怪了。马克思早就说过：历史处处充满了二律背反，“技术的胜利，似乎是道德的败坏为代价换来的”（《马克思恩格斯全集》第二卷第79页）。中国文化人里可以有“结庐在人境，而无车马喧”的境界。静，是自己创造出来的。回到了宿舍，在自己创造的宁静中读书。毛姆（英国作家）：养成阅读的习惯，等于为自己筑起一个避难所，几乎可以避开生命中所有的灾难。

这里没有了军营里铁一般的纪律约束，没有了上下班的绝对的时间限定，每天除了一两节课外，一切靠自己规划和约束，“自己对自己负责”（萨特），一开始就遭遇存在主义哲学的洗礼。

“懦夫使自己变成懦夫，英雄把自己变成英雄”也是存在主义的格言。

境遇的改变，对内心富于道德感、责任感的人来说，反倒成为一种更大的精神负担。如果过去没有做什么是因为条件不许可，那么，现在不存在原谅自己的可能的借口。只要不把自由理解为放纵，那么自由越多，责任越重。——向谁负责？当然是自己。

不通百经不能治一经，不通一经不能治百经。百经！要读的书太多。不，应该是没有读过的书太多。

去图书馆。

上一次“进”图书馆，是十五六年前的“闪”进，夜里，黑暗中。不是去读书，是去“拿”书。

十余年过去，沧海桑田。政治改造社会的力量就是如此巨大。

可见，好的政治，造福生民、社会，坏的政治戕害生民、社会；好的政治，送你去光明；坏的政治，陷你于黑暗。

第一次走进藏书百万册的图书馆，惊叹！

这里，藏有善本四百五十五种，含明版一百零五种，所藏明·何楷撰《古周易订诂》、清·浦龙渊《周易辨》二十四卷为全国孤本。

忘了谁说过，一个学生考入大学，即使他一节课也没听，但只要走进图书馆，肯在这里泡四年，他的心性也会发生极大的改变。

这么多的书，从哪里下手？

就读于哈佛大学的学子们，走进哈佛图书馆时，也有像我一样的困惑吧，于是，1908 年，时任哈佛大学校长挑选了一批古典作品集中放在一个五尺长的书架上，称为哈佛经典丛书。从此，这个著名的“五尺书架”在美国人的心目中几乎成了文学的同义语和确定文学的价值标准的参照系。从《圣经》开始，依次经过《贝奥武甫》、乔叟、莎士比亚、弥尔顿、十八世纪小说、浪漫派，再加上少数几部美国名著如《红字》《白鲸》……

我不要西方文学价值标准，自然，我不适合“五尺书架”。我按刘勰说的去做了：“沿波讨源”，相信“虽幽必显”。（《文心雕龙》）

捧书在手，有滋有味。再三品咂，醍醐灌顶。真的有“没有读过这些书，我将如何度过这一生”的慨叹。难怪梁实秋在接受台湾《中国时报》记者访问时说：“没登过五岳，没遨游过全球，我不认为是憾事。没遍读过古今名著才是憾事。”

“百经”，我一经、一经读……

“悟以往之不谏，知来者之可追；实迷途其未远，觉今是而昨非。”

常听人说某某作家是“一个靠感觉写作的人”。听了我纳闷：一个不识字或识字不多的人，一个不读书或读书不多的人，他哪来的感觉？即使有，又怎样能精妙地表达出感觉？只有书才能养育出一颗精深的头颅，才可能理解自己的感觉，进而理解时代和历史，才会有作品的深度和广度。

徜徉于桂树披遮的校园甬道，如水的月色倾泻下来，构成一种意境，一种氛围，令人陶醉。

人文荟萃，精彩纷呈。想听什么课都有。华中师范大学的历史专业也是赫赫有名的。我除了上文学理论·文学批评专业课之外，喜欢去听历史课，对历史学、历史哲学生出了跃跃欲试之心。

历史在后人面前无法自卫。因此，有多少人在歪曲无法自卫的历史，应该“杀入”历史学的神圣领域，捍卫历史的真实。

“历史之光不是投射在‘客观的’事件上，而是投射在写历史的人身上，历史照亮的不是过去，而是现在。毫无疑问，这就是为何每一代人都觉得有必要重写历史的缘故。”（英·沃尔什《历史哲学导论》）我也这样觉得。

“在连贯地回顾过去的时候，我们每次都按不同的方式看过去，每次都在其中看出新的方面，每次都以新近走过的道路的全部经验来补充对过去的理解。”（赫尔岑）我也这样觉得。

历史是由那些善于利用时代的机缘进行革命的人谱写的。为着我们所处的这个时代健康，应该去做这样的谱写。

读到《歌德谈话录》，我把进入历史学领域的念头压下去了。歌德说：知道限制自己。……世界上有趣味的东西异常之多：西班牙的诗、化学、政治、音乐都很有趣味，如果有人对这些东西感兴趣，我们决不能说他不对，但一个人在特定的环境内，如欲有成就，必须专注于一事，而不可分散精力于多方面。

读到十四世纪日本散文家吉田兼好的一篇随笔《某人学射箭》（见吉田兼好的散文集《徒然草》），进入历史学领域的念头彻底消退了。吉田写道：一个人拿着两支箭去射靶，他的老师劝他说，初学的人，不要带两支箭，因为，那样会产生依赖后一支箭而对前一支不用心的心理。每次射箭不要有哪支箭射中哪支箭射不中的想法，应该决心一箭必中。无论做什么事，一瞬间的松懈也是不允许有的。因此，每次只带一支箭。

一个人的精力有限，不可能在许多方面都有所建树。而且，即便在某一领域哪怕是取得一点成就，都需要付出极大的努力和心血，以至整整一生。

一个思想迭起的人不会成功，因为，大半是一个思想把另一个思想淹没了。

带两支箭就是给自己预备退路，就是准备好了松懈。

只带一支箭！回到了文学理论·文学批评。

历史学的课还去听，目的不再是企图“杀人”，而是为了丰厚的自己学识。

王先霈先生的《文学心理学概论》、王又平先生的《现代中国文学》、赖力行先生的《中国古代文学批评学》、黄曼君先生的《中国近百年文学理论批评史》、孙子威先生的《美学沉思录》、孙文宪先生的《语言理论与中国文学批评》、胡亚敏女士的《叙事学》……他们以他们的深厚渊博，滋润着饥渴的精神，他们用他们的循循善诱，浇灌着板结的土地。

在他们的智慧指引下，我的文学批评观、批评方法观开始自觉形成。

法国文艺家托多罗夫把文学批评分为两种：一种通过分析文学作品，指出其认识意义；再一种认为文学作品的意义就在其内在的、抽象的结构，批评的目的就是指出这种抽象的结构。

老托说得没错。一部作品，无非就是内容、把内容呈现出来的结构两个部分，对这两部分的关注形成两种文学批评。

这样认识文学批评，虽然正确，但过于简单。

文学批评的对象不单单是文学作品。因为，所有的文学作品不是为文学批评家而写作、而存在的；文学作品写的是人，是人的社会活动，是自然，是整个世界。

于是，文学批评面对的至少要涉及“世界”“作品”“作者”“读者”这四者及四者之间的关系。“作品”处于中心位置，文学批评是文学批评家站在文学的、哲学的、文化的立场，从“作品”出发，以“作品”为根本遵循，向“世界”“作者”和“读者”推演，表达批评家自己的认识和评判。

在这四者关系中，侧重研究某一种关系，会形成一种文学批评模式。强调作品与世界的联系，形成社会批评（不限于此种）等批评模式；强调作品与作者个人的联系，形成心理批评等；强调作品与读者的联系，形成接受美学等；认为作品就是作品，它是一个独立完满的自足体，不须借助任何外力以存在，它与世界、与作者、与读者没什么关系，这形成只注意作品形式的形式主义批评（本体批评）。

鲁迅文学院进修时脑子里的一团乱麻，终于在桂子山下找到了“头绪”。无论文学批评模式怎样的花样翻新、目不暇接，其“线头”在这里。拽住“线头”，再变再化，照样可以绕成线球。

我不再混沌、盲目，靠着一点悟性乱闯，收获到了清晰和自觉。

1989年的春天，激荡起伏。

在这个激荡起伏的春天的一个早晨，接到了在老家遂其所愿成了中医的弟弟打来的电话：唛唛快不行了，就在刚才，她招呼我们“给我穿衣服”。

我一激灵。

“给我穿衣”的含义我懂。这是老家的风俗，就是人老之后，要给他穿上去阴间的寿衣。穿寿衣很有讲究，要一层一层地多穿，穿得越多，到那边就越不愁穿。富裕人家一般会给逝者穿上七层，甚至九层衣服。不过，这是弥留者在咽气之后由生者去做的事。然而，现在，唛唛还没有咽气，她居然指挥儿女们做了。

这让我惊讶。惊讶老人面对死亡的来临，居然一如既往地拥有如此的清醒和从容！

过了一天，我又接到了弟弟的电话：唛唛这回真的不行了。刚才，他要我们给她“卸门板”。

放下电话，我默然。眼前晃动着风中飘飘忽忽的一柄残烛，忽明忽暗的夏夜萤火。

“卸门板”我也懂。

这也是老家的风俗。就是人在咽气之后，家人要卸下大门的一扇门，用凳子架在堂屋里，把逝者搬躺到门板上，让他的灵魂无遮无挡穿门而去，自由地升入天堂。

这也应该是逝者在咽气之后由生者去做的事，唛唛居然自己安排自己的后事！

一句“给我穿衣”已使我惊讶不已，再来这句“卸门板”，简直令我惊诧无比了！

唛唛姓祁，单名兰，生于光绪二十六年，公元1900年。据说，她的母亲、我的老唛唛生她时正在田地里干着活，突然感到了肚子痛，知道是临产了，扔下手中的锄头，挣扎着往家走。

一步、一步……每一步都滴着老唛唛的血。

也就走了半节田埂，疼痛使老唛唛再也走不动了，她就靠着地头的一棵桂树，脱下自己的靛蓝上衣垫到身子底下，一个人将我的唛唛生了下来。

那正是个桂花满树的季节，老唛唛生唛唛时抱着树挣扎，摇得桂花纷纷落下，落了唛唛一身。从此，唛唛有了满身的桂花香味，并且越洗越香。

我打小在唛唛的背上长大，像一只青蛙伏在荷叶上。唛唛的背就是我压弯的。妈妈生下我的妹妹之后，我就离开母亲的怀抱，开始睡在唛唛的脚头，抱着唛唛的脚睡到十一二岁的样子，天天闻到桂花香。

又过了一天，我打电话问我弟弟：唛唛怎么样了？

弟弟：衣服给她穿好了，门板也给她卸下了，这会正躺在门板上，进气少出气多，命若游丝。不过，她的两只手的手指在颤，像是在掐算什么。

我惊诧！

按照家乡的风俗，老人咽气之后第三七二十一天的那个日子如果含七，那么，对逝者的儿子好，儿子及儿子的孩子们会出人头地；如果第五七三十五天的那个日子含七，那么对逝者的女儿好，女儿及女儿的子孙们会飞黄腾达。唛唛躺在门板上不肯咽气，手在不停地掐算，是难以取舍啊。手心手背都是肉，她希望她的孙子们全都兴旺，希望自己生命的最后一点膏泽，能惠及她的全体子孙！

唛唛，走了：1989 年 3 月 9 日，农历二月初二，享年九十岁。

唛唛有一副好身板，全身都是些粗糙的皮、结实的筋和坚硬的骨头。打我记事起就没见过唛唛生过头疼脑热的病，她老人家的离开，纯粹是枯黄了的叶子向泥土的飘落。

我知道，作为长孙，我应该回去为唛唛送行，送在长达五十年的岁月里独自坚强守望的她老人家最后一程，向她老人家做最后的诀别。这一分离，“阴阳不搭界，天高难为闻”。可是，隔山隔水；毕竟，我还担任着研究生班的党支部书记，无法释怀 1989 年风云际会的春天里的同学们，终究没能亲自跪到唛唛的灵前。我给在南京读书、离老家近些的妻子打去电报，请她告假前往，替我为唛唛送行：这是最后的送别，此程一去，永无归途，一个人的生命竟如此简单如此无可奈何。

我的思念已经跪着了，跪在一个不屈的灵魂前，虔诚无比；我的精神是守护着那颗灵魂的，并对之深深三磕，为从容人生壮行！

云天收夏色，木叶动秋声。

秋晚，与一位博士生相约东湖，边在湖堤上散步，边聊共同关心的话题。从天安门广场聊到大学校园，再聊到他的毕业论文。

博士：论文尚无着落，对这个世界已无话可说。搁笔，不想写。

我：古希腊怀疑派哲学家皮罗说过，“最高的善是毫不动摇地、坚持不发表任何意见，不作任何判断”，“随着这种状态而来的便是灵魂的安宁”。要做皮罗？

博士：皮罗影响不了我。是现实。唯恐一言不慎，触了逆鳞。

我：十八世纪德国唯物主义思想家爱尔维修批判过，“用沉默求得‘安宁’和‘太平’，是‘坟墓的太平’”。

博士：不能不沉默。

我：哦，不是无话，是有许多话不想对这个世界说。

博士：更准确。

我：谁的心中没有一个超越时空的美丽世界呢？那就描绘描绘你心中的那个世界，也许，一不小心，弄出一本畅行世界的《理想国》那样的书。

博士：现实是大得无边的网，无法穿透。

我：有一桩禅宗公案说，深禅师与明和尚结伴同游。他们一起走到淮河边时，遇人牵网捕鱼，有鱼从网中脱出，深禅师说：好啊，明兄，你看，它多像一个出家的僧人，终于逃脱了世俗的罗网！明和尚：错是不错，可是，如果它当初不撞入罗网岂不更好！深禅师回答说：明兄，这就是你欠悟性了。如果这条鱼当初没有撞入网内，好是好，可它就没有必然能摆脱网的把握，唯有曾经撞入网而又能摆脱出来，才能真正达到不被网所缠缚的境界。

博士：是，是……你的学位论文准备做什么？

我：尚早。还没有细考虑，有一点可以肯定，你知道，我是军人，大方向应该不脱离军队、军事文学。

博士：这可高度政治化啊，很难弄的。

我：是。那就从难度低些的地方弄起。最近正在思考军事文学中的英雄主义问题。

博士：思考过这个问题的人很多，大多到了某个边沿就踯躅不前了。

我：是。“同一主题，既可以从革命马克思主义的观点上发挥它，又可以从民粹派的观点上来发挥它，也可以从自由派的观点来发挥它。”（克鲁普斯卡娅《列宁是党报的编辑者和组织者》）

博士：你准备从哪个立场发挥它？

我：我们有不少批评家，乃至不少知识分子，坦率地说，可能也包括你，以对抗的姿态批判一些东西，这样是危险的。不是说不可以批判，但批判前很有必要审视自己的立场。建议你回去翻翻《列宁选集》。

博士：不要让我翻了，你直接告诉我列宁怎么说。

我：列宁说，“马克思认为他们的理论的全部价值就在于这个理论‘按其本质来说，它是批判的和革命的’。”“请注意，马克思在这里说的是唯物主义的批判，他认为只有这种批判才是科学的批判。”（《列宁选集》第一卷第81页）。

博士：明白了。

我：如果是辩证唯物主义和历史唯物主义的立场，情况就会不同得多。不说政治，就是文化，也是“建设”比“破坏”好。有时候，无须言破坏，只要你积极倡导如何建设，需要破坏的东西自己就坍塌了。

博士：老兄的这种思路不是书本里得来的，从课堂到课堂、从学校到学校的学生很难有这种思路，应该来自你丰富人生经历的启示。

我：这我说不好。比如说军事文学中的英雄主义问题，我看到一些文章，在批评军事文学中的英雄主义政治化、模式化、概念化的同时，把“英雄主义”也一块给否定掉，这就不是文学批评，令人怀疑这样的批评的动机和目的。“英雄主义”是人类文化中的崇高部分，如果能真正站到文学立场、哲学的立场加以思考，应该是建设性的。

博士：同意。很想听听一位军人谈谈对军队的理解。

我：我只是一个个体，代表不了军队发言。纯属个人想法。绵延几千年的封建帝制结束之后，在中国，都出现过哪些军队？

博士：应该出现过三种军队，军阀的、国民党的和共产党的。军阀的军队除了被歼灭的、被遣散的，余下的成了国民党军队。

我：没错。三支政治性质绝不容混淆的武装力量。它们在政治性质上有着天壤之别，但你想过它们有什么共同点没有？

博士：它们有共同点吗？愿闻其详。

我：它们在三点上是没有差别的。其一，都站在九百六十万平方公里的土地上；其二，它们的主体全部是农民，“这是中国军队的来源。士兵就是穿起军服的农民”（毛泽东《论联合政府》）；其三，它们背负完全相同的历史文化，三（《三字经》）百（《百家姓》）千（《千字文》）千（《千家诗》）是他们共同的启蒙读物，都受四书五经熏染。

博士：对，对，对。第一点可以忽略不计，可能有军事战略意义，但文化文学的研究意义不大。可能是为了凑“三点”吧。接着说。

我：站在这三个，就先按两点吧，站在两个共同点上看军队，其实是更加清楚地看到了它们的共同主体——农民。要了解封建帝制结束之后的中国，首先要了解这个国家的军队性质；要了解这个国家军队性质，就要了解历史发展运动中的农民。从这个更宽阔、更开放的文化视角去观察军事文学，我想会有

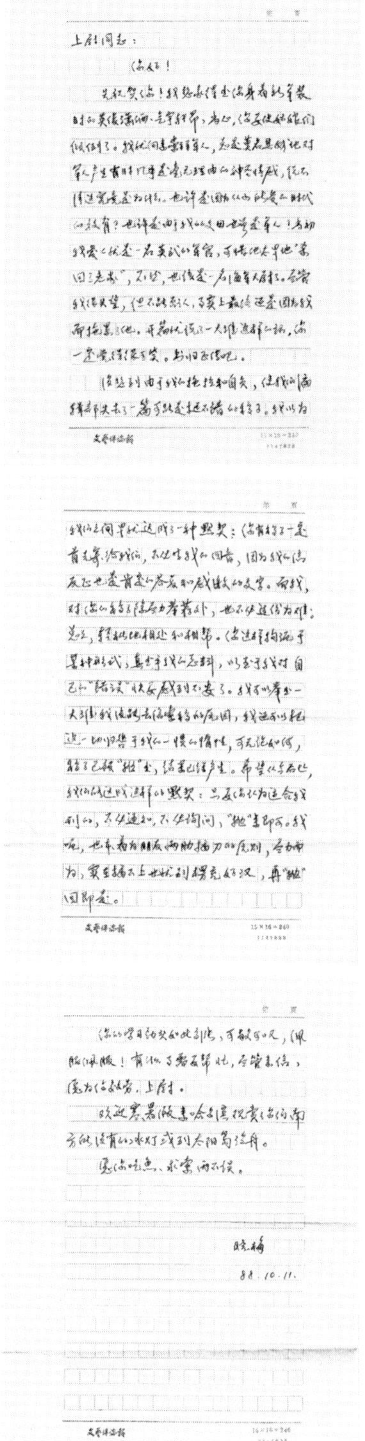
上尉同志：

你好！

晓梅

88.10.11.

程晓梅女士致蔡桂林的信 / 1988 年 10 月 11 日

收获。这仅仅是期待，还没有真正展开。

博士：豁然开朗！一点都不夸张。你是军人啊！

我：你是感叹也好惊讶也好，含义我明白。但辩证唯物主义和历史唯物主义的基本原理告诉我们：历史上进步过的东西，并不都具有永远进步的特权；同时还告诉我们：任何学说也都不是绝对的权威，绝对的学说是死亡的学说。

博士：过多少年，我也会记得这次湖滨夜话。谁要创造，谁就必须有自己的真理和北斗星。你有，我没有。

我：客气。你一定会有。每一个作家从不同的道路接近文学，通过创作实践，追求真理，认识生活。

博士：是。我们写作，是因为我们有话想说、要说，有感情要倾诉，我们用文字表达我们的喜怒哀乐。正因为如此，搁笔，不想写。

我：站到辩证唯物主义和历史唯物主义的立场上试试，不被“网”所缠缚。

博士：对。回吧，回去找我的真理和北斗星！

我：哦，对了，有一位很有思想的报告文学作家叫李延国，你知道他吗？

博士：知道啊。不错，他是位有思想、很有思想的作家。读过他的不少作品，其中 1987 年第七期《文汇月刊》上的《太阳还没有落山》印象深刻，它的“题记”我就很喜欢：“当人的砝码被投上了天平，倾斜的历史才恢复了平衡。”

我：是。我和他来自同一个军区，是朋友。他正在武汉大学进修，我准备去看看他，跟他对饮一次，邀你同往？

博士：与有荣焉！荣莫大焉！

一个学期的时间飞流而逝。教的效果和学的效果怎样？作为一次检验，1989 年 1 月导师发出预告：2 月 6 日，以 1988 年底《文学报》上发表的《长篇小说的文化阻隔》为切入点举行一次研讨会，对新时期以来的长篇小说的创作展开研讨。

研讨会如期而至。

同学们各操新近掌握的“火器”，猛烈“扫射”，气氛热烈。

我也端起了还很相当生疏的“火器”，怯生生地“进攻”：我们今天论及世界上任何一个国度任何一个民族的文学成就，无不以长篇小说达及的高度作为视平线，长篇小说像诱人的女神，引中外古今无数作家竞折腰。我国新时期以来长篇小说创作悄无声息的量的积累，特别是近年经过中、短篇小说创作实践锤炼的出色作家相继突入长篇阵地，无疑都与那种追求博大和宏阔、向文学的雄峰冲刺的创作心态有关……

限于时间，发言未能做全面深入的展开。回到宿舍，把自己的发言、听发言得到的启发一并记录整理出来，再做细致的推敲润色，完成了长文《长篇小说：现状与期待》，寄给了晓梅姐姐。《文艺评论》（1989 年第三期）发表了它。《光明日报》主办的《文摘报》马上做了大段摘发。

《文摘报》的摘发，令我窃喜，给我很大鼓舞，像《岁月》发我文学评论处女作一样的鼓舞。我以为它证明我选择文学评论这条道路是对的，证明我选择的这条道路已经把自己送到了文学评论这块阵地的前沿。当然，能不能巩固住阵地，是另外一个问题。

自《文摘报》的摘发《长篇小说：现状与期待》之日起，我的“文学评论写作三年规划”悄然形成于腹中：

1990 年 1 月至 1991 年 1 月，攻克大报大刊，以推动写作“质”的不断提高。文学评论向来被称作是文学创作、文学现象的“雷达”，以此检测自己这部“雷

长篇小说：现状与期待 / 文艺评论 / 1989 年第 3 期

达”的灵敏度。

1991 年 2 月至 1992 年 2 月，将发表的文学评论文字结集出书，以鞭策勤奋不辍，鼓舞在“质”的前提下写作“量”的增加，得混个脸儿熟。经常露脸儿，脸儿才熟。

1992 年 3 月至 1993 年 3 月，攻克学报学刊，以推动自己理论能力的跃升，发表的文章争取上《新华文摘》。

军人，还是用“军语”说：一年打基础，二年上台阶，三年见成效。

道路已经开通，目标已经明确，余下的就两字：努力！

一个周末的晚上，我和同寝室的冯毅、周行易，那晚东湖夜话时邀过的博士，博士转邀了外文系硕士研究生谢丹霞（她研究美国戏剧大师、诺贝尔文学奖获得者尤金·奥尼尔），五人一起到珞珈山武汉大学枫园找李延国。

抵枫园，李延国寝室的门上贴着一张纸条：桂林，我们在烟雨阁等你（出武大北门右拐顺道走，卓刀泉方向）。

烟雨阁，门对东湖，窗含磨山。延国邀了他的同班、军人作家刘汉太，邀了武汉女作家池莉，在这家不大、但很雅的小酒馆里等我们。

八人坐定，服务员往每个人面前摆放酒杯，延国一看，吩咐：换大杯。跟桂林喝，这么小的杯子啥时才能喝醉？

菜有武昌鱼，酒是白云边，我们开始了循序渐进的品品，推斛换盏的热聊。

同是农民的儿子的李延国，长我十余岁，大哥。大哥威武。道貌岸然。这里的“道貌岸然”绝无贬义，而是在它的正义上使用：道貌，正经严肃的容貌；岸然，高傲的样子；形容神态庄严。这里的“道貌岸然”可不是形容词，而是纪实。纪实到什么程度呢？文字很难传神，这么说吧，那位被写进“党章”的“接班人”列出苛刻的条件在全军选“驸马”时，延国大哥是入围人选之一；对入围人选再筛选，筛剩十人，延国大哥还在，你可想象延国大哥是怎样的道貌岸然了吧？“接班人”自我爆炸摔死在蒙古国的温都尔汗之后，选“驸马”闹剧随之收场，然而，不会收场也收不了场的是延国大哥由此被改变了的命运。知道内幕的军区副司令员直接将延国招为了“驸马”。又然而，造物主不仅给了大哥道貌岸然的颜值，还给了更加道貌岸然的才华，一个中国顶尖的报告文学作家横空出世。

冯毅：大哥，请走一个！我跟桂林一个寝室。桂林跟我们无数次自豪地谈论你。桂林的骄傲也是我们的骄傲。

延国大哥一饮而尽。

周行易：我、冯毅和桂林一个寝室。请，走一个！

延国大哥又一饮而尽。

刘汉太：来、来、来，我跟你们走一个！你们都跟大哥这样喝，延国大哥会受不了。

我们与汉太一饮而尽。

我：放心，大哥不会受不了。1871 年，梯也尔的士兵在巴黎拉雪兹神甫墓地墙头屠杀了最后一批英勇的巴黎公社战士，事后指挥这次屠杀的一位军官用脚踢着就义者崩裂的脑壳说：他们就是用这东西去思考的。延国大哥，巴黎公社战士的东方战友，也用它思考，写下了那么多精彩华章，而我，也包括汉太你，却用它喝酒，所以，会醉的是我们，而不是大哥。以后，我们要改用嘴喝，用它思考。

众人大笑。

我和延国大哥喝过酒，知道他的酒量底子，桌上七人的量加在一起，也顶不上他。他没有能不能喝的问题，只有想不想喝的问题。

博士：《南海的呼吸》（李延国作品，载《报告文学》1986 年 12 月号），时代的呼吸；《文明的旅程》（李延国作品，载《人民日报》1987 年 1 月 18

日第五版），中国的旅程。令人振臂，灼人灵魂。我敬大哥一杯！

慈眉善目、弥勒一般的延国大哥又是一饮而尽。

延国：这么多好友相聚，从你们身上我感受到了热力、活力、智力。我得感谢桂林，是桂林把我们聚到一起。

说着，他向服务生一挥手：来两只碗！

我和延国大哥一人满一碗，喝了。

好事成双。我和延国大哥一人再满一碗，又喝了。

我：大哥，还满吗？

延国：你说。

我：不满一碗了。你山东人，我半个山东人，山东的规矩，三碗不过冈啊。

延国：对，对，不满一碗了，满两碗，满两碗啊，干四碗，咱还怕什么"冈"啊！

我：对，对，我就这意思！

我俩又一人喝了两碗。

四碗酒后，我开始了激情饱满的朗诵，用苏南人的苏北腔调：这是一个宁静与喧嚣交融的年代；这是一个天使与魔鬼混杂的年代；这是一个欲火与理想同时燃烧的年代；这是一个功勋与罪恶竞相建立的年代；这是一个天堂与地狱都敞开大门的年代！（李延国报告文学《龙种与跳蚤》，载《人民日报》1988年5月29日第五版）

谢丹霞带头鼓起掌来：好！

我：是延国大哥写得好，还是我朗诵得好？

谢：都好！

接着我的朗诵，呼应着我朗诵，是另一个四碗，延国大哥，一个低沉、磁性十足的男中音响起，地道的胶东味，同样的激情饱满：巴黎公社勇士的后裔们，你们走进了一个何等特殊的时代！工业革命和商品经济的巨轮正在宁静的大地上搅起滚滚的烟尘，大型康拜因正在取代月牙式的镰刀，电动锻锤正在取代简单的斧头，金钱的灿黄在鲜血般的红色面前炫耀起来，我们的旗帜呢？我们的信念呢？我们的命运呢？（出处同上）

桌上的杯盘被大家一起敲响……

达摩面壁图／王全胜

谢：好！太好了！让我想起奥尼尔的经典作品《榆树下的欲望》，它严厉抨击了“淹没在利己主义打算的冰水之中”的人际关系。

……

走出烟雨阁，月摇星晃，东湖水左荡右漾，路上跑的汽车根本不考虑节能，前面的四个大灯全开，刺得人头晕……

阁门前，朋友们围着作家李延国一别，围着思想家李延国再别，与作家、思想家似乎有表达不完的深情厚谊，一别再别。

我在一边实在站不住，酒劲上涌，想睡。恰好，一辆卖菜的平板车适时从身边晃过，我就觉得那平板是床，剩下的一些菜是枕头，不由自主地身子一歪，倒在了上面，哦，舒服。骑车人也没觉察，径直往前骑，把立马睡着了的我带走了。

朋友们与延国总算告别完了，转过身来，这才发现不知什么时候我不见了。

群人高呼着我的名字寻找，烟雨阁的厕所，阁外通向武汉大学北门的沿路铺子一家不落地找过，没有。

站在武汉大学北门口，有人疑问要不要报警？

延国镇静：不要。桂林平时稳重，酒后同样稳重，放心，不可能有任何意外，他一定是安全的，只是用我们现在还想象不到的方式离开了烟雨阁。回去等，他很快就会回到学校。

延国大哥判断准确。

我被平板车拉出去好几里地，直到到了骑车人的住处，骑车人才发现不知什么时候车上躺着一个人，惊了，刹住车，惶惶地推醒我。我睁眼一看，陌生人，陌生地，也惶惶：这是哪里？骑车人：洪山。洪山？我一惊，酒醒大半。事大了，朋友们一定吓坏了。我向骑车人一道歉再道歉，后，打出租车奔回学校……

窗外，是游行的队伍，是游行队伍里传来的阵阵口号。

“压迫着我们的还有许多遗留下来的灾难，这些灾难的产生，是由于古老的陈旧的生产方式以及伴随着它们的过时的社会关系和政治关系还在苟延残喘。……死人抓住活人。”（马克思《资本论》第一卷第一版序言）

“政治，有时很严肃很残酷，有时也很滑稽很幽默，好像一场精彩的卡通，使人忍俊不禁。”（柏杨《中国人史纲》）

失去了历史的约束，现实更加肆无忌惮，为所欲为地捉弄人心，欺辱文明。

在中国几千年的文明发展史中，谁能找到钱让鬼推磨的例证？没有。可是，人们还偏偏这样说，或许就是为了掩盖权力的力量。

据说，恺撒三十二岁时，觉得已到了亚历山大去世的年龄，仍然一事无成，不觉大哭起来。我也快到这个年龄了，连大哭的资格都没有：抓紧做事。

喧嚣震耳中，我读书：“历史的发展，好像是首先要麻醉这个国家的人民，然后才有可能把他们从历来的麻木状态中唤醒似的。”（马克思《中国革命和欧洲革命》）“别再伸起双臂反抗他们！他们是无数的，并且你的生命也不是要做一个苍蝇拍。小人和可鄙的人是无数的。雨点和莠草曾凋蚀了许多华丽庄严的建筑。”“我的兄弟，怀着你的爱和你的创造到你的孤独里去；很久以后正义才跛脚跟在你后面。”（尼采）

我写作：“‘报告’是我们这匆忙而多变的时代产生的特殊的文学样式。读者大众急不可耐地要求知道生活在昨天所起的变化，作家迫切地要将社会上最新发生的现象（而这差不多天天有的）解剖给读者大众看，刊物要有敏锐的时代感，——这都是‘报告’所由产生而风靡的原因。”（茅盾《关于报告文学》）席卷全国文坛的“中国潮”报告文学征文，也因此而产生。对过去的一年里“中国潮”报告文学征文进行研究分析，写出了《关于报告文学潮的报告》（载《当代文学通讯》1989 年第一期）。意犹未尽，在对中国“报告文学潮”的分析研究中，发现了带有成长性的新质，又铺纸濡墨，写下《报告文学超传统的历史性蝉蜕》（载《宁夏日报》1989 年 3 月 12 日，《文论报》1989 年 4 月 15 日转载）。

去年入学后，把自己正在思考的几个文学问题拟出题目和提要，——自鲁迅文学院开始的对“英雄主义”问题的思考，写成《英雄从垂死到必然新生》（《芳草》1989年第二期），觉得粗糙，表面，需要做更加深入的思考，也列在了其中——1988年12月9日，寄给在鲁迅文学院进修时拜访过的《解放军文艺》编辑部编辑丁临一老师，请他指正。

丁临一，吉林大学中文系高才生，著名军旅评论家。高度近视眼镜后面那深邃的目光闪耀着生动而智慧的光芒，他发表在《当代作家评论》1985年第四期上的《论新时期的军事题材报告文学创作》，才华横溢，给我以文学评论最初的楷模。他严肃冷峻的外表下有一副古道热肠。很快，临一老师给我回了信：

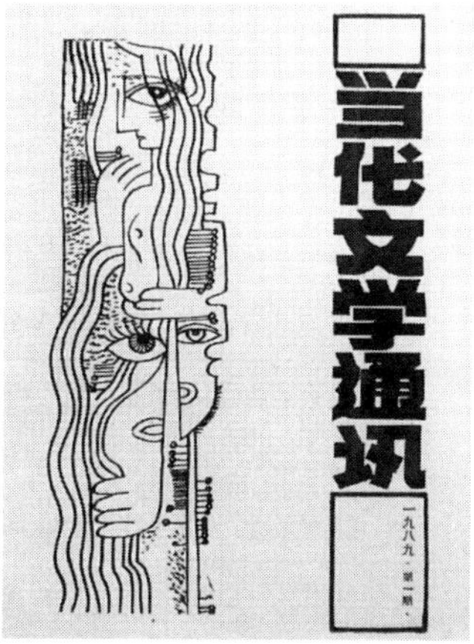

关于报告文学潮的报告／当代文学通讯／1989年第1期

文論報

WENLUN BAO

报告文学超传统的历史性蝉蜕

报告文学超传统的历史性蝉蜕／文论报／1989年4月15日

桂林：

你好！

来信收到了。所谈选题中，我倾向请你写第五个，即关于英雄观的更新和呼唤英雄回归的问题。这个问题的现实针对性更强些。这个问题也须斟酌，因为关于旧英雄观是怎样的、新英雄观又是怎样的，近年来断续已有文章谈及。请你考虑，最好不要面面俱到地谈，而是选个角度，开掘深去，思想上有些锋芒，而语言上避免刺激（如“垂死”等）。文字在万字内都可，请你酌定。再有，结合创作实际紧密些最好。以上意见恐有不妥处，

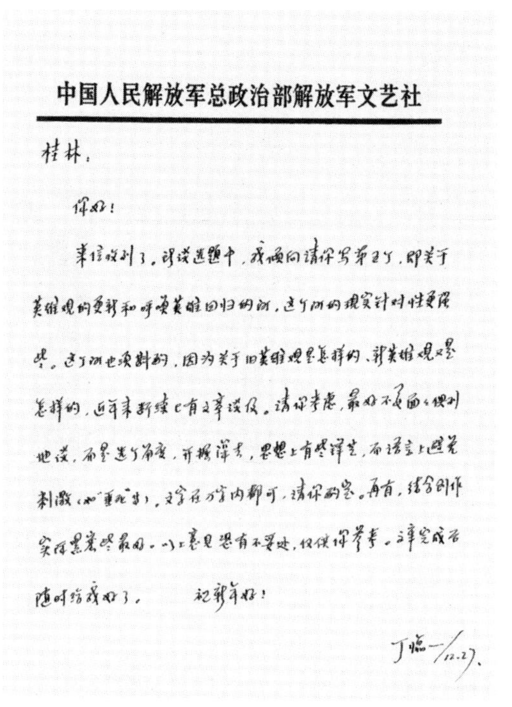

中国人民解放军总政治部解放军文艺社

桂林：

你好！

来信收到了。评论选题中，我倾向请你写第2个，即关于英雄观的更新和呼唤英雄回归的论，这个论的现实针对性更强些。这个论也难些的，因为关于旧英雄观是怎样的、新英雄观又是怎样的，近年来断续已有文章谈及。请你考虑，最好不要面面俱到地谈，而是选个角度，开掘深些，思想上有些深度，而语言上还是刺激（如"重光"等），文字在万字内都可，请你酌定。再有，结合创作实际最好。以上意见恐有不妥处，仅供你参考。文章完成后随时给我好了。　祝新年好！

丁临一 12.27

丁临一先生致蔡桂林的信 / 1988 年 12 月 27 日

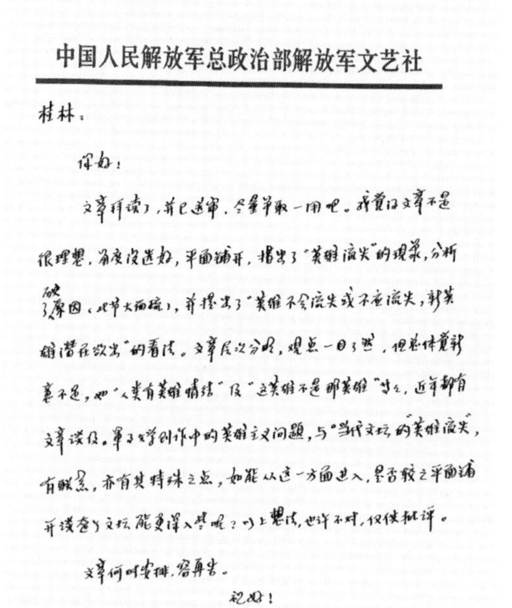

中国人民解放军总政治部解放军文艺社

桂林：

你好！

文章拜读了，并已送审，尽量争取一用吧。我觉得文章不是很理想，角度没选好，平面铺开，提出了"英雄消失"的现象，分析了原因（比较大而统），并提出了"英雄不会消失或不应消失，新英雄潜在敦出"的看法。文章层次分明，观点一目了然，但总体新意不足，如"人类有英雄情结"及"这英雄不是那英雄"等等，近年都有文章谈及。军事文学创作中的英雄主义问题，与"当代文坛"的英雄消失，有联系，亦有其特殊之点，如能从这一方面进入，是否较之平面铺开谈整个文坛能更深入些呢？以上想法，也许不对，仅供批评。

文章何时安排，容再告。

祝好！

丁临一 5.9晚

丁临一先生致蔡桂林的信 / 1989 年 5 月 9 日

仅供参考。文章完成后随时给我好了。

祝新年好！

丁临一

1988 年 12 月 27 日

接到临一老师的回信，立即开始重新梳理思路，调整用力的方向，借着寒假，大量阅读军事文学作品，大量阅读军事文学评论作品，消化吸收在课堂上习来、在图书馆里读来的理论。1989 年春天，在变得喧嚣的校园里置放一张安静的书桌，写作《呼唤英雄——关于文学创作中英雄问题的思索》（后文简称《呼唤英雄》）。

人总是这样：当置身琐碎肤浅的生活活动中时，会感到烦躁不安，内心渴望专注于某一事物或某一目标的状态；然而，专注很苦，真的针对某一问题进行不断深入的探索钻研，进入强度很高的思考活动，又对人的精神和意志构成极大挑战，又希望不要这么辛苦，回到琐碎的肤浅的状态去。

我咬牙打破这种摇摆。

桌边一盆水，肩上一条巾，擦汗，醒脑，除了吃饭睡觉，决不离开案桌，“躲进小楼成一统”，连续作战。

……追溯历史的源头，便在亚当被放逐时就已传出英雄消息。人类的第一位父亲被逐出伊甸园，上帝无情地将他剥得一无所有。他第一次体验到了独立自我的存在，也第一次体验了孤立无助一切都必须自己创造的艰辛。上帝始料不及的是，他为惩罚人类而造成人类的天然贫困，则成全了人类的博大丰富。本能的历史，不经创造就无法生存、繁衍和发展的现实处境，逼迫着人类从事独出机杼的与大自然相抗衡的壮举，怀揣着对未来的渴望，激荡着阳刚之气，踏上由自己开拓的幸福路。人类对生活的创造，也是对自我生命的表达，于这种表达与创造中完成自己。他们生活里有他们现实的全部丰富性，潜藏着人性内部和外部线索，顺着这线索，我们得以仰望人类英雄气概……

数日，在第二十八张大十六开稿纸上画上了最后一个句号后，走出寝室，走向校园内的夜宵摊点，向武汉小妹要了一碗湖北名吃牛肉热干面。

“火炉”武汉今年热得格外早。刚进5月，热浪滚滚。5月1日，穿过庞大的、更热的游行队伍，走向马路对面的邮局，将《呼唤英雄》挂号寄往北京。

填写邮寄单，收件人姓名栏我写“马丁”，不对，不对，没有“马”，是“丁”，跟服务员再要一张，重填。收件人姓名：丁临一。

怎么会写出“马”呢？填单的那一刻走神了，想到了美国民权运动领袖马丁·路德·金说过的话：“历史将记取的社会转变的最大悲剧不是坏人的喧嚣，而是好人的沉默”，结果“丁”前面多出了“马”。

5月27日，我收到了临一老师的复信——

桂林：

你好！

文章拜读了，并已送审，尽量争取一用吧。我觉得文章不是很理想，角度没选好，平面铺开，指出了“英雄流失”的现象，分析了历史原因（此节大而疏），并提出了“英雄不会流失或不应流失，新英雄潜在欲出”

《呼唤英雄》一文被收入《新时期军事文学精选·评论卷（1979—1994）》

山东社会科学优秀成果获奖名册（1989.7—1990.6）/《呼唤英雄》获山东省社会科学优秀成果奖

的看法。文章层次分明，观点一目了然，但总体觉新意不足，如“人类有英雄情结”及“这英雄不是那英雄”等等，近年都有文章谈及。军事文学创作中的英雄主义问题，与当代文坛的“英雄流失”，有联系，亦有其特殊之点，如能从这一方面进入，是否较之平面铺开谈整个文坛能更深入些呢？以上想法，也许不对，仅供批评。

文章何时安排，容再告。

祝好！

丁临一

5月9日匆匆

临一老师的来信不长，但我读了一遍又一遍，体会每一个字的含义。他对我的指引真诚而扎实，尤其是他坦率指教、诲人不倦的精神，我内心充满感激。

我的目光停留在来信最后“匆匆”二字上很久、很久，想：为何“匆匆”？“匆匆”之后，会是怎样？

有很多人像临一同志一样关心、关怀我的成长，济南军区政治部副主任晋国强一如既往，《人民日报》社总编室主任谷嘉旺无微不至。

谷嘉旺，上海人，长我十岁，老三届知青。因为笔头好，受到公社革委会主任的赏识，1972年得以推荐到南京大学上学，就读政治系哲学专业，班主任是系党总支书记胡福明，就是那位后来写出了开启中国思想解放大幕的雄文《实践是检验真理的唯一标准》的人。在南大读书时，住在谷嘉旺下铺的是陆军第二十六军（与我一个军）七十六师步兵班长钟志民。钟志民的父亲是某军区政治部副主任。钟志民是请求他父亲帮助进入南京大学的。1973年，批林批孔席卷全国。1月18日，《人民日报》头版头条以《一份退学申请报告》为题，刊出南京大学工农兵大学生钟志民的退学报告全文。中共中央主管党的宣传工作的姚文元亲自操刀为之写下了编者按，大赞钟志民“向地主资产阶级意识形态展开了新的进攻”。四天后，《人民日报》再以头版头条发表相关报道。一时间，退兵退学的风潮席卷而来，矛头对准周恩来的批林批孔、针对老干部的走后门，三箭齐发，如同“文化大革命”的高潮再次到来。钟志民因这封信一夜红遍整个中国。那时我在读初中，对钟志民印象深刻。上学是开后门来的，当兵也是开的后门，钟志民被一退到底，退到了上山下乡所在的江西省瑞金县沙洲坝公社百花园生产队。1974年暑假，南京大学组织学生会干部看望钟志民，谷嘉旺在其中，看到眼前的钟志民晒得很黑，剃了平头，非常瘦，

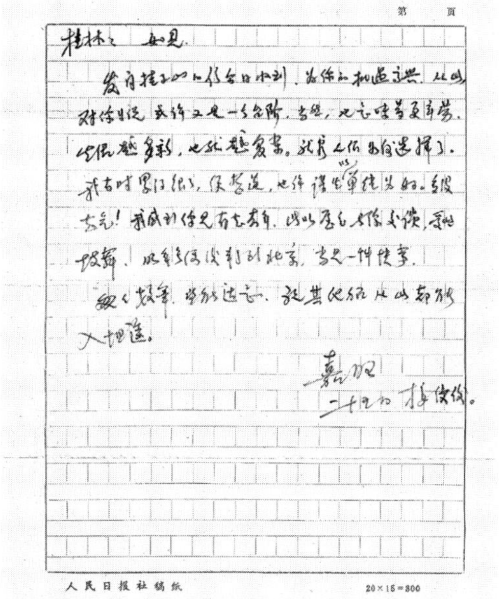
第　页

桂林：

嘉旺

人民日报社稿纸　20×15＝300

谷嘉旺先生致蔡桂林的信 / 1988年10月25日

第　页

小蔡：

装订线

晋国强同志携夫人李怀峰致蔡桂林的信 / 1988年11月2日

穿着一身破军装，一只裤腿挽到小腿上，脚下都是泥。

虎踞龙盘地，求强思变时。从南京大学毕业，谷嘉旺进入了《人民日报》评论部。嘉旺兄对我说：第一次见你就让我想起南大读书时的上铺兄弟钟志民。一次，我不慎摔了下来，手腕肿了，他帮我洗了一个多星期的衣服。你和他一样的军人，一样的理想主义。这样的身份，这样的性格，在体制内，要格外地小心。

嘉旺兄才思敏捷，视野宏阔，体察精微，令我惊为天人。打我第一次接触到他，就引以为楷模。在北京朝阳区水碓他家中用餐时，嚼着他夫人盛给我的碗中的米粒，心底暗自思忖：此生若能及嘉旺兄之万一，于愿足矣。也因此，他说给我的每一个字，都铭记，都反复体会其中的引导意义。比如，他信中说“生活越多彩，也就越复杂，就看人们怎么选择了”，“也许谋生以单纯为好”。结合嘉旺兄的人生经历，这些话决不是无由的议论，不是泛泛而谈，而是过心的体悟，是朴素的生活道理。

嘉旺兄是我心中的星光。星光提示方位。星光提供暖意。星光描绘夜空。

恰同学青年，与高文平、王鸿生、李家宝、龙云、冯毅、段文凯、曲春景、陆艳等同学一起，走出校园，到达武昌首义公园。

武昌，辛亥革命的首义之地。1921 年，首义人士夏道南等人倡议在武昌建立首义公园，得到社会各界热烈响应。于是，自那时起，整个蛇山成了主题公园，纪念结束中国几千年封建统治的那场伟大的首义。1950 年 3 月，在母校华中师范大学的大力协作下，公园内种植了五万余株侧柏。如今，当年植下的那些树郁郁葱葱。“前人栽树，后人乘凉”，我们坐在公园梅廊附近的树荫下，面对岳飞亭、和平亭，感受近代历史文化的厚重凝峻，感受这种文化对推动历史进步的强烈渴望。

曲春景同学，研究生班一姐，说话了：话题太沉重，同学们，唱唱歌吧，让绷紧的精神放松放松。

好！大家赞同。

曲：学习委员带头！

李家宝同学也不推辞，嗓子一亮，关贵敏的《青春啊青春》响在茂盛的侧柏间：“青春啊青春，美丽的时光，比那彩霞还要鲜艳，比那玫瑰更加芬芳……”

接着，金嗓子段文凯、陆艳合作《一个美丽的传说》：“有一个美丽的传说，精美的石头会唱歌……只要你懂得它的珍贵呀啊，山高路远也能获得……”歌声穿云裂石，久久回荡。

冯毅同学，到过日本进修，日文流利，他用日文唱了《北国之春》。

龙云同学，陕西榆林人，陕北民歌的发源地。我想象中生活在那块“上上土”上的男人女人，个个都会赶牲灵；坐在床前炕头，立于山头崖顶，嗓子一亮，倾诉爱情，憎骂权贵，唱着来唱着去，洒脱得像高原上的风，无拘无束。听过几十张带子的陕北民歌，但一直无缘听陕北人亲唱，觉得很不过瘾，隔着一层，没有真正触摸到黄土的心跳。民歌，一方土地上民众的灵魂。真正的歌在民间，属于那些热爱自己与那片土地的心灵。现在，机会来了。眼前的龙云同学，在陕北民歌中泡大，请他唱一唱。我真情而起劲地鼓动。

龙同学，眼睛在夕阳的斜照中眯起，一副思考状：“那饿（我）就唱一个嘛，饿唱啥哩，想球不起。”

我：拣酸曲唱嘛，就那个“我没有婆姨呀你没有汉，咱俩捆成一嘟噜蒜……”

龙：都酸哩，太酸了怕倒你们牙了嘛。

我：放心，我们牙口好着哩。

龙：那饿就唱了喔，有的曲儿饿自家给编下了——

父亲的名片 / 散文选刊 / 1990 年第 2 期

头一回看妹妹呀你不在
你的妈妈给我一个长烟袋 亲亲爱

二一回看妹妹呀你不在
你的妈妈给我吃的扁豆捞饭酸白菜 亲亲爱

三一回看妹妹呀你不在
你的哥哥把我打了两锅盖 亲亲爱

四一回看妹妹呀你不在
你的妈妈拿起扁担翻过调过直打坏 亲亲爱

龙兄如果不学文学评论，他一定是一名出色的民歌手。不能说能与李有源齐名，李有源属于一个政治时代，不可能被重复，超过李治文、王向荣这样的民歌手是可能的，唱得太地道了，地道得好过我听过的那十几盘带子中的所有歌唱。

有味道。绝对有一种味道。这味道就是黄土的味道吗？黄土的味道就是陕北民歌的味道吗？随着龙兄高亢穿云的“一回回”，我似乎听见了如血的黄土的呻吟，似乎听见了黄土在我血液中的沉滞，我似乎领悟到，陕北民歌就是黄土的味道，而生命爱情则是陕北民歌的味道。

民间寓言、民间法则，就是这样奇妙。人们在生活里艰难困苦，在歌唱里却是那样的汪洋恣肆；人们在现实里尽受道德的压迫，而在歌唱里却挣脱一切桎梏的纠缠束缚，奔放热烈，如痴如醉，无怨无悔。我理解了，陕北民歌绝不是一种歌唱方式，而是那片土地上人的生存方式，是一种生命形式。

特殊时刻的首义公园，公园里龙兄的一曲陕北民歌，给了我多方面的启示，接下来的硕士学位论文写作，比起发表在《解放军文艺》的《呼唤英雄》应该能再上一个层次。

在写作《呼唤英雄》时，有过既给《解放军文艺》发表，也当学位论文“一石二鸟”的设计。从临一老师给我的第二封信看，它分量不够。尽管它发表后获了奖，被收入了多种版本的集子里，但临一老师的“平面铺开”，缺乏深度的意见是对的。美国学者门肯在谈到缺少个性的批评家时说：如果他缺乏智力上的敏感与胆识，那么，他将永远是第二流的，将永远是一个向比他高明的人指手画脚的“导师”和“警察”。如果说数学的伟大使命就在于混沌之中发现秩序的话，那么，文学评论的伟大使命，就是从艺术作品的表面深入到背后掘出它庞大、神秘的复杂现象。这应该成为我的着力点。

当代欧洲最核心的三位文学家之一、土耳其人帕慕克说：文学是什么？文学就是用一根针挖一口井。我说：那么，文学评论是什么？文学评论就是用更锋芒、更有力的一根针挑刺作家挖成的那口井。

“一石”没能击中“二鸟”，并不意味《呼唤英雄》对我的学位论文不具意义，至少，写作它的过程使我对中国军事文学有了更为切近的思考：必须在既有的成就之上实现深化，诞生出与历经百年惨烈悲壮战争洗礼相称的军事文学作品。那么，哪些因素阻碍着中国军事文学的深化？我们如何突破？伫立在文学的圣土上沉静地思考，这样的思考会激活我们的灵感。我拿起更锋芒的“针”，挑刺掘井的那根“针”。

这划亮了我的思想：“中国军事文学走向深化的理论探索”摆到了我的面前。

写下这个题目，意味着两个判断的完成：既有的军事文学创作，虽然不乏锐利之作，但还不尽如人意，需要走向深化；有深化了的军事文学作为参照。站在辩证唯物主义和历史唯物主义的立场，剖析这两个判断，得出深化的方向、路径。学位论文的雏形就这样合逻辑地艰难形成。

我所就读的研究生班，是鲁迅文学院与华中师范大学合办的，这样，我就有了两位导师，一位是华中师范大学的王先霈教授，一位是鲁迅文学院给我指定的何西来先生。何先生，中国社会科学院文学研究所研究员，曾任社科院研究生院文学系主任，文研所副所长，《文学评论》副主编、主编，中国文坛富有影响的文学评论家、文艺理论家。这位浓眉大眼、魁梧伟岸的西北汉子，记忆力超群，楚辞汉赋、唐诗宋词烂熟于心，学识丰富精湛，且待人热情、诚恳、豁达。当我将学位论文纲要呈他审阅时，何先生从主题思想的确立，到围绕主题的层次演进；从谋篇布局，到章节间的承接……“匪面

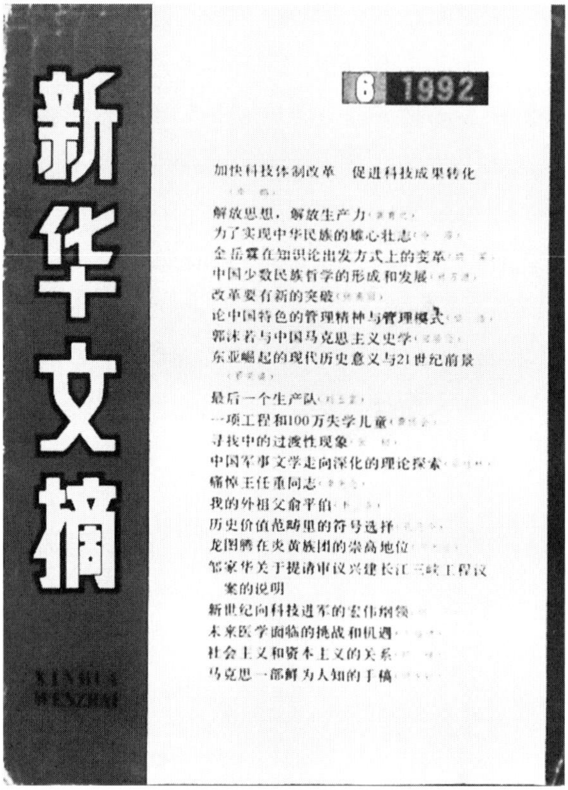

中国军事文学走向深化的理论探索 / 新华文摘 / 1992 年第 6 期

命之，言提其耳”。

毕业前，面对华中师范大学组成的论文答辩专家组，我从容应答我的硕士论文，专家组给予了相当高的评价，写下来两千余字的答辩评语。

此后，我认真消化、吸收答辩专家组给出的意见，做进一步的补充修改，并新写了《冲突·悲剧·理性与非理性》组成一组，一并给了《文学评论家》。

《文学评论家》是慷慨的，厚爱的，毫不吝啬地让它们进入了“评论家小辑”栏目。

心仪既久的《新华文摘》毫不吝啬地摘转了其中的《中国军事文学走向深化的理论探索》一文，并上了封面要目。

我荣幸。荣幸能以这样的结果结束我的硕士研究生学习生活。

桂子山上，读了很多书，收获是多方面的，其中一些文学名著中的人物谈读书，对自己怎样读书、读好书，很有启示，也算是读书的收获之一。

比如，十八世纪末叶英国现实主义作家简·奥斯汀的代表作《傲慢与偏见》中，有个很会读书的达西，他说：我总是用挑剔的眼光看待每一部著作，即使它严密得如块铁板，我也要读出“裂缝”来。

比如，十八世纪法国启蒙主义者卢梭死后出版自传《忏悔录》，对读书做了这样的看法：“在读一个作者的著作时，先既不掺入自己的或他人的见解，也不要和作者争论，先在头脑中储存一些思想，不管是正确的还是错误的，只要论点明确就行，等头脑里装得相当满之后，再加以比较和选择。”卢梭接着说，“我知道这种方法并不是没有缺点的，但拿灌输知识的目的来说，这个方法倒是很成功的。……几年后我就有了相当丰富的知识，足以使我独立思考而无须求助他人了。……我的能力虽然很差，但我之所以还有些进步，应当完全归功于这个方法。”

比如，拉伯雷在他的著名作品《巨人传》中这样描写巨人的读书方法：“你们见过狗碰到一根有骨髓的骨头没有……如果你们看见过，就一定会注意到它是多么虔诚地窥伺那根骨头，多么注意地守住它，多么热情地衔住它，多么谨慎地啃它，多么亲切地咬开它，又多么敏捷地吸取它。”剖开骨头，吸取精华。

比如，法国作家大仲马的长篇小说《基度山伯爵》中知识渊博的法利亚长老，被囚禁在狱中时，这样谈读书：“在我罗马的书房里，我将近有五千本书。但我把它们读了许多遍以后，我发觉，一个人只要有一百五十本精读过的书，对人类的一切知识就可以齐备了，至少是够用或把所应该知道的都知道了。”

比如，车尔尼雪夫斯基激烈抨击沙皇专制制度的长篇小说《怎么办？》中塑造了一位叫拉赫美托夫的职业革命家形象，这位具有高度理论修养的人物，读书见解新颖，独到而深刻，他说：“我只读有独创性的东西，并且，只要知道这个独创性就不再多读。”他读过萨克雷的《名利场》，很满意；而当读《潘登尼斯》（也是萨克雷的作品）时，只读了二十页就合上不再读了：那里面全是《名利场》说过了的。

比如，高尔基的《在人间》中年轻的主人公彼什柯夫很爱读书，把读一本好书看着是像过节一样。因为读书多，积累了不少读书经验，他说：捧起一本书，“往往从最初几页起，我就猜测谁会胜利，谁会失败。一旦情节的关键变得明显了，我就极力运用我的想象力来解开这个扣子。我就不再往下读，停下来思考一下，如同思考算数教科书上的一道习题似的”。

比如，罗曼·罗兰在《约翰·克利斯朵夫》中这样描绘克利斯朵夫的读书方法：谋生的烦恼，职业的无聊，像牢笼一般把克利斯朵夫关得越紧，他反抗的心越感到自己的独立不羁。正是在这样的情形下，克利斯朵夫读书只从要点着想。这样，虽然读书的时间不多，倒反而读了双倍的书。

比如，我国古典小说《歧路灯》中，有位叫娄潜斋的老夫子，对如何读书很有见解，他说，读书之法“慢不得，急不得，松不得，紧不得，一言以蔽之曰难而已”。

……

岳阳楼前 / 1988 年仲秋

第五章　茁壮

锋锐初显

硕士研究生毕业后再回第八十八医院工作，显然专业不对口了，学非所用，浪费。我瞄准的工作岗位是济南军区政治部创作室。

济南军区政治部创作室可不是一个等闲之处，这里云集着一批全军乃至全国都堪称一流的作家，我已熟悉、把我引入鲁迅文学院并同学的《汉家女》作者周大新，在武汉喝过酒的李延国，还有《闪闪的红星》的作者李心田，《高山下的花环》的作者李存葆，《甩出轨道的星》的作者丛正里，《阿波罗踏着硝烟逝去》的作者张廷竹，《赤足走在田埂上》的张西庭……群星闪烁，如雷贯耳。瞄准这里，就要拿出与这里相称的作品。我决心尽快弄出一篇评论这个创作室主要作家、有分量的作品，既作“敲门砖”，也作“见面礼”。

于是，我拿出大块时间阅读这个创作室主要作家的主要作品，写下了约三万字的读后感，收集阅读了关于他们作品的主要评论，又做下了两万字的笔记。

前期工作完成后，给“敲门砖”“见面礼”定下了六个字的质量标准：全面、准确、尖锐。

1989年10月26日动笔开写。袖手于前，始能疾书于后，一气五天，拿下:《前卫作家论》。这里的“前卫作家”，不是指当代文坛上具有先锋意识，专注探索性、实验性作品的作家，而是指集结在被命名为“前卫”这块特定军事区域即济南军区内的一群作家。

11月1日，脱稿当日，交给同寝室的好友、致力于中国传统文化中“气”之研究的青海民族大学中文系老师冯毅审阅。他边看边惊呼：太尖锐、太尖锐了！

同寝室的好友、研究屈原梁启超卓有建树的湖南邵阳电视大学老师周行易也看了一遍。

三人展开讨论。

冯：你看看你写李存葆，“《高山下的花环》一时名满天下，但在艺术形式上不仅没能做出独特的贡献，反而留下‘新闻化’‘粗坯化’的缺憾。”你看看你写周大新：“把对立矛盾聪明地收缩到便于自己控驭的范围内。这是不是可以看作‘前结构’制约着作家的视野，妨碍着作家站到历史—社会—时代的高度去观察、去烛照人的灵魂呢？”你再看看你写张廷竹：“他的优点几乎同时隐藏了他的缺点于其中：因失之特定文化区域而至作品给人缺‘根’之感，才情激扬又使作品失之于浮华，无节制。”还有对前卫作家群的总体评价：“倘若不能超越单一的道德评价层次，不能超越地域文化的传统局限，进入批判性审视，进入历时态的文化心理之中，创作中的困惑，甚至其创作只能在既往的某一层面上伸展，将是迟早会发生的事情。”都太尖锐了，太直截了当了，能不能再委婉些、平和些。

周：尖锐是事实，但也基本实现了桂林定下的全面、准确的目标。我看可以磨掉点锋芒，但也不能磨得太多，磨多了，戳不痛，效果也不好。

我：冯兄，你先告诉我，我说得是否准确？

冯：可以肯定，准确。

我：周兄呢？

周：我已经说过的啦，准确。

我：既然二位都肯定它准确，我就定心了。只要是准确的，那就不磨，调不进创作室去也不磨。作为一个有担当的评论工作者，就是要激扬文字。我想了，这篇文章大概是写前我想去，写后去不成，发表之后要我去。

冯：这么自信啊？

周：可别玩砸了。

我：砸了也这么“玩”！所谓“评论工作者”，就是首先审判自己者。

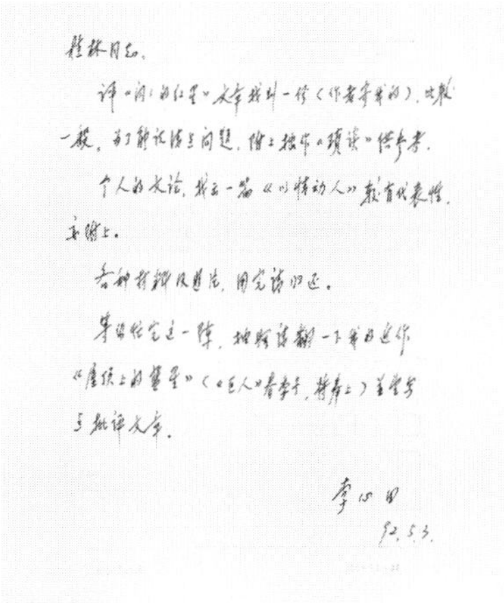

李心田手迹 / 1992 年 5 月 3 日

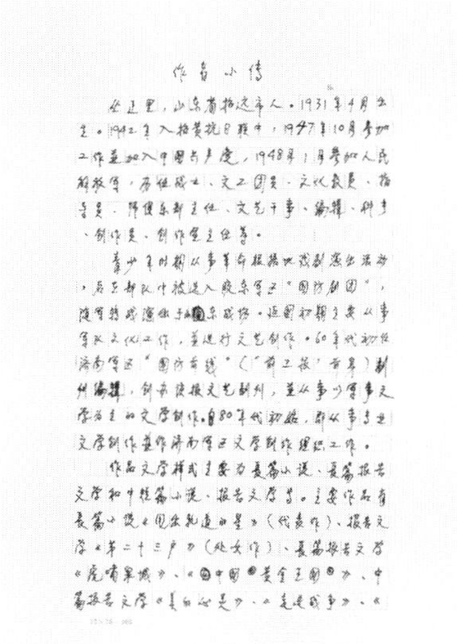

丛正里手迹 / 1992 年 4 月 26 日

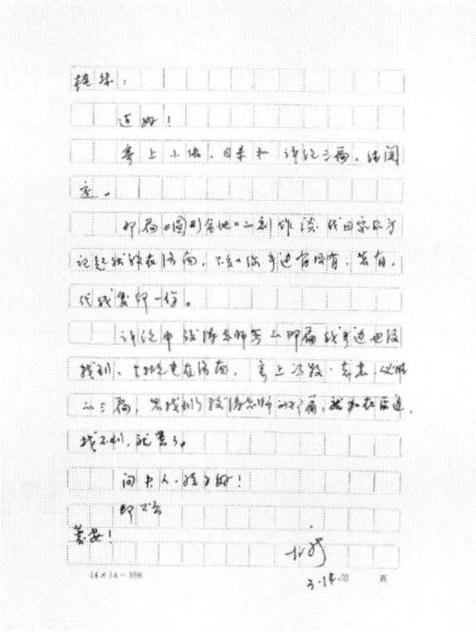

周大新手迹 / 1992 年 3 月 14 日

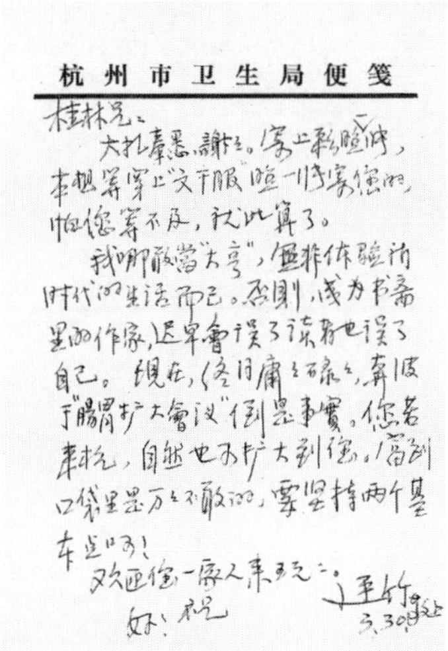

杭州市卫生局便笺

桂林兄：

大札奉悉，谢谢。寄上彩照时，本想写写上"文下服"喧一时寄您的，怕您等不及，就此算了。

我哪敢当"大亨"，无非体验消时代的生活而已。否则，成为书斋里的作家，迟早会误了读者也误了自己。现在，终日庸庸碌碌，弃医于"肠胃扩大会议"倒是事实。您若来杭，自然也不扩大到您。倘到口袋里是万万不敢的，要坚持两个基本点吗！

又欢迎您一家人来玩玩。

好！祝

廷竹

3.30晚上

张廷竹手迹 / 1992 年 3 月 30 日

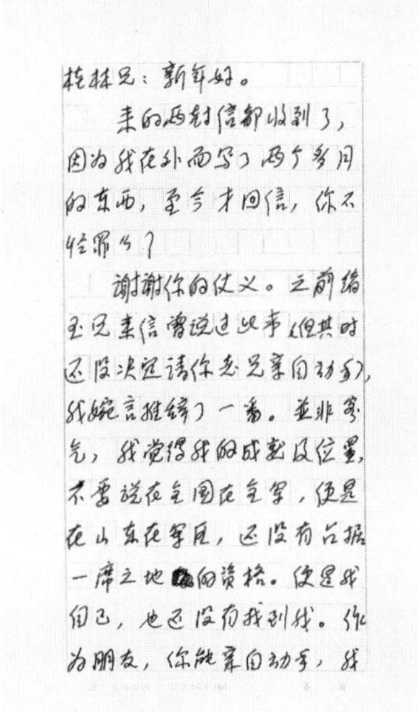

桂林兄：新年好。

来的两封信都收到了，因为我在外面写了两个多月的东西，至今才回信，你不怪罪吧？

谢谢你的仗义。之前绪玉兄来信曾谈过此事（但其时还没决定请你为兄亲自动手），我婉言推辞了一番。并非客气，我觉得我的成就及位置，不要说在全国在全军，便是在山东在军区，还没有占据一席之地的资格。便是我自己，也还没有找到我。作为朋友，你能亲自动手，我

张西庭手迹 / 1991 年 4 月 17 日

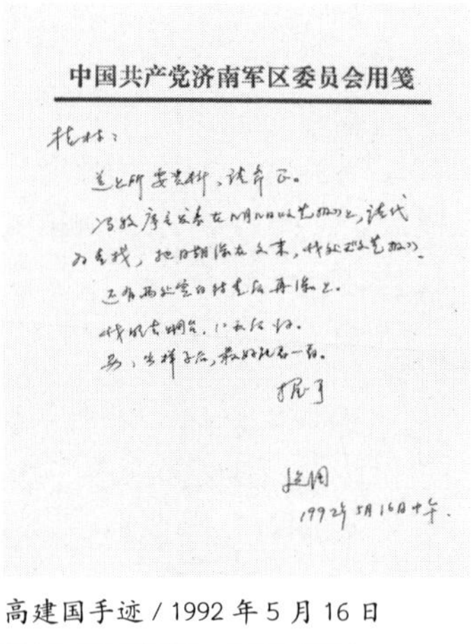

中国共产党济南军区委员会用笺

桂林：

建国

1992年5月16日中午

高建国手迹 / 1992 年 5 月 16 日

诗人的心灵固结在童稚时代那种色彩丰富的印象上，愿意终身保持孩子般心灵的速率。"文章自得方为贵，衣钵相传岂是真？已是祖师低一着，纷纷嗣法更何人！"

冯：狂。

周：批评家不妨狂一点，"永托旷怀，痴且不讳；遄飞逸飞，狂固难辞"（蒲松龄）。

我：这里，可没鬼。

冯：当然，我不否认你的这篇文章是有贡献的。至少有三点贡献。

我：这我喜欢听。有一点称得上是"贡献"的就很不错，居然还有"三"点？

冯：将前卫作家从写新闻报道起步，大致经历"好人好事文学"—"人物性格文学"—文学本体觉醒，即一个生动的故事情节，几个性格鲜明的人物形象这样一条道路，称之为前卫作家群的"经典道路"，准确。也正如你所说，他们所走的创作道路深具解剖意义：当他们不满足新闻的严格的真人真事限制而抱着试试看的心理，不那么自信地闯入任凭想象驰骋的文学疆场时，不可能不在最初的职业性思维的轨道上做惯性滑行，即使表现手法也往往有明显的横移痕迹，热情地肯定这种滑行有非同小可的积极意义的一面，作品关注风云变幻的社会和世相纷呈的时代，具备强烈政治历史意识，更注重社会作用和认识价值，具有尖锐的参与意识、强烈的思想性和随之可能产生的轰动效应。

周：我亦有同感。相信你自己就是从这条"经典道路"上走来，是你走的道路给了你灵感，

不然，你的这篇评论不可能从这个角度切入。与其说是对前卫作家创作的理论概括，不如说是对你自己的总结。

我：你们也太厉害了吧。喜欢自己穿得衣冠楚楚，把别人剥得精光，你们的确是当批评家的料。

冯：你的贡献不在概括出这条“经典道路”的积极意义，而在于指出它的局限性：新闻职业惯性滑行的负面以及这种负面在作家自身的艺术实践过程中的顽强显露。过重的文以载道的重压，削弱了创作主体和文学本体的营构意识；作品过度追求主题的“爆炸性”，出现了文学上的“短期行为”：“本文”表现出太多的非文学因素，甚至有的章节几乎是通讯、特写的文学化；受新闻性影响，热情于生活原样态的临摹，阻碍着作品进入高品位的审美层次。可以将这些缺憾理直气壮地推给当时严峻而沉重的历史思考和现实使命感，以至于作家无暇作艺术上的精雕细刻。——指出这些非同小可，它有助于前卫作家进入文学的更高境界，这是你的贡献。

周：我不知道冯毅要说的第二点贡献是什么，我以为，指出“经典道路”的局限性只是初步的成果，给出如何克服这种局限的路径才是贡献。你的文章给了。

冯：这正是我说的第二点贡献。任何一个企图成功的作家必有一块属于自己独特的文化栖息地。除此，作家的精神漫游就失去起锚地和支撑点；除此，作家就没有远航之后的归属。只有对特定文化地域的勤奋勘探，才有可能打通人类的共同精神。你指出了“前卫作家群几乎都有独具的文化领地，并透露出在此深掘的意向”。其实，这就给出了走出“经典道路”局限性的路径。这是比第一点贡献更大一些的贡献。

周：恕我直言，这一部分的论述显得表层，贡献不够大。前卫作家群从传统美德中汲取价值，汲取善的道义，汲取民族性格中隐含的生命魄力，寻求与当代生活的转化和整合相契，倘若借口现代意识现代道德，意欲将这群作家作品中的人伦道义的内容剔除出去，他们一些作品的美感将荡然无存。这就引发出另一个重要问题：特定的地域文化给前卫作家群以最初的滋养，使他们的作品获得了深厚的文化意蕴，但几乎同时也使他们陷入了一个共同的困境，如何打破“前结构”对自身的束缚，站到历史—社会—时代的高度去观察、去烛照人的灵魂？对此，你没有拿出有深度和高度的阐释，浮光掠影，不够深入。

我：是，是，我对此也是一知半解。我以为需要等待作家的创作实践。理论，只是对创作的总结，总是滞后的。

周：你这是回避评论家的责任。

冯：这个问题会引起争论，我们暂且放下。说第三点贡献。前卫作家是军旅作家，如果你的文章不能涉及军事文学，那将是件失败的事情。好在，你的第三部分展开了论述。指出：残酷而无情的战场，裸露出人的全部灵魂，为作家艺术地摄取，并因之加深对人、对战争本体的理解、逼近哲性的高度，迎来军事文学创作上的突破提供了难得的契机。但是，前卫作家在写出最初一批作品之后，相继突入了其他题材领域，战争似乎已经被消化完毕，表现完毕。——这里的“似乎”太重要了，为什么？你给出了答案。解决这些因素就会有革命军事文学大作品出现。你指出了张廷竹的《阿波罗踏着硝烟逝去》带来了革命军事文学的进步，说他笔下的战争英雄特质或价值标准不仅仅是道德的完善和实现，而是向战争文化性逼近了一步，升高到了道德哲学层次。尽管这是很初步的论述，但已经可算作贡献了。

我：还是马克思说得对，“艺术对象创造出懂得艺术能够欣赏美的大众——任何其他产品也都是这样。因此，生产不仅为主体生产对象，也为对象生产主体。”（《马克思恩格斯选集》第二卷第95页）

周：老毛病，骄傲自满。哈哈。作为在读研究生，能拿出这样的“见面礼”算合格。冯毅你说呢？

冯：有分量，合格。我前面已经说了，就是尖锐了些。

周：冯毅说你有“三点贡献”，那要看参照系是啥，前卫作家群从来没有被人这样解读过，没有参照，你是垦荒者，那你的每一个论断都是贡献。但是要放到当代文学批评的大背景下看，那你需要努力的余地就大得很了。尽管如此，我有预感，你可能因为你的《前卫作家论》而进入你期望的创作室工作，但你将来的成就可能会在对军事文学的思考与探索上，这篇评论露出了端倪。

冯：我也这样看。主客观条件在渐趋具备。

周：还差一点点，就是理论素养了。

我：兄长说什么我都听着。“成千成万的先烈，为着人民的利益，在我们的前头英勇地牺牲了，让我们高举起他们的旗帜，踏着他们的血迹前进吧！”（毛泽东《论联合政府》）中国的革命军事文学，更应该“踏着他们的血迹前进”！

在与两位学兄充分讨论后，我又对《前卫作家论》做了些修改，11 月 18 日，寄给了《文学评论家》。

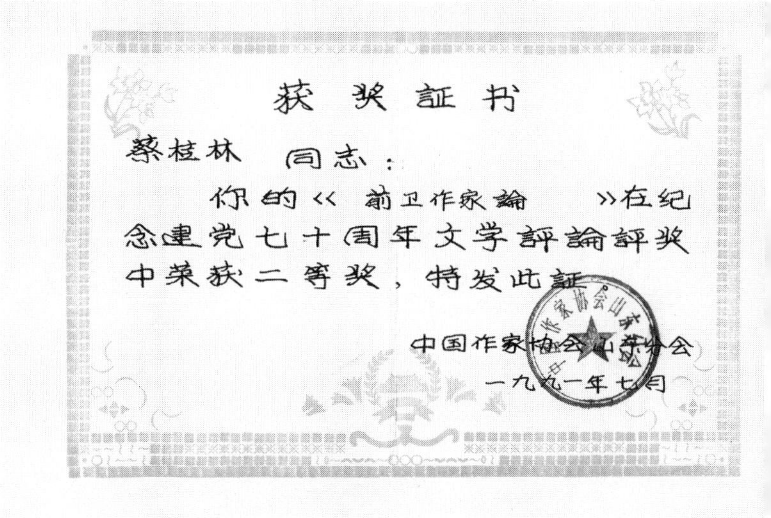
获奖証书

蔡桂林 同志：

你的《前卫作家論》在纪念建党七十周年文学評論評奖中荣获二等奖，特发此証

中国作家协会山东分会

一九九一年七月

《前卫作家论》获“纪念建党七十周年文学评论”二等奖 / 1991 年 7 月

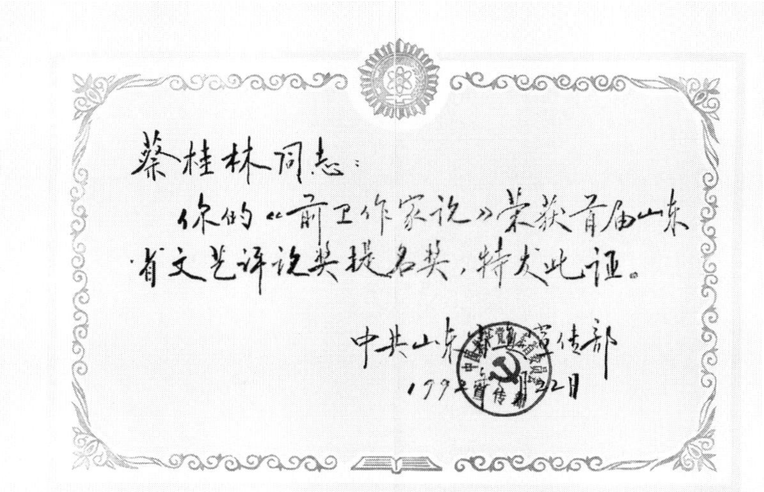
蔡桂林同志：

你的《前卫作家论》荣获首届山东省文艺评论奖提名奖，特发此证。

中共山东省委宣传部

199 2日

《前卫作家论》获山东省文艺评论奖提名奖 / 1992 年 5 月

《前卫作家论》是幸运的。它的幸运大部分是因为“前卫作家群”的名气、影响太大了，对其的综合研究太少了，太薄弱了，很需要客观、深入的研究；其次是《文学评论家》主编李先锋、责任编辑王光东都是热爱文学、热爱文学评论的人，他们在主编任孚先先生的带领下，把文学评论当作事业追求、经营，对中国文坛保持着高度敏感，《前卫作家论》到了他们手中，命运就可想而知了。转过年来，1990 年第二期，《文学评论家》发表了它，接着它进入了多种文学评奖。

与李存葆同志在一起 / 常州 / 1994 年春

对一所大学的留恋是从收拾行李开始的。

我不想离开。但，不得不离开。毕业了。

校园带不走，食堂带不走，图书馆带不走，教室带不走，电影场带不走，老师带不走，小师妹带不走——哦，这个好像有人可以，但我不可以。

一所大学真正改变了你的东西，正是你可以带走的东西。

大学改变了我什么?

改变了我看人生、看世界的眼光。

这眼光可以带走。

最好的老师有三种：第一种，你想砸钉子，他立马递过来一把十分合手的锤子；第二种，你想要黄金，他立即给你变换能点石成金的手指；第三种，你想看风景，他立即给你打开一扇窗。在华中师范大学，我遇到的就是这样的好老师。

最值得从大学带走的不是知识，而是眼光，或者说，是看人生、看世界的姿态。

我带着，告别了桂子山……

研究生毕业了，获得文学理论·文学评论硕士学位，顺利进入了济南军区政治部创作室，成为专业文学创作员。

怀念大学生活，书山攀越，知海冲浪，强身健体，固本清源。尤其怀念与冯、周相处一室的日子。他们扎实的功底、严谨的治学精神、敏捷深刻的思想，给我以潜移默化的影响。我们三人性格各异，有人概括说，一个老谋深算，一个左盘右算，一个精打细算。虽未必准确，但的确看到了我们性格中有特点的某些方面。我们各自独立又精神互补，度过丰富而愉快的大学生活。

困惑于社会现实、文学现实，一旦理论解释了这种困惑；关注于某种文学现象、某位作家作品，一旦从理论那里得到启示；都会焕发出巨大的创作力量。而且，没人强求，不知从哪里忽然来了一种责任感、使命感：理论批评本身承担着引导读者以不断更新的思维角度与新的审美观点欣赏作品的义务。研究生后半学期，特别是进入济南军区政治部创作室这军人的“阵地”之后，我开始了在“文学评论写作三年规划”指引下的第一波冲锋。

文学作品也是产品，符合生产与消费的一般特征，马克思说“没有生产，就没有消费，但是，没有消费，也就没有生产。因为，如果这样，生产就没有目的”。“产品不同于单纯的自然对象，它在消费中才证实自己是产品，才成为产品。”“消费创造出新的生产需要，因而创造出生产的观念上的内在动机，后者是生产的前提。”（《马克思恩格斯选集》第二卷第 94 页）

文学作品作为产品与物质产品的消费与实用，是有区别的。从存在的形态看，物质产品的属性是物质的，是超阶级的；文学作品的属性是精神的，属于精神产品，有着无法抹杀的、鲜明的倾向性，在泰安抄录过的郭因的《艺廊思絮》里辑录着无数无可辩驳的证据。从消费的角度看，物质产品随着消费者的使用或享受，或快或慢地渐趋消失，而精神产品则不同，它一经产生，不会因为谁的使用而磨灭，不会绝对地随时间的流逝而消失，“它们能为一切民族一切时代所了解，垂垂百世而不废”（丹纳《艺术哲学》），特别是它会成为一种客观存在的观念形态，这种形态激起的社会反映又具有多样性和不稳定性，会对消费者中产生这样那样的影响。精神产品的这种特性，要求它的生产者要有比物质产品生产者更自觉的社会责任，更神圣的使命担当。

从哲学的角度出发，文学是对有缺陷的社会的一种补偿，是对理想的一种追求。任何作家都不可以像对待物质产品那样对待这样的精神产品。作家永远有责任使世界变得美好；“正义”是美德，而且，这种美德永远不会受时间地点的限制；“世纪病”与其说是一种“疾病”，不如说是一种软弱的逃避。

站在这样的立场，结合文坛现状、作家创作实际，一气写下了四篇“作家无可回避”：《题材取向：作家无可回避》《世界观：作家无可回避》《使命感：

作家无可回避》《时代感：作家无可回避》，相继发表在《人民日报》《解放军报》《文艺报》和《解放军文艺》上。

丹纳在他的《艺术哲学》一书中指出："时代的趋向始终占着统治的地位。企图向别的方向发展的才干会发觉此路不通；群众思想和社会风气压力，给艺术家定下一条发展的路，不是压制艺术家，就是逼他改弦易辙。"由此说，题材取向，作家无可回避。

世界观，说到底就是对世界的总的看法，而作家采用的创作方法则是作家把握主客观世界的一种方法，你之所以这样把握而不那样把握，无可置疑地是受到了世界观的制约。作家只有凭借世界观的引导，才可能再现自我及客观世界。世界观与创作方法是内在统一着的。有艺术标准，但没有纯艺术标准，纯艺术标准从来没有存在过，今后也不会出现。与之相应，绝对超功利的文学也是不存在的。文学注定只能在功利与非功利两者之间寻找自己美的位置。历史在铸造衡量文学作品优劣高下的尺度时，必然地、大量地掺和进"世界观"的元素。世界观，作家无可回避。

虽然文学属于"那些更高地悬浮于空中的思想领域"，但作为上层建筑，它由经济基础决定，并对经济基础具有反作用。它的反作用主要体现在通过艺术产品影响人的精神状况、道德面貌，继而推动社会，变革社会。责任感、使命感在这里应运而生，成为社会意识形态之一的文学的内在要求。作家借艺术形式感受的，想用自己艺术手段创造的，都是作家所处时代所特有的、崇高的、有历史意义的本质内容，成为"时代的文学和精神的历史"（高尔基），表现出强烈的倾向性。这倾向性不是别的，就是思想内容，就是作家的责任感、使命感凝成的晶体。因了这种晶体的存在，创造和提高了作品在文学史上的地位。使命感，作家无可回避。

时代对艺术的要求和艺术对时代的满足，两者交融构成一定时期的主要审美特征。作家的创作，依凭这个特征方能进入文学的历史。一部中外文学史，是文学随着生活变化和时代前进而不断发展的历史，是时代对文学的要求与文学自觉满足时代的演变史。文学必须表现世纪的兴趣和时代的精神，最好作品都在精神和形式上带有那个时代的烙印，并满足它那个时代的要求，"文学……就其本质来说，它不能不是时代愿望的体现者，不能不是时代思想的表达者……

只有那些在强大而蓬勃的思想的影响之下，只有能够满足时代的迫切要求的文学倾向，才能得到灿烂的发展”（《车尔尼雪夫斯基论文学》上卷）。时代感，作家无可回避。

《新闻与成才》，1990年第六期，发表流清河的《在两个永恒的交叉点上——记青年评论家蔡桂林》，基本上小结了我从战士到硕士的心路历程。

“流清河”，噢，穿上“马甲”啦？穿上马甲照样认识你！

你是王健。

我与王健渊源很深。

我们同一年兵，同在陆军第七十八师，我在师直属防化连，他在步兵第二三二团。我快离开师战士报道组回连队准备考学时，他来接我。相聚一周，甚欢。——这是我们之间的第一次交接，如果算得上是交接的话。

他少言，聪慧，坚定，所有的主意都在那双敏锐的眼睛背后隐藏着；小个，是他的智慧使他显得高大。

我考入后勤干部训练大队，毕业留下。他踩着我的脚跟也考来了。相聚在后勤干部训练大队，更欢。

他毕业时，也留在了后勤干部训练大队。在我离开后勤干部训练大队时，是他接下了我在政治处分担的那摊工作。——这是我们之间的第二次交接。

这让人感到命运的神奇。

在两个永恒的交叉点上（流清河）/新闻与成才/1990年第6期

神奇在后面。

我离开后勤部政治部宣传处去泰安第八十八医院工作，他又踩着我的脚跟从后勤干部训练大队调入后勤部政治部宣传处，接下我在宣传处分担的那摊事。——这是我们之间的第三次交接。

面对命运，除了敬畏和感慨，我们还能说什么？

此后五年，天各一方，为各自的理想孜孜追求，兢兢奋斗，用心关注对方，但疏于联络。

研究生快毕业时，我到《解放军报》社文化部实习。一个晚上，很晚，我离开文化部办公室回招待所休息。在招待所的走廊上，竟然遇到了他，王健！他自济南军区后勤部政治部宣传处，到《解放军报》社通联部学习，准备调入。

我们不约而同地惊呼！

我们的惊呼扰动了一层楼，住客们纷纷探出头来，以为发生了什么事。

这就是我与王健，三接四合，上帝，怎么解释！

这一次“合”，他为我写下了《在两个永恒的交叉点上》：……已拥有了青年文学评论家头衔的蔡桂林，神采更加飞扬。目视前方，畅想未来：历史是永恒的，我们无法重新经历；未来是人生的地平线，也是永恒的，永恒在我们眼前，我们能够把握的就是连接这两个永恒的现在，我们就站在两个永恒的交叉点上，向每一天挑战，使每一天变得富有，我们就同时拥有了历史和未来……

——读过这篇专访，觉得通篇只有“在战士报道组时，见你写的稿子，也没有太出众的地方”是王健的，其余的文字属于“流清河”。

第一波冲锋下来，收获颇丰。同事们、同学们、朋友们多有表扬，称高产，称劳模。实在不敢。

不是不想，是不敢。我心里有一个高产、勤奋的参照在：因《少年天子》获得茅盾文学奖的女作家凌力。

在共同参加“剑门蜀道历史文学笔会”时相识，被她无从抗拒的魅力所吸引，并由此生出深深的敬重。

凌力老师，原姓郑，一个老红军的珍贵血脉——郑黎力。

风华正茂的年纪，她和她的兄妹跟随着转战南北、驰骋疆场的父亲荣归江西故里，深情地探望抚育滋润了中国革命的坦荡诚朴的“老表”们，也去谒拜安息于地下的郑氏祖先。

她怎么也没想到，她和她的母亲，被拒绝到祖先的墓地去献上思念和敬意，在祭祀祖先的碑铭上，镌刻着父亲和兄弟的名字，却没有母亲和自己。因为，是女性。

望着走上山冈清一色的男性背影，正值绮年的郑黎力近乎被激怒了。

既然郑氏祖先蔑视女性的虔诚，自己还姓“郑”做什么！她从母亲——重庆学运领袖，一位坚强、高尚的女性——的名字里取出一个“凌”字，保留自己名字里原来有的那点“力”，于是“凌力”诞生了。几十年之后，这个名字进入了中国长篇小说最高奖茅盾文学奖获奖作者名单。

“小蔡，把手伸过来，让我给你看看手相。”

数日笔会，我们相熟，在去九寨沟的路上，凌力这样对我说。

凌力架上眼睛，俯于我展开的掌上，一副老中医号脉的神态。许久，嘴里念念有词：明察秋毫之末，囊括四方之气，纵横一代之才。

闻之，我双眼流光溢彩。不是为她透出我似真似幻的命运，而是为她的语言。它使我想到了她的借助捻军将士的英灵，借助捻军苦斗的历史，来讴歌已经长眠于地下和仍在人间坚持战斗的人民英雄的长篇历史小说《星星草》，想到了之后她的清宫三部曲之一的《少年天子》，想到了《少年天子》中文人士子聚散的章节，

与凌力女士在四川广元 / 1992 年 5 月

福临与学士、词臣、爱妃、高僧相处的章节，人物谈文论艺、赋诗顾曲、学佛参禅的章节，笔酣墨饱，挥洒自如，遣词用语之雅驯，洋洋乎流溢出的古典气息书卷气息，令人心醉、叹服。这是非浸润于中国历史文化的作者所不能道的。眼前的她，出口便是这种浸润着历史文化韵味的语言：它成了她的生命现象吗？

自川回到北京，我急切地登上六里桥八一电影制片厂某幢宿舍楼的高高层楼，叩开凌力老师的住处，去寻找答案。

三尺书案在我面前铺展开她瑰丽的人生风景。唐诗宋词披阅烂熟，一部《清史稿》上，圈、点、杠、线将它点化成活着的生活。捧起一摞稿纸，就是捧起了史无明载而是从她胸腔里流出的顺治帝福临与董鄂妃乌云珠的感人爱情，捧起了塞外风云江南秀色；拾起几片纸页，便又是拾起“汉人的文明被满蒙尚武精神所加强，而满蒙的野蛮又被汉人的文化所开化”的人文理想，拾起了活在历史深处的一个少年天子、一代权贵、一个时代的心魂……这每一页薄纸上都浸润着凌力老师的心血。为写《星星草》，有了十年古史文化的熏染；后调入中国人民大学清史研究所，又有了十年更加强烈的古文化的浸泡，就这样，她成了中国历史文化的活的载体；就这样，她写的历史小说，站在了历史和文学之间；就这样，她用她的历史研究实践和文学创作实践凝练出一句至理名言：历史著作要写历史上曾经发生过的一切，而历史小说要写历史上可能发生的一切。

我记起了九寨沟喀松朗宾馆里的一幕：天方启明，黛色刚勾勒出藏族九寨流畅优美的曲线，凌力已经坐到了喷水池边的条凳上，背诵《漱玉词》。听人介绍，这是她的“每周一诗”节目。每周背熟一首古诗词，二十年风雨无阻，近千首古诗词在她脑海里翻腾！她的每一部作品无疑都是这种勤奋和意志的交响——这就是一个历史小说家作家之所以辉煌的道路，它用持久不懈的勤奋铺就！

与凌力老师相比，我还算高产嘛？还算勤奋嘛？还敢称劳模嘛？

我坚信：任何一个人的成功，一定有自己所不知、所不及、所不能的功夫在！

凌力老师的厨艺精湛，四菜精美，一汤鲜绝。离家很久了，在他乡，面对窗外西三环的流光溢彩，品尝到了母亲的味道。美味佳肴，仿佛是历史与现实置于一炉的脍炙，亦如她的《晨鼓暮钟》，亦如她的《倾国倾城》。

锋锐又见

深秋，1990年，出山：从第八十八医院办完所有调动手续，到济南军区政治部创作室报到。

深秋，1986年，进山："下去调职"，来到第八十八医院，泰山用她博大的胸襟容纳了我。

从院长政委，到普通的医护人员，直至卫生员战士，每一个人，都给了我温暖、理解和帮助。这里的一张张脸都让我感到亲切、感动，令我无比留恋；这里的一个个名字都镌刻在我的记忆深处，不可磨灭。是这种温暖、理解和帮助，疗治了我的伤痛，使我挺立如初，健康如始。

四年，整整四年，我在泰山修心修行，生命在这里扎扎实实地拔节，怎样估价泰山在我生命里的意义都不为过。没有泰山的护佑，没有泰山的滋养，我的人生缺少的不仅仅是爱情、友情、真情，而意味着整个人生的历史一定会全部改写。

泰山，我的福地。

我没有什么可以回报泰山，唯有对她心怀永远的感激。

我没有什么可以回报泰山，唯有对她心怀无尽的思念。

北京，一位主管意识形态的重要领导，从我的第一波冲锋成果（我想，主要是那些"无可回避"和《对非理性文学的理性思考》之类的文章）中看到了我的"革命性"，把我看成了"炮手""先锋"，或者说具有"培养"成"炮手""先锋"的潜质，征求我晋京的意见。他的秘书把电话打到了我所在的创作室，找到了我的主任李存葆。

这时，我惊讶地注意到，我有心有意踏入的文学评论的领域充满风险，充满是非，这里不是荆棘丛生就是一片沼泽，没有一寸坦途。凡是耕作于这个领域，并通过自己的思考在理论上发出独立声音的人无一例外地成为争议人物，甚至陷入囹圄终身受羁，车尔尼雪夫斯基遭流放，卢卡契被锁入俄国人的囚车……尤其是在社会思潮错综复杂、尖锐激烈的时期，尤其是在政治斗争、思想批判空前繁多的国度。文学批评实在是勇敢者的事业，是勇敢者在咆哮的思想海面上冲浪，是勇敢者在密集的理论弹雨中冲锋。

存葆深吸一口烟问我：怎么想？

我：我想是他们误读了我。现在是建设时期，不再是革命时期，如果不放弃革命的思维，一心一意搞建设，那是对民族、国家有罪。我的文章，无一不是竭力站在科学的立场做出的理论思考，与大批判有质的区别。我不是他们要找的人。

存葆再吸一口，再问我：这可是一次进京工作的好机会，更可能因此而飞黄腾达。

我：更大的领导找过您，您放弃了。为啥？为什么要劝我？马克思曾经慨叹：法兰西不缺少有智慧的人，但却少有骨气的人。这话像是对今天的中国说的。做个有骨气的人吧。

存葆掐灭烟，将烟蒂使劲摁在烟缸里，边捻边说：对！很对！

……

我对好的文学批评家的理解是：真切、独到、准确地记述批评家自己的灵魂在杰作中游涉的经历，冒险的经历。当然，这种经历折射出时代真情实感的历史。这里的游涉和冒险，都是崭新思想诞生的必经之途。这里强调批评家“自己的灵魂”就是强调批评家的个性。没有个性的批评家，我们宁可不要。批评家要以个性为支撑去攀登耸立眼前的两座高峰，一座是隐秘的作品和更加隐秘的作家的心灵，一座是浩瀚的读者和更加浩瀚的社会，达到意义的普遍性。

我对好的文学批评的理解是：它等于小说，是批评家用批评家的方法将小说重写一遍。这种重写并非可有可无，它挖掘出了小说的魅力、意义和力量，丰富了人的精神世界，加深了人对人本质的理解。如果说小说等于自传，作家思想自传、情感自传、心灵经历自传，那么，文学批评也是自传，不同点在于，文学批评更大程度上是批评家以作家为题目“传”自己，如同作家在对生活的体验和表现中融进了自己一样，评论家在对作家（作品）的体察和阐释中融进自己，所领略到的是与作家铢两不差、远较于读者深刻的创造的欢喜和痛苦。

我对作家和一般读者为什么要文学批评的理解是：因为好的文学批评可以将作家和读者自己呈现于自己面前，发现自我；好的作品能够将我们自己呈现于自己面前，而好的文学批评有助于这种呈现，让你领略到人生路径上的各种风景。只要作家和一般读者想了解自己，发现自己，那么，就断然离不开好的文学批评。

我想做一个好的文学批评的写作者，而不是假借“文学批评”的名义伤害文学，假借“文学批评”的名义毒化社会。无论谁，也无论开列多么诱人的条件，我都不假借。让法兰西有智慧的人去吧。老家城隍庙墙上挂着一把巨大的铁算盘，时刻清算着人的善恶。我怕经不起这把算盘的最后结算，人生成就变成负数。

北京，我想去，但不是这个样子去。

安居了，乐业了，要个“小猴”的条件、时机已然成熟。

翻江倒海的妊娠反应之后，终于有一天，妻子平静地靠在几乎黔驴技穷的我的胳膊上，两颊有红云朵朵，声音异常柔顺温和，指着在我看来没有一丁点儿变化的肚皮说：该为他起个名字了。

妻子妊娠反应平复之后出奇的娴静，使我觉得我自己有救了。在她酸甜苦辣涩都不要单单要臭豆腐的日子里，我感到的只是女性的崇高伟大，和男人无助于她的无能与渺小：是你使她这样的，而她这样之后你又没有本领为她减轻点什么。

是的，是该为他命名了。

我从不怀疑世界上父母对孩子博大的爱，但我同时也不怀疑这爱中包含着武断和蛮横。自己的名字自己都没有权利选择，而是由父母在自己完全不能参与的时候被确定，跟着自己一辈子，这公平吗?

妻子眯眼一笑，笑得璀璨：这是你的一种理解。在我看来，取名是一种文化现象，包含着父母对孩子期待和祝愿。

噢噢，你还挺“文化”的。我故意戏谑着妻子：我姓蔡，如果是女孩，就叫蔡花；如果是男孩，就叫蔡籽。如果是双胞胎，就一个叫蔡花，一个叫蔡叶；或者一个叫蔡籽，一个叫蔡根。返璞归真，土到极点便是美到极点。这就是我的期待。

妻子大笑，笑得珠落玉盘。直到听我说“小心笑动胎气”方才一噎一噎地收敛住。

小名叫蔡汤或者叫蔡包子。

儿子 / 济南仲宫 / 1992 年 5 月

这回她笑得捂着肚子满床打滚。

好长时间，她回过气来，说：对这些名字，你可以做返璞归真的理解，别人也可以作俗不可耐的理解。名字不仅关系个人，更是一种社会符号，要考虑到孩子的自尊不被伤害。所以，我否定你以上的全部提议。

那么，来点祝愿吧。孩子，你叫蔡刀，砍尽世间不平；或者叫蔡谱，使每一个看到你和呼唤你的人，都是满嘴油乎乎、甜丝丝的。

春风撩起轻柔的窗纱，清丽的月色洒满我们的寝室。不远处，亭阁角铃响得疏朗，为我们的言谈打上富有韵律的标点。

思路不错，想象力也好，可以围绕“蔡”做文章。对了，菜怎样才能长得壮实茂盛?

我几乎不假思索：离不开土、水、太阳。

有了！妻子惊喜地大叫一声，拊掌站起：叫“涅”。

蔡涅！

当妇产科主任将张着雏雀般小嘴号啕，近乎小老鼠样的东西，从手术室抱向婴儿房，从我面前走过时，我心里重重地叫了他一声。

从此，我们成了三口之家。

比起名实际得多的问题接踵而来了。首先是妻子的奶水不足，必须辅之以奶粉。于是，最讨厌广告的我，立即成了“广告迷”，边涮尿布边侧耳谛听电视广播中的广告，欲为儿子选择上好的奶粉。

儿子，请喝，这是获得轻工业部优质产品奖的“浪花”牌奶粉。这可是“宝宝的珍品，母亲的福音”。是父亲的什么广告上没说。

可小东西不买账，他不懂也不管获过什么奖，只是用舌尖顶出胶质乳头，嗷嗷大哭：拒食。

儿子，儿子，来了来了，这是获省部优的“华丹”牌奶粉，名扬全国。

小东西依然不买账，宁可饿得到处张嘴，就是不肯吸吮这“省优国优”，还不时大哭。十来斤的娃子把我们折腾得精疲力竭。望着眯着眼使劲号啕的小崽子，妻子无助地流泪。

不得已，我奔赴北京寻找其他品牌的奶粉。在王府井副食品商店发现一种专为喂哺健康的初生婴儿而配制的 LACTOGEN（力多精），又在前门商业大厦发现了 NAIN（能恩）。五十元一公斤呵，这对月薪不满百元的低收入的贫贱夫妻意味着什么，我是清楚的。但为了祖国的花朵、革命的接班人，也就豁出去了。

难道这么点小东西也知道“崇洋媚外”？我们按配制方法调匀，小子先咂吮了两下——试试是不是“浪花”“华丹”——便大吸起来，天真、纯洁、可爱。吮饱吸足，呼呼然睡去，那份恬静，使父亲母亲的疲惫劳累悄然融化。

1991. 4. 27.　文艺报　·理论与争鸣·　·3·

论时代对艺术的要求与艺术对时代的满足

·蔡桂林·

论时代对艺术的要求与艺术对时代的满足 / 文艺报 / 1991 年 4 月 27 日

沾上一点西方的东

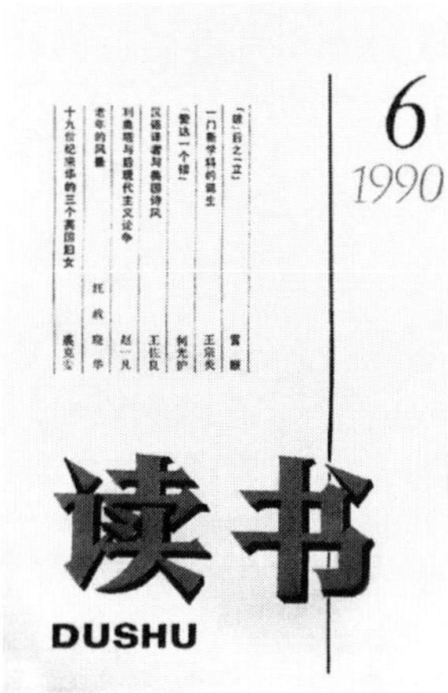

新视角／读书／1990 年第 6 期

文学的时代感探说／解放军文艺／1990 年第 8 期

西，儿子就开始闹“自由化”：日益不服襁褓的捆绑，手舞足蹈。他为松绑而呐喊。我们是通过反复试验才明白他的意思的。舒展开的胳膊，一会高举过头顶，一会伸向两侧，一会又在胸前“擂鼓”，妻子说：小变形金刚。他冲妻子无声地笑着，笑得我们心花怒放。

收获到这份稚趣，便有无尽的情意在怀中荡漾开来。我和妻子不约而同地对视，几乎同时想到，她姊妹仨，我姊妹五个，一个生活在普通工人家庭，一个长大在穷乡僻壤，当我们在襁褓中时，我们有没有享受到这份被理解、被尊重的自由呢？不要以为婴儿不懂这些，他的直觉灵敏得很，他能感觉得到。因了这份感觉，就可能在未来的性格里少几分执拗，多几分美好。

“小孩的尿布就用你们两口子的旧军装做。”岳母这样说。我问为啥要用旧军装做？岳母答：“我的同事说军装做的尿布避邪。”我：“怎么会？”岳母：“军人是干什么的？军装能不避邪吗？”

儿子能吃能喝能拉，一天三十多块尿布，洗得他爹腰酸背痛。“买几块一次性的尿布吧。”妻子理解地建议道。我买了，八毛钱一块。一昼夜按用十块算，两个人的工资还不够垫小子的屁股。“一次性”用不起。只能传统育儿。若晴天还好，一方方经我浆洗洁净的尿布，在充满阳光的阳台上，饱吸太阳的光泽，在习习的风里轻轻摇曳，炫耀着自己的神圣使命。遇到阴天雨天就苦了我矣。早晨晾出去到晚上还湿了叭叽。每遇到这种情况，我就得拿出电熨斗，一块一块地把它们烫干。灼热如镜的熨斗底面一接触到湿尿布，便有一团热雾腾起，带着点儿顽固的尿臊扑向鞠躬尽瘁的我，熏得我摇头晃脑。哼着摇篮曲的“工头”不知什么时候从什么地方站到我的身旁：“儿子的什么东西都不脏。”还摁下我高贵的头颅：“闻一闻、闻一闻，适应适应。你难道就不能从这中间闻到一股甜丝丝的清香吗？”

闻到了，闻到了。我又在妻子做了母亲后变得深幽了的双眼的注视下，烫一块，再烫一块……世上还有爸爸好，有爸的孩子赛金条……我不时为这单调枯燥的劳作配上歌唱，把父亲的爱意熨进儿子的尿布里。

初生孩儿日新月异。原先准备的衣服不几日明显小了，需要不断更新。那些做工精细、镶边绣花的各色儿衣，不时就盈集了几箱，留着又不准生二胎，弃之令人惋惜。忽有一日，我突发奇想：我们把这些衣服统统保管好，等到儿子长大考上大学的那一天，我们将它们张挂出来，便可极其明了地看清一个人是如何从蒙昧走向成熟的，而且，这每一件衣服上，都凝结着父母对新生儿的挚爱，倾注着我们的一往情深，这是对孩子最生动形象的教育。

妻子称赞：好想法。蔡湦服饰展览，还可对外开放哩，我敢断定，每个人从它面前走过，都会产生各种联想，受到教育。

一向缄默寡言的老母亲插话了：你们一个已经大学毕业，一个是研究生学历，都该记住你们的父母对你们的养育之恩的。如果记不住，那只能怨我们没有留住你们曾经穿过的衣服？

我和妻子都愕然。

是的，每个为人父为人母的人，也曾为人子为

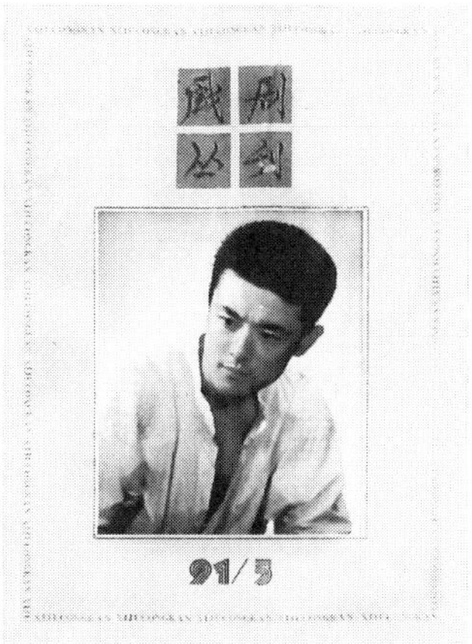

大气磅礴写精神——七场话剧《共产党人》读后 / 戏剧丛刊 / 1991 年第 5 期

否定之否定的螺旋式上升——论张洁及中篇新作《红蘑菇》/ 时代文学 / 1991 年第 6 期

翻译《人民日报》1990年4月3日刊载的散文《浩浩7000阶》/法文版文学刊物/1992年第1期

真情的意象组合——读阿民的处女诗集《琴之涅槃》/当代文坛/1992年第3期

人女,你要让你的孩子记住的自己付出的那份辛劳,你的父亲母亲都曾付出过,自己记住了没有?

从此,我和妻子为儿子所做的一切不再刻意,一切自然而然。一种沉默博大融化掉了些许虚荣、些许肤浅、些许做作,开始走向父亲母亲的真正位置。同时,我们的父亲母亲在我们的心中获得更高的位置。

尚没有做一个真正的父亲,不要言深沉;尚没有做一个真正的母亲,不要谈博大。

此间的文字,大多是在熨完尿布后写下的,自然也就渗进了“一股甜丝丝的清香”。

小子拒喝“浪花”“华丹”告诉我,写文章要警惕挥笔即来的东西,拒绝挥之不去的东西。

面对稚儿净化心灵的微笑,思想在纯美的天空驰骋:哲理,不在哲学书上,它在活生生的生活里,是生活的净化,或是向生活的深层的发掘;象征不是拾来的比喻,更不是神秘,象征不过是生活本来意义的延伸;不纵观历史巨幕的色彩变化,就调不准认识此时此刻的生活色彩,只有把生活中的片段放在巨大的历史整体的背景下认识,才能感受到它的全部内涵,才能敏锐地分辨出它的最大价值……

夏写三伏,冬书寒九,终于书写出了献给小崽子周岁的礼物——文学评论集《文学的当代思考》出版;有了献给小崽子三岁的礼物——文学评论集《苦恋的激情》出版。

“行行复行行,一生一渡船;始终不懈怠,总可达彼岸”的虔诚、认真、不辍,感动了“上帝”:在出版两部文学评论集后,有了数十篇评论文字在国内多种刊物上获得了生命;《中国流失生纪实》

参加“全国陶渊明学术讨论会”合影 / 湖南常德 / 1992 年 3 月下旬

前排右八文艺理论家、《文学评论》主编敏泽；右九常德市委书记庞道沐；中排左四何西来；后排左九蔡桂林

（长篇非虚构文学）、《蔡桂林文学评论选》获得了生命……

——这是在“文学评论写作三年规划”指引下的第二波冲锋。

文学的当代思考·序

陈宝云

去年的某天，丛正里同志对我说，军区创作室有位搞评论的青年想同我见见面，我顺口应之曰：“欢迎。”但同时脑子里却冒出了一连串的问号：军区创作室的同志，我大都知道，有的还很熟，怎么从来没听说有搞评论的？评论是被人认为“没出息”的人搞的，这位青年何以要加入这“没出息”的行列呢？我知道，军区的创作力量是很强的，甚至可以说是强手如林。莫非他选择评论是有意回避与强手们的竞争？……我一面责备自己的孤陋寡闻，一面产生对这位青年的好奇和想一见他的愿望。在一个落雪的日子，正里同志带着他来了。他原来是一位细高挑儿。经过正里同志的介绍和他的自我介绍，我知道他是江

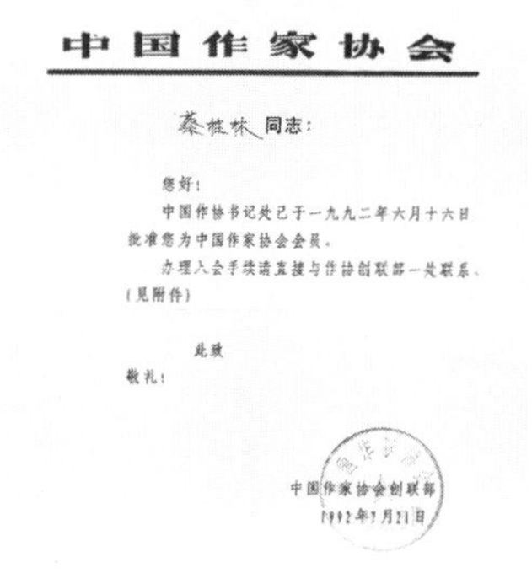
中国作家协会

蔡桂林同志：

您好！

中国作协书记处已于一九九二年六月十六日批准您为中国作家协会会员。

办理入会手续请直接与作协创联部一处联系。（见附件）

此致

敬礼！

中国作家协会创联部

1992年7月21日

中国作家协会批准蔡桂林加入中国作家协会会员函 / 1992 年 7 月 21 日

文学的当代思考 / 黄河出版社 / 1991 年 10 月第 1 版

南人，操着一口浓重的苏南腔，是毕业不久的研究生，才刚过三十岁。至于别的方面，比如他的价值取向，他的学术思想，他的审美趣味，他的思维方式，乃至他的身世，因为没有深谈，均不得而知了。这次见面，他给我的印象是：知礼，精明。今年初春，在一次文艺问题的座谈会上，我听了他的发言，感到他是一位有头脑、有见解的青年。后来，在另一次学术会议上，他的发言给我留下的还是同样的印象。至于他的文章，此前读得极少，有的读了也没大入心，因此，就说不上有什么看法了。

以上就是我与蔡桂林同志极有限的交往中所留下的零星的印迹。

最近，他编了一个集子叫作《文学的当代思考》，要我写序，我因此对他有了更多的了解。

他是行伍出身，在济南军区长期从事新闻报道工作，写了大量的新闻报道。后来——，后来因故调动了。但他的上进心极强，经过刻苦自学，考取了王先霈教授的研究生，踏上了文学评论之路。

我问他，何以要搞评论？他说，一是自己的逻辑思维比较强；二是评论能将自己对人生对社会的感悟最直接地表达出来；三是自己的生活道路发展的结果。说完之后，他又赶忙纠正说，这第三点应该是第一点。对于他的纠正，不免使我暗自发笑，笑他“迂”，笑他未免太“逻辑”了。

选择评论，他有自己的考虑；评论要搞成什么样子，他有自己的追求：真诚、准确、深刻、独到。在交谈中，我边听他的说明解释，边惊诧于他对评论的高度自觉，惊诧于他的追求目标之高。

评论诚然是要真诚的，但要真正做到真诚却绝

中间陈宝云；右二蔡桂林 / 济南 / 1991 年 3 月

非易事。

试问，那些棍棒式的批评，吹捧式的批评，广告式的批评，应酬式的批评，“玩”式批评，它们有什么真诚可言？

不说这些，就是那些正派的批评，能够完全做到真诚的，恐怕也是很少很少的。评论者出于这样或那样的考虑，往往将真诚露一点儿又藏一点儿，有时难免说点言不由衷和言不及义的话。这，我想，只要将评论家们对作品的私下议论，同他们写出来的文章比较一下，就不难看出他们真诚的折扣。

但不管真诚怎样地难以做到，评论总还是要真诚的。因为评论也是心灵的产物，而失去心灵的评论，那算什么呢？它岂不成了“今天天气，哈哈哈”了吗？桂林为自己提出真诚的要求，这是起码的要求，也是极高的要求。至于在真诚的基础上，进而做到准确、深刻、独到，更可见出桂林的心高志远了。

集中精力看完了他送来的十多篇文章，使我不仅看到了他朝着既定目标努力奋进的身影，也看到了他的为人，他的才气，而我也从中得到了不少启发。

这些文章，没有应酬和应制之作，也没有赶浪头和追时尚之作，都是认真之作，是感之于“物”触之于心而又发之于作的。它们都是真诚之作。不管是“论”还是“评”，作者都在力求出新，在努力寻求新的视角，运用新的观念

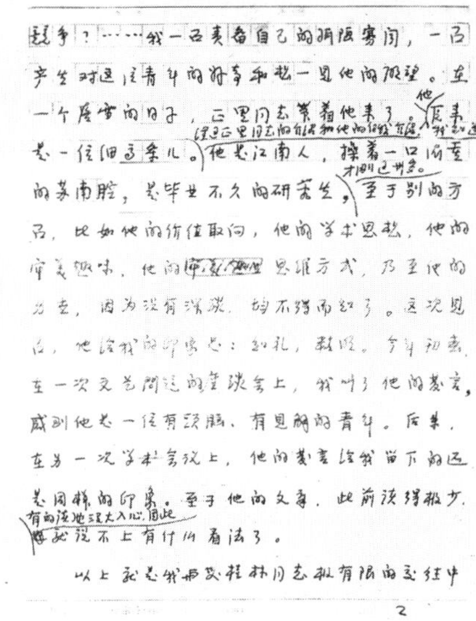
竞争？……我一面责备自己的孤陋寡闻，一面产生对这位青年的好奇和想一见他的愿望。在一个春雪的日子，云里同志带着他来了。他原来是一位细高条儿。他是江南人，操着一口浓重的苏南腔，是毕业不久的研究生，才调这州来。至于别的方面，比如他的价值取向，他的学术思想，他的审美趣味，他的思维方式，乃至他的为人，因为没有深谈，也就不得而知了。这次见面，他给我的印象是：知礼，谦逊。今年初春，在一次文艺阅读的座谈会上，我听了他的发言，感到他是一位有头脑、有见解的青年。后来，在另一次学术会议上，他的发言给我留下的还是同样的印象。至于他的文章，此前读得极少，有的读也没太入心，因此也就说不上有什么看法了。

以上就是我对蔡桂林同志极有限的交往中

2

陈宝云先生手迹 / 1991 年 9 月 21 日

苦恋的激情 / 香港天马图书有限公司 / 1993 年 1 月第 1 版

和新的述语，进入新的层次，因而大都给人以新鲜感。作者在追踪时代，然而却没有时下流行的“现代病”。他爱析理辨义，但不抽象，不空洞，更不玄虚。他的“论”，以理为经以创作实践为纬，他的“评”，往往是从作品中抽出问题，以问题为轴析理作品。他批评作品，能直言不讳，提出问题，能不避时尚。在行文上，他爱单刀直入。所有以上这些，都是一个搞评论的人很可宝贵的。

1991 年 9 月 21 日济南

人生历练的理性关照

序蔡桂林文学评论集《苦恋的激情》

黄国柱

我们的文学正在经受空前的劫难，专事文学评论者生存更是难乎其难。然而，桂林却不像许多其他的同行那样“困惑”和“浮躁”，他似乎保持着一种平静如水的稳定心态，或沉入书斋，发奋用功；或四出考察，行色匆匆；总是心中有数，循着一定之规，显出了一种与他年龄仿佛并不相称的冷静和老练。因此，当他在一个宁静的深夜，用他沉稳的嗓音打电话告诉我，他将又有一本评论专著出版的时候，我一点也不惊讶，仿佛一切早在计划和预料之中。

几年来，尽管商品经济大潮汹涌澎

与黄国柱在一起 / 江苏金坛 / 1994 年春

湃，包括军事文学在内的整个当代文学遭到了前所未有的冲击，作为专业评论家，蔡桂林也曾创作了一些纪实性的报告文学、散文作品，但他把主要的精力投注到了军事文学理论和创作现状的研究、评论中去，并取得了令人瞩目的成果。较之于去年出版的《文学的当代思考》，本书无论是理论的深度，还是视野的广阔，以及思想的犀利、敏锐等，都有了长足的进步。尤其像其中的《中国军事文学走向深化的理论探索》《冲突·悲剧·理性与非理性——中国军事文学审美特征谈片》等，显示了桂林作为文学评论家的成熟，其深刻的见解当会给处于徘徊中的当代军事文学以积极的启示，亦在军队创作界和社会上产生了较大的反响，当属难能可贵。

较之我国军事文学的历史和整体而言，研究和评论一直是一个比较冷落的萧条的领域。长期以来，除了军队文艺界的领导和一些军队报刊的编辑之外，以军事文学研究和评论为专业者似近于无，不仅系统的理论建树无从提起，即便是“应景”的功利任务都难以完成，更谈不上评论研究队伍的建设了。新时期以来，一批具有较高学历、受过高等教育和系统专业训练的军人大学生进入这个领域，极大地改变了军事文艺研究和评论的队伍成分，亦给军事文学研究和评论带来了蓬勃的生机。桂林作为其中的一员，首先显露出来的是知识储备和理论素养的优势。这一点，对于我国当代军事文学的研究和评论至关重要。可以说军事文学领域长时期内是极“左”政治统治最严密的领域之一，其影响

论文学对历史人物描写的新变 / 山东社会科学 / 1993 年第 2 期

闯海去！ / 文学世界 / 1993 年第 2 期

之大之深，从许多军队文艺家的曲折命运可见一斑。除了被歪曲的马克思主义毛泽东思想文艺理论的“指导”，军队文艺创作和研究，几乎没有理论可言。因此，一些评论家提倡“学院式”“学者化”的批评，未尝不是医治“左”的创伤的一剂良方。在这方面，桂林具有积极的实践态度，在军事文学的一些最基本的理论问题上做了自己的开拓性努力，对“传统伦理本位意识”“战争观念”等，都提出了自己独到大胆的见解；在《走出“泛政治化”怪圈》等文章中，桂林所主张的科学化、学术化、理论化的文艺批评，对当代军事文学更具有着很强的现实针对性，可惜的是，这一点至今还未在军队文艺界引起足够的重视，“泛政治化”乃至长官意志不按艺术规律办事等仍有相当大的市场。因此很需要提倡桂林的这种理论的犀利勇气。

桂林具有很好的艺术气质，他的许多文学评论文章本身便是美文。这当然和他经常写散文不无关系，但主要的还是出于他的艺术敏感。对作品，他有很细腻的感受能力，能够较准确地把握作品内在蕴藉，并用美的方式加以表达，这和一些评论作者的枯燥无味、毫无鉴赏力形成了鲜明对照。我向来认为，有些人天生就是艺术家，哪怕他从未写过一篇作品；有些则永远进不了文学艺术的殿堂，哪怕他著作等身、汗牛充栋。根本的区别就在于二者艺术鉴赏力有着天壤之别。而优秀的鉴赏力则是成为一个优秀的评论家的先决条件。文学艺术是一种情感的运作，冷酷无情者、工于心计者、伪善者一般无法成为杰出的作家、艺术家和评论家。桂林的评论文字包含着情感的热力，而又用较为冷峻的理性

“蔡桂林文学评论讨论会”部分与会人员留影 / 济南 / 1993 年 3 月

《文学的当代思考》《苦恋的激情》两部文学评论集出版后，3 月 26 日，济南军区文化部和《文学世界》编辑部在济南联合召开《蔡桂林文学评论座谈会》，来自全国各地的作家、学者、记者 40 余人相聚一起，畅所欲言，对蔡桂林文学评论的思维与个性、风格与方法等进行了热烈的讨论。

前排左起：《解放军报》社陈先义，《作家报》社魏绪玉，《解放军报》社黄国柱，山东师范大学宋遂良，《人民日报》社王德颖，《北京日报》社刘晓川，山东作协任孚先，山东师范大学朱德发，中国社会科学院文学研究所何西来，济南军区政治部创作室丛正里，山东大学孔凡今，山东师范大学吕家乡、袁忠岳，山东作协李丽莹。

后排右起：常州市作协冯光辉，《常州日报》李寿生，《齐鲁晚报》谭傲男，常州市作家张晓娟，常州市作协黄瑞康，山东大学王怀林，《山东文学》王兆山，山东大学高旭东、陈炎，《大众日报》社冯慧君，济南军区政治部创作室蔡桂林，山东作协王光东；后排左一山东师范大学张光芒，左二山东师范大学孙鸿雁，左三山东教育学院史挥戈，左四济南军区政治部创作室周大新。

的面容出现，因而涨满某种内在的张力，既是一种写作的风格，更是一种批评的品格。

桂林瘦削，棱角分明，一如他的品格、气质和风度。不论西方的文论家们怎样强调“陌生化”和“间离效应”，也不论人们通常认为评论和创作之间有

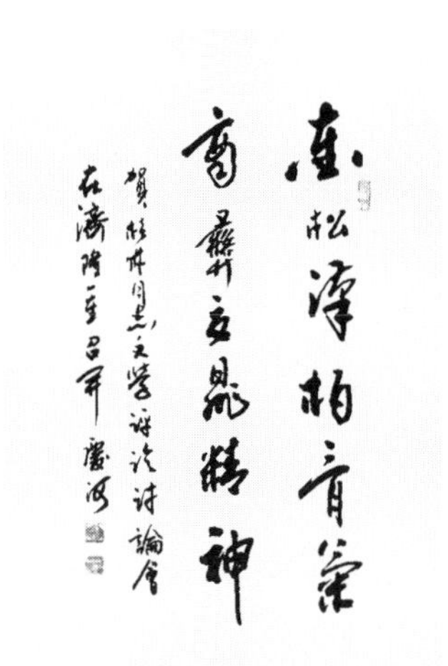

孔子直系后人孔庆河先生为“蔡桂林文学评论讨论会”题字

流失生的自白 / 大时代 / 1993 年第 5 期

多大的区别，我们以为，写作者从本质上并无不同。在他的笔下,凝聚着他所有的人生体验和人格历练，包括他对人生创痛的记忆和咀味。他用笔记录下他对作品、对事物、对世界的种种直接的和间接的认识和理解，绝不仅仅是表层的喜怒哀乐：漫漫长夜，春风秋雨,孤灯独对,漫卷诗书……人生消解在其中，人生的价值和意义也融汇在其中了。我相信桂林在孤寂的写作中找到了自我的支点，同时也找到了孜孜前行的力量的源泉。

桂林尚年轻。我欣喜于他的硕果累累的过去，更期待他的辉煌的前路。

1992 年 11 月 1 日于北京

收入本文作者评论集《圣土并不遥远》，军事科学出版社 1993 年 6 月第一版

在接受《常州日报》社记者倪露江采访时我说过：“是书，一部（步）一部（步），把我垫成现在这个样子。”

其实，该读书时没有读成书；知道读书重要读不成书,找到什么读什么,支离破碎。《名人的座右铭》出版后，《济南日报》记者林世童问我为写这部书读了多少书，我笑着回答：“一个立方！”其实，那不是真正意义上的“读”，而是“翻”，是“翻书”，寻找与写作《名人的座右铭》有关、能帮助写作这部书的内容，像吃水果，咬上一口就放下了，有的只读目录，有的只读内容提要和梗概，有的挑读其中的章节，是为了完成写作而“翻”了不少“特定”的书，读得很不从容，钻研进去、生发开来，远远不够。

此后完成了在职高等自学考试，取得了党政干部基础科大专文凭；到鲁迅文学院进修，考入华中师范大学读硕士研究生，要读的书是那么多，有积学分的压力，还有尽快出成果、拿着成果“找”工作的急迫，只能书海冲浪，只能集中轰炸，读得功利，读得虎头蛇尾。

严格而系统的理论训练是自己的“短板”。“水桶理论”告诉我们：一只水桶的容量，是由最短的那块板决定的。要提高水桶的容量，关键是补齐短板。

于是，谨记周行易学长“还差一点点，就是理论素养了”的教诲，集中时间和精力读理论书：马列毛邓著作；文学、美学理论著作；历史、历史哲学著作。“差一点点”只是周兄顾及我自尊心的委婉说法，实际上差得很多。一直补理论，一直补不足，可见理论有多难补，可见该读书时没有好好读书，终身得补。

作为对研读理论著作成效的检验，有意识地“为难”自己，连续写下了《论文学批评三种态度的鼎立》、《文学批评中介论》在我文学批评写作中理论性最强的文章，它寄托了我对中国文学批评建设的期待，表达着我对真正文学批评的理解，并在自己的写作中践行。

——这是我在“文学评论写作三年规划”指引下的第三波冲锋。

在第三波冲锋中，思考最多的是中国文学批评“泛政治化”这个最顽固的问题。

可以毫不夸张地说，整个二十世纪中国文学批评这头饱经沧桑、可怜的“小毛驴”，始终没有能转出“泛政治化”这条“磨道”。借着研读理论的勇气，结

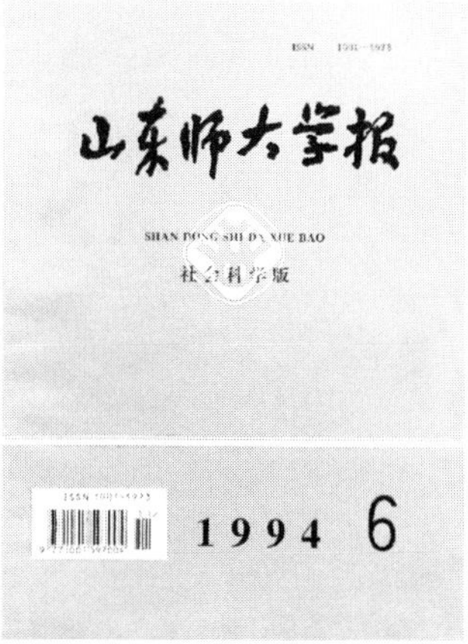

论文学批评三种态度的鼎立 / 山东师大学报 / 1994 年第 6 期

文学批评中介论 / 丝路学刊 / 1993 年第 2 期

ZUOJIABAO 作家报 第二版

·文艺短论·

走出"泛政治化"怪圈

——李瑞环在乌兰牧骑艺术节闭幕式上的讲话对文学批评建设的意义

蔡桂林

中国当代文学研究获奖作品简介

《奎曾、郭超文学评论选》

作者 奎曾 郭超

出版 内蒙古人民出版社

《时代文学》有奖征求封面

本版责任编辑：陈中华

走出"泛政治化"的怪圈 / 作家报 / 1992 年 9 月 12 日

合学习 1992 年 8 月 10 日中共中央政治局常委李瑞环在呼和浩特举行的内蒙古乌兰牧骑艺术节闭幕式上发表的重要讲话精神，结合中国文学批评的历史和现状，向"顽固堡垒"猛力开火，8 月 31 日疾书而成《走出"泛政治化"的怪圈》一文，寄托自己对坚持学术独立价值和追求真理的精神向往。

所谓"泛政治化"，是指一定的政治意识凭借政治权威力量对文学批评渗透，将其畸变为政治意识形态的另一部门，使文学批评学术认识活动直接成为为政治目的服务的特殊手段和方式，剥夺其自身的特点、追求、独立品格和独立价值，使之置于政治的绝对统辖之下，服膺于政治意识形态甚至政治权力，沦为政治的附庸。这有力地遏制着文学批评的自由发展和自由创造。

面对政治的渗透、控制和支配，也就是面对文学批评的"泛政治化"，文学批评或成为廉价颂扬的琴师，或成为"大批判"的重炮，或成为"息邪说，辟异端"的射手，丧失了应有的独立、科学品格。

当然，这并不奇怪。这是中国传统社会"行政权力支配社会"（马克思）的特点在文化上的必然反映，继而合乎必然地辐射向了文学批评领域。把一切都政治化，整合成政治一体化的文化模式，即"政教合一"，这是中国传统社会的文化基础和心理基础。

早在“五四”新文化运动中，现代思想文化的先驱们已经觉悟到这种文化模式对中国文化发展的束缚和戕害，对之发起过无情且猛烈的抨击。指出“政教合一”之恶果“盖有四焉：一曰损坏个人独立自尊之人格；一曰窒碍个人意志之自由；一曰剥夺个人法律上平等之权利；一曰养成依赖性，戕害个人之生产力。”（陈独秀《东西民族根本思想之差异》）

在拆解“政教合一”的同时，深刨导致“政教合一”的主要原因，以期达到釜底抽薪的目的。“五四”文化猛士们认为原因在统治者借助政治权威的力量，将某种文化思想“圣化”成定于一尊的文化偶像，比如“二千年来所谓学问，所谓道德，所谓政治，无非推衍孔二先生一家之说”（钱玄同）。

任何一种文化思想，即便是包含着很多积极因素、具有极大发展前途的文化思想，一旦被政治权威“定于一尊”，供人顶礼膜拜，成为文化偶像，不仅蕴含于自身的文化生机因此遭到窒息，而且，无形中阻遏文化的发展和社会的进步，还会将正常的文化、思想、学术等方面的分歧当作政治分歧对待，并会用政治手段去解决分歧，必然导致文化专制主义和文化蒙昧主义。梁启超对此做了深入的鞭笞：“倘若拿一个人的思想做金科玉律，范围一世人心，无论其人为今人、为古人、为凡人、为圣人，无论他的思想好不好，总之是将别人的创造力抹杀，将社会的进步勒令停止了。……我中国千余年来，学术所以衰落，进步所以停止，都是为此。”

“五四”新文化运动的前驱对“泛政治化”的批判是猛烈的，恩格斯对启蒙学者的论述几乎也是对中国“五四”新文化运动这批前驱的概括：“不承认任何外界的权威，不管这种权威是什么样的。宗教、自然观、社会、国家制度，一切都受到了最无情的批判。”

尽管如此，“五四”新文化运动的前驱们并没有能彻底走出“泛政治化”，以至七十余年后的今天，中国的知识界还得为“文学批评的净化”（谢冕）呼吁，还得为“走向一种学院式的批评”（王宁）努力。

1992 年 8 月 10 日，中共中央政治局常委李瑞环在呼和浩特举行的内蒙古乌兰牧骑艺术节闭幕式上发表重要讲话。他实事求是地指出：长期以来，我们有些同志对文艺的功能、文艺的目的和文艺的标准，存在着片面的理解。文艺有娱乐、审美、认识、教育等多方面的作用。文艺的根本任务，是满足广大的人民群众日益增长的文化生活的需要。实践证明，对艺术作品简单地、片面地、过分地强调姓“社”姓“资”，强调思想政治教育作用，就不能很好地坚持“二为”方向和“双百”方针，很难做到“古为今用”“洋为中用”。

李瑞环同志的讲话对中国文学批评走出“泛政治化”的误区、建设现代科学意义上的文学批评意义重大。它不仅接通了与“五四”文化精神的内在联结，并且从外部环境上使我们得以把中国文学批评置于严肃的学术环境和氛围中，为中国文学批评从政治功利中剥离出来，形成自己的独立品格，在此基础上实现现代的政治参与意识，即以“自己的”方式和现代品格参与政治提供了可能。

余下的问题是，我们的文学批评家自身能不能举起“两面刃”，“砍”向外部的同时，更多地“砍”向自己，“砍”断自己与传统价值观念联结的脐带，将自己从政治中剥离出来，从姓“社”姓“资”的纠缠中解脱出来，彻底站到文学批评科学化的立场。

世界文化史的事实告诉我们：打破“政教合一”文化模式，是现代文化建构的起点。当然也是建构真正文学批评的起点。在中世纪的西方，“只知道一种意识形态，即宗教和神学”（恩格斯），“泛神学”构成西方文化的典型特征。宗教通过教廷、教会及宗教裁判所渗透、影响并控制着政治、道德、文艺等各个文化领域。是文艺复兴、启蒙运动的巨子们通过对“泛神学”的激越抨击，把文化各领域和精神认知活动从宗教一体化钳制下独立出来，“教会的精神独裁被摧毁了”，“明快的自由思想，愈来愈根深蒂固”（恩格斯），才打下现代文化的坚实基础，才为文学批评开辟出一条通向现代的道路。

于是，我们必须深入叩问“五四”新文化前驱没有最终走出“泛政治化”的原因。对之未竟文化宏愿的原因叩问，本质上就是在寻找今天的中国文学批评由传统向现代转型的切实道路。

可以将原因如一些学者所论述的那样，归之于中国近现代社会紧张的民族矛盾和阶级斗争，使中国知识分子把注意力更多地集中在当前急迫的社会政治问题研究和讨论及实践活动，可以归之于此起彼伏的社会革命、政治斗争以及随之蔓延开来的各种政治思潮的不断冲击。但是，这只是问题的一个方面。同样重要的是，“五四”学人及后继者们，在提倡“政教分离”和追求学术独立的历史进程中，几乎不可避免地涉及对专制政治的批判，这使他们兼具“文化批判者”与“政治批判者”的双重角色，可是，鲜有能在对“泛政治化”批判中将“政治”与“文化”区别开来者，更多的是在实施政治批判时让另一种政治越俎代庖，取代或等同于应该有的文化建构，自身陷入了“泛政治化”的轮回；同样重要的是，中国知识分子具有浓厚的追求功利政治的文化传统，一代又一代的知识分子对政治具有深入骨髓的亲和力，驱使他们自觉自愿地、不由自主地参与政治，附会政治。就文学批评而言，历代热衷拔高其社会政治功能，其间固然有“载道”的悠久传统，但更深层隐含着以文学为媒介介入社会政治，以弥补文人与政治的疏离、以抬高自身的地位和价值的目的。

因此，不仅政治执掌者视文学、文学批评为政治的附庸、工具，文人自己也大多热衷委身于此，以依附于某种政治功利为终极价值。

翻检二三十年代以来特别是六七十年代直至今天盗用文学批评名义、汗牛充栋的大批判文章，有几篇不是出自文人之手？！可以用“违心”一词为自己辩护，但同样回避不了屈从、依附、趋奉于政治权威的实质。

如果没有知识分子或自愿或被迫或受骗上当或忘乎所以的参与，就不会有此起彼伏、经久不息的各种政治运动、政治批判及政治斗争。

由于中国知识分子价值信念须附会于社会政治活动才得以实现和确证，这“海妖”般诱惑着知识分子在政治的海面上翻船，使他们不但不排拒“泛政治化”，相反在适当的机遇趋奉。一遇政治的尖锐复杂期，总有人的“文学批评”或改头换面或干脆直截了当投向政治的怀抱，淋漓尽致地发挥出或“琴师”或“重炮”或“射手”的功能。

“五四”学人实施批判时，举起的多是“单面刃”，向外“砍”去，诸如打倒凌驾于思想和学术之上的文化偶像、反抗专制和愚昧等，忽视向“自我”“砍”来，“自我”恰恰是“政教合一”活的载体，以至以反载道始，以载道终；以至文学批评转不出“泛政治化”的“磨道”，跳不出怪圈。

我们反复强调走出“泛政治化”的拘囿，并不是要文学批评钻进象牙之塔隔绝于政治隔绝于社会，也不意味着淡化文学批评的参与意识，我们甚至认为文学批评关怀和参与政治的热情正是今天应该保持和光大的传统。“我们总是希望并努力争取充分发挥文艺的思想政治教育作用。”（李瑞环）但任何哪怕是很优良的传统，不经深刻的理性思考便不能克服它与社会发展的矛盾，便不能整合进现代文化的结构和观念中使其发挥积极功能。

我们之所以强调走出“泛政治化”这或许是宿命的轮回，还在于要求文学批评建立起不依附于政治权威的文化价值观念，以思想自由的原则和独立的人格面对政治，在此基础上形成现代的政治参与意识。文学批评应该涉及其他，但不受制于其他。

中国文学批评走出“泛政治化”，二十世纪初学人的文化宏愿，由二十世纪末的学人来加以彻底的实现，也许历史显得过于曲折、漫长，但在我看来，仍然是值得庆幸的事。

以此文的发表为界，彻底了断了一些人想把我“培养”成“炮手”“先锋”的念头，一个专业文学评论文学理论研究者写作者的身份真正确立。

我不是一个人在冲锋。在我的冲锋路上，有着许许多多老师的提携，许许多多同志的相助，有着许许多多战友的同行，孔凡今先生是一位，宋遂良先生是一位，马瑞芳女士是一位，朱德发先生是一位，李衍柱先生是一位，丁尔纲先生是一位，王光东先生是一位，陈炎先生是一位，张清华先生是一位，谭好哲先生是一位，李夜平女士是一位，翟德耀先生是一位，袁忠岳先生是一位，吕家乡先生是一位，章亚昕先生是一位，王延辉先生是一位，王敏女士是一位，蔡宛柳女士是一位，施战军先生是一位，吴义勤先生是一位……《作家报》总编辑魏绪玉先生尤其是一位。

魏兄，以严师的眼光鞭策我，以兄弟的情意鼓舞我，以长者的胸怀包容我，使我在文学评论的道路上义无反顾，放手一搏；使我在人生的征途中满怀信心，勇往直前。

魏兄宽厚，温暖，以他的朴实和诚恳，团结了一大批优秀的评论人才。这批人才，以《作家报》为平台，激昂文字，指点文坛，成为中国文坛上一支活跃而正派的坚强力量。他们向“左”宣战，又不手持恶棍；他们警惕右，又绝不逞以“左”的做派。身体力行，高扬民主、科学的大旗，把握时代，紧跟时代，倡导着实事求是、追求真理的文学评论之风。《作家报》在魏兄时代，那是旷野无垠，极目楚天舒；沧海横流，水横大江阔。

幸运，我成为魏兄身边的一员，成为那时的《作家报》的特邀评论员。魏兄朴素的文学观，崇高的美学观，纯洁的价值观，真诚的人生观，都给我以深刻而持久的影响，至今绵绵犹在。

一本适时的醒世之作

评蔡桂林的《中国流失生纪实》

袁忠岳

桂林早对我说过，他写了一本反映当前学生流失情况的书。当时我就预感到这本书的冲击力，因为教育的现状太令人忧虑了，这几乎是有识之士的共识。

书不厚，也就是十万字多一点，但分量很重。这是一本材料充实、思考沉邃而又蓄满激情的书。作者是把问题放到宏阔的国际大背景上来进行审视的，看看西方，看看那些发达国家，教育被放在一个对国家兴衰举足轻重的地位上，何等地受重视！他们的高瞻远瞩来自实得利益的深切体会与对当今社会智力竞争紧迫性的认识，是教育使日本从战争废墟、蘑菇云阴影下站起，站成世界的经济巨人。经济上的差距根源于教育上的差距。正是在这样一种急起直追也未必能在短期内追上的落后状况下，我们还不得不面对大量在校生流失的无可奈何的现实。作者就是如此尖锐地把问题触目惊心地摆在我们面前，逼我们焦虑、促我们思考、催我们警觉。

这本书的最大特点是理性分析与激情的描述巧妙地结合，在以理服人的同时，以情动人。作者跑遍了齐鲁大地的每一个县市，再做了一

中国流失生纪实 / 中国少年儿童出版社 / 1993 年 8 月第 1 版

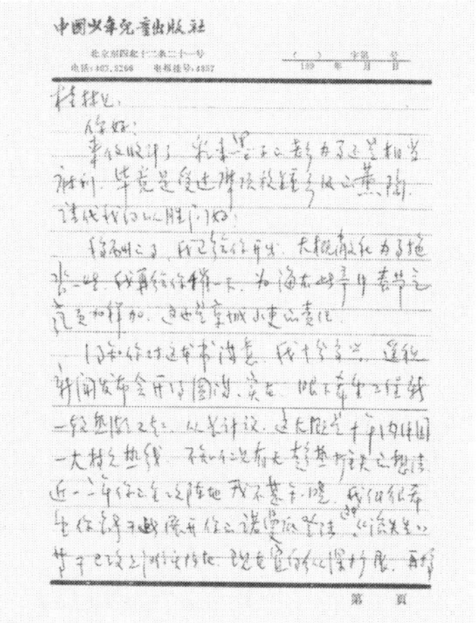
中国少年儿童出版社

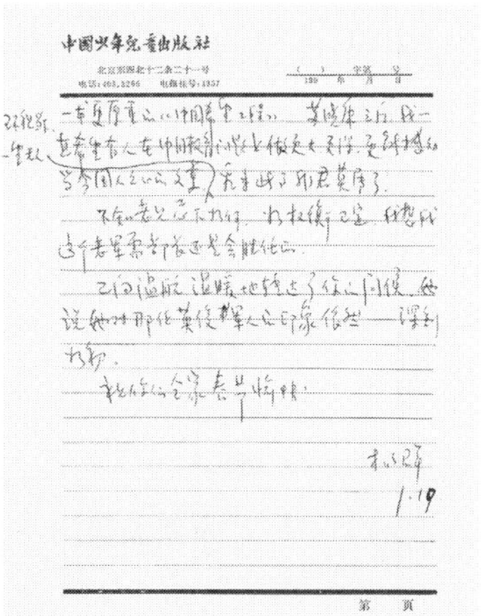
中国少年儿童出版社

《中国流失生纪实》责任编辑杨群致蔡桂林的信 / 1994 年 1 月 19 日

趟远征：自济南出发，郑州—长沙—南昌—福州—厦门—汕头—广州—昆明—贵阳—成都—兰州—西安，回到出发点。当桂林带着一张张各色面孔、一本本采访笔记，带着一摞摞资料、书籍、图表，带着各路风尘，回到他的三尺案头，落座在他的那张破旧篁藤椅上写作时，桂林对中国教育深深忧虑。也许，当年美国教育部长贝尔指派的民间团体“实现最优良教育问题全国委员会”起草的一份旨在批评美国教育的报告题目，颇能概括桂林此时此刻的心境：“国家处在危险中！”教育，尤其是青少年的形形色色的失学带来的后果，已经向我们亮出了黄牌！桂林在书中追问：难道我们能像唐山大地震后追悔地震前的种种反常迹象未被引起足够的警觉，导致无法弥补、挽回的人和财产的巨大损失那样，一定要等到若干年后教育失误的惨痛后果毫不客气地降临时，才来忏悔今天的麻木和短视吗？这可是比里氏七点八级地震更强烈的地震！这可是比地震带来的后果更为惨烈的后果！——穿云裂帛，振聋发聩！

也许是由于时间和任务的紧迫，个别地方可以看出匆忙的痕迹。但无论如何这是一本适时的醒世之作，被共青团中央等多家单位联合向全国青少年推荐为一百部优秀图书的备选目录也就不是意外的事了。一石激起千层浪，我们期待着对于祖国的希望与未来，能展开更大规模的救助运动。

《齐鲁晚报》1994 年 5 月 23 日第三版

悟性·学力和阅历

——谈蔡桂林的文学评论

何西来

我与蔡桂林相识，是在 4 年前。那时他正攻读硕士学位，听过我几次课，学位论文也经我辅导过。此后便很关心他的评论文章，凡能见到的，都要仔细阅读。去年，他的第一本评论集《文学的当代思考》问世，曾寄我一册。新近又拿到他出版的第二本评论集《苦恋的激情》。两本集子，大致包括了他近几年来的主要评论和论文，把这些文章，按时间顺序加以编排，既可以看出他逐步形成自己评论特色的轨迹，看出他的进步，也可以看出他心灵运动的轨迹，看出他的人生追求和审美追求。

蔡桂林有很高的悟性。它一半来自天赋，一半来自后天的磨炼。对于一个评论家来说，这是非常难得的个人素质。和他交往过的人，都会对他的机敏与活力留下深刻的印象，觉得他的脑瓜很灵动，很好使，反应快。其实，这只是他的悟性在日常生活中的无心的显露。表现在文学评论上，则是他能够非常敏锐地感应时代脉搏，捕捉文学潮流的起伏和走向，判断出评论对象的价值与特点。

蔡桂林把他的第一本集子叫作《文学的当代思考》，就可以看出他对时代感和时代精神的重视。这个集子里有一篇《文学的时代感探索》，从不同的角度论证了时代感对文学的重要。他认为，对时代感的强调，不仅不会违反艺术的规律，而且本身就是文学内在机制的要求。《使命感：作家无可回避》，《呼唤英雄》等文，也都是从这个角度落墨的。在第二本集子里，《论时代对文学的要求与文学对时代的满足》则是对同一问题的更深入一步的理论探讨。他的结论是："时代对艺术的要求和艺术对时代的满足两者交融构成一定时期的主要审美特征。"这样，时代感和时代精神就变成他进行文学评论时的一个重要的出发点和评价标准了。读他的评论文章，随时都能感受到时代精神的激荡。这在他，有时是理性深思的结果，有时则可能出于长期的积淀而来的直觉。

文学潮流的起落，常常反映了时代精神的变换，以及受这种变换所制约的审美趣味的嬗递。蔡桂林对某些创作潮流的追踪、勾画与界定，完全可以看作他感应与捕捉时代精神的一种延伸。在这一点上，他的《前卫作家论》最具代表性。他不仅勾勒出他

论九十年代文学理想 / 理论学刊 / 1994 年第 1 期

蔡桂林文学评论选 / 明天出版社 / 1994 年 2 月第 1 版

与何西来先生（左）、丛正里同志（右）在一起 / 1993 年 3 月 / 济南

眼里军事文学中的前卫作家群的共同特色，而且充分注意到了每位作家创作上的个人特色，并进行了中肯细致的分析。

蔡桂林有很好的天赋而不自恃。他有不可遏止的进取意识和勤学苦练的奋斗精神。在拓展自己的学习和阅历上，他是相当自觉，相当执着且不遗余力的。他把第二本集子取名为《苦恋的激情》，反映的正好是这样一种精神状态和追求。最初步入文学评论的天地时，他的文化水平不算高，他靠了自己的勤奋，靠了好学深思和锲而不舍的拼搏，终于获得了学位。刘勰曾有“积学的储宝”的名言，蔡桂林正是这样做的。由于知识的不断积累，他的评论也不断积累，学养的日渐丰富，他的评论也不断地攀上了新的台阶。比较他早些年近些年的评论，学术视野的拓展，文化内涵的增强，鉴赏判断力的提高，都是明显的。从具体作家作品的分析，具体问题的议论，到大的文学潮流的把握，再到较为艰深的理论问题的探索和论证，不难发现一条上行的轨迹；而这轨迹，正与他的勤奋同步。没有扎实的学养，向《中国军事文学走向深化的理论和探索》和《中国军事文学审美特性谈片》这样的论文，是很难写得出来的。

丰富的部队生活阅历，是蔡桂林从事军旅文学评论的重要立足点和参照系，是他灵感的主要来源，而新时期以来活跃的取得了巨大成就的部队文学创作，又给他提供了评论不尽的对象。为了更好地了解我们的时代和人民，他还自觉地把自己的生活积累向部队以外的更广泛的领域拓展。去年，他曾应中国青年出版社之约，为写一本反映失学问题的纪实文学，风尘仆仆地考察了近十个省份。除了评论，他还写散文和报告文学等。这一则拓展了生活的视野，做到刘勰所说的“研阅以穷照”；二则也好换个角度，用艺术家的眼光看取生活。这些都是不错的。蔡桂林曾表示：他还要进一步全面地展开自己的生命，去做时代的弄潮者。我预祝他成功。同时，也以更凝重、更深邃的人生境界和思想境界相期。

《解放军报》1993 年 5 月 11 日第三版

《蔡桂林文学评论选》代序

锋锐再现

三波冲锋之后，回过头来检视 1989 年于武昌桂子山上制订的“文学评论写作三年规划”，完全实现。无论是从实现的过程看，还是从获得的结果看，都比规划时的期望好。甚慰。

山东省教委授予的自学考试优秀毕业生（1984—1994）纪念盘

文学创作日新月异，文学潮流日新月异，实在是社会时代日新月异。在这样的流动不居面前，对文学的关注和思考，以及把这样的关注和思考记录下来的文学评论写作，不敢有丝毫的懈怠。任何的懈怠，都可能被这份职业所抛弃。文学评论写作像一条疯狗，紧追着为它服役的人不敢停下来从容地撒泡尿。

未曾来得及为收获喜悦，便开始了新的思考和写作。

东湖与博士的夜话犹在耳边：“要了解封建帝制结束之后的中国，首先要了解这个国家的军队性质；要了解这个国家军队性质，就要了解历史发展运动中的农民。从这个更宽阔、更开放的文化视角去观察军事文学，我想会有收获。”

这个判断是怎样得出的？

答案是：伦理道德是文化的核心价值。伦理道德的价值是其他文化价值的

授予蔡桂林同志济南市自学成才突出贡献者称号

山东省济南市高等教育自学考试指导委员会
济南市自学考试十周年评选活动办公室
一九九三年九月二十二日

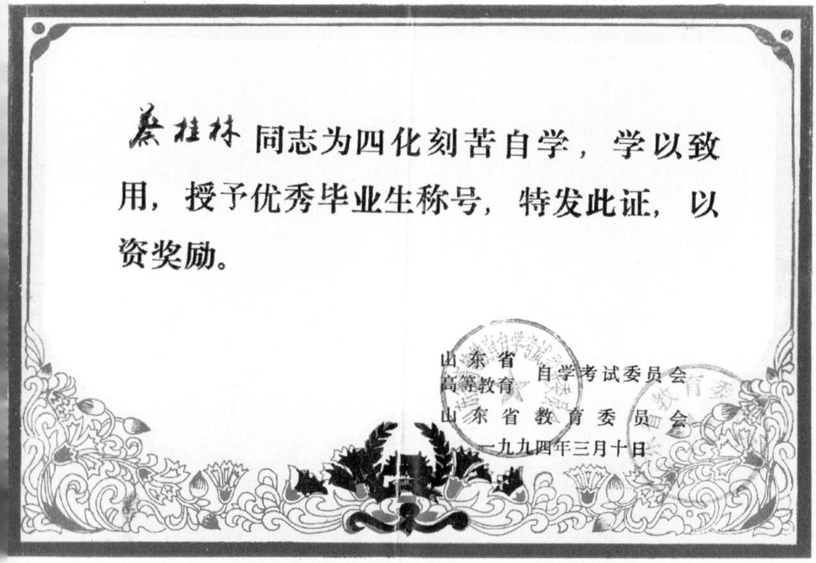

蔡桂林同志为四化刻苦自学，学以致用，授予优秀毕业生称号，特发此证，以资奖励。

山东省高等教育自学考试委员会
山东省教育委员会
一九九四年三月十日

济南市自学成才突出贡献者称号证书 / 1993 年 9 月 22 日
山东省教委授予自学优秀毕业生称号证书 / 1994 年 3 月 10 日

总裁官，也是文化价值的中央堡垒。农民，是文化中伦理道德最坚韧的承当者、最执着的体现者，几乎可以说，认识了农民，就认识了伦理道德，就轻而易举地突入到了文化的核心位置。农民是军队的主体，那么，军队文化的性质逐步清晰起来。

我是军人。对中国军事文学的理论探索是我的当然；我又是农民，农民的命运就是我的命运，对农民命运探索也是我的当然。

中国封建帝国庞大的政治、经济、文化基础，是农民的汗水、血水伴和着尸骨叠造和巩固起来的。

从秦帝国的初建和完成统一，汉唐帝国的强盛和播誉四海，宋元王朝的对峙和横跨亚欧，直到明清时代短暂的回光返照式的辉煌，数千年来，无不是靠一代又一代的农民用他们的赋税、劳役以及其间少有间断的血水的流淌来实现的。

农民，是中华民族的主体和中坚。如同春秋战国时期中国社会的变革一样，百年来的中国社会发生了翻天覆地的变迁。历史发展速率加快，科学技术发展、外来文化与思想冲击加强。然而，这一切并没有彻底改变农民问题是中国社会“第一问题”的地位，并没彻底改变农民问题还是中国社会变动、变迁、变革的决定性问题的性质。农民在中国社会的根太深、太长、太广，任何一项政策的正确与否，农民都是最后的裁判者；中国社会的发展或停滞，农民都是最后的决定力量。

农民的苦难、农民的哀痛，揪我心；农村问题、土地问题，撕我肺。

农民与土地的关系问题究竟如何更深层、更长久地加以解决？中国农村更宏阔壮丽的发展之路究竟在何处？农民命运怎样才能走出几乎是宿命的怪圈？

问苍茫大地，答案何在？

安徽凤阳小岗村那鲜红的手印，“家庭联产承包责任制”揭开了中国近代史上第六次“土地革命”的序幕！“一大二公”土崩瓦解，“人民公社”落花流水。新一代共产党人在板结的土地和更加板结的思想的“土地”上勇敢犁铧：将生产资料和生产力中最活跃的因素——人与土地完美地结合起来，解决僵化思想笼罩下农村长时间没有解决的问题。中国农民以其巨大的智慧，在深化改革的伟大历史进程中催生了一个崭新的模式——共有制，历史的巨笔书写出了“农民”“土地”崭新的历史篇章！从大姐夫、二姐夫、蒋书记、李锁福等来自老家的无数封信中，我听到了土地的欢笑，听到了土地上农民由衷的欢呼！新农村已变得十分葱茏的稻田和日益高耸起来的厂房以及五光十色的生活作证：它必定具有强大的生命力。因为，人的积极性、创造性在这种新的运作体制中，得到了空前的调动和发挥，农民的财富也在这种发挥中几何级数般增长起来，千百年来渴望富裕的梦想终于化成了现实。

我相信，农民的命运，将随这一次“土地革命”，发生不可逆转的历史性改变。包括农业户口、非农业户口，包括上山下乡算军龄……都将成为历史的陈迹！

农民，为自己、为自己的子孙们的“国民待遇”挣扎得太久了、挣扎得太苦了，必将得到历史的巨大补偿！——这将关系到农民帮助夺取的这个政权的

1993.6.19. 文艺报 ·作品· ·7·

黄河浊流

——中原沿黄地区拐卖妇女跟踪纪实

黄河浊流——中原沿黄地区拐卖妇女跟踪纪实 / 文艺报·作品 / 1993 年 6 月 19 日第 7 版

稳固，这将关系到国家的稳定、长治久安，这将关系到整个民族的命运和未来！

有了对历史发展运动中农民的认识，转过头来看农民占绝对主体的中国军队，看观照这样的军队产生的中国军事文学，许多原本不清晰的问题变得清晰，原本不深入的问题变得深入，产生了奉献出比学位论文更细致、更深入、更完满的对中国军事文学理论探索的成果的强烈冲动：“冲浪：在军事文学的海面”在脑子里渐趋成熟。

取名“冲浪”，示意这将是一部动态的文学考察，而非理论研究惯常的定式，取这个视点，也昭明它批评论的特点，不是本体论的性质。这样，大信息量、前沿性就成为它的必然。为了满足这个要求，我潜心阅读了古今中外上千万字的军事文学作品、战史文学及理论著作；动笔前的一个月里，翻完了中国人民大学报刊资料复印中心《现当代文学》《文学理论》复印资料二百四十本，了解军事文学理论被新时期以来的批评家理论家们推进到了什么位置，划出“冲浪”

的出发基线。

做完这些，开写。

写作《呼唤英雄》时的思考，写作《前卫作家论》时的思考，包括自鲁迅文学院进修开始的对“英雄主义”问题的思考，包括在济南军区后勤干部训练大队为编写教材看过的大量内部军事参考片特别是 1981 年华北大演习得到的启示，包括写作《写出崇高之美》（《前卫报》1983 年 8 月 7 日）时的思考……尤其是我的全部军旅生涯，一起涌至笔端。而长时间的理论准备，也成为写作它的强力支撑。

七十天，十八万字，《冲浪：在军事文学方面的海面——中国军事文学走向深化的理论构想》（后文简称《冲浪：在军事文学的海面》）轰然而生。

它涉及古今中外近五百部军事文学作品，初步展开的五十多部，重点论述的二十余部，以密集的信息量造成“海面”的辽阔，推托起“冲浪”者勇猛的身姿。

也就是“身姿”而已。理论思维必定采用分析方法。任何一种分析方法一般都是机械式的，而生活却不是一部机器，也不是镶嵌制品。把纯分析方法应用于精神活动，往往有歪曲精神活动本质的危险。这是“理论”的局限，也是“理论”的无奈。

我只是做了思考。用思考激活思考，在军事文学的海面上画下一道又一道思考的轨迹。我最根本的目的，就是要促使人们改变对熟知材料的理解和评价。完满的理论形态只能产生在思考之后，我们所处的这个时代的军事文学急需的还不是答案，因为它板结得年久日深，更需要思想的犁铧。

理论，是对一定历史时期文学现象的认识、解

冲浪：在军事文学的海面 / 山东文艺出版社 / 1994 年 3 月第 1 版

荣誉证书

蔡桂林 同志：

您所 撰写 的 冲浪：在军事文学的海面

荣获山东当代文学研究表彰奖。特颁发此证书。

山东省当代文学研究会

一九九五年十月八日

《冲浪：在军事文学的海面》获山东当代文学研究表彰奖 / 1995 年 10 月 8 日

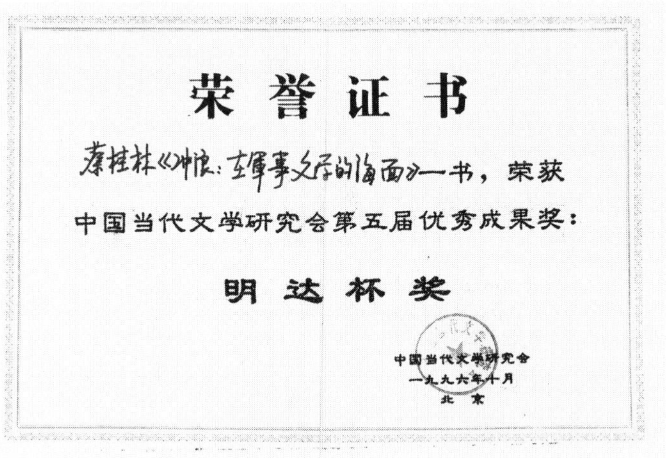

荣誉证书

蔡桂林《冲浪：在军事文学的海面》一书，荣获

中国当代文学研究会第五届优秀成果奖：

明达杯奖

中国当代文学研究会

一九九六年十月

北京

《冲浪：在军事文学的海面》获中国当代文学研究会优秀成果奖 / 1996 年 10 月

答和总结，意义在于能指导人们的行动、满足实践着的人们的根本要求。理论表达形态也可以是多姿多彩的，越是真理，其理论形态往往越朴素简单，与那种辩论“一根针尖上可以立几个天使”的经院式理论和烦琐哲学大异其趣。我用随“意”的、散文的笔调，记录“冲浪”的种种感受，形成一种开放架构，让每个阅读到它的人一起与之共同创造。

十八万字，阐释中国军事文学走向深化，其实，核心意思就是以下几行文字：人们总是“从他们进行生产和交换的经济关系中，吸取自己的道德观念”（恩格斯《反杜林论》）。就是说，人们的经济关系规范着人们的道德观念，然而，道德观念却规范不了历史的运动。我们的军事文学没有能跟上已经隆隆向前了的“历史的运动”，跟上“历史的运动”，就是中国军事文学的深化。

4 月 9 日，《作家报》在济南召开军事文学理论专著《冲浪：在军事文学的海面》座谈会，驻济作家、评论家、专家学者二十余人出席，来自山东大学、山东师范大学的五六位文学研究生也来了。

说是“座谈会”，其实是《作家报》召集各科名医圣手，来替我的文学评论写作文学理论研究情态号脉会诊。

会诊会开得热烈坦诚，积极中肯。整整开了一个下午，中间都没休息，直到薄暮时分才不得不结束。

我和主持会诊会的《作家报》总编辑魏绪玉，出席会诊会的山东大学教授、中文系主任孔凡今，《文学评论家》主编王光东等人一起走出会议室。

临近出门，孔主任停住，把几位靠近门口坐着的研究生介绍给我：这几位是我们中文系的研究生，思想活跃，才气横溢。

我诚恳地笑着向他们问好，同时回应：由孔教授的悉心教导是一定的。下午没有听到你们的诊断既是遗憾也是损失。

魏：就是，时间太紧了。

王：高秀芹，你现在说几句，夸夸老蔡。

叫“高秀芹”的学生满面笑意，青春洋溢：夸我不会哎，只会实话实说。在我哥哥那里，我看到了蔡老师的这本书，读了。

孔对我说：喔，他哥哥高旭东，你朋友。

高旭东，山东大学中文系最年轻的教授之一，青年思想家。这是我告诉你，如果我不告诉你让你猜，就高旭东的那黑、粗，加上久经烟熏火燎又不整齐的牙，你一准儿猜他是煤井矿工。

眼前这么端庄秀丽的姑娘怎么会是那样的高旭东的妹妹呢？我：不会吧？反差这么大吗？一个是彩照，一个是彩照底片？

大方开朗的高秀芹笑弯了腰。

好容易敛住笑，她接着刚才的话头：读过，印象深刻。文如其人。能感受到蔡老师对中国军事文学有一种坦荡的爱，但不是纯粹的欢喜；整部书势能汹涌，锋芒毕露，但没能节制有度；主题鲜明，文脉贯通，但思想碎片化……

我怔住了。一位在读研究生竟有如此犀利的眼光！她的三言两语竟如投枪，全部戳在我的软勒上，让我震动。

好个高秀芹！

5 月 26 日至 28 日，中国作家协会鲁迅文学院、济南军区政治部创作室、《作

《冲浪：在军事文学的海面》获中国当代文学研究会优秀成果奖奖杯（景泰蓝）/ 1996 年 10 月

《冲浪：在军事文学的海面》讨论会（常州）纪念盘（紫砂）/ 中国紫砂工艺大师工亚平设计制作 / 1994 年 5 月 26 日

家报》社、常州市文学艺术联合会联合在江苏常州市举行“蔡桂林文学评论讨论会”，来自全国各地的著名评论家、作家、媒体记者五十余人与会，对济南军区青年文学评论家蔡桂林的军事文学理论新著《冲浪：在军事文学的海面》做了热烈的研讨。

在商量确定这次讨论会举办地点时，主办单位多倾向北京。放在北京好处自然很多，但是，我力主放在故乡，放在常州。

放在故乡放在常州的好处更多。

那里是我的生命之源，也是我的文化之源，我心中的苦与痛、喜与乐，都源自这里。自己生命里的一场文化盛宴，应该是由这片土地托举。乡巴佬要堂堂皇皇地进一次城，进一次常州城。

最终，我的意见占了上风，四单位筹商达成了一致，讨论会落地常州市延陵路良茂大厦，期间参观金坛名胜。

老军人、原国家文化部副部长、著名文学评论家陈荒煤先生给讨论会寄来了书面发言；老军人、中国作协副主席、著名文学评论家冯牧先生参加讨论会并发言。

冯老是我将他从杭州接到常州来参加讨论会的。当时，他老人家正在中国作协杭州疗养院疗养。

我带着金坛县武装部的“现代”车前往。因为路线不熟，边走边问，抵达中国作协杭州疗养院时暮色已浓。我轻轻推开冯老住的房间

出席“蔡桂林文学评论讨论会”的部分同志参观常州天宁寺留影 / 1994 年 5 月 26 日

门，柔和的橘黄色台灯光在我眼前勾勒出一个苍劲挺拔的剪影。听到我的“报告”声，冯老头未抬，身未动，只是亲切地嘱我“稍等等，等我把这句话写完”。我近前看见，案桌上打开的正是我的拙著《冲浪：在军事文学的海面》，书页的空白处写满密密麻麻的批注。

次日晨，接冯老驶往常州。

车抵湖州境内，遇瓢泼大雨。恰时，迎面高速驶来一辆加长卡车，就在两车快要交会的一瞬，卡车后面突然蹿出一辆超车的载重车，按原方向行驶，必定相撞，后果不堪设想。万分危急中，我们的司机猛打方向躲避迎面的超车。超车躲过了，但我们的车冲出了路面，惯性猛烈，撞断了路边一棵碗口粗的水杉树……车被路边密集高大的水杉挡停了下来，没有翻入深深的壕沟。坐在副驾驶位置上带车的我，在看到对面卡车后面蹿出超车载重车的那一瞬，感到在劫难逃了。我的第一念想是“护驾”。我转身向后，但被车撞树的后挫力摁了回来……我瞥见了请来沿途照顾冯老的的常州中学许玲老师吓得脸色煞白，但冯老一脸安详。车停住后，冯老对着我甩甩胳膊踹踹腿，幽默地说：都灵，没事。许玲老师也缓过了神，祈祷：仁者平安；仁者逢凶化吉，遇难呈祥。

陈荒煤先生致《冲浪：在军事文学的海面》讨论会的书面发言

桂林同志：

因事不能前去参加你大作的研讨会，颇以为憾！匆匆翻阅《冲浪：在军事文学的海面》，对如何深化、提高军事文学质量，对今后军事文学创作的探索和期望，尽管我年老，精力时间都很有限，读的不多，我和你有些看法颇有相通之处。但是，我很遗憾，因读的作品不多，难以发表什么较准确的意见。

我同意你一个基本的论点：关键在于我们需要军事文学的杰作！而这个杰作，我认为是指文学的杰作：通过军事题材，塑造了许多生动鲜明、真实感人的各种典型，在人们脑海里留下难忘的战争中的“人”的形象。

战争是人类生活中不幸的最残酷的一种现象，也不论是战争的性质、规模、时间、地点以及各种复杂的因素，都会给各国民族的命运和前途带来巨大的灾难，都是一种最惨痛的悲剧；但是，正义的战争又终于推动了历史的前进。从历史的发展来看，一个国家和民族都难免经历种种战争，然而，经过战争的冶炼，使这个民族经历了残酷的考验，一代又一代的新人又终于站起来了，他们克服了战争带来的一切不幸和痛苦，经过艰辛的努力去获得新生，又谱写新的历史！

简单地说，战争可以毁灭许多许多生命、可宝贵的东西，但它终究不可能完全毁灭“人”——即使是一时毁灭了一个国家或一个民族，当这个民族还继续生存下去，它也仍然会重新站起来，更强盛起来。无数的历史证明了这一点——“人”，特别是经过战争考验和锤炼的人，终究是我们历史前进和发展中最宝贵的力量！

文学是人学。军事文学其实更是一种特殊的人学！

如果说一个人的生活与成长——实际上也就是一个民族国家的生存与发展，终究是不断考验和冶炼的过程，那么，还有什么比战争更能考验和冶炼“人”呢？“人”的价值岂不是在战争的考验中更显得辉煌、灿烂么？

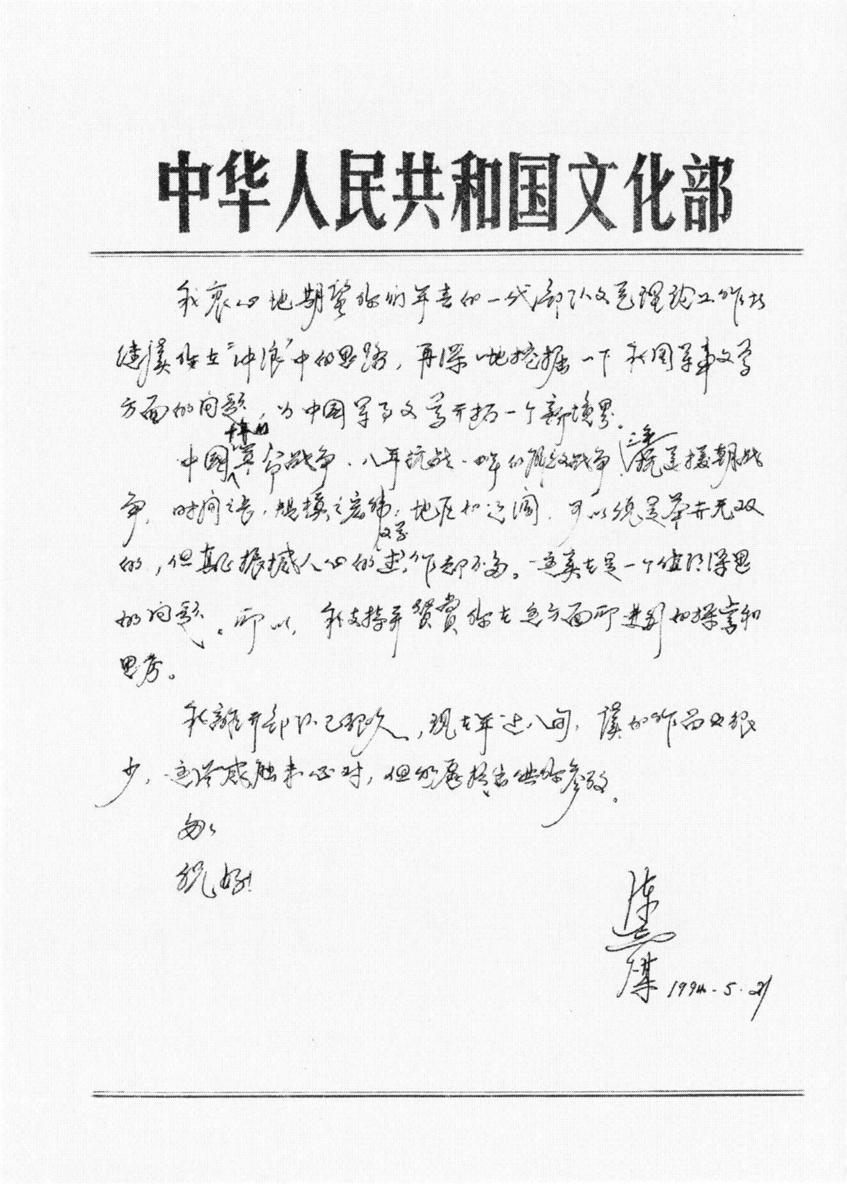

中华人民共和国文化部

我衷心地期望你们年青的一代部队文艺理论工作者，继续在"冲浪"中的思路，再深入地挖掘一下我国军事文学方面的问题，为中国军事文学开拓一个新境界。

中国十年内战的革命战争、八年抗战、四年的解放战争、三年抗美援朝战争，时间之长，规模之宏伟，地区之广阔，可以说是举世无双的，但真正文学震撼人心的杰作却不多。这实在是一个值得深思的问题。所以，我支持并赞赏你在这方面所进行的探索和思考。

我离开部队已很久，现在年过八旬，读的作品也很少，这些感触未必对，但你愿提出供你参考。

勉之

祝好！

陈荒煤 1994.5.21

陈荒煤先生致蔡桂林的信 / 1994 年 5 月 21 日

因而，军事文学的价值，既需要反映历史的真实——特别重要史实，本质不能虚构、颠倒、混淆，但是，作为文学的价值，真正的杰作，关键还在于写出人们在战争烈火中折射出来的心灵的闪光，创造出在战争中的各种人物（从普通一兵到将军，从将军到统帅）生动感人的形象，多层次地多侧面地去反映战争的全景！

军事文学，反映战争的题材，不只是为战争写下事实的记录，写下战争的过程和经历。不少详细地反映某一战役和某一战争时期的作品，也具有一定的史料性、历史价值，但未必有杰出的文学价值，因为缺少难忘的生动形象。这种在军事文学常见的现象就是证明。

这也是长期以来在"左"的思想影响下，违背文学是人学客观规律的结果，也是一些理论的缺陷导致的误区。例如对英雄人物、领导形象某些模式化的要求，对文学创作表现真实的人情、人性、革命的人道主义的顾虑重重等。

在这方面，认真地、细致地、科学地总结历史的经验和教训，对创造战争中的各种人物形象能够有更大的突破，这正是部队文艺工作者一项重要的历史任务！

我衷心地期望你们年轻的一代部队文艺理论工作者继续你在《冲浪》中的思路，再深深地挖掘一下我国军事文学方面的问题，为中国军事文学开拓一个新境界。

…………

匆匆

祝好！

陈荒煤

1994 年 5 月 21 日

在《冲浪：在军事文学的海面》讨论会上的发言

朝气 锐气 灵气

冯牧

我是人民解放军的一名老兵，有过参加四次不同类型战争的经历，有过参加和组织部队文艺创作活动成功的或者失败的经验和教训。这种身份，就使得我对军事文学特别是对革命军事文学有一种非常自然的感情上的联系。有一种脉搏上的相通之处。完全可以说，我的生活道路，我的文学生涯，我的世界观、人生观、道德观的形成，是和我们的革命战争历程血肉相连的，绝对不能割断的，是和我们革命军队走过的历程分不开的。所以，我乐意结合蔡桂林的军事文学理论新著，对军事文学、革命军事文学讲一点自己的看法。

借谈论蔡桂林的新著，我首先要谈一谈我对中国革命军事文学在整个文学史上的地位、作用和重要性。桂林在他的书里讲了这样一个观点：从严格意义上说，“军事文学”不是一个科学的界定。我同意这一点。桂林引经据典，说《辞海》《简明不列颠百科全书》上都没有这个概念。然而，《中国大百科全书》和《中国当代文学大辞典》中却有这个条目。就是说，中国文学界是承认“军事文学”这个概念的。对“军事文学”本身的表达达到了怎样的深度，达到了怎样的高度，这是另外一回事情。这说明，在很多人的眼光中间，特别是像我这样年龄以及

与冯牧先生在一起 / 常州 / 1994 年 5 月

和我有接近的思想状态的人心目中，军事文学，中国革命军事文学，不管你承认不承认，不管你从文学理论方面、从美学体系方面做出怎样的解释，它都是一个巨大的历史存在，已经在中国文学史上用金子写了自己的篇目。在这些篇目里面，有的可能水平不高，但是它表达了那一个历史时期我们的作家所可能达到的水平，至少它在认识作用认识功能方面，给我们提供了一个非常丰富、非常真实、非常具有教育意义和训诫意义的生动形象的思想材料。它不应该长期处在理论的盲点中。我们的革命军事文学不仅有自己的特点，而且已经以自己的长期的历史发展，成为我们新文学史上的一个重大的主流历史现象。你要讲中国的新文学史，不讲革命军事文学，那是不可能的。同时也应该指出这样一点，不能把中国的革命军事文学和西部文学、法制文学、寻根文学等相提并论，这是不可比拟的。一个是巨大的文学概念，一个是暂时的文学现象，两者是不可同日而语的。这就是我对中国革命军事文学的基本看法。

从这个观点出发，我看蔡桂林的《冲浪：在军事文学的海面》，尽管里面有些具体观点我不一定能够完全接受，有一些观点，我认为还处在一种比较模糊的、不够清楚确定的情况下，但就总体来说，这是一本使我读起来感到非常亲切的书，是一本和我的文学观点有着脉搏相通的书。从他这部书整体结构和它的内容来看，是一本最近几年以来出现的力图对我国革命军事文学的历史发展和总体现状进行一次全面而系统的探索具有开创性的著作。从这本书来体会蔡桂林这个人，我觉得，作为一个评论家，蔡桂林身上具有一种一般理论批评工作者所少见的东西。我把它概括为“朝气、锐气、灵气”。灵气不见得永远都是科学的，但一个作家、一个评论家，如果没有灵气，他的思想就可能陷入僵化、狭窄的道路上去。《冲浪：在军事文学的海面》这样的著作，我过去没有读到过，这是第一本。它不但对于进一步总结我国的革命军事文学的成败得失具有非常具体的现实意义，而且对我国当代文学创作发展也具有一种触类旁通的借鉴意义。也就是说，它所致力的，它所探讨的虽然是军事文学，虽然是战争文学，虽然是描写战争进程和战争与人之间非常丰富、非常复杂又非常深刻的一些内容，但是，由于中国是一个长期经受战争蹂躏、摧残的国度，这不可能不渗透到亿万人民的内心深处，不可能不波及各条战线、各行各业人们的思想和文化领域之内。对革命军事文学想通了想透了想深了，对于当代新文学的发展，具有一种非常重要的触类旁通的启示意义。

蔡桂林的新著有自己的别出心裁的一种构想。他通过纵的就是中国战争文学发展史、中国军事文学发展史、中国革命军事文学发展史，和横的就是试图概括世界军事文学的概貌，用大量的经过筛选经过判断的思想材料，为我们展开了一个很有意思、很值得探讨的文学场景。这种结构很巧妙，也是一种新的构想，在此前还没有人能做此工作，这是头一份。它通过比较文学的方法，指出了我们军事文学的优长和不足。它对什么是军事文学，什么是革命军事文学，军事文学和革命军事文学应该是什么不应该是什么，都拿出了自己很好的看法；在我们以往的军事文学中，有哪些是值得肯定的，有哪些是必须加以扬弃甚至加以批评、批判的，对于我们军事文学为什么至今没有出现举世公认的史诗性的文学杰作和艺术精品的原因，也都给出了一些比较系统的引人思考的意见。我特别欣赏他在整个书中始终贯穿的一种思想：呼唤史诗，呼唤英雄，呼唤文学思想震撼力和精美形象性的结合，呼唤人性的崇高、人性的丰富、人性的复杂。我觉得这些恰恰是我们过去军事文学所以不能够有所突破，所以不能上升到世界文学高水平的一个非常重要的症结，一个中心环节的问题。对这些，蔡桂林都做了一些他自己的独立思考。当然，有些意见也许还不能说是无懈可击的，但是，它的确属于独立的声音，这就十分的可贵了。

由于我们的精力有限，不可能掌握多种外国文字，也就不可能一下子把两千年以来人类所创造的伟大战争文学作品全部无遗地给它一个比较公正的、全面的表述。尤其是中国对革命战争文学从概念到思想到习惯到方法，都和外国战争文学截然不同。只有抓住和表达出这种不同，才有中国革命军事文学的特色。在这一点上，蔡桂林的新著也做出了自己的贡献。

总之，《冲浪：在军事文学的海面》一著是独到而新颖的，富有创见，对军事文学理论研究和创作发展的影响也可想见。最后期望我国的革命军事文学在理论的激发下，走向繁荣，产生出辉煌杰作！

《大众日报》1994 年 12 月 29 日

“文起八代之衰”的韩愈曾总结自己二十年发愤笃专文学、磨炼文思和写作能力的艰辛过程，把它归纳为三个阶段：第一阶段，开始学作文时很艰难，苦思冥索，难以成篇，“当取于心而注于手也，唯陈言之务去，戛戛乎其难哉”；第二阶段，经过多年的专业学习，才慢慢地有得，“当取于心而注于手也，汩汩然来矣”，这时的文思，才像山涧清泉，逐渐畅通，汩汩流淌；第三阶段，“如斯者亦有年，然后浩乎其沛然矣”，以后又经过多年的磨炼，这时文思才充沛旺盛，像潮水一样汹涌澎湃，笔法炉火纯青，文章意境高远。

在这里，韩愈以流水状态为比喻，讲出了写作的基本规律，告诉人们写作是件艰苦的事，不可能一蹴而就，需要长时间的磨炼，才能有所进步、有所收获。

如果从 1975 年 10 月 7 日晚直溪公社广播站在自办节目中播出我写的广播稿算起，到最近文学评论写作的三波冲锋，走上写作道路十八年，对照韩愈的“三阶段”，虽无他为之欣喜的“浩乎其沛然矣”，但对“戛戛乎其难哉”是有了切身的体会。我辈愚钝，绝无韩昌黎的才华，文思浩荡是奢望不起的，“汩汩然来矣”就知足。——即便如此，那也必定是艰辛磨炼的结果。

锋锐纷呈

有了对历史发展运动中农民的认识，转过头来看农民占绝对主体的中国军队，看观照这样的军队产生的中国军事文学，许多原本不清晰的问题变得清晰，原本不深入的问题变得深入，产生了奉献出比学位论文更细致、更深入、更完满的对中国军事文学理论探索的成果的强烈冲动。我是以这样的冲动为支撑，开始《冲浪：在军事文学的海面》的写作的。而写它的过程，则是一个调动我全部的知识积累、文化积累，深入思考、深入探索的过程。越思考越探索越让我感觉到，“要了解封建帝制结束之后的中国，首先要了解这个国家的军队性质；要了解这个国家的军队性质，就要了解历史发展运动中的农民。”——东湖边与博士的夜话何等的肤浅，甚至是无知：要理解我们这个国家，必须从文明的角度去分析历史。

中国文明，是一个整体。仅为了认识这个整体的方便，我在思考探索中将它分为四个阶段。

第一个阶段，自商殷最早有文字记载的奴隶制国家（公元前十三世纪）始至秦汉时代（二世纪）。这是一个漫长的“百花齐放、百家争鸣”的历史进程，历经千年，一种瑰丽璀璨的文明，终于如日出，喷薄跃出世界东方的地平线，既有着自己“大一统”的核心价值，又有着人类的共享价值。那种所谓中国文明是“东方专制主义”的论调，是西方强加给我们的中国文明观。只要不抱偏见地深入其中，就会发现，中国文明，博大精深，开放包容，很多理念充满着无可辩驳的普世价值，毫无愧色地站在人类文明的前沿。

第二阶段，西汉至唐（大约三世纪到十世纪）。这个阶段，完全异于本土文明的佛教文明进入中国，对中国文明产生强劲冲击。它进入之初，受到本土文明的强烈抵制。然而，一种文明，只要是符合人的需要，只要是符合社会的需要，抵制可能延缓它的传播，但不可能阻止它的渗透、蔓延，任何抵制一定都是无力的、徒劳的。佛教文明，经两汉的传播，魏晋南北朝的发展，至隋，五岳胜地建寺庙，首都建立起了执行佛教政策的国家寺院，罗致中外译师、名僧，翻译、疏解佛教经典，仁寿年间，度僧达二十三万。至唐代，更是进入鼎盛。佛教文明在进入中国之后的六七百年里最终占据主体地位，中国文明居次要地位。

第三阶段，宋至清末（大约十一世纪到十九世纪末）。在这个阶段，以朱熹为代表的“新儒学”崛起，吸取佛教华严、禅宗思想，丰富新儒学，认为孔孟之道与佛教所主张的识心见性、无上菩提之道，无异儒以治皮肤之疾，道以治血脉之疾，佛以治骨髓之疾，三教本旨无违。开放包容的中国文明以强大的更替自新能力，自觉地吸收、融合佛教文明，以更加深厚、宽阔的姿态成为中国社会的主流。中国没有因为佛教文明的传入而变成一个宗教国家，这正是中国文明伟大与精彩之处。

第四阶段，即十九世纪末至今。在这个阶段，现代西方文明进入，其情形与两千年前佛教文明进入中国相仿佛。不同的是，佛教文明进入中国基本平和柔顺，这次则先是借助坚船利炮，接着借助工业革命的威风，再后来借助信息时代高科技的利器，是野蛮粗暴地闯入，中国文明经受着前所未有的撞击，中西文明，像石磨的上下两爿，在碾压磨动中发出吱吱嘎嘎的声响。就像整合佛教文明而生成的“新儒学”使中国文明重回主体一样，有着强大更替自新能力中国文明，一定能实现对西方文明的统合，包容西方，把西方的东西变成我们的东西，将西方文明整合进中国文明，在这种整合中实现中国文明的现代转型，重铸中国文明的辉煌。就像佛教文明进入没有能把我们变成一个宗教国家一样，现代西方文明进入也不可能把我们变成一个西方国家，中国文明将会再一次证明她自身的伟大与精彩。

——这是我对中国文明，对历史、时代、使命的一种理解。

从这种理解出发，对许多问题的研判和结论，也许才是准确的、可靠的。

东方这块土地，晨曦的原野，有早耕农夫和老牛的剪影；沁凉如水的夏夜，有嫦娥奔月的故事；群山万壑，有蓬勃如火的杜鹃和旧时弹痕累累的阵地；光洁如少女酮体的沙漠，有声声驼铃和风蚀沙埋的秦砖汉瓦……

古老而神奇的土地啊！

近代以降，积贫积弱，山河破碎，民不聊生。

“尧之都，舜之壤，禹之封，于中应有，一个半个耻臣戎。万里腥膻如许，千古英灵安在，旁礴几时通？”（宋·陈亮《水调歌头》）

二十世纪之开端，一群大生命登陆上海，齐聚滩头，寻找一个民族的出路，一个民族的未来。

筚路蓝缕，披荆斩棘，浴血奋战，前仆后继，终于迎来了国家解放，民族独立，西方列强在东方的海岸随便架一门大炮就可以使一个民族屈服的历史一去不复返了，一个崭新的中国屹立在世界的东方。

1995年1月18日 齐鲁晚报 副刊

笛的记忆
——咀嚼童年之一

文学岛

作家作品专版

俗世生活

现代人：为什么玩得这样旧

重读《西厢记》

齐鲁晚报专版 / 1995 年 1 月 18 日

革命的道路，艰难曲折；建设的道路，曲折艰难。上下求索，百折不挠，中国，终于走上了改革开放、市场经济的康庄大道。

革命，使被压迫、被奴役的中华民族政治翻身；建设，使饱受贫困、饱受饥饿的中华民族经济翻身。两个“翻身”同等重要：前一个翻身为后一个翻身奠定可能；后一个翻身为前一个翻身注入意义。

站在不同的立场，心怀不同的价值观念，手握不同的度量尺度，都会对“我们处在怎样的一个时代”得出不尽相同的结论。

有的人看到的是发展商品经济如打开了潘多拉的魔盒，恶之泡沫四溢。假冒伪劣，坑蒙拐骗，欺行霸市，杀人越货，偷盗抢劫，卖淫嫖娼……以为是一个乱世，并对之忧心忡忡，试图规划出某种救世方案，以恢复秩序，恢复他们心目中的治世。

有的人看到的是不法大款、流氓大亨们的纸醉金迷，以及他们的生活对这个社会的毒化，带动一些人逍遥在即时的宣泄中，出入于宾馆酒楼，消磨在歌榭舞厅，依香偎翠，夜夜做新郎（娘）。未来对他们来说只是个时间概念，不是个价值目标，尤其不是崇高的价值目标。总之，以为是一个末世，并对之表现出愤怒，发出正义的谴责乃至神圣的诅咒，欲以此警醒世人，寻回盛世。

然而，在我看来，无论“乱世”论还是“末世”论，都是危言耸听，都是歪曲了这个时代的偏激。

君不见，日益繁荣了的市场，日益宽敞了的街道，日益发达了的交通，日益尖端了的通讯，日益丰裕了的物质生活，日益多彩了的文化娱乐，日益亮丽了的服装家具……证明着中国的的确确处在一个经济空前高速发展的历史时期；尽管在政治改革方面的确还不如人意，但是，我们今天可以这样随便地谈论乱世、末世话题本身，是1957年反右和十年“文革”都不可想象的，证明着中国正步入前所未有的民主时代。我们可以承认现实离理想中的治世和盛世还有一定的差距，但肯定不是乱世、末世，称它

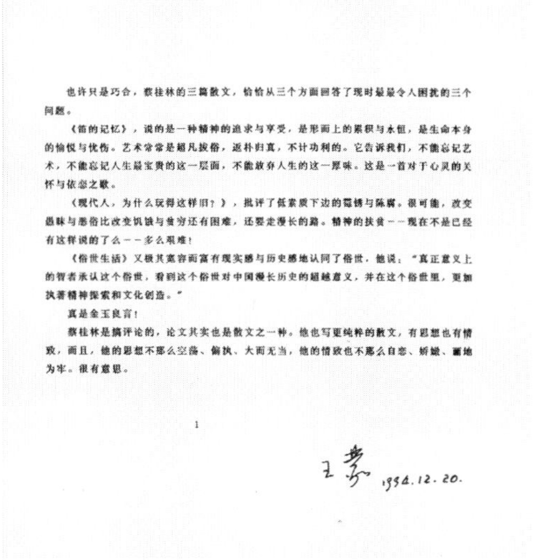

也许只是巧合，蔡桂林的三篇散文，恰恰从三个方面回答了现时最最令人困扰的三个问题。

《笛的记忆》，说的是一种精神的追求与享受，是形而上的累积与永恒，是生命本身的愉悦与忧伤。艺术常常是超凡拔俗，返朴归真，不计功利的。它告诉我们，不能忘记艺术，不能忘记人生最宝贵的这一层面，不能放弃人生的这一厚味。这是一首对于心灵的关怀与依恋之歌。

《现代人，为什么玩得这样旧？》，批评了低素质下边的霉锈与陈腐。很可能，改变愚昧与恶俗比改变饥饿与贫穷还有困难，还要走漫长的路。精神的扶贫——现在不是已经有这样说的了么——多么艰难！

《俗世生活》又极其宽容而富有现实感与历史感地认同了俗世，他说：“真正意义上的智者承认这个俗世，看到这个俗世对中国漫长历史的超越意义，并在这个俗世里，更加执著精神探索和文化创造。”

真是金玉良言！

蔡桂林是搞评论的，论文其实也是散文之一种。他也写更纯粹的散文，有思想也有情致，而且，他的思想不那么空荡、偏执、大而无当，他的情致也不那么自恋、娇嗲、画地为牢。很有意思。

1

王蒙 1994.12.20.

王蒙先生为蔡桂林作品专版（《齐鲁晚报》）所写的序 / 1994年12月20日

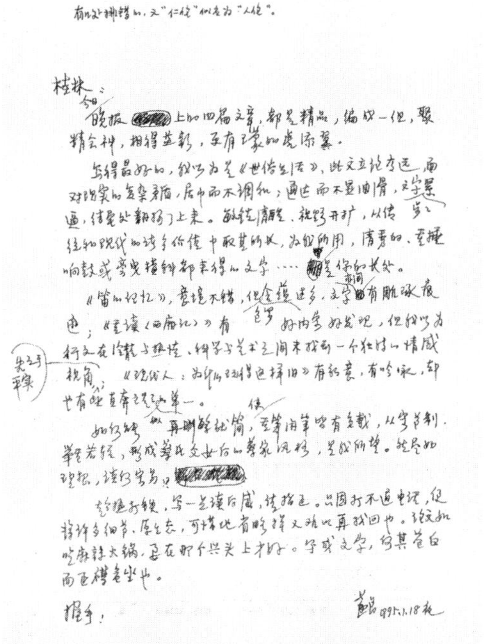

桂林：

……上的四篇文章，都是精品，……

握手！

1995.1.18晚

宋遂良先生致蔡桂林的信 / 1995年1月18日

是邦稳民定的俗世也许最恰当。

与在复旦大学攻读古典文学硕士学位的楚地才女王欣通信讨论到这一点。

青春焕发的王欣，毕业于荆州师专，入复旦前是荆州监狱的警察。活力四射的“小警察”可不是一个在恋爱—结婚—相夫—教子传统道路上踯躅的凡尘俗女。她心存高远，更知道高远的心需要什么样的养料喂养。她把自己当作“书”的囚徒，几年间看守看押自己读破数千卷。智慧开阔了视野，用这样的视野透过监狱看世界，思想亦如她平时的衣着打扮，时尚里蕴含古典，先锋中透出持重。

她在给我的来信中写道：当然，俗世不是一个很理想的现实，我们可以指出它的种种弊端。尽管如此，我们依然肯定如今的日子比极“左”肆虐下的中国社会人人自危不知要幸福多少倍，我们宁可在俗世欲海中寻找和自救，也不愿意在政治凶险的风浪里盲从和浮沉。因此，我们对俗世既应保持一份清醒，又应葆有一份宽容，这是时代变迁的必经之途，一切存在都属正常。

前些日子去北京，和我的导师何西来先生一起，与王蒙先生聚过一次，也探讨了这一话题。

聚会选择在朝阳门内大街路北的健力宝酒楼是王蒙先生的决定：离我家近，方便。

朝阳门内大街路北原来有三座有历史意义的建筑，第一座是二〇一号清九王府，被何西来先生服务的中国社会科学院占用；第二座是二〇三号大慈延福宫，宫内原来塑有天、地、水三官像，也就有了“三官庙”的俗称，现在被王蒙先生服务过的国家文化部占用；第三座是二〇五号 1971 年盖的国家外交部大楼。现在，有了第四座有历史意义的建筑，那就是在外交部大楼西侧、拆掉不少民房建起、我们选择聚会的健力宝酒楼。

说健力宝酒楼有历史意义，不是因为它的古老，恰恰是因为它的年轻；不是因为它有多么雄伟，而在它证明着俗世的发展进步。

席间，王蒙先生问我：你知道广东有个三水县吗?

我摇头。

何西来先生也摇头。

王蒙：因县治所在地的河口控西、北、绥三江汇流，取“三水合流”之意，称三水县，距广州不远。我说三水县你们不知道，但我说健力宝，你们不可能不知道。你们不可能不知道的健力宝，就出自广东三水县。

1983年，年利润几万元的三水县三水酒厂厂长李经纬，无意中得知广东体育科学研究所研发出一种能消除运动疲劳的饮品，但因为口感如同药水，难以下咽，没有厂家愿意投资生产。只有李经纬，感到了其中的巨大商机。——我从不相信“无意中得知”的说法。酿酒的李经纬在广州第一次喝到易拉罐的可口可乐就想“酿”饮料。想“酿”饮料就得知了一种饮料的配方，这能是“无意”吗？如果你我得知，那确实是无意，想造饮料的李经纬得知就一定不是无意。这样的“得知”是为有心人准备的。——李经纬接过体育科学研究所的配方，在原配方的基础上，与之联合组织力量猛攻口感关，历经一百二十八次试验，一种橙黄色的新型饮料横空出世。

手握这种新型饮料的李经纬，瞄准了这一年将在美国洛杉矶举行的第二十三届奥运会，以分秒必争的速度确定包装、确定商标，6月份，以“健力宝”之名称成为中国奥运代表团指定饮料。在这届奥运会上，李宁夺得三枚金牌，获得“体操王子”的称号。电视广告中的李宁，每次完成比赛动作，都会打开一罐健力宝喝，加之夺冠的中国女排与这“魔水”联系在一起的宣传报道，顷刻之间，千家万户，无人不晓健力宝。

这一年（1984年），健力宝年销售额三百四十五万元；第二年（1985年）飞蹿到一千六百五十万元；再一年（1986年）越过亿元大关。这一年，我们屁股下面的这座健力宝酒楼

文論報

《柏慧》：张炜创作合乎逻辑的延伸

《柏慧》：张炜创作合乎逻辑的延伸 / 文论报 / 1995年7月15日

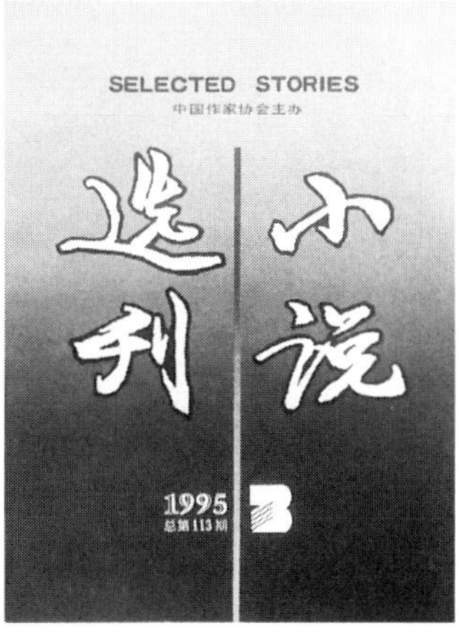

也谈《柏慧》/ 小说选刊 / 1995年第3期

尘世的风铃 / 黄河出版社 / 1995 年 9 月第 1 版

奠基。

1990 年，亚洲运动会在北京举行。李经纬掷出了一千六百万元赞助北京亚运会，数额之大令人震惊！很多业内人士说李经纬疯了。“疯”了的李经纬一转身，10 月，在秋季全国糖酒订货会上捧回了七点五亿元的健力宝订单。这回是订货会“疯”了。

短短五六年时间，健力宝，成了毫无争议的“民族饮料第一品牌”。

王蒙：这是俗世的传奇，何等可爱！它是计划经济绝对无法想象的奇迹。

何西来：这也是俗世的魅力，俗世的荣光！

王蒙：对！

在健力宝酒楼用完餐，王蒙先生盛情相邀：到家里品茶吧，我那里有好茶，陆文夫捎来的。

走进王蒙先生的宅居，典型的北京四合院，老部长夏衍先生在这里居住过。王蒙先生说，院子里的槐树就是夏老所植，枝繁叶茂，槐花朵朵，暗香浮动。茶桌置于槐树下，明前碧螺春，清香丝丝缕缕，沁人心脾。品着新茶，续上餐桌上的话题，更深入，更扎实。

乱世论者自有愤怒的权利，末世论者也亦有忧虑的理由，但事实上不会真正改变什么，也不是真正意义上的智者，真正意义上的智者是承认这个俗世，看到这个俗世对中国漫长历史的超越意义，并在这个俗世里，更加执着于精神探索和文化创造。我对我所处的这个时代感到由衷的满意，因为它充满着无限的可能性。

西班牙人加塞尔《什么是哲学》一书的最后说：“我们还是回到当下这个世界吧，尽管这只不过是个——‘尘世’。”

激荡时代的深刻内涵，往往浓缩于最优秀的作家和诗人的命运中，因为，他们承担着天赋的历史使命，最诚实的内心探索、最真实的现实描述。那么，文学，应该怎样反映这个时代？作家，应该怎样描写这个时代？文学批评，应该怎样思考这个时代？

文学领域最具理性的文学批评，文学人群中最具理性的文学批评家，有责任交出自己的答卷。那种以为像《柏慧》那样反常情况仅仅是写作技巧上的小手法，那就错了：作家的美学观念是一定要到他们的哲学观中去找的。文学批评家的使命，就是要在评论作家作品之前，找到这个作家的哲学，看看他们的哲学对前进着的历史时代是推动了还是阻碍了，山东大学中文系主任、教授孔凡今先生教导过我：交不出这样的答卷，就不是一个合格的评论家。

我写出的每一行文字几乎都是对我生存的这个时代的回应，直接的答卷是散文随笔集《尘世的风铃》。

理想的光泽与锋芒

蔡桂林散文随笔集《尘世的风铃》评介

章含之

对一些人而言，文学是个体情感和思想向身外现实社会的继续拓展和伸延，是他们参与社会、干预社会的形式及方式。可以说，这些人更具有“文以载道”的社会责任感和道德使命感。

蔡桂林为文就是这样的。其字里行间时隐时现地流露出他内心深处某种极具个性特质的理想主义的光泽与锋芒——一种源自传统文化道德的滋养，又不断地试图扬弃、超越的努力。这种矛盾不时地扭结、交织，使他的愤世嫉俗的强烈情绪的间歇之处，呈现出坦然得令人惊异的从容和清醒，那是对文化道德观念多元化时代的世态万象的深刻的理解和大度的宽宥。这使他在同龄人的随笔散文中显出少有的洒脱、练达与持重。因此，曾有编辑同仁说：“蔡桂林的文章大气，有个性。”

他才情丰盈、灵动的笔触，利刃一般准确而有力地穿透广泛而具体的“俗世生活”，剖示出形象又抽象的“欲望的止境”和人性的“困局”，多种视角立体化地表述出对当下时代脉搏较深层次的认识与把握。波浪滔天，泥沙俱下，忧患与希望同步共舞着，历史总是向前走，“没有什么在历史的局限性之外”。在笔锋犀利的文辞背后，作者这种冷峻的理念，使他自觉地靠向历史的最前沿，以瞻望的姿态，关照着社会生活，也关照着文学创作。蔡桂林的文学随笔，有一种汪洋恣肆的激越之情，似乎他在尽量地把自己的目光放长、伸远，尽可能让自己的思想借助于语言的翅膀，翱翔在比现实更为广阔的时空之间。

也许，这正是人们觉得他文章“大气，有个性”的缘故吧。

蔡桂林曾经对友人嬉语，说自己是“身陷红尘，心怀浪漫”，这也许是其创作最恰当不过的概括和形容了。“身陷红尘”是现实，现实总是不十分理想，多少带有几许无奈。对往昔如梦岁月的“记忆”，于无限诗情画意之中，还是怅然若失；写给稚儿的，一边是无穷无际的父爱和希冀，一边是力不从心的惶然。蔡桂林在描述着他不同侧面的生活的同时，也表述着他真实而复杂的心境。这也代表着无数现代人的困惑。因之，他心底的弦音得以与时代共鸣。

蔡桂林的“浪漫”是精神追求，也是生活实践，更是灵魂归宿。这集中体现在他的《若群若离的自为境界》一文里。他让婚姻“在追随中升华”；让烦琐的家务“犹如念珠”般富有诗意；让爱情成为人类文明生活最崇高的象征，成为必须守住的“最后的精神家园”。蔡桂林的“浪漫”，其内涵及外延都是古典的，一点儿也没有人们想象中的“风流”，而是意味着热忱、真挚、虔诚，这使它所裹挟的文字，如流水般奔涌而来，积极热烈地投向现时现世。因而，他的绘事、摹景、抒情、议论，无不灌注着理想的色彩，充盈着关注人类精神生活、关注时代风云变幻的激情。

一本好书应当是才、学、识。“才”是天生的，“学”是可以积累的，而唯有“识”是极难得的。读蔡桂林的文章，犹如拨动一串串色泽不同、形状各异的风铃，它们叮叮当当或清越明亮，或浑然低沉，时常使人在质感迥异的音波中，惊诧一下，蓦然回望四周滚滚红尘的热闹景色，冷不丁想点儿什么。这便算是有“才”、有“学”、有“识”的了。

《中国文化报》1996 年 5 月 1 日第三版

文章一篇一篇发表，书一部一部出版，得意。

就在得意之时，一个普通人的一番话，让我的得意荡然无存，重回冷静。

那年入川参加在广元举行的“剑门蜀道历史文学笔会”，与主办方的《广元时报》马平相熟。马平到时报社工作前是广元一所中学的老师，桃李满天下。他的其中的一枚桃李，大学毕业后嫁到了我工作所在的济南。这天，接到了他的这位桃李打给我的电话：找你可太费事了！我叫牟玉英，广元马平马老师的学生。马老师跟我说过，在济南，遇到嘛子事情可以找你帮忙哟。

这个马平！

应着“见面说”的要求，在济南胜利大街上的一家茶室见了牟同学。

牟同学，高挑秀美，浑身洋溢着川妹子特有的率真、爽朗、热情。

与她同来的还有一位女孩，牟同学笑着介绍：蔡老师，这是我的员工，小张，你的追星族。

我：马平可好?

牟：马老师不在《广元时报》了，去了成都一家什么报纸。那次我回广元老家时看过他，不晓得咋回事情，他蓬头垢面的，看上去过得不怎么好。唉，不去说他了嘛。我有件事情想请你帮忙。

我：喔，说说看，看我帮得了帮不了。

牟：只要想帮，没的问题。是这个样子的，我在济南注册了一家旅行社，开张了，还不错。想做进一步推广，想要一句叫得出去的广告词，没的人弄得出。想到马老师跟我介绍过你，又在报纸上经常看到你写的文章，文笔比马平好，你帮帮我写嘛。

《留与游鱼盖夕阳·祭冯牧》被收入《远行的冯牧》/华龄出版社/1996年4月第1版

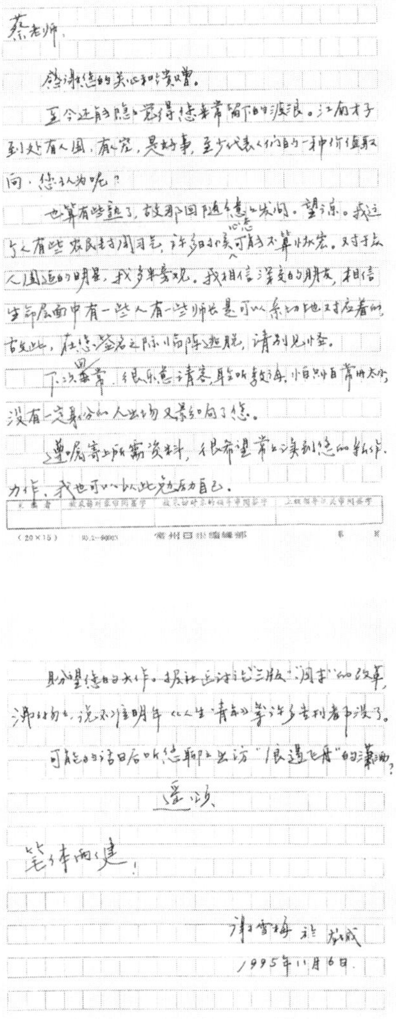

蔡老师：

感谢您的关心和赞赏。

至今还能隐隐觉得您[illegible]留下的波浪。江南才子到处有人围，有人[illegible]，是好事，至少代表人们的一种价值取向。您认为呢？

也算有些[illegible]了，故那回随[illegible]发问。望谅。我这个人有些农民封闭习气，许多时候可能不算[illegible]。对于众人围追的明星，我多半旁观。我相信深交的朋友，相信生命层面中有一些人有一些师长是可以亲切地对应着的。故此，在您签名之际临阵逃脱，请别见怪。

下次[illegible]，很乐意请客，再听教诲，[illegible]常州太小，没有一定身份的人出场又[illegible]了您。

遵嘱寄上所需资料，很希望常常读到您的新作，我也可以以此勉励自己。

盼望您的大作。报社正讨论三版“周末”的改革，[illegible]，说不准明年《人生·青春》等许多专刊都[illegible]了。

可能的话日后听您聊聊出访“[illegible]”的潇洒？

遥颂

笔体两健！

谢雪梅 于 龙城

1995年11月6日

谢雪梅女士致蔡桂林的信 / 1995 年 11 月 6 日

小张：牟姐，我跟你说过的，蔡老师是文学评论家，不是写广告词的。

牟：啥子文学评论家嘛？就是给产品做广告的。人家广告的是吃的用的穿的，他广告的是作家写的小说，是看的，没啥子不同！

小张：不是一回事。

牟：就是一回事！他那些文章，读者小众得很，没的几个人看的。

我：你不是看了吗？

牟：我看是因为你是我老师的朋友，想看看像不像老师说的那个样子有才，要不然，不看的。偶尔我会看看小说，消遣，丰富精神情感，谁会去看对小说的评论？那不是吃饱撑的？只有两个人看，一个是写的人看，再一个是被写的人看。如果有第三个人，那是准备写小说的，如果有第四个人看，那是准备写评论的。真的，蔡老师，你别生气。

小张：我都生气了。

我：没事，你照你想说的说。

牟：我说的是真话。蔡老师，真的。看你的文章写得的确有才。可是，你才华用错地方啰，可惜得很。熬灯费油地码字，不就是为了让更多的人看的吗？结果很少有人看，才华用错了地方，灯油白瞎了嘛。

我：写广告词就没用错地方？

牟：应该是一个考虑问题的方向。这个方向就是把自己的受众搞得多多的，像张雨生，像罗大佑，像李宗盛……受众很少，还认为自己高雅，受众多的人俗，还从自认的高雅里生出神圣感来，并以坚守自炫，没劲。

小张：牟姐，顾及顾及别人的感受。

牟：没得事，这点打击都经不住，当啥子评论家吗？

小张：你是来请蔡老师帮忙的哎。

牟：是嘛，我得先告诉他他的那些文字受众小，这个样子再给我写广告才会特别注意受众的问题嘛。

我：哦，对我进行挫折教育啊。你不能要求小说拥有电视连续剧那么多的受众，也不能要求文学评论拥有校园歌曲那么多的受众，这中间有才华的原因，也有艺术形式的原因，受众的多少，情况比较复杂，那是传播学讨论的课题。我们今天的任务就是帮你写广告词，对吧？

牟：对。

小张：蔡老师的修养就是好。

我：你要我帮你的旅行社写的广告词有了。在你说我的读者只要四个人的时候我想到了一句，你看合适不合适：人生必做三件事，一是飞蛾扑火的爱情，二是决不松口的美食，三是说走就走的旅行。跟我来，后两件事我帮您轻松搞定！

小张：哇塞，好好哎！蔡老师就是蔡老师！

牟：很好，很好！

小张：牟姐，得付给蔡老师广告费吧？

牟：你是哪一头的啊？！

——马平的这个学生太率真了。率真得不是令我生气，而是令我郁闷，半点得意都没了。

在新疆喀拉斯湖 /2001 年夏

第六章　茂盛

› 高晴逐云

›› 壮歌四曲

››› 生存毁灭

›››› 明月清风

››››› 秋白之华

高晴逐云

应了宋琴“济南都是缓冲区”的预言，我真的要去北京工作了，时在1996年的春夏之交。

宋琴，像茅山道士，第一个、也是唯一一个准确预言了我将会去北京工作。——那可是在遥远的十年前啊，那可是在我仓皇如丧家之犬的十年前啊。

无论如何，我必须跟这“道士”告别。

她已经转业，相夫教子，生活幸福。

她在电话那头，我在电话这头。

宋：你好。哪位？

我：叫花子。到你家要饭的叫花子。

宋：哇塞，是你啊！告诉过你，要要早要，现在，要晚啦，小心我丈夫打断你的腿。

我：电话，没腿。还记得我？

宋：怎么记不得？十年生死两茫茫，不思量，自难忘。你都成什么“家”了，还著名！

我：你不早成家了？还不允许我也成家啊？

宋：偷换概念。我可是你的粉丝，桂林米粉。

我：潮得很啊。我学的是文学批评，没什么读者，小众，没粉丝，你别忽悠我。

宋：没有，没有，比十年前我打到八八医院的那个电话还真诚。

我：我冒着被打断腿的风险打这个电话，是和你道别的，我要去北京工作了。这个电话不打，我心不安，必须跟你道别。

宋：是吧？去北京啦？你看看，你看看，我说什么来着？

我：是。我一直相信是你十年前的那一句吉言才使我有了今天。

宋：别、别，这话我受不起。

我：你受得起。那是十年前，而且是在我最困难的时候，你能那样鼓舞我，让我感动不已。任何时候想起来，都觉得很温暖。它温暖了我十年，也激励了我十年。除了伟大领袖毛主席的教导，还有谁的话能让我记十年，能激励我十年啊？

宋：你的是你命里注定，你要说我有一双慧眼，我毫无愧怍，呵呵，我还像第一次见到你时那样欣赏你，你还会有更大的成就。

我：谢谢！成就就算了。十年的时光让我真切地感受到现实的外表是迷人的，内核是痛苦的。不要到现实世界里寻找正义，因为真的不存在。

宋：知道你伤痕累累。

我：正义只存在在人的心里。人世是难以从道德上去说明的，“在道德的法庭面前，人生必不可免地永远是败诉者，因为它在本质上就是不道德的”（尼采）。人生的意义，或者说，我的这十年人生，其实是在明知不可求中追求。

宋：再不是十年前的你了，沧桑……不跟你讨论哲学，那我不是个儿，我就祝你幸福快乐噢。

我：收到。这是最高的祝福啦……

当离开济南只是个“话题”的时候，并没有什么特别的触动，甚至只有向往和期待。可是，这一天一旦真切地来了，调动的全部手续都捏到手心，突然有了空茫茫的失重感袭来，内心深处渗出被挖去一块浓稠的痛楚，有了连根拔起的哀伤。

济南，是我生活了超过十年的城市哦。

自以为很坚毅很顽强了，自以为被生活磨砺得不会轻易动情了，面对此时此刻此情此景，还是禁不住泪水悄悄地滑落。

十多年前，我踩着《老残游记》或浓或淡的色彩，或工或泼的风致，走进“家家泉水，户户垂杨”的济南。那时是一个激情昂扬的青年，眉上睫上发上，犹飘扬依依翠柳灼灼桃花一片江南春色。伴随着脚踏三轮车把越来越宽的马路让给木兰（摩托品牌名称）和面的，一片坟场一片荒凉的六里山、七里山、八里洼上幢幢高楼的耸起，国民党军用机场跑道清晰可辨的苹果园演变成了一束柳绿一簇深红的植物园，一个黄河古道边的风沙小省城变成了立体化大都市，我快速地翻过了做不熟饭的司务长、误人子弟的教员、华而不实的新闻干事和文学硕士研究生、毁誉参半的所谓评论家的历史。岁月把我很深很深地嵌进了济南的时空。特别是，济南，用黄河的泥水捏一个叫爱人的赐我，以此来占有我的倾恋和忠诚；又用自然的灵秀和神奇，再捏一个叫儿子的赠我，他是我缩小的复印，把我记不住的幼年童年还给了我，以此来收获我对未来的向往和激情。慷慨豪爽的济南啊，你给我一切能给予的，使我激动莫名，庆幸无比。我不能不跪下来吻别这片支撑起节节升高的霓虹的繁华和使玉米株上麦茎上高粱杆上爬满累累硕果的沃土。

英雄山走了十多年与记忆等长。两间虽然狭窄但温馨的陋室在路的右侧，里面盛满着我的追求和勤奋，欢乐和苦恼，幸福和遗憾；一盏橘黄色的台灯在二楼的南窗下诚信柔和地照耀着我，向晚餐后的沉思冥想里索取精神、信念和理想，点点滴滴地倾泻到永也填不满的稿纸上。眉上睫上发上，因此飘扬起了三秋桂子十里荷花——有什么要紧呢？那不过是我为济南添的一道风景。连同门前十八年前高不及窗，如今傲然越过楼顶遮蔽风雨掩障烈日的白杨，连同许多越过建筑物间隙处的片片晚云。它们犹如隔岸的风景，永远倒映在我的心湖里。

现在，我要走了，亲近的将要变成遥远的，陌生的将要变成亲近的；现实的将要成为过去，预期的将成为现实。一个“时期”即将落幕，另一个“时期”待我去拉开大帷。结束的那个“时期”如一扇门在我身后渐关渐闭，辘辘有声，似断裂的叹息；将要开启的“时期”就在门外，红尘滚滚，无尽无止游子路，伴随的只有陌生的街和巷、树和云，还有更加陌生的千面无常的岁月。好在十多年间，济南用它两千三百余年的历史耐心，已经将苏南的清秀和懵懂，一刀一斧地削成了北方三十六岁的成熟和练达。这正是我感激和怀念济南的。

于是，我不能不与趵突泉再见。它是我最钟情的去处。不因为它拥有闻名天下的泉水，而在它怀抱里那位不朽的词人给我滋养。她曾用决不婉约的脚步，踏过我故乡当年的战火，一直走到吴楚的腹地，带回了此花不与群花比的孤傲，和“只恐双溪舴艋舟，载不动许多愁”的怅惘。我仅沿着她的足迹，踏着“浅碧深红色”的甬道，穿过“玉人浴出新妆洗”的树丛，借着“疏影尚风流”的月色，来到她的祠边，谛听“唱到千千遍”的“四叠阳关”，凭吊“生当作人杰”的壮志。

我不能不与大明湖道一声再见。它是我最流连的地处。不仅因为“四面荷花三面柳，一城春色半城湖”的秀丽，也不仅是做“海右此亭古，济南名士多”的怀古，更在它南岸的一个黄昏，曾置放过一张小木桌，木桌边曾坐过一位我的同乡——瞿秋白。他来向他飘零异乡的父亲道别，然后踏上饿乡和赤都的旅程。我一遍遍来到这里，遥想秋白当年注目明湖波澜的神情，从中领略包含的忧患和爱祖国的热切。

再见，皇室大酒店。尽管它在偌大的济南鳞次栉比的酒店中鲜为人知。我在这里的“沙龙”认识了我生活里最重要的朋友，然后时常聚会在这里，没有昂贵烟酒，没有稀肴珍馐，有的是思想与思想的碰撞，精神与精神的交流。许多后来发表出来并多为转载的文章，就诞生在这里、这种交流和碰撞中，最终摇响了我心灵的一串“风铃”。

——如果我算有点智慧，那也来自济南这片文化厚土的养育。

我又一次坐到英雄山高高的纪念碑的石级上，望着如一钵盆景的城市，任疑真疑幻的月光和星光围成凉凉的初夏之夜。华灯齐放，无处不是人家。我知道，出版我八部书中五部的出版社就在这片灯火里；发表我近千篇文章的五十六位编辑也在这片灯火里。在这别离的时刻，我用深情的双眼把这片灯海托举起，托举成我心空上一道永恒的星河。

……

“好是春风湖上亭，柳条藤蔓系离情。黄莺久住浑相识，欲别频啼四五声。”（戎昱《移家别湖上亭》）

别了，济南！我不知道朋友们能不能时常想起我，但我会时常想起你们。我真的愿意是一枚橄榄，留下供你们饭前茶后咀嚼——尽管橄榄树已移栽它处，但根须上沾带的是济南芬芳清冽的泥土啊！

别了，济南，我留给您的还有《苍生与极限的挑战》——

苍生与极限的挑战

——自传体小说《极限人生》出版的前前后后

奥斯特洛夫斯基的《钢铁是怎样炼成的》和吴运铎的《把一切献给党》，

文坛掠胜 责任编辑／施战军 4 ZUOJIABAO 1996.9.21 文坛掠胜 责任编辑／施战军

苍生与极限的挑战

——自传体小说《极限人生》出版的前前后后

苍生与极限的挑战——自传体小说《极限人生》出版的前前后后／作家报／1996年9月21日

曾深深影响了几代人，作为理想、信念的灯塔，它们迄今依然闪耀着不灭的光芒。然而，就其精神震撼力而言，我敢断言，朱彦夫的《极限人生》超过了以上两部著作。

这是一曲生命的绝响。这是一首热爱生命的壮歌。这是一道人在残疾极限处向生存挑战的最壮美的风景。

不能仅把《极限人生》当作一部文学作品来读；不能仅把《极限人生》当作一部残废军人的回忆录来读，尽管那样也会获得教育意义。我们更应该把《极限人生》当作一部关于生命、关于精神、关于信念的经典来读。那样我们就会发现它在整个人类的精神领域里的无可替代的价值和意义。

《极限人生》，是迄今为止世界上生存过的苍生向生命极限最成功的挑战的一次文字记录，由于它的诞生，所有与朱彦夫在同一颗太阳照耀下，脚踏同一片大地的人，都应当重新思考“生活”的真正含义，“幸福”的真正含义。

李存葆的一个电话，引发了对生命极致的含泪感佩

1995年初春的一个下午，雨洗新绿，空气清新滋润，我身心怡然而惬意地伏案写作我的另一部书。忽然，桌上的电话铃响了起来，是时任济南军区政治部创作室主任的李存葆打来的，要我去他家里一趟，有事找我。

我放下了手上的活，爬上他家所在的四楼，刚坐定，他搬过了一摞装订整齐、账册模样的册页来。我数了数，共二十三本，全用牛皮纸做封面，然后用农家纳鞋底那样的粗线精心地装订起来。存葆交代说：这是沂源县荣军休养院里一位叫朱彦夫的残废军人写的自传体长篇小说，你是搞文学评论的，你先看一看，有没有出版价值，达没达到出版水平，还要做怎样的修改？

我应命把这二十三本厚厚的册子抱回了家，起先我真的没怎样重视它。以为它大概就是类似于干休所里练书法的老人写出的“书法作品”。然而，翻开第一页，我就被认真、流畅的字迹所吸引。这是出自于失去双手的人之“手”吗？真的难能可贵，读着读着，我被深深地感动了。不，是震动了，不，不，是震撼了！

书中的主人公石痴是怎样的一个人啊！他不是烈士，但接近烈士。残酷的朝鲜战争的战火舔去了它的左眼。这还不够。长津湖以南一座普通山峰——二五〇高地上发生的一场空前惨烈的激战又夺去了他的双腿和双手！他昏死在了战场上。

面对战争，很多人会想到牺牲，但一般人想象

苍生与极限的挑战——自传体小说《极限人生》出版的前前后后 / 中外书摘 / 上海人民出版社 / 1997年第5期

不到或根本不愿想象成为什么类型的重残人。因为，那几乎是非生非死的煎熬。石痴就开始了这样的煎熬，他被从战场上抬下来，救活了，归国后住进了荣军医院，成了有生灵却没有生机、有思维却不能行动、感官神经犹存而肢体皮肉早逝、将永远与床为伴的重残人。

对国家和民族而言，他们绝不是一个失败者，而是功载史册、名垂汗青的胜利者；但对于个人，对于蒙受灾难本身，他们又不是胜利者。石痴不甘充当胜利的失败者的尴尬角色，它用残存的全部生命呐喊：胜败与健残不应成为衡量人生价值的标准，必须拼命从身躯仅存的部位中发掘出虽然有限但必能制胜的因子。勿求健全，只求生存！勿求人助，只求自理！勿求伟绩，只求发光！

从此，石痴彻底走出了初始排遣不去的绝望情绪，从自伤、自杀中解脱出来，开始了平常健全人绝难想象其艰难程度的“重新做人”的历程！直至能自己吃饭、穿衣、解便……直至成为一个村二十五年的党支部书记，带领乡亲们脱贫致富；直至成为孩子的爸爸，孩子的孩子的爷爷；直至历时七年，一笔一画写出几十万字的《极限人生》！让生命在死亡的边缘亮出了七彩的霓虹！

如果我看过的那二十三册，五十余万字的原稿还在，一定能从多册、多页上找到我的斑斑泪痕。我读着读着就控制不住自己的情感，失声大哭，任凭泪水恣意纵横，滴滴撒落。这里的泪主要不是对苦难的同情或慑服，而是对生命潜能的崇敬；是对生命堪称辉煌奇迹的膜拜。朱彦夫用他独特的感觉和体验，以我们从未见到过的惊人真实，描绘了人的生命的韧劲和力量可能达到的极致所在。健康而懒惰的人啊，面对生活，我们只使用了我们生命所具有的能量的几分之几呢？难道生命非得到绝境时才肯放射出夺目的光华吗？

第二天，我当时所在的创作室正好开会，存葆问我看完了没有，我当着存葆和创作室与会的同仁，说了本文开篇的那些话。我告诉存葆，我是饱含热泪一夜一口气将它读完的。尽管他的语言还比较粗糙，有许多地方不通顺、不流畅，还有不少是朱彦夫自己组合、只有他自己才懂的词语；尽管在内容上枝蔓庞杂，不少地方重复，缺乏必要的剪裁、组合、集中概括和典型化处理；尽管在结构上还大有艺术创造的余地，但这一切都遮挡不住其飞腾出来的精神、思想的火焰。这部书不仅有出版价值，而且有重大出版价值，他的出版，将是投向社会、投向读者内心深处的一枚精神炸弹。

与朱彦夫一席谈话，深深感到，他写书的过程本身就是一部“大书”

存葆告诉我：书稿是由朱彦夫在他爱人的陪伴下专程送来济南的，现在正住在军区政治部接待室里，等待我们初读后的意见。

后来我才知道，朱彦夫初到济南住在一家只有简陋木板床的招待所里，一日三餐馒头就着咸菜和白开水。存葆得知后，马上派创作室的车把他夫妇接到条件较好的军区政治部接待室来住，费用由创作室承担。每天的伙食按最高标准安排。朱彦夫坚辞不肯，李存葆以他特有的洪亮嗓门动情讲道：“像你这样的功臣，天天国宴也不为过！”听到这一句话，朱彦夫这位出生入死的“活烈士”流出了热泪来，他对着来看他的我说：“有李主任的这句话，我真的死而无憾了。”

我是在那天创作室的会议结束后带着我五岁的儿子去看朱彦夫的。敲开他住的五〇六室，朱彦夫正蹲在床上。戴着一副茶色墨镜，没腿没手，如一尊肉碌碡。我儿子一见，“哇”的一声大哭，惊恐地扑到我的怀里。他实在想不到这也是人，人还可能是这样！是的，我也没有想到。我把吓哭的儿子交给楼层服务员，开始与朱彦夫一席谈。

朱彦夫很健谈，口才极佳，而且底气十足，富有激情。说到动情处总要用他那双残臂极娴熟地“取”出烟来，极熟练地点燃，富有滋味的吸吐：我是战争的幸存者，我的生命是战友们给的，他们把生让给了我，我就有责任把我一生的事件告诉后代。是死去的战友的临终嘱托催促着我去写；是残疾人自强不息的信念鼓舞着我去写。不做些事情，人活着干什么？起初，孩子们劝我口述，他们记录，可是，这样搞出来的一点我看了怎么也不满意，这样总隔着一层，与我内心的那种精微的感觉、经历的独特体验，差得太远。我决心自己写！

决心好下，可真的干起来，又谈何容易。我四肢空无，只能用嘴写。可每写一个字，口涎就会顺笔杆流下来浸湿稿纸。而且，每天只能写十几个或几十个字，还得反复重描多次才让人认得。后来，练得能嘴、臂并用了，每天能写上五六百字。可是，写作时间稍长一点，残臂创面神经就会疼痛，并且伴有脑胀目眩。那每一个字几乎都是我用生命写出来的。罪和苦不仅来自生理上，许多还是生理之外的。光我一天学没上过，要把自己心里想说的话都写出来，这难度也比得上二五〇高地的那场战斗。词组、词汇，时常把我弄得焦头烂额。

从北京专程到沂源看望朱彦夫 / 1997 年 9 月

多少回，为了一个词甚至一个字，我会搬来字典、词典，一查就是几十分钟、几小时！我苦熬苦写了七年，现在你看到的是修改了七遍的稿子，总计达到百万字。其中的艰难程度你就可以想象了。

我边写边想替这部作品取个名字。但想了很多，都不太满意，一一被自己否决了。有一天下雨，我看见一条钻出了泥土的蚯蚓在地上爬，这给了我启发。蚯蚓无手无腿，就靠躯体拱在土里，以自己的方式生存着，发挥着自己的作用。这有点像我。不同的是我还流着热血。这时，一个书名冒了出来：《血蚓》。我就把我的这部作品暂定名为"血蚓"了。你看怎么样？

与朱彦夫的促膝长谈，更使我震惊眼前的人和书稿，感到他写书的过程本身就是一部让人惊叹不已的"大书"。感到眼前的这个特殊人物、这个特殊人物的特殊经历，依据这个特殊人物的特殊经历写就的特殊的书，必定会无可阻拦地走向社会，成为我们生活中的一个特殊事件。我就怀着这样的心情，向他坦陈了我对作品的意见：从出版的角度说，也以一部完整的艺术品来要求，它确实还需要修改加工。鉴于你的受教育程度，我也以为的确需要有人来帮助修改。但所找的这个帮助你的人，只是做文字的梳理和删除，只是做枝蔓的剪接，决不要加进修改人自己的任何东西，一定要保持作品的原来风貌。这样，这部作品就成功了。这部作品只能成功在两个字上：独特。

李存葆夤夜写出四千五百字的指导长信。黄河出版社当即拍板：这部书赔钱也要出

我，无意中有幸成了朱彦夫作品脱稿后、出版前的第一位读者。

听了我的初读意见，李存葆怀着极大的热情又一字一句地精读了一遍，被作品所描写的内容所吸引和感染。这位以《高山下的花环》《山中，那十九座坟茔》《沂蒙九章》而饮誉文坛的宿将，怀抱巨大的责任感和使命感，夤夜急书四千五百字的一封长信，向一位素昧平生的老战士、山里人，坦陈自己对作品的意见，推荐出版。存葆写道："该书创作的精神和主题内容是好的，对广大青少年是宝贵的传统教育材料。作者本身就是集艰险、患难于一身的大写的人物。但错字、病句尚需梳理、校正，最好请有关领导找人梳理一遍，基本内容不可损伤，要保持原汁原味。"

黄河出版社也闻风而动，立即指定了三编室年轻有为、富有才华的编辑程鹏同志担任这本书的责任编辑。出版社领导的态度十分明确，只要达到出版水平，这部书，赔多少钱也要出！

责任编辑程鹏与朱彦夫的首次会面，由我陪同。程鹏出生在沂蒙山，又长期工作在沂蒙山区，担任临沂军分区的新闻干事多年，对沂蒙山区的人和事十分熟悉。未见朱彦夫的面，就已记起他就是担任了二十五年的村支部书记，带领群众改变了一个贫困村落后面貌，没有四肢缺一只左眼的残疾军人。及至会晤，分外亲切，围绕书和书外的话题，谈了很久、很久。

黄河出版社社长王树生曾对笔者不止一次地讲起过朱彦夫这部书的出版。他说：出版社，尤其是军队出版社，更要讲出版的社会效益，要为整个社会的精神文明建设、道德风尚建设和振奋人的精神，深虑远谋。朱彦夫的书，不但要出，而且要出好。我是把它作为对我们思想建设的一个拳头产品来对待的。

济南之行，朱彦夫十分满意。他在听取了方方面面的意见之后，十分诚恳地对我说：如果我早些年就来济南一趟，而不是一个人憋着闷头写，如果早就听到了这些个意见，我一定要写得比现在好。

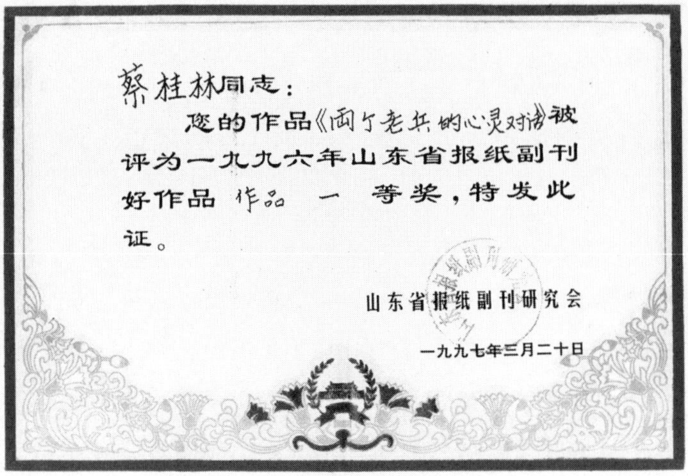

蔡桂林同志：

您的作品《两个老兵的心灵对话》被评为一九九六年山东省报纸副刊好作品 作品 一 等奖，特发此证。

山东省报纸副刊研究会

一九九七年三月二十日

《两个老兵的心灵对话》被评为1996年山东省报纸副刊好作品一等奖/1997年3月20日

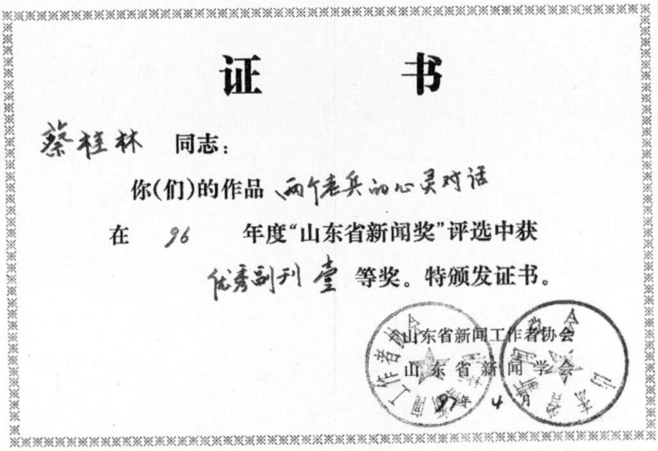

证书

蔡桂林 同志：

你(们)的作品 两个老兵的心灵对话

在 96 年度“山东省新闻奖”评选中获

优秀副刊 壹 等奖。特颁发证书。

山东省新闻工作者协会

山东省新闻学会

97年4月

《两个老兵的心灵对话》在1996年度“山东省新闻奖”评选中获优秀副刊一等奖/1997年4月

朱彦夫的写作，早就得到他所在的沂源县上上下下的关怀、关心、关注。这次他从济南送稿返回沂源，更受到沂源县委、县政府的高度重视。县委书记陈传玉、宣传部长张学信特地委托县人民广播电台台长李民同志对书稿进行出版前的最后一次细致的校正、梳理。朱彦夫身边的许多人，对该书的诞生，给予了多方面的帮助和支持，这样的人名可以列出长长的一串，孕育了许多感人肺腑的故事，有谁去写一篇“《极限人生》诞生记”的报告文学，我相信是可以精彩至极的。

今年六月底我奉调进京，行前获悉黄河出版社准备在书印出后到沂源举办一个首发式。我也曾不止一次地建议责任编辑，应该到北京人民大会堂去举办一个首发式。朱彦夫，连同他的《极限人生》，不仅属于沂蒙山区、山东省和济南军区，他和它，也是属于全国人民的。尤其是在社会大转型的历史时期，我们更需要战争年代先烈的精神、朱彦夫的自强品质和共产党人的凛然正气。甚至我觉得，朱彦夫和他的书是属于世界的。他的经历和依据经历所写的这部大书，在人类精神史上，有其自己的价值和意义。

1996年8月16日，我在北京收到了期盼已久的《极限人生》的样书。

《作家报》1996年9月21日

父亲在北京的家中看书 /2000年12月

长年在外，功夫都花在了没完没了地与自己的命运较劲上，疏于陪伴父母。来北京工作之后，觉得可以喘息一下了，带着已高龄的父亲海南行。

自海口至三亚途中，我们参观了享有盛名的博鳌。

亚洲博鳌论坛闭会期间，所有场馆都是对游人开放的，父亲看得很有兴致，最后驻足富丽堂皇的主场馆。

海蓝色为背景的主席台上，矗立着一张用海南黄花梨制作的发言席讲台，讲台上放着一架麦克风。父亲沿着红地毯从容地走上主席台，站到黄花梨讲台前。父亲方阔大脸，天庭饱满，身高一米七八，敦厚结实，站在那里器宇轩昂，很显魁梧。簇新的银灰衬衣袖口轻挽两道，俨然政府要员。他双手撑着讲台，对着麦克风“呵呵”两声，一副发表主题演讲的姿态。麦克风是打开的，清脆的“呵呵”声立时传遍主会场所有角落。

听到回声，父亲很开心地笑了。

接着笑着对我说：给我照张相吧。

父亲不喜欢照相，每当我提出“在这里照张相”时，总是一幅很不情愿的样子：照什么照，一张老模咔嚓的核桃脸，浪费胶卷。这回主动提出照，稀罕。

我立即应命从不同角度给父亲照了若干张。

与藏族女孩在一起 / 西藏工部江达 / 2005 年 9 月

照相时我在想，即使像父亲这么平凡的人也是有伟人意识的吧？也希望成为时代进程中的一个什么角儿，参与书写历史，不然，为什么要在这里留影呢？

然而，我真的想错了。

在离开博鳌的车上，父亲对我说："我在电视里看过博鳌。一个开国际会议的地方嘛。开会时，不少国家的头头脑脑都聚到这里，热闹得很。会散了，这里冷冷清清，空空荡荡。是会，使博鳌有了名气；是下一次会还在这里开，使博鳌显得重要。如果当年不是选博鳌，而是选在舍田桥建论坛，那博鳌就只是海边边上的一个不起眼的小渔村，没啥，出名的就是舍田桥了。其实，人也一样。"

我反复琢磨父亲的话，有味。

应着这味，我追问：既然如此，那你为什么要在博鳌照相呢，回舍田桥照不就可以了？

父亲：因为没有选择舍田桥，我只好照博鳌带回舍田桥去咯。舍田桥不需要照，我就是舍田桥。

七十开外高龄的父亲这样回答我，让我感到讶异。

此后又带着父亲陕西行。

父亲对兵马俑很着迷，盛赞秦始皇了不起，一连去看了三次还嫌不够。父亲觉得那些兵马俑都是活的，去多了说不准哪次就会看到他们走来走去排兵布阵。

我：那给你搬一尊仿制的回去慢慢看？

父亲：好是好，就是晚上可能很吓人吧？还是不搬了，就要本画册吧。

我们去了华山。

我们由玉泉院入山南行，过五里关、石门，经莎罗坪、毛女洞、十八盘，抵达青柯坪："谁将倚天剑，削出依天峰"。

爬到青柯坪，我已累得够呛。

前面巨岩崭立，削壁千仞，更加难行。我嫌累，不想爬了。父亲不干：邓小平拄着杖爬黄山，我不比邓小平登黄山时的年纪大，为什么不爬？从北京到西安一千多公里吧，再从西安到华山怎么也得有百儿八十公里，走了这么远的路不就是为了登山吗？到了半腰又不爬了，那干脆不要来吗，那又省钱又省神。

鹤鸣九皋 云荡天边——张鹤云先生画品／文艺百家／1996年第3期

我：你不觉到累吗？

父亲不假思索地回：觉不到。你看玩电脑游戏的小把戏，趴在那里可劲玩，再长时间他们喊过累？没有。觉到乐趣就觉不到累。接着，父亲更像是自言自语：人啊，常常吃了很多苦，走了很远很远的路，结果忘了当初为什么上路。

父亲的嘀咕把我镇住了：可不是？在路上走啊走啊，行程远了，连最初的起点是哪一山水全然记不清了，更忘了为什么要走这么远。走成了目的。

能说出这话的应该是哲人。

有把年纪的人都是哲人。

时光教会人经验，人生的智慧就藏在经验里。

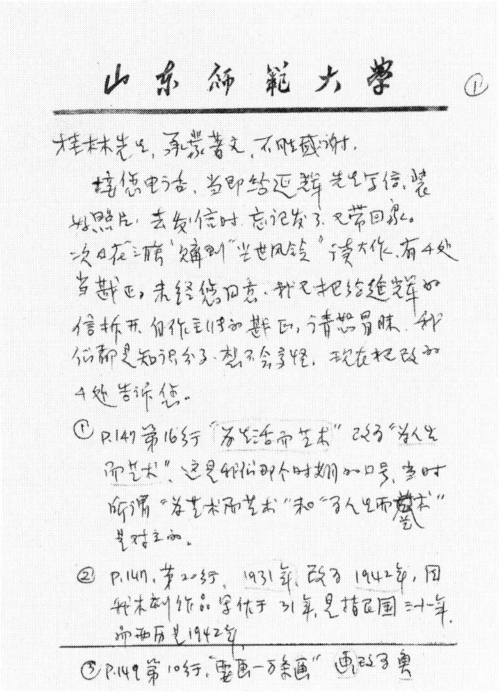
山东师范大学 ①

桂林先生，承赠著文，不胜感谢。

接您电话，当即给延群先生写信，装好照片，去发信时，忘记发了，又带回家。次日在门房"编刊"半世风铃"读大作，有4处当斟正，未经您同意，我又把给延群的信拆开，自作主张加斟正，请恕冒昧，我们都是知识分子，想不会见怪。现在把改的4处告诉您。

① P.147第16行"为生活而艺术"改为"为人生而艺术"，这是我们那个时期的口号，当时所谓"为艺术而艺术"和"为人生而艺术"是对立的。

② P.147，第20行，1931年，改为1942年，因我木刻作品写作于31年，是指民国三十一年，而西历是1942年。

③ P.149第10行"要画一万条画"画改为粤

张鹤云先生致蔡桂林的信 / 1996 年 3 月 21 日

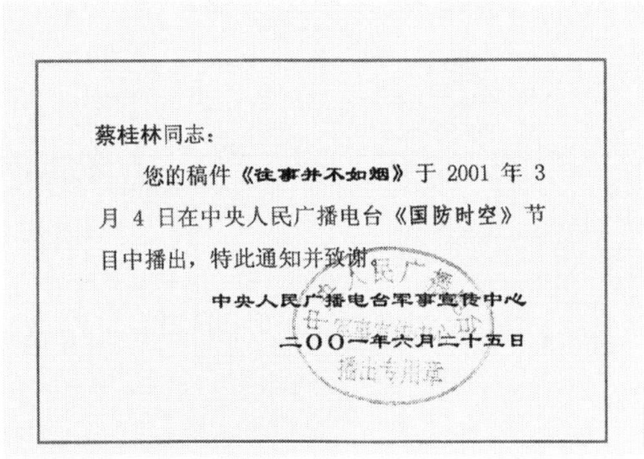
蔡桂林同志：

您的稿件《往事并不如烟》于 2001 年 3 月 4 日在中央人民广播电台《国防时空》节目中播出，特此通知并致谢。

中央人民广播电台军事宣传中心

二〇〇一年六月二十五日

中央人民广播电台配乐散文《往事并不如烟》播出通知单 /2001 年 3 月 4 日

爬！

我跟在父亲身后，经百尺峡、仙人桥，过老君犁沟，出猢狲愁，直指北峰！

身置于北峰，一览众山，体会到了唐代诗人张乔写华山诗句的杰出：“卓绝三峰出，高奇四岳无。”

父亲坐在一方怪石上，喘定，转向我说：不逼你爬上来看不到这景吧？

我老实回答：看不到。

父亲：就是。那次去广西的火车上我看书看到，镇压太平天国的那个曾国藩说，世间事一半是“有所激有所逼”才成的。

我曾经多么热衷功名啊！

热衷得不肯放弃一次可以抛头露面的机会，期望一举成名天下知；热衷得寝食难安，就差投机钻营；热衷得极精心地包装自己的名片：把一点一滴“闪光”的东西排列组合成孔雀开屏。现在看那时的名片，真可以说是寸幅之间尽显“雅士”风采、方寸天地堆满“名人”春色了。

在那段追功逐名的日子里，为“名”大伤脑筋，为“名”所奴役，为在这种奴役下而得到的一点微不足道的收获沾沾自喜，却在人前呈

5 博览群书 作家报 ZUO JIA BAO

是真正的知识分子，就应该对一切未能挽回的事实负责。——萨特

倪萍和她的《日子》

□ 蔡桂林

一味地褒贬名人出书没有意义，反倒见出纠缠之人的无聊和狭隘。有意义的事是认真地去看一看它们究竟给社会生活提供了些什么，给我们的精神世界增添了些什么。恰在这些方面我相当推崇倪萍的《日子》。

倪萍的《日子》不是空谷幽兰，它是人间青竹。竹叶间有斑斑阳光皎月，但更有苦恋哀愁，更有凄风凉雨。本来，在月明风清的夜晚，竹间会有诗般的细碎轻吟，吟成一片柔曼梦境。只可是那样的夜晚很少很少，风声雨声夹着飞沙走石不时遮挡月明风清，所能选择的只能是不弃风雨的吟哦，是和着风雨的咀嚼。这决定了《日子》苍茫凌峻的基调。当然，倪萍始终不能放弃她的古典、温情、浪漫。她揭示现实再清醒、严峻，最后她总是要把笔放轻，顽强地留下一个希望、一点慰藉。这又使《日子》苍茫凌峻之外富有了和煦的温情。——是为了给读者一个跋涉中的绿洲，哪怕是海市幻境？还是像《红楼梦》里说的"我为我心"？不管是哪一种，都是十分可爱又有些美丽的感伤的。

许是久经人生的历练，倪萍已能不被浮光掠影遮住望眼，俗世时风亦不能轻易晃动摇摆她，她知道什么是沉甸甸的，生命真正的意义和价值在哪里。于是，她那管简洁生动的笔，便一下就捕捉住生活里最本质的东西。我赞同韩小蕙把写作分为两种，一种是用文字写，一种是用生命写。前一种可以写得很冷静，很技巧，文学性、艺术性、审美性都达到很高水平；后一种是生命激情的投入，真正的呕心沥血，所谓的"一捆一掌血，一鞭一条痕"。无疑，《日子》是用生命写，是写对生命的真感悟、真体验。这里有农妇般长时间田野劳作后在垄间麦垛上打盹，做起的一个关于收获的甜梦；这里有在人生艰途上跋涉得疲惫不堪时，突然浮现的在母亲、在姥姥膝前戏嗥的"小时候的季节"；这里有风雨初来时"撑在心里"的"雨伞"，风息雨霁之后微润的山川荡漾起的宁静的和弦；这里有蝴蝶般的生活，以为是被虔诚的双手扑住了，其实，它已从指缝中飞起，"仰着洁净的额头，热切地飞往高高的天地"；这里有在令人沮丧的无边沙漠中找到了一泓清泉、一片树荫，让人小憩之后重新抬起变得明亮了的眼睛看到的瀚海般的辽阔和美丽；这里有一个旅人走过"狭长的过道"、终至山巅放眼望见的大地雾浓浓的蔚蓝和温馨的丰沃；这里有"不平凡的夏天"繁忙喧嚣的一日终于过去，夕阳和晚霞交织成的醉人黄昏；这里有在现代都市之外忽然出现的一座"百花山"，山里珍藏着的真纯和诚挚以及悠悠和声；……就是用最严格意义上的文学的眼光去审视，《日子》也是散文中的上品。

我从《日子》里读出了三个字：真、善、爱。"真"是支撑《日子》的骨骼。"善"是《日子》里的柔润春雨。"爱"是《日子》里的亮丽阳光。它们相互交织着，《日子》因此而动人，因此而获得了很强劲的情感力量。我不同意《日子》"用几个闪闪烁烁的私下生活场景，与老百姓眉来眼去挑逗几下"（王昌文：《〈日子〉及其它》）的讥评——对于名人，为什么要么是如此的刻薄，要么是精神跪着的仰视，就不能以平常、平和、平静、平等一些的心态去对待？——它实为一部直面人生、直面灵魂的作品。不错，它是写了"私下生活场景"，但决非如《私人生活》、《一个人的战争》等些作品那样的自恋式的倾诉，甚至是颓废的一己的喃喃私语，而是自觉地与磅礴的社会生活、与纷繁的大千世界、与宏大的人生走向相一致，并注入丰沛的时代激情，以此建立起了高尚的意义。正如倪萍自己所坦陈的："《日子》是有感而发，是一种倾诉，是一种真诚的人生独白。"真诚的倾诉，真心的写照，真情的抒发，真情的吐露，无藏无掖的坦诚直率，让我们领略到了作者的勇气和胆识。如今"真"难，尤见"真"贵。作者将三十余年平常又不平常的人生，无遮无掩、一展无余地悬挂成社会崖壁上的瀑布，任读者去察看每一滴生活水珠透明的飞溅。对"倪萍访谈"专栏的切肤之痛，对"不堪回首"的"一段生命退化、灵魂投降的日子"的苛责，都令我们见出"真"的血刃般锋利。实在难为一个十分灵敏的女性了。我真想劝一句：倪萍，不必的。功过由人说，得失寸心知，善待一些自个，过于的严厉是一种自伤，它会妨碍心灵的亮朗。萨特说："是真正的知识分子，就应该对一切未能挽回的事实负责。"倪萍勇敢地为自己"未能挽回的事实"负起责任了，并坚定地说："接受责任的能力是衡量人的标准。"由此说，她是个很优秀的知识分子。"真"使《日子》赢得了魅力，也使她走向了读者、观众心中的高度。

《牵挂》、《希望》……流溢善意。善解人意的倪萍用她相当细腻的笔触，为日乏温情的世界，为日乏善意的时风，吟咏出柔肠百结的童谣。尽管不是惊天地的善事，却也算动人容的善举，积小善而成大德，它辐射给社会、给普通百姓的是最可宝贵的生命的温热。末了，倪萍还不忘善意地提醒一句自己："帮助别人就是帮助自己。"——由此我们可以断言，倪萍还将善下去——《日子》里到处盛开着那种善的玫瑰。人因善而可亲、可敬、可爱、可以信赖。善，是倪萍抑恶扬善的良心对人生世事的竭力裁处，《日子》的意蕴，多由此而滋生，与此相维系。值得指出的还有它的叙述视点，一如她的节目主持，总是那么平和、亲蔼地面对普通观众，决无名人的高傲以及与之如影随形的夸夸其谈，始终以一种平常人的姿态与芸芸众生紧贴着、沟通着、交流着。这也是一种善，一种很宝贵、很深刻的善：善的平民意识，平民的善意识。说彻底了，《日子》只是倪萍的"日子"，完全是"我"之外的另一个局外人的生活，我们为什么要去给予如此的关注？其中很重要的大概就是"善"对我们的召唤，"善"给我们的鼓舞。

由善进一步走向爱，是《日子》的鲜明轨迹。善是一种品质，爱是一种情愫；善里饱含着高尚，爱中体现出襟怀。倪萍的"日子"里，善流溢着，爱潮涨着，它们如洒满大地的母乳般的阳光，在字里行间跃动。"我是一个充满强烈爱心的女人，这种爱几乎是与生俱来。"对骨肉亲情的爱，及至对素昧平生之人的爱；对失学青少年的爱，及至对凡求助于她的病残孩童的爱……使我们深为钦佩她葆有一颗博大的爱心。对"想做母亲"的真诚呼唤，尤见出她爱得生动。她因爱而美丽，而富有，"日子"也因之流光溢彩。这一切分明让我们感到，她在生活中倾注进浓稠的对祖国、对自然、对周围一切生命的爱和滚烫赤诚。我初本抱着轻松甚或消遣的态度翻开《日子》的，一如展读威廉姆森的《威廉姆森的女人们》。可是，我越读越觉出了《日子》的沉重份量。因为，涨满《日子》的是使命、责任和不断的追求，它提升着人的境界。

感谢《日子》。它向世界敞开了一个名人——尽管她从不以此自居——的真心实肺和心路历程。或者说，它掀起了名人的盖头，驱散了笼罩在她头上的五颜六色的光环，让世界看到了一个立体的人。她拥有的并非尽是阳光晨露、和风细雨，还有着是人就一样要遭遇的电闪雷鸣。荧屏上，倪萍留给观众的是永远的晴朗的笑，可在荧屏外，在笑的背后，是只有她自己才知道、只有她自己必须去面对的"把自己的身躯全部削成竹矛往地下扎的日子"，是"体验生命的苦难，体验现实的残酷"的日子。在她成长的道路上，洒满一般人难以付出的斑斑心血。惟其如此而依然通体透亮着真、善、爱，方才见出倪萍的可贵，倪萍的大气。因此，我们有一千条理由善待她。而其中最重要的一条就是倪萍是为我们贡献了太多太多的快乐的"日子"的。

倪萍和她的《日子》/ 作家报 / 1997 年 12 月 11 日

谦恭状、潇洒状，其实，内心翻涌的是自鸣得意的浪潮，前行的船帆鼓满的全是功名的劲风。现在想，就人的丰富、健全的精神生活而言，过分热衷功名已经接近是个悲剧，因为它必定牺牲掉很多很多东西，而身在悲剧中还沾沾自喜，那就是更深的悲剧了。

欲望制造目标，行为竭力达成欲望制造出来的这个目标。不断的欲望，也就有了不断的梦和目标，也就有了不断的疲于奔命的行为，从一个梦一个目标奔向下一个梦下一个目标，就是世俗所谓的功名，永无休止的欲望造就永无休止的梦和目标，人永远无法满足。这就是人生悲剧的原点。

没有必要去清算自己的历史，因为，这是自己清醒的选择；也许，今天的我没有权利这样苛责过去，因为现在的自己似乎还在长安道上；也许，如今这般的刻薄是对漫漫功名路求而难得发出的喟叹；甚至，现在的这番刻薄未必不是以往那种"热衷功名"的花样翻新。我说不清楚这些。我能说得清楚的是我感到了切切实实的今是昨非，感到了切切实实的累。累在活得太刻意了，累在活得太算计了。

泪与笑的人生——评《铸造忠诚》/中国图书评论/1999年第10期

我不想说功名于我如浮云，我远没有修炼到那样的程度。而且，在人生辽阔的天空上，能飘几片功名的浮云，也不失为一道优美的风景吧。一个人有点功名心，有点建功立业的抱负，绝不是什么坏事情，它很可能是一个成长进步的力量之源，“八千里路云和月”，谋的不就是功名吗？我想说的是我不会再做功名所规定方向的神或奴隶，因为我彻悟了自己是人，应该是一个全面完善自己的人。功名不再是我追逐的唯一目标，不再是我人生意义的全部寄托。功名不是一切，功名之外，阳光下绵亘着令人激动令人神往的广阔生活和奇观，蕴藏着人生简朴而又丰富的幸福。此刻，我更向往这种简朴而又丰富的幸福。

不是想讲一个对与不对的道理，而是竭力表达一种心情，一种“高晴已逐晓云空”的心情。

伴随这种心情而来的是——酒。

对于酒，以前我一点都不能喝。非但不能喝，简直到闻酒即醉的无能程度。以后我特能喝，常常成为席间的一匹黑马，适时杀将出来，定见人仰酒翻。

能喝多少？不知道。有时三五杯也能面红耳赤如步清风。但具备了心情、气氛、环境这喝酒的“三要素”之后，那量就说不准了。在一次作品讨论会上，有人数着我喝下了七十二杯。就算其中一半是弄虚作假，三十六杯也是个了不起的数字。在另一次讨论会上，赢得了“一肚酒水向东流”的赞誉。不同的是，前一次没醉，至多算微醺；后一次不大行了，但也没有发生翻江倒海的“开喷”，头脑依然清醒，只是脚轻如烟。一位好心的记者要用摩托送我回宾馆，我还知道婉言谢绝：“坐不稳摩托了。”后来是一位“侠客”善解人意，将我好生扶回的。据说，一向不肯向人掏心掏肺的我，那次大着舌头说出了许多痛心痛骨的话，把“侠客”感动得一塌糊涂。第二天“侠客”说与我听，我睁大眼睛屏住呼吸呈惊讶万分状。然后极诚恳极认真地摇头：真的吗？我可是一句都记不得了，气得“侠客”咬牙切齿，踹腿跺脚。再然后，我不紧不慢地收场：“不过，酒后吐真言。”——酒就有这样的魔力、魅力：可以使人不失面子，又可以使人心满意足。

据说“酒量是练不出来”的，那我的酒量是怎么从小到大的呢？也许是缘自年龄不断增长，涉世不断加深，在茫茫人海中摸爬滚打左探右索，有欢乐，亦有痛苦；有欣喜，也有悲郁；有感慨，更有喟叹；水的外形火的性格的酒，就成了生活的慰藉，抒心中不平，浇胸中块垒。酒量就是在这种心对心的深切抚慰中增大成了一个成年人的无奈与激情、脆弱与刚直、肤浅与深刻。不是吗？

当然有喝高了的时候。

比如，在武汉东湖边上烟雨阁与延国喝酒的那次，被卖菜的板车给拉走了。

比如有一次，酒后友人相约出门遛弯，我在宾馆大堂里久等不见友人来，正要去找，友人从宾馆门外进来看见了我：到处找你！我：不可能。我回房间喝了点水就下到大厅等你们了，没离开过半步。友人：看看你的手机，都打爆了，就是不接。我：更不可能。手机在手包里从没响过。我拉开手包，拿手机查看，结果，拿出来的是宾馆房间里的电视遥控器。不好意思。不好意思。……

喝得再高，不能失去风度、修养、品德。

我神往斯巴达克斯生活的年代。那是一个崇尚静默、崇高、激情和伟大的时代，人与自然于一种和谐中透出一股逼人的莽力。在罗丹雕塑《青铜时代》面前，我一次次受震撼，一次次被一种觉醒的力量所提携、所升腾。还有他的《思想者》，那梦幻般的眼神，流泻出的是全面而深刻的无从抗拒的精神力量，我就相信那五指捏拢支颐的“思想者”的那只手掌里，攥着人类健全的精神世界。我一次次升腾起掰直那手指，看一看那里面世界的强烈欲望。回望现实中的芸芸众生，哪里还寻找得到这种令人醉心的丰富和健全！男人空有一副男人的构架，而丧失了支撑这副构架的内在力量，丧失了充填这副构架的生动气韵，成了在某一点上高度发达，而整体上特别孱弱的稻草人。女人呢？统统是长袖及指矫揉造作的温柔可人；统统是紧身裤高筒靴做出来的挺拔苗条，口唇鲜红眼影青紫描出来的柔情妩媚。既没有蔡文姬“胡笳十八拍”凄怆苍凉的襟怀，也没有李清照“东篱把酒黄昏后”的冷峻孤独，逐渐退化成既无才华也无品格的失真人。

也因此，我不喜欢三两酒喝半宿，欣赏开怀豪饮，神气冲天，诗酒风发，涌出生命根部都有的爽直和豪气。谈天说地，议古论今，亦歌亦哭，敢泣敢诉。妙语连着妙语。警句接着警句。名言叠着名言。时而是舍我其谁的伟人。只是不再是凡人。人情是赤裸裸的。内心是赤裸裸的。憎恨和愤怒、甜蜜和快乐、忧伤和痛苦、得意和幸福，都是赤裸裸的。

酒后的真实让人落泪销魂，造成这情境的是世事沧桑，是人间沉浮。后者把惨烈掺进了壮美。这份如利刃上舞蹈的美感愈来愈逼视我心，我不能不举起杯，面对世事，面对沉浮，一饮而尽！

壮歌四曲

判断一部作品是否优秀，是看它是否经得起时间的汰洗，能不能在时间的流淌中闪耀光华。“一个伟大的诗人不是一个时代有许多读者，而是每个时代都有几个高质量的读者。”（艾略特）一个杰出的思想家或学者，往往都“有超越时间地域之理性存焉，而此超越时间地域之理性，必非其同时间地域之众人所能共喻”（陈寅恪）。

一个写作者的名誉，靠他呕心沥血的作品建立起来，也只能靠作品建立起来。依靠“其他”建立，“其他”消失，那么，这个写作者的名誉一定会坍塌，成为废墟。

不忘当初为什么上路，向往人与作品内在精神的丰富、深刻、永恒。

把《蔡桂林文学评论选》《尘世的风铃》之后这些年为追求真实、真理而写下的文学评论、思想随笔文字编成了一部集子，一九九九年交给出版社，算作上个“世纪”的“留言”，献给即将到来的新的世纪。

这就有了世纪之交我的“曲”之一《世纪留言》。

1997 年 2 月 20 日，正值英年、为常州经济发展做出重要贡献的飞天集团董事长、总经理韩淑芳撒手西去！噩耗传来，我禁不住愕然而泣。

客居他乡，不知故乡名流。与韩淑芳相识晚至1995年初夏。这之前，只是从朋友口中得知他十年苦心经营，使计划经济时代为常州柴油机厂、常州拖拉机厂加工零配件的常州齿轮厂，扶摇直上，一跃成为全国农机齿轮行业的排头兵。产品由原先仅仅的“农”字头迅速拓展为运输机械、工程机械、汽车等全方位产品，用户由两三家发展到数百家，覆盖了大半个中国，柴油机齿轮、拖拉机齿轮，“常齿”“三分天下有其一”；农用运输齿轮，“常齿”独占“半壁江山”；它与国内名优产品配套，远销七十多个国家和地区；部分齿轮和变速箱单独出口创汇。就在十几年前，“常齿”还是那般的混沌未开，劈开这混沌的是韩淑芳为民造福的抱负。

及至见到韩淑芳，深为他的魅力所吸引。中等个儿，黝黑的脸膛上发出古铜色的光泽，意志晏晏，安若恬波，但也不乏内旷外疏的爽直；镜片挡不住灵气的双眼，泄露出狷介之气；谈吐充满智慧，充满机趣：齿轮虽是零配件，但没有哪部现代化机械离得了它。是齿轮的发明，使现代工业革命成为可能；是多种齿轮的广泛应用，加速了工业时代的到来。因一只齿轮豁齿，二战中德国的一架飞机坠入沼泽；一只齿轮断裂，英国一艘游轮在茫茫大海上飘荡了五天——他使人感到，齿轮就是他的全部生命。

韩淑芳，清华大学工程数学力学系的高才生，1965年毕业时听从祖国召唤，穿上了军装，走向大西北，从事中国的核事业，一干就是五年，把聪明才智、热血青春无怨无悔地抛洒在渺无人烟的荒滩

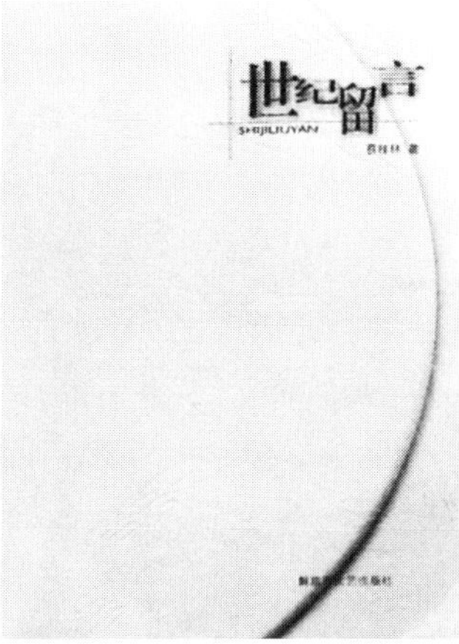

世纪留言／解放军文艺出版社／1999年12月第1版

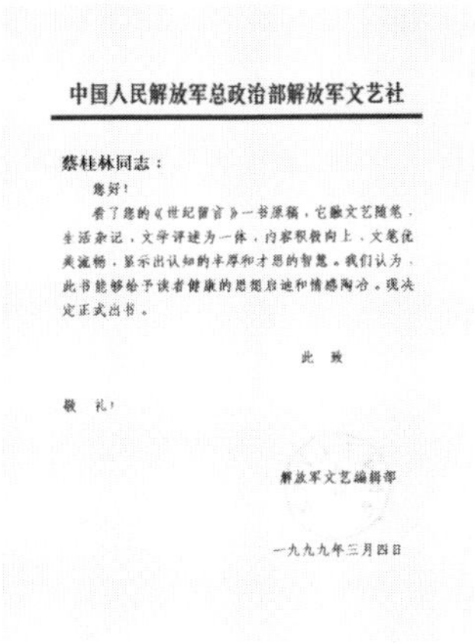
中国人民解放军总政治部解放军文艺社

蔡桂林同志：

您好！

看了您的《世纪留言》一书原稿，它融文艺随笔，生活杂记，文学评述为一体，内容积极向上，文笔优美流畅，显示出认知的丰厚和才思的智慧。我们认为，此书能够给予读者健康的思想启迪和情感陶冶。现决定正式出书。

此致

敬礼！

解放军文艺编辑部

一九九九年三月四日

解放军文艺出版社出版《世纪留言》一书函／1999年3月4日

戈壁。1970年转业至常州齿轮厂，初任厂技术员。是狂飙天落、天翻地覆的改革，使韩淑芳走上了“常齿”厂长的岗位，有了一展抱负、一抒胸臆的历史机遇。他率领全厂在做好农用齿轮这篇大文章的同时，向多机型齿轮方向发展，占领运输机械、工程机械、汽车、摩托车等大有前途的齿轮市场；适应现代化市场的需要，实现由粗放型生产向集约型生产的革命性转移，由生产单件齿轮向变速箱总成这一技术含量高、附加值高的产品转移。——这些带有根本性、战略性决策的出台和实施，给濒临危境的“常齿”带来了生机与活力，效益一飞冲天。

伴随企业主动调整后的稳步发展，韩淑芳又适时带领“常齿人”迈开了雄阔的横联、组团和扩张三大步，创造出“常齿”历史新篇，“飞天”集团由此横空出世。

我：一个生产齿轮的企业，怎么取了“飞天”这么一个浪漫的名字呢?

韩：就像我的名字和我的性别反差很多一样，飞天这个名字与飞天的产品也存在很大反差。飞天，不是对产品的概括，而是企业精神的宣言：“临山望高，有飞天之志”，便是企业名称的来历。

我肃然起敬。这位实干却无浮华、风火却不急躁、热情却不虚伪、通情却又达理的老总，胸中有精神，怀里有追求。正是这种追求，才使企业蒸蒸日上。他更把企业的办公楼命名为“求实楼”，楼前的亭阁命名为“若谷”，更见出韩淑芳的胸襟。两者的融合，有了他事业的“飞天”！

我到过韩淑芳的办公室，惊讶它的简朴。一架陈旧的木书橱；一张二十多年前流行的三抽桌，上面裂着蚯蚓般粗细的缝隙；一张旧木椅。——哪有一点现代老板的“派头”？一琴一鹤两袖清风。是他深知香饵之下必有死鱼。我们有多少大有前途的干部和相当杰出的企业家，就倒在了东食西宿虎狠狼贪的腐败的泥淖里。因此，在廉洁上韩淑芳格外用心，从毫端做起，防微杜渐，春雨洗心，秋水涤尘，与那些滥耗公款、出没于豪馆华楼、流连于媚山秀水，甚至沉湎于声色犬马之徒，有着天壤之别。外出公差，非必须不住星级宾馆；宴请宾客，非必须不去豪华酒店；就是接待外宾，也是在厂区里的招待所。他姊妹八个，侄儿侄女集合起来几乎一个加强排，他没有招进厂里一个……

韩淑芳学富五车、素养深厚，他可以背诵《离骚》，诵一句赞一句屈原。我听他背诵过他喜爱的爱因斯坦对其人生观的自述——

我从来不把安逸和快乐看作是生活目的的本身——这种伦理基础，我叫它猪栏的理想。照亮我的道路，并且不断地给我新的勇气去愉快地正视生活的理想，是善、美和真。要是没有志同道合者之间的亲切感情，要不是全神贯注于客观世界——那个在艺术和科学领域里永远达不到的对象，那么在我看来，生活就会是空虚的。人们所追求的庸俗的目标——财产、虚荣、奢侈的生活——我总觉得都是可鄙的。

我每天上百次地提醒自己：我的精神生活和物质生活都依靠着别人（包括活着的人和死去的人）的劳动，我必须尽力以同样的分量来报偿我所领受了的至今还在领受着的东西。我强烈地向往着俭朴的生活，并且时常为发觉自己占有了同胞的过多劳动而难以忍受。

叔本华说："人能够做他想做的，但不能要他想要的。"这句话从我青年时代起，就对我是一个非常真实的启示；在我自己和别人生活面临困难的时候，它总是使我们得到安慰，并且永远是宽容的源泉。这种体会可以宽大为怀地减轻那种容易使人气馁的责任感，也可以防止我们过于严肃地对待自己和别人；它还导致一种特别给幽默以应有地位的人生观。

这是不是包含着韩淑芳自己对生活、对人生的

飞天之鹰——优秀企业家韩淑芳纪实 / 江苏人民出版社 / 1999 年 6 月第 1 版

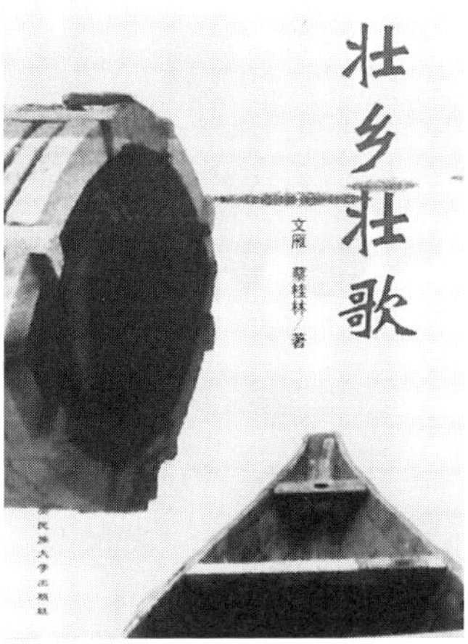

壮乡壮歌 / 中央民族大学出版社 / 1999 年 10 月第 1 版

与广西那坡县委书记农丙坚合影 / 1998 年 3 月

理解呢？他能一字不差地背诵本身就是一种回答。

这样一位至爱亲朋的突然猝逝，令我黯然神伤。哀恸中断断续续地回想着韩兄的音容笑貌、与其交往的点点滴滴，如今竟成永诀，我哽咽着道一声："韩兄，走好！你的精神和追求，品质和襟怀，对我们每一个活着的人，都是一种激励，一种榜样，一种鞭笞。"

提笔写了悼文，我更强烈的愿望是为韩兄写传。因为，在我们身边，因为，我们所处的这个时代，像韩淑芳这样有抱负、有能力、有情怀、有品质的人实在是少了。作为一个高尚的人，一个纯粹的人，一个脱离了低级趣味的人，一个有益于人民的人的崇高事迹，值得浇铸在青铜器上，刻在大理石上，书写在绢帛上，令后人铭记。

我的好友冯光辉深以为是。我们两人一拍即合：为韩淑芳写传。

冯光辉，诗人，作家，一位"以一种狂幻的估计而把微小的对象一直膨胀到充满了我们的灵魂；它又以一种粗鲁的狂妄把宏伟的对象一直缩小到它自己的尺度之内"（帕思卡尔《思想录》）的诗人、作家，常州市作协副主席。也曾是军人，也是金坛人，也对韩淑芳充满敬意。

决定为韩兄写传，不因为我们是同乡，不因为我们同是军人，完全出自他的魅力吸引：思想魅力、品质魅力、人格魅力、语言魅力，完全出自我们对他的敬佩、敬重和敬仰，完全出自我对中国经济改革的巨大热情巨大关注。——盖房子盖不出现代化，"实业救国"的理念在我的脑子里根深蒂固，不可动摇。韩兄就是我心中中国最需要的那种实业家。

我和光辉一起深入到飞天集团上到高层下到普通职工中采访，深入到韩淑芳初中、高中、大学同学包括他的母校采访，深入到韩淑芳生前战友同事中采访，深入到……然后吞吐消化提炼集中概括，再然后奋笔疾书，两个月，我们所理解所感佩的韩淑芳跃然纸上。

江苏省副省长顾浩为之作序。

这就是世纪之交我的“曲”之二《飞天之鹰》（长篇非虚构文学）。

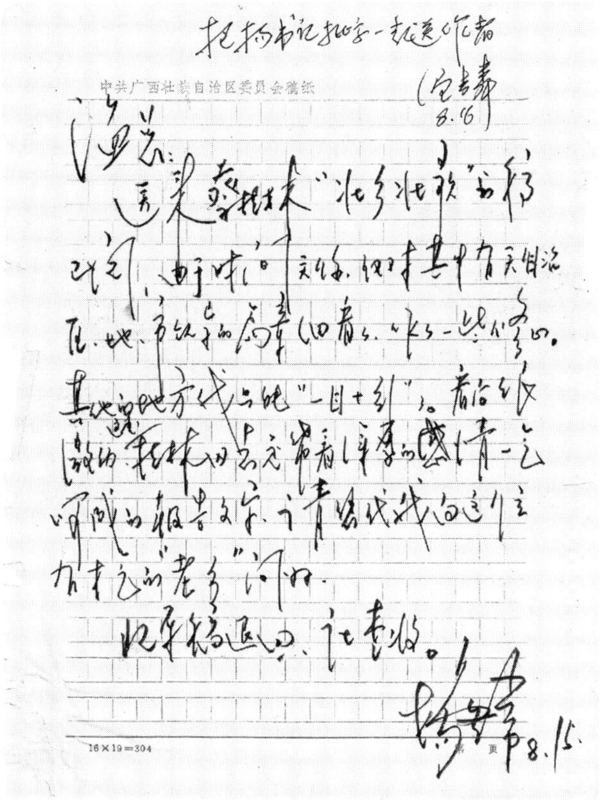

中共广西壮族自治区党委常委、副书记杨基常手迹 / 1999 年 8 月 15 日

我相信我的前世一定与广西有缘，要不然，无法解释为什么叫“桂林”。

在为我起这个名字时，我的父母根本不知道这个世界上有个山水美不胜收的地方叫“桂林”。他们的“世界”就是舍田桥，单头棚子门前的庄稼以及猪栏羊圈，离家三十公里的茅山对他们来说就是天边。因此，他们为自己的儿子取“桂林”这个名字，绝无剽窃之能，也无掠美之意，更无叨光之心。

“你当时给我起这个名字是怎么想的？”

我企图从我父亲的嘴中问出些我名字不凡的来历。

“没怎么想，就这么叫了。”

这就是我父亲的一再回答。

这使我大为失望：一个很不普通的名字起得来就是这么随便。

因此，我相信了前世与“桂林”一定有缘。

既然有缘，就该尽所能为有缘的地方做些事，再续前缘。一介书生，除了能码字，能做、会做的并不多，“为广西写”或“写广西”，作为“桂林”对“桂林”的回报，表达我无意中竟然也敢叫“桂林”的歉意，就成了一个持久的愿望。

待确定“全面反映广西各级党委政府和各族人民支持武警部队建设”这样一个主题后，1998 年 3 月 14 日踏上了采访广西路。

武警广西总队派出一台采访车和一位打字员跟随，我自北海开始了“绕广西”。历时十八天，行程五千公里，脚步遍及广西壮族自治区十五个地级市，十七个县级市，采访了三百一十八人，其中，自治区领导三人，地市党政“一把手”二十一人，县（市）党政“一把手”二十五人，各族干部群众六十八人；武警广西总队从总队长、政委到基层官兵二百一十四人；收集带回的各种资料八公斤、约四百万字……

这就有了世纪之交我的“曲”之三《壮乡壮歌》（长篇非虚构文学）——

这是一曲广西壮族自治区各级党委、政府、各族人民群众支持武警部队建设波澜壮阔的颂歌。

这是一份武警广西总队各级官兵用汗水、鲜血乃至生命回报人民厚爱催人泪下的报告。

这是一声对广西数万年文明、数千年文化历史引人入胜的咏叹。

这是一帧壮乡民族风情绚丽多彩的长幅壮锦。

这是一则诱你入精彩纷呈的八桂大地做浪漫旅行的指南……

三十万字的书稿完成后，武警广西总队党委常委传阅审读。吸收他们的建议意见，我对书稿做了一次大的修改；之后，总队长温吉彝将修改稿转呈给广西壮族自治区党委常委、副书记杨基常审阅。

温总与杨副书记十分熟悉，两人相遇，总有一番玩笑。温：我是他的克星，他可是离不开我。我：

中流砥柱 / 解放军文艺出版社 /2000 年 12 月第 1 版

《爱情的守望》（原载于《解放军文艺》2001 年第 2 期）被收入《21 世纪年度散文选：2001 年散文》/ 人民文学出版社 2002 年 10 月第 1 版

怎么说？温：他是养鸡场（杨基常），我是瘟鸡灵（温吉粦），他能缺我吗？

杨副书记及自治区党委常委对书稿的意见建议返回后，我又再做修改。定稿二十八万字，交给了中央民族大学出版社。

湛江，古称雷州，由于它的天远地荒而成为历代统治阶级排除异己、流放忠臣的去处。因此，雷州，便有幸与寇准、苏轼、苏辙、李纲等历史名人的命运联系在一起。也因此，雷州的土地上留下了“十贤寺”“寇公寺”“苏公厅”等。史实是，“十贤寺”不是“十贤”自己修的，“寇公寺”也不是寇准自己盖的，它们是历史和人心刻在一个人身后的丰碑。

就是这片神奇的土地，在二十世纪行将结束时，它所辖五个县市的一千五百公里海岸线洞开，涌动走私狂潮，将市委、市政府，以及公安、边防、海关、商检、港务、船舶等机关单位悉数卷入，冲击着民族工业的堤坝，冲击着社会经济秩序和市场的堤坝，冲击着人的道德信仰观念的堤坝。中共中央、国务院高举起的“反走私”的利剑，砍向湛江，展开了代号“九八九八”打击走私的铁拳行动。

铁拳轰然砸下，轰然“砸”出了一个令人惊叹的典型——中国人民武装警察部队湛江市支队——湛江市唯一一个没有被走私分子腐蚀掉的强力单位。这个支队的所有官兵，个个铮铮铁骨，百毒不侵，在排空浊浪中傲然挺立，挺立成走私分子攻不破的堤坝，挺立成操守、信念、情怀的堤坝。

数下湛江，广泛采访，三易其稿，这就有了世纪之交我的“曲”之四《中流砥柱》（长篇非虚构

《爱情的守望》被收入《新世纪散文精品：大地的眼睛》/ 百花文艺出版社 / 2003 年 1 月

《爱情的守望》被收入《红尘之恋》（首篇）/ 未来出版社 / 2006 年 6 月

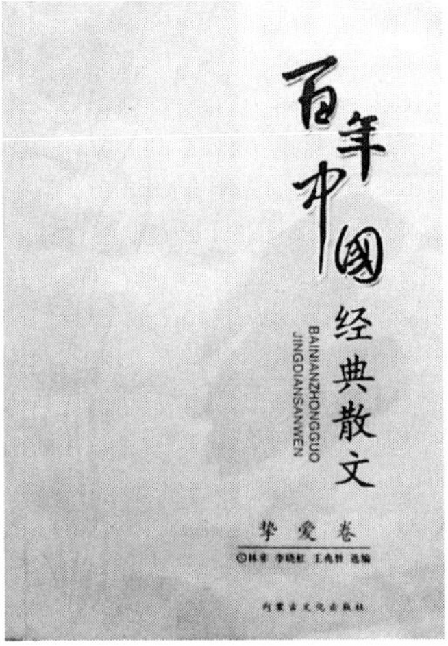

《爱情的守望》被收入《百年中国经典散文·挚爱卷》/ 内蒙古文化出版社 / 2006 年 6 月

文学）。审读该书稿的中共中央纪律检查委员会常务副主任齐培文给予高度肯定——

这是一则世纪末中国打私反腐特别行动的波澜壮阔的记录。

这是一份武警部队“不变质”“打得赢”的激动人心的报告。

这是一曲关于理想信仰、人生观和金钱观气贯长虹的壮歌。

这是一部描绘警营英雄模范人物心路历程真实诚信的传记。

这记录、报告、壮歌、传记所蕴含的意义和生命力，会超越时空，成为芸芸众生漫漫人生长途上永恒的路标……

生存毁灭

新的世纪如期而至。

步入新的世纪，远没有十年前、五年前、三年前……展望、期待她的到来时那份激动，相反，一幅幅、一片片被人类创造的同灿烂阳光一样辉煌的现代文明遮挡着、任何人都不能视而不见的斑驳画面，令人心酸：迅速消失的森林，被沙漠取代的草原，斑驳龟裂的湿地，千疮百孔的臭氧层，干涸枯竭的水源……这些景象像一根韧性极强又没头没尾的绳子，将人类生命的自由空间越勒越紧。

这就是人类赖以生存的这个地球的真相。还有什么比感受时代的疼痛、思索人类生存困境之思索，更值得让今天的写作者思索的呢？

满怀忧患之心，以异常沉重的心情，在新世纪开端的2001年动笔，历时约两年，至2002年8月，完成了长篇纪实随笔《生存还是毁灭》九章三十二节二十万字的写作。当我写完“善待家园”全书的最后四个字，泪湿襟袖，仰天长啸。

无论是减排议定书，还是环保公约……事实上都无法阻止人类生存环境日益恶化的大趋势。在人类没有找到新的去处时，地球，是人类唯一的生存家园。要生存就要发展,发展就会有对地球、对自然的破坏。怎样把破坏降到最低程度?伤透所有人的脑筋。世界上无论什么皮肤的人，什么体制的国家，谁都不肯放慢发展的脚步,落后就要挨打,不挨打也被人忽视,谁愿意或挨打或被人忽视呢?谁不愿意过奢华的生活？于是，谁都不肯放下开掘地球的风钻，最后只能让已经不堪重负的地球继续重负。

今天所养之牛已不成其为牛，它已失去了本然，所以“牛”“疯了”。“疯牛病”的真正病因在于牛不为牛。牛之不为牛是因为大地不为大地，自然不为自然。牛之病从而也是大地之病，是自然之病，是人类之病的集中体现。牛发疯了，大地发疯了，自然发疯了，牧牛人发疯了，牧人变成了强盗，牧野变成了车间，自然成了原料库，大地变得贫瘠，“牛”仅仅在“利用”的意义上才有意义，牛自己想疯。

想疯的何止是“牛”？！鄂尔多斯曾经是“花角金鹿栖息之所，戴胜鸟儿育雏之乡”，如今，再不是青山在，吹不落，水绵延，对天歌，马立天边，心在云朵的景象，许多地方变成了寸草不生的沙漠。人类抛弃了草原，草原就不再梦到人类。

整个自然都在人类的一逼再逼下想“疯”。

“疯”掉的自然必定会以自己的方式惩罚人类，大灾难无可阻挡地来临，比如，无数我们虽不知名、但无比可怕极度恐惧的病毒的出现，袭击人类，戕害生存。面对“生存还是毁灭”的追问，谁都会选择生存，谁都想生存，谁都愿意生存，但谁又都无法回避这两个可怕的字：毁灭。毁灭的理由与环境息息相关，与人类生存状态息息相关。

在中国乃至世界都为一种叫“SARS”的病毒绷紧神经，被它折腾得惊慌失措的2003年3月，《生存还是毁灭》出版上市。尽管我没有能力为新出现的病

生存还是毁灭／解放军文艺出版社／2003年3月第1版

毒起一个叫“SARS”的名字——是不是叫“SARS”有什么要紧，要紧的是还有层出不穷的病毒更令人恐慌——但大量的、骇人听闻的事实告诉我们，这种可怕的病毒必然出现。始料未及的是这种病毒来得如此之快，速度竟超过了这部书的印刷速度。

我不担心一般而言枯燥乏味的数字会损害阅读，损害审美趣味，它在这部书中，会是一块块金子，价值高昂，我就要用字里行间无处不在、令人惊惧的数字，让它像一个个铆钉把全书订得密不透风，以显示《生存还是毁灭》无可辩驳的真实性，显示《生存还是毁灭》的严峻性，形成无可怀疑、震撼人心的冲击力，增强《生存还是毁灭》的阅读价值、史料价值和收藏价值。

生存，还是毁灭？您选吧！

在尊重中前行

读《生存还是毁灭》

张小玲

几天来，心里总是沉甸甸的。望着摩天的高楼，滚滚的车流，心中突然会生出疑问：究竟什么是文明？社会的发展如果以牺牲环境为代价，那是进步，还是倒退？我们得到了很多，但失去的似乎更多。

这便是蔡桂林饱蘸心血的警世之作——《生存还是毁灭》这部书给予我的思考。

《生存还是毁灭》，既有理论的严谨缜密，又有随笔的自由洒脱，还有杂文行文析理的敏锐和深刻。举凡文史经哲、古今中外，作者几乎都是信手拈来，为己所用，让读者领略的是智者高屋建瓴的点睛之笔。酣畅淋漓的文字，入木三分的剖析，给我带来的是一种掳心的震撼。

人类创造文明历史是惊心动魄的，它在改变世界落后、单一面貌的同时，也在破坏大自然，“那些最令人津津乐道的征服自然的经典章节，无一不是对破坏大自然的赤裸裸的宣扬和赞颂”。河流干涸了，湿地面积在缩小，土地沙化了……全世界，百分之八十的耕地盐渍化，其中三分之一的土地失去了耕种的功能；百分之八十的草原土质遭到破坏，百分之五十二的湿地消失。而在我国，素有“森林王国”之誉的大兴安岭，过度的砍伐，人为的毁烧，“天边林海莽苍苍，拔地松桦亿万章”这绝美的意境已难复元气。还有那传奇的神农架，每年十万立方米的林木，在无情的刀锯下夭折，至今“神农”已去，空余此“架”了。作者几乎一气呵成，从粮食短缺、水源危机、沙漠威胁、大气污染、酸雨肆虐、动植物灭绝、来路不明的病毒侵袭以及战争所带来的种种毁灭性灾难，让读者产生撕心裂肺般的绞痛，这无疑是一场痛心的劫掠。

纪实作品是活的历史，优秀的纪实作品总是具有超越文本的社会学意义。它把事实“呼”的一声掷到我们面前，以毋庸置疑的真实性和逼人的思想锋芒，让你不寒而栗但又热血沸腾。《生存还是毁灭》就以这样一种雄健的笔力突入时代命脉的主题，以这样一种慑人的力量和风骨站在读者面前。

作者像一位不动声色的外科大夫，毫不留情地将一个备受摧残、奄奄一息的地球展示在我们面前，然后又举起锋利的手术刀解剖每一处创伤。揭开伤口，我们看到的是人类的贪婪、自私和狂妄。读着那一行行饱蘸激情，写满惊叹号的文字，我的心一阵阵紧缩，仿佛触摸到了大地心窝上疼痛和忧伤，耳边不断响起地球不堪重负的沉重呻吟。福尔摩斯说：“一个人如果想要说明大自然，那么，他的想象领域必然像大自然一样的广阔。”《生存还是毁灭》就是这样的广阔。

前些日子，去了一趟甘肃。一千年前，这条举世闻名、商贾云集的丝绸之路，如今望去却是“平沙莽莽黄入天”，说不尽的凄凉。漫漫黄沙中，只有裸露的河床满天的黄沙委顿的红柳蔫蔫的芨芨草苍凉地诉说着往昔的繁荣辉煌。站在黄河边，想起“黄河之水天上来”的诗句，我只有深深的悲哀，现在的黄河再也没有奔腾向海不复回那般雄浑的气势了，它每年断流时间已高达二百二十七天！用不了多久，它就可能从大地上完全消失，中国地理，不，是世界地理都

直逼“结果”的悲剧／作品与争鸣／2003年第4期

最后一匹军马／当代军事·文摘／2004年10月创刊号

将重写！

当一片片绿色从我们的视野中退去，我们消失的不仅仅是美丽家园，还有承载在绿色之上的历史和文明。何时人类对自然有了一份尊重，便是对真实的历史有了一份尊重，二十一世纪就能在这份尊重中得以前行。

现在社会，人类太忙碌，潮水般的生活推着人们追名逐利，无暇思考，更无暇关注我们身边的大自然。或许，在某个阳光明媚的午后，你能停一停匆匆的脚步，拿起《生存还是毁灭》，虽然它不能教你升官、发财，但它却能给你另一只看世界的眼睛，犀利的目光跨越千年，纵览全球，让你突然想一想“生存”这个人类最根本的问题。

我一向对蔡桂林的纪实作品评价颇高，他近几部非虚构文学，保持住了以往创作思想和艺术的高度，同时也让我对作家思想艺术的功力保持住了高度的信任。独立不倚的文学立场，感时忧国的赤子之心，不遑闪躲的思想锋芒，与民冷暖的人文情怀，以及其对事件的宏观把握、对现实的深度追问，从而凸显出了非虚构文学创作与时俱进的优秀品格，是促成他创作品质的决定因素。他是一位有深度的行吟者，边走边唱，抒发着人类生存无尽的忧伤。

必须指出，我认为《生存还是毁灭》的成功，源于作家深沉的情感和执着的信念，源于对人类的大爱。字里行间可见蔡桂林是一个忧国、患民、怀乡、重谊之人。字为心声。蔡桂林是在用心灵书写，用情感书写，用悟性书写，时而豪放，时而入静，时而狂想，时而深思，写下了不是一部一般的随想录，而是刻骨铭心的作家的心灵思想印记，读来让人感到有一种难言的沉重与辛酸。为此，请允许我向这样的作家致敬。

《广州日报》2003 年 7 月 28 日

思考过环境极度破坏带给人类的生存还是毁灭的现实拷问之后，另一个题材进入了作为军人的我的视野：战神精神。这是军队强大还是羸弱的核心问题，其实，也是生存还是毁灭的问题。

早在 1927 年 6 月，日本田中内阁在东京召开的第一次东方会议上出笼了《我帝国对满蒙积极根本政策》（我国史学界称它为《田中奏折》），核心内容是："如欲征服中国，必先征服满蒙；如欲征服世界，必先征服中国"，分裂中华、霸占"满蒙"的野心昭然若揭。1932 年 1 月间，日本帝国主义进一步抛出了《中国问题处理方针纲要》，提出"诱导满蒙从支拉政权分离，使之成为一个独立政权统治地区，并逐步具备一国家之形态"。全面侵华战争发动后，日本帝国主义更是将罪恶的"满蒙政策"铺展到铁蹄之下。其中最恶毒的一计是占领伊金霍洛，劫持成吉思汗灵榇，将其置于自己的控制之下，"欲征服满蒙，必先征服成吉思汗"，借神灵号令全蒙，瓦解中国人民的抗日力量；也可将成吉思汗的圣体神物，一起运到东京展览，蒙古人不是想征服日本吗？现在，连你们大汗的遗体都被我们俘虏了！如劫持不成，即行炸毁，给中华民族以精神上的打击。

元朝始祖成吉思汗，开疆拓土，建国安民，抉其藩篱，躏其途径，以开万古莽榛之域，被列入秦皇、

《最后一匹军马》被收入《2004 年中国散文排行榜》/ 北京工业大学出版社 / 2005 年 1 月第 1 版

成吉思汗灵榇西迁纪实 / 中央文献出版社 /2005 年 7 月第 1 版

成吉思汗灵榇
西迁纪实

新民晚报 /2005 年 10 月 9 日

汉武、唐宗、宋祖之列，得到整个中华民族的敬重。的确，位于内蒙古中部鄂尔多斯草原上的伊金霍洛成吉思汗陵，只是他的遗物冢，然而，在真正的成吉思汗陵世所不知的情况下，伊金霍洛就是蒙古族同胞认定的成吉思汗灵榇所在地，就是蒙古族同胞心中的圣地，就是蒙胞心灵的丰碑。成吉思汗陵，成吉思汗陵里的所有一切，有着无可替代的崇高地位，为全蒙人心所系，精神所系。现在，侵华日军打起了成灵的主意，是可忍孰不可忍！

为了成吉思汗灵榇的安全，粉碎日本军国主义的罪恶阴谋，战时国民政府承蒙胞所请，议决西迁，将成吉思汗灵榇移至抗日的大后方——甘肃省榆中县兴隆山。于是，在抗日烽烟如火如荼的 1939 年，一场声势浩大的成吉思汗灵榇迁移行动在中华大地上展开了！

从时间上说，它只是历时数月；从空间上说，它也仅历地千里，然而，它的巨大影响则穿越时空，在中华大地上久久回荡：它是在关乎国家生死存亡严峻关头，中华民族凝聚力的一次大检阅；它是在强敌蹂躏我山河时，反对强盗的一次大示威，展现出中华民族不可辱的坚强意志！

作为弘扬“战神精神”的“抓手”，自写完《生存还是毁灭》之后的 2003 年 10 月开始，我潜入了元史、抗日史中，接着，沿着鄂尔多斯伊金霍洛、榆林、延安、黄陵、西安、咸阳、榆中、兴隆山，成吉思汗灵榇西迁的路线采访。时间已经过去了六十六年，直接参与这件大事的大多数人都已作古，即便当年只有十岁的少年，如今也已步入古稀，亲历的人越来越少，很快将成为“纸上的历史”，我经历的是一次抢救性采访。至 2004 年 10 月，完成了二十万字的长篇历史非虚构文学《成吉思汗灵榇西迁纪实》的写作，真实地记录了这一历史事件，重现中华民族同仇敌忾、共赴国难、舒张正气、藐视倭寇气焰的真实景况，献给中国人民抗日战争暨世界反法西斯战争胜利六十周年：愿生命不走、灵魂仍在走的人，如秋叶般宁静；愿生命在走、灵魂也在走的人，如夏花般绚丽。

中央文献出版社出版后,《新民晚报》《作家文摘》《南方日报》等数十家报刊转摘，近百家网络媒体转摘；后译成蒙文出版。

成灵西迁 / 今古传奇 / 2007 年第 5 期

生动大气的力作

读《成吉思汗灵榇西迁纪实》

李文勤

很久没有读到像武警部队青年作家蔡桂林《成吉思汗灵榇西迁纪实》（中央文献出版社 2005 年 7 月出版。下文简称《西迁》)这么笔力率真、大气生动、文采斐然的纪实文学作品了。

首先，它生动在真实。文学，特别是纪实文学，全部力量来自真实。没有真实，纪实文学就没有存在的必要和可能。成灵迁移已经过去六十六年了，直接参与事件的大多数人都已作古，亲历者越来越少，很快将成为“纸上的历史”。《西迁》作者以高度的责任感,不辞艰辛,像草原上的“风滚草”一般,滚动在内蒙古草原及西迁沿线的角角落落，抢在为数不多的亲历者、目击者仍健在之时，逐一寻访，获取珍贵的第一手资料，为确保作品的真实奠定了

战魂西迁——成吉思汗灵榇迁移纪实 / 中国作家 · 纪实 / 2008 年第 1 期

与藏族老人在西藏林芝 /2005 年 9 月

坚实的基础。不止于此。当时只有几岁、十几岁的参与者、目击者，在之后几十年的岁月里不断地重温这段往事时，对自己或参与或目睹其中的细节进行着一次次“添加”，使之完善、圆满。重温的过程也因此成了一个不断“添加”的过程，以至那段历史成了一种传奇，今天他们的叙说离“真实”越来越远。而他们对此却全然不觉，坚定地认为自己说的全是真的。历史的躯干在时间的巨钵中不断腐烂，现实土壤不断地吸收历史在腐烂过程中释放出来的各种营养，培育出了“传说”的艳丽之花。面对这样的花朵，小说作家会兴奋不已：哇，这是历史盛开在自己眼前的玫瑰；而纪实文学作家远没有那么幸运，他面对的不是玫瑰，而是一蓬罂粟，一不留神，结出的将会是虚假的“鸦片”。作为时间的后来者，《西迁》作者不简单地相信目击者、当事人的回忆，而是对众多采访对象的叙说进行辛苦的对照、比较，去伪存真，筛选出最接近事件真相的情节；在浩瀚的史料中淘漉，执着地判断、揣摩，达到了几近苛刻的程度，以求解读蕴含其中的真实历史的密码，使历史变得既触手可摸，充满生命的温热，又真实可靠，充满信史的力量。

其次，它生动在细节。成吉思汗灵榇西迁自鄂尔多斯那美丽的草原出发，行数千里路，经数十个县镇，过数百个村庄，沿途社会各界，上从地方最高军政长官，下到普通布衣百姓，迎送灵榇者达数百万之众。当地军政长官无不亲自主持奉移大典，或派遣专员，谒其遗骨，飨以殊礼。不分党派和民族，不论狂风暴雨，不管酷暑高温，无不热烈迎送灵榇。自获知日寇阴谋起，至将成灵安厝兴隆山，前后达半年之久，其间发生的事林林总总，不一而足。《西迁》精心剪裁，择取其间典型、感人的细节，写出包含在漫漫长路上迎祭接力中的对民族英雄的崇仰之诚，写出镌刻在城镇的街衢、乡村的田野上的中华民族巨大的凝聚力、向心力和牢不可破的团结精神。榆林城中的蓑衣,同官县里的草药,西安市内的演讲,榆中杠夫的脚力……这些不经深入挖掘就不可能获得的生动细节向世人昭示：有一种精神，在抗日烽火连天的中华大地上流动；有一种气血，在中华儿女的胸膛里沸腾、激荡！留住大汗血气，我们这个民族就不可能被打败；发扬大汗精神，我们这个民族就有希望；传承大汗气概,我们这个民族就会精血两旺！

与穆斯林长老在宁夏 /2004 年 7 月

将成吉思汗灵榇迁移到安全的后方、使之免遭日寇的凌辱这样一个超越党派理想的目的，将不同政见、不同民族的人们召唤到一起、凝聚到一起、集合到一起。然而，共同目的下的各色人群其表现则有着千差万别，《西迁》择取经典的细节准确地传达出这种差别：世代守护成陵的达尔扈特似连根拔起的痛楚，蒙胞的虔诚执着，令山河生色的共产党人的襟怀品质，升斗之民的无私浩荡，国民党当局各色人等的各怀目的……一一跃然纸上，精彩传神。

第三，它生动在视野宽阔，具有思想的穿透魅力。《西迁》无意孤立地写一起重大历史事件的过程，而是把它放到中国近代历史、放到全国抗日战场的大背景下，精雕细刻，使它具有了一种大视野带来的独特魅力。劫持或炸毁成吉思汗灵榇，不是侵华日军偶生的歹念，它是日本帝国主义推行“满蒙政策”、分裂中国罪恶链条上的重要一环，是蓄谋已久的阴谋。《西迁》作者以收放自如的笔力，无情地揭露出日本帝国主义的险恶，也使《西迁》超越了仅记录一个历史事件的意义，在更广阔、更湍急的历史川流中实现了价值。

《西迁》也无意孤立地叙写成吉思汗灵榇迁移过程中一个接一个的场景，

它努力深入到事件的背后，开掘出深邃的意义。面对前前后后数以百万计的人群参与、共举行了二十六场的祭典，《西迁》坚定地认为，他们是在祭祀一位英雄祖先，他们不仅是在祭祀一位英雄祖先，他们更是在为自己祈祷：日寇侵华，狼烟四起，生灵涂炭，连祖先的灵榇都不得安宁，被迫远道播迁，谁是燎原战火中的成吉思汗？中华民族的英勇精神何在？他们在借对英雄祖先的祭祀和追怀，传达对现实灾难的一种悲愤心境，在用一种集会的方式召唤战神精神，将眼前的侵略者一举打败、歼灭。当然，这也是一种检阅，自身对自身力量的检阅。他们不能不去参加这样的迎祭。他们不能不携带祭品——哪怕家里明天就揭不开锅，踏上乞讨之路，今天也要带上一只地瓜，半个硬馍——他们要看一看自身究竟有多大的力量，要看一看这种力量究竟能不能彻底地凝聚起来。他们看到了。他们对自己看到的一切感到满意：自身的力量是巨大的，巨大到是火山，是怒海；这种力量能够凝聚起来，压倒一切敌人而决不被敌人所压倒！迎接成吉思汗灵榇是一种形式，在特定的历史时代遇到的一种特殊的形式——历史不提供这种形式还会提供另一种形式——它体现出的是深藏于民间的伟力和精神！就这样，《西迁》以铿锵的笔锋，将深邃的思考与独特的场景自然地融合在一起，写出附着在事件上的历史精神，通篇散发着打动人心的深沉力量。

今年是中国人民抗日战争暨世界反法西斯胜利六十周年，《西迁》此时出版，可谓应时之作。同时，它的成功，也为同类题材的纪实文学创作，提供了有益的借鉴。

《人民日报》2005 年 8 月 18 日第九版

明月清风

完成在“文学评论写作三年规划”指引下的三波冲锋，完成《冲浪：在军事文学的海面》之后，我的文学评论、文学理论的文字，渐趋减少，非虚构文学写作不断增加，《飞天之鹰》《壮乡壮歌》《中流砥柱》都是这样的文字；《生存还是毁灭》《成吉思汗灵榇西迁纪实》还是这样的文字，写作兴趣发生着根本性转变。2006 年 4 月《明月清风 ——蔡桂林报告文学选》、2006 年 6 月《东方际遇——中国犹太人千年历史揭秘》的出版，标志着这样的转变的完成。

《明月清风——蔡桂林报告文学选》收录了发表于不同时期、篇幅不同的十篇非虚构文学作品——

朱彦夫，不是烈士，近似烈士。残酷的战火噬去了他的左眼和四肢。当硝烟散尽、和平的日子如鲜花般盛开时，遭受重残的战争英雄的日常生活，成了没有尽头的另一种残酷“战争”。一位身居高位的老一辈革命家，始终关怀着这位战争英雄，博大的情怀如明月清风，溢满人间。（《明月清风——迟浩田上将与朱彦夫的极限人生》）

望着眼前的郑明元我肃然起敬，感到民间无比神秘。也许，天地间的人和事本来就很神秘，只是我们没有深深地探究自己，没有细细地听别人敞开。（《民间神秘——一个凡人对一个奇人的二十年追踪》）

不歇地奔跑是马唯一的使命，唯一的信念，即使以生命为代价，也要冲开一切阻挡，抵达生命茂壮的远方！此生就以广阔为伍，就与辽远做伴，扶摇凌空以风雪洗涤鬃毛，任岳峦萧瑟，携一曲天籁风雨兼程，在奔跑中练就风骨，在奔跑中铸就精神，在奔跑中完成生命的全部旅程。（《最后一匹军马》）

她们行至村头水边，或者停于岸阶旁，眺望一阵后，那颗骚动的芳心便永远地不再回归屋后炊烟、檐下的猪舍羊圈和田野里的繁重。她们毅然登舟泛船，浪迹天涯，到河流延伸所及的城市和市镇去，去开始另一种新的人生，其中演绎出的扣人心弦的浪漫故事和令人惊心动魄的悲欢离合，一点也不亚

明月清风——蔡桂林报告文学选/人民武警出版社/2006年4月第1版

于城市女性。（《爱情的守望》）

“我们没人说一句话，小结赤水河漂渡感受，怎样？”赵志安的提议，大家一致响应，于是，有了下面的五句话。记者：一河神奇。李阳：酒气满河。画家：眼睛看到的不是真正的赤水河。赵志安：说不清的赤水河。我：我对人生做了一次漂流。（《漂渡赤水》）

够了！够了！！无须罗列更多，仅这些就已经够触目惊心了，足以证明一种罪恶客观存在。在人的自由和独立成为世纪主旋律的今天，在世界一隅却存在着拐卖妇女的罪恶，就是对人的尊严的蔑视和践踏。（《黄河浊流——中原沿黄地区拐卖妇女跟踪纪实》）

走私是一盘赌局，用个人和单位的利益赌国家的法律；走私又是一列高速行驶的车，必定有自身运动的惯性，绝难做到紧急刹车。那些付出了高额定金的单位、老板，绝不甘心发财梦想的瞬间破灭，一定会铤而走险，孤注一掷。（《走私黑潮——对走私汽车的乔装跟踪报告》）

发展教育当然离不开大量的经济投入，而经济的发展无疑又离不开发达的教育，这常使我们幼稚地陷入是先发展教育还是先发展经济这种近乎先有鸡先有蛋的困扰中，至今没有答案。（《失学的中国——关于流失生的紧急报告》）

在火箭的故乡，在最早具有飞天梦想的中国，2003年10月15日8时整，“神舟”五号载着航天员杨利伟飞向太空：嫦娥奔月，那是神话；女娲补天，更是传说；九万里遥想，九万里追求，一瞬间的改变，一瞬间的飞跃，五千年的梦啊，今天圆了。（《今夕羊年——“神舟”五号飞天纪实》）

……

武警部队毛广淞先生为这部报告文学选集题写了书名。毛氏书法，飘逸潇洒，功力深厚。在武警部队，爱好书法者众，写好书法者寡。毛先生是寡中之翘楚，被誉为“武警部队第一书法家”。

《明月清风》出版后，接受了新浪网记者的采访。就非虚构文学创作、个人创作的未来走向等问题，回答了记者问。

任何真正的艺术的内容是人

——就《明月清风》答新浪网记者问

出席美国国家地理百年摄影作品精选暨“重访马可·波罗之路”大型摄影展 / 江苏扬州 / 1994 年 1 月

记者：首先祝贺您的《明月清风》出版。我们看到这部书的的副标题是“报告文学选”。您是位文学评论家，怎么会写下这么多的非虚构文学作品呢？

答：在抽象思维领域泡久了，就想到形象思维的天地里看看风景。切身的创作实践有助于评论的设身处地，会使后者的写作更精准。这是一方面。

更重要的是另一方面，它是从自身实际出发，扬长避短的选择。我没有完整的教育背景，缺乏严格而持久的理论浸润；如果 1996 年不离开济南到北京来工作，把山东大学周来祥先生的博士生读下来，可能不会有《清风明月》，也许现在还在评论、理论的路上跋涉。再是，我外语薄弱，阅读外文书籍困难，靠看翻译的西方理论著作，隔着一层，不牢靠。这些因素影响我在文学理论·文学评论上取得成绩。基于这样的自我认识，中年开始，写作生涯发生了一次大的“战略转移”：以理论为背景，转向非虚构文学写作。与评论家理论家比，我有创作的优势；与作家比，我有理论的优势。这样，结果可能会比在理论的道路上一直走到黑要好。

文学是人类的自我观照，哲学是人类的自我反思，它们在探索人类自身奥秘上不无统一的可能。

记者：南方人，就是智慧。

答：听不出这是表扬。

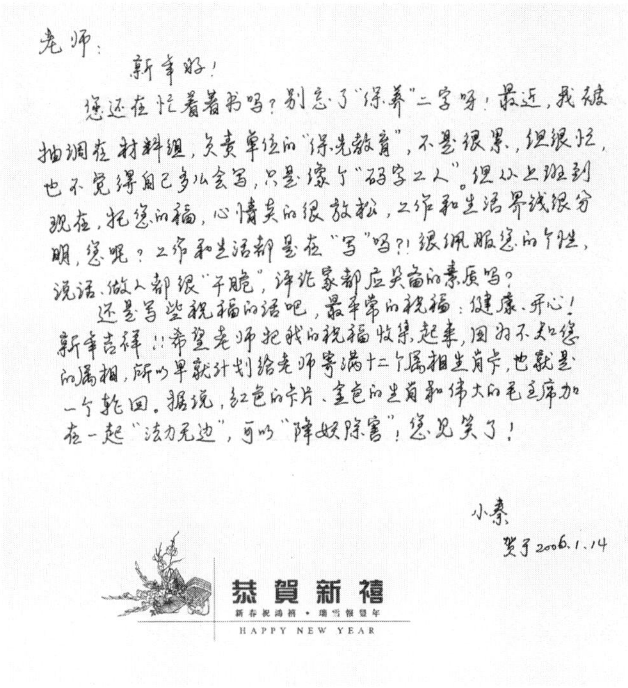

老师：

新年好！

您还在忙着著书吗？别忘了“保养”二字呀！最近，我被抽调在材料组，负责单位的“保先教育”，不是很累，但很忙，也不觉得自己多么会写，只是像个“码字之人”。但从上班到现在，托您的福，心情真的很放松，工作和生活界线很分明，您呢？工作和生活都是在“写”吗?! 很佩服您的个性，说话、做人都很“干脆”，评论家都应具备的素质吗？

还是写些祝福的话吧，最平常的祝福：健康、开心！新年吉祥!! 希望老师把我的祝福收集起来，因为不知您的属相，所以早就计划给老师寄满十二个属相生肖卡，也就是一个轮回。据说，红色的卡片、金色的生肖和伟大的毛主席加在一起“法力无边”，可以“降妖除害”！您见笑了！

小秦

贺于2006.1.14

友人贺年手迹 /2006 年 1 月 14 日

记者：是表扬。如此说来，您的《生存还是毁灭》堪称转型之作。可以将它归入思想随笔类，带有很强的评论性质；但又有严肃的纪实性，是“评论”与“非虚构文学”的结合。您的非虚构文学作品题材相当广泛，从走私贩私到拐卖妇女，从失学儿童到民间神秘，跨度相当大，你是怎样选择题材的？

答：我对未知的领域充满好奇。探求未知，在未知中发掘，是我的热情所在。我不喜欢重复，也因此，几乎没有同一题材写下两篇作品的。探求一个未知，放下，奔向下一个未知。

朋友建议我：你这是狗熊掰棒子，掰一个扔一个，应该在一个矿井上深钻，那样会钻出更多的宝藏。“作文之事，贵于专一。专则生巧，散乃入愚；专则易于奏工，散者难以奏效。”（李渔《闲情偶记》）这是说一篇具体作品应持的写作精神，我坚定地赞同。但，它这不是说题材的选择。一个画家，不断地画虾，画鱼，画一辈子，据说达到了炉火纯青的地步，我以为这是重复，是不可忍受的重复，即便真的炉火纯青，又怎样？鱼、虾之外呢？那是鱼虾的炉火纯青，是技能的炉火纯青，不是艺术的炉火纯青，艺术的炉火纯青是在鱼虾之外泼墨成艺点笔成精。

任何真正的艺术的内容是人，是人在社会中的生活。满足人的抒情需要，产生诗；满足人的叙事需要，产生小说；满足人的表演需要，产生戏剧；满足人的这些需要的最好产生文艺评论。我手握思想的“探测器”（我的理论背景这时发挥着很强的作用），长时间、虔诚地“探测”人、人的社会生活的方方面面，一旦“探测器”发出“嘀嘀”的鸣叫，我会毫不犹疑地扎进生活，快速地将“嘀嘀”转变成作品，追求真实，“真实到虚构的程度”（托尔斯泰）。盯住人，盯住人的社会生活，就是盯住了文学的根本。“生活是左右文学发展的一个主要力量。”（车尔尼雪夫斯基）我就这样选择题材。

记者：“探测器”何时发出“嘀嘀”的鸣叫？

答：新奇，与我的思想相对应，我有驾驭它的能力，这时“探测器”就会鸣叫。

记者：您的每一部非虚构文学作品表达着不同的主题，深刻而独特，新颖而别致。这是怎么做到的？

答：数年的文学评论实践给了我很大的帮助，它训练了我感觉的敏锐。当然，仅有敏锐是不够的，还需要方法。露天煤矿并不多见，开着挖掘机去就可以了，更多的是地矿，被土层岩层所覆盖，需要深入开采才可能拉到地面来。题材的主题亦如是，它被纷杂繁复的生活埋藏着，“恰如数重物色包裹在里许，无缘可以随便见得”。怎么办？“未见道理时”，“须今日去了一重，又见得一重；明日又去了一重，又见得一重。去尽皮，方见肉；去尽肉，方见骨；去尽骨，方见髓。……须深沉方有得。”（朱熹《学规类编》卷四《诸儒读书法》）如此层层掘进，才有可能走向丰富和深刻。我的非虚构文学作品的主题思想的开掘，基本上就是这个路数，《黄河浊流——中原沿黄地区拐卖妇女跟踪纪实》体现得尤为明显。

记者：您下一步是不是准备放弃文学评论写作，致力于非虚构文学？非虚构文学创作题材有什么样的宏观规划？

答：放弃文学评论谈不上，毕竟相爱多年，哪能说分手就分手，但相当的精力的确会投向非虚构文学的创作。

在题材取向上，我想我会一如既往，高扬个性，追求崇高的美学特质，成为时代精神的回响。我前面说喜欢“新奇”。这里的“新奇”不是猎奇。人所共知的老题材，因为站到新的角度，有了新的发现，也很新奇。同是《论语》，中国的经学家从中探讨出来的是吃人的封建礼教；玄学家研究《易经》，从中推测出来的只是占卦算命。近代日本学者则从《论语》发现它的人情味和社会责任感，创造出先进的企业管理方法；现代的欧洲学者，则从《易经》得到灵感，发明电子计算机和找出天空中的新星。——这也很新奇啊，我也关注。

至于创作题材的宏观规划，我想，主题会相对集中一些，指向历史文化，指向人类文明的发展进程。历史作为现实的由来，应该具有两重含义。一是指人类所经历所创造的一切，即人类的全部过去；二是指人类对自己过去的回忆和思考。前者无疑是历史本体的界定，后者是作为文学表现之对象的“历史”之内涵。肯定，我会在后者处努力。再具体就说不好了，那要看思想的“探测器”何时发出“嘀嘀”的鸣叫。历史文化、人类文明发展进程，话说得太大。我想说的是，对文学来说，文化的开掘根本上就是对生活的历史意蕴的观照与心灵的开掘。

优秀的文学作品，主题至少有四层意义：字面的，寓言的，道德的，神秘的。向“优秀”进发。

记者：喜欢您作品的语言，干净，有气势，富于张力。您追求怎样的语言风格？

答：在我文学写作真正起步的时候，《济南日报》社有位作家编辑，叫宋曰信，亲自到我工作的单位，面对面辅导我的文学写作时就告诉我语言是小说三大要素之一。自那时起，格外重视语言。文学写作，最重要的是语言，最难的还是语言。关于语言，阿·托尔斯泰说得经典：“语言是思想的工具。马马虎虎地对待语言，那就表示马马虎虎地思想。”语言的运用，首要的当然是准确地表达思想，准确地表达情感，准确地表达人物。想得糊涂，不可能写得明白。

我们写作教科书上将语言分为叙述性语言、描写性语言，刻画性语言、议论性语言、抒情性语言等，这是课堂上解析语言特性的需要，而在实际写作时远不是这样机械，而是将它们打通、杂糅，看上去像在叙述，又似乎是描写，更像是抒情，刻画中有描写，描写中有抒情，议论中有叙述……呈现出交融的美感。比如，“大西北，一壶老酒，酿造它的是千年岁月”（张红樱《我的大西北》）就具备这样交融的美感。

我竭力想把中国文言精华融入到口语化的白话文中，可惜，我的文言功底本身单薄，了无成就。如果白话文运动一开始走《红楼梦》《聊斋志异》《儒林外史》……的路线，我们文学的美感一定不是现在这个样子。

我不知道有没有作家自觉地、有意识地追求一种语言风格，我只是觉得用这样的语言写作最符合我的心性、最契合我的表达、最舒服，按动键盘就打了那个字，就造那样的词语，就用了这种句式，久而久之，在漫长的写作实践中形成了作家的语言风格，也就是形成了这个作家作品的“长相”。风格如人。我们可以从语言风格中认出作家、认识作家。我喜欢的语言风格是雅健。

记者：解释解释“雅健”。

答：雅，雅致，淡雅，高雅，典雅；健，康健，强健，雄健。有位才女叫刘音，文字雅健，我很喜欢，引一段如下——

或许，历史从来都是即兴之作。

是夜，即兴整理并撕毁了以往大部分日记，让心灵回归纯净。临窗而立，长久地凝望不再葱郁而有些清冷的树木，思绪乱飞。风掠过，黄叶起舞，看似飞翔，却在坠落，像还来不及许愿的流星，在路灯照耀的夜色里，书写着别样的落寞和凄美。

任凭久远的岁月奔涌而至。时间是一杯浓硫酸吗？这强烈的化学物质真的可以溶化一切吗？包括所有的日月星辰和爱恨情仇？

那一刻的平静和安宁，让很多记忆在瞬间变得清晰而又遥远，如临安城外的宋墙……

谢谢！

红海之滨，有一片神奇的土地，它的名字叫迦南（今巴勒斯坦）。在这片神奇的土地上，生活着一个神奇的民族。

他们独立慎行，行为、思考让人觉得神秘莫测；他们遭受千年的迫害追杀，四处流浪，饱尝人间的风霜刀剑，然而，流而不散，顽强地保持着民族精神的统一，顽强地自立于世界民族之林。

她的历史既是一部璀璨的文明发展史，同时又是一部写满苦难的心酸史。

在近四千年的历史长河中，他们的命运可以用“悲壮”来概括，而其中的“悲”，就是有悲惨、悲哀、悲愤、悲凉、悲痛、悲酸的音符谱写成的一曲悲歌。

这个令人称奇的部落，这个光怪陆离的群体，这个四处漂泊的种族，正是西方文明世界的始祖之犹太人。

犹太人没有给世人留下什么值得骄傲的宫殿或建筑，没有给人类留下什么美妙动听的音乐，也没有留下什么名篇或佳作，但他们为人类文化宝库留下的是永恒的智慧。

两千多为学者在一千多年中，对自己民族的智慧发掘、思考和提炼，终于写成了宗教经典《塔木德》，将犹太民族智慧集中地呈现出来。

它通俗易懂，睿智隽永，成为犹太民族的智慧基因库，成为整个犹太民族生活方式的航图，成为滋养世世代代犹太人思想、精神的肥沃土壤。

不论在以色列还是世界其他地方，犹太人都有非凡的成就。

近代和现代文明史上就出现了诸如海涅、贝多芬、门德尔松、马克思、柴门霍夫、弗洛伊德、卓别林、爱伦堡、毕加索、爱因斯坦等一批伟人和名人。

从 1901 年至 1970 年的七十年间，每百万人口获诺贝尔奖的人数，犹太人为零点六四，非犹太人为零点零二三。

犹太人没有什么资本，然而，他们却惊人地富有。

始终处在世界的金钱的顶峰，有着“世界的金穴”的美称，全世界最有钱的企业家中，犹太人占一半。

犹太人口在全世界所占比例仅为百分之零点三，却掌握着世界经济的命脉，以至有人这样评价犹太人：“三个犹太人坐在一起，就可以决定世界。”

……

这就是犹太人。

这就是犹太人对我们这个世界的重要性。

大约在千年之前，这个神奇民族中的一群，长途跋涉，历经千辛万苦，来到了中国，来到了完全不同于荒漠流沙、绿洲游牧的中国中原地区，与东方另一个同样神奇的民族在开封会合。

千年之中——

犹太人在中国的命运如何？

中国给犹太人奉献了什么？

犹太人给中国带来了什么？

两个同样古老、同样神秘的民族，在中国中原大地上，演绎出了怎样的历史故事？

我在千年历史中爬梳，跨越时间的长河，沿着坎坷的历史河床，追寻他们世代延续的缕缕踪迹，完成了《东方际遇——中国犹太人千年历史揭秘》（后简称《东方际遇》）。

《东方际遇》是我从酝酿到成书耗时最长的一部书。第一次深入开封采访是1992年冬天。那时，著名作家阎连科还在驻开封的陆军第二十集团军政治部工作，在他的带领下，我们走进了历史上犹太人在开封的聚集地——教经胡同，一家一户采访，历时12天。此后，1996年、2001年、2005年三次再下开封，补充采访。前前后后，断断续续，历时十四年，最终有了呈现在读者面前的这部书。

中国历史上的犹太人研究学术机构在开封。2005年10月我再下开封采访的这次，10月22日，遇到河南大学历史文化学院召开中国历史犹太人研讨会，我“混”入会场聆听。各路神仙娓娓道来，获益匪浅。临近午餐时，给研讨会主持人、河南大学历史文化学院院长张倩红女士递过一张纸条：请给我五分钟，我有几句话想说。署名。署名后面加括号，注明我是谁。

我要发言获准。

我走上讲坛——

大宋咸平元年，一群犹太人登岸中国。千年以来，研究和关注中国文化对他们的影响，最终使他们融入中国社会，充分而翔实，而对这样一群小众对中华文明的影响和贡献，研究和关注甚少。在金人的打击下，1130年，宋廷南迁。开封犹太人随朝廷迁走了一些，也留下了一些。金人定都开封后，决定废黜旧币重铸新钱。然而，按金人的能力水平，根本无法铸造出超过大宋、让人难以仿制的新币。在这样的情况下，留守开封的犹太人被发现、被请了出来。金帝国在中国历史上首创全国流通纸币“交

东方际遇——中国犹太人千年历史揭秘/文化艺术出版社/2006年6月第1版

深入开封采访犹太人后裔时与在开封工作的阎连科合影 / 1992 年冬
开封犹太人后裔在家中向我展示记忆中的开封犹太教堂图 / 1992 年冬

钞”（也称“交子”），作用巨大，意义非凡。而“交钞”出自开封犹太人之手。它深烙着犹太人的痕迹：这种铜板版面四边图案是翻叶图形，印刷在粗麻纸上。翻叶图形为犹太人所独钟。这是世界历史上正式发行最早的纸币，影响深远，即使二十一世纪的今天，世界各国货币四边图案，也深受交钞的影响。中国历史上的犹太人对中华文明是有影响的，是有贡献的（此处有掌声）。

因了这我想要说的这几句话？也许，仅仅出于礼貌，研讨会主办方邀请我与与会代表一起共进午餐。

我欣欣然。

更欣欣然的是，将我安排与中国社会科学院历史研究所译审、中国中外关系史学会会长耿升先生，中国社会科学院西亚非研究所研究员、著名学者殷罡先生等，同桌。

席间，殷罡先生问我：你，军人，怎么会对中国历史上的犹太人感兴趣？我答：大宋时的中国，是世界上最强大的国家，大宋都城开封，是世界上最大也最繁华的城市，只要知道那时的中国怎样对待一个在世界上到处流浪的民族，你就会知道中国再次强大之后怎样对待世界。这是作为一个军人为什么对历史上的中国犹太人感兴趣的真正原因。

席后，获耿升先生译著赠书：《中国的犹太人》（中州古籍出版社 1992 年 6 月版），《明清间入华耶稣会士和中西文化交流》（巴蜀书社 1993 年 7 月版）。席后，获张倩红教授的博士生为我复印的多篇关于开封犹太人历史研究论文。

因为各种各样的原因，围绕着中国历史上的开封犹太人，的确还有不少秘密甚至是很重大的秘密没有写进书中。它们还不宜现在公开，相信会有一天能够公开。但这不算遗憾，没有进入书中的那些秘密甚至是很重大的秘密，并不直接影响这一题材的真正价值。真正有价值的部分，都在书中了。

《东方际遇》出版后，出版该书的文化艺术出版社为之举行过新书发布会，新华社发表通稿，《中国图书商报》刊发过专访，网络传媒更是转发为勤。

犹太人后裔在中原的千年历程

——读纪实文学《东方际遇》

新华社记者 **常志鹏**

新华网北京 6 月 1 日专电　大校作家蔡桂林最近出了一本新书，书名叫《东方际遇》。

《东方际遇》说的是千年之前，犹太民族中的一群人历经千辛万苦、长途跋涉来到中国中原地区，与汉民族从融合到共生的历史过程。

在宋朝，犹太人已经有了跨越东西方的、完整的航海贸易路线：他们从法国经地中海到苏伊士运河，在从红海经麦加、麦地那驶向印度、中国。他们带来毛皮、剑、女奴、儿童等，带回香料、丝绸和瓷器……

公元九九八年，犹太商人第一次进入东京汴梁城，他们中的一些人先后居住下来。此后，他们的同胞从扬州、洛阳、敦煌、杭州、宁波等地聚集而来。三十年间，在东京汴梁城的犹太人达到七十三支五百多个家庭。

在共同生活的日子里，犹太人的孩子生病，汉族邻居会送上中药“引子”；犹太人最初没有食物，房东就送面粉和食品接济；冬天来了，中原汉子帮他们砌起烤火取暖的炉子……犹太人感到了汉民族的热情善良，感到大宋疆域也可以成为自己的家园乐土。

在漫长的生活中，这群犹太人开始与汉民族通婚，接受并参加了科举考试。

新中国成立后，专门有居住在中原的犹太人后裔代表与各族各界代表一起参加国庆观礼……从这些看，他们已经融入了中原大地。

在这里，犹太人也执着地保留着他们自己的民族习惯和宗教信仰——十次重修开封犹太教会堂就是一个明证。

一千年的时间毕竟很久。他们漂泊而来，由经商到入仕，由漂泊到安定，最终融入了汉民族的血脉。延续到今天，他们体内流淌的血液恐怕只剩下微乎其微的犹太血统。但是对这支犹太人后裔的迁徙、生存和发展的考证，却从另外一个方面印证了中华民族胸怀宽广的气魄，更从历史的角度回答了西方舆论所谓的“中国威胁论”。

《新华每日电讯》2006 年 6 月 2 日

千年际遇：犹太人在中国开封

《中国图书商报》编者按：那几天，我被一本书感动着，一本蔡桂林撰写的《东方际遇——中国犹太人千年历史揭秘》。时光回溯到宋咸平元年（公元九九八年），为了生存，一群饱经战争和迫害之苦的希伯来人来到了宋朝都城开封，他们自称“一赐乐业人”，也就是现在所说的“以色列人”。胸怀宽广的中华民族，以无尽的爱心和善意留下了他们颠簸的脚步，从此，他们在开封繁衍生息，直到今天。后来，这一段历史慢慢湮灭在尘世里，而蔡桂林从二十世纪九十年代开始，数下开封，多年追踪，写成了这本《东方际遇》。我问他，为什么要写这样一本书？蔡桂林这样回答我：我只想告诉那些鼓吹“中国威胁论”的人，这样一个宽容的民族，过去、现在和将来，从来都是与人为善，没有威胁的！

采访人：江筱湖（商报记者）

受访人：蔡桂林

记者：这是一段历史，而且距今已有近千年。是什么样的因素触发你对千年历史生发出浓厚兴趣，写出了这部书？

蔡桂林：“历史给我们最好的东西就是它所激起的热情。”（歌德《浮士德》）是现实的原因使我对这段千年历史发生了浓厚兴趣。随着我国经济的持续高速发展和综合国力的不断增强，世界上有那么一些人感到很不舒服，从心底不愿意看到一个强盛的中国雄立于世界，贬损者有之，敌视者有之，围堵和遏制者也有之，以至“中国威胁论”不绝于耳。强大之后的中国真的是“威胁”吗？这使我想到了发生在当时堪称世界一流强国的宋朝年间的这段历史，我要把这段历史再现出来，通过无可辩驳的历史事实展示强大中国的胸怀，展示强国国民的品质。

日本女作家山崎朋子写有长篇报告文学《山根达八号妓院》。根据这部作品改编的日本电影《望乡》负有盛名。她在《美洲姐之歌》后记中说：“我的成功，不是我的运气好，也不是我有才能，而是因为那些长期被埋没的史实需要人去挖掘，整理，而我恰巧走近了。”我有与山崎朋子一样的感受。

记者：当时堪称世界一流强国的中国，对逃难而来的犹太人表现出了怎样的胸怀和品质？

蔡桂林：作为以色列的子孙，自他们记事起，就是祖辈一遍又一遍不停地讲述屠杀、迫害和逃亡的苦难；自认字那天起，看到的经文也是血泪浸泡过的心酸。全部的记忆里，除了苦难还是苦

编者按：那几天，我被一本书感动着，一本蔡桂林撰写的《东方际遇——中国犹太人千年历史揭秘》。时光回溯到宋咸平元年(公元998年)，为了生存，一群饱受战争和迫害之苦的希伯来人来到了宋朝都城开封，他们自称“一赐乐业人”，也就是现在所说的“以色列人”。胸怀宽广的中华民族，以无尽的爱心和善意留下了他们颠簸的脚步，从此，他们在开封繁衍生息，直到今天。后来，这一段历史慢慢湮灭在尘世里，而蔡桂林从上世纪九十年代开始，数下开封，多年追踪，写成了这本《东方际遇》，我问他，为什么要写这样一本书？他激动地说：我只想告诉那些鼓吹“中国威胁论”的人，这样一个宽容的民族，过去，现在和将来，从来都是与人为善，没有威胁的！

千年际遇：犹太人在中国开封

采访人：江筱湖(商报记者)
受访人：蔡桂林

记者：这是一段历史，而且距今已有近千年。是什么样的因素触发你对千年历史生发出浓厚兴趣，写出了这部书？

蔡桂林：是现实的原因使我对这段千年历史生发了浓厚兴趣。随着我国经济的持续高速发展和综合国力的不断增强，世界上有那么一些人感到很不舒服，从心底不愿意看到一个强盛中国雄立于世界，贬损者有之，敌视者有之，围堵和扼制者也有之，以致“中国威胁论”不绝于耳。强大之后的中国真的是“威胁”吗？这使我想到了发生在当时堪称世界一流强国的宋朝年间的这段历史，我要把这段历史再现出来，通过无可辩驳的历史事实来展示强大中国的胸怀，展示强国国民的品质。

记者：当时堪称世界一流强国的中国，对逃难而来的犹太人表现出了怎样的胸怀和品质？

蔡桂林：作为以色列的子孙，自他们记事起，就是祖辈对他们一遍又一遍不停地讲述屠杀、迫害和逃亡的苦难；自认字那天起，看到的经文也是血泪浸泡过的辛酸。全部的记忆里，除了苦难还是苦难。因为没有了祖国，因为没有了家园，一代接一代的人始终处在没有起点、更没有终点的流浪之中，让人看不到希望。与无着的生活相伴随的是精神和灵魂的漂泊，没有片刻的宁静。世界上还有哪一个民族像犹太民族这样经受着如此的磨难。

他们来到的东京，他们置身的大宋帝国的子民，令他们至为感动。宋真宗皇帝下诏：“归我中夏，遵守祖风，留遗汴梁”，并在首都开封划出专门的地方让他们集中永居，还拨给银两资助他们建起凡犹太人集中居住地必有的会堂，过正常的宗教生活。没有驱赶，没有歧视，有的是他们与本国国民一样的生活。

记者：千年之中，中国历经宋、金、辽、元、明、清、民国，直至新中国的建立。每次改朝换代，伴随的是无情的战火，这些战火没有殃及犹太人吗？他们有怎样的千年际遇？

蔡桂林：如果我们将一代人的间隔期划在25年的话(实际上，在中国封建社会自给自足的自然经济条件下，每代人的间隔期不到20年)，那么，近千年就是经历了32代人左右。这可是不小的数目。近千年，生生不息，老者相继逝去，开封城西门外的犹太墓地敞开敦厚的胸怀，接纳着自遥远地区来到汉族社会定居的人们在这里永远安息。约千年里，朝代更迭，时空转换，发生了那么多的战争，经历了那么多的事变，然而，没有一次战争殃及开封犹太人，没有一次事变祸延他们。

新中国建立后，党和人民政府考虑到开封犹太人虽已不成为一个独立的民族，但他们毕竟有着特殊的历史背景，毕竟有着特别的历史路程，决定特别给他们两个进京观礼的名额，让他们中间的代表进京与祖国各族人民一起，欢庆共和国的3岁生日。消息传到开封犹太人后裔中间，他们奔走相告，老人们更是喜泪纵横。

记者：如你所说，进入中国的犹太人的千年历史是惬意的。然而，他们最终被同化了，以犹太教为核心的犹太文明被浩浩荡荡的中原文化淹没了，你怎样理解他们这样的结局？

蔡桂林：我从来不同意“同化”一说，“合流”可能更准确些。读一读诠释《旧约》的《塔木德经》，那里面教导人们克尽孝道，尊老爱幼，善事邻居，君子爱人以德等等，它与中国的传统文化、传统精神没有什么不一样。既然儒教与犹太教同尊五伦，也就没有必要再分彼此了。“识得天地君亲师，不远道德正路；修在仁义礼智信，便是圣贤源道”，康熙年间开封犹太会堂里的这楹联，你说是在阐释犹太教义，还是在传达儒家精神？它们本不就是一回事嘛！“弘治二年碑”碑文说得好：其儒教与本教，虽小异但大同。这样两个“大同”的民族精神合流，不应该有什么意外的。

他们的祖先的确是来自中亚的古老的犹太民族，而现在仅仅只能称作是中国古代犹太人后裔。然而，这个结果不是在宗教裁判所的刑具下得到的，也不是在“格都”制度下产生的，它是被中华民族传统精神的宽宏气魄所感染，于自然而然中发生和完成的。纵观公元以后人类的文明史，有哪一年不发生“驱犹”、“虐犹”事件？这构成了人类文明的耻辱。

犹太人在中国开封的千年际遇，使我们看到了中华民族的善良敦厚的优秀品质。既有的历史已经证明，未来的历史还将继续证明：比大地宽阔的是海洋，比海洋宽阔的是天空，比天空更加宽阔的是中华民族的胸怀！

蔡桂林，江苏金坛市人，长期在部队机关从事文化宣传工作。有多篇散文入选各种版本的选集，有作品被译成外文介绍到国外，现在北京某报社工作。

《东方际遇——中国犹太人千年历史揭秘》蔡桂林著/文化艺术出版社 2006年5月第1版/25.00元

中国图书商报 / 2006年6月20日

难。因为没有了祖国，一代接一代的人始终处在没有起点、更没有终点的流浪之中，让人看不到希望。与无着的生活相伴随的是精神和灵魂的漂泊，没有片刻的宁静。世界上还有哪个民族像犹太民族这样经受着如此的磨难？

他们来到的东京，他们置身的大宋帝国的子民，令他们至为感动。宋真宗皇帝下诏："归我华夏，遵守祖风，留遗汴梁"，并在首都开封划出专门的地方让他们集中永居，还拨给银两资助他们建起凡犹太人集中居住地必有的会堂，过正常的宗教生活。没有驱赶，没有歧视，有的是他们与本国国民一样的生活。

记者：千年之中，中国历经宋、金、辽、元、明、清、民国，直至新中国成立。每次改朝换代，伴随的是无情的战火，这些战火没有殃及犹太人吗？他们有怎样的千年际遇？

蔡桂林：如果我们将一代人的间隔期划在二十五年的话（实际上，在中国封建社会自给自足的自然经济条件下，每代人的间隔期不到二十年），那么，近千年就是经历了三十二代人左右。这可是不小的数目。近千年，生生不息，老者相继逝去，开封城西门外的犹太墓地敞开敦厚的胸怀，接纳着自遥远地区来到汉民族社会定居的人们在这里永远安息。约千年里，朝代更迭，时空转换，发生了那么多的战争，经历了那么多的事变，然而，没有一次战争殃及开封犹太人，没有一次事变祸延他们。

新中国成立后，党和人民政府考虑到开封犹太人虽已不成为一个独立的民族，但他们毕竟有着特殊的历史背景，毕竟有着特别的历史路程，决定给他们两个进京观礼的名额，让他们中间的代表进京与祖国各族人民一起，欢庆共和国三岁生日。消息传到开封犹太人后裔中间，他们奔走相告，老人们更是喜泪纵横。

记者：如你所说，进入中国的犹太人的千年历史是惬意的，他们最终被同化了，以犹太教为核心的犹太文明被浩浩荡荡的中原文化淹没了，你怎样理解他们这样的结局？

蔡桂林：我从来不同意"同化"一说，"合流"可能更准确些。读一读《旧约》的《塔木德经》，那里面教导人们恪尽孝道，尊老爱幼，善事邻居，君子爱人以德等，同中国的传统文化、传统精神没有什么不一样。既然儒教与犹太教同尊五伦，也就没有必要再分彼此了。"识得天地君亲师，不远道德正路；修在仁义礼智信，便是圣贤源道。"康熙年间开封犹太教会堂里的这副楹联，你说是在阐释犹太教义，还是在传达儒家精神？它们本不就一回事嘛！“弘治二年碑”碑文说得好：其儒教与本教，虽小异但大同。这样两个“大同”的民族精神合流，不应该有什么意外的。

他们的祖先的确是来自中亚的古老的犹太民族，而现在仅仅只能称作是中国古代犹太人后裔。然而，这个结果不是在宗教裁判所的刑具下得到的，也不是在“格都”制度下产生的，它是被中华民族传统精神的宽宏气魄所感染，于自然而然中发生和完成的。纵观公元以后的人类文明史，在哪一年不发生“驱犹”“虐犹”事件？这构成了人类文明的耻辱。只有中华文化这一章节，光彩熠熠，灿烂夺目。

犹太人在中国开封的千年际遇，使我们看到了中华民族的善良敦厚的优秀品质。既有的历史已经证明，未来的历史还将继续证明：比大地宽阔的是海洋，比海洋宽阔的是天空，比天空更加宽阔的是中华民族的胸怀！

《中国图书商报》2006 年 6 月 20 日 08 版

秋白之华

写得很累。

很想歇歇。

恰在这时，到北京转车去西藏的岳父来了。

去西藏看看，是岳父的夙愿。2006 年 10 月，她的女儿得空，决定陪着父亲去。这样，这个秋天，岳父来到北京。一见面，他的恬淡、自适，让人高兴，我的累也因他的到来消退了许多。

岳父：我还作词作曲咪!

我：是吗?

岳父：可不是。可赛（赛，济南方言，含义丰富，此处的意思是很好、棒）咪。

我：作品带着了吗?

岳父：没有。还需要再改改，润润色。

我：到时可得给我一份欣赏欣赏。

秋白之华——瞿秋白传/解放军文艺出版社/2013 年 1 月第 1 版

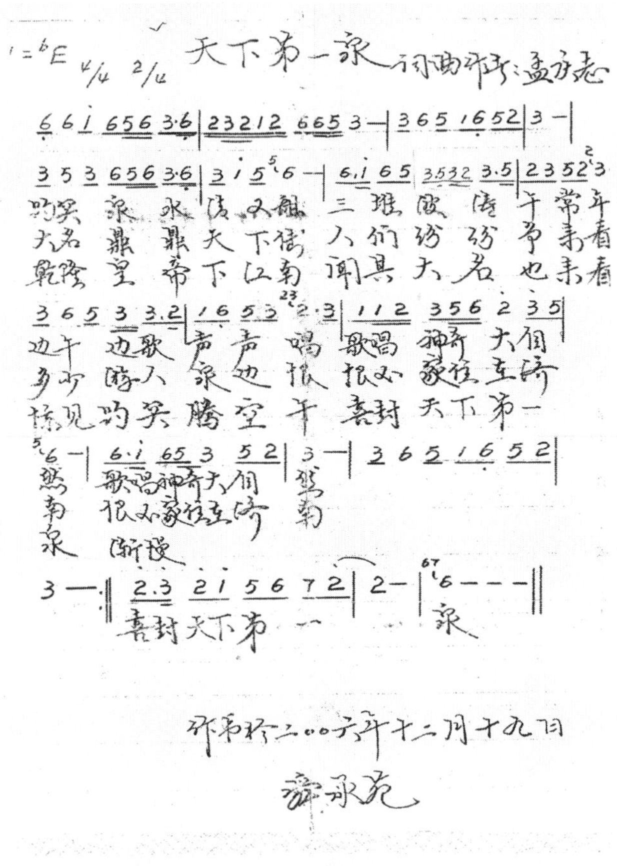

天下第一泉 / 岳父作词作曲 / 2006 年 12 月 19 日

“那当然。我从西藏回到济南就抓紧制（制，济南方言，含义丰富，此处主要是“做”的意思）。”岳父不无遗憾地说：“就是唱不好。你要是能找个歌唱家唱一唱，那就更滋了（滋，济南方言，含义丰富，此处主要是“很好”的意思）。”

我：您不会唱，怎么能作曲呢？音准咋整？

岳父：用二胡定音准，心里哼哼。

我“哈哈”地笑了。

岳父是很重信用的人，西藏归来返回济南后，很快就给我寄来了自己作词作曲的《天下第一泉》。

我喜欢它。

写书、读书累了，拿出《天下第一泉》哼哼，获得一种民间朴素、诚挚、直率的快乐。它胜过现代、豪华、精致的歌曲不知多少倍。

我的精神世界离不开自然土地。在朴素面前朴素，在奢华面前气恼，在纯真面前自在，在虚伪面前愤怒。

一个人静坐，凝念，造出一个新的世界，得天独厚。

我看起来很快活，那是因为我不像别人为无数烦琐的微不足道的欲望所累。实际上这又是一种沉重，那就是对人对己的不能宽容。

下面的话岳父听不懂，但的的确确是他那粗糙的词曲教会我的：穿越死亡之门，超越年代的陈旧道路到我这里来，虽然梦想褪色，希望破灭，岁月集成的果实腐蚀掉，但我是永恒的真理，你将一再会见我，在你此岸渡向彼岸的生命航程中。

伴听着《天下第一泉》，2007 年 1 月动笔，前前后后用五年时间，创作了长篇非虚构文学《秋白之华——瞿秋白传》。

这是我花掉写作、出版时间最长的一部书。

有题材特别重大、敏感度高、写作难度大的原因，更因为我喜欢瞿秋白这个人物，喜欢瞿秋白命运起承转合带给我的精神启示。

江苏省委老干部局主管的《银潮》月刊主编陆小晟女士，对瞿秋白颇有研究。我在江苏采访时遇见她，说起“我的”瞿秋白传写作，她很有些兴奋。

陆：瞿秋白，相当另类，我喜欢。瞿秋白传之类的书出版了很多，但，就我目力所及，写出了“真实而准确”的瞿秋白的罕见，可能连“接近”都谈不上，充满对这位民国美男子的误解和错读，没有“传”出属于共产党领袖又属于普通人的巨大命运感，没有“传”出属于共产党领袖同样属于传统文化人的深刻矛盾性。瞿秋白不合时宜地超越了他的时代，孤傲地矗立在苍茫天地间，令凡夫俗子望尘莫及。期望“你的”瞿秋白传能高标一帜。

我：努力。

陆小晟的父亲，南京大学哲学教授。教授过胡福明，教授过钟志民，教授过谷嘉旺，教授过……我两次参加高考，填报的志愿都是南京大学，可惜，未取，不然也会教授过我。父亲给予的苛严庭训，加上天资聪慧，再加上留学日本游历欧美，陆小晟修炼成精，见解独到而深刻。

陆：生活中的真相过于宏大，有时甚至过于黑暗和邪恶，超越人性所能担当或了解的限度。任何的声音都不能重演那些死去的人的绝望，在某些事件面前，我不认为声音可以代替尊严。

陆：我想他有他的天真，但是他是愿意以人的立场去一个更广大处寻找的。我想一定有一些东西是人的共同愿望。是他，是我，是我们的愿望。

陆：他是共产党人，但他尖锐的感受或许可以传达出他所理解的一种革命精神，或可以说这种革命精神赋予了他个人的理解。这对于我们完整理解共产党人有重大意义。

……

与之一番对谈，获益匪浅。临别，她赠我许多她多年里搜集收藏的关于瞿秋白的档案、资料、书籍。

我一定不比那些写出过瞿秋白传记的专家学者更有才华，我唯一能自恃的是喝着瞿秋白喝过的水、闻着瞿秋白闻过的泥土的气息长大，对那片土地、那片土地上的文化有一种与生俱来的亲近和理解。我甚至觉得，瞿秋白的命运、遭际、情感，许许多多，与自己是那样的契合，写他，很多地方就是写自己。

比如，中学毕业后，经亲眷推荐到无锡江陂国民学校当了一阵子老师（！）。一次次夜深人静的辗转反侧，使瞿秋白渐渐地强烈起一种渴望：一箪食、一瓢饮，终老于陋巷？不能！应该到更广阔的天地里去寻找新的生活道路。他辞去老师，先武汉（！）后北京（！）再苏俄，寻找着改变命运之途。——我也是这么个路径啊。

比如，瞿秋白早就发现自己“二元化的人格”，有另一个“自己”的存在，而我常常借用米兰·昆德拉的话说：“生活在别处”，其实，在我这里，意思是一样的。

比如，在大是大非面前旗帜鲜明没有错，但口气、表达方式是否可以婉转一些、平和一些呢？过分地慷慨激昂、锋芒毕露会让自诩持重的人感到无法理解。——这正是我不时的感慨。

比如，共产国际将一个政党玩弄于股掌之上，所有的正义感和原则力量都被踩在脚下，踩成烂泥，瞿秋白从云端被打落泥潭，许多正直的人动摇了，消极了，瞿秋白没有。他宁可与哀恸的人同哀恸，绝不与挥动鞭子的人同挥鞭。他认为，世事的合理与否不可以一时的结果来下判断，更不能以实际情形来取代是非标准，否则的话，历史就成了称斤论两的数字而不再是一种惩恶扬善的信念。——瞿秋白说出了我心里有、嘴上无的警句。

……

正因为这样，我把原本可以快一些的写作速度放慢了下来，把先前一般不大改稿的习惯改了过来，一改再改，初稿、二稿、三稿、四稿、定稿，不断延续写作中那种对命运的体认，对心灵的安抚，对迷失的匡正。不想很快结束这部书的写作，写完了，它就走了，怕再也找不到与自己如此契合的人和事，精和神。

正因为这样，我写得格外细致，格外专心。有时，深夜醒来，想起某处的一个细节、一句话，翻身起床，打开电脑，直至推敲完善方才再去入睡。“长恨言语成，不如人意深。”（刘禹锡）也就格外地慢，害怕这样的写作带给我的安慰和快感转瞬即逝，烟消云散。

五年，我很享受。享受一个崇高灵魂的传奇。

书稿完成后，呈送中共中央党史研究室审读。感谢现代人物室主任李楠女士，她审读完之后给我的至真至贵的意见，使我大受教益。于是，我又将审读回来的书稿从头至尾再改一遍。一个人的政治生命结束时，就是他历史生命的开始。我“再改一遍”的目的，就是期望最大限度地呈现一个历史生命的历史力量。

我又享受了一年。

一袭精魂，在我们的精神血脉里奔涌不息

——专访《秋白之华——瞿秋白传》作者蔡桂林

新华网记者　魏国荣

近年来，军人作家蔡桂林潜心研究国际共产主义运动史、中国共产党党史、中国革命史，刻苦钻研马列主义理论，使准确理解作为中国共产党早期领袖的瞿秋白成为可能；作者同样来自江南，生在、身在滋养了瞿秋白的地域文化中，获得对瞿秋白气质、心境属于故乡文化上的体认；作者对瞿秋白下过近十年时间的研究功夫，作为这部传记的基座，深厚而扎实；作者是一位长时间研究文学的评论家，是一位创作出版二十余部文学作品，有着丰厚的文学实践，具有对应瞿秋白相同学识属于专业上的贴近。蔡

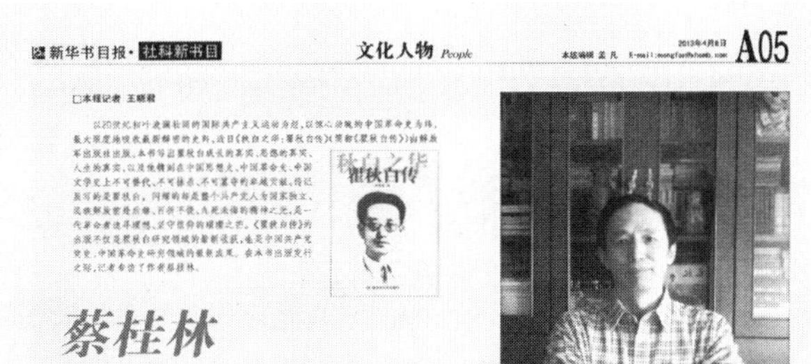
新华书目报·社科新书目　文化人物 People　A05

蔡桂林

我总觉得他没有走远

新华书目报 A05・文化人物 / 2013 年 4 月 8 日

桂林的这些素养几乎为写作瞿秋白传记量身定制，这使得他笔下的瞿秋白比起出自研究学者之手、理性有余感性不足的传记来，显得理性坚实，感性沛然；比起出自党史革命史专家之手、共性有余个性不足的传记来，显得共性豁然，个性鲜明。孜孜写作五年之久，精雕细刻五易其稿，终有别开生面、高标一帜、才情饱满、元气浑成的《秋白之华——瞿秋白传》（解放军文艺出版社，2013 年 1 月版）出版。近日，记者专访了蔡桂林。

记者：对于伟人，我们或敬仰，或感佩，更有人视为偶像一生膜拜、珍藏于心。我好奇的是，是怎样的力量让您将心中“传奇人物”的一生，付诸浩浩四十万字公开出版发行的传记，来作为自己独特的膜拜方式？

蔡桂林：伟人首先是平凡的人，其次才是在人类历史进程中他恰巧站在前沿，给了我们杰出的感觉；如果这段历史又恰巧处在重大的转折关头，而这个人物的作用又是非凡的，那他就是我们常说的伟人。从这个意义上说，瞿秋白的确是伟人。在国民党集团背叛革命，大肆屠杀共产党人，中国共产党陷入绝境的严峻关头，中国革命这艘航船上二十八岁的年轻舵手瞿秋白，毅然决然拍板发动南昌暴动，率领中国共产党打响武装反抗反动势力的第一枪，开辟了独立领导武装斗争和土地革命的道路。他最早提出无产阶级在新民主主义革命时期应当成为革命领导阶级；最早提出无产阶级必须武装夺取政权；最早提出中国革命是农民的革命，必须唤起农民才能取得最后的胜利；最早号召农民暴动、建立农村根据地、打土豪分田地……这些关于中国革命的杰出思想，在二十世纪二十年代，石破天惊。经过“文革”对瞿秋白的大批判，在人们的印象里，瞿秋白等于“盲动主义”，瞿秋白只有“盲动主义”。其实大谬不然。就历史的情形而言，暴动是许许多多死里逃生的革命同志一种激扬人心以做最后血搏的真诚呼唤，所谓壮士拂剑、浩然弥哀，其中既有对国民党蒋介石背叛、大革命失败的激愤与悲伤，更多的是共产党人对中国革命积健为雄、横绝太空的渴望和求索，绝非给瞿秋白扣上一顶“盲动主义”帽子那么简单。

其实，我更愿意说瞿秋白是英杰。你看，他信步刑场，手夹香烟，顾盼自若，傲然不侵，在一块萋萋草坪上面北盘膝而坐，然后微笑着对举枪对着自己的一列士兵说：“此地甚好。”那份从容，何等豪迈！简直惊天地泣鬼神！凄厉的枪声划破寂静山岭，瞿秋白后仰倒地，化作震碎旧世界的惊雷。他的灵魂在空中自由地飞舞，在天幕上永远闪烁。

我对瞿秋白谈不上膜拜。我不膜拜任何人、任何物。膜拜者的精神姿态一定是跪着的。我对瞿秋白有的是敬仰和感佩，以平视的站姿，聆听精神响箭的呼啸。

记者：如何架构传记框架，何处浓墨，何处轻描，何处淡写，何处深采，何处浅探，对于完美展现伟人波澜壮阔的一生至关重要。您能谈谈最初的写作构思吗？

蔡桂林：传记是一种非虚构文学写作，真实是它的最高要求。瞿秋白一生短暂，仅仅三十六岁就告别了他无比热爱的世界；他一会儿云霄一转眼谷底如过山车般的人生，本身就跌宕起伏，惊险刺激，使任何虚构都相形见绌，只要秉笔直书，忠实记录，还原真实，就是一咏三叹，就是荡气回肠。我选用编年体来写，就是为了体现这一鲜明特点。至于何处浓墨，何处轻描，何处淡写，何处深采，何处浅探，只要能够对应瞿秋白人生的本来轨迹就已经足够跌宕、足够惊心、足够壮阔，任何特别的弄巧都会成拙，我潜心努力的就是虔诚写实。

记者：为写成这部四十万字的传记，您积累了一百六十万字的读书笔记，可想您为此掌握的资料之丰富翔实，能跟读者分享您收集、遴选资料的艰辛过程吗？

蔡桂林：历史最主要的传承方式是文字。我们了解历史最主要的方式就是依靠历史留下的文字。然而，文字可靠吗？回答是否定的。因为，文字的历史无一不是记述人自己历史观的体现，本身带有强烈的主观性。了解历史主要靠文字，而文字又不那么可信，怎么办？别无选择的办法就是鉴别。了解一个历史人物，就尽可能多地收集关于这个人物的各个层面、各种立场的记述，收集得越多、越全面，对照的参数就越丰富，历史的真伪就越清晰。

比如，六届四中全会将瞿秋白彻底打倒抛在上海两年多后，临时中央总负责人博古又要他去中央苏区，据此有人说这是个阴谋，是要将瞿秋白放到身边更有利于监视，是“似公而实逞于私，似天而实蔽于人”（清·章学诚）。这是真的吗？要弄清楚这个问题必须搞清两点：博古在什么情况下做出这个决定？瞿秋白对这个决定的态度。我在大量的回忆录中寻找答案。身患严重肺结核、身在上海的瞿秋白遭遇白色恐怖的严重威胁，时刻面临生命危险。自上海至苏区任党校校务长、瞿秋白的好友冯雪峰向中共中央局常委张闻天汇报了瞿秋白的现实处境，张闻天很同情，立即请示临时中央。博古沉默许久后给出了三个字的答复：让他来。瞿秋白得知同意他去苏区，高兴地说：想去很久了。博古同意瞿秋白来苏区，目的是为了解除瞿秋白在上海面对的安全威胁；瞿秋白得知自己能离开上海心情愉悦，两者相互印证，“阴谋”说是罔顾历史的枉言之论。

一个作者笔下的历史的清晰度，取决于这个写作者掌握多少参数。一百六十万字的读书笔记就是为了掌握尽可能多的参数，以完成关于瞿秋白我认为的最高的真实度。这是一个非常艰苦的过程。人云亦云的写作不需要这么劳神，但我不愿意那样做。那样没意思。我要求自己笔下的历史，必须是经过自己的心梳理过、自己的血浸润过的历史，只有这样才能让读者从作品里中看出一点儿对历史评判新的意思。

与莫言先生在上海 / 1999 年 11 月

与乔羽先生在北京 / 2001 年 2 月

记者：您要求“自己笔下的历史必须是经过自己的心梳理过、自己的血浸润过”，这意味着要做大量深入的思考。请您谈谈写作过程中让您印象比较深的几个节点。

蔡桂林：比如，红军要撤出苏区长征，博古态度坚决地将要求走的瞿秋白留在苏区，留下的瞿秋白被捕，最后被枪杀。人们据此怀疑博古“借刀杀人”。

从对瞿秋白的情感上说更愿意采信这样的说法，这样可以使瞿秋白的人生显得更加悲情。

然而，信史的良知告诉我，自己笔下的历史必须用心梳理，用血浸润。梳理浸润的结果是那样的怀疑站不住脚。

走，要从国民党军铁桶般的围困中冲突出去，凶吉未卜；留，到处腥风血雨，生死难料，“去留心绪都嫌重”（林伯渠《别梅坑》），风险各半。如果博古同意瞿秋白走，结果瞿秋白倒在了围追堵截、浴血奋战的途中，同样可以有博古为什么让瞿秋白走的拷问。留下瞿秋白有借刀杀人的嫌疑，让走嫌疑同样大。即便瞿秋白要求走就同意走、要求留就同意留，只要他牺牲，前面的任何一种怀疑和拷问都成立；即使没有牺牲，那是瞿秋白的个人造化，既定的疑团并不能释然。

六届四中全会错了，对瞿秋白展开的大规模批判错了……无论对瞿秋白再做什么、怎样做，都注定可以遭遇今天的怀疑和指责。

我平静地提醒读者：不能因为悲情效果或抱以其他用心而伪造史实；不要负气于走、留狭隘的追问和怀疑而意绪难平，留与走的结果并非只有让留与让走的人期望——假如期望过的话——的那一种，事实上它是一个变数，走，牺牲了无数同志；留，活下的不少。

现在，历史以它的冷峻排除掉了所有可能，将唯一呈现在我们的面前，我们就应该以历史的胸襟去接受这唯一，瞩目这唯一。

再比如，瞿秋白的临终告白《多余的话》，自 1935 年八九月《社会新闻》选载部分章节、1937 年《逸经》（半月刊）刊载全文始，遂大波轩然，聚诵纷纭，鲜花粪土共在，谩骂颂扬同飞。如果用我们常有的既定概念，孤立地看不足两万字的《多余的话》，一定歧义纷呈。当我们用心血梳理瞿秋白的全部历史之后再来看，它就变得相当明晰：它是瞿秋白在绝灭前夜，在很可能永远无法得到见证的最后时刻，以骇人的平静，向注定缺席或迟到的读者坦然倾吐自己内心的真相，披肝沥胆，摘心自食，留下死灭中的血搏和超然物外的慷慨，完成自己最后的涅槃。

记者：瞿秋白的爱情与婚姻缠绵悱恻、惊世骇俗，被世人传为美谈，传记中这部分更写得真实而唯美，动人心弦。作为女性读者，我很想知道您如何理解看待他的爱情与婚姻?

蔡桂林：瞿秋白一生有两次爱情婚姻。第一次，瞿秋白与四川姑娘王剑虹相识南京，一见钟情。炽热爱情将两个年轻人彻底点燃，燃成狄更斯所说的“只有在你的微笑里，我才有呼吸”，燃成海明威所说的“觉得地面都在移动”。

第一次恋爱就携手走进了婚姻殿堂。婚姻生活“是人间何等高尚的感觉”，瞿秋白赞美它。因为革命事业，瞿秋白不得不四处奔波。王剑虹是娴静的，她放走那个不得不放的革命的瞿秋白，她等着那个文化的瞿秋白回来，无论是哪样的瞿秋白，她都爱，爱得单纯、热烈。身在外地的瞿秋白每天给王剑虹写信：“我恨不能插翅飞回。”瞿、王的这段美妙无比的婚姻很短，仅仅半年，年仅二十岁、樱桃花般美妙的王剑虹因肺病，合上了美丽的眼睛。瞿秋白人在剑虹前，心在离恨天，东风送哭声嗷嗷。这段爱情令瞿秋白刻骨铭心，即便是在生命的最后时刻，瞿秋白依然思念已经逝去十一年的王剑虹，在囚室里写下“山城细雨作春寒，料峭孤衾旧梦残。何事万缘俱寂后，偏留绮思绕云山”的诗句，用生命谱写出一曲心心相印、至死不渝的爱情绝唱。

第二次婚姻发生在他与学生杨之华之间。

杨之华是有夫之妇，育有一个女儿，因丈夫的缘故，品端行正、格调高远的杨之华与之渐行渐远。当瞿秋白了解到杨之华的“婚姻”状况之后，听从内心的召唤，找杨之华的丈夫谈，希望他“让出”杨之华，自己要娶她为妻。第一次没有谈成，再谈第二次。同样的坦诚、同样的大度、同样的自由精神，三个二十四五岁的年轻人，进行着一场即便是今天的我们也难以想象、也难以接受的谈判。一天一夜。他们谈了些什么？查遍三人留下的所有文字，没有只言片语的记载。再查他们亲属、朋友的回忆文章，也没有任何述说，我们能知道的是在1924年11月的《民国日报》上出现了杨之华与丈夫正式脱离婚姻关系、瞿秋白杨之华正式建立婚姻关系、瞿秋白与杨之华前夫正式结为朋友关系的启事。这则启事连载了三天。这在斑驳陆离的上海滩是自开埠以来前所未闻的事。惊世骇俗！前不见古人，后迄今未见来者！从此，瞿秋白杨之华恒厮守，永恩爱；杨之华的女儿也改姓瞿，瞿秋白视为己出，爱之如珠。

如果说瞿秋白的第一次婚姻是现代男女爱情的结晶，那么，第二次婚姻则是拂去几千年礼教尘土，让爱意重见天日。

与转业军人、双星集团董事局主席汪海在青岛 /2000 年 3 月

与北京大学国际 MBA 院长安东（美籍）在广东 /2003 年 5 月

我对瞿秋白的爱情婚姻的理解和看待是，瞿秋白告诉我们：爱情是一个人一辈子的信仰，婚姻是一个人一辈子的守望，家庭是一个人一辈子的事业。

记者：这部传记对我们读者而言，无疑是一席思想盛宴。我想知道的是，它对您意味着什么？

蔡桂林：它对我意味着我用五年时间完成了一次受益终生的精神洗礼。从本质上，从一种心灵意义上，每个人都并非活在当下，而是活在过去与未来之间：从过去找来路，向未来寻去途。这是我写作《瞿秋白传》的真正用心。

瞿秋白的人生由一个又一个的历史偶然连接着。一而再、再而三的偶然，朝着同一个方向、沿着同一条道路的偶然，这偶然就不再是“偶然”了。这就是一个人“历史使命”的呈现方式，最终他走向“不戚戚于贫贱，不汲汲于富贵，革命者志在天下，心忧黎元”的志愿。

离开高位的瞿秋白，可以不再企图作为历史规定的方向的神，而是在人的水平上行动和思想。历史不再是信仰的对象，而只是一种机会，瞿秋白重回离开了整整十年的文学领域，献身于自己的生命时间。历史不是一切，在历史之外，阳光下还绵亘着广阔领域，有着人生简朴的幸福。一个人未必一定要充当某种历史角色才活得有意义，这也是一个人的“历史使命”的题中之意，贴近生命本身的生活光芒四射，精彩纷呈。

瞿秋白以他短暂的一生诠释了“历史使命”的完整含义，这含义的后一点，对我辈而言，意义更加重大。

雄壮而嘹亮的《国际歌》是瞿秋白重译的。在瞿秋白之前，《国际歌》在中国有过三种中文译本，但都不理想。不理想在“internationale（国际）”译成中文只是两个字，对应这两个字的音节却有八拍，拖得太长，很难唱，表达不出原曲的气概神韵。正因为如此，这首国际劳苦群众的战歌一直没能在中国传唱开来。是瞿秋白按法文词曲原稿重译版本将“internationale”音译成“英特纳雄耐尔”，才使庄严雄浑、透出光明与希望的《国际歌》响彻中国。重译本不但好唱，而且还与各国的音一致，中国劳动人民和世界无产者同声相应，收到万口同声、情感交融的效果，——这是中国与世界的第一次真正接轨——“英特纳雄耐尔”至今嘹亮在我们的生活里。它使我直接感受到离开我们已经七十八年的瞿秋白没有走远，甚至，一刻也没有离开过我们，他是化作了一袭精魂，在我们精神的河流里奔涌不息。

新华网 2013 年 4 月 12 日

在办公室 /2000 年 4 月

第七章　怒放

一位朋友这样解剖过我——

生性渴望理解，却不奢求理解，安于孤独，更能乐于孤独。在受不了凄寂的同时，又渴望得到只有在孤独时才能享受到的自我极致发挥和无丝毫保留的面对现实，那个时候更能清楚地照亮自己；常在意志薄弱时，自虐般地沉溺其间。

你是最复杂的。你可以根据需要，在具体环境中把自己塑造成适合的角色，善于戴着面具生活；内心本我的强大力量，又让你在某个时刻不由自主地显现出你冷酷阴郁的一面。这是你本质的东西，深植于骨髓，扎根于灵魂。

“独当千古错，冷漠自逍遥。”你可以清高地忍让，忧郁地承受，宛如一位高超的剑手，不是不过招，只是对方非对手，不屑过招罢了。对手认为一次次击败了你，然而，你的强大历史知道。

格调分明有别常人，心胸高妙不露于表。常容人难容之事，亦笑人可笑之处。

“苦于红尘无知音，不如隐形爱孤独。”

如此犀利，犀利得我不敢面对。

我自己认为，总括起来，大致上可以这样说：我用半辈子的人生干了一件事，接下来的人生则是证明这件事，那就是一个人的命运究竟可不可以被改变?

路漫漫其修远兮，吾上下而求索。这里对上下求索的记录与描写，并不只体现为从物质艰窘中流淌出来的人生酸辛，也不只体现为由社会原因而生成的人生样态，更加集中地体现为一个个体生命精神世界的跋涉历程。

从发表在《济南日报》农村版上的小小说《老六爷出山》，甚至，第一次变成铅字、刊登在南京师范学院中文系《写作函授通讯》（第四期）上的《做一个努力实践毛主席新闻路线的忠诚战士》，直到《飞天之鹰》《生存还是毁灭》《成吉思汗灵榇西迁纪实》《东方际遇——中国犹太人千年历史揭秘》《秋白之华——瞿秋白传》……我写下的几乎所有文字，无论信马由缰地跑出多远，其实，不过是思想不同侧面的扇形展开，最后都归结到对核心问题或直接或间接的回答：洞察时代对人生的要求，人生自觉地满足时代，一个人的命运就可以被改变。

我的人生，就是这样一幅一个人如何改变自身命运的“路线图”，始终回荡着“捡狗屎去”的吩咐声。

可以往崇高处描绘：富有理想，不懈奋斗，锲而不舍，百折不挠……然而，其骨质，就是围绕“改变命运”这个核心而渐展渐开的一幅含辛茹苦的人生画卷，或者称之为改变命运的精神接力。

《冲浪：在军事文学的海面》出版之后，李心田指出：“据说，大学里开不出‘军事文学概论’，蔡桂林的《冲浪》可做参考，但做教材还不行。”（《欲毕其功于一役》，《作家报》1994 年 4 月 23 日）；不行在哪里？不行在“《冲浪：在军事文学的海面》是一部理性专著，但不像我们常见的理论著作那样有完备的体系、严密的逻辑、周到的叙述”（宋遂良《呼唤思想　期待辉煌》，《作家报》1994 年 4 月 23 日）；不行在“作为一种军事文学理论构想，框架设计不够科学严密”（朱德发教授 1994 年 4 月 9 日在《作家报》召开的《冲浪：在军事文学的海面》座谈会上的发言）。专家学者们说得很对。《冲浪：在军事文学的海面》肯定不是理论专著。我的学识能力完成不了那样的“专著”。它就是一部散文化的理论随笔、思想随笔。文学，军事文学，中国军事文学，中国革命军事文学，只是思想的“抓手”，通过这个“抓手”，想要达到两个目的：一是“竹中一滴曹溪水，涨起西江十八滩”（苏轼）；二是企图看清军队的历史文化背景，反过去，看清这个背景之上的“农民”，最后看清自己，然后找准适应时代的路径，再然后奋力地满足时代的需求。

我相当反感相伴我大概有半生的要求我防止“骄傲自满情绪”的“谆谆告诫”：这是对我不着边际的抬举。苦难的命运就在窗外，相隔一层纸，任何的“骄傲”，任何的“自满”，都可能把自己“扔”到窗外去。我清醒地知道、一刻也不会忘记的事是“跑”，或者叫“进步”，唯有拼命奔“跑”，或者叫“不断地进步”，才有人生的安全感，才有命运的安全距离。

“跑”或者叫“进步”，实质是一次次跃起摸高。

每一次跃起，就是一次探索，探索自己的人生究竟可以达到怎样的高度。

这里的“高度”不是地位，不是金钱，这些不值得最可宝贵的生命跃起，值得生命跃起的是被信仰照亮的精神高度。

跃起，探摸。

调整姿态—蓄势—再跃起。

这就是一棵草根的精神史、心灵史：不断跃起，探求思想可能企及的高度，可能达及的最大边界。

成功，永远是每一个人前方的地平线，我们拼尽全力扑身过去，以为能接近它，其实，站定，抬头再看，它离我们同原来一样远。人生就是这样一种向“成功”的地平线无休无止、无怨无悔的奔跑，不问地平线还有多远，只要知道它就在前方就好，奔跑！奔跑过程中的风景，足够享用一生。

理想是一团火，燃烧的是血。

尽管说出这些愧对土地，无颜见“江东父老”，但是，还是说了。毕竟，一个没有什么天分的草根，就是这样生长的。就这样生长起来的草根逐渐理解了马克思的话：“如果人仅仅为自己劳动，也许他能成为著名的学者，伟大的智者，卓越的诗人，但是他永远也不能成为真正完善和真正伟大的人。”

“跑”得实在太累了，坐下来，喝杯酒，提提劲，振振精神。

哪杯酒？

当然是文化之纯酿。

中国文化，这杯“酒”，实在是太奇妙了，让你陶醉。

有了这杯“酒”，尽管奔跑的速度没有丝毫的放慢，相反，可能更快，然而，奔跑的目的再不是为了所谓的“成功”，而变成了“寻找”。成功，需要峻急；寻找，切近从容。没有从容的寻找，可能一无所获。也因此，我修炼从容，从容地走向历史文化，走向人类文明。

寒武纪里的三叶石熙熙攘攘，侏罗纪里的恐龙吼声震天，中新世里的古猿张牙舞爪，全新世里的人类昂首挺立……此后的初民，结草为庐，择水而居。于是，华夏文明是黄河文明，古印度文明是恒河文明，古埃及文明是尼罗河文明，玛雅文明是亚马孙河文明……人类文明无不是“脱水”而出的灿烂辉煌的硕果。我对人类文明的理解就从理解“水”开始。

人类沿河走向辽阔的大海，胸怀因海变得更加宽阔、博大。

不沿河、不靠海广袤的内陆地区生存、发展的渴望，推动了人类铺路架桥，人类文明之路桥文明时代到来了。

沐浴星光月色的人类，对星光月色充满好奇，充满探索的渴望。这种好奇和渴望，推动着人类科技的不断发展进步，终于成功开辟出“天路”，实现了飞天登月的梦想。

人类沿着水路、海路、陆路、天路跋涉至今。我对历史文化、人类文明的理解一直在“路”上，沿“路”寻找，终于找到了人类文明之水路《千古大运河》、人类文明之海路《大航海时代》、人类文明之陆路《国家大道》和人类文明之天路《炎黄天梦——中国航天发展50年纪实》（后文简称《炎黄天梦》）。

无论写作、出版顺序怎样，我都是把它们当作人类文明进程的一环来理解和探索的。

托马斯·艾略特在《哈姆雷特的困境》中说：“以艺术的形式表达感情的唯一方式，就是找出一种‘客观的相关物’，换句话说，也就是将成为那种特殊感情的一系列客体、一种情境以及一连串事件找出来。”确乎如此。水路、海路、陆路、天路，就是我找出表达感情的“客观的相关物”。我喜欢说“抓手”，它们就是我以非虚构这种艺术形式理解历史文化、人类文明的“抓手”。

“抓手”，使我的思想、情感表达，有了实实在在的着落。

而写作《冲浪：在军事文学的海面》前后逐步建立起来的中国文明观，则是我书写水路、海路、陆路、天路的文化坐标。

饱经坎坷，历经沧桑，充沛起来的思想、饱满起来的情感，终于在我壮年强健的岁月里，如洪水，汗漫而下，在广阔的时空中肆意横流，迎来了丰收的季节。

身穿藏蓝色短褂的母亲，在一片金黄的田野里，手挥长长的镰刀，一左一右，一起一伏，收割成熟了的麦子，像一片蓖麻叶在海面上漂荡。这个意象，深刻在我的脑海里，永磨不灭。

此刻，我也是一位收割者。手持长长的思想的情感的“镰刀”，在浩瀚的文化海面上挥舞，收割着丰收，收割着丰收后的喜悦和快乐。

千古运河

是的，我从“水”开始理解人类文明，从中国河运开始理解“水”。

在中国，大规模开挖运河起自烽烟滚滚的春秋战国。各诸侯国为了各自的霸业，在中华大地上联袂成云，挥镢如雨。为伐楚，伍子胥迎着公元前五〇六年早春如毛的细雨，领吴王阖闾之命带着浩浩荡荡的开河队伍，在荆溪与水阳江之间的高岗上安营扎寨。八个月之后，当东坝村头一片柿树呈现出耀眼的火红时，东连太湖、西入长江长六十八里的水运通道，横卧在了异常爽朗的深秋里。为北上伐齐，挺进中原，与在黄河、济水流域的齐、晋争霸，伍子胥再次走上挖河工地。在伍子胥的不断催促下，全长三百八十里、史称“邗沟”的运河得以在一年内最后贯通。吴人从吴都出发，经此运河轻松地进入泗、沂、济三水，将他们的矛尖剑锋直指齐人的床榻。就这样，运河犹如一只凤凰，在大时代的战火中涅槃，为大时代的战神插上飞翔的翅膀。大运河，把一个王朝无限的思想、无尽的语言和一个民族永远的灵魂书写在苍天厚土之间。

无可讳言，运河体现着王者的意志。然而，运河一旦筑成，也就获得了王者之外属于自己的生命。时光越千年，如今，古老的邗沟还在流淌，接纳百川、包容天雨、广收水源、改善水质、长藤串湖、川流不息、滋润大地、养育苍生，提供舟楫之利、灌溉之源乃至百姓日常的浣洗和饮用，古老而年轻。“天涯静处无征战，兵气销为日月光。”大规模争战终将阴云消散，人间终将重回一片澄莹蔚蓝的天空。吴王的霸业在哪里？越王的霸业又在哪里？装满王者雄心、意志的运河，帮助了王者的霸业，也淹没王者的霸业，最终留下的是中华民族万古不灭的情思，是劳动者的意志和由这意志铸就的辉煌。我们十分熟悉却又觉得空泛的“历史”一词，就这样被大运河凸显出来：历史的骨骼、历史的血脉、历史的体温、历史的咚咚心跳、历史的坑洼深浅、历史的悲欢离合就在它的波浪流程间。

放眼中国的历史，各朝统治者出于各自政治的需要，在推翻前朝、建立起新的朝代时，唯恐与前朝决裂得不够彻底，一定会选择在方方面面与前朝划清界限，以显示自己与前朝的绝然不同。汉代一把火烧掉阿房宫，就是这种心态最典型的证明。然而，唯有在运河面前，没有哪个朝代敢于将前朝开凿的运河毁弃，没有哪个朝代敢将前朝的功绩彻底地否定，它们都不约而同地选择传递和更新。运河，超越所有时代，超越所有政治，以自己独特的品格，书写着不属于任何朝代、只属于自己的历史。唐朝全盘接受从隋朝流来的五千里运河，正是这“成我大利”的五千里运河直接造就了大唐盛世。陕州刺史、水陆转运史韦坚主持，在运河码头举行的一场旷世庆典可以看成是大唐盛世的一个侧影。运河里挂上写着各州郡名字的牌牌的三百只小斛底船，除装着各州郡所产的稻米之外，还装着该郡最著名的特产：广陵郡（今扬州市）船载广陵所产的锦、镜、铜器、海味；晋陵（今常州市）船载折造官缎绫绣；南海郡（今广州市）船载玳瑁、珍珠、象牙、沉香……数十个州郡的船只排在运河内，一路伸延出去，绵延数里，煞是壮观。没有运河，就不可能有盛唐繁荣。

没有运河也不会有之后的开宝气象（宋）、永乐太平（明）、康乾盛世（清）。把整个民族的心路历程、历史朝代的时政气象、民族融合的历史态势，都一一包孕其中，因之而成为时代之魂。当然，运河带给一个民族的绝不止富饶的物产，更有瑰丽的文化。沈既济蘸大运河苏州段多情的水，写下他的《枕中记》《任氏传》，叙述婉转，文辞华丽。运河浪花给蒋防以艺术灵感，使他的《霍小玉传》也像运河的水，一波三折，霍小玉的命运更像是运河的命运，受尽压迫凌辱而决不屈服。不唯传奇文学得益于运河水的滋养，各领风骚的唐代书法也是运河造化出的极品：运河水给了虞世南（浙江余姚）气秀色润、修眉自喜的意趣，给了褚遂良（浙江杭州）美人婵娟、不胜罗绮的气韵，给了徐浩（浙江绍兴）怒猊抉石、渴骥奔泉的精神，给了张旭（江苏苏州）点画净媚、得齐古人风格，给了贺知章（浙江萧山）酌而不竭、清秀峻拔的风采……

没有运河，就不会有唐传奇，也就不会有滥觞于宋代勾栏茶肆里的宋话本；不会有元杂剧，也就不会有日后的《水浒传》。不同于历史演义和英雄传奇的“吊古伤今”，也不同于神话小说“假神话以曲折地反映现实”，《金瓶梅》，直书现实人生，表现人情世态，成为中国文坛上最早出现的世情小说。它的作者不出运河区域，《金瓶梅》是运河的儿女。没有大运河，中国文化一定是另外一种样子。京杭大运河，人类造化的杰作，因了这份杰作，中华文化具有了更加跌宕的层次和更加丰厚的内涵；是人类生命的奇观，因了这份奇观，中华文明具有了更加风富的色泽。运河在不断演进中已升华为一条文化带，一条漫长的遗产长廊，展示着中华三千多年迷人的文明成就。

京杭大运河穿黄河南行，受黄河的影响最大。翻开尘封的典籍，搜寻关于黄河的书页，每一页的正反面上写满的都是“水患”二字！更有甚者，黄河，稍有不快便更辙易道，随意夺口，时而北走天津，时而南下江淮，沿黄百姓痛苦不堪。在颤抖的悠悠岁月里，黄河赋予中华民族的一半是血泪，一半是黄金。四十四岁的佥都御史潘季驯是在黄河决口、无数沿黄百姓生灵涂炭的危难之际受命总理河道的。上任之后，立即带人到河患最严重的地方慰问百姓，实地查勘，沿河而上，访问有经验的当地乡官、老农和老河工，详细了解水情，征询治理意见。提出了借水攻沙、以水治水的“束水攻沙”方案。一言既出，立即遭到无情的围剿。朝廷的任何举动都是政治。“束水攻沙”自提出的第一天起就是极其敏感的政治斗争。政治斗争的本来法则在于执着于事情的性质而不在于事情的内容。而当原则争辩一旦成为快意恩仇，人身迫害也就不可避免。很快，执意要将“束水攻沙”理论付诸实践的潘季驯遭到诬告，被撤销了一切职务。“官可以不当，志不可改！”铁骨铮铮潘季驯踏上了归乡之路。就这样，黄患来临时有人想起他，灾害过去之后有人又急急地抛弃他，几十年里，潘季驯三落四起。每次被贬，他矢志不改；每次再起，他“日与役夫杂处畚锸苇萧间，沐风雨，裹霜露”。由于潘季驯大力整治，明代京杭大运河畅通无阻，黄河安澜二百年。七十一岁高龄时，潘季驯乞休离职。他最后一次上朝，说起一生治水半在运河，潸然泪下。就在快要走出奉天殿时，他再次回过头来，向朝廷说出了最后的心声：“去国之臣，心忧在河！”正是这些人物成就了大运河，使大运河流淌千古，滔滔不绝；千古大运河上流动的正是由这些人物所代表、所体现的不朽的民族精神。面对千古大运河，我们自豪；面对这些人物，我们振奋。

八年的潜心研究中国运河史，——更长的与运河的交集可追溯到我三岁那年，父母沿运河至卜玉桥，拯救回我的生命；可追溯到那年在灯具厂时到常州发货，迷失在古运河东坡舣舟亭，可追溯到那年至无锡购买水泥，看运河的夕阳日出；可追溯到当年“月落乌啼霜满天”时节自苏州乘客船沿运河经吴江、嘉兴至杭州，所经的这段运河是整个大运河中最古老的部分，诞生在吴王夫差越王勾践的年代，它以特有的激情与风姿流淌了两千多年，水底残阳，江枫渔火，城外寒山，寺影钟声，令人惊惧——今次，四次沿“河”全程行走，四个月伏案疾书，三十万字、人类文明之“水路”《千古大运河》诞生；又用五个月的时间完成了二十五万字的《运河传》：每天的每天，即使在花朵和星星也睡着了的时候，仍有一条河流在醒着，在无声地流淌，它有时深凝如礁岩，有时澄澈似冰雪的月光。这条河的名字叫京杭大运河，一条千古常新的历史河：它流经四省两市，全长一千七百八十五公里，沟通、连接起自西向东流淌的海河、黄河、淮河、长江、钱塘江这豪迈与婉约五大水系，它波浪为程，樯帆为路，舻船相接，市井相连，用船歌中的一河清水养活了自春秋战国至清所有朝代，促进了中国古代社会的民族融合、政治稳定、经济辉煌、文化繁荣，成为流动在中华大地上的一首壮美的民族史诗。

千古大运河 / 文化艺术出版社 / 2007 年 1 月第 1 版

生活在奥匈帝国行将崩溃年代的捷克人、西方现代派文学的宗师和探险者卡夫卡说：一本书，必须是能砸开冰冻海面的斧子。我是以这样的信念写作磨砺《千古大运河》《运河传》的。

运河传 / 河北大学出版社 /2009 年 1 月第 1 版

在我写作磨砺《千古大运河》时，忽然有一个周日，这个周日的中午，吃中午饭时，突然嘴唇抿不住筷子，汤匙里的汤居然喝不到嘴里，米饭堆积在唇齿之间，唇不能将食物带动到口腔里面来……

什么情况？

哪里发生了怎样的病变？

为了不让家人紧张，我不动声色地离开了餐桌，到了书房。在书房，我照镜子，进一步发现，右眼闭合不上了，且有些流泪；嘴向右侧歪斜。

我着实吓坏了。不知道身体的什么地方发生了什么样的病变，出现这么些不可思议的症状，觉得自己的生命怕是走到尽头了。

镇静！

我告诫自己镇静！

即便真的是生命的尽头，也要坦然面对，这是人生必有的最后的结局，要完美收官，绝不凄凄惨惨戚戚，像唛唛那样，镇定、从容，甚至是豪迈。

我在书房里镇静地打了三个电话。

第一个电话打给在协和医院工作的朋友，“帮我挂一个耳鼻喉顶级专家号”，明天下午我去就诊。第二个电话打给我的直接领导，“明天个人有点急事要办”，请一天假。第三个电话打给我在北京最好的朋友，“很久没见了，想念”，约次日共进午餐。

第二天，周一，中午十二点，东单菜香根酒楼。与朋友约在这里进餐，是因为这里离协和医院近，下楼就是。

席间，我总是拿起餐巾纸擦流泪的右眼。朋友注意到了，关切地问怎么回事，我推说有点感冒。

餐间，我们无边无际地聊，很自然地聊人生，“很自然”地聊生死，我“毫不经意”地发表我对生死的看法。

死，是生命的自然归属。真的得上某种恶性肿瘤之类的疾病，绝不手术，按中医的法子保守治疗，把减少痛苦放在绝对的第一位，而不是把治愈、恢复健康放在第一位。想吃啥吃啥，想到哪里看看就到哪里看看，吃不了了，看不动了，就平静地等待。手术求生，可能能换来稍长一点时间的“活着”，但已经活得毫无质量了；且，只要手术，必定拖累一群自己爱着不忍心拖累的人，将消耗宝贵的社会医疗资源，将耗尽自己的所有积蓄，以此换来多活一天半天，毫无意义。就平静地等待，拉拉衣角，等待自然归属那一刻的自然来临，从容闭眼，笑傲人生。

相信先进现代医疗检测结果，相信医学专家会诊结论，绝不相信东海上有仙药、深山里有神医，绝不相信“大师”“神医”“仙人”之类的摇唇鼓舌，一辈子不轻信，不盲从，不欺骗，临了临了，糊里糊涂毁掉一生清誉。天亮了，尿炕了，悲剧。

病中不喜欢、不希望任何人探望，不愿意被人看见被病魔折磨的样子，那会是没有一点尊严的样子。把奄奄一息交给职业的医生护士，将健康、阳光、活力、力量的样子定格在亲朋好友的记忆里。

真的大限到来，我不喜欢没有生命的东西，那些纸花花圈是绝对不要的，鲜花倒是不拒绝。

了无牵挂，既无外债也无内债，所欠的是对社会的贡献太小太少，这辈子消费掉的也是索取的资源太大太多，心怀感激，也心怀愧疚。

对酒厂、烟厂的贡献最大，它们应该下半旗致哀，我是它们消费大户，纳税大户。

不入任何陵园公墓，每年清明，纸船明烛朝天烧，陋习，这里就像是庙会，也像是超市，太闹腾。找一座大山，在这座大山里找一棵枝叶繁茂的松树，一把灰，埋在这棵松树下，伴日月星光，沐松涛雨露，与大山同在，与松柏共青，自在……记下这棵松树的坐标，东经北纬度……有人真切思念，可踏进大山，按坐标找到这棵树，斗转星移，这棵树不在了，那就站在这个坐标点上，洒下一瓶水，清水啧啧渗入地下，我将会感到酣畅淋漓，默默地保佑并祝福你无灾无妄生活美丽幸福……

我如此详细地讲述，带有很强的临终嘱咐的意思，万一下午问诊确有大问题，真的很快走向自然归属，朋友会马上明白这个中午约见、吃饭、聊天的真正含义，马上明白我的后事该如何料理。

下午，我来到协和医院就诊。

专家就是专家，就看我一眼，马上给出了结论：面瘫。

吓死我了！面瘫我不懂，但在老家时听说过“鬼惊风”，说是被“妖风”吹着了，嘴歪眼斜。

面瘫，没啥事。我悬着的心落进了肚里，觉得自己又活过来了。

我跟家人说单位派我出差，大概一个月；我跟直接领导说回老家处理急事，休年假一个月；我真正的去向是住院治疗面瘫。

用药物活络神经；电疗；不断地嚼口香糖；用手搓脸，每天三千下……

一个月后，一个健康的我出现在了单位、家人的面前。

出院时，神经内科护士长对我说：你相当幸运。这样的病，即便治愈也会有后遗症，多少人嘴歪了，眼斜了，矫正不回去，你一点都没有，完全正常，相当幸运。

我更幸运的是，出院时，《千古大运河》写成定稿。

《千古大运河》《运河传》，以历史史实为经，以时代精神为纬，用壮美的文笔揭开岁月尘封，勾画出大运河清晰的历史航道，字里行间跃动的是昂扬的时代精神。

《千古大运河》《运河传》在多侧面地描绘出大运河的开掘史、演变史、文化史，呈现给我们的思想美感的同时，更以感人的细节、独特的个性，为挖掘它、呵护它的芸芸众生谱写出一曲浩然壮歌。

《千古大运河》《运河传》在勾画出大运河清晰历史航道的同时，传达出的是拥有这条伟大之河的一个民族的自豪；以豪迈与婉约兼具的情怀，记录下人类运河史上这首以一枝红杏的新美惊艳世界的史诗。

《千古大运河》再由出版我的《东方际遇》的文化艺术出版社出版，缘之责任编辑任肖兵先生的极大热情。

《东方际遇》刚审读完，任先生就问我还有什么新著，我坦诚地告诉他很快将完成一部中国大运河的书写。他兴奋，比我兴奋：给我，给我们社出！

任先生深沉地说：不是什么东西都可以称“大”的，连长城也没有资格，没叫“大长城”的，但运河有资格，叫“大运河”，由此可见出运河在文化历史中的地位和分量。交给文化艺术出版社出版，恰如其分。

我被任先生的热情感染，更被他对中国运河的认识折服，写完《千古大运河》最后一个字，立马交给了他。

任先生以他出版的速度证明他对中国运河的喜爱，但也有人认为这是为了赶上全国图书订货会：从我交稿到出版上市只用了二十天时间。《中国文化报》记者赵忱说：“可以称之为出版界的传奇。”

那一年的全国图书订货会期间，文化艺术出版社为《千古大运河》组织了规模堪称盛大的新闻发布会，数十家中外媒体到场，各种专访见诸各大媒体，直至作者走进中央人民广播电台“读书时间”直播间，走进《人民日报》人民网“强国论坛”直播间，走进新浪网·作家在线直播间……

新闻发布会在首都师范大学国际文化交流中心举行。主办单位安排得隆重，居然有给作者献花环节。看上去不像礼仪小姐的一位女生，手捧一束鲜花，向我走来。

接还是不接？

留给我思考和决定的时间不多，只有她自会议室门口走向我坐的位置的这几步路。

瞬间，我做出决定：不接。不就一部书嘛，弄得像是多大事似的。

但，即使不接，也要处理得完满，有众多领导嘉宾在，有各大媒体在，不能让任何人尴尬。毕竟，主办方是好意；毕竟，献花的女生无辜。

于是，我迅即起身，礼貌地迎向那位女生，笑着给她做了一个请转身的手势，说：请您帮我把花先暂时放到隔壁的休息室里，会后我带走。感谢您！

我不确定我这样做是不是伤着了那位献花的女生。她受人安排，如果因为我的拒绝而在心理上有受伤的感觉，那就不美了。新闻发布会后的次日，我打电话给主办方领导，请他告知我昨日献花的那位女学生的联系方式，我准备了一份礼品，向她致以谢意和问候。

这时我知道了，她是北京外国语大学一位在读研究生，叫贾玲。

谢谢贾玲！

作为京杭大运河北端码头的北京，当然属于“运河城市”，而且，没有人能否认北京是“运河上飘来的城市”，就连国粹京剧，也属大运河水酿出的杰作。北京奥运会在即，京杭大运河作为北京的一张文化名片，如何亮在世界各国来宾面前，进入了北京奥运会组委会的思考设计之中。中共中央政治局委员、北京市委书记、北京奥运会组委会主席刘淇，肯定是希望更多地了解大运河，让他的秘书从我这里取走了五本《千古大运河》。刘淇，与金坛相邻的武进人，同属常州地区，也是大运河的儿子。

特别关注《千古大运河》的不仅有刘淇书记，还有一位，他是河北大学出版社总编辑任文京先生。

出于对大自然的珍视，出于对江河文明的热爱，二〇〇一年，任文京总编辑倡导策划，河北大学出版社倾心倾力，组织出版了“大江大河传记丛书”。这套大型丛书上市后，引起了相当大的社会反响。尽管丛书的社会效益、经济

3 责任编辑/樊易宇 马越舟 E-mail:grct@jfjb.com.cn 文化·阅读/体育

道不尽人间杰作——大运河

——访《千古大运河》作者蔡桂林

■本报记者 樊易宇

妙语摘选

访谈人物小记

《解放军报》的访谈/2007年1月28日

2007年5月14日 星期一

副刊·广场

北京日报 15

走进运河深处

读长篇历史纪实《千古大运河》

没能成为的那个人

书评《走进运河深处——读长篇历史纪实〈千古大运河〉》（胡戈）/北京日报/2007年5月14日

效益都不错，但也有遗憾。遗憾之一是“大江大河传记丛书”没有地域限定，很容易被认为是全世界的江河传记，其实不是，就是中国的大江大河。为了使这套丛书更严谨、更精彩，六年之后，出版社决定以“华夏江河传记丛书”为题重启这个项目。六七年的时光过去，原书作者中有些年事已高，比如《运河传》作者。这样，寻找新的作者，就成了保证新项目上马、落实的当务之急。是在这样的寻找中，任文京先生注意到了《千古大运河》的作者。

找《千古大运河》容易，但找它的作者并非易事。我是军人，联系方式不公开；在我来京工作的十余年里，不参加与公务无关的任何社会活动，我认识的和认识我的人都很少；原出版社更替作者保密联系方式。任先生寻找了很久，并无所获。

一个偶然的机会，我的一位老朋友，中国社会科学院文学研究所张国星先生应邀到河北大学讲学，河北大学出版社宴请他。席间，聊到了出版社的新项目，聊到了寻找新作者，自然谈到了大运河，我的名字顺理成章地出现在了餐桌上。

我的名字一出现，张国星先生停箸而语：这个人我认识，是我朋友，我能找到他。

任文京总编辑：跟你喝一杯，感谢您帮我们找到蔡桂林！

就这样，我走到了河北大学出版社任文京先生和杨金花女士的面前。

自运河开挖到清末断航，这是《千古大运河》所书写的时空，呈现大运河一个完整的过程，断航之后至今百余年的历史没有写入这部书中。而要为大运河作“传”，之后的百余年不能是空白，一定要写它的前世今生，写到此时此刻。既然接受了邀约，就应该不计劳苦，奉献出自己认为最好的。因此，在《千古大运河》四次行走大运河全程的基础上，为河北大学出版社的《运河传》，以年近半百的壮年之脚，做了第五次全程行走。

这一次行走，至济宁，好友刘书寅一行陪同，从鱼台县东渡口乘渡轮进入微山湖深处的南阳镇。

南阳古镇，顺京杭大运河河堤筑成的人工岛，凌空俯瞰，它像一把绿色的琵琶卧波在浩渺湖面。

渡船靠岸，同来的曲阜师范大学艺术系老师王鲁宁

A20　中国电视报

视点特刊

2009年6月18日　第24期

大运河申遗如火如荼，鲜见史料别开生面——

大运河的传奇往事

□策划/撰文　□本报记者 张维

◆大运河究竟起源何处

◆京剧由大运河孕育

◆大运河带来的不仅仅是富饶

◆南水北调与大运河无关

◆元朝时期 大运河进京

■仅存的刷

■为青帮正名

大运河的传奇往事 / 中国电视报 /2009 年 6 月 18 日

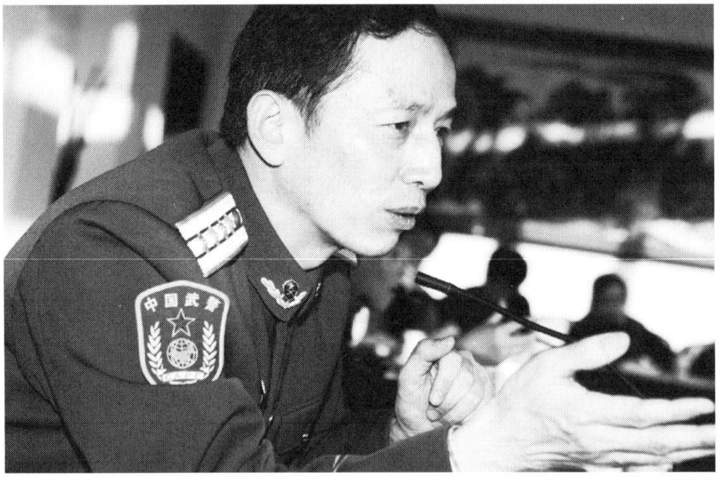

军人作家蔡桂林介绍千古大运河 / 钱兴强摄 / 中新社发 / 2007 年 1 月 13 日

《千古大运河》作者蔡桂林与读者在一起 / 钱兴强摄 / 中新社发 / 2007 年 1 月 13 日

欢跳着奔向古运河上的延德桥，高喊：“啊，大运河，王者的水袖！”

刘书寅：中央民族大学民族舞蹈系毕业，跳舞专业，就知道水袖。

我：比喻相当贴切。

南阳古镇，距济宁八十里水路，正好是一天的路程，当年南来北往的各色船舶，总是系舟南阳，住上一晚。康熙、乾隆下江南，都曾下榻这里。御膳房还在，桌子还是当年的桌子，凳子也是当年的凳子，只是落满了历史的尘埃。王鲁宁的食指顽皮地划过桌面，餐桌上留下了一道尘沟。

这座被称为“中国第一水镇”的地方，住着一位年高八十五岁、当年在南泥湾垦过荒的三五九旅老兵唐玉柱。老人坐在河边与我们聊天：“大运河断航了，再不见南船北舟飘过南阳，古镇寂寞啊，南阳寂寞啊，我心寂寞啊！”老兵炯炯目光穿过前面的马家旗杆、土地神庙，眺望着微山湖宽阔的湖面，想象着常入夜梦的千帆过尽万船来的盛况……

此次行走，获得了更多、更丰富、更翔实的关于大运河的第一手资料，同时，也为“传”带回了数百幅图片。

走完归来，再用三个月时间，最终完成了《运河传》。

《千古大运河》永不枯竭

《中国文化报》记者 **赵 忱**

武警大校作家蔡桂林新作《千古大运河》新近由文化艺术出版社出版，全部出书时间只用了二十天，可以称之为出版界的传奇。为了效益，我们什么传奇都可以创下。不然，《千古大运河》怎么能够赶上最近的全国图书订货会呢？大家没有白辛苦，据说《千古大运河》很被看好。图书市场近年不景气，但物质文化遗产和非物质文化遗产特热门，以记者之见，大运河既是物质的，也是非物质的。对遗产有感情有兴趣有志向的人，应该对《千古大运河》“感冒”。这应该有助于大运河的“申遗”。

我觉得蔡桂林不可思议。他是卓有成就的军旅作家，一位穿军装的人如何用四个月急就出三十万字的长篇历史纪实文学？不能不叫人纳闷。听说艰苦的写作一度导致他面部局部瘫痪，他用一只手敲字，用另一只手揉脸。四个月之后，他成功的心手相合，救活了自己的半边脸，更救活了千古运河。

必须得简单了解他的生平与生命中最初的故事才会明白，原来撰写《千古大运河》是他的宿命，“大运河”是流淌在他身体里的血脉，《千古大运河》则是用心血换来的文字。表面上只有四个月，其实已经用了半辈子，还有从北到南的四次行走。

蔡桂林三岁那年大病了一场，这“大病”在今天看来只是小恙——扁桃腺发炎，当时可差点要了他的小命，高烧不退，来势凶猛。家在穷乡僻壤，父亲从二十里地之外请来郎中，抓了一服药，小蔡坚决不用。第二天郎中一看，说：我无力回天了。

这哪儿成呢！蔡桂林的父亲找来一条小船，在严冬里拼命拉纤，连夜狂奔八十里水路，把蔡桂林送到了运河边上的常州市立医院。一瓶青霉素注入体内，人就活了。三岁的小人当然记不得运河边上拉纤父亲的辛苦与船上怀抱病儿的母亲的焦急。但是，是运河给了他生命的故事伴随他日后所有的旅途。少年蔡桂林自己也做过纤夫，纤绳下的伤痕永远流在原地，就算他成为大校作家也没有忘记疼痛。变化了的是：大运河几乎干涸了，至少在北方是这样。大运河近乎成为记忆。为了《千古大运河》，他曾先后四次重走大运河，很多时候他走的是陆路。

曾经的京杭大运河是那样的：北起北京，南达杭州，全长一千七百八十九公里，比世界上很多著名的运河加起来的总和还要长。它流过北京、天津、河北、山东、江苏、浙江四省两市，沟通起海河、黄河、淮河、长江、钱塘江五大水系，它是中华民族的杰作。在蔡桂林的心中，只有万里长城能与大运河媲美，却美不过大运河。因为，筑长城是为了设置障碍，凿运河是为了沟通。长城与运河，一个是脊梁，一个是血脉。长城是一首战歌，运河是一部史诗。

他偏爱运河，尽管在近现代历史上大运河事实上不断萎缩，余下的只有可数的里程和清波。在民族的记忆中，它仍然活着。

蔡桂林编织的《千古大运河》非常繁复，用他自己的话说：钩流逝之波影，嵇遗落之梦痕。从春秋战国开挖“泰伯渎”落笔，写到吴艘越舶亘天来；从秦皇汉武顺水推兵、大河流火，写到隋炀帝开凿下扬州；从唐宋国运盛衰系于一水，写到京杭大运河在元代横空出世；从汶上老人呕血数斗，写到清代老河工前赴后继……作者以历史情怀为经，以时代精神为纬，用壮阔的文字为千古运河谱写了一曲豪迈与婉约兼在的咏叹调。三千年历史，数百位人物，活灵活现。好像他自己就是大运河当中有始至今不曾干枯的一滴水，一滴水牢记着整条河的全部生命与情感。温文尔雅的蔡桂林简直就是个疯子。大运河若知道几十年前它救过的是这样的一个儿子，它当顺风送他去常州，免去他父亲五内俱焚般煎熬中的劳顿。大运河不知道这些，蔡桂林却深爱着大运河。

读《千古大运河》需要耐心。我佩服那些向本书发出了邀请的书商。要知道，这年头，书香都很有“铜”味儿。

《千古大运河》座谈会组织得并不好，我还是给了它很认真的态度。因为，我尊敬大运河，也敬重为它书写的作者。

《中国文化报》2007年1月20日

作家应该有“风滚草”的精神

《千古大运河》作者蔡桂林与西班牙埃菲通讯社驻北京分社社长帕萝玛的对话

木林森

近三年，武警部队作家蔡桂林以喷发的姿态，接连推出讴歌中国航天事业五十年发展的《炎黄天梦》；记录抗日战争时期中国军民同仇敌忾，粉碎日本侵略军妄图盗走、炸毁成吉思汗陵墓阴谋的《成吉思汗灵榇西迁纪实》；书写大宋年间逃亡到中国的犹太人在中原幸福生活的《中国犹太人千年历史揭秘》；壮写流淌三千年的大运河的《千古大运河》等一批高质量的长篇非虚构文学作品，在读者中引起了强烈反响，也引起了包括国外媒体在内的各种媒体的广泛注意。西班牙埃菲通讯社驻北京分社社长帕萝玛两次采访蔡桂林，就作家的创作，特别是《千古大运河》《中国犹太人千年历史揭秘》两部书，以及作家的社会责任、创作理想等，进行了深入的交谈。

接受西班牙埃菲通讯社驻北京分社社长帕萝玛专访／钱兴强摄／中新社发／2007年1月13日

帕：在奥运会即将在贵国举办之际，你出版《千古大运河》有什么特别意义吗？

蔡：作为资深记者，您总是这样敏锐。在我国举行奥运会，是我国人民社会生活中的一件喜事、大事，而《千古大运河》只不过是我个人写作、适时出版的一部平常之书，两者之间并没有什么特别的联系。如果一定说有什么特别意义话，运河文化被确定为二〇〇八年奥运会北京“人文奥运”六大景观之一，

作家应该有“风滚草”的精神——《千古大运河》作者蔡桂林与帕萝玛的对话（木林森）/大地（双周刊）/2007年第11期

本书应时而生，向世界展示中华文明的源远流长、博大精深。

帕：你四次走完大运河全程，八年潜心研究运河史，是受谁的派遣吗？如果不是，那么，又是什么样的力量推动你这样去做的呢？

蔡：没有谁派遣，是我自己愿意这样做的。我出生在运河边，对运河有一种与生俱来的深厚感情。小时候没有条件走很远，看到的大运河只是自己家门口的那一小段。幼时坐在运河边呆呆地想：运河的那端是什么样子呢？与自己看到的这一点点完全一样吗？那时就觉得如果能看看运河的头、运河的尾，那是件多神奇的事啊！这是儿时的梦想。这个梦想与自己一起长大。长大之后的我，有条件走运河了。一遍没有看够，再看一遍；走两遍、三遍时，更觉得运河的精深和博大，于是我又走了第四遍。其实，这仍然是不够的，越走越觉得在它面前自己很肤浅。如果有机会，我想请你这位来自欧洲大陆的朋友看一看三千年、三千里的运河。只要沿运河走上一遍，我相信，你对我的祖国会有更加深入的了解。

帕：据我了解，贵国的大运河有很长的航段已经断流。在历史的进程面前，它在萎缩。你写大运河还有现实意义吗？

蔡：的确，因为火车的出现和铁路线的延长，因为汽车的出现和高速公路的延长，因为科技时代的出现和历史的延长，不仅在中国，全世界所有国家的运河及运河的命运，都发生了不可逆转的改变，在社会生活中的地位不断下降，逐渐淡出历史的舞台。然而，无论京杭大运河还剩多少里航程、多少里清波，是清澈还是浑浊，是浩瀚还是简约，在我心里，它都是永生的精灵，都是一脉永不消退的潮流，是一首传唱不息、流淌在大地上的民族史诗，一个民族对它的情感不会消失。它已经完成了属于它自己的使命。在它履行自己神圣使命的伟大历程中，不断演化，演化成偌大的文化符号，凝结在历史与传统文明的骨髓中。我深信，就是运河完全死了，也是大地上一袭无可比拟的龙骨，没有什么可以与你同腐朽；就是它彻底地干涸了，在它的河床下面，一定留着一个民族不竭的心泉。写出这些，就是现实意义。

从文学角度说，我认为，经典的文学作品，大多是为即将消逝的文明唱一曲挽歌。我国的《红楼梦》是这样的作品，俄国作家托尔斯泰的《安娜·卡列尼娜》是这样的作品，贵国的一些文学经典也是这样的作品。《千古大运河》没资格称为经典，但它的确是为即将消逝的文明所唱的挽歌。

帕：我对你的《中国犹太人千年历史揭秘》也很感兴趣。犹太民族是个了不起的民族。它虽然没有给人类留下什么值得骄傲的宫殿或建筑，没有留下美妙动听的音乐，但他们却为人类文化宝库贡献了永恒的宗教经典，成为犹太民族的智慧基因库。犹太人没有什么资本，但他们却惊人地富有，始终处在世界金钱的顶峰。犹太人人口只占全世界总人口的百分之零点三，却掌握着世界经济的命脉，以致有人这样评价犹太人："三个犹太人坐在一起，就可以决定世界。"这个民族在公元七十年，圣城耶路撒冷被罗马帝国的马蹄踩碎，坛庙成了罗马国教的教寺，从此，犹太人成了无国之民，被迫四处流亡。他们其中的一群于千年前进入贵国，胸怀宽广的中华民族以无尽的爱心和善意留下了他们颠簸的脚步，从此，他们在中原的开封繁衍生息。后来，这一段历史慢慢湮灭在尘世里。这段历史距今已有千年，是什么样的因素触发你对千年历史生发兴趣，写出了这部书？

蔡：是现实的原因。随着我国经济的持续高速发展和综合国力的不断增强，世界上有那么一些人感到很不舒服，从心底不愿意看到一个强盛中国雄立于世界，贬损者有之，敌视者有之，围堵和扼制者也有之，以致"中国威胁论"不绝于耳。强大之后的中国真的是"威胁"吗？这使我想到了发生在当时堪称世界一流强国的宋朝年间的这段历史。我再现这段历史，就是要通过无可辩驳的历史事实来展示强大中国的胸怀，展示强国国民的品质。既有的历史已经证明，未来的历史还将继续证明：比大地宽阔的是海洋，比海洋宽阔的是天空，比天

与毕淑敏女士在北京 / 2001 年 4 月

与王晓棠女士在北京 / 2001 年 7 月

空更加宽阔的是中华民族的胸怀。这样的民族不会威胁任何人。

帕：千年之中，贵国历经多个朝代，直到新中国成立。每次改朝换代，伴随的都是无情的战争，这些战火没有殃及犹太人吗？他们有怎样的千年际遇？

蔡：如果我们将一代人的间隔期划在二十五年的话（实际上，在中国封建社会自给自足的自然经济条件下，每代人的间隔期不到二十年），那么，近千年就是经历了三十二代人左右。这可是不小的数目。近千年，生生不息，老者相继逝去，开封城西门外的犹太墓地敞开敦厚的胸怀，接纳着自遥远地区来到汉族社会定居的人们在这里永远安息。土冢累累，牵牵襟怀。近千年，生生不息，新一代不断诞生，整个华夏伸展开她的双臂，候迎着开封犹太人后裔登上崭新的生活舞台。约千年里，朝代更迭，时空转换，发生了无数场战争，然而，没有一次战争殃及开封犹太人。无论是北方契丹族建立的辽国伐宋，还是西面的大夏东进；无论是给大宋致命一击的金人袭来时，还是蒙古人的铁蹄横踏关山；无论是赤贫佃农的朱元璋攻克集庆（南京）一统中华江山，还是马背上的剽悍满人鏖师直入山海关，直将“清”旗插上了紫禁城头；就是理性与非理性交织在一起的义和团时期，都没有发生过虐犹、排犹、屠犹事件。犹太人遍及世界的每一个角落，无论生活在哪个角落的犹太人都不及生活在华夏大地上的犹太人幸福。

帕：听了你的叙说，我更加钦佩中华民族，钦佩中华民族的善良、宽厚。在我们西班牙的历史上，曾发生过严重的排犹虐犹事件，我的国家为这样的事件付出了代价，那就是西班牙逐渐衰落的原因之一，这段历史你了解吗？

蔡：我了解。在西班牙的犹太人被迫受洗加入天主教，从此他们处在了“宗教裁判所”的严格控制下，如被发现他们仍然遵守犹太教礼节，就会被宣布为叛教而被活活烧死。不仅是西班牙，而是整个欧洲的大多数国家如英国、法国、意大利、波兰、部分德意志等历史上都发生过类似的排犹虐犹事件，指定生活在这里的犹太人穿上特种衣服，避免与基督教徒相混。法律对犹太人特别严厉，君主需要用钱时就对犹太人敲诈勒索，经常借故驱赶犹太人，以便将他们的财产据为己有。作为中国历史上的犹太人幸福命运的一种强烈对照，我在《中国犹太人历史揭秘》中写了一笔。

帕：如你所说，进入中国的犹太人的千年历史是惬意的。然而，他们最终被同化了，以犹太教为核心的犹太文明被浩浩荡荡的中原文化淹没了，你怎样理解他们这样的结局？

蔡：我从来不同意“同化”一说，“合流”可能更准确些。读一读诠释《旧约》的《塔木德经》，那里面教导教徒恪尽孝道、尊老爱幼、善事邻居、君子爱人以德，等等，这与中国的传统文化、传统精神没有什么不一样，儒教与犹太教同尊五伦。“识得天地君亲师，不远道德正路；修在仁义礼智信，便是圣贤源道”，康熙年间挂在开封犹太会堂里的这副楹联，是在阐释犹太教义，还是在传达儒家精神？它们本来就是一回事。“弘治二年碑”碑文说得好：其儒教与本教，虽小异但大同。这样两个“大同”的民族精神合流，不是件意外的事。“合流”这个结果，不是在宗教裁判所的刑具下得到的，也不是在“格都”制度下产生的，它是被中华民族传统精神的宽宏气魄所感染，于自然而然中完成的，我不以为这没有什么不好。

帕：我很羡慕你能一部接一部地写出这么多有意义的作品，不像我们记者，整天奔忙于新近发生的事件之中，写下一片一片纸，第二天就随风逝去。我也很想写书，为我的母亲写一部书。她很传奇。二十世纪三十年代，西班牙爆发惨烈的内战，整个国家陷入了空前的灾难中。战争中的最大受害者总是那些最无辜的平民。随着战火的蔓延，对战的一方为了削弱另一方的战斗力，残忍地将大批平民押往俄罗斯，我的母亲也在被押之列。在登船时，一个凶狠的军官嫌我母亲又瘦又小，“滚！”将我母亲踢了出来。就这样，我母亲侥幸逃脱。被押往俄罗斯的大批西班牙人，不是死于非命就是下落不明，生还者寥寥无几。如果我母亲不是侥幸逃脱，她就不会日后成为我的母亲，就不会有今天我坐在你的对面和你交谈。我一直想写出这些，可总是奔波在新闻追逐之中，先在日内瓦驻了十年，接着又到贵国，一待就是八年，直到现在也没能写出来。现在，我的母亲已经离开了我，我觉得很对不起她……

蔡：新闻事业是件很神圣的事业，它充当的是时代忠实记录者的角色，记录着我们生活的每天变化，也就是在书写我们这个世界的演变史。你一直没有能写出你心中的书，证明你对你所从事的新闻事业的高度事业心和责任感，你的母亲一定会因此而原谅你。

战争是残酷的，残酷在它足以毁灭所有宝贵的生命，毁灭所有神圣的东西。所有美好的东西在战争面前都是不堪一击的。这是战争呼唤英雄主义的原因。脆弱无助的战争中人，渴望有一种高蹈于战火之上的巨大力量出现，替他们去趟灭他们无从遏止的战争，放众生到和平宁静中去。感谢你给我讲述你母亲的故事，我会将它写进我今后的作品中去。我写下的可能不是你讲述的整个故事，但它一定是你对这个故事的切身感受。我相信我能做到。因为，尽管我们肤色不同，文化背景不同，但我们对爱和恨的感受是完全一样的，是共通的。写出后我会送你看。

帕：谢谢！谢谢！看你众多的书目，感到你的写作题材相当广泛，它们互不相同。这些不同题材的作品之间有什么共同的东西吗？

蔡：我不喜欢在同一题材内写作第二部作品。我喜欢新鲜、陌生的东西，喜欢挑战那些我不熟悉的题材。我对未知的领域充满好奇，新鲜、陌生更能激发我的创作热情。当然，尽管我的写作题材互不相同，但还是有一种共同的东西流贯其间的，那就是发自内心的对中华民族文化的自豪，对中华民族精神的礼赞。

帕：你写作出版作品，是应出版商的要求写的，还是你自己决定的？

蔡：是我自己决定的。在我们国家，出版书的部门叫“出版社”。出版社与你所说的“出版商”有性质上的区别。前者追求社会效益与经济效益的同时实现，后者将经济效益看成是唯一的追求。当然，受眼前利益的驱使和诱惑，“出版社”成了“出版商”的情况也存在。但无论它是“出版社”还是“出版商”，都左右不了我的写作。我只写我愿意写的，从我愿意写的作品中追求经济效益。我不愿意写的，任凭给我多少钱，我还是不愿意写。如果一个作家无原则地迎合“出版商”的口味，那么，他的写作一定会失去自我，有益世俗人心的写作理想也就难以实现了。

帕：我注意到贵国一些作家的作品，也包括我的国家的一些作家的作品，没有理想的光芒，没有信念的亮色，有的是琐屑和无聊，甚至是灰暗。而你的作品，澎湃着人生的热情，充满着向上的力量。你的这种文学观是你的自觉追求还是你的上级对你的要求？你怎样理解作家写作的社会责任感？

蔡：我的文学观当然是我自己的追求，没有任何人要求我这样做。作家写作的目的应该是通过自身对世界的独特理解，把真情实感传达给读者。好的文学作品一定会给人以启示和温暖。社会责任感，别说对作家，对任何人都是不可忽视的，而在作家这里更为强烈，因为，作家是人的精神、思想的建设者，你的作品发表、出版，就会给人这样或那样的影响，不重视社会责任感，是不应该从事写作的。什么是作家的社会责任感呢？我以为就是要有“风滚草”的精神。秋天的草原，梭梭、红柳、沙拐枣变黄了，萧瑟的秋风吹干了黄褐色的猪毛菜、矾松、刺藜等草本植物的茎叶，一阵大风刮过，风干了的草本植物卷起浑圆的身躯在草原上滚动。随着滚动，不断有新的伙伴加入进来，于是，越滚越大，以致最大的可达到直径两米以上。在草原上，不是一个这样的黄褐色的草球在随风滚动，而是数个，仿佛一个又一个的石碾，在神鞭的指挥下碾场。这就是草原秋天“风滚草”的奇观。在借助于风力的滚动中，它们沿途撒下千百万粒细小的种子。这些种子在来年的春天里发芽、生长，铺展出草原的绿色。这就是瑟瑟秋风在为草原的春天播种。这就是萧萧深秋为草原的春天编织绿色的绒毯。我觉得这有点像作家的社会责任感。作家写作就是“风滚草”。你作品在无数读者手中“滚动”，字里行间应该有千百万粒细小的种子，随着“滚动”

将种子留在读者的手中、心上，将他们的心染绿。若不然，就不是一个思想的建设者，就不应该写作。

航海时代

在我的眼前，是一片汹涌而澎湃的蔚蓝。

这是海，这是洋，天地之间的永恒经典，远古与今日最深奥的启示录，不朽大自然的壮美史诗。

原始海洋没有一滴水。为了积蓄成海，为了凝聚成洋，造化用掉了几十亿年的光阴。几十亿年日积月累、孜孜不倦、吸吮迎纳，终成缥缈无涯，终成磅礴辽阔，终成雄伟壮观！于是，透明与混浊交替，墨黑与柔蓝转换，放歌与低诉和谐，沉默与狂醉并呈……几十亿年造就的千姿百态，全部蕴涵在它的生命之中，全部汇聚在它的生命之上。

经亿万年的演变，地球上有了人类。年轻的人类挺立到了海边。挺立到了海边的人类看到了什么？人类看到了深黑色的海心与紫绛色的海魂，望着曾经的故乡轻漾的暖流与纵立的怒涛，人类感到了激动与惊恐。

海洋蓝色的奥秘与白色的幽微诱惑着人类，海洋热烈的血与冷峻的血吸引着人类。人类伸出一只脚，试图踩住它扑上岸来的浪花，浪花谢了；继而，人类伸出双脚迈向日夜动荡的激流。再然后，人类借助断木之类的漂浮物漂浮其上，感受来自故乡的温顺与狂暴、缄默与喧哗、放浪与严肃。就这样，人类得寸进尺，在疾翔海鸥的鼓舞之下，怯生生地拉开了走进波澜大海的宏大帷幕。

可以设想，有一天，正好经过海岸的先民们发现了退潮时遗落在沙滩上的或鱼，或虾，或蟹……他们将这些海物捡回煮煮吃了，鲜美的味道使他们难忘。这“难忘”的结果使他们从此对大海产生了无尽的兴趣，生发出无尽的渴望和向往。是的，在地球的东方，濒临东海、今浙江省杭州市萧山区发现了一艘在地下沉睡了至少七千五百年的小木船证明，那时的先民就开始使用小木船驶向大海。再后来是平底小舟到海上捞鱼。东海海岸线漫长，大小岛屿星罗棋布。捞鱼的平底小舟或因为潮汐，或因为风浪，漂向了某岛。于是，他们在无意中登上了“第一岛链”。就这样，先民们对大海的认识一点一点在拓展，对大海的视野一点一点在开阔。

在这样的拓展和开阔中，“龙”浮现到了华夏民族的信仰中。它以征服海洋为基调，凌驾寰宇，俯控大地，是至高无上的威严和震慑的力量象征。这一图腾文化的形成，见证着先民走向海洋、利用海洋、征服海洋的早期理想。

距今五千至三千年前，生活在东江北岸近百公里惠阳平原上的先民，通过水路将他们精心烧制的陶瓷运送到沿海和海外岛屿。这可能是一种贸易活动，也可能不是，淳朴先民们这样做的目的也有可能只是为了向其他部落显示自己的心灵手巧。对于今天的我们来说，先民的真正目的是什么已经很不重要，重要的是它告诉我们，以陶瓷为纽带、以大海为路径的交往圈此时渐渐形成，他们驾着这些当时很先进的木楼船自番禺（今广州）和徐闻（今徐闻）出航。一路剪波划浪，往还于海内外，输出漆器、丝织品、陶瓷和青铜器，带回“珠玑、犀（牛）、玳瑁、果、布之凑”。其文化间接影响到印度洋沿岸及其岛屿。人类开始相伴潮汐，探索在大海之上翻卷的自由。

这样探索的结果是东方的殷人将至少十一个人工石制品扔到了美国加利福尼亚南部的一片海滩上。1979 年 4 月，美国圣地亚哥大学考古学家詹姆士·莫里亚蒂博士致信中国著名考古学家贾兰坡：“由于一系列的新发现，提供了中国人横渡太平洋到达美洲的新证据，而时间要比哥伦布早很多。”莫里亚蒂博士所说的新证据，就是在加利福尼亚南部发现了来自中国早期的石制品船碇。从石碇表面的锰聚

大航海时代——中国远洋航运 60 年纪实 / 河北大学出版社 /2009 年 9 月第 1 版

积厚度计算，它约有三千年的历史。三千年前的中国是殷时代。

如果将惠阳平原上的先民沿海陶瓷贸易看作是海洋运输的南海起航线，那么，几乎与此同时，渤海起航线最晚自周武王灭纣建立周王朝时就开始了。雄心勃勃的周武王遣箕子前往朝鲜。箕子从山东半岛渤海湾畔的某一块礁石跳上船去，沿海路抵达朝鲜，并在三千里江山传授黄河文明的灿烂章节：养蚕、缫丝、织绸……

华夏历史进入了“百花齐放”的战国时代。这个时代里精彩纷呈的“百家争鸣”，积蓄着走向“大一统”惊世的思想爆发力。“大一统”沿着思想指引的方向猛烈扑来。站在人类社会发展的角度，我们对秦始皇发动的战争持以历史的客观；站在人、人神圣的生命角度，我们又对无情的战争抱以现实的冷静。为了躲避秦始皇兵吞六国的战火，以及随之而来的无尽的苦役煎熬，齐、燕、赵等国携带着蚕种和随身的养蚕技术飘荡海上，沿着箕子当年的航路，漂向朝鲜。渤海起航线因秦始皇的统一战争变得粗壮起来。大批国人的来临，燃旺了先前箕子在这里播下的文明星火，加速了丝织业在朝鲜的传播，朝鲜部落的原始生活因此焕然一新。

秦始皇统一全国后，融合了越、吴、齐三个海上强国的造船、航海诸技术，使秦代的造船业与航海业腾跃新高。秦国攻打匈奴时，征调的军粮经渤海船运入黄海，证明秦代的造船业与航海技术具备了一定的远航能力。

在广州西汉南越王墓出土文物里，有中国迄今发展最早的舶来品：五支来自非洲的象牙、一只与伊朗出土的（公元前五世纪）波斯薛西斯王所用于类似的银盒。它们带着当年商船的帆影，带着海洋的鲜腥，无声地叙说着掌握了西太平洋与北印度洋的季风规律的先人，携带着世界上最早的测风仪器“铜凤凰”和“相风铜乌”活跃海上的壮举，述说着两千多年前祖先将航海推向远洋的魄力。

汉武帝平南越之后，使者从广州出发，带领船队远航南海和印度洋，经过东南亚，横越孟加拉湾，到达印度半岛的东南部，抵达锡兰（今斯里兰卡）后返航。汉武帝时期以国家的力量开辟的航线，标志着海上丝绸之路的发端，人类真正意义上的远洋起航了。伏波将军、楼船将军们麾下的楼船军，乘风破浪，驰骋万里海疆，将不朽的功业建立在海洋之上。

中国在魏晋南北朝时期已能造出载人五六百、载货万斛的船舶。此时，从耶婆提国（今印尼爪哇）至广州班船的班期是五十天。东晋末，高僧法显大师去天竺（今印度）取经，就是从这条海上丝绸之路回国的。法显大师见海上“大海弥漫，无边无际，不知东西，唯有观看太阳、月亮和星辰而进”。有人认为法显在离开耶婆提国后，航程中遇台风迷失了方向，漂泊六千五百海里，到了美洲的墨西哥。1971 年，墨西哥史学家苏里士认为，中国东晋高僧法显是发现美洲的第一人，并以古代刻石为依据，指出法显当时登陆的地点就是墨西哥的阿卡布吉港。如果这是真的，那么中国航海史、世界航海史都应该重新写过了。

唐朝远洋交通北通新罗、日本，南通东南亚、印度、波斯诸国。特别是出发于广州往西南航行的海上丝绸之路，经历九十多个国家和地区，航期八十九天（不计沿途停留时间），全程共约一万四千公里，是八至九世纪世界上最长的远洋航线，广州成为当时闻名全世界的中国对外贸易第一大港。据交通史专家张星统计，唐代每日到广州贸易的外国商船有十一艘，全年多达四千艘。假设每艘载客商二百人，则平均每天到广州港登岸者达到两千二百人，一年就有八十万人次之多，难怪唐代诗人刘禹锡为珠江的“大舶参天”和“万舶争先”壮观的贸易景象所感动，写下“连天浪静长鲸息，映日帆多宝舶来”的诗句。

在大多数人的印象中，唐朝是中国封建王朝的顶峰。著名学者邓广铭经过严谨研究后，得出的结论与大多数人的印象完全不同。他认为：“宋代是我国封建社会发展的最高阶段，其物质文明和精神文明所达到的高度，在中国整个封建社会历史时期之内，可以说是空前绝后的。”宋代的 GDP 占当时全球 GDP 的百分之五十；古代中国的重要发明一半以上出现在宋朝；四大发明有三项在宋代得到大规模的实际应用，指南针等当时世界上最先进的航海设备开始大量装备远洋船舶；宋高宗组建舰队，改善港口，在每隔三十里的海岸线上建起价值昂贵的灯塔导航系统；西方史学家在对中国宋代研究后得出的结论是：两宋的对外年贸易量超过世界上其他国家同年的总和，中国商人几乎控制着从中国沿海到非洲东海岸、红海沿岸的主要港口。

宋代能造出载人数百、备用一年食品、能养猪酿酒的巨船大舶。沉没于八百四十多年前、巨大船身依然完好的“南海 1 号”，见证着宋代造船业的辉煌，闪烁着海上丝绸之路的荣光。它沉淀的是南宋王朝黎民生活的背影、工商百业的繁盛、海洋文明的兴盛与没落。船上满载汇集了德化窑、磁灶窑、景德镇、龙泉窑等宋代著名窑口的陶瓷精品，特别是类似阿拉伯手抓饭使用的喇叭口瓷盘，带有明显的异域风格，证明在宋代已经接受海外订货，来样加工；发现的眼镜蛇骨骸，使考古专家有理由推测船上或许住有阿拉伯、印度商人，或许雇用了外国水手、船员，眼镜蛇是他们饲养的宠物……

元代广州建造了可载千人、可远航爪哇的大船五百艘。船分四层，卧室、客厅、货仓、厕所一应俱全。这个时代与中国交往的海外国家和地区，见于文献的就有二百二十个左右，数量上是南宋记载的四倍多。

明永乐三年，公元1405年7月11日，苏州刘家港。雄姿英发、目光高远的郑和，遵明成祖之命，率领他麾下的二百四十艘战船、两万七千四百名壮士，在高樯重桅、旌旗猎猎的隆盛威仪中，开始了雄心万丈、人类有史以来最辉煌的史诗般的航程。

明朝初期以婆罗—文莱为界，以东称为东洋，以西称为西洋。郑和劈风斩浪的庞大船队，经东海、南海，穿马六甲海峡，沿孟加拉湾、阿拉伯海、阿曼湾、亚丁湾向西航行，最远到达了今肯尼亚东南角的蒙巴萨港。

海路遥迢，水天茫茫，荒岛暗礁、旋流风暴无数，可谓危机四伏、险象环生。涛谲波诡中难免有桅断桨裂之灾，风蚀浪损中难免有折舷沉船之难，郑和视死如归，带棺出海，以智慧为舵，意志为桨，餐风饮露，犁波耕澜，完成了一个人对国家的贡献、一个民族对人类历史的贡献。征帆如碑，浓缩着中华民族的精华，伫立在五千年如铁的长风中，雄峙瀚海六百年。

郑和每次远航，都是万人出征，其规模之庞大、组织之严密、装备之精良、气势之旺盛，让亚洲任何一个国家乃至所有欧洲国家的海军联合起来都无与匹敌，无疑是当时世界上最强大的海上特混舰队。后来的哥伦布、达·伽马和麦哲伦的船队只有几条船，最多不过二十条船，与郑和相比，可谓天壤之别。在二十八年中，这支庞大的船队七次出航，先后到过三十多个国家，最远曾达非洲东海岸、红海、麦加，并有可能到过澳大利亚。

航行中，船队绘制出了航海图。这被后人称为《郑和航海图》的海图，以南京为起点，包括亚非两洲，地名五百多个，除二百多个我国地名外，其余皆为亚非诸国地名。所有图幅都采用“写景”画法表示海岛，形象生动，直观易读。许多关键地方还标注“牵星”数据，有的还注有一地到另一地的“更”（标识航海距离的量词）。

面对郑和的浩荡船队，兴奋的不仅是我们，英国人孟席斯同样兴奋不已。他在他的《1434：一支庞大的中国舰队抵达意大利并点燃文艺复兴之火》一书中激动地说：是郑和的远洋舰队引致欧洲的地理大发现，进而点燃文艺复兴之火的。

孟席斯一言既出，震惊世界。其实，这有什么好震惊的呢？孟席斯不过是以西方人难得的勇气承认一个中国人创造的事实：郑和出发八十七年之后，意大利人哥伦布横渡大西洋，到达被他误认为是亚洲岛屿的美洲新大陆；九十二年之后，葡萄牙人达·伽马绕过非洲南端的好望角，沿着郑和当年开辟的航线抵达印度西海岸；一百一十四年之后，葡萄牙人麦哲伦穿越大西洋与太平洋之间、后来以自己的名字命名的“麦哲伦海峡”。——郑和以率先近一个世纪的脚步，领跑世界的航海探险。

郑和下西洋打破了人类相对分散和隔绝的状态，作为人类交往史上从陆向海转折的标志性事件，推动人类文明互动中心从欧亚大陆转移到海上，宣告海洋时代的到来，揭开了“全球化”的序幕，也最终决定了世界的走向。

与辉煌的明代相比，远洋航海至清代日渐穷途，黯然失色，但是，也不是人们想象的那么一无是处。清代开辟了北美航线、俄罗斯航线和大西洋航线，外贸的港口有所增加，地域有所扩展，来往商船频繁，一直延续和保持到鸦片战争前夕而不衰。这一时期，到广州的外国商船每年达到五千二百六十六艘，平均每天十四点四艘，珠江之滨的广州呈现出一派外贸繁荣景象。英国人威廉·希克为之惊奇，发出了可与伦敦泰晤士河相比的感慨。只是到清朝后期，“中国洋艘，不比西洋甲板”，中国的航海技术开始落后于西方。加上清统治者出于种种政治上的考量，施行海禁政策，从此，东方古老的帝国王朝退出了海洋领域，海上力量逐渐趋于落后，海洋开拓精神逐渐为保守思想消融，“陆海天下”的国家观和“四海会同”的社会思想蜕变为“陆地天下”，他们只有了“江山”“山河”，没有了“海天”。此后，在西方列强的坚船利炮面前，自康熙二十四年（1685年）清政府在粤、闽、浙、苏四省设立的海关形同虚设，列强各式船舶横行无阻。

率先进入现代工业化的西方强国，将填满中国人发明出来的火药的一门门大炮架设在东方的口岸，一个王朝屈服了。于是，自南京静海寺里的那个条约开始，王朝山河破碎，同胞倒悬。沉沉黑暗之中，无数的仁人志士探索着救国救民的真理、道路，为民族复兴、国家强盛，披荆斩棘、前赴后继。在“中学为体，西学为用”思潮的推动下，致力民族现代化的“洋务运动”在帝国主义肆无忌惮的经济侵略夹缝中怯生生地开启。

清同治十一年（1872年），在这次运动的高潮中，直隶总督兼北洋通商事务大臣李鸿章派朱其昂赴上海筹办轮船招商公司（后改名轮船招商局），解决清政府漕粮运输的困难。总局设在上海，沿江沿海开设了南京、汉口、香港等十九个分局。它购置商船，从事航运，成为中华民族近代航运的起点。作为中国近代史上国人自己经营的第一家新式轮船企业的轮船招商公司，历经百年风云、百年流变，成为轰轰烈烈的“洋务运动”为数不多的遗产，影响绵延至今。

历经二百六十七年风雨的清王朝这艘大船，最终在1911年大革命的洪流中沉没。国民政府成立，接管清王朝招商局，改名国营招商局，成为当时国内最大的航运企业。

再经百年改天换地、百折不挠的奋斗，在郑和停桨六百年之后，世界东方这个古老的民族，再一次成为海运大国、海运强国。海运宏开，中国用千艘舶轮翻出的惊天巨澜开创出属于中华民族的大航海时代!

——我用一年半载，完成了《大航海时代》的写作，也就是完成对人类文明之“海路”的一次探摸求索。

为了这部书的写作，我从辽宁丹东港起步，沿海岸线行走，历时两年，先后采访了大连港、营口港、秦皇岛港、唐山港曹妃甸港区、天津港、黄骅港、烟台港、青岛港、日照港、连云港、南通港、上海港、宁波港、福州港、泉州港、厦门港、汕头港、深圳港、广州港、湛江港、海口港、北海港、钦州港、防城港。

站在这些吊机林立、巨轮逶迤、蔚蓝的港口，我思绪翻涌，心潮澎湃——

当共产党人还站在井冈山黄洋界上俯瞰时，看到的是千山万壑；当共产党人还站在陕北高原上眺望时，看到的是千梁万峁；当共产党人还站在平山县西柏坡村前放眼时，看到的是千家万户。山沟、高原是他们的主要栖息地，广大农村是他们的主要活动舞台，海洋、海权在他们视野的地平线的远处。只有当他们放眼未来，思考国家、民族的前途命运时，思绪才会偶尔从洋面上划过。当胜利的马蹄踏过辽沈、踏过渤海湾畔的平津之后，海洋才不再是远离他们的蔚蓝。新中国的建立，中国共产党人不仅拥有了“江山”，同时拥有了“海天”。

这时，开始了“远洋”的运筹帷幄，开始了走向蔚蓝的决胜万里。

我到过的还有没有到过的港口，就是远航的锚地，中国，就从这里走向世界。

纵观世界历史，大国崛起，与海运发达密切相关。没有发达的海运，崛起无望，海运就是国运。

明白了。清楚了。那，就让我们蘸大洋翻卷的惊涛，书写属于中国的大航海时代；蘸大洋惊天的骇浪，书写属于中国的强盛国运！

中国进入大航海时代

冀　轩

军旅作家蔡桂林著述《大航海时代——中国远洋航运60年纪实》是一部纵贯我国的远洋运输史，每一章都是一个时代的演绎。书稿虽是描述我国的远洋航运史，但内容并不沉冗枯乏，在展现远洋航运史的同时，又描绘了一幅动人心弦的英雄谱。

鸦片战争后，帝国主义列强从海上闯入泱泱中华，用蘸着咸腥海水的鹅毛管强迫清王朝签下了无数的“卖身契”，这让所有中国人都直不起腰板。号称“亚洲第一”的“北洋水师”曾在“师夷长技以制夷”的思想照耀下建设得自夸“用之自守尚有余”，但它最终惨烈地沉没在黄海海域。而1912年中国民国第一任海军总司令黄钟瑛病逝时，孙中山在挽联中发出浩叹：“伤心问东亚海权！”新中国成立前，我们甚至没有自己的领航员，外国人进我国门就像进自家后门一样简单方便，给旧中国留下的尽是屈辱。

与圣火同行——北京奥运火炬境外传递全纪录 / 中国作家·纪实 /2008年第8期

梦回千年——奥运会开幕式文艺表演侧记 / 中国作家·纪实 /2008年第9期

国家大道——中国高速公路发展史/中国作家·纪实/2008年第12期

“中国，你的海军，在哪里？”1949年3月24日，中国人民革命军事委员会主席毛泽东和中国人民解放军总司令朱德在庆祝“重庆”号巡洋舰起义时告诉世界：中国人民必须建立自己强大的国防，除了陆军，还必须建立自己的空军和海军。在人民海军的护航下，中国开始走向蔚蓝。

新中国几代领导人重视航运发展，斥巨资，招人才，才有了今天数不清的沿海港口，有了“COSCO”这样令中国人骄傲的中国远洋运输集团标志，有了让外国人竖起大拇指的中国海员，有了“海运大国”的称号。如今的中国早已今非昔比，航运成就世人瞩目。新中国成立前夕，中国注册船舶三千八百多条，总吨位不足五十万吨，港口吞吐量仅有四百六十九万吨。六十年过去，中国海洋相关产业占全国国内生产总值百分之十，世界上最大的二十座海港有七座在中国，中国的运力、运量，当然首先是需要都居于世界领先水平，反映世界干散货运价格指数的BDI指数，始终以东方的中国指数为参照。中国用港口货物吞吐量和集装箱吞吐量连续六年雄居全球第一的事实告诉世界：在郑和停桨六百年之后，世界东方这个古老的民族，再一次成为海运大国，再一次成为海运强国。

纵观世界历史，世界大国崛起无不与海运发达密切相关。特别是在全球一体化的时代背景下，没有发达的海运，崛起无望，中国就只能被封堵在资源匮乏的陆地上坐吃山空，经济在海外的拓展也只能战战兢兢地仰人鼻息；没有发达的海运，民族复兴就是一句空话。海运，助推着中国经济的迅猛成长，支撑着中华民族的迅速崛起。在海运的助推下，中国已经成为世界第三大经济体；在海运的支撑下，中国已经成为世界第二大贸易国。海运即国运，中国必将在海运的助推下迎来民族复兴的辉煌时刻。

《中国图书商报》2009 年 10 月 13 日第八版

国家大道

很久很久以前，当原始先民拿着经打磨变得锋利的石块连同粗糙的心情一起去狩猎的时候，当原始先民将狩猎或捕鱼后的收获连同他们的欢笑运到生活的山洞或巢穴的时候，“路”，在他们裸脚奔走的身后留下了。

稍晚些时候，社会第三次大分工出现，原始群体中的一部分人分离出来去专门从事货物运输，真正意义上的运输业浮出人类文明的地平线。当这些“运输人”在后来的劳动实践中逐步懂得借助于兽类驮运，或借助于车辆拖运货物时，当他们反复行走在最便捷的直线上时，最古老的道路隐现在了萋萋芳草间。

赶往狩猎地的快速、捕猎动物时的迅捷、面对凶猛野兽追击时的逃离、走直线花费的时间最短……所有这些,使原始人类慢慢有了“速度”的概念,渐渐地,他们把“速度”留在“路”上，“路”与“速度”紧密地联系在了一起。

尽管时空玄远高邈，但这并不妨碍我们那些影尘般的记忆。可通行三辆马车的“路”，可通行两辆马车的“道”，可通行一辆马车的“途”，供老牛车行走的“畛”，仅能走牛马的乡间小道“径”，在中华文明深处闪现，影影绰绰，如同新生儿稚嫩皮肤下的血管，在太阳的照耀下清晰可数。

舜继尧位后操办的第一件大事是“辟四门,明四目,达四聪”(《尚书·舜典》),“明通四方耳目”（《史记·五帝本纪》）, 2 月巡泰山, 5 月登衡山, 8 月访华山, 11 月到恒山。从舜帝气势如虹、横贯九州的脚步中，我们可以见出中华祖先对开道辟路的重视。

夏禹的事业从“随山刊木，奠高山大川”（《尚书·禹贡》）开始，至上汤祖先，“服牛乘马”，远距离经商，揭开了人类以畜力为交通运输动力的序幕。人类交通运输的新时代开始了。

夏商之后，映入我们眼帘的是“周道如砥，其直如矢”（《诗经·小雅·大东》）。周人在都城镐京（今西安附近）、东都洛邑（今洛阳）之间修建了一条宽阔平坦的高速路，号称“周道”。它以洛邑为中心，向东、向北、向南、向东南建筑起等级不同、呈放射状的道路。周道，是西周王室的生命线，是国家交通的中轴线。周人抛向道路的第一块石头，奠定了此后几千年华夏交通网络的基石。这条中轴线，串联起周、秦、汉、唐政治、经济、文化的重心，肩负起作为宋、元、明、清横贯东西大动脉的神圣使命。它历数千年而不朽，直到今天，仍然是陇海铁路、连（云港）霍（尔果斯）高速公路的基本方向。

面对周道辐射四方、快速便捷的宏伟实践，“大九州”和“大四极”的想象出现在了华夏文明的正脉源头。《禹贡》描绘着中国人最早交通系统的理想，《周礼》阐释着中国人最早交通制度的理想。也许，此时的理想有些恍惚迷离，但在这种闳大不经和恍惚迷离中，真切地传达出了人类向域外发展的希冀和热望，以及人类对异域景物的童心般的好奇。象征着人类打开自然世界壁垒努力的开始，预告着一个崭新时代的临盆。

随着时光的流逝，随着世事在光阴里的潜滋暗长，中华民族的道路，沿着路、道、途、畛、径和周道延伸至战国晚期，已相当完备。李斯《谏逐客书》告诉我们，秦王璀璨的宫殿里陈列着秦国根本不出产的昆山美玉、随侯珠、和氏璧，悬挂着如同明月的珍珠；秦王佩戴着太阿宝剑，骑着纤离骏马，立起翠凤羽毛装饰的锦旗，树起灵龟皮的大鼓，马厩里饲养着名马，江南金属制作的器物，西蜀的丹青渲染彩色……没有发达的交通，这些宝物怎么可能进入关中秦地？

秦人栖息的陕西与天府四川之间横隔巍巍秦岭。秦人决心打通关山，一定不仅仅是为了搜罗四海奇珍、边陲宝物。他们在秦岭山麓的斜水谷与秦岭南麓的褒水河谷之间修筑栈道。勾连陕、川、全长二百多公里、叠叠山岭间的“褒斜道”，索崖附壁，白步九折，愁云中涌，幻翳边生，向人类世界无声地呈现着中华民族无与伦比的坚韧意志。

当秦国人在峭岩上凿孔架木，将热血传奇书写在褒斜云栈、书写在天堑通途上时，楚国人正在庆祝他们自郢都通往新郑的大道正式竣工；太行山深处传来晋国人的劳动号子，他们正在那里挥汗如雨，开凿穿越大山的东西孔道；诞生了孔子的鲁国和造就出管仲的齐国正以哲人的理性，合力规划着黄淮间四通八达的交通网；燕国人则以壮士的膂力，开辟南抵黄河下游、北达塞外草原的交通线……路是“线”，是路“线”将穿大袖宽袍的中原人、居云梦江汉的荆楚人、披长发习水性的吴越人、喜椎髻爱歌舞的巴蜀人、善骑能射的戎狄人……系到一起。一个多民族、大一统的国家，沿“路”渐走渐近。

六国用生命筑成的通天大衢上，奔腾着秦人的铁蹄，闪烁着剑戟的寒光，响彻着战马的嘶鸣。大西北戎狄最强悍的斗士，挟着黄土高原上的雄风和千古不复的滚滚尘埃，沿路铺天盖地，气吞万里，横扫诸侯，一统天下。

公元前二世纪，登上帝位之后的秦王嬴政下令“夷去险阻”，实行“车同轨”。

车同轨，好生了得！各处车辙度数相等，各轮间的距离划一，只有这样，才可畅行中国各处，才能适应新时代的需要。宣示的是与始皇帝大一统精神相一致的大交通的新思维。

大一统因路“线”系成，巩固大一统当然更离不开路。始皇二十七年，始皇帝下令，以都城为中心，修筑驰道，辐射全国。他用无人能够抗拗的王者意志，把周人提出而没有能实现的“大九州”和“大四极”理想，化作纵横驰骋在大地上的现实。

驰道气势磅礴。驰道气象万千。驰道前古无匹。

我们总是喜欢秦汉并称，缘之“大一统”是秦汉时代共同的命脉和灵魂。“大一统”带给时代前所未有的生机、活力、幻想和激情，给这个时代确立文化规则和权威，也让中国从此围绕“大一统”主题书写一代代的风云史诗。秦兵马俑、秦汉建筑、汉乐舞、汉大赋……这些举世闻名的煌然大美，渲染着秦汉王朝的灿烂辉煌。在秦驰道基础上扩建、构成以京城长安为中心向四面辐射的交通网，同样呈现出与汉王朝相称的大美，呈现出“长安大道横九天”的傲然气势。

直至十七世纪中叶，古老东方的华夏，是世界上道路最发达的帝国，没有一个国家可以与之相比，它以坦荡辽阔独步世界，傲然于世数千年！

腓尼基民族的大部分文明、欧洲中世纪的玻璃绘画术，等等，均因交通的阻隔而长期失传。在相互隔绝的情形下，任何一种发明常常“必须重新开始”，一度发达的生产力与极灿烂的文明，亦常常终于衰败。中华文明不断积累，长

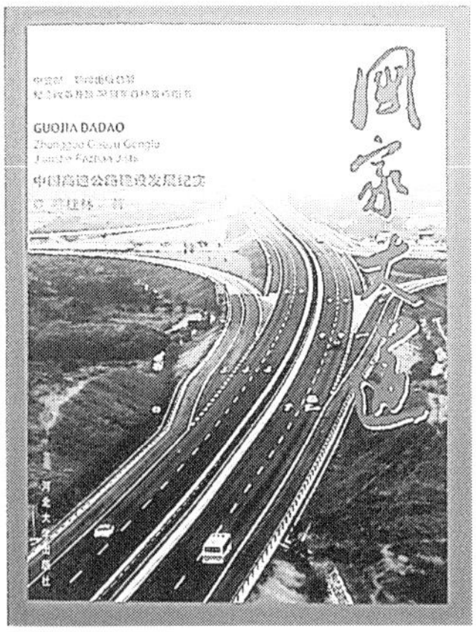

国家大道——中国高速公路建设发展纪实/河北大学出版社/2008年6月第1版

盛不衰，博大精深，一个重要的原因就是得益于中国古代发达的交通，驰道等高速路网促进了中华文明的生长、传播。

路的发展史，就是人类文明的进步史。

我用约两年的时间，写出了人类文明之“陆路”《国家大道》（长篇非虚构文学）。

约两年的时间，深入到全国众多的建设工地采访，深入到全国众多的建设工地旁的工棚里采访，深入到政府部门、建设投资公司、银行……方方面面的采访，一直在“路”上。这是一部写“路”的书，也是一部在“路”上写的书。

写完了它，交给了河北大学出版社，责任编辑杨金花女士、何东女士为之精心提炼出了如下的广告词，为书增色——

> 《国家大道》不是《大国崛起》，但比《大国崛起》更具本土启示力；不是《话说长江》，但比《话说长江》更具思想穿透力。
>
> 《国家大道》是国人看祖国繁荣昌盛、外国人看祖国和平崛起的一部力作。

2008年10月18日，河北省委宣传部、河北省出版局主办，河北大学出版社承办的《国家大道》研讨会在北京召开。中宣部、中国作协、解放军总政治部的领导及有关专家、学者、新闻媒体出席了会议。

《国家大道》引起社会反响，仅网络发布的相关消息就超过二百条。

写卅载风云　歌人间正道

——评“中宣部和新闻出版总署纪念改革开放30周年百种重点图书”之一的《国家大道》

陈建功

今天，由河北省委宣传部和河北省新闻出版局共同主办的蔡桂林长篇纪实文学新作《国家大道——中国高速公路建设发展纪实》研讨会隆重举行。作为中宣部、新闻出版总署推出的“纪念改革开放30周年百种重点图书”之一，这部作品一经出版，就引起了我们的关注和期待。今天，来自有关方面的领导、作家、评论家以及新闻界的朋友会聚一堂，发表对这部作品的看法。我谨代表中国作家协会党组、书记处，向《国家大道》的出版以及研讨会的召开表示热烈的祝贺！向密切关注现实生活，深入采访、勤奋创作，业绩不俗的作家蔡桂林同志致以崇高的敬意！

2008年10月26日
BEIJING EVENING NEWS
北京晚报
五色土副刊/每日连载
《国家大道·中国高速公路建设发展纪实》
——描绘中华腾飞之路
柏冬友

《国家大道·中国高速公路建设发展纪实》——描绘中华腾飞之路（柏冬友）/ 北京晚报 / 2008年10月26日

文艺报 WENYI BAO
·文学评论·
2008.11.8.（星期六）
3
《国家大道》研讨会纪要

《国家大道》研讨会纪要 / 文艺报 /2008年11月8日

中国的高速公路，是横空出世于中国大地上的奇观。我不会写诗，但我不能不承认，每当我乘车驰骋在彩练般飘舞于中国大地上的高速公路时，激情、豪迈、诗意油然而生。这种感觉，来自

光明日报 2008年11月4日 星期二

通天大道透视改革之路

张 涛

今天，高速公路已在人们生活中司空见惯。然而，很难想象，20年前，高速公路在中国内地，还是一片空白。而今，中国高速公路通行里程已经跃居世界前列，当有人把中国高速公路发展的历史记录并呈现出来的时候，它带给我们的，是震撼与思索。

蔡桂林著《国家大道》是一部全面记录中国高速公路建设发展宏伟而壮美历程的长篇纪实文学。

中国内地自1988年10月31日实现高速公路“零”公里突破，至2008年已经达到5.36万公里，雄居世界第二位。用20年时间走过了西方发达国家半个多世纪的历史，增长速度令世界瞩目。如果说深圳是中国改革的旗帜，浦东是中国开放的丰碑，那么，纵横5万多公里的高速公路则是中国改革开放的壮美史诗。

《国家大道》以高速公路在中国出现、发展的历史进程为经，以昂扬的时代精神为纬，经纬交织成一曲震撼人心的铿锵交响。没有高速公路，“幅员辽阔”只是对一个国家地理的客观描述，并不是一个现代经济地理的概念。惟有将辽阔的幅员“网”入高速中，“大”地“博”物才能真正转化为国家的财富，才能促进财富充分涌流。《国家大道》把高速公路建设发展置于社会、政治、经济、文化、军事大背景下书写，高屋建瓴地揭示出它对经济繁荣、社会发展、国家安全、人民幸福的深刻意义。特别是写出了高速公路作为扩大内需的重要手段，在亚洲金融危机的特殊时刻，对拉动国民经济快速增长所起的无可替代的推动作用。

高速公路，在普通人眼里，它是使汽车跑得快的路；在决策者眼里，它是国计民生；在高速公路业主眼里，它是金融；在企业家眼里，它是经济效益；在房地产商眼里，它是点动地价房价的魔杖；在军人眼里，它是国家安全；在作家眼里，它是神话传奇……不同的人对高速公路有着截然不同的理解，把这些理解全部加起来就是《国家大道》。

不仅如此，作为中宣部、新闻出版总署确定的“纪念改革开放30周年百种重点图书”之一，《国家大道》在通过对逶迤山川、犹如地球飘带的京津塘高速、京沪高速、京沈高速、京福高速、连(云港)霍(尔果斯)高速……的大写意，展现出伟大民族的气魄和伟力的同时，也讲述了在不同发展阶段，不同人群对高速公路的不同理解，展现出高速公路给政治、经济、文化、环境等多方面带来的全面而深刻的影响，展示出人们思想观念、生活观念因高速公路出现而呈现的嬗变更新。因此，《国家大道》所聚焦的，不仅仅是作为具象“道路”的道，也是中国改革开放三十年所走过的发展之“道”。

《国家大道》不是《大国崛起》，但比《大国崛起》更具本土启示力；它不是《话说长江》，但比《话说长江》更具思想穿透力。它是国人看祖国繁荣昌盛、外国人看中国和平发展的一部力作，是献给共和国改革开放30周年的一份厚礼。

上图为山西百姓不畏艰难，建设太旧高速公路。

《国家大道》 蔡桂林著
河北大学出版社

纪念改革开放30周年百种重点图书点评

通天大道透视改革之路（张涛）/光明日报/2008年11月4日

于对高速公路建设者的敬意，来自于对改革开放三十年伟大成果的自豪，也来自于对高速公路给社会和人民带来福祉的信心。我记得美国国会图书馆原馆长布尔斯廷写过一本很重要的著作，叫《美国人：民主历程》，在那本书的扉页，他开宗明义声明，民主，不应是街垒上的旗帜，不应是议会里喋喋不休争论的话题。民主，是发生在我们身边的非远勿届的生活进程。在那本书里，他就把美国高速公路的发展，列为推动美国民主进程的最为重要的力量之一。他说，遍及美国的高速公路，一下子缩短了都会和乡村的距离，牵动其上的，不仅只是物流，还有涌入都会的青年人的梦想、带给穷乡僻壤的信息诱惑……我得承认，正是布尔斯廷对高速公路的这种理解，和现今中国遍布的高速公路一起，给我带来了激情与诗意。几年前，当我乘车走过云南腾冲的一段高速公路时，意外地发现那里的公路被铺设成七彩的颜色，当时突生奇想：为什么交通部不发起评选“最美的高速公路”活动？说到这里，我想，蔡桂林同志的这本纪实文学作品为什么会引起我的关注，应该是不难理解了。高速公路，它不仅仅意味着是一些工程，不仅仅意味着给人民带来舟桥之便，它是一个国家新的生活方式的开始。由此可以想象，当蔡桂林的这本书摆在我们面前的时候，作为读者的我们是何等的欣喜。

然而，欣喜之余又是担心的。因为这实在是一部需要以雄健的笔力来完成的作品，实在是一部可以由此入手，写出一个时代的陵谷之变的作品，实在是一部可以思牵万里、神接千载、撼人心魄、感人肺腑的作品。当我读完了这部作品，这些担心又一次化为了喜悦。我们的作家果然出手不凡，他以全景式的概括和俯瞰，加上炽热绵密的描绘与叙说，再现了中国高速公路建设和发展的历史。最为可贵的是，作品的笔触远远超迈于工程题材之上，它写出了成就这一辉煌的历史的、政治的、社会的渊源，那就是改革开放的伟大实践。应该说，作家通过这部作品，以无可辩驳而又生动感人的事实，唱响了共产党好、社会主义好、改革开放好、人民群众好的主旋律。

这部作品不仅以宏阔的背景和深刻的思考令我钦佩，而且以巨大的感染力征服了我们。这部作品的感染力，首先来自作家广泛深入的采访，来自他对有关高速公路素材的丰富积累和切身体悟。这部作品以对我国高速公路建设的全面、细致的把握为基础，又以洋溢的激情来统领和驭驶这些材料。情感，也就成为作家引领我们思考历史、感叹现实、期待未来的主线。这就是《国家大道》能使我们由衷地感到历史与时代风云交织，宏大与绵密相得益彰，激动与深思绵延回响的奥秘所在。

同志们，作为中央有关部门推出的“纪念改革开放30周年百种重点图书”，我认为，《国家大道》的出版，可以说是近期“主旋律”创作的一个突破性收获。当文学界在苦苦思索如何使我们的创作尽可能做到思想性和艺术性的高度统一，尽可能引人入胜，赢得更多读者的时候，这部作品取得的成果，是值得我们认真总结的。我相信，通过今天的研讨，各位领导、专家，都将发表鞭辟入里的高论，对这一作品的思想艺术成就，给以充分的肯定，对作品的缺憾与不足，也坦诚直言，如切如磋，这将有助于文学界和广大读者对这部作品的认识，也有助于我国纪实文学创作水平的提高。

最后，我预祝研讨会圆满成功！期待蔡桂林同志在纪实文学创作领域继续开拓进取，不懈追求，为文学百花园增添更多回肠荡气、令我们回味绵长的篇章！

此文系2008年10月18日在“蔡桂林长篇纪实文学《国家大道》研讨会”上的致辞。

《解放军报》2008年11月2日

重返社会思想的前沿

评《国家大道——中国高速公路建设发展纪实》

王瑞华

曾记否？伴随着改革开放而来、被称为“新时期”的文学，何等风光！它屹立在社会思想的最前沿，高擎猎猎作响的时代旗帜，为民请命，为世立言，道人之未敢道，言人之未能言，果敢地冲决“左”的樊篱，充当着思想解放的先锋。那时，文学几乎占据着社会生活舞台的中心位置，一作既出，万口传诵，作家也因作品而家喻户晓，其闻名程度，超过当下任何一位娱乐明星。

不知从何时起，为思想解放、为社会转型、为改革开放立下卓越功勋，建立了至高荣誉的文学，在获得充分自由之后，开始了“向内转”，在“回归文学本体”的口号下，与时代、与社会、与普通人渐行渐远。羞于站到社会思想的前沿，羞于紧跟时代，羞于关注芸芸众生的生存命运，把这一切视作为文学的累赘，热衷于一己情感的抒发，热衷于一己感受的表达，文学因此失去了轰动效应，也被普通人所放逐，一作既出、洛阳纸贵的“新时期”，成了文学曾经的记忆。

在我们隆重纪念改革开放三十周年的时候，我读到武警部队大校作家蔡桂林创作的《国家大道——中国高速公路建设发展纪实》这部长篇纪实作品，令我为之一振。通过它，我感受到了责任感、使命感兼备的作家们重返社会思想前沿的热情和努力，感受到了由此产生的文学力量。“新时期”文学的血脉不断，它被发扬光大着——这本身就是对改革开放三十周年的纪念。

《国家大道》思想开阔。它是第一部全面记录中国高速公路建设发展宏伟而壮美历程的作品，很容易局限在对高速公路建设发展的过程描写上。然而，《国家大道》没有。尽管它不乏对过程扎实而精彩的记录，但它始终把这个过程置于中华五千年文明史的宏阔背景和全球一体化的现实进程中加以双重审视，呈现出开阔的视野。中国是高速路的故乡，《国家大道》这样描述这个故乡：“据考证，在内蒙古东胜县境内有蒙恬、扶苏当年修筑、长九十里的驰道。此时，我就站在这明显可见的秦驰道遗迹上。伸手触摸土地，也就在触摸赭红色的历史，发烫的不仅仅是我的眼睛，更有我的心。两千多年风沙掩埋，两千多年冰雪侵蚀，它壮阔如初，结实如初。我沉浸在对路的触摸与想象之中：眼前这‘路’上，一定有二十四卷浩繁青史无法流传的生命的浪漫和悲喜，它坦荡的身躯承载的是民族千年的历程。看那夯实的土层，带着千年的印记、泥土的鲜腥，在用充满生机的野性呐喊，传导出的是历史脚步的轰鸣。是它用年年芳草、岁岁花朵伴随着民族‘一路’走进现代文明。”《国家大道》这样写1988年10月31日“沪嘉高速”建成通车实现中国高速公路“零”的突破：“从秦驰道的壮美，到汉丝绸之路的辽远；从唐、宋御道的辉煌，到明、清官道的璀璨；中华民族数千年的文明史，铺展在沪嘉高速优美的弧度里。速度的天空，遥远的马蹄，被历史擦亮的驿道笼罩着故园。精神是这长路边的悠悠风声，邈远而永恒，在高速如梦的时代，依然可以听得到它在车窗边的

一个人的“国家大道”／见闻中国杂志（香港）/2008年第11—12卷

一个人的“国家大道”/见闻中国杂志（香港）/2008年第11—12卷

呼啸。”得益于改革年代的“松绑”，公路建设不断获得政策措施的支持；得益于起初叫“建设政策”、此后叫“建设市场”的不断放开，公路建设资金来源逐步呈现出多元化格局，使高速公路的快速发展成为可能。十年前，在应对亚洲金融危机造成的经济发展困境时，作为拉动内需的重要手段，高速公路建设被遴选出来，肩负起拉动国民经济的高速增长的历史使命。这时的高速公路不仅仅是使汽车跑得更快、更畅通的“路”，更是中国经济发展模式的一种象征。它拉动的不仅仅是经济的快速增长，它更把中国的经济发展“拉”向了一条高速发展的道路，推动了社会主义市场经济体系的建立和完善。——就这样，《国家大道》纵横捭阖，收放自如，引领读者站在思想的高处，俯瞰历史与现实，领略开阔之美。

《国家大道》思想深邃。它从“交通”这一独特的视角看人类社会发展的历史进程，看到了人类社会发展经历了三个时代。“江河经济”时代。封建社会，包括封建社会之前的人类社会，生产力水平很低，人们征服自然的能力不强，经济发展与自然地理条件的关系十分密切，人类临水而居，顺水而发展。在这个时代里，大江大河沿岸地区的经济首先得到发展，也因此，经济中心大多集中在江河沿岸。“海洋经济”时代。人类社会进入资本主义社会，生产力有了相当大的发展和提高，资本输出在经济发展中占有特别重要的地位，资本输出、输入地集中在交通方便、信息灵通的海陆结合处，由此促进了沿海地区的经济发展。也因此，海洋经济时代的经济中心几乎都集中在沿海一线。“路桥经济”时代。人类社会进入资本主义后期、后资本主义包括社会主义时代，生产力迅速发展，信息技术改变了人们的思想观念，特别是不沿江河、不靠海洋的内陆地区迫切要求加快发展，而内陆地区往往交通不便，经济发展的前提条件就是需要修路架桥，改善交通。路修到哪里，资金、人才、技术才会流向哪里——我们生活的二十一世纪就是“路桥经济”时代。它来势凶猛，势不可挡。因为，其中潜藏着不沿海不沿边幅员辽阔的内陆地区长久积压的惊人力量；因为其中潜藏着不沿海不沿边疆域无垠的内陆地区生长着的无限渴望！中华民族准确把握住到了人类社会这一强劲脉动，顺应时代发展潮流，做出战略选择，用巨大的国家力量架桥修路。于是，桥，如月，在中国天空上天天升起，光辉沐浴着经济的繁荣；路，如弓，在中国的大地上时时张开，以自身无尽的力度直指富裕的未来。《国家大道》以雄健的笔力写出了历史发展的内在逻辑力量，令人信服地得出了高速公路是中华民族促进经济均衡发展、走向共同富裕、实现伟大复兴的必经之路的历史结论。——就这样，《国家大道》以深邃的思考吸引读者，字里行间呈现出的是思想的美感，充满着启示力。

《国家大道》思想犀利。毫无疑问，《国家大道》是献给建设者的高亢颂歌，是献给改革开放的嘹亮礼赞。然而，这一点也不妨碍《国家大道》显示它的思想锋芒。我甚至认为，恰恰是它的锋芒，提升了这部主旋律作品的认识价值和阅读价值。中国高速公路从零公里到拥有一万公里用了十一年，从一万公里到两万公里用了三年，从两万公里到三万公里只用了一年半。现在，中国人以铺地毯般的从容，以每年五千公里的速度把华贵铺展到大地上，用二十年的时间走过西方发达地区六七十年走过的历程。面对令世界刮目的成就，《国家大道》没有一味沉浸在喜悦之中，它敏锐而清醒地看到，2004 年之前约三万公里为中国经济和社会的发展提供着便捷的、高效率的运输服务的高速公路，是在说有规划其实又没有规划、说很健康其实又很不健康中建设完成的，是在激情、粗放式的建设中出世的。这些路包含在国家公路建设的规划里，在实际建设中则以“高速公路”的特殊身份游离出来，至于路与路怎么对接，交通枢纽建在哪里，未来十年、二十年我们要建多少高速公路，一切尽在茫然中。因为缺乏长远规划，出现了宁合、沪宁高速公路在城市中约会，西宝、西临在古城相接，造成城市交通巨大压力的事；因为缺乏长远规划，导致无序建设、重复建设、攀比建设；因认识不到位、论证不充分、规划不严密导致一些高速公路在建成几年后，一扩再扩、一修再修，给资源、环境等造成的问题相当严重。是我国的高速公路出现较晚，缺乏足够的分析样本来制定长远规划？转观美国，他们在第一条高速公路建成后两年就制定出了“州际高速公路网计划”。美国人的“高速公路网计划”是参考了什么样本制定出来的呢？——就这样，《国家大道》决不刻意回避什么，恰恰相反，从路桥收费到工程招标，从设计方案到环保意识……秉笔直书，直抒胸臆，思想锋芒映亮角角落落，通篇因真实和犀利而生发出撼人的力量。

作为中宣部、新闻出版署纪念改革开放三十周年百种重点图书之一，《国家大道》的成功对时代文学有很强的启示力。其中重要的一条就是当下的文学应当承续“新时期”的文学精神，自觉站到社会思想的前沿，关注国事民瘼，与时代同频共振，与人民同焦灼同思考，与社会同呼吸、共命运、心连心。唯其如此，文学才会引发社会的共鸣；唯其如此，文学才会获得生生不息的力量源泉。

《光明日报》2008 年 10 月 17 日

炎黄天梦

人类既很伟大也很脆弱。

人类的伟大在于他有聪明的大脑，人类的脆弱在于他只有聪明的大脑。

与鸟类相比，人类没有翅膀，不能飞翔；与鱼类相比，人类没有鳞与鳃，不能长时间地生活在水中；与兽类相比，人类没有强健的肌肉，因此没有兽类的勇猛，没有兽类的奔跑速度……

比起其他动物来，人类除了有聪明的大脑之外，还有什么呢？没有。

然而，有聪明的大脑就足够了！

有了聪明的大脑，可以梦想，就可以产生智慧，就可以创造：人类最可自豪的地方，是能够不断地体认自己在历史和社会上的地位，从而赋予自己以深广的时空意义，巍然挺立。

正因为如此，人类看到鸟的飞翔，便萌生了自己也能飞的理想，由理想演绎出无数美好的神话和传说，流传千古。

在中国古代神话传说中，不乏“飞”的记载，精卫填海、嫦娥奔月……它们都是人类关于飞天的寓言，透露着中华文明源头的浪漫精神和伟大理想。在古希腊神话中，被国王囚禁的能工巧匠的代伐洛斯为自己和儿子用蜂蜡、羽毛做成双翼，腾空而去；在荷马史诗中，法厄同驾驶着父亲的太阳车，法厄同太年轻了，在太阳神马的咆哮疾奔之中松开了手中的缰绳，太阳神马肆意狂奔，很快脱离了正常轨道，坠毁在大地上，太阳车的车轭变成了南极圈和北极圈。法厄同的姐妹们痛哭法厄同的死，变成了株株白杨，她们的眼泪化为琥珀。这是人类“飞”的渴望和“飞”的代价。

随着人类文明史的慢慢延伸，神话和传说走进了最具梦想色彩的文学之中，飞天之梦想，浸入到作家的心灵深处，化作奇思妙想，从作家的笔下源源不断地流淌出来，成为人类文明的财富，成为激发后人更大梦想的源泉。

公元二世纪中叶，古希腊诡辩家和讽刺作家卢奇安创作出了梦想小说《云中人》主人公让人绑上了一只兀鹰的翅膀飞上了月球，读来惊心动魄；德国天文学家约内翰·开普勒借“精灵之力”等上月球旅行的故事，经他的女婿巴茨、儿子路德维希的不断续作，最后以《梦想》为名问世，风行一时，人们口口相传；英国主教、历史学家哥德温的《月中人》，纯粹是作者坐在皓月当空的夜晚，借助点点星光，梦想月亮中的人和事。恰恰是这种浪漫的梦想，唤起人们对太空飞行的无限向往，使得《月中人》出版了二十五个版本，十分畅销，历时久远而不衰……

人类太空飞行的宏图大志一步步地实现，是从最原始、最朴素的“让人飞起来”的梦想起步的。

虽然我们不能断言人类最先的“让人飞起来”的梦想一定是为了日后的太空飞行、九天揽月，但太空飞行、九天揽月一定得从“让人飞起来”开始。

公元前600年，在中国的春秋时代，墨子和公输班制造过能飞的木鸟，这可看作是“让人飞起来”最初、也是最早的尝试。晚此二百多年，公元前360年，希腊人用绳子把空心的鸽子吊在火焰的上方，火焰加热模型中的空气，使之喷出产生推力，推动空心的鸽子转动。公元前200年，西汉，中国的天空中出现了迎风翻舞的风筝，人类将“飞”的理想之线紧紧地牵到了自己手中，肆意放飞上天的愿望。

人类要冲破地球引力的束缚，走向宇宙空间，仅借助于鸟的翅膀“飞起来”是不够的，必须有更强烈的升空能力。而火药的发明和使用，使这种能力成为可能。烟花爆竹及火枪的出现，为火箭的发明准备了条件。当烟花新品种“穿天猴”精彩呈现时，利用反作用力飞行的火箭登场了。——这大约在十二世纪末、十三世纪初。火箭的发明，是中国古代对全人类做出的巨大贡献！

在中国，火箭技术不断发展，至明代，出现了专门使用火箭这类武器的火箭部队，出现了对火箭武器使用、摆阵、作战技术等做出说明和规定的“条例”。中国古代火箭技术之发达，由此可见一斑。

翻开美国人赫伯特·S.齐姆于一九四五年出版的《火箭与喷气发动机》一书，其中讲述了一个中国故事：有一个叫万户的中国士大夫，快要活到十五世纪了。我们愿意将万户评价为试图利用火箭作为交通工具的第一人。他命人把四十七支火箭绑在一把椅子上，椅子上又绑上两只风筝。他坐上这把“武装”起来的椅子，又命人同时点燃四十七支火箭，他想借四十七支火箭飞向天空……

无独有偶，同一年，也同是美国，美国火箭先驱爱德华·彭德利出版了《火箭动力时代的到来》，书中讲到了同样出于中国、同样一个故事。

后据学者考证，这个记载很可能是虚构的，并不真实。然而，两位美国人不约而同地指证中国，说明中国古代火箭技术的发达、先进和巨大影响。

这影响可以从后来发生的一件事上看得清楚：1959年9月，苏联发射的“月球”三号卫星识别了月球上三千五百个地形，1970年在英国召开的国际天文学会议决定对这些地形命名。大会根据史料，将月球上的环形山命名为“万户山”，借以纪念“世界上第一个企图乘火箭飞天的人”（约翰·魏肯斯）。

月球上的万户山是一座永恒的纪念碑，纪念着人类“高飞兮安翔，乘清风兮御阴阳”（屈原）的不朽理想。

……

人类的飞天的梦想就这样与人类的文明进程相伴随，人类的文明进程就这样呈现着人类飞天的梦想的一步步实现，这让我无限着迷，潜心学习，潜心研究，潜心写作。

是，潜心写作。想不潜心都不可能。

2003年，羊年，春，一种被称为SARS的病毒、称非典型肺炎（简称“非典”）流行北京，社会恐慌，如临大敌。4月中旬，我当时居住的丰台区马连道一号院四号楼晚九点出现一例高烧病人，疑是SARS病例被闪着蓝色灯光的救护车拉入北京市SARS隔离点。接着，这例高烧病人所在的楼，被北京市SARS防控中心指挥部下令封闭隔离。身着隔离服的士兵将这幢楼围了起来，家家户户接到了内容一样的电话：从现在起，你们已被隔离，只许进不许出，所需生活用品和急需办的事，写在纸条上，放到自家的门口，会有全副武装的防控人员负责办理。于是，当晚来四号楼串门九点前没离开的，再不准离开了，被“隔”在楼内；当晚来四号楼内人家打牌九点前没散场的，不需要散场了，接着打……

对我而言，这实在是件再好不过的事了，有人送吃的喝的，有人送油米酱醋茶，有人送肉鱼蛋奶，尽可以集中全部精力，潜心“飞天”写作。

一“隔”就是十五天。当十五天后解除隔离时，我写下了十七万字。

在二十一世纪的羊年，在中国实现载人飞天的那一历史时刻，我完成了人类文明之“天路”《炎黄天梦》（长篇非虚构文学）的写作出版。

毫无疑问，它是SARS给我的一份意外的馈赠。没有它，分心的事会多很多，写作会慢很多，能不能赶在杨利伟飞天时完成，还真说不准。

《中国文化报》记者赵忱感慨《千古大运河》二十天时间出版上市是出版界的传奇。其实，在我这里，传奇是漓江出版社为《炎黄天梦》创下的。2003年10月15日杨利伟乘“神舟”五号升空飞天，至16日返回地面，而其中真实记录了杨利伟太空二十一小时的《炎黄天梦》10月31日出版发行上市，用时十四天。

这是怎么做到的？我真的不知道，这需要请问责任编辑、漓江出版社副总编辑庞俭克先生，他只是嘱咐我航天员杨利伟着落后五小时内将书中这部分的描写文字交给他，余下的“你别管”。庞先生为《炎黄天梦》以传奇般的速度

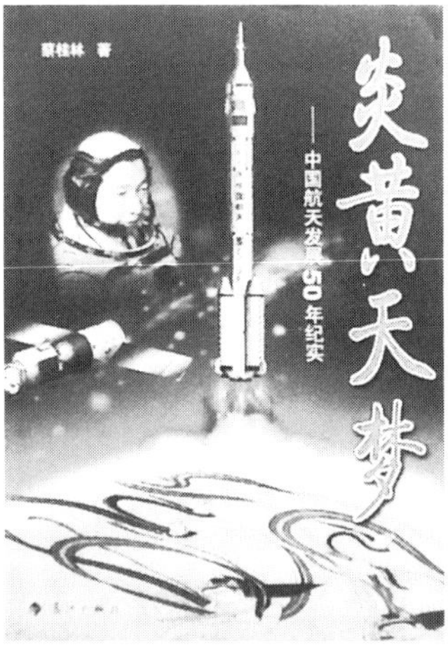

炎黄天梦 / 漓江出版社 /2003 年 10 月第 1 版

《炎黄天梦》第 1 章“今夕羊年”被收入《2003 年中国年度最佳报告文学》上卷 / 漓江出版社 / 2004 年 2 月第 1 版

出版付出了巨大努力。

《炎黄天梦》出版后，被广为转载、选载，余响悠悠。作为作者，接受了东方卫视《深度 105 · 说旧闻》的专访，在专题片《揭秘“东方红一号”》中出镜解说，2008 年 10 月 8 日东方卫视播出了这部专题片。

更令我高兴的是，经全国中小学教材审定委员会 2004 年初审通过，正文压缩题为《千年梦圆在今朝》，卷首诗加题为《炎黄飞天梦》，一并进入人教版《语文》六年级下册（义务教育课程标准实验教科书）。

捧读这样的教科书，让我记起儿时，新学年开学，一领到新书，小心翼翼地装在书包里背回家，用当大队会计的父亲带回的旧报纸将新书封面小心翼翼地包起。读着每一课，记住它的作者，自然崇敬得很，以为，能进教科书的，当然是最好的。“文革”中，所有教科书里的所有课文作者名字消失了，据说是为了消灭“名利思想”，只有课文，不知道是谁写的。我记住的是“文革”前教科书里的作者，比如鲁迅，比如朱自清，比如魏巍……现在，我的文章居然也进入教科书了，虽然自知比不上前面所列的大家，但兴奋和激动是自然而然的。能让那么多孩子读到自己的作品，能让那么多孩子在那么小的时候就知晓人类的航天文明，心血没有白费，所有的苦和累、伤和痛，都是值得的。

我对任何级别的评奖都没有兴趣，尽管本书影印收入了一些奖状奖杯证书，那只是作为发生过的事实记录在这里而已，并不证明我对之的兴趣，且更大量的获奖证书没有收入，只收入了对我成长有特别意义的几份。作为一个写作者，我看重自己写下的文字进入教材、被广为转载、不断被人引用和评论。有这三点，我高兴、欣慰。

航天文学的一座丰碑

读《炎黄天梦》

李 摩

《炎黄天梦》出来了。我的第一直觉是这样一个题材与蔡桂林生命中有着注定的约定。我曾在一篇以蔡桂林为个案的文学评论文章里表明自己的一个观点："蔡桂林即使没写《生存还是毁灭》，他一定会有另一部关注人类命运的作品在他的创作生涯中出现。"我没有预见到的是，在他感受大地的疾痛、探索人类生存之密码的长篇随笔《生存还是毁灭》之后，这么快又以长篇报告文学的形式，再次亮出了一部关注人类命运的著作《炎黄天梦》。令我感到惊讶的是，作家身上那种温婉中夹带着忧伤的精神内质，是通过什么样的一种渠道穿透到另一种文体的？毫不夸张地说，读《炎黄天梦》，书中行云流水般的文字，以及字里行间迸射出的思想光芒，使我在随笔与报告文学的文体分界中丧失自己的判断直觉，抑或干脆说从报告文学中获取了一种阅读优秀随笔才可能获得的艺术享受。

自二十世纪中期以来，随着我国东风号、长征号、资源号、东方红号、风云号的发射升空，我国的航天文化也随之开始了源源不断地运动。新世纪的 2003 年，随着"神舟"五号载人飞船的升天，更是将航天文化推向了空前的繁荣，一时间以航天为

经全国中小学教材审定委员会 2004 年初审通过，《炎黄飞天梦》被收入义务教育课程标准实验教科书人教版《语文》六年级下册

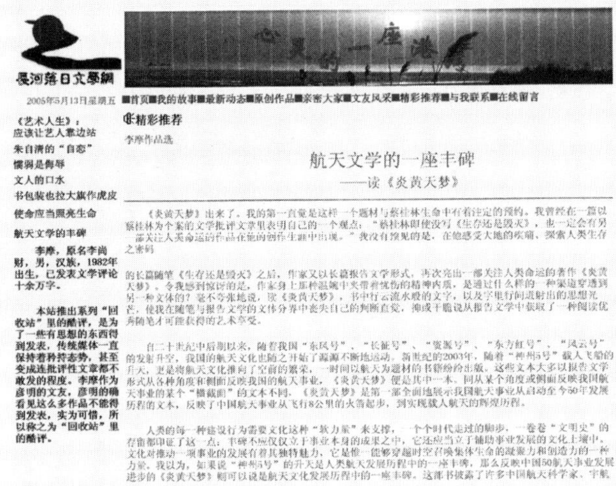

航天文学的一座丰碑——读《炎黄天梦》（李摩）/ 长河落日文学网 / 2005 年 5 月 13 日

题材的书籍纷纷出版。这些文本大多以报告文学形式从各种角度和侧面反映我国的航天事业，《炎黄天梦》便是其中一本。同从各种角度和侧面反映我国的航天事业的某个“横截面”的文本不同，《炎黄天梦》是第一部全面展示我国航天事业从启动至今五十年发展历程的文本，反映了中国航天事业从飞行八公里的火箭起步，到实现载人航天的辉煌历程。

人类的每一种建设行为需要文化这种“软力量”来支撑，一个个时代走过的脚步，一卷卷文明史的存留都印证了这一点：丰碑不应仅仅立于事业本身的成果之中，它还应当立于辅助发展的文化土壤中。文化对推动一项事业的发展有着其独特魅力，它是唯一能够穿越时空召唤集体生命的凝聚力和创造力的一种力量。我以为，如果说“神舟”五号的升天是人类航天发展历程中的一座丰碑，那么反映中国五十年航天事业发展进步的《炎黄天梦》则可以说是航天文化发展历程中的一座丰碑。这部书披露了中国许多航天科学家、宇航员鲜为人知的故事，作家的内心对现场与历史的敏感抵触，使五十年来为推动中国航天事业发展的数代精英在纸面上鲜活了起来。

从某种意义上讲，《炎黄天梦》堪称我国航天科技人员挥洒热血献忠诚过程中的精神结晶，它记载了我国航天事业一次次重大行程中付出的血汗与丰收的成果，以创作文学评论成名的蔡桂林以智性的思维分析并总结了诸多宝贵经验。正如经典梦想小说《云中人》《太阳之旅》《月球之旅》唤起一代又一代后人不灭的飞天梦想，站在科学知识之上创作的《炎黄天梦》，必将形成推动航天事业发展的柔韧驱动力。

《炎黄天梦》的可贵之处，还在于其有这么两个鲜明的特点。一是，《炎黄天梦》完全符合报告文学文体的要素。书中的材料客观准确，使作家的创作始终没有违背科学轨道，确实以“文学”形式“报告”了时代的真实存在。其二，《炎黄天梦》深深地打下了蔡桂林个人的文学烙印。与其说“报告”，更让人感到像是作家以自己的文学修养为读者构筑成的一个温婉艳美的精神驿站和知识世界。我以为，正是基于这两个特点，使《炎黄天梦》彻底摆脱了传统报告文学的写作模式与大众性的写作经验。

要理解《炎黄天梦》，我想我们应当有必要了解作家生命中的精神内质，那就是对人类的生存境遇，蔡桂林内心始终保持着失眠才具有的清醒意识，从《中流砥柱》《生存还是毁灭》到《炎黄天梦》，他的创作始终穿透着这样的一种责任感和一种强烈的追求，正是基于这样的一种认识，我判断出这样一个题材与蔡桂林的生命中存在这样一个预约。了解这一点，我想我们对《炎黄天梦》会拥有多一分的亲近感，这一份亲近感将极有助于读者阅读《炎黄天梦》时破译冰山的一角，欣赏到更多的美。

长河落日文学网 2005 年 5 月 13 日

跋

我们能够降生人世，不是我们主观选择的结果，而是我们不能不来；我们终将离开，更不是我们愿意选择的结果，而是我们不得不去。人生，就是“不能不来”到“不得不去”之间的匆忙一程。所谓人生，就是这“匆忙一程”。所谓人生的精彩纷呈，就是这“匆忙一程”的千姿百态。

所有的人，从同样的地方来；所有的人，向同样的地方去。用佛家的话说，从来处来，向去处去，无一例外，绝对平等。这是所有人的命运。生命本体的命运。“死亡不是生命的终点，死亡是生命的高峰”是禅宗思想，就物质世界而言，死亡就是生命的终点，即便死亡真的是生命的高峰，那也不是逝去了生命的人的高峰，而是活着的人认为的高峰。在生命本体面前，皇帝与乞丐、权贵与百姓、将军与士兵，毫无差别。在生命本体面前，职业，包括所谓的尊贵与卑贱，其实真的是无所谓的，真的没有什么高下，无非是来去之间的行走姿态不同而已。

我们经常说“改变命运”，不是指改变生命本体的命运。生命本体的命运是注定的，谁也无法改变，如果能改变的话，那我们大概直到现在极有可能还在嬴政的统治下；人生的最大悲剧在于面对社会历史的必然性；人生的最大壮美也在于面对社会历史的必然性。我们能改变的是人生文化意义上的命运，通过自身锲而不舍、百折不挠的奋斗、努力、拼搏，使自己的人生更符合自己的愿望，更充实，更富有文化含量，更符合人类社会的普世价值。

从这个意义上说，“匆忙一程”，不求飞黄腾达，但求顶天立地。

飞黄腾达的人生，一定有。可遇不可求，它更多的是由时势造就，是主客观高度遇合时才会呈现的一道人生彩虹。这样的飞黄腾达，没有也罢。顶天立地，无关时势，是每个人经过主观磨练、经过主观努力就可以实现的瑰丽人生。

“顶天”说的是雄心，说的是理想，说的是品质。敢作敢为，敢作敢当，威武不屈、贫贱不移、富贵不淫，都是其中应有之意。“立地”说的是本事，说的是能力，说的是水平。往大处、高处说，得有“为天地立心，为生民立命，为往圣继绝学，为万世开太平”的才胆卓艺；往小处、低处说，得有酬油盐、谋稻粱、售宅居的日常功夫。如果一个人只有“顶天”的万丈雄心而没有脚踏实地的“立地”的过硬本领，他的一生注定只能是一声叹息；如果一个人仅有精致的“立地”本领而没有“顶天”的理想照耀，他的一生只能质朴如瓦不能领略活色生香的华彩。

所谓“成就”，就出自将“顶天”与“立地”两者结合起来的平凡而普通的社会实践。是这种实践，呈现出一个人“顶天立地”的伟岸。

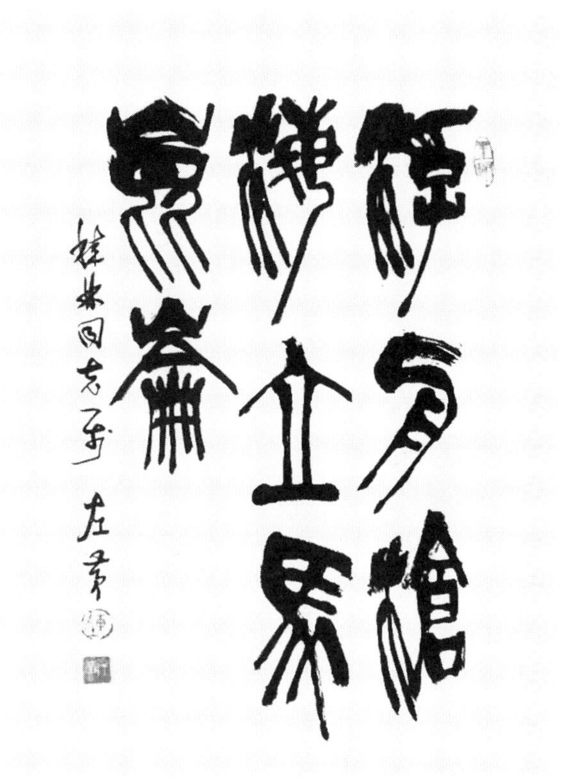

浮舟沧海　立马昆仑 / 陈左黄先生墨宝 / 1985 年秋

一个人不能没有事业。没有事业，人生毫无意义。同样，只有事业，没有有个性的丰富生活，“事业”就是一种变相的宗教，刻板而了无生趣。

人的一生是漫长的“一天”，人的一天是短暂的“一生”，自“短暂的一生”开始“顶天”，才会有“立地”的“漫长一天”。

人的一生看起来很漫长，七十年、八十年、九十年，甚至更长，其实，据我看，漫长的人生关键就几步，其余的“漫长”只是“关键几步”的自然延伸。所谓“命运”，正是由“关键几步”决定和改变的。甚至，“关键几步”就是“命运”。认识、把握、走好“关键几步”，就是认识、把握、走好了整个人生。

一位动物学家算过这样一笔账：人体含有几十种不同的化学元素，如果把这些化学元素提取出来制成日用品，价值不过十来块钱（1984 年时价）而已。例如，人体的脂肪可制造七块肥皂，碳的含量可造二十磅焦炭，磷的含量可制成两千二百根火柴，所含的铁质，可铸一枚一英寸长的铁钉。此外，还约有一汤匙的硫黄和一英两的金属。这就是血肉之躯的全部物质。应该感谢这位动物学家，他从一个十分普通而又非常别致的角度告诫人们：人的价值不在于躯壳，而在于智慧，智慧是最可宝贵的东西，胜过其余的一切。

当然，“天虽能覆盖万物，却不能承载万物；地虽能承载万物，却不能覆盖万物；道虽能包涵万物，却不能分辨万物”（慎子）。任何事物都有所长，也有所短，知道自己的短、守住自己的长就好，就是智者。

我庆幸，因生活所迫，在人生起步之初，于苦闷挣扎中确立了人生目标，也可以看着是人生的理想，并始终不渝，并追求不止，并奋斗不息，最终达成了最初的愿望，顶天立地，因此，感谢生活。生活对追随自己天命的人真的很慷慨。

我是于泰安的孤独中，在对自己的人生未来设计做出重新调整和部署时，选择了文学评论。事实上，这是一次“被动放弃”和“主动选择”交互作用的结果，是继舍田村的“寻路突围”之后的又一次“寻路突围”的结果。经过北京听禅、武汉面壁，及之后的高晴逐云，终于实现了一个转变，一个“要我写”的御用工具向“我要写”的独立人格的转变，一个“我手写我眼”到“我手写我心”的转变，一个军人由此转变成了军人文化人。什么是真正的文化人？什么是文化人的肝胆？那就是“寒凝春华发，血沃劲草肥”，就是骨气。我终于成了我希望成为的那个人，现在，可以毫无愧怍地说：我骄傲！

命运的色彩是否艳丽，关键看用什么去浇灌。

如果人生的航船不知道要去哪个港口，那么，任何风都不会是顺风。

天行健，君子以自强不息。

我对自己顶天立地的人生相当满意。做成了想做的，放弃了必须和应该放弃的，艰辛付出，了无所欠，挺拔，从容，自在；虽淡，但雅，足够欢喜。梁漱溟先生写过一本书《这个世界会好吗？》我喜欢这个书名。因为，面对这个书名，你会思考答案。

凡人，身后无须立碑。然而，这不妨碍自己有自己的“心碑”。在自己的心碑上，我给自己撰好了六个字的碑文——

坎坷　鲜明　丰富

就把坎坷、鲜明、丰富留在远处吧。它们对生命本体而言毫无意义。一定要说有什么意义，那么，意义就在它能说明“匆忙一程”为何匆忙。

走到“骄傲”的今天，生活里剩下的是咗咗酿制的酱油、炒米茶的味道，眼前晃动着记忆里皂角树、楝树的影子，还有儿时的年味，炒米，焦面，甚至，连曾经十分痛恨的打连枷、挖暗沟、耘耥、车水、掼稻、罱河泥……此时都理解到了非同寻常的生命的意义。故园如梦。

当然，还悟到一个内心的诗的祈祷，一条通向万物之源的理性的诗的道路，这条道路以自己一片明净的呼吸的节律为起点，直通无牵无累的无限遥远，无限遥远处有晶莹的雪、沁香的花……

“不是爱风尘，似被前缘误。花落花开自有时，总赖东君主。去也终须去，住也如何住！若得山花插满头，莫问奴归处。”（严蕊《卜算子》）

本书有个副标题，“一棵草根的心灵史”，既然是史，“真实”就是它的命根子。做不到“究天人之际，通古今之变，成一家之言”，但必须保真。漫漫几十年的人生，肯定不止就书中记录的这些，的确有生活中发生过我没有写的，但没有我写了而不真实的。

有没有美化自己？有。这样写而不是那样写，就是一种美化；写了这些而没有写那些，就是对写这些的精神因子进行编码，也是美化。所有这些“美化”，动机和目的都不是为了使自己更完美，而是为了使自己更真实。与“心灵史”无关紧要的人和事，是可以忽略不计的。不向人间问是非，只求自身真和善。

曾经在幽幽暗暗反反复复中追问，才知道平平淡淡从从容容才是真。再回首恍然如梦，再回首我心依旧，只有那无尽的长路伴着我。（姜育恒《再回首》）

宝宝看啊：“碧尽遥天，但暮霞散绮，碎剪红鲜。”（贺双卿《惜黄花慢·孤雁》）

作 者

2016 年 6 月 16 日夜，于北京家中

附　录

大风起兮云飞扬

——蔡桂林论

北　乔

二十世纪世纪九十年代，蔡桂林在文学批评上卓有建树，成为军旅文学批评界的中坚力量。进入新世纪，他的写作重心从文学批评摆渡到了纪实文学创作，异军突起，个性鲜明。批评与创作并举的写作者不在少数，基本放弃创作而专攻批评的同样大有人在。不过，像蔡桂林这样以批评起步尔后将创作作为主业的写作者好像少些，至少如他这般成功切换的不多。其实当我们把批评与创作视为对立的两个阵营时，我们已经犯下了一个错误。带有生命体验和心灵感悟的批评本身也是一种创作，批评家以作家的文本为素材进行创作，作家则是直接观照现实生活，它们的区别也许文本呈现出的面貌有所不同，而在营造精神世界的内在质量上却是一致的。至少面对蔡桂林的写作实践时，以这样的思路来研析是可行的。为此，在以下的论述中，我将把蔡桂林所有的写作行为一律称之为创作。

坚守生命本体的写作

当下，许多作家的写作或游离或背叛生命本体，产生了作家与生命本体的分离，生命本体与作品的分离。简而言之，就是有些作家在写自己不想写的东西，有些作家在写缺乏生命体验或精神深度思考的东西，或用知识创作，或用技术写作，或以书本知识替代个人体验，等等。究其原因，自然是多方面的，但我以为有三点尤其值得重视，一是作家的生命本体纯粹是个体或社会的窠臼，找不到小我与大我的交流通道；二是缺少责任、良知和精神，写作成为或无聊的游戏或自我的宣泄或功利的枪手；三是艺术感悟力缺乏，无法以创作回到内心或从内心出发。

在如此背景和态势之下，蔡桂林的创作更凸显其意义。他在完成长篇历史纪实《千古大运河》的创作后，在《人民日报》上写了一篇《从生命里淌出的文字》的随笔，叙述他与大运河的渊源，真情告白写作《千古大运河》的冲动来自生命的律动。其实，何止《千古大运河》，详细考察其创作的历程以及作品，他所有的创作动力都来自于生命的饱满释放，所有的作品都是从生命河流里淌出的文字。这从蔡桂林作品的语言中看得十分清晰。研读他诸多的作品，首先感受到的是他语言富于奇美的文学意味，性情自由飞扬。在当下纪实文学创作中，这种将思辨与诗化融合得十分得体的语言难得一见。《千古大运河》个性化的语言质感铺就了叙述大地："京杭大运河，慢慢地，有些流段堤岸坍塌淤塞，消失了袅袅渔歌；慢慢地，有些地方变得荒芜苍凉，失去了片片帆影；慢慢地，有些河道干涸断航，长满萎靡不振的无名草；慢慢地，……在我们不自不觉中，曾经水波浩渺、曾经波浪为程、曾经樯帆为路、曾经舻船相接、曾经市井相连、曾经港口相望、曾经显赫辉煌、曾经不可缺少、曾经无可替代、曾经……的京杭大运河，用船歌中的一瓢清水养活一个民族三千年、养活了自秦至清所有朝代的大运河，开始与我们的身体剥离，开始离我们的生命远去。"我以为，这绝非经历叙述实践达到的高峰状态，而是蔡桂林丰盈生命本体的自然流淌。"自小生长在运河边结下的浓得化不开的情愫，离开运河几十年愈思愈深的怀旧心绪，驱使我走近你，走进你，为寻找一种灵魂的慰安，为走向一种情感的归宿，我站到你的身边钩流逝之波影，稽遗落之梦痕：大河，我把你的千古波涛披在身上，我把我的心安顿在太阳里，我用你怀抱里曾经的和现在的曙光洗我落满红尘的脸，使劲照，照见那个绿鬓少年……"显然，是大运河养育了蔡桂林的生命，是生命凝结了他的文字。我深信，作家的语言是作家生命本体催生的，是一个人文化和精神的综合映射。

文学研究专著《冲浪：在军事文学的海面》，可以说是迄今为止理性思考极其深入的军事文学研究文本，可以说这在军事文学研究领域是十分鲜见的。但就是这样一部学理严谨的论著，涌动的依然是一股源于心灵的潜流。在对军事文学理性分析、判断和构想之下，清晰可见的是他以军旅生涯的生命体验为支点的鲜活的军人成长史，他借军事文学研究这一方法刻写着自己的军旅精神自传，这使得一部理论论著充满着生命的灵动和鲜活。也许正是因为如此，使他在论著中对军事文学的思考和展望获得了旺盛的生命力，十八年过去依然感受到它的灼热。它获得第五届当代文学理论研究成果奖也就是理所当然的事情了。而《呼唤英雄》，我更愿意看作是一篇文采飞扬的精美散文，是作家的英雄宣言。以理性为纹理，以感性为灵魂，代表着蔡桂林文学评论的个性品质和风格。他绝非为了研究文学而研究，而是借用文学评论这一形式进行对于存在的追问，是将生命的独特体验和作家文本依据文学研究的范式呈现出来。因而，他的文学评论不仅是学术上的探索，更是他生命的有力绽放。在《饱蘸激情唱大风——李延国报告文学简论》中蔡桂林写道："这些作品竭力对历史传统做有深度有新意的张扬，对现实做有力度的研磨，并于两者的结合上高扬起理想的旗帜，给现实中人以信念的力量和寄托，召唤人绕过精神的'废都'和金钱的沼泽，使人生能够在物质充分涌流的富裕背景下获得健全发展。"这是他以评论家敏锐的眼光发现了李延国报告文学的精华，又是他心灵与文本撞击产生的火花，是激荡于他心中的文学理想。因此，若干年后他进入纪实文学创作领域，以手中笔践行着这一理想。

由此我们不难理解蔡桂林为什么会在文学研究上打出一片天地之后"忽"地将重心转向了纪实文学创作，是他感到了文学研究并不能全部满足他关注生命、关注存在的热望，他需要一种理性与感性完美结合的创作来释放生命的冲力。显然，纪实文学是最适合的。事实上，他的纪实文学作品都与生命、与存在紧密相关，以生命本体为翼展开宏大叙事。比如《千古大运河》中的苦难叙事，《成吉思汗灵榇西迁纪实》中的信仰叙事，《东方际遇：中国犹太人千年历史揭秘》中的文化叙事，《国家大道》中的行走叙事，《炎黄天梦》中的梦想叙事……都在诉说人类生存遭遇困境之下的挣扎与奋斗。在这些作品中，蔡桂林张扬个人精神的主体性，着力以个人的感受方式、个人的精神立场、个人的价值观去观照文化、时代、社会和历史等这些"非个人"的因素。他的创作在坚守个性化的生命体验和情感体验的基础上，在操守自我的精神立场和价值取向的基础上，打开心灵，打开生命本体的大门，让世界走进来，让人类共有的精神走进来，同时又真诚而热烈地拥抱世界，与人类的生存同呼吸。

丰盈而坚实的文化质地

自觉的文化意识、浓重的文化气息和厚实的文化立场，是蔡桂林创作的重要品质。蔡桂林的创作不是那种标签式的“文化相”，而是融在血液里的东西，是其人格、学养、才情、气质和心灵的综合外化，大有“石韫玉而山晖，水怀珠而川媚”的气象。蔡桂林的创作一直是在文化的大地上行走。早在二十世纪九十年代，他在构想中国军事文学走向深化时，就鲜明地提出“对伦理道德本位意识的挑战和扬弃”以及“文化的寻找与建立”。他的整个军事文学研究一直以文化为轴心展开思考。“要了解我们这个国家的性质，必须了解我们这个国家的军队；要了解我们这个国家的军队，必须了解占国民总数百分之八十以上的农民。”这种对于中国军队和军人文化本质性的理解，成为他思考中国军事文学的利剑。在研究中，他并没有拘泥现有的文学现象，而是立足于本土文化的坚实土壤，关注多元化文化的足音，从人类生存的视角考察文化的力量，进而探讨军事文学的发展。以如此的大文化观为军事文学把脉诊断并开出良方，触及了军事文学的本质所在。他的军事文学中的文化理念，在当时是超前的，在当下依然有效，并理当成为今后军事文学研究继续前行的方向。在他的文学研究中，“文化”一直是始终在场的关键词。换句话说，他是在以文学研究的方式进行文化的思考。

转向纪实文学创作之后的蔡桂林，“文化”依然是他的骨血，而且，与他的文学批评比较起来显得更加丰满、更加温润、更加气象万千。我们完全可以把《千古大运河》看成中国的文化史，至少是以大运河为脉搏的中国文化史。这是一次前所未有的文学旅行，打开了解读和建构文化史的独有窗口；这是文学创作上一次成功的尝试，也是文化研究的崭新视角。中华文化史乃至人类文化史的地图上有着许多象征意味的结点，或者说是众多的灵魂之线勾画的文化地图。比如中华文化中的长江文化、黄河文化和长城文化等，滋养了博大精深的中华文明。长江和黄河，更多的是在滋养我们，长城一如其砖那样是坚硬的，是一种坚守自我的精神象征。大运河在中国文化史上是有其独特之处的，甚至可以说它本身就是中国文化的化身。这条流淌千年、用一河清水养活了自春秋战国至清所有朝代的历史之河，将整个民族的心路历程、历史朝代的时政气象、民族融合的历史态势一一包孕其中。沈既济蘸大运河苏州段多情的水写下了他的《枕中记》《任氏传》，辉耀在中国文学史册中。运河造化出各领风骚的唐代书法，成了中国文化史上的极品。没有运河，就不会有唐传奇，也就不会有滥觞于宋代勾栏茶肆里的宋话本；不会有元杂剧，也就不会有日后的《水浒传》……没有大运河，中国文化一定是另外一种样子。京杭大运河，人类造化的杰作，因了这份杰作，中华文化具有了更加跌宕的层次和更加丰厚的内涵；京杭大运河，人类生命的奇观，因了这份奇观，中华文明具有了更加绚丽的色泽。在勾画出大运河清晰历史航道的同时，传达出的是拥有这条伟大之河的一个民族的自豪。运河在不断演进中已升华为一条文化带，一条漫长的遗产长廊，展示着中华三千多年迷人的文明成就。大运河哺育了中华文明，又印记着文化的脚步和心魂。蔡桂林以他对于文化的真诚，赋文字以生命，拭亮了“大运河”这块中华文明中的文化瑰宝。从文学意义而言，《千古大运河》的意义同样重大。自二十世纪八十年代开始的文化寻根之旅，兴盛一时，但收获不大。尔后，文化性的写作大多成为作家提神醒脑的佐料，时常或有不知根底的文化妄想症，或有怀着某种功利觅寻只合自己胃口的文化碎片，或一味地向往外来文化，甘做无根的野魂。相较之下，蔡桂林是清醒的，他意识到文化是人类生存的根基，同时又左右着人类的发展，一切抛弃文化对人类生存的思考都是空想或妄谈。与此同时，对于文化的考察，又必须将宏观的粗犷与微观的精细结合在一起，将凝固的文本与鲜活的世物置于同一平台。以至他的所有作品，文化都是灵魂，而《千古大运河》则是一次真正意义上的对中国文化的致敬，一次真正意义上的对中国文化史全新的叙述和阐释，一次真正意义上以文化名义展开的文学行动。

蔡桂林有着开阔的文化视野，放眼人类生存为其文化品格，对于本土文化的膜拜，只是他一切行为的力点。毕竟，倘若没有力点，一切都无法撬动。更何况，一旦失去对本土文化的敬意和感恩，我们将成为失血的人。我要说的是，蔡桂林对于本土文化高度的敬重，更有助于他对于文化之于生命力量的思索。因此，我要特别提及他的《东方际遇：中国犹太人千年历史揭秘》（以下简称《东方际遇》）。“大约在千年之前，这个神奇民族中的一群，长途跋涉，历经千辛万苦，来到了中国，来到了完全不同于荒漠流沙、绿洲游牧的中国中原地区，与东方另一个同样神奇的民族在开封会合。让我们跨越时间的长河，沿着坎坷崎岖的历史河床，来追寻他们世代延续的缕缕踪迹，来再现中国开封犹太人千年间的沧桑巨变，来遥想犹太民族的东方际遇……”这是从纪实文学的故事层面对此书的导读之言，也是际遇的来龙去脉。“一千年的时间毕竟很久。他们漂泊而来，由经商到入仕，由漂泊到安定，最终融入汉民族的血脉。延续到今天，他们体内流淌的血液恐怕只剩下微乎其微的犹太血统。但是对这支犹太人后裔的迁徙、生存和发展的考证，却从另外一个方面印证了中华民族胸怀宽广的气魄，更从历史的角度回答了西方舆论所谓的‘中国威胁论’。”这是对于本土文化亲和力的张扬。而我更愿意将此书看作是一部以精美的文字穿越千年风雨烟云的历史之书，是一部以独特的视角、深邃的思想解读犹太文明与中华文明碰撞、融合的文化之书，是一部以深厚功力关注犹太人在中国生存千年的智慧之书，是一部关注人物命运、关注生命情感的文学之书。纪实文学成为历史之书、文学之书已经不是件容易事，而更难的则是被奉为文化之书。《东方际遇》做到了。如果说《千古大运河》是蔡桂林把我们最熟悉却又忽视了千年的大运河牵回到我们的文化视域，那么《东方际遇》则是面对当下人类生存态势时，敏锐地察觉了一个极具代表性和说服力的文化个案。同样古老而具顽强生命力的两种文化相遇后的变化，显现的是文化的力量，催生的是别样的文化成长现象。蔡桂林从本土文化中抽身而出，竭力地审视这两种文化的对撞与融合。对于我们而言，犹太文化是外来文化，而对那些来到开封的犹太人而言，他们陷入了外来文化的包围之中。我们能清晰地感觉到，他时常立于犹太文化的立场，与犹太人一同经历遭遇强大文化的生命体验。是的，我们看到了中华文化的宽容与仁厚，但更体会到犹太文化从固守到被融化的过程。教堂在，礼拜在，犹太文化就在，当教堂化作废墟，当礼拜成为记忆时，犹太人在中华大地连独立的民族也承担不起，那原来强劲的犹太文化已经气若游丝。这是值得我们深思的。教堂是精神的物化，礼拜是精神的仪式，一旦我们抛弃了这些，其实我们也就抛弃了文化。这是《东方际遇》给予我们最为丰厚的精神财富。

《千古大运河》《东方际遇》，蔡桂林的这两部著作为当下的纪实文学敲响了警钟。现在每年纪实文学作品铺天盖地，但对题材把握的迟钝和创作深度的空虚令人担忧。大运河在中华大地存在了千年，人口的全球化的流动十分常见，但此前，我们就是没有在意这习以为常背后的意义和价值，更没有系统的关注和思考。在全球化的今天，在本土文化遭遇或漠然或沦丧或侵蚀的当下，如何坚守本土文化？如何与外来文化和谐相处？早已不是文化的问题。我们或许没有意识到文化的存在，但我们在日常生活真切感受了因文化而生的迷惑和焦灼。读一读蔡桂林的这两部作品，也许，我们会由此变得从容。

在互动中呼唤时代精神

蔡桂林对文学有着自己的认识，并为之努力着。“所谓文学史，就是时代对文学的要求与文学对时代的满足的交互运动的过程。没有一个作者能脱离时代。我对那些声称远离时代的写作者向来怀疑，这样高喊本身可能就是他们哗众取宠的计谋：一呼一吸都是时代的空气，谁能远离？一笑一颦都沾带着时代的特点，怎样远离？是时代赋予写作以意义，是作品的时代性赋予读者阅读的激情与理由。一个出色的文学作者，仅仅做到紧跟时代是不够的（做不到就更不够了），还要有足够高度的思想精神和足够坚强的心智做到引领时代。”时代—时代理想—时代精神始终是蔡桂林写作的核心所在。以至我们面对蔡桂林的创作时，常常无法厘清哪些是历史题材，哪些是现实题材。他的多数作品都是将叙述投入到历史长河中的，但又无一处不散发时代气息。《冲浪：在军事文学的海面》，力点在于对新时期军事文学的构想，蔡桂林先将目光投射进历史的深处，引领我们从古传中的《黄帝与蚩尤之战》一路走来，扫描整个中国军事文学史。让历史在现实中复活，让现实与历史对接，历史获得了新生命，现实也得以完整。《炎黄天梦》的叙述从人类自古以来的飞天梦想开始。在全面、真实地记录了我国高速公路建设发展历程的《国家大道》中，蔡桂林一如既往，回望历史深处的秦驰道的壮美、丝绸之路的辽远、唐宋御道的辉煌和明清官道的璀璨。历史与现代结合又交相辉映，赋予整部作品以史诗般的大气，充满着历史的哲思。更不用说《千古大运河》三千年尽收笔底的气魄，成就了纪实文学少有的深度历史感和命运感。

蔡桂林的创作，首要关注的总是我们这个时代需要什么，应当具备什么。他的创作总是反映生活和人性的本质，赋予文学以闪光的思想、浓重的内容、灵动的情节、鲜明的形象、强劲的激情和饱满的魅力。崇高的意义、感人的力量和时代的精神，成为他作品的骨架肌理。《成吉思汗灵榇西迁纪实》故事惊心动魄，气壮山河，而其间对于信仰的执着与奉献更令我们深思。因为对于成吉思汗的崇拜，对于一个民族形象的维护，以及深蕴于人们心中的信仰之光，才有了国人的团结，才有了以死相搏的护送，才有了共存亡的勇气和壮举。在叙述进行之中，蔡桂林似乎是违反常规地过早地揭开了灵榇里的秘密。镀金银棺里装着只是一小撮白驼毛，是大汗“灵魂的吸附之物”。轻飘飘的白驼毛承载了巨大的信仰，这本身就极具象征意味。这一细节还有着更深层次的喻义，战火纷飞，外强入侵，国遭大难，无论怎样的灾难，大汗的灵榇都完好无损。而到了信仰被践踏的“文革”，一帮红卫兵却打开银棺使白驼毛随风散去。一旦没有了信仰，我们将失魂落魄。《成吉思汗灵榇西迁纪实》重述的不只是一段历史，它在呼唤我们这个时代需要重建信仰，重塑生命之魂、民族之魂和时代之魂。

时代精神，是一个集众式的概念，但又是一个个体生命的凝聚。我们时常会在大声疾呼铸造时代精神时自叹个人的势单力薄，进而将时代精神的生成使命推托于他人和社会。基于这一点，蔡桂林在《千古大运河》中描写的郭大昌和潘季驯就显得更加可贵。如果大运河流动着中华文明，那么是郭大昌潘季驯们扛起了大运河。老河工郭大昌对水情、水势有突出的观察能力，具备工程核算、料物管理方面的专业知识。更重要的是，他一心为民，秉性刚直。他为了堵坝工程真正做到少投资出成效，敢与南河总督针锋相对，甚至最后与所有的南河官员断绝来往。在治理运河方面，他有胆识有智谋，遇到任何困难都不惧色不退让，成为运河沿岸小人物中的杰出代表。四十四岁的佥都御史潘季驯是在黄河决口、无数沿黄百姓生灵涂炭之际受命总理河道的。上任之后，立即带人到河患最严重的地方慰问百姓，实地查勘，沿河访遍当地乡官、有经验的老农和老河工，详细了解水情，征询治理意见，提出了“束水攻沙”的治水方案。然而，一言既出，立即遭到无情的围剿。朝廷的任何举动都是政治。“束水攻沙”自提出的第一天起就是极其敏感的政治斗争。政治斗争的本来法则在于执着于事情的性质而不在于事情的内容。而当原则争辩一旦成为快意恩仇，人身迫害也就不可避免。很快，执意要将“束水攻沙”理论付诸实践的潘季驯遭到诬告，被撤销了一切职务。“官可以不当，志决不可改！”铁骨铮铮潘季驯踏上了归乡之路。就这样，黄患来临时想起他，灾害过去之后又急急地抛弃他，几十年里，潘季驯三落四起。每次被贬，他矢志不改；每次再起，他“日与役夫杂处畚锸苇萧间，沐风雨，裹霜露”。由于潘季驯大力整治，明代京杭大运河畅通无阻，黄河安澜二百年。七十一岁高龄时，潘季驯乞休离职。他最后一次上朝，说起一生治水半在运河时潸然泪下。就在快要走出奉天殿时，他再次回过头来，向朝廷说出了最后的心声：“去国之臣，心忧在河！”纵览大运河的历史，我们完全可以说，正是那些有着坚定信仰和不屈生命的人物成就了这项伟大的工程。他们是一个时代的精英，是他们积聚了大运河的灵魂。蔡桂林召唤我们重返大运河三千的历史，重走大运河三千里的路程，一定是在警醒我们从物欲的泥淖中脱身，回到我们的灵魂深处，倾听我们血液流动的声音，倾听生命应有的空灵，从而正视我们的存在，迎着时代的雄风，焕发时代精神。

蔡桂林，既是一位有着很深造诣的文学评论家，又是一位成果丰实的优秀作家，对于他的研究，其实莫过于他对于文学的自诉：“作家写作的目的应该是通过自身对世界的独特理解，把真情实感传达给读者。好的文学作品一定会给人以启示和温暖。社会责任感，别说对作家，对任何人都是不可忽视的，只是在作家这里更为强烈，因为，作家是人的精神、思想的建设者。作家的作品发表、出版出来，会带给人或这样或那样的影响，作家必须对‘影响’负起社会责任。什么是作家的社会责任感呢？我以为就是要有‘风滚草’的精神。秋天的草原，梭梭、红柳、沙拐枣变黄了，萧瑟的秋风吹干了黄褐色的猪毛菜、矾松、刺藜等草本植物的茎叶，一阵大风刮过，风干了的草本植物卷起浑圆的身躯在草原上滚动。随着滚动，不断有新的伙伴加入进来，于是，越滚越大，以至最大的可达到直径两米以上。在草原上，不是一个这样的黄褐色的草球随风滚动，而是数个，仿佛一个又一个的石碾，在神鞭的指挥下碾场。这就是草原秋天里‘风滚草’的奇观。在借助于风力的滚动中，草球在滚过的沿途撒下千百万粒细小的种子。这些种子在来年的春天里发芽、生长，铺展出草原新一轮的绿色。我觉得这有点像作家的社会责任感。作家写作就是‘风滚草’：你的作品在无数读者的手中‘滚动’，字里行间应该有千百万粒细小的种子，随着‘滚动’将种子留在读者的手中、心上，将他们的心染绿，染出一个又一个的春天。若不然，就不是一个思想的建设者，就不应该写作。”

北乔著《贴着地面飞翔》/ 百花文艺出版社 / 2013 年 1 月第一版